SECUESTRADA: LA TRILOGÍA COMPLETA

ANNA ZAIRES

♠ MOZAIKA PUBLICATIONS ♠

Publicado por Mozaika Publications, de Mozaika LLC.
www.mozaikallc.com

Traducción de Scheherezade Surià

Diseño de cuberta de Najla Qamber Designs
www.najlaqamberdesigns.com/

e-ISBN: 978-1-63142-375-8
ISBN impreso: 978-1-63142-376-5

SECUESTRADA

SECUESTRADA: LIBRO 1

SANGRE.

Está por todos sitios. El charco de líquido rojo oscuro del suelo se está expandiendo, se multiplica. Tengo sangre en los pies, en la piel, en el pelo... Casi puedo notar su gusto, olerla y sentir cómo me cubre. Me estoy ahogando, me asfixio con la sangre.

¡No! ¡Para!

Quiero gritar, pero no puedo inspirar suficiente aire. Quiero moverme, pero estoy atada y no puedo. Las cuerdas se me clavan en la piel al forcejear.

Sin embargo, sí oigo los gritos de ella. Son alaridos inhumanos de agonía y dolor que me desgarran por dentro y me dejan la mente tan desollada y mutilada como su piel.

Él levanta el cuchillo de nuevo y el charco de sangre se transforma en océano, la resaca me absorbe...

Me levanto chillando su nombre con las sábanas empapadas de sudor frío.

Por un momento, estoy desorientada… y entonces me acuerdo.
Él ya no volverá a por mí.

1

DIECIOCHO MESES ANTES

Nora

TENGO DIECISIETE AÑOS CUANDO LO CONOZCO.

Diecisiete años y estoy loca por Jake.

—Nora, vamos, me aburro —dice Leah, sentada conmigo en las gradas viendo el partido. Fútbol americano. No sé nada de fútbol, pero finjo que me encanta porque es donde puedo verlo. Allí, en ese campo, mientras entrena cada día.

No soy la única chica que mira a Jake, claro. Es el quarterback y el más buenorro del mundo... o por lo menos de Oak Lawn, un barrio residencial de Chicago, Illinois.

—No es aburrido —le digo—. El fútbol es divertidísimo.

Leah pone los ojos en blanco.

—Ya, ya. Anda y ve a hablar con él. No eres tímida. ¿Por qué no haces que se fije en ti?

Me encojo de hombros. Jake y yo no nos movemos en los mismos círculos. Las animadoras se le pegan como lapas y llevo observándolo bastante tiempo para saber que le van las rubias altas y no las morenas bajitas.

Además, por ahora es divertido disfrutar de esta atracción. Sé qué nombre tiene este sentimiento: lujuria. Hormonas, así de simple. No sé si me gustará Jake como persona, pero me encanta como está sin camiseta. Cuando pasa por mi lado, noto que se me acelera el corazón de la alegría. Siento calor en mi interior y me entran ganas de removerme en el asiento.

También sueño con él. Son sueños sensuales y eróticos donde me coge la mano, me acaricia la cara y me besa. Nuestros cuerpos se tocan, se frotan el uno contra el otro. Nos desvestimos.

Trato de imaginar cómo sería el sexo con Jake.

El año pasado, cuando salía con Rob, casi llegamos hasta el final, pero entonces descubrí que se había acostado, borracho, con otra chica en una fiesta. Acabó arrastrándose cuando me enfrenté a él, pero ya no podía fiarme y rompimos. Ahora me ando con mucho más ojo con los chicos con los que salgo, aunque sé que no todos son como Rob.

Pero puede que Jake sí lo sea. Es demasiado popular para no ser un mujeriego. Aun así, si hay alguien con quien me gustaría hacerlo por primera vez, ese es Jake, sin duda alguna.

—Salgamos esta noche —dice Leah—. Noche de chicas. Podemos ir a Chicago a celebrar tu cumpleaños.

—Mi cumpleaños no es hasta la semana que viene —le recuerdo, aunque sé que tiene la fecha marcada en el calendario.

—¿Y qué? Podemos adelantar la celebración.

Sonrío. Siempre está a punto para la fiesta.

—No sé. ¿Y si vuelven a echarnos? Esos carnets no son muy buenos…

—Iremos a otro sitio. No tiene por qué ser el Aristotle.

El Aristotle es el club más molón de la ciudad. Pero Leah tenía razón… había otros.

—De acuerdo —digo—. Hagámoslo. Adelantemos la fiesta.

Leah me recoge a las nueve.

Va vestida para salir de fiesta: unos vaqueros ceñidos oscuros, un top brillante sin tirantes de color negro y botas de tacón hasta las rodillas. Lleva la melena rubia completamente lisa y suave, que le cae por la espalda como una cascada radiante.

Sin embargo, yo aún llevo puestas las zapatillas de deporte. Tengo los zapatos de tacón dentro de la mochila que dejaré en el coche de Leah. Un jersey grueso esconde el top sexi que llevo. No me he maquillado y llevo la melena castaña recogida en una coleta.

Salgo de casa así para no levantar sospechas. Digo a mis padres que me voy con Leah a casa de una amiga. Mi madre sonríe y me dice que me lo pase bien.

Ahora que casi tengo dieciocho años, no tengo toque de queda. Bueno, quizá sí, pero no es oficial. Siempre y cuando llegue a casa antes de que mis padres empiecen a preocuparse, o por lo menos les diga dónde voy a estar, no pasa nada.

Cuando subo al coche de Leah empiezo a transformarme.

Me quito el jersey, que revela el ajustado top que llevo debajo. Me he puesto un sujetador con relleno para aprovechar al máximo mis encantos, algo pequeños. Los tirantes del sujetador están diseñados inteligentemente para ser bonitos, así que no me da vergüenza que se me vean. No tengo unas botas tan llamativas como las de Leah, pero he conseguido sacar a hurtadillas mi mejor par de zapatos negros de tacón. Me añaden unos diez centímetros de altura. Y como necesito hasta el último centímetro, me los pongo.

Después, saco mi neceser de maquillaje y bajo el visor para mirarme al espejo.

Unos rasgos familiares me devuelven la mirada. Mis ojos grandes y marrones y las cejas negras y muy definidas dominan mi pequeño rostro. Rob me dijo una vez que parecía exótica, y sí, algo así es. Aunque solo tengo una cuarta parte de latina, siempre estoy algo bronceada y mis pestañas son más largas de lo normal. Leah dice que son postizas, pero son auténticas.

No tengo ningún problema con mi aspecto, aunque a veces me

gustaría ser más alta. Es por los genes mexicanos. Mi abuela era bajita y yo también lo soy, aunque mis padres tienen una altura normal. Y no me preocupa, lo que pasa es que a Jake le gustan las altas. Creo que ni siquiera me ve en el pasillo porque estoy por debajo del nivel de su vista.

Suspiro, me pongo brillo de labios y sombra de ojos. No me paso con el maquillaje porque a mí me funciona más lo sencillo.

Leah sube el volumen de la radio y las nuevas canciones pop llenan el coche. Sonrío y empiezo a cantar con Rihanna. Leah se une y ahora las dos estamos cantando a voz en grito la de S&M.

Sin casi darme cuenta, ya hemos llegado al grupo.

Nos acercamos como si fuéramos las reinas del mambo. Leah sonríe al portero y le enseñamos nuestros carnets. Nos dejan pasar, sin problemas.

Nunca habíamos estado antes en este club. Está en una parte del centro de Chicago más vieja y deteriorada.

—¿Cómo descubriste este sitio? —grito a Leah para que me oiga por encima de la música.

—Me lo dijo Ralph —grita ella y yo pongo los ojos en blanco.

Ralph es el exnovio de mi amiga. Rompieron cuando él empezó a comportarse de forma extraña, pero, por algún motivo, siguen en contacto. Creo que ahora él está metido en las drogas o algo así. No lo sé seguro y Leah no me lo quiere contar por lealtad a él. Es un tío muy turbio, y que estemos aquí porque nos lo haya recomendado él no me tranquiliza en absoluto.

Pero, bueno, da igual. La zona de fuera no es lo mejor, pero la música es buena y me gusta la gente variada que hay.

Estamos aquí para pasárnoslo bien y eso es exactamente lo que hacemos durante la hora siguiente. Leah consigue que un par de tíos nos inviten a unos chupitos. No nos tomamos más de una copa. Leah porque tiene que llevar el coche y yo porque no metabolizo bien el alcohol. Puede que seamos jóvenes, pero no somos tontas.

Después de los chupitos, bailamos. Los dos chicos que nos han invitado bailan con nosotras, pero poco a poco nos vamos alejando de ellos. Tampoco son tan monos. Leah encuentra a unos buenorros de edad universitaria y nos ponemos a su lado. Entabla conversación con uno y yo sonrío al verla en acción. Se le da muy bien esto del flirteo.

En esas que la vejiga me dice que tengo que ir al baño. Así que los dejo y allá que voy.

Ya de vuelta, pido al camarero un vaso de agua. Después de bailar me ha entrado sed.

El chico me lo da y me lo bebo de un trago. Cuando termino, dejo el vaso en la barra y levanto la vista.

Me topo con un par de ojos azules y penetrantes.

Está sentado al otro lado de la barra, a unos tres metros de mí. Y me está mirando.

Le devuelvo la mirada, no puedo evitarlo. Es el hombre más guapo que haya visto en mi vida.

Tiene el pelo oscuro y un poco rizado. Su rostro es de facciones duras y masculinas, con rasgos simétricos. Tiene las cejas rectas y oscuras por encima de los ojos, que son increíblemente claros. Y una boca que podría pertenecer a un ángel caído.

De repente me acaloro al imaginar esa boca rozando mi piel y mis labios. Si fuera propensa a ponerme roja, ahora mismo me habría puesto como un tomate.

Él se levanta y camina hacia mí sin dejar de mirarme. Anda sin prisa, tranquilo. Se lo ve muy seguro de sí mismo. ¿Y por qué no iba a estarlo? Es muy guapo y lo sabe.

Al acercarse, me doy cuenta de que es grande. Es alto y fornido. No sé qué edad tiene, pero supongo que se acerca más a los treinta que a los veinte. Es un hombre, no un chiquillo.

Se coloca a mi lado y tengo que acordarme de respirar.

—¿Cómo te llamas? —pregunta en una voz baja, pero audible por encima de la música. Oigo su tono profundo a pesar de este entorno tan ruidoso.

—Nora —respondo con voz queda, mirándolo. Me he quedado fascinada y estoy segura de que él lo sabe.

Sonríe. Al separar esos labios tan sensuales deja entrever unos dientes blancos y rectos.

—Nora. Me gusta.

Como él no se presenta, me armo de valor y le pregunto:

—¿Cómo te llamas?

—Puedes llamarme Julian —dice, y miro cómo mueve los labios. Nunca me había fascinado tanto la boca de un hombre.

—¿Cuántos años tienes, Nora? —me pregunta a continuación.

Parpadeo.

—Veintiuno.

Se le ensombrece la expresión.

—No me mientas.

—Casi dieciocho —admito a regañadientes. Espero que no se lo diga al camarero y me echen de aquí.

Asiente, como si hubiera confirmado sus sospechas. Entonces levanta la mano y me toca el rostro. Suavemente, con cuidado. Me roza el labio inferior con el pulgar como si sintiera curiosidad por su textura.

Estoy tan sorprendida que me quedo allí plantada. Nadie me lo había hecho antes, nadie me había tocado así, como si nada, de aquella forma tan posesiva. Siento frío y calor a la vez, y un escalofrío de miedo me recorre la espalda. No vacila en sus gestos. No pide permiso ni se detiene a ver si lo dejo tocarme.

Me toca sin más. Como si tuviera derecho a hacerlo. Como si yo le perteneciera.

Con la respiración agitada y entrecortada, doy un paso atrás.

—Tengo que irme —susurro, y él vuelve a asentir, mirándome con una expresión inescrutable en su hermoso rostro.

Sé que me deja ir y me siento agradecida porque algo en mi interior me dice que podría haber ido más allá, que no sigue las normas establecidas.

Que seguramente sea la persona más peligrosa que he conocido jamás.

Me doy la vuelta y me abro paso entre la muchedumbre. Me tiemblan las manos y el pulso me late con fuerza en la garganta.

Tengo que salir de allí, así que cojo a Leah y le pido que me lleve a casa en coche.

Al salir de la discoteca, miro hacia atrás y vuelvo a verlo. Sigue mirándome.

A su mirada se asoma una oscura promesa; algo que me hace estremecer.

2

LAS SIGUIENTES TRES SEMANAS PASAN VOLANDO. CELEBRO MI decimoctavo cumpleaños, estudio para los exámenes finales, salgo con Leah y mi otra amiga, Jennie, voy a los partidos de fútbol para ver jugar a Jake y me preparo para la graduación.

Intento no volver a pensar en el incidente del club porque cuando lo hago me siento cobarde. ¿Por qué hui? Julian apenas me había tocado.

No entiendo mi extraña forma de reaccionar. Me había excitado, aunque de forma absurda también me había asustado.

Ahora las noches son inquietas. En lugar de soñar con Jake, me despierto excitada, molesta y con una sensación palpitante entre las piernas. En mis sueños se cuelan imágenes sexuales y oscuras, pensamientos que nunca antes había tenido. Y muchos de ellos tienen que ver con Julian haciéndome cosas mientras yo permanezco inmóvil.

A veces creo que me estoy volviendo loca.

Aparto de mi mente esos pensamientos inquietantes y me concentro en vestirme. Hoy es mi graduación y estoy emocionada. Leah, Jennie y yo tenemos grandes planes para cuando acabe la ceremonia. Jake va a dar una fiesta en su casa para celebrar la graduación. Será el momento perfecto para poder hablar con él por fin.

Llevo un vestido negro bajo la toga azul de graduación. Es simple, pero resalta mis suaves curvas y me sienta bien. También me he puesto zapatos de tacón de unos diez centímetros. Es un poco exagerado para la ceremonia de graduación, pero necesito parecer más alta.

Mis padres me llevan al instituto. Este verano espero ahorrar un poco y así poder comprarme un coche nuevo para ir a la universidad. Voy a quedarme en una universidad cercana porque es lo más barato, de modo que voy a seguir viviendo con mis padres.

No me importa. Son simpáticos y nos llevamos bien. Me dan bastante libertad, seguramente porque piensan que soy una buena chica, que nunca me meto en problemas. Y por lo general es cierto, más allá de los carnés falsos, las contadas salidas a las discotecas, y a pesar de aquella vez que casi vomito en una fiesta, llevo una vida de lo más tranquila. No bebo mucho, no fumo ni me drogo.

Llegamos y encuentro a Leah. Esperamos en fila con paciencia a que nos llamen. Es un día de junio perfecto; no hace ni demasiado calor ni demasiado frío.

Primero llaman a Leah. Tiene suerte de que su apellido empiece por A. Mi apellido es Leston, y eso me hace esperar otros treinta minutos. Pero por suerte solo hay unas cien personas en mi curso. Una de las ventajas de vivir en una ciudad pequeña.

Me llaman y voy a recoger el título. Mirando a la gente, sonrío y saludo a mis padres. Estoy contenta de que estén tan orgullosos. Le estrecho la mano al director y me giro para volver a mi sitio.

Y entonces lo veo.

Se me hiela la sangre.

Está sentado al fondo, mirándome. Puedo sentir sus ojos sobre mí a pesar de la distancia.

No sé cómo, pero consigo bajar del escenario sin caerme. Me tiemblan las piernas y se me ha acelerado la respiración. Me siento junto a mis padres y rezo para que no se fijen en mi actitud.

¿Por qué está Julian aquí? ¿Qué quiere de mí? Cojo aire y me obligo a calmarme. Lo más seguro es que esté aquí por otra persona. Quizá tiene un hermano o una hermana en mi clase de graduación. O cualquier otro familiar.

Pero sé que me estoy mintiendo.

Recuerdo su caricia posesiva y sé que no ha acabado conmigo.

Me desea.

Me estremezco con solo pensarlo.

No vuelvo a verlo tras la ceremonia y eso me tranquiliza. Leah nos lleva hasta la casa de Jake. Jennie y ella se pasan todo el camino hablando, emocionadas por haber acabado el instituto y por la nueva etapa que empieza.

En otra situación me habría unido a la conversación, pero estoy demasiado afectada por haber visto a Julian, así que me mantengo en silencio todo el camino. Por alguna razón no he mencionado a Leah nada sobre mi encuentro con él en el club. La excusa fue que me dolía la cabeza y que quería irme a casa.

No sé por qué no puedo hablar con Leah sobre Julian. No tengo problemas para hablar sin parar sobre Jake. Quizá sea porque es demasiado difícil expresar cómo me hace sentir Julian. Leah no entendería la razón por la que me asusta.

Ni siquiera yo misma la entiendo.

Cuando llegamos a casa de Jake, la fiesta está en su máximo apogeo. Sigo decidida a hablar con Jake, pero estoy demasiado alterada por haber visto a Julian antes, así que decido que necesito un poco de coraje en forma de líquido.

Me alejo de las chicas, camino hasta el barril y me sirvo una copa de ponche. La huelo, compruebo que lleva alcohol y me la tomo de un trago.

Casi en ese mismo momento empiezo a sentirme mareada. Tal y como ya había descubierto hace unos años, no tolero el alcohol. Una sola copa se puede considerar mi límite.

Veo a Jake dirigirse a la cocina y lo sigo.

Está limpiando, tirando a la basura algunos vasos y platos de plástico.

—¿Te ayudo un poco? —le pregunto.

Sonríe y se le arrugan los bordes de los ojos.

—Claro, eso sería genial. —El pelo, un poco largo y algo aclarado por el sol, le cae sobre la frente y lo hace parecer aún más adorable.

Siento que me derrito. Es muy guapo. No de la forma inquietante en la que lo es Julian, sino de una forma más agradable y alegre. Jake es alto y está fuerte, pero no es lo bastante grande para ser quarterback. No es lo suficientemente grande para jugar en la universidad o al menos eso me dijo Jennie una vez.

Lo ayudo a limpiar. Quito algunas migas de la encimera y paso un trapo por los restos de ponche derramado por el suelo. Durante todo este tiempo, el corazón no para de latirme con fuerza a causa de los nervios.

—Nora, ¿verdad? —dice Jake mirándome.

«¡Sabe cómo me llamo!».

Le regalo una sonrisa enorme.

—Eso es.

—Muchas gracias por ayudar Nora —dice con sinceridad—, me gusta organizar fiestas, pero es un rollo tener que limpiar al día siguiente. Por eso intento limpiar un poco durante la fiesta antes de que quede todo hecho un desastre.

Mi sonrisa aumenta y asiento.

—Es muy buena idea.

Todo eso me suena bastante lógico. Me gusta que no sea el típico deportista, sino que también sea amable y considerado.

Empezamos a hablar. Me cuenta sus planes para el año que viene. Al contrario que yo, él se irá fuera a estudiar. Le cuento que mis planes son quedarme en la ciudad los siguientes dos años para ahorrar dinero y que después quiero ir a una universidad de verdad.

Asiente con aprobación mientras me dice que es una decisión inteligente. Él había pensado hacer algo así, pero tuvo la suerte de contar con una beca completa para estudiar en la Universidad de Michigan.

Sonrío y lo felicito. En mi interior estoy dando saltitos de alegría.

Hemos conectado. ¡Hemos conectado de verdad! Puedo decir con seguridad que me gusta. ¿Por qué no me he acercado antes a él?

Hablamos durante unos veinte minutos antes de que alguien entre en la cocina buscándolo.

—Oye, Nora —dice Jake antes de volver a la fiesta—, ¿haces algo mañana?

Niego con la cabeza mientras contengo la respiración.

—¿Te gustaría ir a ver una película? —sugiere Jake—. Tal vez podemos ir a cenar algo a esa pequeña marisquería.

Sonrío y asiento como una idiota. Me da apuro decir algo extraño, así que me quedo callada.

—Genial —dice Jake y me sonríe—, entonces te recogeré a las seis.

Jake vuelve para seguir de anfitrión y yo me reúno con las chicas. Nos quedamos otras cuantas horas, pero no vuelvo a hablar con Jake. Está rodeado de sus amigos deportistas y no quiero interrumpir.

Sin embargo, de vez en cuando lo pillo mirándome con una sonrisa.

Las siguientes veinticuatro horas las paso en una nube. Cuento a Leah y Jennie todo lo que pasó. Se alegran por mí.

Para la cita me pongo un bonito vestido azul y unas botas de tacón marrones. Son una mezcla entre botas de cowboy y algo un poco más elegante; sé que me quedan genial.

Jake me recoge a las seis en punto.

Vamos al Fish-of-the-Sea, una marisquería local bastante popular, no muy lejos del cine. Es un lugar muy agradable y no demasiado formal. Perfecta para una primera cita.

Pasamos un buen rato. Jake me cuenta cosas sobre él y su familia. Él también me pregunta y descubrimos que nos gusta el mismo tipo de películas. No sé por qué, pero no soporto las películas para chicas y, sin embargo, me encantan las historias sobre el fin del mundo con muchos efectos especiales. Y al parecer a Jake también.

Después de cenar vamos a ver la película. Por desgracia no es sobre un apocalipsis, pero es de acción y es bastante buena. Durante la película Jake me pasa el brazo por los hombros y apenas puedo contener la emoción. Espero que me bese esta noche.

Cuando salimos del cine vamos al parque a dar un paseo. Es tarde, pero me siento completamente protegida. El índice de criminalidad en la ciudad es insignificante, además hay un montón de farolas.

Caminamos cogidos de la mano. Estamos hablando sobre la película cuando se para y se queda mirándome.

Sé lo que quiere. Es lo mismo que quiero yo.

Lo miro y sonrío. Me devuelve la sonrisa, me pone las manos en los hombros y se inclina para besarme.

Tiene los labios suaves y el aliento le huele a la menta del chicle que mascaba antes. Su beso es dulce y agradable, exactamente como esperaba que fuera.

Y de repente, en un simple pestañeo, todo cambia.

Ni siquiera sé qué ocurre ni cómo ocurre. Un instante antes estaba besando a Jake y al siguiente está tirado en el suelo, inconsciente. Una figura amenazante se cierne sobre él.

Abro la boca para gritar, pero no puedo más que soltar un ruidito antes de que una enorme mano me cubra la boca y la nariz.

Siento un agudo pinchazo en un lado del cuello y de repente todo oscurece a mi alrededor.

3

Me despierto con un agudo dolor de cabeza y el estómago revuelto. Está oscuro y no alcanzo a ver nada.

Durante unos segundos no recuerdo que ha pasado. ¿Bebí demasiado en la fiesta? Entonces mi mente se aclara y los acontecimientos de la noche anterior se cuelan en mí como si de un ciclón se tratase. Me acuerdo del beso y entonces… «Jake». Dios, ¿qué le ha pasado a Jake?

Estoy tan aterrorizada que solo puedo quedarme ahí tumbada, temblando.

Estoy acostada en una cama con un buen colchón, uno muy bueno, seguramente. Estoy tapada con una manta, pero no noto que lleve ropa encima, solo siento la suavidad del algodón de las sábanas que rozan mi piel. Me toco y se confirman mis sospechas: estoy desnuda.

Mis temblores se intensifican.

Con una mano compruebo entre mis piernas. Para mi gran alivio todo parece igual. No hay humedad, ni dolor ni ninguna señal de que me hayan violado.

Al menos por ahora.

Me escuecen los ojos por las lágrimas, pero no rompo a llorar. Llorar no arreglaría mi situación actual. Necesito averiguar qué está pasando. ¿Quieren matarme? ¿Violarme? ¿Violarme y luego matarme? Si me han secuestrado para cobrar un rescate, ya puedo considerarme muerta. Desde que despidieron a mi padre por la crisis, apenas pueden pagar la hipoteca.

Con mucho esfuerzo logro contener mi histeria. No quiero empezar a gritar porque eso llamaría la atención. En lugar de eso sigo tumbada en la oscuridad, recordando todas esas historias espantosas que salen en las noticias. Pienso en Jake y en su cálida sonrisa. Pienso en mis padres y en lo abatidos que se quedarán cuando la policía les diga que he desaparecido. Pienso en todos mis planes y en que es posible que nunca vaya a ir a la universidad.

Y entonces empiezo a enfadarme. ¿Por qué me hacen esto? ¿Quiénes son? He asumido que son ellos en lugar de él porque recuerdo haber visto una oscura figura cernirse sobre el cuerpo de Jake. Debía haber alguien más para atraparme por detrás.

La furia me ayuda a controlar el pánico y entonces puedo pensar un poco. No puedo ver nada, pero sí puedo palpar.

Me muevo con sigilo y, con sumo cuidado, empiezo a estudiar mi alrededor.

Primero, confirmo que estoy en una cama. Una gran cama de esas *king size*. Hay almohadas y una manta, las sabanas son suaves y agradables al tacto. Parecen caras.

Sea por lo que sea, eso me asusta aún más: son criminales con dinero.

Gateo hasta el borde de la cama y me siento mientras agarro con fuerza la manta contra mi cuerpo. Toco el suelo con el pie descalzo. Está frío y es liso como si fuera madera.

Me enrollo la manta al cuerpo y me levanto dispuesta a seguir con la exploración.

En ese mismo instante escucho que la puerta se abre.

Entra una luz cálida. Y aunque no es muy brillante me ciega durante un momento. Parpadeo una cuantas veces para acostumbrarme a la luz.

Y entonces lo veo a él.

Es Julian.

Está parado junto a la puerta como un ángel oscuro. Tiene el pelo un poco rizado, le da un toque de suavidad a sus facciones perfectas. Tiene la mirada fija en mi rostro y los labios curvados en una leve sonrisa.

Es impresionante. Y aterrador.

Mi intuición era buena: este hombre es capaz de cualquier cosa.

—Hola, Nora —dice con suavidad mientras entra en la habitación.

Lanzo una mirada desesperada a mi alrededor, pero no veo nada que me sirva de arma.

Tengo la boca más seca que la mojama. Ni si quiera puedo reunir la saliva necesaria para hablar. Me quedo ahí mirando cómo me acecha; es como si fuese un tigre hambriento y yo su presa.

Pienso luchar como se atreva a tocarme.

Da un paso hacia mí y yo doy otro hacia atrás. Luego da otro y otro hasta que me topo con la pared. Me encojo tras la manta.

Levanta la mano y me tenso; estoy dispuesta a defenderme. Pero se limita a coger una botella de agua y me la tiende.

—Toma —dice—. Imagino que tendrás sed.

Me quedo mirándolo. Me estoy muriendo de sed, pero no quiero que vuelva a drogarme.

Parece que entiende mi indecisión.

—No te preocupes, mi gatita, solo es agua, te quiero despierta y consciente.

No sé cómo reaccionar a eso. El corazón me martillea en el pecho, estoy muerta de miedo.

Permanece quieto, observándome con paciencia. Me rindo ante mi propia sed y sujetando la manta con fuerza, cojo el agua con la mano libre. Me tiemblan las manos y le rozo los dedos sin querer. Siento que me recorre una ola de calor y me olvido de ella rápidamente.

Tengo que desenroscar el tapón... Eso significa que tengo que dejar caer la manta. Julian observa mi dilema con interés y diversión. Por suerte no me toca. Se limita a mirarme desde su posición, a menos de medio metro de mí.

Con fuerza aprieto los brazos contra el cuerpo para agarrar la manta y a la vez poder abrir el tapón. Después vuelvo a sujetar la manta con una mano y con la otra me llevo la botella a los labios.

El agua fría es un alivio absoluto para los labios y la lengua que siento totalmente secos. Me bebo la botella entera. No recuerdo la última vez que disfruté tanto bebiendo agua. La boca seca debe ser el efecto secundario de la droga que utilizó para traerme aquí.

Ahora que puedo hablar le pregunto.

—¿Por qué?

Para mi gran sorpresa, mi voz suena casi normal.

Levanta la mano y me vuelve a acariciar la cara. Igual que hizo en el club. Y tal como ocurrió esa vez, le dejo hacer sin ni siquiera moverme. Siento sus dedos suaves contra la piel, es una caricia casi delicada. Es un contraste tan brutal con la situación actual que me siento confusa durante un momento.

—Porque no me gustó verte con él —dice Julian, con furia mal contenida en la voz—. Porque te tocó, te puso las manos encima.

Apenas puedo pensar.

—¿Quién? —susurro, intentado averiguar de quién está hablando. Entonces lo entiendo—. ¿Jake?

—Sí, Nora —dice desafiante—, Jake.

—Está... —Ni siquiera estoy segura de poder decirlo en alto— ¿Está...vivo?

—De momento —responde él con una mirada penetrante—, está en el hospital con una conmoción cerebral leve.

Siento tanto alivio que me dejo caer contra la pared. De repente caigo en la cuenta de sus palabras.

—¿De momento? ¿Qué quiere decir eso?

Julian se encoge de hombros.

—Su salud y bienestar dependen completamente de ti.

Trago para humedecerme la garganta.

—¿De mí?

Vuelve a acariciarme la cara y me pone un mechón de pelo tras la oreja. Tengo tanto frío que siento como si su tacto me quemara la piel.

—Sí, mi gatita, de ti. Si te portas bien, él estará bien. Si no...

Casi no puedo respirar.

—¿Si no...?

Julian sonríe.

—Estará muerto dentro de una semana.

Tiene la sonrisa más hermosa y aterradora que he visto jamás.

—¿Quién eres? —susurro—. ¿Qué quieres de mí?

No responde. En lugar de eso me toca el pelo, coge un mechón castaño y se lo lleva a la cara para olerlo.

Lo miro, inmóvil. No sé qué hacer. ¿Debería enfrentarme a él? Y si lo hiciera ¿qué ganaría? Todavía no me ha hecho daño, y no quiero provocarlo. Es mucho más grande que yo, mucho más fuerte. Le veo los músculos definidos bajo la camiseta de manga corta negra que lleva. Sin los zapatos de tacón, apenas le llego a los hombros.

Mientras sopeso las posibilidades de enfrentarme a alguien que me supera en peso considerablemente, Julian toma la decisión por mí. Me suelta el pelo y me agarran la manta que sujeto con fuerza.

No lo dejo hacer, si acaso la agarro con más fuerza. Y entonces hago algo vergonzoso.

Suplico.

—Por favor —le digo con desesperación—, por favor, no lo hagas.

Vuelve a sonreír.

—¿Por qué no? —Todavía con las manos tirando de la manta de forma lenta e implacable. Sé que lo está haciendo para alargar la tortura. Podría arrancarme la manta de un solo tirón.

—No quiero hacer esto. —Apenas puedo coger el aire suficiente para respirar y de repente mi voz suena más jadeante.

Julian tiene aspecto de estar divirtiéndose, pero tiene un brillo oscuro en la mirada.

—¿No? ¿Crees que no noté cómo reaccionabas ante mí en el club?

Niego con la cabeza.

—No reaccioné de ninguna forma, te equivocas... —digo con la voz espesa por las lágrimas que contengo—. Yo solo quiero a Jake...

En ese momento noto cómo levanta la mano y me agarra por el cuello. No hace nada más, no aprieta, pero sigo teniendo miedo. Siento la violencia que emana y me aterra.

Se inclina sobre mí.

—No quieres a ese chico —dice con dureza—, él nunca te podrá dar lo mismo que yo. ¿Lo entiendes?

Me limito a asentir porque estoy demasiado asustada para decir algo.

Me suelta el cuello.

—Bien —dice más suave—, ahora, quítate la manta. Quiero verte desnuda otra vez.

¿Otra vez? Tuvo que ser él quien me desnudó.

Intento pegarme aún más a la pared sin quitarme la manta.

Julian suspira.

Dos segundos más tarde, la manta está en el suelo. Como había supuesto, no tengo ninguna posibilidad si él decide usar la fuerza.

Me resisto de la única forma que puedo. En lugar de quedarme quieta y dejarlo contemplar mi cuerpo desnudo, me muevo por la pared hasta quedarme sentada en el suelo con las rodillas contra el pecho. Las envuelvo con los brazos y me quedo quieta con todo el cuerpo temblando. El pelo, grueso y largo, me cubre la mitad del cuerpo y me cae por la espalda y los brazos.

Escondo la cara en las rodillas. Estoy tan asustada de lo que me vaya a hacer ahora que se me saltan las lágrimas y empiezan a resbalar deprisa por las mejillas.

—Nora —dice con dureza en la voz—, levántate. Levántate ahora mismo.

Sacudo la cabeza sin mirarlo.

—Nora, esto puede ser agradable para ti o puede ser doloroso. Tú decides.

¿Agradable? ¿Pero este está loco? Me tiembla todo el cuerpo por los sollozos.

—Nora —vuelve a decir con impaciencia—, tienes exactamente cinco segundos para hacer lo que te digo.

Él espera y casi lo oigo contar mentalmente. Yo también estoy contando y cuando llego a cuatro me levanto con las lágrimas todavía recorriéndome la cara.

Me avergüenzo de mi propia cobardía, pero me da mucho miedo el dolor. No quiero que me haga daño.

No quiero que me toque, aunque seguro que lo hará.

—Buena chica —dice con suavidad a la vez que me toca de nuevo la cara y me coloca el pelo tras los hombros.

Me estremezco con su tacto. No me atrevo a mirarlo, así que mantengo la mirada baja.

Y al parecer no le gusta porque me levanta la barbilla hasta que no tengo más remedio que mirarlo a los ojos.

Bajo esta luz sus ojos se han vuelto de un tono azul oscuro. Está tan cerca que puedo sentir cómo le emana el calor del cuerpo. Me gusta porque tengo frío. Estoy desnuda y helada.

De repente llega hasta mí y se inclina. Sin tiempo para asustarme, me pasa un brazo alrededor de la espalda y el otro bajo las rodillas.

Y sin esfuerzo me levanta y me lleva hasta la cama.

Me tumba casi con delicadeza y me enrosco haciendo un ovillo, temblando. Julian empieza a desnudarse y no puedo evitar mirarlo.

Lleva puestos unos vaqueros y una camiseta de manga corta, que es lo primero que se quita. Su torso es una obra de arte, tiene los hombros anchos, los músculos definidos y la piel bronceada y suave. Tiene el pecho cubierto por una capa fina de vello oscuro. En cualquier otra circunstancia habría estado encantada de estar con un chico tan guapo.

En estas circunstancias, solo quiero gritar.

Lo siguiente son los vaqueros. Puedo escuchar cómo se baja la cremallera: con eso mi cuerpo ya entra en acción.

En un segundo, paso de estar tumbada en la cama a cruzar el umbral de la puerta que se había dejado abierta.

Puede que sea pequeña, pero soy rápida. Hice atletismo durante diez años y era bastante buena. Por desgracia me lesioné la rodilla en una de las carreras y ahora me limito a correr sin prisa y a hacer otros ejercicios.

Me las arreglo para salir de la habitación y bajar las escaleras, pero cuando casi he alcanzado la puerta de la entrada, me atrapa.

Sus brazos me rodean por la espalda y me aprieta tan fuerte que no puedo respirar durante unos minutos. Tengo los brazos totalmente atrapados y no puedo enfrentarme a él. Me levanta y yo empiezo a dar patadas hacia atrás. Logro lanzar unos cuantos puntapiés antes de que Julian me gire en sus brazos y nos quedemos cara a cara.

Estoy segura de que ahora me va a hacer daño, conque me preparo para el golpe.

Sin embargo, vuelve a abrazarme y me sujeta con fuerza. Tengo la cara enterrada en su pecho y el cuerpo desnudo contra el suyo. Su piel huele a limpio y a almizcle. Siento algo duro y caliente contra mi estómago.

Su erección.

Está completamente desnudo y excitado.

Por la forma en que me tiene sujeta estoy casi totalmente indefensa. No puedo ni golpearlo ni arañarlo. Pero sí puedo morder.

Hundo los dientes en sus pectorales y lo escucho maldecir antes de agarrarme del pelo y obligarme a soltarle la piel.

Me sostiene con un brazo rodeándome la cintura, apretando la parte baja de mi cuerpo contra el suyo. Mientras, me agarra el pelo con la otra mano, por lo que tengo que arquear el cuello hacia atrás. Llevo las manos contra su pecho en un inútil intento de poner un poco de distancia entre nosotros.

Me encuentro con su mirada y lo miro con insolencia; paso por alto las lágrimas que me corren por la cara. Ahora solo me queda ser valiente. Si muero, quiero hacerlo con algo de dignidad.

Su expresión se ha vuelto oscura y enfadada, y me mira con los ojos azules entrecerrados.

Me cuesta respirar y el corazón me late con tanta fuerza que parece querer salirse del pecho. Nos miramos el uno al otro, depredador y presa, conquistador y conquistada, y en ese mismo momento siento una extraña conexión con él. Como si una parte de mi hubiera cambiado para siempre debido a lo que está pasando entre nosotros.

De repente su gesto se suaviza y aparece una sonrisa en sus labios sensuales.

Se inclina hacia mí, baja la cabeza y presiona la boca contra la mía.

Estoy aturdida. Sin embargo, aunque me tiene sujeta bajo su control férreo, noto sus labios dulces y cariñosos sobre los míos.

Este hombre tiene muchas tablas. He besado a unos cuantos chicos y nunca he sentido nada parecido. Su aliento es cálido y dulce y su lengua juega con mis labios hasta que estos se abren involuntariamente para abrirle el camino hacia mi boca.

No sé si son los efectos secundarios de la droga que me dio o es el alivio de saber que no va a herirme, lo que hace que me rinda ante el beso. Una extraña languidez se apodera de mi cuerpo y me quita las ganas de pelear.

Me besa despacio, sin prisa, como si tuviera todo el tiempo del mundo. Con su lengua acaricia la mía y me muerde el labio inferior con suavidad, lo que me origina una explosión de calor por todo el cuerpo. Desliza las manos que tiene entre mi pelo y en su lugar, las posa sobre mi nuca. Es casi como si me estuviera haciendo el amor.

Encuentro mis manos apoyadas en sus hombros. No tengo ni idea de cómo han llegado allí, pero ahora lo atraigo en lugar de alejarlo. No entiendo mi propia reacción. ¿Por qué no rehúyo su beso, asqueada?

Sin embargo, su increíble boca me hace sentir muy bien. Tiene los labios húmedos, brillantes y un poco hinchados por el beso. Probablemente igual que los míos.

Ya no parece estar enfadado, más bien parece hambriento y satisfecho a la vez. En su cara perfecta veo una lujuria y ternura que me impiden apartar la mirada.

Me paso la lengua por los labios y sus ojos se centran en ellos durante un segundo. Después vuelve a besarme; es un simple roce de sus labios con los míos.

Luego me levanta de nuevo y me lleva escaleras arriba hacia la cama.

4

CUANDO PIENSO EN ESE DÍA, NO ENTIENDO EL COMPORTAMIENTO QUE
tuve. No entiendo cómo no me rebelé más, ni por qué no intenté huir
de nuevo. En parte, no fue una decisión racional, colaborar para evitar
el dolor no fue una acción premeditada.

No, actúo por puro instinto y mi instinto es entregarme a él.

Me deja en la cama y yo me quedo allí tendida. Estoy demasiado
cansada por el forcejeo de antes y sigo un poco atontada por la droga.

Lo que está pasando es tan surrealista que no termino de
procesarlo. Es como si estuviese viendo una obra de teatro o una
película. No puede ser que me esté pasando esto. No puedo ser yo la
chica a la que han drogado y secuestrado y que permite que su
secuestrador la toque y manosee por todas partes.

Los dos estamos tumbados de lado, uno frente al otro. Noto sus
manos sobre mi piel. Son un poco ásperas y están encallecidas; cálidas
en contacto con mi piel helada. Son fuertes, aunque ahora mismo no
está empleando la fuerza. Podría doblegarme con facilidad, como ha

hecho antes, pero no hace falta; no me estoy resistiendo. Estoy flotando en una neblina confusa y sensual.

Me vuelve a besar y me acaricia el brazo, la espalda, el cuello, el muslo... Su roce es suave pero firme, es como si me estuviese haciendo un masaje, salvo que noto que lleva intenciones sexuales.

Me besa el cuello, mordisquea con suavidad la parte sensible de la clavícula, y me estremezco de placer. Cierro los ojos. Esa inesperada delicadeza es desconcertante. Sé que debería sentirme violada, y así es, pero también me siento extrañamente querida.

Con los ojos cerrados, finjo que esto es solo un sueño; una oscura fantasía como las que tengo a veces por las noches. Esto hace soportable que este extraño me haga estas cosas.

Con una de las manos en mis nalgas, me masajea la suave piel. La otra mano me sube por el vientre, por el tórax... Llega hasta los pechos, me agarra el izquierdo con la palma y lo aprieta con delicadeza. Tengo los pezones duros y me gusta cómo me toca; es casi relajante. Rob ya me había hecho esto antes, pero no de esta manera. Nunca me había sentido así.

Sigo con los ojos cerrados mientras me inclina sobre mi espalda. Lo tengo casi encima de mí, pero la mayor parte de su peso está sobre la cama. No quiere aplastarme, me doy cuenta y lo agradezco.

Me besa la clavícula, el hombro, el abdomen. Su boca es cálida y me deja un rastro húmedo en la piel.

Después cierra los labios alrededor de mi pezón derecho y lo chupa. Me arqueo y siento algo de presión en el vientre. Vuelve a hacer lo mismo en mi otro pezón y la presión en mi interior crece, se intensifica.

Él lo siente. Sé que lo siente porque su mano se aventura entre mis muslos y nota la humedad.

—Buena chica —susurra mientras acaricia mis pliegues—. Eres tan dulce, tan obediente... respondes tan bien.

Empiezo a gimotear cuando sus labios bajan por mi cuerpo, su pelo me hace cosquillas. Sé qué intenciones lleva y me quedo en blanco cuando llega a su destino.

Por un segundo intento resistirme, pero me aparta las piernas sin ningún esfuerzo. Me palpa con delicadeza, me aparta los labios menores y los besa, desencadenando una explosión de calor por todo el cuerpo. Su habilidosa boca lame y mordisquea alrededor de mi clítoris hasta que empiezo a gemir; lo rodea con los labios y lo chupa suavemente.

El placer es tan fuerte, tan abrumador, que abro los ojos.

No sé qué me está pasando y me aterra. Ardo por dentro, siento los latidos entre las piernas. Me late tan rápido el corazón que no puedo controlar la respiración y jadeo. Forcejeo un poco y él suelta una leve risa. Noto el aire de su respiración en mi piel sensible. Me retiene con facilidad y sigue con lo que estaba haciendo. La presión en mi interior es cada vez más insoportable. Trato de zafarme de su lengua, pero mis movimientos parecen acercarme al borde de algo casi inalcanzable.

Y entonces estallo con un pequeño grito. Mi cuerpo entero se tensa y me inunda una ola de placer tan intensa que me hace apretar hasta los dedos de los pies. Noto cómo laten mis músculos internos y me doy cuenta de que acabo de tener un orgasmo.

El primer orgasmo de mi vida. Y ha sido a manos o, mejor dicho, a boca de mi secuestrador.

Estoy tan destrozada que solo quiero acurrucarme y llorar. Cierro los ojos con fuerza otra vez.

Sin embargo, él aún no ha acabado conmigo. Se desliza por mi cuerpo y vuelve a besarme en la boca. Ahora sabe diferente; es un beso salado y algo almizcleño. Es por mí. Me estoy probando a mí misma en sus labios. Me embarga la vergüenza, aunque al mismo tiempo vuelve a despertar el deseo en mí.

Su beso es más carnal que antes, más salvaje. Me penetra la boca con la lengua en una imitación obvia del acto sexual y me coloca las caderas entre las piernas. Con una mano me agarra la cabeza mientras me hunde la otra entre los muslos, frotando y estimulándome otra vez.

Sigo sin resistirme mucho, aunque mi cuerpo se tensa cuando el miedo vuelve. Noto el calor y la dureza de su erección que me presiona en la parte interior del muslo y sé que me va a hacer daño.

—Por favor —susurro al abrir los ojos para mirarlo. Veo borroso por las lágrimas—. Por favor... no lo he hecho nunca.

Sus fosas nasales se dilatan y sus ojos son más brillantes.

—Me alegro —dice en voz baja. Luego desplaza sus caderas un poco y con una mano dirige el miembro hasta mi sexo.

Jadeo en cuanto empieza a introducirlo. Estoy húmeda, pero mi cuerpo se resiste a esta intrusión desconocida. No sé qué tamaño tiene, pero lo noto enorme cuando la cabeza de su pene comienza a entrar lentamente. Empieza a doler, a arder, y grito mientras le empujo los hombros. Se le dilatan las pupilas y se le oscurecen los ojos. El sudor perla su frente y me doy cuenta de que se está conteniendo.

—Tranquila, Nora —susurra con dificultad—. Te dolerá menos si te relajas.

Estoy temblando. Estoy demasiado nerviosa para seguir su consejo; me duele mucho a pesar de que solo la ha introducido un poco.

Sigue empujando y mi sexo va dando de sí despacio, se estira para él en contra de mi voluntad. Me retuerzo de dolor, sollozo y le araño la espalda, pero él persiste y sigue empujando lentamente, centímetro a centímetro.

Luego se detiene un momento y veo cómo le late la vena de la sien. Parece que le duele, pero sé que para él es muy placentero; a quien realmente le duele es a mí.

Baja la cabeza para besarme la frente y entonces atraviesa mi barrera virginal, arrancando la fina membrana con una firme embestida. No para hasta que ha introducido todo el miembro y su vello púbico entra en contacto con el mío.

Estoy a punto de desmayarme por el dolor. Empiezo a tener náuseas y me siento débil. No puedo ni gritar; solo puedo respirar poco a poco para no perder el conocimiento. Siento el pene erecto muy dentro de mí y es lo más invasivo y doloroso que he experimentado jamás.

—Relájate —me murmura al oído—, solo relájate, mi gatita. Ya se te pasará el dolor y todo mejorará.

No lo creo. Siento como si me hubieran introducido una barra caliente para abrirme. No puedo hacer nada para escapar o conseguir que me duela menos. Él es mucho más grande que yo y mucho más fuerte. No me queda otra: quedarme allí, impotente, atrapada debajo de él.

No mueve las caderas ni me embiste, a pesar de que siento la tensión en sus músculos. Por el contrario, me besa en la frente otra vez con cariño. Cierro los ojos, que derraman unas lágrimas amargas, y siento cómo me roza los párpados con los labios.

No sé cuánto tiempo nos quedamos así. No deja de besarme con dulzura en el rostro y el cuello. Me abraza y me acaricia como si del roce de un amante se tratase y, mientras, su miembro sigue clavado en mi interior. Su dureza inflexible me hiere, me quema por dentro.

No sé en qué momento sucede, pero el dolor comienza a cambiar. Mi cuerpo traicionero empieza a tranquilizarse y a responder a sus besos, a la ternura de las caricias.

El cabrón se da cuenta y empieza a moverse despacio, sacándola y metiéndola un poco otra vez.

Al principio los movimientos vuelven a hacerme daño, pero luego introduce una mano entre nuestros cuerpos y con un dedo me presiona ligeramente el clítoris, pero sin parar de moverlo. Sus embestidas me mueven las caderas y con el dedo me frota de forma rítmica.

Horrorizada, vuelvo a notar cierta presión en mi interior. Siento dolor, pero también placer. Me retuerzo en sus brazos, pero ahora también forcejeo conmigo. Sus embestidas se vuelven más duras, más profundas, y grito por esta intensidad insoportable. El dolor y el placer se mezclan hasta hacerse indistinguibles el uno del otro... y entonces me sobreviene una sensación pura y arrolladora. Y exploto en un orgasmo que se extiende por todo mi cuerpo con tanta fuerza que se me nubla la vista un instante.

De repente lo oigo gemir en mi oído y noto cómo dentro de mí se le está poniendo más gruesa y larga. Mueve y sacude el miembro y sé que también ha alcanzado el éxtasis.

Al terminar, se quita de encima, se me arrima y me abraza con fuerza. Y yo lloro en sus brazos, buscando consuelo en la misma persona que ha provocado mis lágrimas.

~

Después de esto, estoy confusa y echa un lío. Me lleva en brazos hasta algún otro lugar y yo me dejo llevar, sin fuerzas, como una muñeca.

Ahora me está lavando. Estoy de pie en la ducha con él. Estoy hasta sorprendida de poderme tenerme en pie. Me siento adormecida, como indiferente.

Tengo sangre en los muslos. Veo cómo se mezcla con el agua y desaparece por el desagüe. También noto algo pegajoso entre las piernas. Seguramente sea semen. No ha usado protección.

Puede que ahora tenga una ETS. Debería estar horrorizada de solo pensarlo, pero me siento entumecida. Al menos no tengo que preocuparme por si me ha dejado embarazada. Al poco de salir en serio con Rob, mi madre insistió en llevarme al médico para que me implantaran un anticonceptivo en el brazo. Como auxiliar de enfermería en una clínica sin ánimo de lucro para mujeres, ha visto muchos embarazos de adolescentes y quiso asegurarse de que no me pasara.

Ahora mismo se lo agradezco muchísimo.

Mientras tanto, Julian me asea con minuciosidad: me lava el pelo con champú y me aplica acondicionador. Incluso me depila las piernas y las axilas.

Cuando estoy limpísima e impoluta, cierra el agua y me saca de la ducha.

Me seca a mí primero con una toalla y luego a él. Seguidamente me envuelve en una suave bata y me lleva hasta la cocina para darme de comer.

Me como lo que me pone delante, pero ni lo saboreo. Es un bocadillo de algo, pero no sé qué lleva, también me da un vaso de agua que me bebo de un trago. Espero que no me esté drogando, aunque, a decir verdad, ni siquiera me importa. Estoy tan cansada que solo quiero dormir.

Después de comer y beber, me lleva de nuevo al cuarto de baño.

—Venga, lávate los dientes —me dice, y me lo quedo mirando fijamente. ¿Se preocupa por mi higiene bucal?

Sin embargo, sí me apetece lavármelos, así que obedezco. También aprovecho para orinar. En esto sí tiene consideración y me deja sola.

Acto seguido me acompaña al dormitorio. No sé cómo, pero ahora la cama tiene sábanas limpias y no hay ni rastro de sangre, cosa que agradezco.

Me besa en los labios, sale de la habitación y la cierra con llave. Estoy tan cansada que me acerco a la cama, me tumbo y al instante me quedo dormida.

5

CUANDO ME DESPIERTO TENGO LA MENTE DESPEJADA POR COMPLETO. Recuerdo todo y me dan ganas de gritar.

Salgo de la cama de un salto y veo que llevo puesta la bata de anoche. La brusquedad del movimiento hace que note un fuerte dolor y se me estremece la parte inferior del cuerpo al recordar a qué se debe. Todavía siento toda su plenitud dentro de mí y me entran escalofríos.

Me doy mucho asco. ¿Qué me pasa? ¿Cómo pude quedarme allí tumbada como si nada para que Julian se acostase conmigo? ¿Cómo pude sentir placer?

Sí, es muy atractivo, pero no es excusa. Es malo. Lo sé, lo sentí desde el primer momento. Su belleza externa esconde maldad en el interior. Tengo el presentimiento de que está empezando a enseñarme cómo es de verdad.

Ayer estaba demasiado asustada y traumatizada para prestar atención a mi alrededor. Hoy me encuentro mucho mejor, así que examino la habitación con atención.

Hay una ventana. Está cubierta por una gruesa cortina color marfil, pero aun así veo que se asoma un poco de luz. Corro hacia ella, retiro las cortinas y parpadeo por el resplandor repentino. Tardo unos segundos en adaptarme a la luz y miro al exterior.

Me da un vuelco el corazón.

La ventana no está sellada herméticamente ni nada por el estilo. De hecho, parece fácil abrir y salir por ella. Esta habitación está en la primera planta, conque podría hacerlo y caer al suelo sin lastimarme. No, la ventana no es el problema.

Son las vistas.

Alcanzo a ver palmeras y una playa de arena blanca. Más allá hay una inmensidad de agua, azul y reluciente por la luz del sol. Todo es muy bonito y de aspecto tropical, muy diferente en todos los sentidos de mi pequeña ciudad en el Medio Oeste.

VUELVO A TENER FRÍO. TANTO FRÍO QUE ESTOY TEMBLANDO. SÉ QUE ES por la propia ansiedad, ya que la temperatura ronda los veinticinco grados.

Voy de aquí para allá por la habitación y de vez en cuando me detengo para observar por la ventana.

Cada vez que miro es como un puñetazo en el estómago.

No sé qué esperaba. En realidad, no he tenido la oportunidad de pensar en donde estoy. No sé por qué, pero supuse que me retendría en algún lugar cercano, puede que por Chicago, donde nos vimos por primera vez. Creí que para escaparme solo tendría que encontrar el modo de salir de esta casa, pero ahora compruebo que es mucho más complicado que eso. Intento abrir la puerta otra vez, pero sigue cerrada con llave.

Hace unos minutos he descubierto un pequeño cuarto de baño dentro de la habitación. He aprovechado para hacer mis necesidades básicas y lavarme los dientes. Ha sido una distracción agradable.

Ahora camino de un lado a otro como un animal enjaulado, lo que hace crecer mi miedo y mi ira cada minuto que pasa.

Finalmente, la puerta se abre y una mujer entra.

Estoy tan aturdida que solo me quedo mirándola fijamente. Es bastante joven, quizá tenga unos treinta y es guapa.

Lleva una bandeja con comida y me sonríe. Tiene el pelo pelirrojo y ondulado y sus ojos son de color marrón claro. Es más alta que yo, al menos más de diez centímetros, y es de constitución atlética. Viste de manera muy informal, lleva un par de vaqueros cortos y una camiseta de tirantes blanca y unas chanclas.

Pienso en atacarla. Es una mujer y tengo una pequeña posibilidad de ganarle en una pelea, en cambio, no tengo posibilidad alguna contra Julian.

Esboza una gran sonrisa, como si me leyera la mente.

—Por favor, no te me eches encima —dice ella y puedo percibir la diversión en su voz—. No tiene sentido, de verdad. Sé que quieres escapar, pero no puedes ir a ningún sitio. Estamos en una isla privada en medio del Pacífico.

La ansiedad que sentía empeora.

—¿De quién es la isla privada? —pregunto a pesar de ya saber la respuesta.

—Pues de Julian, evidentemente.

—¿Quién es él? ¿Quiénes sois?

Mi voz es un poco más serena cuando le hablo. Ella no me pone nerviosa como Julian.

Suelta la bandeja.

—Lo sabrás todo a su debido tiempo. Estoy aquí para cuidar de ti y de la vivienda. Por cierto, me llamo Beth.

Respiro hondo.

—¿Por qué estoy aquí, Beth?

—Estás aquí porque Julian te ha elegido.

—¿Y no ves nada malo en eso? —escucho mi tono casi histérico; no entiendo cómo esa mujer está de acuerdo con ese loco ni cómo se comporta como si fuese algo normal.

Ella se encoge de hombros.

—Julian hace lo que quiere. No soy nadie para juzgarlo.

—¿Por qué no?

—Porque le debo mi vida —dice con seriedad y sale de la habitación.

~

ME COMO LA COMIDA QUE BETH ME HA TRAÍDO. ESTÁ BASTANTE BUENA, aunque no es un desayuno típico. Hay pescado a la parrilla y una especie de salsa de setas y patatas asadas con un poco de ensalada al lado. De postre hay mango cortado a trocitos. Fruta local, supongo. Pese a mi desconcierto, me las apaño para comérmelo todo. Si fuese menos cobarde, me hubiese resistido y negado a comer, pero tengo más miedo al hambre que al dolor.

Hasta ahora no me ha lastimado mucho. Bueno, me dolió cuando me penetró, pero no me hizo daño a propósito. Me imagino que tratándose de la primera vez, me hubiese dolido independientemente de las circunstancias.

La primera vez. De repente me doy cuenta de que ha sido mi primera vez. Ya no soy virgen.

Extrañamente, no siento que haya perdido nada. La fina membrana que tenía dentro nunca había significado algo especial para mí. Nunca pretendí esperar hasta el matrimonio ni nada por el estilo. Me arrepiento de que mi primera vez haya sido con un monstruo, eso sí, pero no de perder mi etiqueta de «virgen». Me hubiese gustado que todo esto hubiese sido con Jake, si es que hubiese tenido la oportunidad.

¡Jake! Me dio un vuelco al corazón. No me creo que no haya pensado ni un momento en él desde que Julian me dijo que él estaba a salvo. El chico por el que he estado loca durante meses ha sido lo último en lo que he pensado mientras estaba en los brazos de mi secuestrador.

Una gran vergüenza me quema por dentro. ¿No debería haber estado anoche pensando en Jake? ¿No debería haber imaginado su cara cuando Julian me estaba tocando en lo más íntimo? Si de verdad quería a Jake, ¿no debería haber sido él en quien no parase de pensar durante mi encuentro sexual forzado?

De repente odio al hombre que me hizo esto, el hombre que ha destruido mis ilusiones sobre el mundo y sobre mí. Nunca me había planteado qué haría si me secuestraran o cómo reaccionaría. ¿Quién piensa en esas cosas? Pero me imagino que siempre supuse que sería valiente y que me defendería hasta quedarme sin fuerzas. ¿No es eso lo que se hace en los libros y en las películas? Defenderse, incluso cuando no tiene sentido, incluso cuando eso significa acabar herido. ¿No tendría que haber hecho eso también? Sí, él es más fuerte que yo, pero no me tendría que haber rendido tan rápido. No me amarró, ni me amenazó con un cuchillo ni con ningún arma. Solo me persiguió cuando intenté echar a correr.

Correr ha sido lo máximo que he hecho hasta ahora para mostrar mi resistencia.

No reconozco a esa persona que se rindió con tanta facilidad. Y aun así sé que esa persona soy yo. Una parte de mí que no había salido a la luz hasta ahora. Una parte de mí que no hubiese conocido si Julian no me hubiese secuestrado.

Pensar en ello es tan terrible que en su lugar me centro en mi secuestrador. ¿Quién es? ¿Cómo se puede permitir alguien tener una isla privada? ¿Por qué Beth le debe su vida? Y lo más importante: ¿qué tiene pensado hacer conmigo?

Por la cabeza se me pasan miles de situaciones hipotéticas, cada una más espeluznante que la anterior. Sé que existe eso de la trata de blancas. Esto pasa continuamente, sobre todo a las mujeres de países más pobres. ¿Es eso lo que me espera? ¿Voy a acabar en un burdel en algún lugar, drogada y siendo abusada por decenas de hombres cada día? ¿Está Julian solo probando la mercancía antes de entregarla a su destino final?

Antes de que cunda el pánico, inspiro profundamente e intento pensar con claridad. A pesar de que la trata de humanos es una posibilidad, no me parece que sea la más probable en mi caso por una sencilla razón: Julian parece ser muy posesivo conmigo, demasiado posesivo para alguien que solo quiere probar la mercancía. Además,

¿por qué me iba a traer a su isla privada si solo tiene intención de venderme?

«Mi gatita», así me llama. ¿Solo es una expresión de cariño sin importancia o es así como me ve él? ¿Tiene algún fetiche que implique tener mujeres cautivas? Lo pienso durante un momento y me creo que seguramente sí. ¿Por qué otra razón haría esto un chico atractivo y adinerado? Seguro que no tiene problemas para ligar de la forma habitual. De hecho, yo misma habría quedado con él si no hubiese sido por la mala espina que me dio en el bar.

Si no me hubiese tocado como si me poseyese.

¿Es eso? ¿Posesión? ¿Quiere una esclava sexual? Y si es así, ¿por qué me eligió a mí? ¿Fue por cómo reaccioné en el bar? ¿Supuso que sería cobarde y lo dejaría hacerme lo que quisiese? ¿Fue eso lo que mostré de mí de alguna forma?

Esa idea es tan repugnante que intento no pensar en eso y me levanto decidida a examinar mi prisión más a fondo.

La puerta sigue con la llave echada, lo que no me sorprende. Lo que sí puedo hacer es abrir la ventana y un aire cálido y con olor a mar llena la habitación.

Sin embargo, no puedo abrir la rejilla. Necesitaría hacer eso para fugarme. No lo he intentado mucho. Si Beth dice la verdad, escapar de esta habitación no me serviría de nada.

Busco algo que pueda utilizar como arma. No hay cuchillos, pero sí hay un tenedor que Beth me ha traído para comer. Ella se percataría de que lo he escondido. Aun así, me arriesgo y lo hago, escondo el utensilio tras una pila de libros que hay en una estantería alta que está junto a la pared.

Después examino el cuarto de baño con la esperanza de encontrar un bote de laca o de algo por el estilo, pero solo hay jabón, un cepillo de dientes y pasta dentífrica. En el estante de la ducha me encuentro gel, champú y acondicionador, todos ellos de marcas buenas y caras. Está claro que mi secuestrador no es nada tacaño.

Aunque pensándolo bien, cualquiera que tenga una isla privada puede permitirse un champú de cincuenta dólares. Podría incluso permitirse un champú de cien si es que eso existe.

Me sorprende que me pare a pensar en champús. ¿No debería estar gritando y llorando? ¡Ah! Espera, que eso ya lo hice ayer. Me imagino que las personas tienen un cupo máximo de lágrimas y parece que yo ya las he derramado todas; al menos por ahora.

Tras inspeccionar cada recoveco de la habitación me empiezo a aburrir, así que cojo un libro de la estantería. Una novela de Sidney Sheldon sobre una mujer que ha sido traicionada y trata de vengarse de sus enemigos.

Es lo suficientemente absorbente para evadirme de mi prisión durante un par de horas.

~

BETH VIENE Y ME TRAE EL ALMUERZO. TAMBIÉN ME TRAE ALGO DE ROPA doblada en un montón. Eso me alegra, ya que he llevado puesto el albornoz toda la mañana y me gustaría ponerme algo normal.

Cuando deja la ropa en la cómoda, vuelvo a pensar en encararme con ella e intentar escapar. A lo mejor utilizando el tenedor que había escondido.

—Nora, dame el tenedor —me dice.

Me sobresalto y la miro con cara de sorpresa. ¿Será capaz de leer la mente?

Luego me doy cuenta de que solo está mirando la bandeja vacía y de que falta un cubierto. Prefiero hacerme la tonta.

—¿Qué tenedor?

Ella suelta un suspiro.

—Ya sabes cuál, el que has escondido detrás de los libros. Dámelo.

Otra suposición de la que me equivoco. No sé por qué pensé que tendría algo de privacidad.

Miro al techo con atención y no veo dónde están las cámaras.

—Nora…

Cojo el tenedor y se lo tiro. Tengo la esperanza de que le atraviese el ojo.

Pero Beth lo coge y mueve la cabeza como si estuviera decepcionada por mi comportamiento.

—No me esperaba que te comportases de esa manera —dice.

—¿Comportarme de qué manera? ¿Como si me hubieran secuestrado?

Ahora mismo me entran muchas ganas de pegarle.

—Como una niña maleducada —aclara mientras se guarda el tenedor en el bolsillo—. ¿Tan terrible crees que es estar aquí en esta bonita isla? ¿Crees que estás sufriendo por estar en la cama de Julian?

La miro fijamente como si estuviera loca. ¿De verdad esperaba que estuviese bien en esta situación? ¿Que lo acepte de forma sumisa y que no me queje en ningún momento?

Me mira fijamente y por primera vez veo un atisbo de expresión en su cara.

—No tienes ni idea de qué es sufrir, pequeña —me dice con dulzura—, y espero que nunca lo sepas. Pórtate bien con Julian y puede que sigas disfrutando de una vida maravillosa.

Sale de la habitación y trago saliva para quitarme esta repentina sequedad de la garganta.

No sé por qué, pero lo que ha dicho me hace temblar.

6

Está empezando a atardecer y con el paso del tiempo, estoy cada vez más nerviosa por la idea de volver a ver a mi secuestrador.

La novela que he estado leyendo ya no consigue distraerme, así que la dejo y comienzo a andar en círculos por la habitación.

Llevo puesta la ropa que Beth me ha dejado antes: un vestido veraniego azul que se abrocha por delante, bastante bonito. No es exactamente el estilo de ropa que me gusta, pero es mejor que un albornoz. De ropa interior hay unas braguitas blancas de encaje sexis y un sujetador a juego. Sospechosamente, toda la ropa me queda bien. ¿Habrá estado espiándome todo este tiempo? ¿Estudiándolo todo sobre mí, incluida mi talla de ropa?

Este pensamiento me revuelve el estómago.

Intento no pensar en lo que va a suceder a continuación, pero es imposible apartarlo de mi mente. No sé por qué, pero estoy segura de que vendrá a verme esta noche. Puede que tenga todo un harén de

42

mujeres ocultas en esta isla y que vaya visitándolas un día a la semana a cada una, como hacían los sultanes.

Aun así, presiento que llegará pronto. Lo que pasó anoche no hizo más que abrirle el apetito, por eso sé que aún no ha terminado conmigo, ni mucho menos.

Finalmente, la puerta se abre.

Camina como si toda la estancia le perteneciera. Bueno, en realidad, le pertenece.

De nuevo, me veo absorta en su belleza masculina. Podría ser modelo o estrella de cine con esas facciones. Si hubiera justicia en este mundo, sería bajito o tendría algún defecto que compensara la perfección de sus facciones.

Pero no, no tiene ninguno. Es alto y su cuerpo musculado hace que esté perfectamente proporcionado. Recuerdo lo que es tenerlo dentro y siento a la vez una molesta sacudida de excitación.

Como las otras veces, lleva unos vaqueros y una camiseta de manga corta. Una gris esta vez. Parece que le gusta la ropa sencilla, y acierta. No necesita realzar su aspecto físico.

Me sonríe. Lo hace con esa sonrisa de ángel caído, misteriosa y seductora al mismo tiempo.

—Hola, Nora.

No sé cómo contestarle, así que le suelto lo primero que se me viene a la mente.

—¿Cuánto tiempo me vas a tener retenida aquí?

Ladea la cabeza ligeramente.

—¿Aquí en la habitación? ¿O en la isla?

—En las dos.

—Beth te enseñará la isla un poco mañana. Podrás darte un baño si te apetece —me dice, acercándose un poco más—. No te quedarás aquí encerrada, a no ser que hagas alguna tontería.

—¿Alguna tontería? ¿Cómo cuál? —pregunto. Me empieza a latir el corazón a toda velocidad al tiempo que él se para justo enfrente y alza la mano para acariciarme el pelo.

—Intentar hacer daño a Beth o incluso a ti misma. —Su voz es dulce y su mirada me tiene hipnotizada mientras me observa.

Parpadeo para tratar de romper su hechizo.

—Entonces, ¿cuánto tiempo me vas a tener aquí en la isla?

Me acaricia la cara con la mano y la curva alrededor de la mejilla. Me descubro apoyándome en su roce, al igual que un gato cuando lo acarician, pero trato de recomponerme inmediatamente.

Esboza una sonrisa de suficiencia. El cabrón sabe el efecto que tiene sobre mí.

—Espero que durante mucho tiempo —me contesta.

Por alguna extraña razón, no me sorprende. No se hubiera tomado tantas molestias en traerme aquí si solo quisiera acostarse conmigo unas pocas veces. Estoy aterrada, pero tampoco me sorprende mucho.

Me armo de valor y le hago la siguiente pregunta:

—¿Por qué me has secuestrado?

De repente la sonrisa desaparece. No responde; se limita a observarme con su inescrutable mirada azul.

Comienzo a temblar.

—¿Vas a matarme?

—No, Nora. No voy a matarte.

Su respuesta me tranquiliza, aunque obviamente puede que me esté mintiendo.

—¿Vas a venderme? —consigo articular palabra con dificultad—. ¿Como si fuera una prostituta o algo así?

—No —me responde dulcemente—. Nunca. Eres mía y solo mía.

Me siento algo más aliviada, pero aún hay algo más que tengo que averiguar.

—¿Me harás daño?

Por un momento, vuelve a dejarme sin respuesta. En sus ojos se adivina un halo de oscuridad.

—Probablemente —responde con voz queda.

Y de repente se acerca a mí y me besa, esta vez de manera dulce y suave.

Permanezco allí, petrificada, sin reaccionar durante un segundo. Lo creo. Sé que me dice la verdad cuando afirma que me hará daño. Hay algo en él que me pone los pelos de punta, que me ha alarmado desde la noche que lo conocí.

No es como los otros chicos con los que he salido. Es capaz de cualquier cosa. Y yo me veo totalmente a su merced.

Pienso en enfrentarme a él de nuevo. Sería lo normal en mi situación, lo más valiente. Y aun así no lo hago.

Siento la oscuridad que hay en su interior. Hay algo que no me encaja de él. Su belleza exterior esconde dentro algo monstruoso.

No quiero provocar esa oscuridad. No quiero descubrir lo que pasaría si lo hago.

Así que permanezco metida en su abrazo y dejo que me bese. Y cuando me agarra y me lleva hacia la cama de nuevo, no trato de resistirme de ningún modo.

En lugar de eso, cierro los ojos y me entrego por completo a esa sensación.

Vuelve a ser dulce conmigo. Debería estar aterrorizada, y lo estoy, pero mi cuerpo parece disfrutar con esta mezcla de miedo y placer. No sé qué dice eso de mí.

Me quedo allí tumbada con los ojos cerrados mientras me desviste poco a poco. Primero me desabotona el vestido, como si desenvolviera un regalo. Sus manos son firmes y seguras; no hay rastro de torpeza ni de vacilación en sus movimientos. Está claro que tiene práctica en desnudar a las mujeres.

Cuando termina de desabrocharme el vestido, se para un instante. Siento su mirada clavada en mí y por un momento me pregunto qué observa. Sé que tengo una buena figura, delgada y tonificada, aunque no tengo tantas curvas como me gustaría.

Me pasa los dedos por el estómago, lo que hace que me estremezca.

—¡Qué belleza! —dice con un tono suave—. Tu piel es preciosa. Deberías ir siempre de blanco. Te queda bien.

No respondo, solo aprieto aún más los ojos. No quiero que me mire, no quiero que disfrute viendo mi cuerpo con la ropa interior que ha escogido para mí. Me gustaría que se limitara a follarme y se fuera, en vez de esta parodia retorcida de hacer el amor. Sin embargo, parece que no quiere ponérmelo fácil.

Su boca recorre el mismo camino que sus dedos. Me toca la barriga con los labios calientes y húmedos y se mueve poco a poco hasta llegar al punto donde mis piernas se encuentran apretadas y unidas. Parece que eso no le gusta, por lo que me separara los muslos con brusquedad y empieza a hurgarme la entrepierna con los dedos.

Gimo debido a la tosquedad de sus movimientos y trato de relajarme para no enfadarlo aún más.

Comienza a moverse más despacio y sus manos se vuelven dulces de nuevo.

—Mi chica guapa y dulce —me susurra, y noto su cálida respiración en mis partes más sensibles—. Sabes que te lo haré muy bien.

Y entonces noto sus labios dentro de mí, agita la lengua inquieta alrededor del clítoris, me succiona y me mordisquea. Su pelo es como un pincel al contacto con mi muslo interno, me hace cosquillas; me agarra las piernas, que están completamente abiertas. Me retuerzo y grito, el placer es tan intenso que me olvido de todo y me centro en el calor y la tensión que siento.

Me lleva cerca del clímax, pero no me deja ir más allá. Cada vez que siento que voy a tener un orgasmo, para o cambia de ritmo, logrando que enloquezca de la frustración. Me descubro suplicando, rogando, mientras mi cuerpo se arquea de manera irracional a su alrededor. Cuando finalmente deja que me corra, estoy tan liberada que mi cuerpo entero se retuerce en un espasmo, estremeciéndose y retorciéndose con la intensidad de esa sensación.

No entiendo por qué rompo a llorar cuando se termina. Las lágrimas me recorren las sienes, me mojan el pelo y después la almohada. Parece que esto lo complace, porque comienza a trepar por mi cuerpo y a besar cualquier rastro de humedad en mi cara, la lame.

Me recorre el cuerpo con sus grandes manos, me masajea la piel, acariciándome por todas partes. Hubiera resultado reconfortante si no fuera por la dureza de su pene al empujar en mi entrada.

Aún no me he curado, por eso, me sigue doliendo cuando empieza a meterse. Aunque estoy húmeda gracias al orgasmo, no le resulta fácil introducirse, no sin rasgarme. En lugar de eso, tiene que avanzar despacio y ascender de modo gradual hasta que puedo acostumbrarme a la intrusión.

Me muerdo el labio inferior para aliviar el calentón, demasiado intenso. ¿He sido capaz de aceptarlo tan fácilmente? ¿Habré podido experimentar placer sin tener miedo entre sus brazos?

—Abre los ojos —me ordena tajante en un suspiro.

Lo obedezco, aunque apenas puedo ver nada debido a las lágrimas.

Me mira fijamente al mismo tiempo que comienza a moverse en mi interior, y hay un tono triunfante en su mirada. El calor de su cuerpo me envuelve y su peso me presiona contra la cama. Lo siento dentro de mí, encima de mí, por todo mi ser. Ni siquiera puedo evadirme en mis pensamientos.

Y en ese momento, me siento poseída por él, como si estuviera tomando algo más que mi cuerpo. Como si estuviera reclamando algo muy profundo de mí, sacando un lado de mí que ni siquiera sabía que existía.

Porque entre sus brazos he llegado a experimentar algo que nunca antes había sentido.

Un sentido primitivo y completamente irracional de pertenencia.

～

ME TOMA DOS VECES MÁS A LO LARGO DE TODA LA NOCHE. POR LA mañana estoy tan dolorida que lo siento en carne viva, aun así he tenido tantos orgasmos que terminé perdiendo la cuenta.

Se va en algún momento de la mañana. Estoy tan cansada que ni me doy cuenta de cuando se marcha. Duermo profundamente y me despierto un poco más tarde de mediodía.

Me levanto, me lavo los dientes y me doy una ducha. En mis muslos veo que hay restos secos de semen. Anoche tampoco utilizó protección.

Me vienen a la cabeza otra vez las enfermedades de transmisión sexual. ¿Le preocupará ese tema a Julian? Por lo que he podido comprobar, parece que no teme contagiarse con alguna enfermedad que yo pueda tener, pero a mí sí me preocupa. Miro de cerca la pequeña marca donde tengo implantado el anticonceptivo en el brazo izquierdo. Estaré eternamente agradecida a la obsesión por el embarazo que tiene mi madre. Si no tuviera eso implantado... me estremezco con solo pensarlo.

Beth entra a mi habitación con otro carrito repleto de comida y más ropa justo cuando salgo del baño. Esta vez, es un desayuno más tradicional: tortilla con queso y verduras, una tostada y fruta fresca tropical.

De nuevo me sonríe, decidida a olvidar el incidente con el tenedor.

—Buenos días —me dice en un tono bastante alegre.

Alzo las cejas.

—Buenos días a ti también —respondo con una voz repleta de sarcasmo.

Debido a mi claro intento de provocarla, la sonrisa de Beth se ensancha aún más.

—No seas gruñona. Julian ha dicho que hoy puedes salir de la habitación. ¿No es genial?

Claro que es genial. Me está dando la oportunidad de explorar un poco mi prisión para comprobar si realmente estoy en una isla. Quizá hay más gente aquí aparte de Beth, gente que entienda mejor mi situación.

O quizá también puedo encontrar un teléfono o un ordenador. Si pudiera enviar un mensaje o un correo electrónico a mis padres, podrían enseñárselo a la policía y podrían venir a rescatarme.

Al pensar en mi familia, se me encoge el pecho y me escuecen los ojos. Deben estar muy preocupados por mí, se preguntarán qué me ha pasado o si todavía sigo con vida. Soy hija única y mi madre siempre ha dicho que se moriría si algo malo me sucediera. Espero que no estuviera hablando en serio.

Lo odio.

Y también odio a esta mujer que me sonríe en este momento.

—Claro, Beth —respondo, deseando por dentro arañarle la cara y borrarle esa sonrisa—. Es agradable salir de una jaula para ir a otra más grande.

Pone los ojos en blanco y se sienta en una silla.

—Qué dramática. Termina de comer y te enseñaré la isla.

Pienso en no comer solo para fastidiarla, pero estoy hambrienta. Me pongo a comer y acabo con toda la comida del carrito.

—¿Dónde está Julian? —pregunto entre bocado y bocado. Me interesa saber qué hace durante el día. De hecho, solo lo veo durante la noche.

—Está trabajando —me explica Beth—. Tiene bastantes intereses empresariales que requieren su atención.

—¿Qué tipo de intereses empresariales?

Se encoge de hombros.

—De todo tipo.

—¿Es un criminal? —pregunto de manera desafiante.

Se echa a reír.

—¿Por qué crees eso?

—A ver, déjame pensar, ¿quizá porque me ha secuestrado?

Se vuelve a reír, sacudiendo la cabeza como si hubiera dicho algo muy gracioso.

Me entran ganas de darle un puñetazo, pero me contengo. Necesito explorar bien el terreno antes de hacer algo así. No quiero terminar encerrada en la habitación, no si puedo evitarlo. Tengo más oportunidades de poder escapar si dispongo de más libertad.

Así que me limito a levantarme y a echarle una mirada gélida.

—Ya estoy lista.

—Ponte un bañador —me dice, señalando la ropa que me ha traído antes— y nos vamos.

Antes de salir, Beth me enseña el resto de la casa. Es espaciosa y se ha decorado con gusto. La decoración es moderna, con cierta influencia tropical y sutiles motivos asiáticos. Predominan los tonos cálidos, aunque de vez en cuando me encuentro con algún toque de color inesperado, como un jarrón rojo o una figura de un dragón de color azul brillante. Hay cuatro habitaciones: tres en el piso de arriba y una abajo. La cocina que hay en el primer piso es particularmente llamativa, con electrodomésticos de alta gama y una encimera de granito brillante.

También está el despacho de Julian. Se halla en el primer piso y parece estar fuera del alcance para todo el mundo menos para él. Allí es donde se supone que se encarga de resolver sus asuntos de trabajo. La puerta está cerrada cuando pasamos por allí.

Cuando terminamos de ver la casa, Beth se dedica a enseñarme la isla durante las siguientes dos horas. Y sí, efectivamente es una isla, ella me decía la verdad.

Medirá solamente unos tres kilómetros de ancho y casi dos en extensión. Según me dice Beth, nos encontramos en algún punto del Océano Pacífico, y la civilización más cercana se encuentra a unos ochocientos kilómetros. Este dato en concreto lo ha señalado en varias ocasiones, como si tuviera miedo de que se me ocurriera ponerme a nadar para escapar.

Ni se me ha pasado por la cabeza. No soy una nadadora tan resistente, y mucho menos una suicida.

Pero podría tratar de robar un bote.

Llegamos hasta el punto más alto de la isla. Es una montaña pequeña, o una gran colina, depende de la interpretación de cada uno. Las vistas desde aquí son alucinantes, con el océano cristalino y de un azul intenso que se extiende por todo el panorama. En una parte de la isla, el agua es de un azul diferente, más tirando a turquesa, y Beth me explica que se trata de una cala poco profunda ideal para bucear.

La casa de Julian es la única que hay en la isla. Se encuentra al lado de la montaña, entre la playa y un punto de la isla algo elevado. Beth me cuenta que es el lugar más resguardado de la isla, ya que en esa ubicación la casa se encuentra protegida tanto de los fuertes vientos como del mismo océano. Parece ser que ha aguantado un gran número de tifones y apenas ha sufrido daños.

Yo asiento, fingiendo que me importa. No tengo intención de quedarme aquí para ver el próximo tifón. El deseo de escapar de este lugar se acrecienta más y más. No he visto ni teléfonos ni ordenadores mientras Beth me enseñaba la casa, pero eso no significa que no haya alguno. Si Julian se lleva el trabajo a la isla, quiere decir que debe haber, al menos, acceso a internet. Y si son lo suficientemente estúpidos como para dejar que campe a mis anchas por la isla, terminaré encontrando la manera de comunicarme con el exterior.

—¿Te apetece darte un baño? —me pregunta Beth mientras se quita los pantalones cortos y la camiseta. Debajo de la ropa lleva un bikini azul. Tiene una figura delgada y bronceada. Está en tan buena forma que me pregunto qué edad puede tener. Podría parecer una adolescente, pero su cara indica que es mayor.

—¿Cuántos años tienes? —pregunto sin ambages. En otras circunstancias, habría tenido más tacto, pero me da igual si esta mujer se ofende. ¿Qué más dan las convenciones sociales cuando te encuentras retenida por un par de locos?

Sonríe, sin que parezca molesta por mi pregunta indiscreta.

—Tengo treinta y siete —contesta.

—¿Y Julian?

—Veintinueve.

—¿Tenéis algún tipo de relación amorosa? —No sé por qué le pregunto esto. Si tiene celos de que sea el juguete sexual de Julian, desde luego lo esconde bastante bien.

Beth se ríe.

—No, para nada.

—¿Por qué no? —Creo que estoy siendo demasiado indiscreta. Siempre he sido bastante educada y políticamente correcta, pero el hecho de que no me importe lo que la gente pueda pensar hace que me envalentone un poco. Siempre trato de agradar a todo el mundo, pero con esta mujer me pasa lo contrario: no me interesa agradarla en lo más mínimo.

Deja de reírse y me mira muy seria.

—Porque no soy lo que Julian necesita ni lo que quiere.

—¿Y qué necesita o quiere?

—Algún día lo sabrás —responde con un tono misterioso y se adentra en el agua.

Me quedo un rato mirándola fijamente, la curiosidad me come por dentro, pero parece que ha dado por finalizada la conversación. Se zambulle y empieza a nadar casi como una profesional.

Hace calor y el sol me da en todo el cuerpo. La arena es blanca y parece suave y el agua es cristalina, su temperatura fresca me tienta. Me gustaría odiar este lugar, despreciar todo lo que tenga que ver con mi cautiverio, pero he de reconocer que la isla es preciosa.

No tengo por qué meterme en el agua si no quiero. No creo que Beth me obligue a hacerlo. Y me sabe mal disfrutar de la playa mientras mi familia está desesperada por mí, llorando y pasándolo mal por mi desaparición.

Pero meterme en el agua me llama bastante la atención. Siempre me ha gustado mucho el océano, aunque solo haya estado en el trópico un par de veces en toda mi vida. Esta isla es un auténtico paraíso, quitando que pertenece a un crápula.

Me lo pienso durante un minuto, y por fin decido quitarme el vestido y descalzarme. Podría negarme este pequeño placer, pero tengo que ser pragmática. No sé qué puede ser de mí aquí. En cualquier momento Julian y Beth podrían encerrarme, dejarme sin comida o pegarme. Solo porque hasta ahora se hayan portado bien conmigo no quiere decir que lo vayan a hacer siempre.

En la situación en que me encuentro, he de aprovechar cada momento de placer, porque no sé qué me deparará en el futuro, si no podré disfrutar de otro rato de felicidad.

Por lo tanto, decido unirme al enemigo en el océano, dejando que el agua se lleve lejos todos estos temores y apague el enfado que me arde en la boca del estómago.

Pasamos el tiempo nadando, después nos tumbamos y holgazaneamos en la arena caliente para volver a nadar de nuevo. No hago más preguntas y Beth parece complacida con el silencio.

Nos quedamos en la playa durante dos horas y después volvemos otra vez a la casa.

Nora

Esta vez, Julian va a cenar conmigo. Beth prepara una mesa en el piso de abajo para nosotros y cocina un plato que incluye pescado local, arroz, judías y plátanos. Me cuenta orgullosa que es su receta caribeña estrella.

—¿Tú también vas a cenar con nosotros? —le pregunto, mientras pone los platos en la mesa.

Me he duchado y me he puesto la ropa que Beth me ha traído. Es otro conjunto de ropa interior blanca y un vestido amarillo con flores blancas. También llevo unas sandalias de tacón blancas. El conjunto es bonito y femenino, bastante diferente de los pantalones y camisetas oscuras que uso siempre. Me hace parecer una muñeca.

Aún no me puedo creer que me dejen campar a mis anchas por toda la casa. Hay cuchillos en la cocina. Podría robar uno y amenazar a Beth con él en cualquier momento. Me siento muy tentada a hacerlo, aunque se me revuelva el estómago con la idea de sangre y violencia.

Quizá pronto lo lleve a cabo, pero tengo que esperar a conocer algo más este lugar.

Estoy descubriendo algo interesante de mi personalidad. Parece que no apuesto por hacer las cosas a lo grande, sino que me fijo en los pequeños detalles aparentemente insignificantes. Mi voz interior, fría y racional, me dice que necesito un plan, estudiar una forma de salir de la isla, antes de intentar hacer nada. Atacar a Beth en este momento sería una acción estúpida. Podría acabar encerrada o algo peor.

No, este plan es mejor. Debo dejar que piensen que soy inofensiva. De esta forma tengo más posibilidades de escapar.

La hora siguiente la paso sentada en la cocina viendo cómo Beth prepara la cena. Es muy competente, muy eficaz. Pasar tiempo con ella hace que me distraiga y no piense en que Julian vendrá por la noche.

—No —me responde—. Estaré en mi habitación. Julian quiere pasar tiempo a solas contigo.

—¿Por qué? ¿Se piensa que estamos empezando a salir o algo así?

Sonríe.

—Julian no es de salir con alguien.

—No me digas —respondo en un tono muy sarcástico—. ¿Para qué vas a molestarte en salir con alguien si puedes secuestrarla y abusar de ella?

—No seas ridícula —me responde Beth rápidamente—. ¿De verdad crees que Julian necesita forzar a las mujeres? Ni siquiera tú puedes llegar a ser tan ingenua.

La miro fijamente.

—¿Con eso me quieres decir que no tiene por norma robar mujeres y traerlas aquí?

Beth niega con la cabeza.

—Eres la única persona que conozco que ha estado aquí. Esta isla es el refugio privado de Julian. Absolutamente nadie sabe que existe.

Un escalofrío me recorre la espalda al oírlo.

—¿Y qué me hace ser tan afortunada? —pregunto tratando de calmarme, pero el corazón me late a toda velocidad—. ¿Por qué soy merecedora de tal honor?

Me sonríe.

—Algún día lo descubrirás. Julian te responderá cuando considere que es el momento oportuno para que lo sepas.

Estoy harta de oír todo el rato eso de «algún día», pero también sé que es lo suficientemente fiel a mi secuestrador como para no revelarme nada.

Así que trato de averiguar otra cosa.

—¿A qué te referías cuando me dijiste que le debes la vida?

Se le borra la sonrisa, se le endurece la expresión y le aparecen algunas arrugas en la cara.

—Eso no es asunto tuyo, jovencita.

No me vuelve a dirigir la palabra en los diez minutos que siguen, sino que termina de preparar la mesa.

Cuando todo está listo, me deja sola en el comedor esperando a que llegue Julian. Tengo sentimientos encontrados: estoy nerviosa y entusiasmada. Por primera vez, voy a poder conocer a mi secuestrador fuera de la habitación.

Tengo que reconocer que siento algo de fascinación por él. Siento una curiosidad irremediable hacia él, por mucho miedo que me dé. ¿Quién es? ¿Qué quiere de mí? ¿Por qué me escogió a mí como víctima?

No había pasado un minuto cuando Julian entra en la habitación. Estoy sentada en la ventana mirando por la ventana. Siento su presencia incluso antes de saber que está a mi lado. La atmósfera se vuelve eléctrica, llena de expectación.

Me vuelvo y lo observo mientras se acerca. Esta vez, viste con un polo gris suelto y unos pantalones color caqui. Podríamos haber ido a cenar a un club de campo de lujo.

El corazón me late a tal velocidad que parece que se me va a salir del pecho, y puedo sentir como la sangre me fluye a toda prisa por las venas. De repente, empiezo a ser más consciente de lo que le ocurre a mi cuerpo. Mis pechos se vuelven más sensibles y siento cómo mis pezones comienzan a endurecerse por debajo de los límites de encaje de mi lencería. La fina tela del vestido me roza las piernas desnudas, haciéndome recordar cómo me acariciaba justo ahí. Cómo me acariciaba todas las partes de mi cuerpo.

Noto una humedad cálida entre las piernas al recordarlo.

Cuando finalmente llega hasta mí, se agacha un poco para darme un breve beso en la boca.

—Hola, Nora —me saluda cuando vuelve a ponerse recto y sus labios perfectos se curvan en una sonrisa tan sensual como enigmática. Es tan espectacular que hace que me quede en blanco por un momento, ya que mi mente se nubla con solo sentir su cercanía.

Su sonrisa se ensancha aún más al tiempo que camina para sentarse conmigo a la mesa.

—¿Qué tal tu día, mi gatita? —me pregunta, cogiendo un trozo de pescado para ponerlo en su plato. Lo hace con seguridad y de forma curiosamente elegante.

Parece increíble que tras esa máscara hermosa se oculte un demonio así.

Me armo de valor.

—¿Por qué me llamas así?

—¿Llamarte cómo? ¿Mi gatita?

Asiento.

—Porque me recuerdas a una gatita —me contesta, y los ojos comienzan a brillarle con un rastro de emoción—. Pequeña, suavecita y muy agradable al tacto. Haces que me entren ganas de acariciarte para comprobar si ronronearías entre mis brazos.

Mis mejillas comienzan a enrojecerse. Me ha ruborizado por completo, y solo espero que mi tono de piel lo disimule.

—No soy un animal.

—Pues claro que no. No me gusta la zoofilia.

—¿Y entonces qué te gusta? —suelto sin pensármelo primero para arrepentirme justo después. No me interesa hacerlo enfadar. No es como Beth. Él consigue atemorizarme.

Para mi tranquilidad, parece divertido por mi osadía.

—Pues por ahora —me dice dulcemente—, me gustas tú.

Aparto la mirada y trato de servirme un poco de arroz, aunque mis manos tiemblan un poco.

—Deja que te ayude con eso. —Y acto seguido sus dedos se rozan ligeramente con los míos al intentar alcanzar mi plato. Sin poder mediar palabra, me llena el plato con buena parte de la comida que hay en la mesa.

Me devuelve el plato y me quedo mirándolo fijamente con desgana. Estoy demasiado nerviosa y eso me impide comer delante de él. Tengo un nudo enorme en la garganta.

Cuando alzo la mirada, compruebo que él no tiene ese problema. Come con apetito, disfrutando de lo que Beth ha preparado.

—¿Qué te pasa? —me pregunta entre bocado y bocado—. ¿No tienes hambre?

Sacudo la cabeza, consciente de que estaba hambrienta antes de que él llegara.

Frunce el ceño y suelta el tenedor.

—¿Por qué no? Beth me ha contado que pasaste todo el día en la playa y que has nadado también. ¿No deberías tener hambre tras todo ese ejercicio?

Me encojo de hombros.

—Estoy bien.

Por supuesto, no quiero decirle que él es la verdadera causa de mi falta de apetito.

Se le estrechan los ojos al mirarme.

—¿A qué estás jugando? Debes comer, Nora. Ya estás delgada. No quiero que pierdas peso.

Trago saliva, nerviosa, y empiezo a comer algo. Hay algo en su forma de mirarme que me dice que oponerme a él sobre este asunto sería insensato y estúpido.

Bueno, en este y en cualquier asunto en realidad.

Mi instinto me dice también que este hombre es verdaderamente tan peligroso como lo aparenta. No ha sido del todo cruel conmigo, pero es que en realidad la crueldad va ligada a él. Lo noto.

—Buena chica. —Asiente satisfecho cuando me como una pequeña parte del plato.

Aunque ni siquiera estoy saboreando ni disfrutando la comida y aunque tenga que forzar cada bocado que pruebo, sigo comiendo. Me mantengo concentrada mirando al plato. Me resulta más sencillo comer si evito su penetrante mirada azul.

—Beth me ha contado que has pasado un buen día de playa —comenta cuando ya me he comido casi medio plato.

Asiento como respuesta y cuando alzo la mirada me doy cuenta de que no me quita el ojo de encima.

—¿Qué te ha parecido la isla? —me pregunta, como si de verdad estuviera interesado en conocer mi opinión. Tiene una mirada amable, pero en realidad está estudiándome.

—Es preciosa —contesto con sinceridad. Me paro un momento y continuo—. Pero no quiero quedarme aquí.

—Ya lo sé. —Parece que entiende mi situación—. Pero acabarás acostumbrándote con el tiempo. Este es tu nuevo hogar, Nora. Cuanto antes lo asimiles, mejor para ti.

Se me revuelve el estómago hasta tal punto que siento que voy a echar todo lo que he comido. Trago saliva de manera exagerada, tratando de controlar la angustia que estoy empezando a experimentar.

—¿Y qué hay de mi familia? —pronuncio cada palabra con un tono amargo, casi inaudible—. ¿Cómo se supone que deben asimilarlo?

En mi rostro se puede adivinar una ligera conmoción.

—¿Y qué pasaría si ellos supieran que no estás muerta? —pregunta con voz queda, aguantándome la mirada—. ¿Conseguiría que te sintieras mejor, mi gatita?

—¡Por supuesto que sí! —apenas puedo creer lo que estoy oyendo—. ¿Podrías hacer eso por mí? ¿Podrías decirles que estoy viva? Quizá puedo llamarlos y...

Se incorpora un poco para cogerme la mano, cortando de raíz mis vagas esperanzas.

—No.

Por el tono de voz que emplea, no puedo rebatirle la respuesta.

—Yo mismo contactaré con ellos.

Me trago mi decepción.

—¿Qué les vas a decir?

—Que estás viva y que te encuentras en perfecto estado.

Me masajea dulcemente la parte interna de la palma de la mano con su largo pulgar. Sus caricias hacen que me distraiga, y mis huesos se derriten y se convierten en gelatina.

—Pero... —Casi emito un gemido cuando me presiona un poco una mancha particularmente sensible—. Pero no te creerán...

—Lo harán —Aleja su mano de la mía, lo que me deja con un raro sentimiento de abandono—. Puedes confiar en mí.

¿Confiar en él? Ya, claro que sí.

—¿Por qué me haces esto? —pregunto con frustración—. ¿Lo haces porque hablé contigo en el bar?

Niega con la cabeza.

—No, Nora. Lo hago porque eres tú. Eres justo lo que había estado buscando hasta ahora. Siempre he querido a alguien como tú.

—¿Sabes la locura que estás diciendo? —Estoy tan enfadada que me olvido por un momento del temor que le tengo—. ¡Si ni siquiera me conoces!

—Tienes razón —afirma con dulzura—. Pero no me hace falta conocerte. Solo saber lo que siento.

—¿Me estás diciendo que estás enamorado de mí?

Por alguna razón que desconozco, esa idea me aterra aún más que pensar que solamente lo hace porque tiene unos gustos sexuales algo extraños.

Se ríe a carcajadas, moviendo la cabeza. Me ha ofendido mucho y no puedo parar de observarlo. No es que quiera que esté enamorado de mí, pero tampoco entiendo qué le hace tanta gracia.

—Pues claro que no —responde finalmente cuando termina de reírse. Y sigue sonriendo.

—¿Entonces a qué te refieres? —pregunto con frustración.

De repente se le borra la sonrisa.

—Da igual, Nora —me dice con voz queda—. Por ahora, te vale con saber que eres especial para mí.

—Y si eso es así, ¿por qué no me dijiste de quedar un día

directamente? —Aún sigo empeñada en comprender lo incomprensible—. ¿Por qué tuviste que secuestrarme?

—Porque quedaste con ese chico. —De repente en la voz de Julian se adivina un rastro de ira, y consigue que se me hiele la sangre de miedo—. Lo besaste cuando ya me pertenecías.

Trago saliva.

—Pero si ni siquiera sabía nada de esto —digo con voz temblorosa—. Solo te vi en el bar.

—Y en tu graduación también.

—Y en mi graduación —concedo, y siento como el corazón me martillea el pecho—. Pero pensé que estabas allí por otro motivo. Quizá por algún hermano o hermana menor o…

Respira profundamente, y puedo notar cómo ahora está mucho más calmado.

—Eso da igual ahora, Nora. Quería que estuvieras aquí, conmigo, y no pululando por ahí. Es mucho más seguro para ti, y también para ese chico.

—¿Para Jake también?

Julian asiente.

—Si hubieras quedado otra vez con él, posiblemente hubiera tenido que matarlo. Lo mejor para todos es que estés aquí, lejos de él y de otros que puedan desearte también.

Cuando habla de matar a Jake, lo dice totalmente en serio. No es un farol. Se lo veo dibujado en la cara.

Me lamo los labios un poco; los sentía secos. De repente, sus ojos comienzan a seguir el movimiento de mi lengua, y puedo sentir cómo cambia el ritmo de su respiración. Parece que he logrado que pierda el control solo con ese simple gesto.

En ese momento, se me pasa por la cabeza una idea alocada y desesperada. Es obvio que me desea. Incluso se preocupa al máximo de que yo esté a gusto, como de avisar a mi familia de que estoy viva. ¿Y si uso eso a mi favor? No tengo mucha experiencia en esto, pero tampoco soy tonta de remate. Sé ligar con los chicos. ¿Podría intentar hacerlo? ¿Podría seducir a Julian para conseguir que me deje ir?

Eso sí, si lo hago, debo tener cuidado. No puedo dar un giro repentino de ciento ochenta grados. Es imposible que hasta hace un minuto lo odiara y ahora, de la nada, lo ame. Debe creer que puede dejarme salir de la isla sin problemas y que me quedaré de buena gana con él tanto tiempo como me desee. Que nunca miraré ni a Jake ni a ningún otro hombre.

Por eso voy a tomarme todo el tiempo que sea necesario para convencer a Julian de que lo adoro.

8

Durante el resto de la cena, continúo actuando como si estuviera asustada e intimidada; aunque en realidad no actúo, lo siento así. Estoy con un hombre que habla despreocupadamente de matar a gente inocente. ¿De qué otra manera se supone que debo sentirme?

No obstante, también intento seducirlo. Son pequeños detalles, como la manera en la que me toco el pelo hacia atrás mientras lo miro, el modo en que muerdo un trozo de papaya que Beth había cortado para el postre y chupo el jugo con los labios.

Sé que mis ojos son bonitos, así que lo miro tímidamente, con los párpados medio cerrados. He practicado esa mirada frente al espejo y sé que las pestañas parecen infinitas cuando inclino la cabeza en un ángulo determinado.

No lo exagero porque no se lo creería. Solo hago pequeñas cosas que puedan resultarle excitantes o atractivas.

Intento evitar cualquier tema polémico. En vez de ello, le pregunto sobre la isla y cómo llegó a ser su propietario.

—Me topé con esta isla hace cinco años —explica Julian, mientras los labios se le arquean formando una sonrisa encantadora—. Mi Cessna tuvo un problema mecánico y necesitaba un sitio para aterrizar. Afortunadamente, hay una zona llana y cubierta de hierba justo al otro lado, cerca de la playa. Fui capaz de aterrizar sin que se estrellara por completo y reparé lo necesario. Tardé un par de días, durante ese tiempo exploré la isla. Cuando ya lo había arreglado y podía volar, supe que era el sitio que tanto ansiaba, así que lo compré.

Abro los ojos de la impresión.

—¿Tan fácil? ¿No era caro?

Se encoge de hombros.

—Me lo puedo permitir.

—¿Provienes de una familia adinerada?

Soy muy curiosa. Mi secuestrador es un gran misterio para mí. Tendré más posibilidades de manipularlo si lo entiendo un poco al menos.

Entonces, la cara de Julian se enfría.

—Algo así. Mi padre tenía un negocio exitoso, del que me hice cargo tras su muerte. He cambiado un poco el rumbo y lo he expandido.

—¿Y qué negocio es??

La boca de Julian se tuerce ligeramente.

—Importación y exportación.

—¿De qué?

—Electrónica y otras cosas —dice.

Me doy cuenta de que no va a soltar prenda por ahora. Sospecho que «otras cosas» es un eufemismo para referirse a algo ilegal. No sé mucho de negocios, pero dudo que vendiendo televisiones y reproductores de mp3 se pueda ganar tanto dinero.

Dirijo la conversación hacia un tema mucho menos polémico.

—¿El resto de la familia también usa la isla?

Entonces su mirada se desinfla y se endurece.

—No, todos están muertos.

—Vaya, lo siento.

No sé qué decir. ¿Qué puedes decir que mejore algo como eso? Sí, me ha secuestrado, pero todavía sigue siendo un ser humano. No me puedo ni imaginar lo que debe doler ese tipo de pérdidas.

—No te preocupes —contesta en un tono plano, sin ningún atisbo de emoción, pero noto algo de dolor en él—. Fue hace mucho tiempo.

Asiento con lástima. Me siento mal por él y no intento esconder las lágrimas. Soy demasiado blanda: me lo dice Leah cada vez que lloro al ver una película deprimente. No puedo evitar la tristeza que siento por el dolor de Julian.

Pero la conversación me favorece, ya que su expresión se vuelve algo más cálida.

—No sientas pena por mí, mi gatita —dice con suavidad—. Ya lo he superado. Prefiero que me cuentes cosas de ti.

Parpadeo despacio porque sé que así mis ojos llamarán su atención.

—¿Qué quieres saber?

¿No averiguó todo sobre mí cuando me acechaba?

Me sonríe. Le sienta tan bien que me hace sentir una pequeña presión en el pecho. «Para, Nora. Tú eres la que lo está seduciendo, no al revés».

—¿Qué te gusta leer? —pregunta—. ¿Qué tipo de películas te gusta ver?

Durante los siguientes treinta minutos, le cuento lo que disfruto con la novela romántica y el suspense de detectives, mi odio por las comedias románticas y que me encantan las películas épicas con muchos efectos especiales. Después me pregunta sobre mi música y comida favoritas y me escucha con atención mientras hablo de mis grupos de los ochenta y la pizza de masa gruesa.

De una manera extraña, el modo en que se centra totalmente en mí, absorto con cada una de mis palabras, es casi halagador. La forma en que me clava la mirada de esos ojos azules en la cara. Es como si quisiera entenderme de verdad, como si se preocupara en realidad. Incluso con Jake, no tenía la sensación de que fuera algo más que una bonita chica con la que le gustaba estar.

Con Julian, me siento como si fuera lo más importante del mundo. Como si de verdad le importara.

~

Después de cenar, me sube a su dormitorio. El corazón me empieza a latir por el miedo y la expectación.

Al igual que las otras dos noches, sé que no me enfrentaré a él. De hecho, esta noche iré incluso más lejos como parte de mi plan de seducción para intentar escapar.

Fingiré que quiero hacerle el amor por mi propia voluntad.

Mientras entramos en la habitación, me atrevo a sacarle el tema al que no he parado de dar vueltas en la cabeza.

—Julian… —pregunto con firmeza, con un tono suave, pero con cierta incertidumbre—. ¿Qué pasa con la protección? ¿Y si me quedo embarazada?

Se detiene y se gira hacia mí. Esboza una leve sonrisa.

—No te quedarás, mi gatita. Llevas un implante, ¿no?

Abro los ojos, sorprendida.

—¿Cómo lo sabes?

El implante es una varilla pequeña de plástico que se coloca debajo de la piel, completamente invisible, salvo por una pequeña marca en el lugar en que se inserta.

—Accedí a tu historial médico antes de traerte aquí. Quería asegurarme de que no tuvieras ninguna enfermedad mortal, como la diabetes.

Me quedo mirándolo fijamente. Debería estar furiosa por haber invadido mi privacidad, pero en realidad me alivia. Parece que mi secuestrador es bastante considerado y lo que es más importante, no pretende que me quede embarazada.

—No tienes que preocuparte por contraer ninguna enfermedad —añade, entendiendo mi preocupación—. Me han analizado y siempre he utilizado preservativo.

No sé si creerlo.

—¿Por qué no lo has usado conmigo entonces? ¿Porque era virgen?

Asiente, con un brillo posesivo en los ojos. Levanta la mano y me acaricia la cara, por lo que el corazón me late aún más rápido.

—Exacto. Eres mía. Soy el único que puede estar dentro de ti.

Mi respiración se detiene. Siento un calor húmedo entre los muslos.

No puedo creer la intensidad de mi respuesta física a él. ¿Es normal esto, es decir, que me excite por alguien que me da miedo y menosprecia? ¿Julian me secuestró en el club por esto? ¿Porque sentía esto por mí? ¿Porque conocía mi debilidad?

Por supuesto, según mi plan, no es tan malo que me excite tanto. Sería mucho peor si me asqueara, si no pudiera soportar que me tocara.

No, esto es lo mejor. Puedo ser la secuestrada perfecta: obediente y receptiva, que poco a poco se enamora de su secuestrador.

Así que, en vez de estar rígida y asustada, cedo ante mi deseo y me inclino un poco hacia su mano, como si respondiera involuntariamente a su caricia.

Me mira con mirada triunfal y baja la cabeza, rozando sus labios con los míos. Me envuelve en sus fuertes brazos, moldeándome contra su fornido cuerpo. Está muy excitado; puedo sentir que algo duro se levanta contra la suavidad de mi vientre. Me acaricia la boca con los labios y la lengua. Sabe dulce, a la papaya que acabamos de comernos.

Me corre fuego por las venas y cierro los ojos, perdiéndome en el placer irresistible de su beso. Acerco las manos despacio a su pecho para tocarlo con cierta timidez. Siento el calor de su cuerpo y huelo el perfume de su piel: masculino y almizcleño, extrañamente atractivo. Los músculos del pecho se le tensan con el paso de mis dedos y noto como el corazón le late cada vez más rápido.

Me pone de espaldas a la cama y nos dejamos caer en ella. No sé cómo, pero mis manos acaban en su pelo denso y suave y le devuelvo el beso, apasionada y desesperadamente. No pienso en mi gran plan de seducción. No pienso en nada.

Me muerde el labio inferior y lo chupa hasta llevárselo a su boca. Acerca la mano a mi seno derecho, lo manosea, aprieta el pezón atravesando la doble barrera del sujetador y el vestido. La brusquedad con la que lo hace es excitante y perversa, aunque debería tenerle miedo.

Gimo, me da la vuelta, colocándome sobre mi barriga. Me aprieta con una de las manos, presionándome contra el colchón, mientras con la otra me levanta la falda, y se me ve la ropa interior.

Se detiene un segundo, me mira el culo y me da un cachete.

—Qué nalgas tan voluptuosas —murmura—. Muy bonitas en blanco.

Logra meterme los dedos entre las piernas, siente la humedad que hay. No puedo evitar retorcerme en cuanto me toca. Estoy tan excitada que necesito muy poco para llegar.

Me baja la ropa interior hasta las rodillas. Vuelve a acariciarme las nalgas, lo que me relaja y me excita. Estoy temblando por la expectación.

De repente, oigo una fuerte bofetada y oigo la fuerte palmada que me ha dado en el culo. Grito, sorprendida, más bien por no esperarlo que por ser un dolor real.

Para, masajea la zona con suavidad y lo vuelve a hacer, dándome un cachete en la nalga derecha con la palma abierta. Veinte palmadas seguidas, cada vez más fuerte. Duele. No es una palmada juguetona y suave.

Pretende hacerme daño.

Olvido que había decidido jugar con él y empiezo a forcejear, asustada. Me retiene con facilidad. Ahora se centra en la otra nalga, golpcándola veinte veces con la misma intensidad.

Cuando para, empiezo a sollozar echada en el colchón, le ruego que se detenga. Me arde el trasero, agonizando.

El sentimiento irracional de traición es incluso peor que el dolor. Para mi horror, me doy cuenta de que había empezado a confiar en mi secuestrador, a sentir como si lo conociera un poco.

Me había hecho daño antes, pero no pensé que fuera a propósito. Pensé que era porque el sexo suponía algo nuevo para mí. Esperaba que mi cuerpo se acostumbrara y que fuera algo placentero en el futuro.

Obviamente, soy una estúpida.

Me tiembla todo el cuerpo y no puedo parar de llorar. Me sujeta y tengo miedo por lo que pueda ocurrir ahora.

Lo que hace a continuación es tan impactante como lo de antes.

Me da la vuelta y me levanta en brazos. Después, se sienta, sujetándome en su regazo, meciéndome, con cariño y dulzura, como si fuera una niña a la que tratara de consolar.

A pesar de todo, escondo la cara en su hombro y lloro: necesito con desesperación esa ilusión de dulzura, anhelo que me consuele el que me ha hecho daño.

Después, me tranquilizo un poco; él se levanta y me coloca a sus pies. Siento debilidad en las piernas, me tiemblan. Me tambaleo un poco mientras me desviste con cuidado.

Espero que me diga algo. Quizá se disculpe o me explique por qué me ha hecho daño. ¿Me estaba castigando? Si es así, quiero saber lo que he hecho para evitarlo en el futuro.

Pero no habla, se limita a quitarme la ropa. Cuando estoy desnuda, se empieza a desvestir.

Lo observo con una mezcla extraña de angustia y curiosidad. Su cuerpo es aún un misterio para mí porque he tenido los ojos cerrados durante las dos últimas noches. No le he visto el pene aún, aunque lo haya sentido dentro de mí.

Así que me quedo mirándolo con una mezcla extraña de desasosiego y curiosidad. Su figura es imponente, totalmente masculina. Hombros anchos, cintura estrecha, delgado. Muy musculoso, pero no por consumir esteroides como los culturistas. Parece un guerrero. No sé por qué, pero me lo imagino desenvainando la espada para matar al enemigo. Me percato de que tiene una gran cicatriz en el muslo y otra en el hombro, lo que se suma a su aspecto de guerrero.

Una piel bronceada, con la cantidad perfecta de vello sobre el pecho. En la zona del ombligo, tiene más pelo oscuro que baja hasta el pene. Su color de piel me hace pensar que o siempre va desnudo o es de piel oscura, como yo. Quizá tenga parientes latinos.

También está excitado. Veo que se le levanta el pene. Es largo y grande, similar a los que he visto en películas porno. Con razón me duele. No puedo creer que haya podido meterme eso dentro.

Cuando estamos los dos desnudos, me lleva a la cama.

—Ponte a cuatro patas —me dice en voz baja, empujándome un poco.

El corazón se sobresalta de pánico y me resisto por un momento, girándome para mirarlo.

—¿Vas a...? —trago saliva—. ¿Vas a hacerme daño de nuevo?

—No lo he decidido aún —murmura, levanta la mano para cubrir mis senos. Me masajea el pezón y se pone duro.

—Creo que es suficiente por ahora —añade.

—¿Te gusta el sado?

La pregunta se me escapa sin querer y me quedó paralizada esperando a que me responda.

Me pone su bonita sonrisa de Lucifer.

—Sí, mi gatita —dice con suavidad—. A veces lo soy. Ahora pórtate bien y haz lo que te pida. De lo contrario, puede que no te guste lo que te haga.

Antes de que termine de hablar, lo obedezco poniéndome a cuatro patas en la cama. A pesar del calor de la habitación, estoy tiritando, temblando de pies a cabeza.

Imágenes violentas y espantosas inundan mi mente, por lo que me siento mal. No sé mucho de sadomasoquismo. *Cincuenta sombras* y un par de libros de ese tipo son lo máximo a lo que llega mi experiencia en el tema, pero ninguna de las historias se parece a mi situación.

Ni en mis fantasías más oscuras y secretas me hubiera imaginado que me hubiera secuestrado un sadomasoquista que incluso lo reconoce.

¿Qué va a hacer? ¿Azotarme? ¿Torturarme? ¿Encadenarme en un calabozo? ¿Hay un calabozo en esta isla? Entonces me imagino una habitación de piedra llena de instrumentos de tortura, como en una película sobre la Inquisición española, y me entran arcadas. Estoy segura de que el sadomasoquismo normal no es como eso, pero no hay nada normal en la situación con Julian. Puede hacerme lo que quiera.

Sube a la cama, se pone detrás de mí y me acaricia la espalda, de manera lenta y suave. Sería relajante si no fuera porque estoy a sus órdenes y espero un golpe en cualquier momento.

Seguramente se da cuenta porque se acerca y me susurra al oído:

—Relájate, Nora. No te haré nada más esta noche.

Por poco me desmayo en la cama del alivio. Las lágrimas recorren mi cara. Esta vez son lágrimas de alivio y gratitud. Estoy muy agradecida de que no me vuelva a hacer daño. Al menos, no esta noche.

Ahora estoy horrorizada. Horrorizada y asqueada porque cuando empieza a besarme en el cuello, mi cuerpo empieza a responderle como si nada malo hubiera pasado. Como si no hubiera sufrido nada de dolor a sus manos.

A mi estúpido cuerpo no le importa que sea un puñetero depravado. Que me vaya a hacer daño una y otra vez. No, mi cuerpo anhela el placer y no le importa otra cosa.

Me pasa su boca cálida desde el cuello hacia los hombros y luego hacia la espalda. Mi respiración es superficial, errática. A pesar de que me lo haya asegurado, sigo teniéndole miedo, y el miedo hace que esté cada vez más caliente.

Desliza los labios hacia las nalgas, besa la zona que me duele un poco de antes. Presiona en la parte baja de la espalda y me arqueo al tocarme, sabiendo que se trata de una orden tácita. Me introduce los dedos entre las piernas y con uno de ellos encuentra la forma de llegar al canal resbaladizo, hasta entrar por completo.

Tuerce el dedo dentro de mí y jadeo cuando presiona en algún punto muy sensible del interior. Hace que me tense y tiemble, pero esta vez no por miedo.

A medida que mete y saca el dedo, siento una presión cada vez más grande dentro de mí. Se me disparan las pulsaciones y de repente estoy caliente, como si ardiera por dentro. Y entonces un potente orgasmo que se origina en la zona principal y se extiende hacia fuera se apodera de mi cuerpo. Es tan fuerte que se me nubla la vista por un momento y casi me desmayo en la cama.

Incluso antes de que se detengan mis pulsaciones, se pone de rodillas detrás de mí y empieza a metérmela.

Estoy húmeda y la penetración es relativamente fácil, aunque se nota que es enorme. Los tejidos de mi interior están sensibles e irritados del uso de anoche y no puedo evitar un jadeo ligero de dolor con la penetración. Me mete el pene presionándolo contra mi ardiente trasero, lo que se suma al dolor.

Sujetándome por la cadera, empieza a sacarlo y a meterlo, despacio, pero con cierto ritmo. A pesar del dolor inicial, parece que a mi cuerpo le gusta sentirlo dentro, le gusta la presión y responde lubricándose aún más. A medida que aumenta el ritmo, se me acelera la respiración y empiezo a gemir indefensa cada vez que lo mete hasta el fondo.

De repente y sin avisar, se me tensan los músculos cuando llego al clímax. La liberación ondea en mi interior, el placer aturdido por la intensidad. Detrás de mí, puedo sentir su pene cuando mi orgasmo provoca el suyo y siento el chorro caliente dentro de mí.

Los dos nos desplomamos en la cama, su cuerpo pesado y resbaladizo por el sudor encima del mío.

9

ora

ME DESPIERTO LENTAMENTE, POR FASES. PRIMERO, SIENTO EL cosquilleo del pelo en la cara, después, el calor del sol en el brazo que tengo destapado. Por un momento, mi mente está flotando en ese limbo suave y cómodo entre el sueño y el insomnio, entre el sueño y la realidad.

Mantengo los ojos cerrados, sin querer despertar del todo, porque la sensación es muy agradable.

Ahora me doy cuenta de que huele a tortitas, olor que proviene de la cocina.

Mis labios se curvan y sonrío. Es fin de semana y mamá quiere darnos de nuevo un capricho. Solo hace tortitas en ocasiones especiales y a veces porque le da por ahí.

El pelo me vuelve a hacer cosquillas y sin ganas muevo el brazo para quitármelo de la cara. Ya estoy más despierta y el calor que sentía se disipa y lo sustituye el miedo constante e intenso.

«No, por favor, que sea un sueño. Por favor, que sea una pesadilla».

Abro los ojos.

No es un sueño. Sigue oliendo a tortitas, pero no puede ser mamá quien las esté haciendo.

Estoy en una isla en mitad del Pacífico, secuestrada por un hombre que obtiene placer haciéndome daño.

Me estiro con cuidado y me examino el cuerpo. Excepto un ligero dolor en el trasero, parece que estoy bien. Anoche solo me obligó una vez, lo que agradezco.

Me levanto, camino desnuda hacia el espejo y me miro la espalda. Tengo unos moratones apenas visibles en el culo, nada grave. Esa es una de las ventajas de tener la piel dorada, no me hago cardenales con facilidad. Mañana habrán desaparecido por completo.

Después de todo, parece que he sobrevivido a otra noche en la cama de mi secuestrador.

Cuando me lavo los dientes, pienso en anoche. La cena, el estúpido plan de seducirlo, la sensación de traición por lo que hace él…

No puedo creer que haya empezado a confiar en él, aunque solo sea un poco. Los hombres normales no secuestran a las chicas en el parque, ni las drogan ni las traen a una isla privada. Los hombres a los que les gusta el sexo consentido y normal no secuestran a una mujer.

No, Julian no es normal. Es un bicho raro al que le gusta el control sadomasoquista. No puedo olvidarlo nunca. Que aún no me haya hecho demasiado daño no implica nada. Es solo cuestión de tiempo que me haga algo horrible.

Tengo que escapar antes de que ocurra y no tengo tiempo para seducirlo. Es demasiado peligroso e impredecible.

Necesito encontrar una manera de salir de la isla.

～

Después de darme una ducha rápida y lavarme los dientes, bajo a desayunar. Beth debe de haber estado en mi habitación porque ha preparado otro conjunto de ropa limpia: un bañador, unas chanclas y un vestidito.

Beth está en la cocina y también las tortillas que olí antes.

Al entrar, me sonríe. Parece que la tensión de ayer se haya olvidado.

—Buenos días —me dice muy animada.

—¿Cómo te sientes?

La miro escéptica. ¿Sabe lo que Julian me hizo?

—Oh, pues bien —digo con sarcasmo.

—Eso es bueno —dice sin haberse dado cuenta de mi tono—. Julian temía que tuvieras molestias esta mañana. Por eso me ha dejado una crema especial para que te la dé por si acaso.

Lo sabe.

—¿Cómo puedes vivir contigo misma? —pregunto, con mucha curiosidad.

¿Cómo puede una mujer mantenerse aparte y ver cómo abusan de otra de este modo? ¿Cómo puede trabajar para un hombre tan cruel?

En vez de responderme, Beth coloca una tortita grande y esponjosa en un plato y me la acerca. También hay rodajas de mango en la mesa, justo al lado de la botella de sirope de arce.

—Come, Nora —me dice sin crueldad.

Le echo una mirada penetrante y le hinco el diente a la tortita, que está riquísima. Creo que le ha añadido plátano a la masa porque se puede saborear ese dulzor. No necesita ni sirope de arce, aunque le añado unas rodajas de mango para darle más sabor.

Beth me sonríe de nuevo y se pone a hacer las distintas tareas de la cocina.

Después del desayuno, salgo de la casa y exploro sola la isla. Beth no me detiene. Aún me sorprende que me dejen vagar a mis anchas de esta forma. Deben estar totalmente seguros de que no se puede salir de la isla.

Bueno, encontraré la manera.

Camino incansable durante horas bajo el ardiente sol hasta que las chanclas me hacen una rozadura. Me quedo cerca de la playa, con la esperanza de encontrar un barco atado en algún sitio, quizá en una cueva o en una laguna.

Pero no encuentro nada.

¿Cómo llegué aquí? ¿En avión o helicóptero? Julian mencionó ayer que había descubierto este sitio mientras volaba en avión. ¿Quizá es así como me trajo aquí, en un avión privado?

Esto no sería bueno. Aunque encontrara el avión en algún sitio, ¿cómo lo pilotaría? Me imagino que, como mínimo, tiene que ser complicado.

Una vez más, si le pongo el suficiente empeño, quizá lo averigüe. No soy tonta y pilotar un avión no debe ser tan difícil.

Pero tampoco encuentro el avión. Hay una zona cubierta de hierba al otro lado de la isla con una estructura al final de ella, pero no hay nada dentro, está completamente vacía.

Cansada, sedienta y con la rozadura que me molesta cada vez más a cada paso que doy, me dirijo de vuelta a la casa.

—JULIAN SALIÓ HACE UN PAR DE HORAS —ME DICE BETH EN CUANTO entro.

Me quedo mirándola estupefacta.

—¿A qué te refieres? ¿Ya se ha ido?

—Tenía unos asuntos de negocios urgentes de los que ocuparse. Si todo sale bien, volverá dentro de una semana.

Asiento, intentando mantener una expresión neutral, y subo a la habitación.

¡Se ha ido! ¡Mi torturador se ha ido!

Solo quedamos Beth y yo en la isla. Nadie más.

Empiezo a darle vueltas a distintas posibilidades de huida. Puedo robar uno de los cuchillos de la cocina y amenazar a Beth hasta que me muestre una manera de salir de la isla. Quizá haya internet aquí y puede que sea capaz de contactar con el mundo exterior, fuera de esta isla.

Estoy tan emocionada que gritaría.

¿De verdad piensan que soy tan inofensiva? ¿Mi comportamiento dócil los ha hecho relajarse tanto que creen que continuaré siendo una secuestrada amable y obediente?

Pues no podrían estar más equivocados.

Julian me asusta, pero Beth, no. Con los dos en la isla, atacar a Beth no tendría sentido y sería peligroso.

Sin embargo, ahora es jugar limpio.

UNA HORA MÁS TARDE, VOY A HURTADILLAS A LA COCINA. COMO suponía, Beth no está. Es demasiado pronto para preparar la cena y demasiado tarde para el almuerzo.

No llevo puestos los zapatos para minimizar el ruido. Miro a mi alrededor con cautela, abro uno de los cajones y saco un gran cuchillo carnicero. Le paso el dedo y veo que está afilado.

Un arma. Perfecto.

Como el vestido que llevo puesto tiene un cinturón pequeño, lo utilizo para atarme el cuchillo en la espalda. Es una funda muy rústica, pero sujeta el cuchillo en su sitio. Espero no cortarme el trasero con la hoja, pero si lo hago, valdrá la pena correr ese riesgo.

Un gran jarrón de cerámica es mi siguiente adquisición. Pesa lo suficiente para que apenas pueda levantarlo por encima de la cabeza con los brazos. No hay cráneo humano que pueda aguantar esto.

Una vez que tengo las dos cosas, voy a buscar a Beth.

La encuentro en el porche, con un libro, acurrucada en un cómodo sofá exterior, disfrutando del aire fresco y de las bonitas vistas al océano. No mira cuando saco la cabeza a través de la ventana que está abierta y rápidamente la vuelvo a meter, intentando averiguar qué hacer después.

El plan es sencillo. Tengo que esperar a que Beth baje la guardia y golpearle en la cabeza con el jarrón. Quizá atarla con algo. Después podría usar el cuchillo para amenazarla hasta que me ponga en contacto con el mundo exterior. De este modo, cuando Julian vuelva, podrían haberme rescatado y podría denunciarlo.

Solo debo saber cuál sería el lugar perfecto para mi emboscada.

Al mirar alrededor, veo un recoveco pequeño cerca de la entrada a la cocina. Viniendo desde el porche —como creo que sería el caso de Beth— no se ve nada dentro. No es el mejor lugar para esconderse, pero es mejor que atacarla directamente. Voy allí y me quedo pegada a la pared, con el jarrón en el suelo, justo a mi lado, para poder cogerlo con facilidad.

Respiro profundamente, intento calmar el leve temblor de las manos. No soy una persona violenta, pero aquí estoy, a punto de romper el jarrón en la cabeza de Beth. No quiero pensar en ello, pero no puedo dejar de imaginar su cráneo totalmente partido, sangre por todos lados, como si fuera una película de terror. La imagen me pone enferma y me digo que no será así, que seguramente acabe con un molesto moratón o una leve conmoción.

La espera parece interminable. Sigue y sigue, cada segundo parece durar una hora. El corazón palpita con fuerza y estoy sudando, aunque la temperatura de la casa sea mucho más fría que el calor que hace fuera.

Finalmente, después de lo que parecen ser varias horas, escucho los pasos de Beth. Cojo el jarrón, lo levanto con cuidado por encima de mi cabeza y contengo la respiración cuando Beth entra por la puerta que viene del porche.

A medida que se acerca, sujeto el jarrón con más firmeza y se lo tiro encima de la cabeza.

No obstante, en algo me equivoco. En el último segundo, Beth debe de haber escuchado que me movía porque el jarrón le golpea en el hombro.

Grita de dolor y se toca el hombro.

—Hija de puta.

Respiro con dificultad, intento levantar el jarrón de nuevo, pero ya es demasiado tarde. Coge el jarrón y lo tira, rompiéndolo en mil pedazos.

Salto hacia atrás y con la mano derecha busco frenéticamente el cuchillo. «Mierda, mierda, mierda». Logro coger el mango y lo saco, pero me agarra el brazo sin darme tiempo a hacer nada, moviéndose tan rápida como una serpiente. Me coge la muñeca derecha como si fuera una correa de acero.

Se sonroja y los ojos le brillan mientras me tuerce el brazo hacia atrás: me duele mucho.

—Tira el cuchillo, Nora —me ordena severamente con un tono lleno de ira.

Estoy en pánico, intento golpearle en la cara con la otra mano, pero también me coge el brazo. Está claro que sabe luchar y que también es más fuerte que yo.

Lloro por el dolor en el brazo izquierdo, pero intento pegarle una patada. No puedo perder esta batalla. Es la mejor forma que tengo de escapar.

Le golpeo las piernas con los pies, pero no llevo puestos los zapatos y me hago más daño yo en los dedos que ella en sus espinillas.

—Tira el cuchillo, Nora, o te romperé el brazo —amenaza.

Sé que dice la verdad. Tengo los hombros a punto de desencajarse y se me nubla la vista, el brazo me duele muchísimo.

Me resisto durante más de un segundo y luego suelto el cuchillo. Cae al suelo con un sonido hueco y alto.

Beth me suelta inmediatamente y se inclina para cogerlo.

Me alejo, respirando con dificultad, me arden en los ojos lágrimas de dolor y frustración. No sé qué me va a hacer ahora, ni quiero saberlo.

Así que echo a correr.

SOY RÁPIDA Y ESTOY EN FORMA. OIGO CÓMO BETH ME PERSIGUE, ME llama, pero dudo que haya hecho atletismo alguna vez.

Salgo corriendo de la casa y bajo a la playa. Rocas, ramas y grava se me meten en los pies, pero apenas los siento.

No sé a dónde me dirijo, pero no puedo dejar que Beth me atrape. No pueden encerrarme en una habitación o hacerme algo peor.

—¡Nora!

Mierda, también es una buena corredora. Corro mucho más rápido, sin hacerle caso al dolor de pies.

—¡Nora, no seas estúpida! ¡No puedes ir a ninguna parte!

Sé que es verdad, pero ya no puedo ser una víctima pasiva. No puedo sentarme y permanecer sumisa en esa casa, comer lo que Beth me prepare y esperar a que Julian vuelva.

No puedo dejarle que me vuelva a hacer daño y que provoque que mi cuerpo lo ansíe.

Los músculos de las piernas ya no pueden más y los pulmones se esfuerzan por tomar aire. Me olvido de las molestias e imagino que estoy en una carrera con la línea de meta a tan solo unos metros.

Parece que esté corriendo durante mucho tiempo. Cuando giro la cabeza, veo que Beth se está quedando cada vez más atrás.

Reduzco el ritmo un poco. No puedo mantener esa velocidad durante mucho más tiempo. Sin pensarlo demasiado, me dirijo a la zona más rocosa de la isla, donde puedo escalar las rocas y desaparecer en la zona boscosa que hay encima.

Tardo unos diez minutos en llegar allí. Entonces, ya no veo a Beth detrás de mí.

Disminuyo la velocidad y subo por las rocas. Ahora que estoy fuera de peligro inmediato, puedo sentir los cortes y moratones en los pies descalzos.

Es una subida lenta y tortuosa. Las piernas me tiemblan por el esfuerzo tan grande que he hecho y al que no estoy acostumbrada. Siento un bajón de adrenalina. Sin embargo, consigo subir la colina rocosa y llegar al bosque.

Estoy rodeada de vegetación tropical, abundante y espesa, que impide que me vean. Sigo adentrándome entre los matorrales en busca de un buen lugar en que desplomarme por el agotamiento. No es fácil que me encuentren aquí. De lo que puedo recordar de lo que exploré, el bosque abarca una gran parte de este lado de la isla.

Aquí debería estar a salvo por ahora.

A medida que empieza a oscurecer, me cobijo en un gran árbol, apenas impenetrable por la maleza. Limpio una parte pequeña del terreno y compruebo que no hay cerca ni hormigueros ni nada que pueda picarme ni morderme. Después me acuesto, sin hacerle caso al dolor punzante que siento en los pies por los cortes.

No es la primera vez en mi vida que agradezco que mi padre me llevara de acampada cuando era niña. Gracias a su tutela, me siento a gusto con la naturaleza en todo su apogeo. Insectos, serpientes, lagartijas: no me molestan. Tendría que tener cuidado con ciertas especies, pero, por lo general, no les tengo miedo.

Temo más a las lagartijas que me trajeron a esta isla.

Ahora que estoy lejos de Beth, puedo pensar con más claridad.

No tiene un cuerpo esbelto y tonificado por hacer un poquito de cardio y de yoga en el gimnasio. Es fuerte —puede que como algunos hombres— y, sin duda, mucho más fuerte que yo.

También parece haber recibido algún entrenamiento especial. ¿Quizá artes marciales? Desde luego, cometí el error de intentar apresarla. Debería haberla acuchillado por la espalda cuando no estaba mirando.

Aunque no es demasiado tarde. Puedo regresar a la casa a hurtadillas y sorprenderla. Necesito tener acceso a internet y lo necesito ahora, antes de que Julian vuelva.

No sé qué me haría por haber atacado a Beth, pero tampoco quiero saberlo.

A LA MAÑANA SIGUIENTE, ME DESPIERTO CON UNA SENSACIÓN EXTRAÑA. Parece como si...

—¡Mierda!

Doy un salto e intento quitarme una araña de patas largas que se me acerca poco a poco al brazo. La araña sale volando. Atacada, me sacudo la cara, el pelo y el cuerpo para quitarme cualquier bicho asqueroso que tenga.

Vale, no es que me den miedo las arañas, sino que no me gusta nada tenerlas encima. Desde luego, no es la manera más agradable de despertarse.

Las pulsaciones vuelven a estabilizarse poco a poco y evalúo la situación. Tengo sed y me duele todo el cuerpo por haber dormido en un suelo duro. Me siento sucia y me duelen los pies. Levanto una pierna y me miro la planta del pie. Estoy casi segura de que tengo sangre seca.

Me suenan las tripas porque tengo hambre. Anoche no cené y me muero de hambre.

Lo bueno es que Beth no me ha encontrado aún.

No sé qué voy a hacer ahora. ¿Quizá volver a la casa e intentar tenderle otra emboscada?

Pienso en ello y decido que probablemente sea lo mejor en este punto. Antes o después, Beth o Julian me encontrarán. La isla no es tan grande y no podré esconderme de ellos durante mucho tiempo. No puedo perder el tiempo, no vaya a ser que Julian vuelva antes de lo esperado. En un dos contra uno tengo poco que hacer.

Cada vez tengo más hambre. Además, suelo marearme si no como a menudo. Puede que encuentre agua fresca, pero comida es más difícil. No sé de dónde saca Beth esos mangos. Si me escondo durante otro par de días, estaré demasiado débil para atacar a cualquiera, y aún menos a una mujer que podría ser una princesa guerrera.

Aunque puede que no me espere aún, cosa que podría aprovechar como factor sorpresa.

Por ello, respiro profundo y empiezo a caminar —o, mejor dicho, a cojear— hacia la casa. Sé que puede que no acabe bien, pero no puedo hacer otra cosa. O lucho ahora o seré una víctima siempre.

Tardo dos horas en regresar. Tengo que pararme y descansar a ratos, cuando mis pies no pueden aguantar el dolor.

Es paradójico que escapara porque tenía miedo al dolor y que haya terminado haciéndome tanto daño. Seguro que a Julian le encantaría verme así. «Puto pervertido».

Finalmente, logro llegar a la casa y me agacho detrás de unos arbustos grandes que hay cerca de la entrada principal. No sé si está cerrada o abierta, pero no creo que pueda entrar por esta puerta. Normalmente, Beth suele estar en el salón.

No, necesito una estrategia mejor.

Unos minutos más tarde, me dirijo con cuidado hacia la parte trasera de la casa, hacia el gran porche en que ayer ataqué a Beth.

Para mi alivio, no hay nadie allí.

Con cuidado de no hacer ruido, abro la puerta con tela metálica y entro. Llevo una piedra grande en la mano. Preferiría llevar un cuchillo o una pistola, pero ahora mismo solo tengo una piedra.

Me dirijo a una de las ventanas caminando como un cangrejo. Para mi alegría, miro dentro y me encuentro que el salón está vacío.

Me pongo derecha y camino hacia la puerta de cristal que da al salón, entorno la puerta y entro.

La casa está totalmente en silencio. No hay nadie cocinando ni poniendo la mesa.

El reloj digital del salón marca las 7:12. Espero que Beth esté todavía durmiendo.

Sin soltar la piedra, entro a hurtadillas en la cocina y encuentro otro cuchillo. Con los dos objetos, me dirijo a la planta de arriba.

La habitación de Beth es la primera de la izquierda. Lo sé porque me la mostró cuando me enseñaron la casa.

Contengo la respiración, abro la puerta sin hacer ruido y... me quedo petrificada.

La persona a la que más temo está sentada en la cama: Julian.

Ha vuelto antes de tiempo.

～

—Hola, Nora.

El tono de su voz es aparentemente suave y su cara perfecta e inexpresiva; y, sin embargo, noto la rabia que le quema por dentro.

Me quedo mirándolo fijamente un segundo, inmóvil por el miedo. Solo puedo oír los latidos de mi corazón. Entonces empiezo a retroceder, aunque sin quitarle los ojos de encima. Tengo las manos levantadas enfrente de mí para defenderme, en una de ellas sostengo firmemente la piedra y en la otra el cuchillo.

En ese momento, unas manos de acero me agarran por los brazos desde atrás y me tuercen las muñecas, lo que me causa mucho dolor. Chillo y me resisto, pero Beth es demasiado fuerte. El cuchillo se gira hacia atrás en la mano y por poco me alcanza el hombro.

En tan solo un instante, Julian está encima de mí y me fuerza las manos para quitarme el cuchillo y la piedra. Beth me suelta y Julian me coge, sujetándome con firmeza mientras grito y me revuelvo en sus brazos.

Cuanto más me resisto, con mayor firmeza me agarra, hasta que me quedo sin fuerzas y casi me desmayo por la falta de aire.

Me recoge y me saca de la habitación de Beth. Para mi asombro, me lleva a la planta de abajo y se detiene enfrente de la puerta de su despacho. Un panel pequeño se abre en el lateral de la puerta. Veo una luz roja que se mueve en la cara de Julian, como si fuera un láser en la caja de un supermercado.

Entonces se abre la puerta.

Reprimo mi sorpresa. La puerta del despacho se abre mediante un escáner de retina, algo que solo había visto en las películas de espías.

Cuando me mete en el despacho, vuelvo a intentar luchar contra él, pero es en vano. Sus brazos son inamovibles y me sujeta con firmeza.

De nuevo, me encuentro indefensa en sus brazos.

Lágrimas de profunda frustración recorren mi cara. Odio ser tan débil y que me puedan manejar tan fácilmente. No le cuesta ni respirar después de la pelea.

No sé qué me hará, quizá pegarme o forzarme brutalmente.

Sin embargo, cuando entramos en el despacho, me deja de pie.

En cuanto me suelta, doy unos pasos hacia atrás; necesito poner al menos cierta distancia entre los dos.

Me sonríe y veo algo inquietante en la belleza de esa sonrisa.

—Relájate, mi gatita. No te haré daño. Al menos no ahora.

Cuando miro, se acerca a un escritorio grande y abre un cajón, del que saca un mando. Señala hacia la pared de detrás de mí.

Me giro con cautela y me quedo mirando las dos pantallas planas que hay. Son de alta tecnología, nada que ver con las que suelo tener en casa.

La pantalla de la izquierda se enciende. La imagen es extraña porque es algo inesperado.

Parece una habitación bastante normal en la casa de alguien. La cama está sin hacer, las sábanas amontonadas en el colchón. Hay colgados pósteres de distintos jugadores de fútbol americano en la pared y un portátil en una mesa.

—¿La reconoces? —pregunta Julian.

Niego con la cabeza.

—Bien —dice—. Me alegro.

—¿De quién es la habitación? —pregunto, con cierto malestar en el estómago.

—¿No lo adivinas?

Me quedo mirándolo, sintiendo más frío a cada minuto que pasa.

—¿La de Jake?

—Sí, Nora. Es su habitación.

Entonces empiezo a temblar.

—¿Por qué aparece en tu televisión?

—¿Recuerdas cuando te dije que Jake estaría a salvo siempre que te comportaras?

Dejo de respirar por un momento.

—Sí…

Apenas se puede oír mi susurro.

En realidad, me había olvidado de la amenaza inicial a Jake, la experiencia del secuestro me había consumido demasiado. Para empezar, no me tomé la amenaza demasiado en serio, la verdad es que no, después de darme cuenta de que estábamos en una isla a miles de kilómetros de mi ciudad natal. En algún sitio de mi mente, me había convencido de que Julian no podía hacerle daño a Jake. Al menos, no desde la distancia.

—Bien —dijo Julian—. Así entenderás por qué estoy haciendo esto. No quiero encerrarte y que no puedas salir a ningún sitio ni hacer nada. Esta isla es tu nuevo hogar y quiero que seas feliz aquí…

¿Feliz aquí? Estoy más convencida que nunca de que está loco.

—Pero no puede ser si vas a hacer daño a Beth en cada intento inútil de escapar. Tienes que aprender que tus acciones tienen consecuencias.

El malestar se expande por todo el cuerpo.

—¡Perdón! ¡No lo haré nunca más! ¡De verdad, lo prometo! —digo de manera precipitada y confusa.

No sé si podré evitar lo que va a ocurrir, pero tengo que intentarlo.

—No volveré a hacer daño a Beth ni trataré de escapar. Por favor, Julian, he aprendido la lección.

Me mira triste.

—No, Nora. No la has aprendido. He tenido que volver hoy, acortando mi viaje de negocios por lo que has hecho. Beth no está aquí para ser tu carcelera. No es su función. Está aquí para cuidarte, para asegurarse de que estás cómoda y contenta. No puedes pagar su amabilidad intentando matarla.

—No quería matarla. Solo quería... —Me detengo, no quiero revelarle mi plan.

—¿Pensaste que podías tomarla como rehén? —Julian me mira aún más asombrado—. ¿Para hacer qué? ¿Para conseguir que te sacara de la isla? ¿Para ayudarte a llegar al mundo exterior?

Lo miro, sin negarlo ni afirmarlo.

—Nora, déjame explicarte algo. Aunque te hubiera salido bien, lo que es prácticamente imposible porque Beth es capaz de enfrentarse a mucho más que una chiquilla, no hubiera podido ayudarte. Cuando salgo de la isla, el avión también. No hay ni barco ni ningún otro medio de salir de la isla.

Sus palabras confirman lo que ya sospechaba por las exploraciones que he hecho. Pero aún esperaba que...

—Y soy el único que tiene acceso a mi despacho. No hay ni ordenador ni ningún dispositivo de comunicación en otra parte de la casa. Beth solo puede enviarme un mensaje directo a través de una línea especial que hemos establecido. Así que, como ves, mi gatita, hubiera sido de poca utilidad si la hubieras utilizado como rehén.

Demasiado para mi esperanza. Cada frase me hacía sentir más y más entre la espada y la pared. Si no me está mintiendo, la situación es mucho peor de lo que me temía.

Si Julian no me deja ir, estaré anclada en esta isla para siempre.

Quiero gritar, llorar y tirar cosas, pero no puedo derrumbarme ahora, sino todo lo contrario. Asiento y finjo estar tranquila y ser congruente.

—Lo entiendo. Lo siento, Julian. No sabía nada de todo esto. No intentaré escaparme de nuevo y no haré daño a Beth. Por favor, créeme...

—Me gustaría creerte, Nora —parece que se estuviera arrepintiendo—, pero no puedo. No me conoces aún, no estás segura de si puedes creerme. Necesito demostrarte que soy un hombre de palabra. Cuanto antes aceptes lo inevitable, más feliz serás.

Tras esto, coge algo similar a un teléfono de su bolsillo. Presiona un botón, espera un par de segundos y después dice de manera brusca:

—Puedes proceder.

Entonces centra su atención en la pantalla.

Yo también miro y siento una punzada de dolor en el estómago.

En la televisión sigue viéndose que no hay nadie en la habitación, pero unos segundos más tarde, la puerta se abre y entra Jake.

Parece aterrorizado. Tiene uno de los ojos cerrado por la inflamación y la nariz descentrada, como si la tuviera rota. Detrás de él, hay una persona grande y enmascarada que lleva una pistola.

Un resoplido de terror se escapa entre mis labios.

—Por favor, no...

No me percato de que me muevo, pero tengo las manos en el brazo de Julian, tirándole por la desesperación.

—Observa, Nora.

No veo ninguna emoción en la cara de Julian mientras me coloca entre sus brazos, sujetándome para que mire la televisión.

—Quiero que aprendas de una vez que tus acciones tienen consecuencias.

Entonces en la pantalla se ve cómo el secuaz enmascarado coge a Jake...

—¡No!

Y le golpea muy fuerte en la cara con la culata de la pistola. Jake tropieza hacia atrás. Le chorrea sangre de uno de los extremos de la boca.

—Por favor, no.

Sollozo y lucho contra el abrazo férreo de Julian. Pego los ojos a la violenta escena que tiene lugar a miles de kilómetros.

El agresor de Jake es implacable, le pega una y otra vez. Grito, al sentir cada golpe dentro de mi corazón. Cada golpe brutal al cuerpo de Jake está matando algo en mi interior. La esperanza en un futuro mejor que me mantenía cuerda hasta ahora.

Cuando Jake se cae y se pone de rodillas, el hombre le golpea en las costillas y oigo el llanto de dolor de Jake.

—Por favor, Julian —susurro, derrotada y desplomándome en sus brazos—. Por favor, para...

Sé que le estoy rogando piedad a un hombre que no la tiene. Está matando a Jake enfrente de mí y no puedo hacer nada para evitarlo.

Mi secuestrador permite que la paliza siga durante otro minuto, entonces me suelta y saca su teléfono. Lo miro fijamente, temblando de pies a cabeza. No me atrevo ni a tener esperanza.

Julian escribe un mensaje deprisa. En la pantalla veo que el agresor se para y se mete la mano en el bolsillo.

Entonces se detiene totalmente y sale de la habitación.

Lo deja en el suelo, lleno de sangre. Permanezco pegada a la pantalla, necesito saber que está vivo. Después de un minuto, oigo sus llantos y lo veo levantarse. Cojea hacia el teléfono, se mueve como un anciano en vez de como un joven atleta.

Lo oigo llamar a emergencias.

Me caigo al suelo y me cubro la cara con las manos.

Julian ha ganado.

Sé que mi vida ya no me pertenecerá nunca más.

11

Nora

CUANDO ME LEVANTO A LA MAÑANA SIGUIENTE, JULIAN SE HA VUELTO a ir.

En realidad, no recuerdo lo que ocurrió ayer después de desmayarme en su despacho. El resto del día está borroso en mi memoria. Es como si el cerebro se hubiera desconectado, incapaz de procesar la violencia de la que fue testigo. Recuerdo vagamente que Julian me levantó del suelo y me llevó a la ducha. Debió de bañarme y vendarme los pies porque están envueltos con gasas y me duelen mucho menos al caminar.

No sé si anoche follamos. Si fue así, fue muy suave porque no tengo molestias. Recuerdo haber dormido juntos en la cama; me envolvía con todo su cuerpo.

De alguna forma, lo que ocurrió simplifica las cosas. Cuando no queda esperanza ni posibilidad, todo está más claro. Lo cierto es que Julian es quien tiene la sartén por el mango. Soy suya mientras desee tenerme. No tengo escapatoria, no hay manera de salir.

Una vez que lo acepto, mi vida se vuelve más fácil. Sin darme cuenta, ya llevo nueve días en la isla.

Beth me lo dice durante el desayuno.

Ya he empezado a tolerar su presencia. No puedo hacer otra cosa, sin Julian aquí, es mi única fuente de comunicación humana. Me alimenta, me viste y va limpiando detrás de mí. Es como mi niñera, salvo que es joven y a veces malvada. No creo que me haya perdonado del todo por haber intentado golpearle la cabeza. Hirió su orgullo o algo así.

Intento no molestarla mucho. Salgo de la casa durante el día y paso la mayor parte del tiempo en la playa o explorando el bosque. Vuelvo a la casa para las comidas y para coger otro libro para leer. Beth me dijo que Julian traería más libros cuando hubiera terminado con los ciento y pico que tengo en la habitación.

Debería estar deprimida, lo sé. Debería estar amargada y furiosa todo el rato y odiar a Julian y a la isla. A veces lo hago, pero ser constantemente la víctima consume demasiada energía. Cuando tomo el sol, absorta en un libro, no odio nada. Simplemente, dejo que la imaginación del autor me haga volar.

Intento no pensar en Jake. La culpa es insoportable. Lógicamente, sé que lo hizo Julian, pero no puedo evitar sentirme responsable. Si no hubiera salido con Jake, nunca le habría pasado. Si no me hubiera acercado a él durante esa fiesta, no lo habrían golpeado salvajemente.

Todavía no sé quién es Julian o cómo puede tener tanto poder. Cada vez es más misterioso para mí.

Quizá forma parte de la mafia, lo que explicaría los matones a sueldo que tiene. Por supuesto, también podría ser un mero rico excéntrico con tendencias sociópatas. De verdad que no lo sé.

Por las noches, a veces lloro hasta quedarme dormida. Echo de menos a mi familia y a mis amigos. Echo de menos salir y bailar en un pub. Echo en falta el contacto humano. No soy una persona solitaria por naturaleza. En casa, siempre estaba en contacto con la gente, ya fuera por Facebook o Twitter o salía a dar una vuelta con mis amigos por el centro comercial. Me gusta leer, pero no es suficiente. Necesito más.

La cosa empeora tanto que intento hablarlo con Beth.

—Estoy aburrida —digo durante la cena.

Toca pescado de nuevo. El otro día me enteré de que ella misma lo había capturado cerca de la cala que hay al otro lado de la isla. Esta vez, con salsa de mango. Menos mal que me encanta el pescado porque aquí me ponen mucho.

—¿En serio? —parece que le hace gracia—. ¿Por qué? ¿No tienes suficientes libros que leer?

Pongo los ojos en blanco.

—Sí, todavía me quedan setenta o por ahí, pero no tengo nada más que hacer.

—¿Quieres venir a pescar mañana? —pregunta, con una mirada burlona.

Sabe que no es que le tenga demasiado aprecio y espera que rechace su oferta de inmediato. Sin embargo, no sabe hasta qué punto necesito hablar con alguien.

—De acuerdo —digo, sorprendiéndola.

Nunca he ido a pescar y me imagino que no es una actividad demasiado divertida, sobre todo, si Beth va a estar siendo sarcástica todo el tiempo. Aun así, haría cualquier cosa por romper con la rutina.

—Vale —dice—. La mejor hora para pescar es al amanecer. ¿Seguro que te apetece?

—Sí —contesto.

Normalmente odio levantarme temprano, pero como aquí duermo mucho, estoy segura de que no será tan malo. Duermo casi diez horas todas las noches y a veces también una siesta con el sol de mediodía. Es absurdo en realidad. El cuerpo parece creer que estoy de vacaciones en algún retiro tranquilo. También tiene ventajas no tener internet u otras distracciones; creo que nunca en la vida me he sentido tan descansada.

—Entonces será mejor que te vayas a la cama pronto porque me pasaré por tu habitación temprano —me advierte.

Asiento y termino la cena. Luego, me dirijo a la habitación y lloro hasta que me quedo dormida de nuevo.

~

—¿Cuándo vuelve Julian? —pregunto, mientras veo cómo prepara el cebo en el anzuelo.

Lo que está haciendo parece asqueroso, me alegra que no me pida que la ayude.

—No lo sé —dice Beth—. Volverá cuando se haya hecho cargo del negocio.

—¿Qué tipo de negocio? —Ya se lo había preguntado, pero esperaba que me respondiera en algún momento.

Suspira.

—Nora, deja de fisgonear.

—¿Qué más da que lo sepa? —La miro con cara de frustración—. No voy a ir a ningún sitio durante un tiempo. Solo quiero saber quién es, solo eso. ¿No crees que es normal que tenga curiosidad en mi situación?

Vuelve a suspirar y lanza el anzuelo al océano con un movimiento suave y practicado muchas veces.

—Por supuesto que sí. Pero Julian te contará todo si quiere que lo sepas.

Respiro profundamente. Ya veo que no voy a llegar a ningún sitio con este tipo de preguntas.

—Eres muy fiel a él, ¿eh?

—Sí —dice, sentándose a mi lado—. Sí que lo soy.

Porque él le salvó la vida. También tengo curiosidad sobre eso, pero sé que es un asunto delicado.

—¿Cuánto tiempo hace que os conocéis? —pregunto.

—Pues unos diez años —responde.

—¿Desde que tenía diecinueve?

—Sí, así es.

—¿Cómo os conocisteis?

Aprieta la mandíbula.

—No es asunto tuyo.

¡Ajá! Siento que de nuevo me vuelvo a acercar al tema en cuestión y decido seguir.

—¿Fue cuando te salvó la vida? ¿Fue entonces cuando lo conociste?

Me mira con los ojos casi cerrados.

—Nora, ¿qué te he dicho sobre husmear en asuntos ajenos?

—Vale, está bien.

Que no me responda es una respuesta suficiente para mí. Paso a otro tema de interés.

—¿Por qué me trajo Julian aquí, a esta isla, quiero decir? Si ni siquiera está.

—Volverá pronto. —Me lanza una mirada irónica—. ¿Por qué? ¿Lo echas de menos?

—No, por supuesto que no. —La miro con menosprecio.

Levanta las cejas.

—¿En serio? ¿Ni un poco?

—¿Por qué iba a echar de menos a ese monstruo? —Le suelto, con un enfado incontrolable que emana del fondo del estómago—. ¿Después de lo que me ha hecho? ¿De lo que le ha hecho a Jake?

Se ríe un poco.

—Me parece que la señorita protesta demasiado…

Me pongo de pie, incapaz de soportar ni un segundo más el tono de burla con que me habla. En este momento, la odio tanto que la apuñalaría con un cuchillo si lo tuviera a mano. Nunca he perdido la paciencia, pero Beth hace que saque lo peor de mí.

Por suerte, vuelvo a recuperar el control antes de que estalle y haga el ridículo. Respiro profundamente, finjo que me levanto. Camino hacia el agua, examino la temperatura con el dedo del pie y vuelvo hacia Beth y me siento.

—El agua está muy caliente a este lado de la isla —digo con calma, como si no estuviera ardiendo por el enfado que tengo.

—Sí, parece que a los peces les gusta —me contesta con el mismo tono—. Suelo pescar peces muy bonitos en esta zona.

Asiento y miro hacia el agua. El sonido de las olas es suave y me ayuda a controlarme. No termino de comprender por qué he reaccionado tan mal a su provocación. Tenía que haberle lanzado una mirada despectiva y descartar con frialdad su sugerencia ridícula. Sin embargo, he saltado con su provocación.

¿Habría algo de verdad en sus palabras? ¿Por eso me irritan tanto? ¿Echo de menos a Julian en realidad?

La idea es tan repelente que me dan ganas de vomitar.

Intento pensar en ello de manera lógica por un momento para organizar la mezcla de sentimientos confusos que tengo en el pecho.

Vale, sí, una pequeña parte de mí está molesta por que me haya dejado aquí en la isla, solo con la compañía de Beth. Para alguien que supuestamente me quería lo suficiente como para secuestrarme, Julian no está siendo muy atento.

No es que quiera su atención. Solo quiero que se quede tan lejos de mí como sea posible. Pero al mismo tiempo me ofende que esté fuera. Es como si no fuera lo bastante atractiva para que él quiera estar aquí.

En cuanto analizo todo de manera racional, veo lo absurdos que son mis sentimientos contradictorios. Todo es absurdo, tengo que quitármelo de la cabeza.

No voy a ser una de esas chicas que se enamora de su secuestrador. Me niego. Sé que estar en esta isla ya está fastidiándome bastante y no voy a dejar que eso pase.

Quizá no sea capaz de escapar de Julian, pero puedo evitar que me afecte.

~

JULIAN VUELVE A LOS DOS DÍAS.

Me doy cuenta de que ha vuelto cuando me despierta durante la siesta en la playa.

En un primer momento creo que estoy soñando. En el sueño, estoy en mi cama calentita y a salvo. Unas manos suaves me rozan entera, me calman, me acarician. Arqueo la espalda hacia ellas; me encanta sentir su tacto en la piel y me dejo llevar por el placer que me proporcionan.

Y entonces noto unos labios cálidos en la cara, el cuello, la clavícula. Gimo suavemente, las manos se vuelven más exigentes, empiezan a bajarme los tirantes del top del bikini y a deslizarme las braguitas a juego por las piernas…

Mi cerebro medio dormido empieza a reparar en lo que está pasando y me despierto con un grito ahogado; la adrenalina me corre por las venas.

Julian está inclinado sobre mí y me mira con esa sonrisa oscura pero angelical. Ya estoy desnuda, tumbada encima de la gran toalla de playa que Beth me ha prestado esta mañana. Él también está desnudo... y está tremendamente excitado.

Lo miro con el corazón desbocado con una mezcla de excitación y temor.

—Has vuelto —digo, constatando lo evidente.

—Sí —murmura al tiempo que se inclina y me besa el cuello otra vez. Lo tengo encima antes de poder ordenar mis pensamientos dispersos; con la rodilla me separa los muslos y la erección me roza ya la delicada entrada del sexo.

Cierro los ojos con fuerza mientras empieza a penetrarme. Estoy mojada, pero siento una tirantez incómoda cuando me penetra por completo. Se detiene un segundo, deja que me recoloque, y entonces empieza a moverse despacio primero y acelerando el ritmo después.

Sus embestidas me aprietan contra la toalla y noto cómo la arena se mueve bajo mi espalda. Me aferro a sus fuertes hombros; necesito algo a lo que agarrarme cuando se me despierta una tensión familiar en el vientre. La punta del pene me roza ese punto sensible de mi interior y jadeo, arqueando la espalda para albergarlo mejor. Deseo sentir más esa intensidad, quiero que me lleve al clímax.

—¿Me has echado de menos? —me murmura al oído mientras se mueve algo más despacio, lo justo para que no alcance el orgasmo.

Soy lo suficientemente coherente como para negar con la cabeza.

—Mentirosa —susurra, y sus embestidas se vuelven más fuertes, más violentas. Sin compasión, sigue llevándome al éxtasis hasta que empiezo a gritar y le araño la espalda en un gesto de frustración porque no logro ese clímax esquivo.

Pero entonces por fin llego y mi cuerpo estalla al tiempo que el orgasmo me recorre entera y me deja débil y jadeante a su paso.

Con un arrebato que me sobresalta, se retira y me tumba boca bajo.

Grito, asustada, pero él se limita a penetrarme de nuevo y a seguir follándome por detrás, con su cuerpo largo y pesado sobre el mío. Me envuelve por completo; tengo el rostro contra la toalla y apenas puedo respirar. Solo lo noto a él: el vaivén de su gruesa polla dentro de mí, el calor que emana de su piel. En esta postura, sigue más y más, más adentro que de costumbre, y no puedo contener los jadeos que se me escapan por la garganta cuando su polla choca contra mi cérvix con cada embestida de sus caderas. Con todo, la incomodidad no evita que vuelva a notar esa presión en mi interior y vuelva a alcanzar el clímax, con los músculos de mi sexo tensándose alrededor de su miembro.

Él gime con fuerza y entonces noto que él también se corre; le late la polla, que se sacude dentro de mí, y su pelvis se hunde entre mis nalgas. Eso intensifica mi orgasmo y me colma de placer. Es como si estuviéramos entrelazados, porque mis contracciones no se detienen hasta que no terminan las suyas.

Después, se da la vuelta, me suelta y respiro de manera irregular. Con los brazos y piernas débiles y pesados, me levanto y camino a cuatro patas para encontrar el biquini. Me lo pongo mientras me mira, esbozando una sonrisa con sus bonitos labios. No parece tener prisa por vestirse, pero yo no puedo soportar estar desnuda cerca de él, me siento demasiado vulnerable.

No paso por alto lo irónico del asunto. Por supuesto que soy vulnerable, tanto como una mujer puede ser: completamente a merced de un loco despiadado. Un par de prendas no me van a proteger de él.

Nada me protegerá si decide hacerme daño de verdad.

Mejor no pensar en ello.

—¿Dónde has estado? —le pregunto.

La sonrisa de Julian se hace más grande.

—Me has echado de menos después de todo.

Lo miro sarcásticamente e intento hacer como si no viera que está desnudo y tumbado a tan solo unos metros de mí.

—Sí, te he echado de menos.

Se ríe, sin desanimarse por mi actitud sarcástica.

—Lo sabía.

Se levanta y se pone el bañador que estaba en la arena junto a nosotros. Se gira hacia mí, me ofrece la mano y me pregunta:

—¿Un baño?

Me quedo mirándolo fijamente. ¿Está diciéndolo en serio? ¿Espera que me bañe con él como si fuéramos amigos o algo así?

—No, gracias —digo, dando un paso hacia atrás.

Frunce el ceño un poco.

—¿Por qué no, Nora? ¿No sabes nadar?

—Claro que sí —digo indignada—. Es solo que no quiero nadar contigo.

Eleva las cejas.

—¿Por qué no?

—Quizá porque... ¿te odio?

No sé porque estoy tan valiente hoy, pero parece que el tiempo me ha hecho temerlo menos o quizá sea que hoy parece tener un humor más suave y alegre y, por eso, me asusta menos.

Me sonríe de nuevo.

—No sabes qué es odiar, mi gatita. Puede que no te guste lo que hago, pero no me odias. No puedes. No está en tu forma de ser.

—¿Qué sabes tú de mi forma de ser?

No sé por qué, pero sus palabras me ofenden. ¿Cómo se atreve a decir que no puedo odiar a mi secuestrador? ¿Quién se cree que es para decirme lo que puedo o no puedo sentir?

Me mira, con los labios aún curvados y sonriendo.

—Sé que has recibido una educación normal, Nora —dice con suavidad—. Sé que te criaste en el seno de una familia cariñosa, que tenías buenos amigos y novios decentes. ¿Cómo puedes saber realmente qué es odiar?

Me quedo mirándolo fijamente.

—¿Y tú? ¿Tú lo sabes?

Su expresión se enfría.

—Desafortunadamente, sí —dice, con un tono que indica que dice la verdad.

Una sensación de malestar me llena el estómago.

—¿Me odias a mí? —susurro—. ¿Por eso me haces esto?

Para mi gran alivio, parece sorprenderse.

—¿Odiarte? No, claro que no te odio, mi gatita.

—¿Entonces por qué? —vuelvo a preguntar, decidida a conseguir algunas respuestas—. ¿Por qué me secuestraste y me trajiste aquí?

Me mira, con unos ojos increíblemente azules que contrastan con su piel morena.

—Porque te quería, Nora. Ya te lo dije; y porque no soy un hombre demasiado amable. Pero de eso ya te habrás dado cuenta, ¿no?

Trago saliva y miro hacia la arena. Ni siquiera se avergüenza un poco de sus acciones. Julian sabe que lo que hace está mal, pero no le importa nada.

—¿Eres un psicópata?

No sé lo que me lleva a preguntarle eso. No quiero que se enfade, pero no puedo evitar querer entender algo. Contengo la respiración y levanto la vista para mirarlo de nuevo.

Por suerte, no parece que la pregunta lo haya ofendido. Más bien, está pensativo. Se sienta a mi lado en la toalla.

—Quizá —dice tras unos segundos—. El médico pensaba que podía estar al límite de ser un psicópata. No marqué todas las opciones, así que no hay un diagnóstico definitivo.

—¿Has ido al médico?

No sé por qué me extraña. Quizá porque no parece un tipo que vaya al loquero.

Me sonríe.

—Sí, durante un tiempo.

—¿Por qué?

Se encoge de hombros.

—Porque pensé que ayudaría.

—¿Que te ayudaría a ser menos psicópata?

—No, Nora. —Me mira de manera irónica—. Si fuera un psicópata de verdad, nada podría remediarlo.

—¿Entonces para qué?

Sé que estoy indagando en asuntos demasiado personales, pero es como si me debiera algunas respuestas. Además, si no puedes conocer más a alguien tras follar con él en la playa, ¿entonces cuándo?

—Eres una gatita curiosa, ¿verdad? —dice con suavidad mientras me pone la mano en el muslo—. ¿Estás segura de que lo quieres saber, mi gatita?

Asiento y procuro obviar que tiene los dedos a tan solo un par de centímetros de la línea del biquini. El contacto es excitante y molesto, lo que me desconcierta un poco.

—Fui a un terapeuta después de matar a los hombres que asesinaron a mi familia —dice con un tono tranquilo mientras me mira—. Pensaba que me ayudaría a vivir con ello.

Me quedo mirándolo perpleja.

—¿A vivir superando que los mataste?

—No —dice—. A vivir con que quería matar a más personas.

Se me revuelve el estómago y se me eriza la piel de la zona que toca Julian. Acaba de admitir algo tan horrible que no sé ni cómo actuar.

Como si fuera en la distancia, oigo a mi propia voz preguntarle.

—¿Te ayudó a vivir con ello? —digo con tranquilidad, como si estuviéramos hablando del tiempo.

Se ríe.

—No, mi gatita, no me ayudó. Los médicos son inútiles.

—¿Has matado a más?

El aturdimiento que me cubre se disipa y siento que empiezo a temblar.

—Sí —dice con una oscura sonrisa en los labios—. ¿Contenta ahora de haber preguntado?

Mi sangre se congela. Sé que debería dejar de hablar, pero no lo puedo evitar.

—¿Me vas a matar?

—No, Nora —dice exasperado por un momento—. Ya te lo dije.

Me humedezco los labios secos.

—Sí. Me vas a hacer daño cuando quieras.

No lo niega. Se levanta y me mira.

—Voy a darme un baño. Puedes venir si quieres.

—No, gracias —digo lentamente—. Ahora no me apetece.

—Como gustes —dice.

Después, da varias zancadas hasta llegar al agua.

Todavía consternada, veo su gran figura de hombros anchos adentrarse cada vez más en el océano. Su pelo brilla con el sol.

El demonio lleva puesta una máscara preciosa.

12

DESPUÉS DE LO QUE ME HA DESVELADO JULIAN EN LA PLAYA, NO ME apetece preguntarle nada más durante un tiempo. Ya sabía que me había secuestrado un monstruo y de lo que me he enterado hoy solo lo confirma aún más. No sé por qué se ha abierto tanto conmigo y me asusta.

Durante la cena, permanezco bastante callada, solo respondo a las preguntas que me hacen directamente. Hoy Beth cena con nosotros; ellos mantienen una conversación animada, sobre todo, acerca de la isla y de cómo pasábamos el tiempo Beth y yo.

—¿Estás aburrida, entonces? —me pregunta Julian después de que Beth le hable de que no tengo ganas de estar leyendo todo el rato.

Me encojo de hombros, sin querer darle más importancia. Después de lo de hoy, prefiero el aburrimiento a la compañía de Julian.

Sonríe.

—De acuerdo. Tendré que ponerle remedio a eso. Te traeré una televisión y un montón de películas la próxima vez que viaje.

—Gracias —digo inmediatamente mientras miro el plato.

Me siento tan triste que quiero llorar, pero tengo demasiado orgullo para hacerlo delante de ellos.

—¿Qué ocurre? —pregunta Beth, que se ha percatado de un comportamiento nada propio de mí—. ¿Estás bien?

—No, en realidad no —digo aferrándome a la excusa que me dio—. Creo que he tomado demasiado el sol.

Beth suspira.

—Te dije que no te quedaras dormida en la playa al mediodía. Afuera hace más de 35 ºC.

Es verdad, ya me había advertido de ello, pero la pena de hoy no tiene nada que ver con el calor; tiene todo que ver con el hombre que está sentado al otro lado de la mesa. Sé que cuando se acabe la cena, me subirá a la habitación y volverá a follarme. Quizá me haga daño.

Le responderé, como siempre lo hago.

Lo peor es esto último. Golpeó a Jake y lo vi con mis propios ojos. Admitió que era un psicópata asesino. Debería estar asqueada, solo debería mirarlo con miedo y desprecio. Más repugnante es que sienta algo de deseo por él.

Es totalmente retorcido.

Estoy sentada aquí, picoteando algo, con cierta pesadez en el estómago. Me levantaría y me iría a la habitación, pero me temo que solo acelerará lo inevitable.

Por fin, se termina la cena. Julian me coge la mano y me lleva a la planta de arriba. Siento que voy a mi ejecución, aunque parezca demasiado dramático. Me dijo que no me mataría.

Ya en el dormitorio, se sienta en la cama y me pone entre sus piernas. Quiero resistirme, al menos pelear un poco, pero parece que el cerebro y el cuerpo no coinciden. Me quedo de pie sin decir nada, temblando de pies a cabeza, mientras me mira. Me recorre la cara con los ojos, prologándose hasta la boca, luego baja al escote, en el que se trasparentan los pezones a través del fino tejido del vestido. Están erguidos, como si estuvieran excitados, pero creo que es porque estoy helada. Beth debe haber encendido el aire acondicionado por la noche.

—Muy bonita —dice al final, mientras levanta la mano y me acaricia un lado de la mandíbula con los dedos—. Qué piel tan suave y dorada.

Cierro los ojos, no quiero ni ver al monstruo que tengo delante de mí. «Quiero matar más… Quiero matar más». Sus palabras se repiten constantemente en mi mente, como si fuera una canción en modo repetición. No sé cómo apagarla, cómo retroceder en el tiempo y borrar los recuerdos de esta tarde de mi mente. ¿Por qué insistí en saberlo? ¿Por qué investigué e indagué hasta que obtuve estas respuestas? Ahora solo puedo pensar en que el hombre que me está acariciando es un asesino despiadado.

Se inclina hacia mí, puedo sentir su aliento cálido en el cuello.

—¿Te arrepientes de haberme preguntando hoy? —me susurra al oído—. ¿Te arrepientes?

Me encojo, tengo los ojos abiertos de par en par. ¿También me lee la mente?

Se aparta y sonríe tras mi reacción. Hay algo en esa mirada que hace que la temperatura baje mucho. No sé lo que le pasa esta noche, pero sea lo que sea, me asusta más que nada de lo que haya hecho.

—Me tienes miedo, ¿verdad, mi gatita? —me dice con un tono suave, manteniéndome prisionera entre sus piernas—. Estás temblando como un flan.

Quiero negarlo, ser valiente, pero no puedo. Estoy asustada y estoy temblando.

—Por favor —susurro, sin saber ni siquiera lo que le estoy pidiendo, ya que aún no me ha hecho nada.

Me da un ligero empujón, liberándome. Retrocedo un par de pasos, contenta de poner algo de distancia entre nosotros.

Se levanta de la cama y sale de la habitación.

Me quedo mirándolo fijamente, incapaz de creer que me haya dejado sola. ¿Puede ser que ahora no quiera acostarse conmigo? Ya lo ha hecho en la playa.

Cuando estoy a punto de respirar por el alivio, Julian vuelve, con una bolsa negra de gimnasio en las manos.

Mi cara se queda helada. Pienso cosas horripilantes. ¿Qué tiene ahí: cuchillos, pistolas, algún instrumento de tortura?

Cuando saca una venda y un pequeño consolador, casi me muestro agradecida. «Juguetes eróticos». Tiene algunos juguetes eróticos en la bolsa. Así no me importa disfrutar del sexo cualquier día de la semana.

Por supuesto, con Julian puedes combinar sexo y tortura a la vez, como he sabido esta noche.

—Desnúdate, Nora —dice, mientras camina para volver a sentarse en la cama.

Coloca la venda y el consolador encima del colchón y me dice:

—Quítate la ropa poco a poco.

Me quedo helada. ¿Quiere que me quite la ropa mientras mira? Por un momento, pienso en negarme, pero luego comienzo a desvestirme torpemente con los dedos. Ya me ha visto desnuda hoy. ¿Qué consigue siendo ahora tan recatado? Además, aún siento un extraño aire que proviene de él. Los ojos le brillan de la emoción, una emoción que va más allá del simple deseo.

Es una emoción que hace que se me hiele la sangre.

Observa cómo se me cae el vestido por el cuerpo y cómo me quito las zapatillas. Mis movimientos son acartonados, rígidos y con miedo. Dudo que un hombre normal encuentre este striptease excitante, pero a él lo pone. Debajo del vestido, solo llevo puestas unas bragas de encaje de color crema. El aire frío me invade y los pezones se endurecen aún más.

—Ahora la ropa interior —dice.

Trago saliva y me bajo las bragas, que caen al suelo, doy un paso para dejarlas aparte.

—Buena chica —dice como aprobación—. Ahora acércate.

En esta ocasión, soy incapaz de obedecerlo. El instinto de supervivencia me grita a voces que tengo que huir, pero no hay lugar al que ir. Julian me atraparía si intentara salir y tampoco puedo escapar de esta isla.

Así que me limito a quedarme, desnuda y tiritando, helada en el sitio.

Julian se levanta. Contra todo pronóstico, no parece enfadado; de hecho, parece… contento.

—Creo que está bien empezar a entrenarte hoy —me dice a medida que se acerca a mí—. He sido demasiado blando contigo por tu falta de experiencia. No quiero romperte ni causarte daños irreparables.

El temblor se intensifica mientras da vueltas a mi alrededor como si fuera un tiburón.

—Pero necesito empezar a formarte en lo que quiero que seas, Nora. Estás muy cerca de la perfección, pero a veces hay ciertos fallos.

Me recorre el cuerpo hacia abajo con los dedos, me encojo cuando me toca, pero no se inmuta.

—Por favor —susurro— por favor, Julian, lo siento.

No sé lo que siento, pero diría cualquier cosa ahora mismo con tal de evitar el entrenamiento, fuera lo que fuera.

Me sonríe.

—No es un castigo, mi gatita. Es solo que tengo ciertas necesidades, solo eso y quiero que tú las satisfagas.

—¿Qué necesidades?

Mis palabras apenas se pueden oír. No quiero saberlo, de verdad que no, pero no puedo parar de preguntar.

—Ya las verás —dice, rodeando sus dedos en mi brazo y llevándome hacia la cama.

Ya en la cama, coge la venda y la ata para cubrirme los ojos. Intento cogerle la cara, pero me retiene las manos tirándolas hacia abajo, de modo que me cuelgan por los lados.

Oigo ruidos de crujido, como si estuviera buscando algo más en la bolsa. El miedo me desgarra de nuevo y hago un movimiento convulsivo para quitarme la venda, pero me coge las muñecas y me las ata a la espalda.

Entonces empiezo a llorar, no hago ruido, pero siento cómo la venda se humedece por las lágrimas. Sé que ya estaba indefensa, incluso sin tener la venda o sin haberme atado las manos, pero el sentido de vulnerabilidad es mil veces peor ahora. Sé que hay mujeres a las que les va esto, que juegan a estos juegos con sus parejas, pero

Julian no es mi pareja. He leído suficientes libros para saberme las reglas y sé que no las sigue. No hay nada de seguro, sensato o consentido en lo que está ocurriendo aquí.

Sin embargo, cuando Julian se me aproxima al interior de las piernas y me acaricia, me horrorizo al notar que estoy húmeda.

Esto le agrada. No dice nada, pero puedo sentir su satisfacción cuando comienza a jugar con el clítoris, metiendo en alguna ocasión la punta del dedo para controlar mi respuesta a su estimulación. Hace movimientos seguros, sin dudar. Sabe exactamente qué hacer para excitarme, cómo tocarme para llegar al orgasmo.

Odio la pericia que tiene para darme placer. ¿A cuántas mujeres les habrá hecho esto? Hay que tener práctica para que se le dé tan bien excitar a una mujer, aunque esta tenga miedo o se muestre reticente.

Por supuesto, a mi cuerpo no le interesa nada de esto. Cada vez que me acaricia con los dedos, la tensión interior aumenta y se intensifica, la presión insidiosa empieza a acumularse debajo del estómago. Gimo, empujo las caderas hacia él de manera involuntaria mientras continúa jugando. Solo me toca ahí, solo ahí, pero parece suficiente para volverme loca.

—Oh, sí —murmura, agachándose para besarme en el cuello—. Ten un orgasmo para mí, mi gatita.

Como si fuera a obedecer su orden, se me contraen los músculos interiores… y, de repente, el clímax irrumpe con la fuerza de un tren de mercancías. Olvido mi miedo hacia él, olvido todo en ese momento, solo me acuerdo del placer que estalla en mis terminaciones nerviosas.

Sin tiempo para recuperarme, me empuja en la cama, bocabajo. Lo oigo moverse, hacer algo y después me levanta y me pone encima de un montón de almohadas, elevando mis caderas. Estoy colocada sobre la barriga, el trasero sobresale y con las manos atadas por detrás: más expuesta y vulnerable que nunca. Giro la cabeza a los lados para no asfixiarme.

Las lágrimas, que prácticamente habían parado, comienzan de nuevo. Tengo la terrible sospecha de que sé lo que me va a hacer ahora.

Cuando siento algo frío y húmedo entre las nalgas, mi sospecha se confirma. Me echa lubricante, preparándome para lo que tiene que venir.

—No, por favor.

Es como si me arrancara las palabras. Sé que rogarle es en vano. Sé que no tiene piedad, que lo pone verme así, pero no puedo evitarlo. No puedo aceptar esta violación adicional. No puedo.

—Por favor.

—Cállate, cariño —murmura mientras acaricia la curva de las nalgas con la palma—. Te enseñaré a disfrutar de esto.

Oigo más ruido y luego siento algo que empuja hacia mi interior, en la otra abertura. Me tenso, contraigo los músculos con todas mis fuerzas, pero la presión es demasiado grande como para resistir y empieza a penetrarme.

—Para —gimo mientras empiezo a sentir un dolor que escuece.

Julian me escucha en esta ocasión y para un momento.

—Relájate, mi gatita —dice con suavidad, acariciándome la pierna con una mano—. Irá mejor si te relajas.

—Sácalo —le ruego—. Por favor, sácalo.

—Nora —dice, con un tono muy seco de repente—. Te he dicho que te relajes. Es tan solo un juguete pequeño. No te hará daño si te relajas.

—¿Hacerme daño no es el objetivo? —pregunto con rencor—. ¿No es eso lo que hace que te corras?

—¿Quieres que te haga daño? —pregunta con un tono suave, casi hipnótico—. Hará que tenga un orgasmo, sí... ¿Eso quieres, mi gatita? ¿Que te haga daño?

No, para nada quiero eso. Niego con la cabeza de forma casi imperceptible y hago lo que puedo para relajarme. No creo que lo consiga. La sensación de tener algo ahí empujando desde fuera es demasiado molesta.

No obstante, mis esfuerzos parecen complacerlo.

—Bien —tararea—. ¡Buena chica! Allá vamos...

Aplica una presión constante y el objeto ahonda más, pasa la resistencia del esfínter, centímetro a centímetro. Cuando ya está totalmente dentro, se detiene para que pueda acostumbrarme a la sensación.

Todavía siento el dolor ardiente, al igual que las náuseas por la sensación de saciedad. Me concentro en respirar tomando poco aire y sin moverme. Pasado un minuto, el dolor parece sosegarse y me deja desorientada al desconocer el objeto que tengo dentro.

Julian deja el objeto en mi interior y empieza a acariciarme el cuerpo entero de manera muy cariñosa. Empieza por los pies, los masajea, encuentra todos los nudos y los intenta quitar frotándolos. Luego sube a las pantorrillas y los muslos, que casi vibran por la tensión. Sabe cómo utilizar las manos con seguridad sobre mi cuerpo; lo que está haciendo es mejor que cualquier masaje que me hayan dado en la vida. A pesar de todo, me derrito con cada caricia, los músculos parecen estrujarse bajo sus dedos. Cuando llega al cuello y los hombros, estoy tan relajada como no lo he estado desde que pisé esta isla. Si no hubiera tenido los ojos tapados y las manos atadas y si no hubiera estado sodomizada, habría pensado que estaba en un spa.

Cuando saca el juguete unos veinte minutos después, sale directamente, sin molestias. Vuelve a meterlo y el dolor es mínimo; si acaso, es… interesante… sobre todo, cuando alcanza el clítoris con los dedos y vuelve a estimularlo.

No puedo resistir el placer que me dan esos dedos. ¿Para qué? Prefiero el placer al dolor cualquier día de la semana. Julian me va a hacer lo que quiera y puede que hasta disfrute en algunos momentos.

Alejo de mi mente lo incorrecto de todo esto y dejo que vague libre. No puedo ver nada con la venda, tampoco puedo aguantar mucha guerra con las manos atadas detrás de la espalda. Estoy totalmente indefensa, pero hay algo liberador en ello. No tiene sentido preocuparse ni pensar. Me dejo llevar en la oscuridad, con gran concentración de endorfinas por el masaje.

Me hace el amor con el juguete, metiéndolo y sacándolo, mientras presiona con los dedos sobre el clítoris. Sus movimientos son rítmicos y coordinados. Gimo a medida que mi vagina empieza a vibrar y la presión interior aumenta con cada empujón. De golpe, la tensión sube demasiado y hay un impulso intenso de placer, que empieza en el núcleo de todo e irradia hacia fuera. Mis músculos frenan el juguete y esa sensación inusual intensifica el orgasmo. Soy incapaz de controlarme, gimo, frotándome con los dedos de Julian. Quiero que el éxtasis dure para siempre.

No obstante, todo acaba demasiado deprisa y a continuación me quedo muy débil y temblando. Por supuesto, Julian no ha terminado, ni mucho menos. Justo cuando empiezo a recuperarme, me saca el juguete y mete un objeto diferente más grande. Me doy cuenta de que es su pene; tenso de nuevo a medida que empieza a empujar.

—Nora.

Hay cierto deje de advertencia en su voz y sé lo que quiere, pero no sé si podré hacerlo. No sé si puedo relajarme lo suficiente para dejarlo que me penetre. Su pene es demasiado grande, ancho y largo. No entiendo cómo algo tan grande puede entrar sin hacerme daño.

Pero persiste y siento cómo los músculos ceden poco a poco, incapaces de resistir la presión que hay. El glande empuja y pasa el anillo del esfínter y grito por la sensación de quemazón y estiramiento.

—Silencio —dice con suavidad, acariciándome en la espalda a medida que lo va metiendo poco a poco.

—Shhh... todo está bien...

Cuando ya está dentro, estoy temblando y sudando. Sí, hay dolor, pero también es novedoso tener algo tan grande que me penetra de una manera tan extraña y poco natural. Sé que la gente lo hace —y que les da placer— pero no puedo imaginarme hacerlo voluntariamente.

Se detiene y me deja que me adapte a la sensación y gimo suavemente: deseo con todas mis fuerzas que acabe. Es paciente, me acaricia con sus manos fuertes, intenta relajarme, hasta que me sosiego y dejo de llorar y de sentir que me voy a desmayar.

Siento que las molestias parecen disminuir y empieza a moverse dentro de mí, lenta y cuidadosamente. Puedo oír su respiración fuerte y sé que está controlándose, que quizá me quiere penetrar de forma más brusca, pero está tratando de «no causarme daños irreparables».

Sin embargo, sus movimientos hacen que se me revuelvan las tripas, lo que me lleva a gritar con cada penetración.

Y justo cuando creo que ya no lo puedo soportar más, me pasa una mano por debajo de las caderas y alcanza el clítoris inflamado. Sus dedos son delicados; me roza con la suavidad de la seda y empiezo a sentir un calor familiar en el vientre, mi cuerpo le responde a pesar de la violación. Lo que me hace no suprime el dolor, pero al menos me distrae y me permite centrarme en el placer. Nunca me había imaginado que el placer y el dolor pudieran coexistir de este modo, pero hay algo adictivo en la combinación, algo oscuro y prohibido que resuena en una parte que no sabía que existía.

Acelera el ritmo y, de algún modo, lo mejora. Puede que algunas terminaciones nerviosas se hayan desensibilizado —o quizá que me esté acostumbrando a tenerlo dentro— el caso es que el dolor disminuye, casi desaparece. Me quedan un montón de sensaciones extrañas y desconocidas que me intrigan a su manera. Eso, unido al placer de sus dedos al jugar con mi clítoris, me excita hasta que gimo por una razón diferente, hasta que ruego a Julian que lo haga, que me transporte a otro planeta.

Y lo hace. Se me tensa y explota el cuerpo entero, se estremece con la fuerza de mi liberación. Gime cuando mis músculos le oprimen el pene y siento un calor húmedo que emana del pene, impregnándome; su salinidad hace que me escueza.

—Buena chica —me susurra al oído, mientras su pene se tranquiliza dentro de mí. Me besa en el lóbulo de la oreja y ese gesto tan dulce contrasta mucho con lo que me acaba de hacer, tanto que me deja desconcertada. ¿Así se comporta un secuestrador? Cuando saca el pene, me siento vacía y fría, casi como si echara de menos el calor que emana la presión de su cuerpo.

Pero no me deja sola por mucho tiempo. Me desata las manos primero y las masajea ligeramente, luego me quita la venda. Parpadeo para dejar que los ojos se puedan adaptar a la suave luz de la habitación. Muevo los brazos, abrazándome por los codos.

—Ven —me dice con dulzura, rodeándome el brazo con los dedos—. Tienes que ducharte.

Lo dejo que tire de mí y me lleve al baño. Me tiemblan las piernas, menos mal que me sujeta. No sé si podría llegar allí por mí misma.

Abre la ducha, espera que salga el agua caliente y nos metemos. Entonces empieza a lavarme el cuerpo, enjuagando todos los restos de lubricante y semen. Me echa champú y acondicionador en el pelo y me masajea la cabeza con los dedos, lo que me relaja de nuevo. Cuando termina, me siento limpia y cuidada.

—Ahora es tu turno —me dice, girándome la palma de la mano y echando un poco de gel.

—¿Quieres que te lave? —pregunto incrédula.

Asiente y esboza una leve sonrisa. Cuando el agua le corre por el cuerpo tan musculoso, es incluso más increíble de lo habitual, como una especie de dios del mar.

Un monstruo del mar, mejor dicho. Un bonito monstruo del mar.

Continúa observándome con expectación, espera a ver si hago lo que me pide y mentalmente me encojo de hombros y me digo: ¿por qué no lavarlo? Al menos no me hará daño. Además, aunque lo odie, no puedo negar que tengo curiosidad por su cuerpo y tocarlo me parece emocionante.

Así que me froto las manos y con ellas le recorro el pecho, extendiendo el jabón por su piel bronceada. Levanta los brazos, le lavo las axilas y los costados y después la espalda.

Su piel es muy lisa, rugosa en algunas partes por el oscuro vello masculino. Siento los fuertes músculos contraerse bajo mis dedos. Me agrada la experiencia. En ese momento, casi puedo fingir que quiero estar aquí, que esta criatura impresionante es mi amante en vez de mi secuestrador.

Lo lavo meticulosamente, como me lavó él, le paso las manos llenas de jabón por las piernas y pies. Cuando llego al pene, empieza a endurecerse y me quedo helada al darme cuenta de que mis cuidados lo han excitado sin quererlo.

Interpreta bien mi reacción como si tuviera miedo.

—Tranquila, mi gatita —murmura, con un tono lleno de diversión —. Solo soy un hombre, ya lo sabes. Con lo excitante que eres, te puedes imaginar que necesito un rato para recuperarme del todo.

Trago saliva y me doy la vuelta, enjuagándome las manos con el chorro de agua. ¿Qué coño estoy haciendo? No me ha obligado a tocarlo. Lo he hecho por mi propia voluntad. Me lo ha pedido, pero estoy casi segura de que podría haber rechazado su petición y de que no habría pasado nada. El trasfondo oscuro que sentí esta tarde ya no sigue ahí; de hecho, Julian parece estar de mejor humor, su actitud es casi juguetona.

Quiero salir de la ducha, por lo que hago un movimiento para que me deje. Me detiene y me bloquea el paso con su brazo.

—Espera —dice con un tono suave al tiempo que me inclina la barbilla hacia arriba con los dedos.

Inclina la cabeza y me besa con sus labios suaves y delicados en los míos. Una respuesta ahora familiar calienta mi cuerpo, con el deseo de frotarme contra él, como una gatita. Aunque no deja que vaya tan lejos. Pasado un minuto, levanta la cabeza y me sonríe, con unos ojos azules que brillan de satisfacción.

—Ahora puedes salir.

Confusa, salgo de la ducha, me seco y salgo de la habitación tan rápido como puedo.

1 3

ESA NOCHE DESCUBRÍ LAS PESADILLAS DE JULIAN.

Después de ducharse, viene a mi cama. Su cuerpo musculoso me abraza por la espalda mientras me rodea el torso con su poderoso brazo. Al principio me pongo tensa, sin saber qué esperar, pero se limita a dormir pegado a mí. Está tan cerca que lo escucho respirar; contemplo la oscuridad y, poco a poco, me quedo dormida también.

Me despierta un ruido extraño que me sobresalta, abro los ojos de repente, y un subidón de adrenalina hace que el corazón me lata a mil por hora.

«¿Qué ha sido eso?».

Durante un rato ni siquiera me atrevo a respirar, pero entonces me doy cuenta de que el ruido procede del otro lado de la cama, del hombre que duerme junto a mí.

Me siento y lo miro. Parece que se ha ido a la otra punta de la cama durante la noche, y se ha llevado consigo todas las sábanas. Estoy completamente desnuda y destapada, de hecho, siento frío con el aire acondicionado a tope.

Los sonidos que salen de su boca se atenúan, pero hay algo en ellos que me pone la carne de gallina. Me recuerdan a los de un animal dolorido. Respira con dificultad, como si le faltara el aire.

—¿Julian? —digo titubeante.

No tengo ni idea de qué hacer en una situación así. ¿Debería despertarlo? Está claro que está teniendo un sueño desagradable. Lo recuerdo hablándome de su familia, todos ellos asesinados, y no puedo evitar sentir lástima por este bello y extraño hombre.

Grita con voz baja y ronca y al ponerse boca arriba golpea la almohada con un brazo, a tan solo unos centímetros de mí.

—Eh, ¿Julian?

Me acerco con cuidado y le toco la mano. Murmura y gira la cabeza, profundamente dormido. Si estuviéramos en otro lugar que no fuera esta isla, sería el momento perfecto para escapar. Sin embargo, dada la situación, no puedo ir a ningún sitio, así que me quedo mirando a Julian con recelo y me pregunto si se despertará solo o si yo debería intentarlo con más ahínco.

Por un momento parece que se calma, se le suaviza un poco la respiración. De repente, grita de nuevo.

Esta vez es un nombre.

—María —dice con voz ronca—. María...

Sorprendida, durante un segundo siento una especie de ataque de celos. María... Está soñando con otra mujer. Entonces, mi parte racional se impone de nuevo. María podría ser su madre o su hermana y, si no lo fuera, ¿por qué debería preocuparme de que sueñe con ella? No es mi novio.

Así que trago saliva, me acerco a él de nuevo y reprimo los celos.

—¿Julian?

En cuanto le rozo el brazo, me agarra. Los movimientos son tan rápidos e inesperados que solo se me escapa un leve resuello, mientras tira de mí hacia él. Me rodea con los brazos y me resulta imposible escapar, el abrazo es casi asfixiante y puedo sentir cómo tiembla mientras me sujeta con fuerza contra él, con la cabeza pegada a su hombro. Tiene la piel fría y húmeda por el sudor y oigo cómo el corazón está a punto de salírsele del pecho.

—María —murmura en mi pelo, mientras me clava los dedos en la espalda con tal fuerza que estoy segura de que mañana tendré moratones. Aunque, la verdad es que no me importa porque sé que no lo está haciendo conscientemente. Está en medio de una pesadilla y busca consuelo, y claro, yo soy la única persona que puede dárselo ahora mismo.

Al cabo de un rato, oigo como se le calma la respiración. Los brazos se relajan un poco, deja de apretarme con desesperación y el corazón comienza a desacelerarse.

—María —susurra otra vez—. Aunque, ahora, pronuncia su nombre con menos dolor, como si estuviera reviviendo los buenos momentos que pasó con ella.

Dejo que me abrace, sin moverme, por temor a despertarlo de su, ahora, tranquilo descanso. No es el único que recibe consuelo aquí. A pesar de lo que me ha hecho, no puedo negar que a una parte de mí le gusta este sentimiento de cercanía, de seguridad. Pero, al mismo tiempo, él es lo único a lo que temer; lo sé. Aunque no me importa, porque siento que está luchando contra la oscuridad, que me protege de otros monstruos que puedan estar al acecho.

Del mismo modo que yo lo protejo de sus pesadillas.

A LA MAÑANA SIGUIENTE, CUANDO ME DESPIERTO, JULIAN SE HA VUELTO a ir.

—¿Dónde está? —pregunto a Beth en el desayuno, mientras la veo trocear un mango para mí. Todavía siento algunas molestias cuando me muevo, un recuerdo de las inclinaciones más exóticas de mi captor.

—Una emergencia en el trabajo —responde Beth, mientras mueve las manos con tal habilidad que no puedo más que admirarla—. Debería estar de vuelta en un par de días.

—¿Qué tipo de emergencia?

Beth se encoge de hombros.

—No tengo ni idea. Pregúntale a Julian cuando vuelva.

La miro, intentando entender lo que motiva a Julian y a ella a....

—Dices que soy la primera chica a la que trae aquí, a esta isla —digo como sin darle importancia—. ¿Y qué hizo con las demás?

—No ha habido otras. —Acaba de preparar el mango, me pone el plato delante y se sienta a desayunar.

—¿Y por qué me está haciendo esto? Sé que tiene gustos peculiares, pero seguro que hay más mujeres que le gustan.

Beth me sonríe.

—Por supuesto. Pero te quiere a ti.

—¿Por qué? ¿Qué tengo yo de especial?

—Eso se lo tienes que preguntar a él.

Otra vez sin respuesta. Tantas evasivas me dan ganas de gritar. Pincho un trozo de mango con el tenedor y me lo como despacio, pensando.

—¿Es por María? —No estoy segura de lo que me hace preguntar esto, salvo que no puedo quitarme ese nombre de la cabeza.

Parece que he hecho la pregunta correcta porque Beth deja de eludir las respuestas.

—¿Te ha hablado Julian de María? —pregunta sorprendida.

—La mencionó. —Lo que no es del todo mentira. Surgió, aunque Julian ni siquiera lo sabe—. ¿Por qué te sorprende?

Se vuelve a encoger de hombros, ya no parece tan sorprendida.

—Nada, ahora que lo pienso. Si se lo va a contar a alguien, probablemente sea a ti.

¿A mí? ¿Por qué? Me mata la curiosidad, aunque intento mantener una actitud indiferente, como si nada de esto fuera nuevo para mí.

—Por supuesto —digo tranquilamente mientras me como el mango.

—Conque lo entiendes, Nora —me dice mirándome—. Tienes que entenderlo, aunque sea un poco. Tu parecido con ella es asombroso. Vi la foto y podría haber sido tu hermana pequeña.

—¿Tanto? —digo intentando que no se me note la sorpresa en mi voz. El corazón se me sale del pecho. Es más de lo que esperaba y Beth me acaba de servir esta información en bandeja de plata.

Beth frunce el ceño.

—¿No te lo dijo?

—No —contesto—. No me contó mucho, la verdad. Solo su nombre, pronunciado en medio de una pesadilla.

Beth abre los ojos como si se diera cuenta de que, quizás, había desvelado más información de la que debiera. Durante un rato parece molesta, pero después suaviza la expresión.

—Ah, muy bien —dice—. Supongo que sabrás que tendré que decírselo a Julian, claro.

Trago saliva y el trozo de mango me baja por la garganta como si fuera una piedra. No quiero que se lo cuente a Julian. No quiero imaginar lo que me hará si se entera de que sé que María existe, y que lo oí hablar de ella en un momento de vulnerabilidad.

Todo por culpa de mi curiosidad estúpida.

—¿Por qué? —pregunto intentando no mostrarme muy nerviosa—. Se va a enfadar contigo, no conmigo.

—Yo no estaría tan segura, Nora —dice Beth, mostrándome una leve sonrisa maliciosa.

—Y, además, no hace falta que yo guarde los secretos de Julian. Ya los guarda bien él y nunca se los cuenta a nadie.

Beth se levanta y comienza a lavar los platos.

ME PASO LOS DOS DÍAS SIGUIENTES ESPECULANDO SOBRE MARÍA Y preocupada por el regreso de Julian.

¿Quién es? Por lo visto alguien que se parece mucho a mí. Tan parecida que podría ser mi hermana pequeña, según dijo Beth. ¿Qué edad tiene esta chica? ¿Qué tipo de relación tiene con Julian? Las preguntas me corroen, incluso me quitan el sueño. Entonces me escogió por mi parecido con ella, eso es evidente. Pero ¿por qué? ¿Qué le ocurrió? ¿Por qué aparece en sus pesadillas?

Quiero saber, entender y temo la reacción de Julian cuando vuelva y descubra que me he inmiscuido en su vida personal. Podría intentar explicarle que me enteré accidentalmente, que no quería invadir su intimidad; sin embargo, sospecho que mi captor no es comprensivo.

Beth no me cuenta nada más sobre María. En realidad, no habla mucho conmigo. Es una de esas personas raras que parecen felices estando solas. Si yo fuera ella, me volvería loca estando aislada en este lugar, no haciendo otra cosa más que cocinar, limpiar y cuidar del juguete sexual de Julian, pero parece que le gusta.

Yo, por el contrario, no estoy nada bien. No hago más que pensar en mi vida anterior y echar de menos a mi familia y amigos. A estas alturas seguramente creerán que estoy muerta. Imagino que se habrá desplegado un amplio dispositivo para buscarme, pero dudo que haya dado resultado.

También pienso en Jake y me pregunto si se habrá recuperado de la paliza. Fue tan brutal lo que el matón de Julian le hizo… ¿Sabe Jake que es culpa mía? ¿Que es por mí por lo que le atacaron en su casa?

Respiro profundamente y me digo que no importa si lo sabe o no. Lo que hubiera podido haber entre nosotros ya es imposible. Ahora pertenezco a Julian, y no hay ninguna posibilidad de pensar en otro hombre.

De algún modo soy afortunada. Lo sé. Estoy segura de que muchas chicas acaban en peores circunstancias que yo. Una vez vi un documental sobre la esclavitud sexual y las imágenes de esas mujeres ojerosas me obsesionaron durante días. Parecían rotas, totalmente machacadas por lo que les habían hecho y que las rescataran no parecía acabar con el sufrimiento que reflejaban sus rostros.

Mi cautiverio es distinto. Es mucho más agradable y cómodo. Julian no está intentando destrozarme, y estoy agradecida. Puede que sea su esclava sexual, pero al menos es mi único amo.

Está claro que las cosas podrían ser peores.

O eso me digo mientras espero a que vuelva Julian, con la esperanza de que su reacción a mi intromisión no sea tan mala como me temo.

14

JULIAN REGRESA EN MITAD DE LA NOCHE. CREO QUE NO ME HE DORMIDO profundamente porque me despierto con el leve murmullo de la conversación en la planta de abajo. El tono más grave de mi captor se intercala con el tono más femenino de Beth y tengo la firme sospecha de que sé de lo que están hablando.

Me siento en la cama, el corazón me va a mil por hora. Me levanto, me visto deprisa con la ropa del día anterior y corro al baño para refrescarme. La verdad es que no sé por qué me lavo los dientes ahora, pero lo hago. Quiero estar lo más despierta y preparada posible para lo que Julian decida hacerme, así que me siento en la cama y espero.

Al fin, Julian abre la puerta. Parece más cansado de lo habitual, está ojeroso y tiene barba de dos días, aunque suele estar bien afeitado. Estas imperfecciones no reducen su belleza, sino que lo humanizan un poco y, de alguna manera, realzan su atractivo.

—Estás despierta —dice con sorpresa.

—He oído voces —explico y lo miro con recelo.

119

—Y has decidido saludarme. Qué amable por tu parte, mi gatita.

Sé que se está burlando de mí, por eso, no digo nada, solo lo miro. Me sudan las manos, pero intento parecer calmada.

Se sienta a mi lado en la cama y levanta la mano para tocarme el pelo.

—Mi dulce niña —murmura mientras coge un mechón de pelo y me hace cosquillas en la mejilla—. Qué gatita tan curiosa...

Trago saliva, se me acelera el pulso. ¿Qué me va a hacer?

Se levanta y comienza a desnudarme mientras lo miro, paralizada por una mezcla de miedo y un presentimiento extraño. Al quitarse la ropa deja al descubierto un cuerpo terriblemente masculino y me recorre entera una ola de deseo que me eleva la temperatura.

Lo deseo. A pesar de lo ocurrido, lo deseo y eso es lo peor de todo.

Seguro que me hará algo horrible y, aun así, lo deseo más de lo que nunca hubiera podido imaginar que se podía desear a alguien.

De perdidos al río.

—¿Le hiciste esto a María? —pregunto discretamente—. ¿La retuviste como tu juguete?

Me mira con sus ojos azules y misteriosos como el océano.

—¿Estás segura de que quieres saberlo, Nora? —Su voz es suave y en apariencia, calmada.

Lo miro fijamente y sorprendentemente atrevida.

—¿Por qué me lo preguntas, Julian? Sí, quiero saberlo. —Mi voz tiene un tono de ironía amarga y me doy cuenta de que mi osadía no es más que una consecuencia de los celos; odio que María sea especial para Julian. Pero ni siquiera por conocer el motivo puedo frenarme.

—¿Quién es? ¿Otra chica de la que abusaste?

Su expresión se ensombrece y mantengo la respiración a la espera de ver lo que hará. Por un lado, quiero provocarlo. Quiero que me castigue, que me haga daño. Y lo quiero porque necesito que no sea más que un monstruo, necesito odiarlo por el bien de mi salud mental.

Camina por la habitación y se sienta junto a mí en la cama. Lucho contra el impulso de resistirme cuando me coge y me rodea el cuello con las manos. Mientras me agarra, se inclina y roza su mejilla con la mía, adelante y atrás, como si disfrutara del tacto suave de mi piel al tocar su barba áspera. No aprieta las manos, sin embargo, la amenaza está presente y siento cómo tiemblo, cómo se me acelera el pulso durante mi aterrorizada espera.

Se ríe entre dientes y siento el soplo de aire en mi oreja. A pesar de su apariencia cansada, su aliento es fresco y dulce, como si hubiera estado mascando chicle. Cierro los ojos e intento convencerme de que Julian no sería capaz de matarme y que solo está jugando conmigo.

Me besa la oreja y me mordisquea con suavidad el lóbulo. La sensación en esa parte tan sensible me estremece, mi respiración se torna más lenta y profunda, y me excito. Huelo el cálido aroma de su piel y mis pezones se endurecen al sentirlo próximo a mí. El deseo aumenta entre mis muslos y me revuelvo para intentar aliviar la presión que crece dentro de mí.

—Me deseas, ¿verdad? —me susurra al oído mientras pasa la mano debajo de la falda y me acaricia con suavidad. Sé que nota la humedad y reprimo un gemido cuando me introduce un dedo y lo mueve dentro de mi vagina húmeda.

—¿Verdad que sí, Nora?

—Sí —jadeo mientras me toca una zona especialmente sensible.

—Sí, ¿qué? —Su voz es dura y exigente. Quiere que me entregue por completo.

—Sí, te deseo —admito en un susurro entrecortado. No puedo negarlo más. Deseo a Julian. Deseo al hombre que me secuestró y me hizo daño. Lo deseo y me odio por ello.

Saca el dedo y me suelta el cuello. Sorprendida, abro los ojos y nuestras miradas se encuentran. Me pone la mano en la cara y presiona el dedo contra mis labios. Es el mismo dedo que estaba dentro de mí hace un momento.

—Chúpalo —me ordena, y dócilmente abro la boca y lo hago. Es mi propio sabor, el sabor de mi deseo, lo que me excita aún más.

Cuando considera que el dedo está suficientemente limpio me lo saca de la boca, me coge de la barbilla y me obliga a mirarlo. Contemplo fascinada los pliegues azules oscuro de sus iris. Mi cuerpo, con una palpitante necesidad, ansía que me posea. Deseo que me tome y llene este vacío doloroso.

Sin embargo, se limita a mirarme con una media sonrisa sarcástica y atractiva.

—¿Crees que te voy a castigar esta noche, Nora? —pregunta con suavidad. ¿Eso esperas que te haga?

Pestañeo sorprendida por la pregunta. Por supuesto que espero que lo haga. He hecho algo que lo molesta y no tiene problema en hacerme daño hasta cuando me porto bien.

Sonríe ampliamente como si me leyera la respuesta en la cara.

—Bueno, siento decepcionarte, mi gatita, pero estoy demasiado cansado como para darte tu merecido esta noche. Ahora solo quiero tu boca.

Tras este comentario, me agarra el pelo con la mano y me empuja hacia abajo de tal modo que me quedo de rodillas entre sus piernas con su pene erecto a la altura de los ojos.

—Chúpamela —murmura mirándome—, igual que hiciste con el dedo.

No soy nueva en esto de las mamadas, a mi exnovio le hice unas cuantas, así que sé cómo hacerlas. Cierro los labios alrededor del miembro duro y muevo la lengua alrededor de la punta. Tiene un sabor un poco salado y a almizcle. Miro hacia arriba y le veo la cara al tiempo que le cojo los huevos y los aprieto con suavidad. Gime, cierra los ojos y me aprieta el pelo y sigo chupándosela arriba y abajo, cada vez más profundamente.

No sé por qué, pero no me importa darle placer de esta manera. De hecho, lo encuentro extrañamente agradable. A pesar de que es solo una ilusión, siento como si en este momento estuviera a mi merced, como si fuera la única que tiene el mando. Me encanta escuchar los gemidos desesperados que se le escapan mientras lo toco con las manos, los labios y la lengua y lo llevo hasta el orgasmo antes de relajarse. Me encanta la expresión agónica de su cara cuando me meto sus pelotas en la boca y las chupo, a la vez que siento como se contraen. Me encanta cómo se estremece cuando le rasco con las uñas en la parte inferior de los huevos y, cuando finalmente llega al clímax, cómo me agarra la cabeza durante unos segundos mientras la polla palpita en mi boca.

Cuando me suelta, me lamo los labios para quitarme los restos de semen sin retirar la mirada.

Me mira fijamente todavía con la respiración acelerada.

—Ha estado muy bien, Nora. —Su voz es suave y ronca—. Muy bien. ¿Quién te ha enseñado a hacerlo?

Me encojo de hombros.

—No es que fuera precisamente una monja antes de conocerte —digo sin pensar.

Se le entrecierran los ojos: he cometido un error. Este hombre es de los que disfrutan pensando que era mi primera vez, a los que les gusta la idea de que le pertenezco y solo a él. Los comentarios sobre exnovios mejor me los guardo para mí.

Me alivia que tampoco parezca dispuesto a castigarme por ello. En cambio, me levanta del suelo y me lleva de vuelta a la cama. Acto seguido me desnuda, apaga la luz y se queda dormido abrazado a mí.

EL CASTIGO NO LLEGA HASTA LA NOCHE SIGUIENTE. JULIAN PASA DE nuevo el día en la oficina y no lo veo hasta la hora de la cena.

No sé por qué no estoy tan asustada como antes. El pequeño descanso de anoche y dormir después en los brazos de Julian han calmado mi ansiedad y me hacen pensar que el castigo no será tan horrible como pensaba en un principio. No parece muy molesto porque haya descubierto a María, lo que es un gran alivio. Espero que se olvide del todo del castigo, sobre todo si me esfuerzo para portarme bien durante todo el día.

Cenamos los tres juntos y escucho a Julian y a Beth hablar sobre los últimos acontecimientos en Oriente Medio. Me sorprende lo bien informados que están los dos sobre este asunto. Antes de mi secuestro solía estar al día sobre las últimas noticias, sin embargo, nunca había oído casi ningún nombre de los políticos que mencionan. Pero, claro, si Julian dirige una empresa de importación y exportación internacional, tiene sentido que esté al tanto de la política mundial.

De nuevo, me puede la curiosidad y pregunto si la empresa de Julian tiene mucho negocio en Oriente Medio.

Me sonríe mientras pincha una gamba con el tenedor.

—Sí, mi gatita, sí que lo tiene.

—¿Fue allí donde estuviste de viaje?

—No —dice, y se come la gamba—. Esta vez estuve en Hong Kong.

Caí en la cuenta. Hong Kong debe de estar lo suficientemente cerca de la isla para que pueda volar allí, dirigir su negocio y volar de vuelta, todo en dos días. Recuerdo el mapa del Pacífico. La geografía nunca ha sido mi punto fuerte, así que es un poco impreciso, pero creo que esta isla no debe de estar muy lejos de las Islas Filipinas.

Beth me ofrece patatas al curry para acompañar a las gambas, las cojo y le doy las gracias con una sonrisa. Diría que comemos más variado desde que Julian ha vuelto del viaje. Imagino que trae provisiones cada vez que va.

Beth me devuelve la sonrisa y veo que está de buen humor. Por lo general, parece más contenta cuando Julian está aquí, como más alegre. No debe ser muy divertido lidiar conmigo constantemente. Uno casi se podría sentir mal por ella, y digo «casi» intencionadamente.

—No he estado nunca en Asia —digo a Julian—. ¿Es Hong Kong tal y como aparece en las películas?

Julian me sonríe.

—La verdad es que sí. Es increíble. Probablemente una de mis ciudades favoritas. La arquitectura es fascinante y la comida... —Lo demuestra lamiéndose los labios—. La comida es increíble—. Se frota la barriga y me río encantada, muy a mi pesar.

El resto de la cena es igual de agradable. Julian me cuenta historias divertidas sobre los distintos lugares de Asia donde ha estado, y lo escucho con fascinación, suspiro de vez en cuando y me rio de algunas de las más graciosas. De vez en cuando Beth participa en la conversación, sin embargo, la mayor parte del tiempo hablamos Julian y yo, como si estuviéramos pasándolo bien en una cita.

Igual que cuando cené con él a solas, es evidente que sucumbo al atractivo de Julian. Es más que encantador, me hipnotiza. Su atractivo va más allá de su aspecto, aunque no puedo negar la atracción física que existe entre ambos. Cuando se ríe o me regala una de sus sonrisas de verdad, siento un resplandor cálido, como si él fuera el sol y me deslumbrara su brillo. Me atrae de arriba abajo: el modo en que habla, sus gestos para enfatizar un aspecto en concreto o las arrugas en el contorno de los ojos cuando me sonríe. Además, es un excelente contador de historias y tres horas se pasan volando cuando me habla de sus aventuras en Japón, donde vivió cuando era adolescente.

No quiero que acabe la cena, así que la alargo todo lo que puedo y me sirvo una segunda, tercera y cuarta ración de la fruta que Beth ha preparado de postre. Estoy segura de que Julian sabe lo que estoy haciendo, pero no parece importarle.

Finalmente, acabamos todo lo que había de cena y Beth se levanta para lavar los platos. Julian me sonríe por primera vez en toda la noche y siento un poco de miedo. Vuelvo a ver la oscuridad que se esconde tras esa sonrisa y me doy cuenta de que ha estado presente durante todo el tiempo, siempre acompaña a Julian. El hombre encantador con el que acabo de pasar tres horas es producto de mi imaginación.

Con la sonrisa todavía en la boca, me tiende la mano. Es un gesto muy cortés, pero no puedo evitar el escalofrío que me corre por la espada cuando veo un brillo en sus ojos azules que me resulta familiar. Vuelve a parecer un ángel oscuro con una belleza sublime que se tiñe de una leve sombra de maldad.

Trago saliva para aliviar el nudo en la garganta, le doy la mano y me lleva arriba. Es mejor así, de forma civilizada. Me permite fingir por un momento que puedo albergar la ilusión de que puedo elegir.

Cuando entramos en la habitación me desnuda y me tumba en la cama, boca abajo. Después, me ata de nuevo las muñecas fuertemente a la espalda. Me coloca una venda en los ojos y almohadas bajo las caderas. Es exactamente la misma posición en que me puso la última vez, y no puedo evitar ponerme nerviosa cuando recuerdo la agonía que pasé y el éxtasis cuando me poseyó.

¿Me va a hacer eso? ¿Sexo anal otra vez? Si es así, tampoco está tan mal. Sobreviví la última vez y estoy segura de que lo volveré a hacer.

Cuando siento el frescor del lubricante entre mis nalgas intento relajarme para dejarle que haga lo que quiera. Me mete suavemente un consolador y lo deja dentro mientras me da un masaje para relajarme; me excita cuando me toca. Me besa detrás del cuello, me mordisquea un punto sensible cerca del hombro y baja la boca por mi columna mientras me besa cada una de las vértebras. Al mismo tiempo, me introduce un dedo en la vagina, lo que le añade tensión a la espiral que me recorre el vientre.

Cuando me suelta, la sensación de liberación es tan fuerte que doy un respingo sobre el colchón, tiemblo y convulsiono. Mientras me recupero de la conmoción, Julian saca el dedo y siento el aire fresco en la espalda cuando se aparta de mí durante un segundo.

El golpe de fuego que siento entre los glúteos es tan fuerte como repentino.

Asustada, grito e intento girarme, pero no lo consigo; el segundo golpe es más doloroso si cabe que el primero, que se dirige a mis muslos. Noto que me está azotando con algo. No sé lo que es, pero puedo oír el silbido del aire cuando lo deja caer en mi trasero indefenso, una y otra vez mientras sollozo e intento apartarme.

Parece cansado de perseguirme por toda la cama, me desata las manos y esta vez me las ata por encima de la cabeza al cabecero de madera de la cama.

—¡Julian, por favor, lo siento! —suplico desesperada para que pare —. Por favor, siento haberme entrometido. Por favor, no lo volveré a hacer, no lo haré.

—Por supuesto que lo harás, mi gatita —me susurra en el oído y siento su cálido aliento en mi cuello—. Eres tan curiosa como un gatito. Sin embargo, algunas veces deberías dejar las cosas. Por tu propio bien, ¿entiendes?

—¡Sí! Sí, lo entiendo. Por favor, Julian.

—Shhh —dice calmado, mientras me besa el cuello otra vez—. Tienes que aceptar el castigo como una buena chica.

Y tras decir esto, se retira nuevamente y deja mi espalda y glúteos a su merced. Intento retirarme, pero me coge las piernas y los tobillos juntos con la otra mano. Es fuerte, más de lo que hubiera imaginado, porque es capaz de cogerme las piernas en movimiento con solo un brazo mientras me azota con la otra.

Oigo el ruido que hace su juguete sexual y no puedo evitar los gritos que me salen cada vez que me lo introduce en el culo. Tengo los glúteos y los muslos ardiendo y la venda de los ojos está empapada de lágrimas. Quiero que pare, le ruego que pare, pero Julian es inmune a mis súplicas.

Es como si no fuera a acabar hasta que me resulte casi imposible gritar y esté demasiado cansada para resistirme. Ni siquiera puedo reunir suficiente energía para mantener los músculos tensos, lo cual puede que me ayude a aliviar el dolor. Cuando me relajo más y dejo el cuerpo flácido el dolor se vuelve más soportable. Los azotes parecen más un mordisco que un golpe.

Mientras continúan los azotes, mi mundo parece empequeñecerse hasta que todo deja de existir. No pienso, tan solo siento, solo estoy aquí. Hay algo surrealista, incluso increíblemente adictivo en esta experiencia. Cada sacudida me genera una fuerte sensación que me lleva a un estado más profundo, que me hace sentir que estoy flotando.

El dolor ha dejado de ser insoportable y, de algún modo perverso, es reconfortante. Me castiga y me da lo que necesito en ese momento. Un fulgor cálido me recorre entera y todos mis temores desaparecen. Nunca había experimentado algo así.

Cuando Julian finalmente para y me desata, me agarro a él temblando. Sin la venda en los ojos y las ataduras, me siento perdida, abrumada. Como si supiera lo que necesito me sienta en su regazo, me mece en sus brazos y deja que llore en su hombro hasta que dejo de sentir que voy a derrumbarme.

Después de un rato, soy consciente del tamaño de la erección que me presionaba las nalgas, ahora doloridas y palpitantes por la flagelación. El juguete sexual que me metió en el culo todavía está ahí, dentro de mí, y siento que ese fulgor cálido en mi interior es ahora diferente, sexual.

Aparentemente consciente de mi cambio de humor, Julian me levanta con cuidado y me coloca a horcajadas frente a él. Le pongo las manos en los hombros y siento el movimiento de sus músculos. Con los muslos abiertos de par en par, me presiona con la punta de la polla, que me penetra con suavidad entre los labios de la vagina y me toca el clítoris, lo que intensifica mi excitación. Gimo, arqueo la cabeza hacia atrás y poco a poco me penetra. Con el consolador todavía en mi trasero, su polla parece más grande de lo normal y jadeo cuando la mete más adentro.

Esto está bien, increíblemente bien, y gimo de nuevo y tenso los músculos internos alrededor de su miembro. Jadea, cierra los ojos y hago lo mismo, quiero más.

Abre los ojos y me mira fijamente con la cara ardiente de deseo y los ojos brillantes. Le mantengo la mirada, fascinada por el ansia feroz que le veo en los ojos. Somos esclavos el uno del otro y percatarme de eso me excita aún más.

Levanta la mano, me toca la mejilla y me seca los restos de lágrimas con el dedo pulgar. Inclina la cabeza y me besa de la forma más tierna que me han besado nunca. Disfruto del beso. Su afecto me resulta como una droga, lo necesito con tanta desesperación que no acabo de entenderlo.

Cierro los ojos y le paso las manos por los hombros hasta el pelo. Es espeso y suave al tacto, como el satén negro. Me pego más a él, froto mis pechos desnudos contra su poderoso pecho y gozo con la sensación del roce del pelo áspero de su pecho con los pezones. Sus labios firmes y cálidos están sobre los míos y su polla en mi interior está increíblemente dura: me penetra hasta el fondo.

Mientras sigue besándome empieza a moverse adelante y atrás, haciendo que su miembro se mueva con suavidad dentro de mí y me provoque oleadas de calor por todo el cuerpo. Aunque cada movimiento es un recordatorio de la paliza que me ha dado hace un rato y se me escapa un gemido de dolor cuando me roza con los muslos las nalgas, doloridas. Se traga mi gemido mientras me come la boca con un deseo desenfrenado.

Me introduce la mano en el pelo y lo agarra con fuerza a la vez que me devora con su beso. Mueve las caderas con más fuerza, lo que incrementa la presión y la excitación que siento. Con su otra mano me empuja el cuerpo hacia abajo para, después, presionar el consolador, empujándolo más profundamente en mi trasero.

Me corro y tengo un orgasmo tan intenso que casi no puedo emitir un sonido. Durante unos segundos increíbles estoy completamente inundada de placer, de un éxtasis tan intenso que es casi agonizante. Tiemblo y me muevo sobre Julian y estos movimientos desencadenan su orgasmo.

Cuando ha acabado todo, me agarra y me acaricia el pelo húmedo. Siento cómo su miembro se ablanda dentro de mí y me retira suavemente el consolador.

Después, me levanta y me lleva a la ducha.

Nora

Julian cuida de mí también en la ducha, me lava y su contacto me reconforta. Es especialmente cuidadoso con la zona sensible de los muslos y los glúteos y se asegura de no incomodarme. Para mi consuelo, creo que no tengo heridas. Tengo el culo un poco colorado y estoy segura de que me saldrán moratones, pero no hay señal de sangre.

Cuando estoy limpia y seca, me lleva de vuelta a la cama. Permanecemos en silencio. No acabo de salir de ese peculiar estado en que me encontraba hace un momento. Es como si mi mente estuviera en parte desconectada del cuerpo. Lo único que me mantiene entera es Julian y su tacto extrañamente cariñoso.

Nos tumbamos, Julian apaga las luces y nos envuelve la oscuridad. Me tumbo boca abajo porque cualquier otra posición me resulta demasiado dolorosa. Me acerca a él de forma que apoyo la cabeza en su pecho y le rodeo el tórax con el brazo; cierro los ojos con el único deseo de quedarme dormida.

—Mi padre fue uno de los traficantes de droga más poderosos de Colombia. —Apenas puedo oír la voz de Julian, su respiración me eriza el pelo de la frente. Me estaba quedando dormida, pero me despierto de golpe con el corazón latiendo a mil por hora.

—Me empezó a preparar para sucederlo cuando tenía cuatro años. Con seis ya llevé un arma por primera vez. —Julian hace una pausa mientras me acaricia el pelo con suavidad—. Con ocho años maté por primera vez a un hombre.

Estoy tan horrorizada que me quedo tumbada, paralizada por la conmoción.

—María era la hija de uno de los hombres de la organización de mi padre. —Continúa Julian en voz baja y sin ningún atisbo de emoción. —La conocí cuando tenía trece años y ella tenía doce. Era todo lo que yo no era: guapa, dulce... inocente. A diferencia de lo que hizo mi padre, los suyos la mantuvieron al margen de las vidas que llevaban. Querían que creciera como una niña normal y sin conocer nada de lo horrible de ese mundo.

—Era inteligente, como tú. Y curiosa, muy muy curiosa. —Su voz parece irse apagando durante un momento, como si estuviera perdido en sus recuerdos. Entonces, parece volver en sí y retoma la historia—. Un día siguió a su padre escondida en la parte trasera del coche para averiguar a qué se dedicaba. La encontré allí porque mi trabajo era vigilar para proteger nuestro lugar de encuentro.

Casi no puedo respirar, me resulta increíble que Julian me esté contando todo esto. ¿Por qué ahora? ¿Por qué esta noche?

—Se lo podría haber dicho a su padre, lo que le habría causado problemas, pero me suplicó de una forma tan bonita, me miró con tanta dulzura con sus grandes ojos marrones que no pude hacerlo. Pedí a uno de los escoltas de mi padre que la llevara a casa.

»Tras este episodio, vino a verme a propósito. Me dijo que quería conocerme mejor, que fuéramos amigos. —La voz de Julian tiene un punto de incredulidad al recordar, como si a nadie en su sano juicio se le hubiera podido ocurrir algo semejante.

Trago saliva, es absurdo, pero tengo el corazón partido por el chico que una vez fue. ¿Tuvo amigos alguna vez? ¿O también le robó esa oportunidad su padre, como lo hizo con su infancia?

—Intenté decirle que no era una buena idea, que no debería juntarse con gente así, pero no me escuchó. Me buscaba casi todas las semanas, hasta que no me quedó otra y empecé a quedar con ella. Íbamos a pescar juntos y me enseñó a dibujar. —Se detiene un momento, mientras me sigue acariciándome el pelo—. Dibujaba muy bien.

—¿Qué le ocurrió? —pregunto cuando deja de hablar. Mi voz es extrañamente ronca. Me aclaro la garganta y lo intento de nuevo—. ¿Qué le pasó a María?

—Uno de los enemigos de mi padre descubrió que nos veíamos. Acabábamos de robar en su almacén y estaba cabreado, así que decidió darle una lección a mi padre, utilizándome a mí.

Tengo el vello de punta y siento un escalofrío que me pone la carne de gallina. Intuyo hacia dónde va la historia y quiero decirle a Julian que pare, que no continúe, pero no puedo hablar porque tengo un nudo en la garganta.

—Encontraron su cuerpo en un callejón cerca de uno de los edificios de mi padre. —Su voz es firme, aunque puedo sentir la agonía que esconde—. La habían violado y mutilado. Se suponía que era un mensaje para mí y para mi padre que decía: «Quitaos del medio de una puta vez».

Aprieto los ojos para contener las lágrimas, pero el esfuerzo es inútil. Sé que puede que Julian las sienta en el pecho.

—¿Un mensaje? ¿Para un chico de trece años?

—En ese momento ya tenía catorce. —No llego a ver la sonrisa amarga de Julian, sin embargo, la percibo—. La edad no importaba. No para mi padre… y, desde luego, tampoco para su enemigo.

—Lo siento. —No sé qué más puedo decir. Quiero llorar: por él, por María, por ese chaval que perdió a su mejor amiga de una forma tan salvaje. Y quiero llorar por mí, porque ahora entiendo mejor a mi captor y me percato de que la oscuridad de su alma es mucho peor de lo que imaginaba.

Julian se coloca debajo de mí, y me doy cuenta de que tengo la mano en su hombro y le estoy clavando las uñas. Me obligo a aflojar los dedos y respiro profundamente. Tengo que resistirme para no romper a llorar.

—Maté a esos hombres. —Ahora su tono es normal, casi de conversación, aunque siento la tensión de su cuerpo—. A los que la violaron. Los seguí y los maté, uno a uno. Eran siete. Después, mi padre me mandó lejos, primero a Estados Unidos, luego a Asia y a Europa. Temía que esos asesinatos perjudicaran el negocio. No volví hasta pasados varios años, cuando mi padre y mi madre murieron a manos de otro de sus enemigos.

Me centro en controlar la respiración y las ganas de vomitar.

—¿Por eso no tienes acento español? —pregunto cambiando totalmente de tema; ni siquiera sé qué me lleva a preguntar algo tan trivial en un momento así.

No obstante, parece que ha venido bien porque Julian se relaja un poco y libera parte de su tensión muscular.

—Sí, en parte ese es el motivo, mi gatita, además, mi madre era estadounidense y me enseñó inglés cuando era pequeño.

—¿Estadounidense?

—Sí. Fue modelo de joven, una modelo muy guapa, rubia y alta. Mis padres se conocieron en Nueva York. Mi padre estaba en un viaje de negocios. La engatusó y se casaron antes de que él le contara a qué se dedicaba.

—¿Y qué hizo cuando se enteró? —Puede que me esté centrando en los detalles equivocados, pero necesito apartar las imágenes horribles que tengo en la cabeza, imágenes de una chica muerta que es una versión más joven de mí.

— No podía hacer nada —afirma Julian—. Ya estaban casados y viviendo en Colombia.

No entra en más detalles, pero no hace falta. Me queda claro que su madre fue una prisionera como lo soy yo, con la diferencia de que ella eligió su cautiverio, al menos al principio.

Durante unos minutos permanecemos tumbados en silencio. No tengo sueño, de hecho, no sé si podré dormir esta noche. El dolor físico no es nada comparado con el abatimiento de mi corazón.

—¿Y te dedicas a eso ahora? ¿Al tráfico de drogas? —pregunto interrumpiendo el silencio. No se aleja mucho de mi suposición inicial de que formaba parte de la mafia o de alguna otra organización criminal.

—No —dice para mi sorpresa—. Esa parte de mi vida acabó cuando mataron a mis padres. Reorienté el negocio familiar hacia otra dirección.

—¿Cuál? —Recuerdo que me dijo algo de una organización de importación y exportación, aunque no me imagino a Julian haciendo algo tan inofensivo como vender aparatos electrónicos. Y menos después de lo que sé sobre cómo creció.

Se ríe, como si le divirtiera mi insistencia.

—Armas —dice—. Soy traficante de armas, Nora.

Pestañeo sorprendida. Sé algo, o al menos creo que lo sé, sobre tráfico de drogas, gracias a los programas de televisión. En cambio, el tráfico de armas es un misterio para mí. Sospecho que Julian no se refiere a unas cuantas armas aquí o allá.

Tengo miles de preguntas sobre su trabajo, sin embargo, hay algo que quiero saber antes y aprovechar que Julian siga teniendo esta actitud de compartir conmigo.

—¿Por qué me capturaste? ¿Porque te recuerdo a María?

—Sí —dice con suavidad. Su voz me envuelve como un suave pañuelo de cachemir—. Cuando te vi por primera vez en aquel club, tu parecido con ella me resultó sorprendente, la única diferencia es que tú eras más mayor y más bonita. Y te deseaba. Te necesitaba. Por primera vez en años tenía un sentimiento real. Por supuesto, los sentimientos que me provocaste no se parecían en nada a lo que sentía por María. Ella era mi amiga, pero tú... —Respira profundamente y siento el movimiento debajo de mi cabeza.

»Necesitaba que fueras mía, Nora. Cuando te toqué aquel día, cuando sentí tu piel sedosa, deseaba con locura llevarte conmigo, quitarte esa ropa ajustada que llevabas y follarte con locura allí mismo, en aquel momento, en el suelo del bar. Y deseaba hacerte daño... del mismo modo que algunas veces hago daño a las mujeres, del modo que me piden que les haga daño… quería oírte gritar de dolor y de placer.

Continúa jugando con mi pelo y ese delicado contacto me permite estar calmada y escucharlo. En la oscuridad nada de esto es real. Solo están Julian y su voz contándome cosas que una persona en su sano juicio encontraría aterradoras, cosas que, en cambio, a mí me excitan.

—Te traje aquí, a mi isla, porque es el lugar más seguro para ti. Mis socios de negocios siempre están buscando mi punto débil y tú, mi querida niña, eres mi debilidad. Nunca he sentido esto por otra mujer. Nunca he estado así. —Hace una pausa, como si buscara la palabra adecuada—. Joder, estoy obsesionado. Solo pensar que otro hombre pueda tocarte o besarte me vuelve loco. Intenté mantenerme alejado, sacarte de la cabeza, pero me fue imposible no ir a tu graduación a verte otra vez. Cuando te vi allí, supe que sentías lo mismo que yo, esa conexión entre nosotros, y entonces supe que era inevitable… que te capturaría y así serías mía para siempre.

Sus palabras me invaden como una ola de calidez a la vez que me provocan inquietud y una excitación enfermiza. Una parte retorcida de mí disfruta por ser especial para Julian y de que se sienta tan desesperadamente atraído por mí como yo por él.

Por alguna extraña razón, me siento obligada a devolverle esa sinceridad.

—Te tenía miedo —digo con tranquilidad—. En la discoteca y, después, cuando te vi en mi graduación, tenía miedo.

—¿Solo sentías miedo? —Su voz suena como si le hiciera gracia y no acabara de creerme.

—Miedo y atracción. —Lo admito. Parece ser la noche de las confesiones. Además, ya sabe la verdad: a pesar del miedo, lo deseo. Lo he deseado desde el principio y nada de lo que haga lo va a cambiar.

—Bien. —Baja la mano por mi espalda—. Eso está muy bien, mi gatita. Haré que las cosas sean más fáciles para los dos.

¿Más fáciles? Pienso en la afirmación que acaba de hacer. Desde luego, fácil para él. Pero ¿para mí? No estoy segura.

—¿Has tenido algún contacto con mi familia? —pregunto mientras pienso en su promesa de hace días—. ¿Saben que estoy viva?

—Sí. —Detiene la mano al final de la espalda—. Lo saben.

Me pregunto qué les habrá dicho y cómo habrán reaccionado. Y si los habrá hecho estar mejor o peor.

—¿Me dejarás irme algún día? —Ya conozco la respuesta, sin embargo, necesito oírselo decir.

—No, Nora —responde, y puedo sentir su sonrisa en la oscuridad—. Nunca.

Y me acerca más a él, me abraza hasta que, por fin, nos quedamos dormidos.

Durante los siguientes meses, mi vida en la isla cae en una especie de rutina. Cuando Julian está, mi mundo gira en torno a él. Su estado de ánimo, necesidades y deseos determinan mis días y mis noches.

Es un amante imprevisible, un día es amable y al siguiente, cruel. Y algunas veces es una mezcla de los dos, una combinación que me resulta especialmente abrumadora. Entiendo lo que hace conmigo, sin embargo, que lo entienda no lo hace menos real. Me está enseñando a asociar el dolor con el placer, a disfrutar de cualquier cosa que quiera hacerme, sin importar lo impactante o pervertido que sea. Y, al final, siempre esa ternura desconcertante. Me pone del revés y me destroza para después recomponerme de nuevo, todo en el transcurso de una noche.

Y sus enseñanzas funcionan. Ahora, caigo en sus brazos por voluntad propia, con el deseo del subidón que experimento cuando una sesión es especialmente salvaje. Julian me dice que soy una sumisa innata con tendencias masoquistas. No sé si creerlo, desde luego sé que no «quiero» creerlo, aunque no puedo negar que su peculiar estilo de hacer el amor siempre me impacta de un modo u otro. Usa juguetes sexuales, látigos, varas y siempre es placentero.

Por supuesto, no siempre es sádico. Algunas veces es dulce, me masajea el cuerpo, me besa hasta que me derrito para después hacerme el amor cuando ardo de deseo. En esos días no quiero irme de la isla, solo deseo que Julian me abrace, me acaricie y me ame, sea como sea.

Puede que desear que mi captor me ame sea lo más perturbador de todo. Ni siquiera sé si le resulta posible sentir amor, pero no puedo evitar necesitar que lo sienta. Me desea, lo sé, pero no es suficiente. En algún momento durante este tiempo he dejado de odiarlo, y no sé ni cómo ni cuándo ha ocurrido. Todavía me enfada mi cautiverio, en cambio, he conseguido separar ese sentimiento de lo que siento por Julian.

Ahora, en lugar de tener miedo cuando viene a la isla, lo espero ansiosa. Sus negocios lo mantienen fuera más de lo que me gustaría y empiezo a entender cómo se sienten las mascotas cuando esperan a que su dueño regrese del trabajo.

—¿Por qué no puedes trabajar más desde aquí? —pregunto un día, después de levantarnos juntos por la mañana. Ahora duerme siempre conmigo. Le gusta abrazarme por la noche, lo ayuda a llevar mejor sus pesadillas.

—Trabajo de forma remota todo lo que puedo. ¿Por qué me quieres aquí, mi gatita? —Su mirada es sarcástica cuando gira la cabeza para mirarme. No le gusta que le pregunte por su trabajo. Es una parte de su vida que parece querer mantener separada del resto.

Tengo la impresión de que, por lo general, quiere protegernos tanto a Beth como a mí de la parte más desagradable de su mundo. Beth sabe perfectamente a lo que se dedica Julian, pero no sé si sabe mucho más que yo sobre el tráfico de armas.

—Sí —le contesto abiertamente—. Quiero que estés aquí.

No tiene sentido fingir lo contrario. Julian sabe perfectamente cómo me siento. Se le da muy bien descifrarme… y manipularme. Sin duda, disfruta viendo el creciente apego que siento por él y que hace lo posible para propiciarlo.

Como era de esperar, tras mi rendición, se le dibuja una sensual sonrisa.

—Muy bien, nena —dice con ternura—. Intentaré pasar más tiempo aquí.

Me acerca hacia él para darme un beso y me derrito en sus brazos.

CADA DÍA QUE PASA MI VIDA ANTERIOR PARECE MÁS Y MÁS LEJANA Y SE desvanece en ese tiempo nebuloso llamado pasado. Cuando Julian se marcha, dedico el tiempo a leer, nadar, hacer senderismo por la isla y, de vez en cuando, salir a pescar con Beth. Julian nos trajo una televisión enorme con un DVD y cientos de películas para que en los días lluviosos tengamos algo que hacer.

No es que seamos amigas, pero Beth y yo nos llevamos mejor. En parte, creo que a ella le gusta ver que ya no intento escaparme. Después de mi intento fallido de golpearle la cabeza y el terrible incidente con Jake de después, me he convertido en una prisionera modelo.

Desde luego, sería insensata si no fuera así. Incluso cuando Julian está aquí, su avión se queda guardado bajo llave en el hangar que descubrí al otro lado de la isla. Estoy casi segura de que Julian guarda la llave del hangar en su despacho, a la que únicamente tiene acceso él. Y aun en el caso de que las llaves cayeran en mi poder, dudo que hubiera un manual en el avión que me indicara cómo pilotarlo.

Mi captor sabía perfectamente lo que hacía cuando me trajo a esta isla. Es la prisión más segura que se pueda imaginar.

A medida que pasan los días, las semanas y los meses, intento buscar más actividades para ocupar mi tiempo libre y para evitar echar de menos a Julian cuando no está.

Lo primero que he hecho es empezar a correr de nuevo.

Al principio, comencé con distancias cortas para asegurarme de no forzar la rodilla, pero, poco a poco, fui incrementando la velocidad y la distancia. Corro por la mañana o por la noche, que es cuando hace más fresco, y estoy en una forma física parecida a la que tenía cuando estaba en el equipo de atletismo. Hago cinco kilómetros en menos de diecisiete minutos, un logro que me hace absurdamente feliz.

También pinto. No porque piense en lo que me contó Julian sobre que María lo hacía muy bien, sino porque me resulta entretenido y relajante. En el colegio me gustaban las clases de plástica, aunque siempre estaba muy ocupada con mis amigos o con otras cosas para prestarle atención a la pintura. En cambio, ahora tengo todo el tiempo del mundo, por lo que he comenzado a aprender a dibujar y a pintar. Julian me trae material y vídeos didácticos, conque de repente me veo absorta intentando plasmar la belleza de la isla en un lienzo.

—¿Sabes? Se te da muy bien esto —me dice Beth pensativa, un día que se acerca al porche en lo que yo termino una pintura de una puesta de sol sobre el océano. Has plasmado muy bien los colores, ese naranja brillante sombreado con ese rosa intenso.

Me giro y le sonrío abiertamente.

—¿Tú crees?

—Sí —responde Beth, seria—. Lo estás haciendo bien, Nora.

Tengo la impresión de que me habla de algo más que de pintura.

—Gracias —contesto con indiferencia—. ¿Debería añadir a mi lista de logros llevar bien mi cautiverio?

Me responde con una sonrisa y, por primera vez, creo que nos entendemos de verdad.

—De nada.

Se dirige al sofá del porche, se recuesta y saca su libro. La observo unos segundos y vuelvo a la pintura e intento plasmar el resplandor multidimensional del agua a la vez que pienso en lo misteriosa que es Beth.

A estas alturas todavía no me ha contado mucho sobre su pasado, sin embargo, tengo la sensación de que esta isla es para ella como un refugio, un santuario. Considera a Julian su salvador y al mundo exterior un lugar desagradable y hostil.

—¿No echas de menos ir a un centro comercial? —le pregunté una vez—. ¿Cenar con amigos? ¿Ir a bailar? No estás prisionera, podrías marcharte en cualquier momento. ¿Por qué no pides a Julian que te lleve con él en uno de sus viajes y haces algo divertido antes de volver aquí?

Su respuesta fue reírse de mí.

—¿Baile? ¿Diversión? Y permitir que los hombres me pongan las manos encima… ¿Se supone que eso es divertido? —Su voz se vuelve sarcástica.

—Entonces, ¿también tendría que comprar ropa sexy y maquillaje para parecerles guapa? ¿Y qué me dices de la contaminación, los tiroteos y los atracos? ¿También me los perdería? —Vuelve a reírse mientras sacude la cabeza—. No, gracias. Estoy muy bien aquí. —Y eso es todo lo que tiene que decir al respecto.

No sé lo que le ocurrió para tener esa amargura, aunque sospecho que Beth no ha debido tener una vida fácil. Cuando vimos *Pretty Woman* no hizo más que hacer comentarios sarcásticos sobre lo poco que se parece la prostitución al cuento de hadas que se muestra en la película. No le pregunté sobre ello, pero, desde entonces, siento curiosidad. ¿Quizás fue prostituta en el pasado?

Bajo el pincel, me giro y miro a Beth.

—¿Puedo pintarte? —Me mira sorprendida por encima del libro.

—¿Quieres pintarme?

—Sí. —Sería una buena oportunidad de cambiar de tercio y dejar todos esos paisajes en que me he centrado últimamente, además de que me daría la oportunidad de conocerla mejor.

Me mira fijamente durante unos segundos y se encoge de hombros.

—De acuerdo. —Parece insegura, pero le sonrío para animarla.

—No tienes que hacer nada, tan solo sentarte así, con tu libro. Es una pose bonita.

Y es cierto. Los rayos de la puesta de sol hacen que sus rizos rojizos parezcan una llama ardiendo y con la pierna doblada por debajo parece joven y vulnerable. Mucho más cercana de lo habitual.

Aparto la pintura en que estaba trabajando y pongo un lienzo en blanco. Después, hago un esbozo e intento plasmar los ángulos simétricos de su cara y las delgadas líneas y curvas de su cuerpo. Es un trabajo fascinante y no paro hasta que oscurece y casi no puedo ver.

—¿Has terminado por hoy? —me pregunta Beth y me doy cuenta de que ha permanecido sentada en la misma postura durante la última hora.

—Sí, claro —contesto—. Gracias por ser una modelo tan estupenda.

—De nada. —Me regala una sonrisa auténtica y se levanta. ¿Cenamos?

Durante los tres días siguientes trabajo en el retrato de Beth. Posa pacientemente para mí y estoy tan ocupada que casi no pienso en Julian. Tan solo lo echo de menos por la noche, cuando siento el frío vacío en mi enorme cama y me tumbo. Anhelo sus abrazos. Me ha hecho tan adicta que una semana sin él parece un castigo cruel, mucho peor que cualquier tortura sexual que me haya infligido hasta ahora.

—¿Dijo Julian cuándo volvería? —pregunto a Beth al tiempo que doy los últimos toques a la pintura—. Ya lleva fuera siete días.

Beth niega con la cabeza.

—No, pero seguro que volverá en cuanto pueda. No puede estar lejos de ti, Nora, ya lo sabes.

—¿En serio? ¿Te lo ha dicho? —Percibo la ansiedad de mi voz y me fustigo mentalmente. ¡Qué patética puede llegar a ser una persona! También podría ponerme un sello en la frente que dijera: «Otra estúpida que se ha colado por su secuestrador». Es cierto que dudo que haya muchos secuestradores que tengan el atractivo letal de Julian, así que a lo mejor debería ser más indulgente conmigo.

Menos mal que Beth no se burla de mi deseo evidente.

—No hace falta que lo diga —explica—. Es obvio.

Bajo el pincel un momento.

—¿Obvio? —Esta conversación está satisfaciendo una necesidad que ni siquiera sabía que tenía: una sesión de charla de chicas para hablar de los hombres y sus sentimientos incomprensibles.

—¡Por favor! —Beth empieza a ponerse de los nervios—. Sabes que Julian está loco por ti. Siempre que hablo con él es para: «Nora esto, Nora lo otro… ¿Nora necesita algo? ¿Ha comido bien?».

Baja la voz de forma cómica para imitar los tonos más profundos de la voz de Julian.

Le sonrío.

—¿En serio? No lo sabía. —Y de verdad que no lo sabía, es decir, sabía que Julian está como loco por follarme y que ha admitido que está obsesionado conmigo porque le recuerdo a María, pero lo que no sabía es que estoy en su mente también fuera del dormitorio.

Beth pone los ojos en blanco.

—Sí, claro. No eres tan ingenua como finges ser. He visto cómo le haces ojitos y miras a Julian cuando cenamos para intentar atraparlo en tus redes.

Miro a Beth con la mirada más inocente posible.

—¿Qué? ¡No!

—¡Ya, ya! —Beth no parece creérselo.

Tiene toda la razón, flirteo con Julian. Ahora que ya no le tengo tanto miedo hago lo posible por caerle en gracia. En algún lugar de mi mente albergo la esperanza de que, si confía en mí lo suficiente y si le importo lo suficiente, quizás me saque de la isla.

Cuando se me ocurrió esta idea, en aquellos terribles primeros días de mi cautiverio, estuve actuando. En cuanto me viera fuera de la isla, haría lo posible por escaparme, sin importar las promesas que hubiera hecho. Sin embargo, ahora ni siquiera sé qué haría si Julian me llevara con él. ¿Intentaría dejarlo? ¿«Quiero» dejarlo? Sinceramente, no tengo ni idea.

—¿Has estado enamorada alguna vez? —pregunto a Beth mientras cojo de nuevo el pincel.

Para mi sorpresa, veo una sombra oscura en su cara.

—No —dice con brusquedad—. Nunca.

—Pero has querido alguna vez a alguien, ¿verdad?

No sé qué me lleva a preguntar eso, pero parece que he tocado su fibra sensible porque Beth se tensa de arriba abajo, como si le hubieran dado un golpe. Sin embargo, para mi sorpresa, en lugar de enfadarse conmigo, solo asiente con la cabeza.

—Sí —dice con tranquilidad—. Sí, Nora, alguna vez he amado a alguien.

Sus ojos tienen un brillo extraño, como si estuviera conteniendo las lágrimas.

Percibo que está sufriendo, que aquello que le ocurrió le ha dejado huella, marcas imborrables en su mente. Su apariencia dura solo es un escudo, una manera de protegerse del dolor. Y ahora, por la razón que sea, el escudo ha desaparecido dejando al descubierto la verdadera mujer que es.

—¿Qué le pasó a esa persona? —pregunto con voz suave y cariñosa —. ¿Qué le pasó a esa persona que amabas?

—Murió. —El tono de voz de Beth es inexpresivo, aunque percibo el terrible pozo sin fondo de agonía que hay en esa palabra—. Mi hija murió cuando tenía dos años.

Tomo aire.

—Lo siento Beth. Madre mía, lo siento. —Dejo el pincel otra vez, me acerco para sentarme junto a ella y la abrazo.

Al principio, permanece tensa, rígida, como si no estuviera acostumbrada al contacto humano, pero no me aparta. Es lo que necesita en este momento. Sé mejor que nadie lo reconfortante que puede resultar un abrazo cálido cuando los sentimientos están a flor de piel. A Julian le encanta cuando me derrumbo, porque se convierte en el único que puede consolarme y recomponerme.

—Lo siento —repito suavemente mientras le acaricio la espalda—. Lo siento.

Poco a poco desaparece la tensión del cuerpo de Beth. Se va relajando con mi contacto. Después de un rato parece recobrar la compostura y la dejo. No quiero que se sienta incómoda por el abrazo.

Echándose hacia atrás ligeramente, me regala una pequeña y avergonzada sonrisa.

—Lo siento, Nora. No quería…

—No te preocupes —interrumpo—. Siento haberme entrometido. No sabía...

Nos miramos como si pudiéramos estar disculpándonos infinitamente; no cambiaría nada.

Beth cierra los ojos por un momento y cuando los abre vuelve a ponerse el caparazón. Es de nuevo mi carcelera, tan independiente y reservada como siempre.

—¿Cenamos? —pregunta mientras se levanta.

—Estaría genial comer algo de lo que hemos pescado esta mañana digo como quien no quiere la cosa al tiempo que guardo mis útiles de pintura.

Y seguimos, como si no hubiera pasado nada.

TRAS ESE DÍA, MI RELACIÓN CON BETH EXPERIMENTA UN CAMBIO, pequeño pero evidente. Ya no está tan empeñada en mantener las distancias y, poco a poco, voy conociendo a la persona que se esconde detrás de esa fría fachada.

—Sé que piensas que has recibido un trato injusto —dice un día que salimos a pescar juntas—, sin embargo, créeme, Nora, Julian se preocupa por ti, de verdad. Eres muy afortunada de tener a alguien como él.

—¿Afortunada? ¿Por qué?

—Porque independientemente de lo que haga no es un monstruo —dice Beth, seria—. No siempre actúa de un modo aceptable por la sociedad, pero no es malo.

—¿No? Entonces, ¿qué es ser malo para ti? —Tengo curiosidad por saber cómo lo define ella. Desde mi punto de vista, las acciones de Julian son el ejemplo de lo que un hombre malo haría, a pesar de mis absurdos sentimientos hacia él.

—Malo es alguien capaz de matar a un niño —dice Beth con la mirada fija en el agua azul resplandeciente.

—Malo es alguien que vende a su hija de trece años a un burdel mexicano. —Hace una pausa y añade—: Julian no es malo, créeme.

No sé qué decir, tan solo miro cómo rompen las olas en la orilla. Siento presión en el pecho.

—¿Te salvó Julian de alguien malvado? —pregunto tras un momento, cuando estoy segura de que puedo mantener la voz relativamente estable.

Gira la cabeza y me mira.

—Sí —dice tranquilamente—. Lo hizo. Y destruyó aquello que me hacía daño. Me dio un arma para que pudiera usarla contra esos hombres, los que mataron a mi niña. Sí, Nora, le devolvió la vida a una prostituta callejera acabada y rota.

Mantengo la mirada en Beth y siento como me derrumbo por dentro. Tengo el estómago revuelto y náuseas. Tiene toda la razón, no tenía ni idea del verdadero significado de lo que es sufrir. No puedo ni imaginarme por todo lo que habrá pasado.

Me sonríe como si disfrutara de verme callada por el asombro.

—La vida no es más que una mierda de ruleta —dice con suavidad —, que no deja de dar vueltas y en la que salen sin parar los números equivocados. Te puedes lamentar todo lo que quieras, pero la realidad es que salgan tus números es tan probable como llevar un décimo de lotería premiado.

Trago saliva para deshacer el nudo que tengo en la garganta.

—No es verdad digo con voz algo ronca—. No siempre es así. Existe otra realidad ahí fuera, el mundo donde vive la gente normal, donde nadie intenta hacerte daño.

—No —dice Beth con dureza—. Estás soñando. Ese mundo es tan real como un cuento de hadas de Disney. Quizás tú hayas vivido como una princesa, pero la mayoría de la gente no. La gente normal sufre. Sufren, mueren y pierden a sus seres queridos. Y se hacen daño los unos a los otros. Se tiran al cuello de los otros como depredadores. No hay luz sin oscuridad, Nora. Al final, la noche siempre nos atrapa.

—No. —No lo creo. No quiero creerlo. Esta isla, Beth, Julian, todo esto no es normal, no es como son las cosas—. No, no lo es.

—Es así —dice Beth—. Puede que no te des cuenta, pero es cierto. Necesitas a Julian tanto como él a ti. Puede protegerte, Nora. Mantenerte a salvo.

Está totalmente convencida.

~

—Buenos días, mi gatita —me susurra en el oído una voz familiar que me despierta; abro los ojos y veo a Julian sentado, inclinado sobre mí. Debe de haber venido directo de alguna reunión de trabajo porque lleva una camisa de traje en lugar de su habitual atuendo informal. Me invade la felicidad. Sonrío, levanto los brazos, le rodeo el cuello y lo acerco hacia mí.

Me acaricia el cuello, el peso de su cuerpo me aprieta contra el colchón, lo envuelvo con el mío y siento su deseo excitante. Se me endurecen los pezones y por dentro me invade una humedad incontrolable; mi cuerpo se derrite al tenerlo tan cerca.

—Te he echado de menos —me susurra al oído y me estremezco de placer, casi reprimiendo un gemido, al tiempo que baja su prodigiosa boca por el cuello y me mordisquea una zona delicada cerca de la clavícula—. Me encanta cuando estás así —murmura y me besa con delicadeza por la parte superior del pecho y los hombros—. Caliente, suave, medio dormida… y mía.

Gimo, ahora sí, cuando su boca se aproxima a mi pezón derecho y lo chupa con intensidad, pero aplicando la presión adecuada. Mete la mano por debajo de la sábana entre mis muslos y mi gemido se intensifica cuando me toca y me acaricia el clítoris con el dedo.

—Ven a por mí, Nora. —Me ordena con suavidad a la vez que me presiona el clítoris; me derrito, mi cuerpo se tensa y alcanzo el orgasmo, como si cumpliera sus órdenes—. Buena chica —me susurra y continúa jugando con mi sexo y prolongando el orgasmo—. Mi dulce niña, buena chica.

Cuando dejo de tener espasmos, se echa hacia atrás y se desviste.

Lo miro hambrienta de deseo y no puedo apartar la mirada. Es más que guapo y lo deseo ferozmente. Primero se quita la camisa, lo que le deja los hombros y los abdominales marcados al descubierto; no puedo contenerme. Me siento y agarro la cremallera del pantalón de su traje; me tiemblan las manos de impaciencia.

Julian suspira cuando le rozo la polla dura. Cuando consigo sacarla, la agarro con los dedos, agacho la cabeza y me la meto en la boca.

—¡Joder, Nora! —Gime, me agarra la cabeza y aprieta las caderas contra mí. ¡Joder, nena! Esto está muy bien.

Me introduce los dedos en el pelo enredado a la vez que se la chupo más profundamente, con suavidad y abro la boca para metérmela lo máximo posible.

—¡Oh, madre mía! ¡Dios!

Me encanta su voz ronca y le aprieto los testículos con delicadeza, sintiendo su peso en la palma de la mano. La polla se pone más dura y veo que está a punto de correrse, sin embargo, para mi sorpresa, se aparta y se echa hacia atrás.

Respira hondo, los ojos le brillan como los diamantes azules, pero se controla lo suficiente para quitarse el resto de la ropa que llevaba puesta antes de ponerse encima de mí. Me agarra las muñecas con fuerza y me las pone por encima de la cabeza; coloca las caderas entre mis muslos y me mete el miembro erecto. Lo miro con una mezcla de temor y excitación. Está espectacular y salvaje, con su pelo oscuro alborotado y su preciosa cara reflejo de la lujuria. Auguro que hoy no va a ser especialmente dulce, lo sé.

Y estoy en lo cierto. Me penetra con un fuerte empujón: la mete tan adentro que jadeo con la sensación de que me va a partir en dos. Sin embargo, mi cuerpo le responde generando más flujo, haciéndoselo más fácil. Me folla salvajemente, sin piedad, pero mis gritos son de placer, la tensión que siento me hace perder el control una vez más antes de que se corra.

～

En el desayuno, aunque estoy un poco dolorida, estoy feliz. Julian está aquí y eso hace que todo esté bien. Parece estar también de buen humor; se burla de mí por haber visto una temporada completa de *Friends* en una semana y me pregunta por los tiempos que hago cuando salgo a correr. Le encanta que esté en forma, de hecho, le gusta el resultado.

Desde el punto de vista físico, me encuentro en plena forma, mejor de lo que he estado nunca, y se nota. Mi cuerpo está estilizado y tonificado y soy un ejemplo andante de los beneficios de una dieta sana, de tomar el aire y hacer ejercicio con regularidad. Me está creciendo el pelo sin puntas abiertas y tengo la piel suave y bronceada. No recuerdo la última vez que me salió una espinilla.

—Mi última carrera fue de casi cinco kilómetros en dieciséis minutos y veinte segundos —le digo a Julian sin falsa modestia—. No creo que haya muchos tíos que puedan superarlo.

—Es cierto —asiente Julian partiéndose de risa—. Yo, probablemente, no podría.

¿En serio? Me encanta la idea de ganar a Julian en algo.

—¿Quieres intentarlo? Estaría encantada de competir contigo.

—No lo hagas Julian —dice Beth riéndose—. Es rápida, lo era antes, pero ahora corre como un gamo.

—¿Ah, sí? —Me mira levantando una ceja—. Conque como un gamo, ¿eh?

—Eso es. —Le lanzo una mirada retadora—. ¿Quieres competir o eres un poco gallina?

Beth empieza a cacarear y Julian le hace una mueca y le tira un trozo de pan.

—¡Calla, traidora!

Me río de las tonterías que están haciendo y tiro un trozo de pan a Julian; Beth nos regaña a los dos.

—Soy yo la que tiene que limpiar todo este desastre —refunfuña, y Julian promete ayudarla con las migas de pan y suaviza su genio con una de sus supersonrisas.

Cuando está así, su encanto es como un ente vivo que me atrae y me hace olvidar mi verdadera situación. En el fondo, sé que esto no es real y que esta sensación de conexión con ellos, esta camaradería no es más que un espejismo, aunque con cada día que pasa me importa cada vez menos. De una forma extraña, me siento como si fuera dos personas en una: la mujer que está enamorada del asesino guapo y cruel sentado en la mesa y la que observa todo con una sensación de horror y desconfianza.

Tras el desayuno, me pongo la ropa de correr: unos pantalones cortos y un top deportivo y me voy a leer al porche para hacer la digestión antes de correr. Julian, como de costumbre, se va a su despacho. Sus negocios no esperan aunque esté en la isla; un imperio de armas ilegales requiere una atención permanente.

Como Julian rara vez habla de su trabajo, me las he ingeniado para averiguar algunas cosas durante estos últimos meses. Por lo que parece, mi captor es el cabecilla de una organización internacional especializada en la fabricación y distribución de armas de última generación y cierto tipo de dispositivos electrónicos. Sus clientes son empresas e individuos que no pueden conseguir las armas de forma legal.

—Tiene que lidiar con algunos cabrones realmente peligrosos —me dijo Beth en una ocasión—. Muchos de ellos son psicópatas. No me fiaría de ellos ni un pelo.

—Y, entonces, ¿por qué se dedica a esto? —le pregunto—. Es muy rico, estoy segura de que no necesita el dinero.

—No se trata del dinero —explica Beth—. Es por pura diversión, por el reto que supone. Los hombres como Julian funcionan así.

Algunas veces me pregunto si eso es precisamente lo que a Julian le gusta de mí, el desafío de doblegarme, de moldearme para convertirme en lo que sea que necesite. ¿Le resultará emocionante que sea su cautiva y pueda hacer lo que quiera conmigo? ¿Lo excita todo lo que no sea legal?

—¿Lista?

La voz de Julian interrumpe mis pensamientos; levanto la mirada y lo veo de pie, vestido únicamente con unos pantalones cortos negros y unas zapatillas de deporte. Su torso desnudo se dibuja fuerte y musculado y su piel dorada brilla a la luz del sol, lo que hace que desee tocarlo entero.

—Mmm, sí.

Me levanto, dejo el libro y comienzo a hacer estiramientos. Por el rabillo del ojo veo que Julian hace lo mismo. Tiene un cuerpo increíble y me pregunto qué hará para mantenerlo en forma. Nunca lo he visto entrenarse aquí en la isla.

—¿Haces algo de ejercicio cuando viajas? —pregunto mientras miro descaradamente cómo se agacha y se toca los dedos de los pies con una flexibilidad sorprendente—. ¿Qué haces para mantenerte tan bien?

Se incorpora y sonríe.

—Me entreno con mis hombres cuando puedo. Imagino que tú lo llamarías hacer ejercicio.

—¿Tus hombres?

Inmediatamente pienso en el matón que propinó la paliza a Jake. Recordarlo me pone enferma y dejo de pensarlo; no quiero darle vueltas a temas tan terribles ahora. Algunas veces tengo que separar mi nueva vida en secciones, mantener apartados los buenos de los malos momentos. Es mi propio mecanismo de defensa.

—Mis guardaespaldas y otros empleados —explica Julian mientras nos dirigimos a la playa andando rápido para calentar—. Algunos pertenecieron a las Fuerzas de Operaciones Especiales de la Marina de EE. UU. Entrenar con ellos no es fácil, créeme.

—¿Te entrenas con militares? —Paro y lanzo a Julian una mirada dura—. Lo de antes era coña, ¿verdad? Cuando me decías que no puedes ganarme.

En su boca se refleja una sonrisa maliciosa y seductora.

—Pues no sé, mi gatita —dice con suavidad—. ¿Tú qué crees? ¿Por qué no echamos una carrera y lo vemos?

—Vale —respondo, dispuesta a darlo todo—. Vamos.

～

Empezamos la carrera en un árbol que ya marqué en su día con este propósito. En la otra punta de la isla hay otro árbol que servirá de línea de meta. Si corremos por la arena, por la orilla, son 4,8 km de carrera.

Julian cuenta hasta cinco, pongo el cronómetro y empezamos; vamos a un ritmo razonablemente rápido, pero que no es la velocidad máxima que podemos alcanzar. Mientras corro, siento cómo los músculos se adaptan fácilmente al movimiento, voy aumentando el ritmo y aprieto más de lo que suelo hacer a estas alturas de la carrera. Julian corre a mi lado y sus zancadas amplias le permiten seguirme sin ninguna dificultad.

Corremos en silencio y, de vez en cuando, miro de reojo a Julian. Estamos en la mitad de la carrera, sudo y respiro intensamente, pero mi atractivo captor parece no tener que estar haciendo mucho esfuerzo. Está en plena forma, sus músculos tersos brillan con las gotas de sudor, flexionándose y extendiéndose con cada movimiento. Corre con suavidad, se apoya en la planta de los pies; siento envidia por esas zancadas tan naturales y me encantaría tener la mitad de su fuerza y resistencia.

Cuando entramos en los últimos ochocientos metros aumento la velocidad, decidida a intentar ganarle a pesar de lo inútil del esfuerzo. Ni siquiera jadea todavía y yo, en cambio, ya estoy sin aliento. Él también incrementa la velocidad, sin embargo, por mucho que me esfuerzo no puedo adelantarlo. Está prácticamente pegado a mí.

Cuando estamos a unos cien metros del árbol, estoy empapada de sudor y todos mis músculos suplican oxígeno. Estoy a punto de desplomarme y soy consciente de ello, en cambio, hago un último intento y esprinto hasta la meta.

Justo cuando me dispongo a tocar el árbol con la mano y ya casi he ganado, la mano de Julian toca el tronco, justo un segundo antes que yo.

¡Qué frustración! Me giro y apoyo la espalda en el árbol y Julian se inclina sobre mí.

—¡Te pillé! —dice con ojos brillantes y veo que respira casi con total normalidad.

Mi respiración es entrecortada y lo empujo, pero no retrocede, sino todo lo contrario, se acerca y mete la rodilla entre mis muslos. Al mismo tiempo, me agarra por las corvas y me levanta contra él. Abro los muslos a la vez que me presiona la pelvis con su miembro erecto. Nuestra carrera parece haberlo excitado.

Jadeo, lo miro fijamente y le agarro los hombros. Yo apenas puedo mantenerme de pie y ¿él quiere follar?

Obviamente, la respuesta es sí, porque me baja al suelo un segundo, me baja los pantalones y la ropa interior y se quita su ropa. Me balanceo, las piernas me tiemblan por el esfuerzo. No me puedo creer lo que está pasando. ¿Quién quiere follar después de una carrera? Si solo quiero tumbarme y beberme un litro de agua.

Sin embargo, Julian tiene otra idea.

—Arrodíllate —me ordena con la voz ronca y me empuja antes siquiera de que pueda obedecer.

Me arrodillo despacio y me preparo para lo que viene. Esta postura me ayuda, en cierto modo, a recuperar el aliento e inspiro. La cabeza me da vueltas debido al calor y a la dura carrera y espero no desmayarme.

Noto como me pone el brazo musculoso debajo de las caderas para sostenerme y, a continuación, siento la presión de la polla contra los glúteos. Mareada y temblorosa, aguardo al empujón que nos una, con mi sexo traicionero, húmedo y palpitante. La respuesta de mi cuerpo a Julian es de locos, teniendo en cuenta mi estado físico general.

Me retira el pelo sudado de la espalda, se inclina para besarme el cuello y me cubre con su pesado cuerpo.

—¿Sabes? —susurra—. Estás preciosa cuando corres. Llevo queriendo hacer esto desde el primer kilómetro.

Y con este comentario me penetra hasta el fondo.

Lloro, me aferro a la tierra con las manos cuando empieza a penetrarme y me agarra las caderas. Se me nublan los sentidos y me centro únicamente en esto, en los movimientos rítmicos de sus caderas y en el placer y dolor de esta posesión brusca. Siento como si estuviera ardiendo y muriendo por dentro, fruto del calor y la lujuria. La presión que siento es tan grande, tan insoportable, que echo la cabeza hacia atrás y doy un grito mientras mi cuerpo entero explota; el orgasmo es tan fuerte que me desmayo.

Cuando recupero la consciencia, estoy en el regazo de Julian y me está meciendo. Tiene la espalda apoyada en el árbol de la meta y me da sorbos de agua con cuidado para que no me atragante.

—¿Estás bien, cielo? —pregunta y me mira. Su preciosa cara refleja una preocupación real.

—Mmm, sí. —Todavía tengo la garganta seca, pero me encuentro mejor y un poco avergonzada por el desmayo.

—No sabía que estuvieras tan deshidratada —dice frunciendo el ceño—. ¿Por qué has querido llegar tan lejos?

—Porque quería ganar —admito; cierro los ojos y respiro el aroma de su piel.

Huele a sexo y sudor, una combinación extrañamente seductora.

—Toma, bebe más agua— dice y abro los ojos de nuevo.

Obedezco y bebo cuando me acerca la botella a la boca. La botella de agua estaba en una nevera que escondí en este lado de la isla para poder hidratarme después de correr.

Tras unos minutos y una botella de agua me siento suficientemente bien como para andar de vuelta, pero Julian no me deja caminar. Cuando me pongo de pie se agacha y me coge en brazos sin ningún tipo de esfuerzo, como si fuera una muñeca.

—Agárrate a mi cuello —me pide. Lo rodeo con los brazos y dejo que me lleve a casa.

Nora

A LA MAÑANA SIGUIENTE, ME LEVANTO CON LA MAGNÍFICA SENSACIÓN de que me están masajeando los pies. Durante unos segundos me siento tan bien que me parece estar soñando e intento evitar despertarme. Sin embargo, sentir que unos dedos fuertes me masajean el pie es tan real que suspiro de felicidad cuando me frotan cada dedo con la presión adecuada.

Abro los ojos y veo a Julian sentado en la cama, espléndido en su desnudez y sosteniendo una botella de aceite para masajes. Se echa un poco en la mano, se inclina hacia mí y me empieza a masajear los tobillos y después las pantorrillas.

—Buenos días —susurra mientras me mira.

Lo observo callada y con sorpresa. Julian ya me ha masajeado antes, pero normalmente para relajarme antes de hacerme algo que me va a hacer gritar. Nunca antes me había despertado de esta forma tan placentera.

Tiene una media sonrisa sensual y no puedo evitar mis nervios.

—Mmm, Julian —digo con inseguridad—. ¿Qué... qué estás haciendo?

—Darte un masaje —dice divertido con los ojos brillantes—. ¿Por qué no te relajas y disfrutas?

Parpadeo y contemplo cómo mueve las manos despacio por mis pantorrillas. Tiene las manos largas, fuertes y masculinas. Mis piernas parecen esbeltas y femeninas a su lado, a pesar de que tengo los músculos bien definidos de correr. Siento las callosidades de las palmas de sus manos que me rascan suavemente la piel; trago saliva cuando pienso que esas manos son las de un asesino que se ha metido en mi mente.

—Date la vuelta —dice tirándome de las piernas y me dejo caer sobre la tripa, todavía nerviosa. ¿Qué pretende? No me gustan las sorpresas cuando se trata de Julian.

Empieza a masajearme la parte trasera de las piernas, concretamente las zonas más doloridas por la carrera de ayer; gimo levemente y siento cómo los músculos tensos empiezan a relajarse con el masaje de sus habilidosos dedos. Aun así, no puedo relajarme del todo. Julian es demasiado imprevisible como para estar tranquila.

Por lo que veo, se percata de mi inquietud, así que se inclina sobre mí y me susurra al oído:

—Solo es un masaje, mi gatita. No te preocupes.

Algo más tranquila, me relajo y me acomodo en el colchón. Las manos de Julian son fabulosas. Alguna vez me han dado masajes profesionales y, ni de lejos, eran tan buenos. Está en total armonía conmigo, presta atención al más pequeño cambio en mi respiración, a la más mínima variación en mis músculos. Tras unos minutos así, dejo de preocuparme por la conducta extraña de Julian y me dejo llevar por esta experiencia maravillosa.

Una vez que me ha masajeado todo el cuerpo y estoy tumbada, relajada y feliz, me coge y me lleva a la ducha. Después, va bajando por mi cuerpo, complaciéndome con la boca hasta que alcanzo un orgasmo increíble.

En el desayuno canturreo de alegría. Es la mejor mañana desde hace meses, quizás hace años. Por alguna extraña coincidencia, Beth me prepara mi comida favorita: huevos benedictinos con pastel de cangrejo. No he comido nada tan exquisito desde que llegué a la isla. Lo que Beth nos prepara está bien, suele ser comida saludable. Nuestra dieta se compone de frutas, verduras y pescado. No recuerdo la última vez que tomé algo tan rico como la salsa holandesa que ha hecho Beth hoy.

—Mmm, qué rico —murmuro cuando doy un bocado—. Beth, esto está buenísimo. Probablemente sean los mejores huevos que he comido.

Me sonríe.

—Me han salido buenos, ¿verdad? No estaba segura de si había seguido bien la receta, pero parece que sí.

—Sí, sí —afirmo antes de servirme otra ración—. Esto está delicioso.

Julian sonríe y los ojos le brillan de alegría.

—¿Tienes hambre, mi gatita?

Él ya se ha comido un buen plato, pero yo voy camino de alcanzarlo.

—Estoy muerta de hambre —digo a la vez que me llevo otro trozo a la boca. Imagino que ayer quemé muchas calorías.

Estoy seguro dice con una amplia sonrisa y cuenta a Beth cómo casi gané la carrera, sin mencionar nada del polvo que echamos y mi desmayo posterior.

Cuando acabamos de desayunar, estoy tan llena que no me cabe nada más. Doy las gracias a Beth, me levanto y cuando me dispongo a coger un libro para leer un rato tranquila en el porche, Julian me coge de la muñeca.

—Espera, Nora —dice con suavidad, volviendo a sentarme en mi sitio.

—Beth ha preparado algo más hoy. —Echa a Beth una mirada misteriosa y, en ese momento, Beth se levanta y va a la cocina.

—Ah, vale.

Estoy desconcertada. ¿Había preparado algo y no lo ha sacado en el desayuno?

En ese instante, Beth vuelve a la mesa con una tarta de chocolate en una bandeja, una tarta con un montón de velas encendidas.

—Feliz cumpleaños, Nora —dice Julian con una sonrisa, a la vez que Beth coloca la tarta delante de mí—. Ahora, pide un deseo y sopla las velas.

~

Soplo las velas de forma automática, casi sin darme cuenta de que es el tercer intento que hago. Beth aplaude, lo celebra y oigo el ruido a lo lejos. La cabeza me da vueltas, estoy extrañamente atontada, como ajena a todo. Solo pienso en que es mi cumpleaños.

«Mi cumpleaños. Es mi cumpleaños. Hoy cumplo diecinueve años».

Al caer en la cuenta quiero gritar.

Conocí a Julian poco antes de mi último cumpleaños y me trajo a esta isla poco después. Si hoy es mi cumpleaños, significa que ha pasado cerca de un año desde mi secuestro, desde que estoy aquí, a merced de Julian y completamente aislada del resto del mundo.

He pasado un año de mi vida en cautiverio.

Me siento como si me faltara el aire, pero sé que solo es mi imaginación. Hay oxígeno de sobra, pero parece que no puedo respirar.

—¿Nora? —El zumbido de la voz de Beth me penetra en los oídos.

—¿Estás bien, Nora?

Hago lo posible para respirar y miro la tarta. Beth me observa fijamente con el ceño fruncido y Julian deja de sonreír. Vuelve a parecer un extraño peligroso, con la mirada oscura e inquietante.

Hago un esfuerzo sobrehumano para mantener el tipo y trato de sonreír.

—Claro. Gracias por la tarta, Beth.

—Queríamos darte una sorpresa —dice, y su gesto se suaviza cuando contesto.

—Espero que todavía te quede hueco para el postre. La tarta de chocolate es tu favorita, ¿verdad?

El zumbido se intensifica en mis oídos.

—Mmm, sí. —A pesar de mis intentos, parece que no puedo hablar—. Y vaya si me habéis sorprendido.

—Déjanos, Beth —dice Julian de forma brusca—. Nora y yo necesitamos estar a solas.

Beth pestañea, sorprendida por el tono de voz de Julian. Nunca lo había oído hablar así. No obstante, obedece inmediatamente y sube corriendo a su habitación.

Hacía tiempo que no veía a Julian tan enfadado y sé que debería estar aterrada, pero en este momento no soy capaz ni de preocuparme por lo que pasará. Me tiemblan todos los músculos del cuerpo debido al esfuerzo que estoy haciendo para contener el terrible torbellino que se está formando dentro de mí; es un alivio que Beth se haya ido.

«Un año. Ha pasado un puto año».

Siento una rabia que jamás había experimentado. Es como si se hubiera abierto una presa y fuera imposible contenerla. Una neblina roja me invade y me impide ver bien y el zumbido en los oídos es cada vez más fuerte, como si mis sentimientos estuvieran incontrolados.

En cuanto Beth se va, exploto. Ya no soy racional o razonable, soy la ira personificada. Cojo lo primero que tengo a mi alcance, la tarta de chocolate, y la tiro por la habitación; hay trozos de chocolate por todas partes. Después tiro el plato y la copa contra la pared y los rompo en mil pedazos y, mientras tanto, oigo un grito que se acerca a mí desde la distancia. Una parte de mi cerebro, todavía cuerda, se da cuenta de que soy yo misma, son mis propios gritos e insultos lo que estoy escuchando, sin embargo, no puedo parar. Toda la rabia, miedo y frustración del último año han brotado a la superficie, han entrado en erupción y escupen una lava de rabia feroz.

No sé cuánto tiempo estoy en este estado hasta que unos brazos duros como el acero me agarran por detrás y me sujetan de una forma que me resulta familiar. Doy patadas y grito hasta quedarme ronca, pero me esfuerzo en vano. Julian es mucho más fuerte que yo y ahora utiliza esa fuerza para aplacarme, para agarrarme hasta que quedo exhausta y rendida; empiezo a llorar.

—¿Has acabado? —me susurra en el oído y noto ese tono oscuro y conocido en su voz. Como de costumbre, lo encuentro siniestro y excitante, mi cuerpo desea el dolor y el éxtasis demoledor que lo acompaña.

Muevo la cabeza como respuesta a la pregunta que me hace Julian, pero sé que se me ha pasado, que lo que quiera que me haya ocurrido ya ha terminado y me ha dejado agotada y vacía.

Julian me gira y me coloca frente a él. Lo miro con ojos vidriosos, con impotencia y atraída por la perfecta simetría de sus rasgos. La parte superior de sus pómulos está algo sonrojada y hay algo inquietante en la forma en que me observa, como si quisiera devorarme, arrancarme el alma y tragársela. Nuestras miradas se cruzan y sé que, en estos momentos, estoy al borde de un precipicio, como si el suelo se abriera bajo mis pies.

Justo entonces veo las cosas con claridad.

No estoy enfadada por llevar un año recluida en la isla. No, mi rabia va más allá, es más profunda. Lo que me quema por dentro no es haber estado cautiva todo este tiempo, sino que me ha empezado a gustar mi cautiverio.

Durante los últimos meses, de algún modo, he llegado a asumir mi nueva vida. He llegado a disfrutar de la tranquilidad, del ritmo relajado de la isla. El océano, la arena, el sol, es lo más cercano al paraíso que haya imaginado. La libertad y lo que implica son tan solo un sueño vago e imposible. Casi no recuerdo las caras de las personas que he dejado atrás; son imágenes borrosas en mi mente. Solo me importa el hombre que me tiene en sus brazos.

Julian, mi captor, mi amante.

—¿Por qué, Nora? —me pregunta casi sin hablar. Me agarra fuerte con los brazos y me clava los dedos en la espalda. Cuando no contesto su expresión se oscurece aún más—. ¿Por qué?

Sigo callada, sin querer dar el último e irremediable paso. No soporto ver a Julian así. No puedo. ¡Me ha robado tanto! No puedo dejarle que también se quede con esto.

—Dime —me ordena mientras me mete una mano y la enrolla en mi pelo, me empuja el cuello y me obliga a echarme hacia atrás—. Dímelo.

—Te odio —digo soltando un graznido y reuniendo lo últimos retazos de rebeldía que me quedan. Mi voz es áspera y ronca de los gritos—. Te odio.

Sus ojos desprenden un fuego azul.

—¿De verdad? —susurra, inclinándose sobre mí a la vez que me mantiene pegada a él con la cabeza hacia atrás—. ¿Me odias, mi gatita?

Lo miro sin pestañear. De perdidos al río.

—Sí —siseo—. ¡Te odio!

Quiero que me crea porque la alternativa es inadmisible. No puede saber la verdad. No puede saberlo.

El rostro de Julian se endurece y se queda helado. Aparta rápidamente los platos que quedan encima de la mesa, los tira al suelo, me empuja encima de la mesa y me obliga a inclinarme hacia adelante con la cara mirando a la superficie de madera. Intento darle una patada, pero es inútil. Me ha agarrado la parte posterior del cuello con una mano y, a continuación, oigo el sonido amenazador del cinturón desabrochándose.

Continúo dándole patadas y consigo tocarle la pierna. Por supuesto, no logro nada con ello. No puedo huir. Nunca podré escapar de Julian.

Se inclina sobre mí, me presiona contra la mesa y continúa apretándome con fuerza la parte trasera del cuello.

—Eres mía, Nora —dice con dureza. Su cuerpo me domina y me excita—. Me perteneces, ¿lo entiendes? Cada parte de ti es mía. —Su erección me presiona los glúteos y su dureza es a la vez una amenaza y un presagio.

Se echa para atrás sin soltarme la mano detrás del cuello y oigo el ruido sibilante de las trabillas del cinturón. Después, me levanta el vestido y me deja desnuda de cintura para abajo. Aprieto los ojos y me preparo para lo que viene.

¡Zas, zas! El cinturón aterriza en mi trasero una y otra vez; con cada golpe me arden los muslos y los glúteos. Oigo mis propios gritos, siento cómo mi cuerpo se tensa con cada golpe y me lleva a ese estado extraño donde todo se pone del revés, donde el dolor y el placer se chocan, resulta difícil distinguirlos y mi verdugo es el único consuelo.

Mi cuerpo se relaja y se funde. Cada azote del cinturón es más como una caricia y sé que es justo lo que necesito ahora: que Julian haya accedido a esa oscuridad, a esa parte íntima de mí que no es más que un reflejo de sus propios deseos perversos. Es una parte de mí que desea perder el control por completo para solo ser suya.

Cuando Julian se detiene y me gira, ya ni me resisto. El subidón de endorfinas es más poderoso que cualquier otra sensación que haya experimentado antes; me aferro a él en una búsqueda desesperada de consuelo, de sexo, de lo más parecido al amor y al cariño. Le rodeo el cuello con los brazos y lo empujo contra mí hacia la mesa, disfruto de su sabor, de los besos desesperados con que me devora la boca. Siento que me arde el trasero, pero eso no disminuye mi deseo, si acaso, lo intensifica. Julian me ha enseñado muy bien. Mi cuerpo está a la espera del placer que viene después.

Se baja la cremallera, se quita los pantalones y me penetra con un empujón fuerte. Me estremezco del éxtasis, que casi roza la agonía, y le rodeo la cintura con las piernas. Dejo que me penetre más profundamente, necesito que me folle, que me reclame de la forma más primitiva posible.

—Dime, nena —me susurra en el oído. Me roza la sien con los labios y me introduce la mano derecha en el pelo para inmovilizarme —. Dime cuánto me odias. —Y lleva la otra mano a la zona donde estamos unidos, me toca y después baja unos cinco centímetros, hasta mi otro orificio. Dime...

Jadeo cuando me mete el dedo en el ano y mis sentidos se desbordan por las sensaciones contradictorias que estoy sintiendo. Abro los ojos y miro a Julian, aturdida y con la visión de mi propia oscuridad reflejada en su cara. Quiere poseerme, romperme para volver a recomponerme y no voy a seguir resistiéndome.

—No te odio —digo despacio y con voz rasposa; tengo la garganta seca y trago saliva para suavizarla—. No te odio, Julian.

Se le refleja el triunfo en la cara. Empuja y me introduce el miembro más profundamente; reprimo un gemido y continúo contemplándolo.

—Dímelo —me ordena de nuevo con una voz más profunda. Le

arden los ojos de deseo y no puedo resistirme a la petición que veo. Me quiere entera, no me queda otra más que entregarme a él.

—Te quiero. —Mi voz es casi inaudible, cada palabra que pronuncio es como si me la arrancaran del alma—. No te odio, Julian. No puedo… porque te quiero.

Veo cómo se le dilatan las pupilas y se le oscurecen los ojos. La polla se le agranda dentro de mí, se pone más dura; la saca y la vuelve a meter, lo que me hace jadear, fruto de esta posesión salvaje.

—Dímelo otra vez —gime y lo repito; las palabras salen con más facilidad esta segunda vez. No hay necesidad de esconder la verdad más tiempo, no hay razón para mentir. Me he enamorado perdidamente de mi sádico captor y nada puede cambiarlo.

—Te quiero —susurro mientras muevo la mano y le acaricio la mejilla—. Te quiero, Julian.

Se le oscurecen más los ojos e inclina la cabeza para darme un beso voraz.

Ahora soy completamente suya y lo sabe.

Nora

LOS TRES MESES SIGUIENTES PASARON VOLANDO.

Después de ese día —al que llamo el del «incidente del cumpleaños»— mi relación con Julian ha cambiado de manera evidente, se ha vuelto más... romántica, a falta de una palabra que lo refleje mejor.

Es una aventura sexual, eso lo sé. Puede que sea adicta a Julian, pero no se me ha ido tanto la cabeza como para no percatarme de lo perjudicial que es todo esto. Me he enamorado de mi secuestrador, del hombre que me tiene aquí prisionera.

El hombre que parece necesitar mi amor y mi cuerpo.

No sé si me corresponde, ni tan siquiera si es capaz de enamorarse. ¿Cómo amar a una persona a la que has privado de libertad sin dudarlo? Aun así, siento que tiene la obligación de cuidarme, de que esa obsesión por mí no es solo sexual. Está presente en la forma en que a veces me mira, en el modo en que intenta anticiparse a mis necesidades.

Siempre me trae mi comida favorita y los libros y la música que más me gustan. Si comento que necesito una crema para las manos, me la compra en el siguiente viaje. Me consiente casi como a una niña. Se enorgullece de mis cumplidos y halaga mis obras de arte, tanto que se lleva varias con él para colgarlas en la oficina de Hong Kong.

También me echa de menos cuando no estamos juntos. Lo sé porque me lo dice y porque cuando vuelve, se abalanza sobre mí como un hombre hambriento que acaba de salir de la cárcel. Más que nada, eso me da esperanzas para que lo que siente por mí vaya más allá de ser un simple objeto de su posesión.

—¿Te ves con otras mujeres? ¿Fuera, en el mundo real? —pregunto durante el desayuno, después de una noche en la que me ha hecho el amor tres veces seguidas.

La pregunta me ha estado reconcomiendo durante meses y ya no puedo aguantarme más. Mi secuestrador es maravilloso, tiene ese encanto peligroso a la vez que magnético que hace que decenas de mujeres se rindan a sus pies. Me lo puedo imaginar durmiendo cada noche junto a una preciosidad; cuando lo pienso me entran ganas de apuñalar a alguien. Aunque tienda al sadomasoquismo, no tendría ningún problema en encontrar una compañera de cama; hay miles de mujeres que, al igual que yo, encuentran placer en el dolor erótico.

Me sonríe con cierta diversión oscura, no muestra ni una mínima gota de desconcierto por mi despliegue de celos.

—No, mi gatita —dice con suavidad.

Alarga el brazo y me toma la mano, acariciándome la muñeca con el pulgar.

—¿Por qué querría follar con otra persona si ya te tengo a ti? No he estado con otra desde que te conocí.

—¿En serio?

No sé cómo encajarlo. Me sorprende. ¿Julian me ha sido fiel todo este tiempo?

Me mira, curva los labios y me sonríe de una manera irresistible y pecaminosa.

—Sí, cielo —responde.

En este momento, soy la mujer más feliz del mundo.

Me encanta cuando me dice «cielo». Es una palabra muy común, lo sé, pero de algún modo, cuando sale de su boca, suena diferente, como si me acariciara con esa palabra. Prefiero que me diga «cielo» a «mi gatita».

Aunque sé lo que soy para él: su mascota, su posesión. Le gusta pensar que le pertenezco, que es el único hombre que me toca y me mira. Le gusta vestirme con las prendas que me da, alimentarme con la comida que me trae. Dependo totalmente de él, estoy a su merced; creo que algo de eso me atrae, aunque intento apaciguar los demonios que suelen estar al acecho bajo la superficie.

En realidad, no me importa que me posea. Darse cuenta de ello es alarmante, pero parece que ese tipo de dinámica le atrae a algo dentro de mí. Me siento protegida y cuidada, aunque la lógica me diga que ni por asomo debo sentirme a salvo con un hombre que emplea las armas para ganarse la vida: un hombre que admitió haber matado sin ninguna compasión. Las manos que me tocan por la noche son aquellas que han llevado a la muerte a otras personas, pero hay cierta chispa en ello. De alguna forma, hace que todo sea más intenso, me ayuda a sentirme más viva.

Además, a pesar de la necesidad que tiene de hacerme daño, no me lo ha hecho en realidad, al menos, no físicamente. Cuando está en plan sadomasoquista, suelo terminar llena de marcas y moratones en la piel, pero desaparecen con facilidad. Nunca me ha herido, aunque soy consciente de que mi sangre y las lágrimas —mis lágrimas— lo excitan y lo ponen.

Cuando comparto algunos de mis sentimientos con Beth, no la sorprenden en absoluto.

—Sé que estáis hechos el uno para el otro desde el primer momento en que os vi juntos —dice mientras me mira con una sonrisa burlona—. Cuando estáis juntos en la misma habitación, es como si saltaran chispas. Nunca había visto tanta química entre dos personas. Lo que tenéis es extraño y especial. No luches contra él, Nora. Julian es tu destino, y tú, el suyo.

Parece estar totalmente convencida de ello.

~

Por la noche, mi vida cambia de manera irrevocable, todo empieza como algo normal.

Julian está en la isla. Cenamos un menú delicioso antes de que me suba arriba para una larga sesión de sexo. Es una de esas ocasiones en las que es amable; me entrega su cuerpo como si fuera una diosa. Me quedo dormida, relajada y satisfecha, mientras me sujeta entre los brazos con firmeza.

Me despierto en mitad de la noche para ir al cuarto de baño y siento un dolor ligero cerca del ombligo. Trato de aliviar el dolor, me lavo las manos, me meto en la cama sin hacer ruido y me echo al lado de Julian. También tengo algunas náuseas y me planteo si se trata de un corte de digestión. ¿Puede que me haya sentado mal la cena?

Intento quedarme dormida, pero el dolor empeora a cada minuto que pasa. Desciende hacia la parte derecha inferior del abdomen y es cada vez más intenso y agonizante. No quiero despertar a Julian, pero no puedo soportarlo más. Necesito un analgésico.

—Julian —le susurro al oído, acercándome a él—. Julian, creo que estoy enferma.

Se despierta inmediatamente, se incorpora y enciende la lámpara de la mesita. No tiene cara de asombro, está tan atento como si fuera mediodía en vez de las tres de la madrugada.

—¿Qué pasa?

Me encojo como una pelota pequeña a medida que el dolor se intensifica.

—No lo sé —logro decirle—. Me duele el estómago.

Encaja las cejas.

—¿Dónde te duele, cielo? —dice con suavidad, sujetándome por la espalda.

—A... abajo —añado, con dificultad para respirar y empiezo a llorar por el dolor.

—¿Aquí? —pregunta mientras presiona un lado.

Niego.

—¿Aquí?

—¡Sí!

De algún modo, encuentra la zona exacta del dolor.

Inmediatamente, se levanta y empieza a vestirse.

—¡Beth! —chilla—. Beth, ven aquí ahora mismo.

Entra deprisa en la habitación unos treinta segundos después, poniéndose una bata encima del pijama.

—¿Qué pasa?

Parece alarmada, al igual que yo. Nunca había visto a Julian así. Parece casi… asustado.

—Prepárate —dice con firmeza—. La voy a llevar a la clínica, te vienes con nosotros. Puede que sea apendicitis.

¡Apendicitis! Ahora que lo dice, eso lo explicaría todo, aunque sigue asustándome. No soy médico, pero sé que si el apéndice explota antes de que lo corten, estoy jodida. Estaría aterrada si estuviera a una hora de la clínica, pero estoy en una isla privada en medio del Pacífico. ¿Qué pasa si no llego al hospital a tiempo?

Julian debe estar pensando lo mismo porque su expresión es desalentadora cuando me pone una bata y me coge mientras me saca de la habitación.

—Puedo caminar —protesto con cierta debilidad y el estómago se agita cuando Julian baja las escaleras.

—No te lo crees ni tú.

Lo dice con un tono muy brusco, pero no me ofende. Sé que está preocupado por mí e incluso, aunque me duela, siento su cariño.

Cuando llegamos al hangar, Beth abre las puertas para que entremos y se queda atrás esperando en la parte trasera del avión. Julian me pone el cinturón en el asiento del pasajero y me doy cuenta de que mi mayor deseo está a punto de cumplirse.

Voy a salir de la isla.

El estómago me da tumbos y cojo la bolsa de papel marrón que tengo delante de mí. De repente tengo náuseas en la garganta. Vomito; estoy sudando y temblando.

Lo oigo decir palabrotas cuando el avión empieza a despegar. Estoy tan avergonzada que me quiero morir.

—Lo siento —susurro, mientras los ojos me arden.

En la vida me había sentido tan miserable.

—No pasa nada —dice con brusquedad—. No te preocupes por eso ahora.

—Ten —Beth me da una toallita húmeda por detrás—. Hará que te sientas mejor.

Pero no lo logra. De hecho, mientras el avión sigue subiendo, me entran ganas de vomitar de nuevo. Me quejo, me aprieto el estómago, se intensifica el dolor en el costado derecho.

—Mierda —murmura Julian—. ¡Joder!

Tiene los nudillos blancos donde sujeta los mandos.

Vuelvo a vomitar.

—¿Cuánto queda para llegar? —pregunta Beth con un tono mucho más agudo de lo normal.

—Dos horas —responde Julian con seriedad—. Si el viento está de nuestro lado.

Esas dos horas se me hacen eternas, las más eternas de mi vida. Cuando el avión empieza a bajar, ya he vomitado cinco veces, ya he sobrepasado con creces el límite de la vergüenza. El dolor del estómago se ha transformado en agonía y solo soy consciente de la profunda miseria que me inunda.

Me cogen unas manos fuertes, que me sacan del avión. Apenas observo que Julian me lleva a algún sitio, sosteniéndome contra su pecho. Hay barullo de voces que hablan una mezcla de inglés y de otras lenguas. Después, me colocan en una camilla que recorre un largo pasillo hasta llegar a una sala blanca esterilizada.

Muchas personas con batas blancas se mueven a mi alrededor. Un hombre les grita y da órdenes en esa misma mezcla de lenguas. Siento un pinchazo brusco en el brazo, me ponen una vía intravenosa en la muñeca. Aturdida, miro hacia arriba para ver a Julian, de pie en la esquina, con una cara extremadamente pálida y con un brillo en los ojos... Entonces me inunda la oscuridad de nuevo.

Nora

CUANDO RECUPERO LA CONSCIENCIA, SOLO SIENTO UNA LIGERA MEJORÍA. Tengo la cabeza como un bombo y el dolor persistente en el costado no desaparece, aunque es diferente, menos intenso, parece más una molestia. Por un momento, creo que me he quedado durmiendo sintiéndome mareada y que he soñado todo esto, pero el olor me dice otra cosa. Sin duda, huele a antiséptico, algo que solo se encuentra en consultas y hospitales.

Ese olor implica que estoy viva... y fuera de la isla.

Al pensarlo, se me empieza a acelerar el corazón.

—Se ha despertado —dice una voz femenina para nada familiar con acento inglés que parece dirigirse a alguien más en la habitación.

Oigo pasos y alguien se sienta a mi lado en la cama. Unos dedos cálidos me tocan y me acarician en la mejilla.

—¿Cómo te encuentras, cielo?

Abro los ojos haciendo un esfuerzo, contemplo los rasgos bonitos de Julian.

—Como si me hubieran abierto y cosido después —digo a duras penas.

Tengo la garganta tan seca y molesta que me duele al hablar. Siento un dolor leve y palpitante en el costado derecho.

—Aquí tienes.

Julian me alarga una taza con una pajita.

—Debes estar seca.

Me lo acerca a la cara y obedientemente cierro los labios alrededor de la pajita para absorber un poco de agua. Tengo la mente un poco difusa y, por un momento, el muro que separa los buenos y los malos recuerdos se desmorona. Me acuerdo del primer día en la isla, cuando Julian me ofreció una botella de agua y un escalofrío me recorre la espalda. En ese momento, Julian no es el hombre al que amo; vuelve a ser mi enemigo, el que me secuestró, el que me raptó.

—¿Tienes frío? —pregunta, mientras retira la taza.

Después me echa una manta por los hombros.

—Esto… sí, un poco.

«He salido de la isla. Dios, he salido de la isla».

Me da vueltas la cabeza. Me siento como dividida, como si fuera dos personas diferentes: la chica aterrada que insiste en que esta es la oportunidad para escapar y la mujer que ansía que Julian la toque.

—Te han quitado el apéndice —dice Julian, mientras me aparta un mechón de la frente—. La operación ha ido como la seda y no debería haber ninguna complicación. ¿No es así, Angela?

Entonces mira a su izquierda.

—Sí, señor Esguerra.

¿Esguerra? ¿Es ese su apellido? Es la misma voz de antes, giro la cabeza para ver a una mujer joven y bajita con una bata blanca. Tiene una piel de color marrón claro, con pelo y ojos oscuros, tirando a negros. Me parece que es de Filipinas o Tailandia, aunque no pretendo dármelas de experta en reconocer nacionalidades.

Lo que sí sé es que es la primera persona que he visto en estos quince meses, aparte de Beth y Julian.

«He salido de la isla. Dios, he salido de la isla». Por primera vez desde que me secuestraron, cabe la posibilidad real de escapar.

—¿Dónde estoy? —pregunto, sin quitar los ojos de encima de la enfermera.

No puedo creer que Julian permita que otra persona me vea, a mí, a la chica que secuestró.

—Estás en una clínica privada de Filipinas —contesta mientras la mujer se limita a sonreírme—. Angela es la auxiliar que te cuidará.

En ese momento, se abre la puerta y entra Beth.

—Anda, mira quién está despierta —exclama mientras se acerca a la cama—. ¿Cómo te encuentras?

—Creo que bien —digo con cautela.

«Joder, por fin he salido de la puñetera isla».

—Según parece, Julian te trajo justo a tiempo —dice Beth, mientras coge una silla para sentarse a mi lado—. El apéndice estaba a punto de romperse. Lo cortaron y lo cosieron, así que deberías estar como una rosa.

Suelto una pequeña sonrisa… e inmediatamente me quejo por el movimiento, que tira de las grapas del costado.

—¿Te duele? —Julian me mira preocupado.

Se gira hacia Angela y le ordena:

—Dale un analgésico.

—Estoy bien, un poco molesta —digo para tranquilizarlo—. De verdad, que no necesito ningún medicamento.

Lo último que quiero ahora es estar atontada. He salido de la isla, necesito averiguar qué voy a hacer. Hago lo que puedo para mantener la calma, pero me está costando la vida no chillar o cometer una estupidez. Estoy tan cerca de la libertad que casi puedo saborearla.

—Por supuesto, señor Esguerra.

Angela no hace caso a mi desaprobación y se acerca a la cama para toquetear la bolsa de la vía intravenosa.

Julian se inclina en la cama y me besa en los labios.

—Necesitas descansar —me dice con suavidad—. Quiero que estés bien. ¿De acuerdo?

Asiento. Me empiezan a pesar las pestañas a medida que el medicamento comienza a hacer efecto. Por un momento, siento que estoy flotando, que todo el dolor ha desaparecido y que no soy consciente de nada más.

~

Cuando me vuelvo a despertar, estoy sola en la habitación. La luz del sol brilla a través de las grandes ventanas. Las plantas florecen con alegría en el alféizar. El ambiente es bastante acogedor. Si no fuera por el olor a hospital, las máquinas y los monitores, pensaría que estoy en la habitación de otra persona. Sea lo que sea esta clínica privada, es bastante lujosa, de lo que no me había percatado en realidad.

Se abre la puerta y entra Angela. Me sonríe y me dice con alegría:

—¿Cómo te sientes, Nora?

—Bien —contesto con cautela—. ¿Dónde está Julian?

Hay algo en esta mujer que no me gusta, pero no sé lo que es. Seguramente sea la mejor oportunidad para escapar, pero no sé si puedo confiar en ella. De hecho, podría trabajar para Julian, como Beth.

—El señor Esguerra ha tenido que salir durante un par de horas —dice, sin perder la sonrisa—. No obstante, Beth está aquí. Acaba de irse al baño.

—Ah, vale —la miro fijamente, intentando reunir la valentía necesaria.

Tengo que decirle que me han secuestrado. Tengo que hacerlo. Es la única oportunidad que tengo de escapar. Puede que sea fiel a Julian, pero aun así tengo que intentarlo porque quizá no tenga otra posibilidad de ser libre.

Angela se aproxima a la cama y me acerca la taza con la pajita.

—Aquí tienes —dice con el mismo tono de alegría—. Te traeré algo de comer dentro de un rato.

Levanto el brazo y cojo la taza, aunque hago un gesto de dolor porque el movimiento me tira de las grapas.

—Gracias —digo con entusiasmo, bebiéndome toda el agua.

Tengo que decirle que llame a la policía o como se llame la fuerza del orden público aquí, no sé por qué, pero no lo hago. De hecho, me bebo el agua y veo cómo sale de la habitación, dejándome sola de nuevo.

Me quejo mentalmente. ¿Qué pasa conmigo? Por primera vez en casi un año, la libertad es una posibilidad real y aquí estoy, dando rodeos y posponiéndolo. Me digo que es porque estoy siendo cauta, porque no quiero arriesgarme a que le hagan daño a nadie más, ni a Angela ni a nadie más en casa, pero por dentro, sé la verdad.

Aunque la libertad me atraiga, también me asusta. Me han secuestrado durante tanto tiempo que ya hasta echo de menos la comodidad de mi cueva. Estar en esta extraña habitación hace que me estrese, que esté ansiosa, y hay una parte de mí que quiere volver a la isla, a la rutina diaria. No obstante, lo más importante es que la libertad implica dejar a Julian y no puedo hacerlo.

No quiero dejar al hombre que me secuestró.

Debería estar celebrando la idea de que la policía venga a arrestarlo, pero, en cambio, me horroriza. No quiero que Julian esté entre rejas. No quiero separarme de él, ni un segundo.

Cierro los ojos, me digo que soy una estúpida, que me han lavado el cerebro, pero no importa.

Mientras estoy en la cama del hospital, acepto que ya no me secuestran contra mi voluntad. Soy una mujer que pertenece a Julian, tal y como me pertenece él a mí ahora.

Durante la semana siguiente, me recupero en la clínica. Julian viene a verme todos los días y pasa varias horas a mi lado, al igual que Beth. Angela me cuida la mayoría del tiempo, aunque también se han pasado un par de médicos para comprobar el expediente médico y ajustar la dosis de analgésicos.

Todavía no le he dicho a nadie que me han secuestrado, tampoco me planteo hacerlo. Por un lado, tengo la impresión de que se le paga al equipo sanitario para que sea discreto. Nadie parece tener curiosidad por saber qué hace una chica estadounidense en Filipinas, pero tampoco creo que vayan a preguntarme. A Angela solo le interesa si me duele, si tengo sed o hambre y si necesito ir al baño. Estoy segura de que, si le pido que llame a la policía, se va a limitar a sonreírme y administrarme más analgésicos.

He visto un par de guardias en el pasillo que hay fuera de la habitación. Los veo cuando abren la puerta. Están armados hasta los dientes y parecen unos hijos de puta, me recuerdan al que golpeó a Jake.

Cuando pregunto a Julian por ellos, admite que son empleados suyos.

—Están aquí para protegerte —explica, mientras se sienta en la cama—. Ya te dije que tengo enemigos, ¿verdad?

Sí me lo había dicho, pero no me había percatado de la magnitud del peligro. Según Beth, hay un pequeño ejército de guardaespaldas en la clínica y en los alrededores, protegiéndonos de cualquier amenaza que suponga una preocupación para Julian.

—¿Quiénes? —pregunto con curiosidad, mirándolo—. ¿Quién va a por ti?

Me sonríe.

—Eso no es asunto tuyo, mi gatita —dice con amabilidad, aunque con un matiz frío y oculto tras la calidez de su sonrisa.

—Me ocuparé de ellos pronto.

Me estremezco un poco, aunque espero que Julian no se dé cuenta. En algunas ocasiones, mi amante me asusta demasiado.

—Mañana volvemos a casa —dice, cambiando de tema—. Los médicos dicen que tendrás que estar en reposo durante unas semanas, pero que no es preciso que te quedes aquí. Puedes recuperarte en casa.

Asiento. El estómago se endurece por la mezcla de miedo y expectación. Casa… Mi casa en la isla. Esta extraña pausa en la clínica —tan próxima a la libertad— está a punto de acabar.

Mañana empieza de nuevo mi vida real.

«¡PUM, PUM!». EL SONIDO DE LA EXPLOSIÓN DE UN COCHE ME SACA DEL sueño profundo. El corazón me martillea, me doblo como si estuviera sentada, luego me agarro las grapas del costado con un pitido de dolor.

«¡Pum, pum, pum!». Sigue el ruido y me quedo helada. Un coche no explota de esa forma.

Se escuchan tiros. Tiros y algunos chillidos.

Está oscuro, la única luz es la que proviene de los monitores a los que estoy conectada. Estoy en la cama en mitad de la habitación, lo primero que vería cualquiera que abriera la puerta. Se me ocurre que también puedo sentarme con una diana pintada en la frente.

Trato de controlar la respiración irregular, me quito la vía del brazo y me pongo de pie. Aún me duele al andar, pero me da igual. Estoy segura de que las balas hacen mucho más daño.

Camino despacio hacia la puerta, la abro solo un poco y echo un vistazo al pasillo. Se me encoge el estómago. No se ve a ningún guardaespaldas; el pasillo está totalmente vacío.

«Joder. Mierda».

Echo una mirada rápida alrededor, busco un sitio en el que esconderme, pero el único armario que hay en la habitación es demasiado pequeño para meterme. No hay otro sitio en el que esconderme. Quedarme aquí sería un suicidio. Necesito salir y tiene que ser ya.

Me aprieto la bata del hospital y con cautela salgo al pasillo. Como tengo los pies descalzos, noto el frío del suelo, que se une al escalofrío que me recorre por dentro. Fuera de aquí, me siento aún más expuesta y vulnerable, por lo que la urgencia de esconderme se intensifica. Me encuentro un montón de puertas al final del pasillo, escojo una al azar, la abro con cuidado. Para mi alivio, no hay nadie dentro, entro y la cierro.

El sonido del tiroteo continúa a intervalos aleatorios, acercándose a cada segundo. Me dirijo hacia la esquina que hay detrás de la puerta y me pego a la pared, intentando controlar el pánico, que cada vez es mayor. No tengo ni idea de quiénes están armados, pero las posibilidades que se me ocurren tampoco son reconfortantes.

Julian tiene enemigos. ¿Qué pasa si están ahí afuera? ¿Qué pasa si están luchando contra ellos junto a sus guardaespaldas? Me lo imagino herido, muerto, y la frialdad que me produce se expande y me cala hasta los huesos. «Por favor, Dios, lo que sea menos eso». Prefiero morirme antes que perderlo.

Me tiembla todo el cuerpo y siento un sudor frío que me recorre la espalda. El tiroteo ha parado. Queda un silencio, presagio de algo abominable, más que el ruido ensordecedor de antes. Saboreo el miedo, intenso y metálico en mi lengua. Noto que me he mordido el interior del moflete y me he hecho sangre.

El tiempo transcurre de forma dolorosa. Como si cada minuto se prolongase una hora, cada segundo, una eternidad. Finalmente, oigo voces y fuertes pasos en el pasillo. Parecen varios hombres que hablan una lengua que no entiendo, una lengua con un acento fuerte y gutural.

Oigo las puertas abrirse y supongo que buscan algo... o a alguien. Apenas me atrevo a respirar, me pego tanto como puedo a la pared, para encogerme y ser invisible a los hombres armados que merodean por el pasillo.

—¿Dónde está la chica? —dice una voz masculina con un acento inglés muy marcado—. Se suponía que tenía que estar aquí, en esta planta.

—Pues no está.

La voz que responde es la de Beth. Entonces reprimo un soplido de terror, me doy cuenta de que los hombres la han capturado. Habla con un tono desafiante, aunque también veo cierto deje de miedo en su voz.

—Os lo dije, Julian ya la ha sacado.

—No me mientas, joder —grita el hombre, con un acento aún más fuerte.

Suena una palmada y, a continuación, el llanto de dolor de Beth.

—¿Dónde cojones está?

—No lo sé —solloza Beth, histérica—. Se ha ido, ya os lo dije.

El hombre grita algo en su lengua y oigo cómo se abren otras puertas. Se acercan a la habitación en que me escondo y sé que es solo cuestión de tiempo que me encuentren. No sé por qué me buscan, pero sé que preguntan por mí. Me quieren encontrar y están dispuestos a lastimar a Beth con tal de hacerlo.

Dudo un segundo antes de salir de la habitación. Al otro lado del pasillo, Beth está hecha un ovillo en el suelo, con los brazos sujetos por un hombre vestido de negro. Una decena de hombres está de pie a su alrededor, lleva fusiles y metralletas, que apuntan hacia mí en cuanto salgo.

—¿Me buscabais? —pregunto, manteniendo la calma.

Nunca he tenido más miedo en mi vida, pero lo digo con firmeza, casi como si me hiciera gracia. Desconocía que pudiera parecer impasible y tener miedo a la vez, pero así me siento, con tanto temor que ni siquiera me da miedo.

Como tengo la mente despejada, retengo varias cosas a la vez. Los hombres parecen de Oriente Medio, con piel color aceituna y pelo oscuro. Aunque algunos estén afeitados, la mayoría tiene una barba negra espesa. Al menos dos de ellos tienen heridas y están sangrando. Por todas las armas que tienen, parecen bastante ansiosos, como si estuvieran a la espera de atacar en cualquier momento.

El hombre que sujeta a Beth grita una nueva orden en otra lengua, percibo que es árabe. Reconozco la voz como la del hombre que hablaba en inglés. Parece ser el líder. A su orden, dos de los hombres se dirigen hacia mí, me cogen por los brazos y me arrastran hacia él. Logro no tropezar, aunque me molestan muchísimo las grapas.

—¿Es ella? —pregunta a Beth, sacudiéndola con fuerza—. ¿Es la putita de Julian?

—Esa soy yo —digo sin dejar que Beth conteste.

El tono de voz es demasiado tranquilo. No creo que el miedo que tengo me haya llegado a los pies. Solo quiero impedir que le haga daño a Beth. Al mismo tiempo, en mi mente, proceso que me quieren porque soy la amante de Julian, lo que implicaría que está vivo y que me quieren usar contra él. Al pensarlo, reprimo un escalofrío de alivio.

El líder no me aparta los ojos, parece sorprendido por mi valentía, para nada propia de mí. Se deshace de Beth, se acerca y me coge la mandíbula con los dedos, con fuerza y crueldad. Se inclina, me estudia, con ojos oscuros que brillan fríamente. Es bajito para ser un hombre, medirá metro setenta como mucho; me echa el aliento en la cara, huele a ajo y a tabaco viejo. Intento evitar que me pongan una mordaza, sin apartarle la mirada en ningún momento.

Tras unos segundos, pasa de mí y dice algo a sus hombres en árabe. Dos de ellos vuelven a coger a Beth a toda prisa. Chilla y empieza a forcejear, uno de ellos la retuerce y hace que permanezca en silencio. Al mismo tiempo, el líder me coge el antebrazo con la mano y lo retuerce, causándome mucho daño.

—Vamos —dice.

Entonces me llevan a la puerta que hay al final del pasillo.

La puerta da a unas escaleras y me doy cuenta de que estamos en el segundo piso. Los hombres armados forman un círculo alrededor del líder, de Beth y de mí, y todos bajamos por las escaleras y cruzamos una puerta que lleva a una zona exterior y abierta sin asfaltar. Pasamos junto al cadáver de un hombre que se encuentra en la escalera y vemos varios cadáveres más fuera. Aparto la mirada y trago saliva convulsivamente para que no me suba la bilis por la garganta. El sol brilla con fuerza y el aire es cálido y húmedo, pero apenas noto la calidez en la piel helada. Estoy empezando a asimilar la realidad de mi situación y empiezo a estremecerme; los temblores me sacuden entera.

Hay varios todoterrenos negros esperándonos; los hombres nos arrastran a Beth y a mí hacia uno de ellos y nos obligan a sentarnos en la parte de atrás. Dos hombres se suben con nosotras, de modo que tenemos que apiñarnos. Noto que Beth tiembla y yo alargo el brazo para apretarle su mano fría y que el tacto humano nos infunda algo de consuelo. Ella me mira y su mirada aterrorizada me hiela la sangre. Su cara pecosa está lívida y tiene la mejilla derecha hinchada; le empieza a salir un gran moratón. Tiene el labio inferior partido por dos sitios y una mancha de sangre en la barbilla. Quienquiera que sean estos hombres, no tienen reparos en hacer daño a las mujeres.

Me muero de ganas de preguntarle qué sabe, pero me quedo callada. No quiero que llamemos la atención más de lo necesario. Vuelvo a pensar en los cadáveres junto a los que acabamos de pasar y aguanto como puedo las ganas de vomitar. No sé qué tiene pensado hacer esta gente con nosotras, pero estoy casi segura de que no saldremos de aquí con vida. Cada minuto que sobrevivimos, cada minuto que nos dejan en paz, vale su peso en oro, y debemos hacer lo que sea para estirar el tiempo tanto como podamos.

El coche arranca y se aleja. No suelto la mano de Beth, miro por la ventana y veo cómo nos alejamos del edificio blanco de la clínica. La carretera por la que vamos está sin pavimentar y llena de baches y el ambiente en el coche está tenso. Los hombres que van en el asiento trasero, con nosotras, sujetan con firmeza las armas y de nuevo me da la sensación de que tienen miedo de algo… o de alguien.

Me pregunto si es de Julian. ¿Sabe lo que ha pasado? ¿Va de camino a la clínica? Miro por la ventana, tengo los ojos secos, me arden. Esto no estaba planeado. Se supone que debería estar de vuelta a la isla, regresar a la plácida vida que he tenido durante el último año, una vida que anhelo con toda intensidad. Quiero recostarme en los brazos de Julian, sentirlo y oler el perfume cálido y limpio de su piel. Quiero que me posea y me proteja, quiero que me mantenga a salvo de todo y de todos, excepto de él.

Pero no está aquí. El coche se va alejando por la carretera, apartándonos cada vez más de la seguridad. Dentro hace calor. Huele a sudor y a cuerpo de hombre sin lavarse durante mucho tiempo; el olor impregna el coche, lo que hace que sea sofocante. Beth está conmocionada, con la cara blanca y abstraída. Quiero abrazarla, pero estamos demasiado apretujadas en los asientos, así que me limito a apretarle la mano. En la palma, siento sus dedos débiles y húmedos por el sudor.

Parece que el trayecto no acaba nunca, pero no ha pasado más de una hora porque el sol no está aún arriba del todo cuando llegamos al destino. Es una pista de aterrizaje en medio de la nada. Hay un avión grande, que parece militar. Los hombres nos obligan a salir del coche y nos arrastran hasta el avión. Hago lo que puedo para caminar hacia donde me llevan y evitar que se salgan las grapas abiertas. Beth tampoco se opone, aunque es como si estuviera conmocionada y no camina derecha, lo que los obliga prácticamente a llevarla.

Por dentro, el avión dista mucho de ser lujoso; como sospechaba, el cuerpo es de estilo militar, con los asientos a los lados, no dispuestos en filas. Es como los aviones de las películas en que los equipos de la Armada de Estados Unidos saltan con paracaídas. Los hombres nos atan a Beth y a mí en dos asientos y nos esposan antes de sentarse.

El motor acelera, el avión empieza a moverse y volamos; el sol brilla en mis ojos.

CUANDO ATERRIZAMOS DOS HORAS MÁS TARDE, ME MUERO DE SED Y necesito orinar con desesperación. Echo un vistazo a Beth y veo que está en peores condiciones, con los ojos vidriosos, como si tuviera fiebre. La inflamación que tenía en la cara se ha transformado en un moratón muy feo y tiene los labios cubiertos de sangre. Debido a las esposas, no puedo ni siquiera llegar a ella para darle una palmadita reconfortante en el brazo.

En cuanto el avión toma tierra, nos desatan y nos sacan del avión, aún tenemos las manos esposadas por delante. El líder se acerca, nos echa un vistazo rápido antes de señalar hacia un deportivo negro que hay aparcado a un par de metros. Suelta alguna orden a sus hombres y entiendo que se refiere a que el viaje continúa. Sin embargo, antes de que nos obliguen a entrar en el vehículo, hablo en voz alta:

—Eh —digo con tranquilidad—, tengo que ir al baño.

Beth me lanza una mirada de pánico, pero no le hago caso, centro mi atención en el líder. Estoy segura de que prefiero morir antes que mojarme las braguitas o, en este caso, la bata del hospital. Por un segundo, duda, sin apartarme los ojos de encima, y después mueve el pulgar señalando unos arbustos.

—Ve, puta —dice con firmeza—. Tienes un minuto.

Voy hacia los arbustos con dificultad, sin hacerle caso al hombre que me sigue con una ametralladora. Menos mal que mira hacia otro lado cuando me levanto la bata y me siento en cuclillas para orinar, me arde la cara de la vergüenza. Miro de reojo y veo cómo Beth sigue mi ejemplo a unos diez metros.

Una vez que hemos acabado, nos meten en otro coche sofocante y caldeado. En esta ocasión, el viaje es más largo; la carretera es sinuosa a través de lo que parece ser una especie de jungla. Cuando llegamos a un sobrio edificio tipo almacén —nuestro último destino— estoy deshidratada y chorreando de sudor. También tengo hambre, pero eso es secundario, tengo más sed.

Cuando entramos en el edificio, nos llevan a dos sillas de metal que están en una esquina. Nos quitan las esposas, pero no me da tiempo a alegrarme, el mismo hombre que me acompañó a los arbustos me ata las muñecas por la espalda. Después, me sujeta los tobillos a la silla, un tobillo a cada pata, y con una cuerda me amarra el cuerpo a la silla. Su roce con mi piel es indiferente, impersonal; simplemente soy un objeto para él, no una mujer. Giro la cabeza a un lado y veo que le hacen lo mismo a Beth, solo que el hombre que la ata disfruta haciéndole daño y tira de sus piernas para amarrarlas a la silla. No hace ni un ruido, pero cada vez está más pálida y sus labios agrietados tiemblan un poco.

Me siento cabreada, impotente. Aparto la vista una vez que el hombre la deja y centro mi atención en lo que me rodea.

Parece que estaba en lo cierto. Estamos dentro de algún tipo de almacén, con cajas altas y estanterías metálicas que forman un laberinto en medio. Ahora que estamos bien atadas a las sillas, los hombres nos dejan solas y se reúnen todos alrededor de una mesa larga en la otra esquina.

Por fin tenemos algo de privacidad para hablar Beth y yo.

—¿Estás bien? —le pregunto, con cuidado de no subir el tono

demasiado—. ¿Te han hecho daño? Me refiero a antes de que yo saliera...

Niega con la cabeza, tiene la boca tirante.

—Solo me han abofeteado un poco —dice con calma—. No es nada, pero no deberías haber salido, Nora. Ha sido una estupidez.

—Me hubieran encontrado de todas formas. Solo era cuestión de tiempo.

Eso es innegable.

—¿Sabes quiénes son o qué quieren de nosotras?

—No estoy segura, pero me lo imagino —dice, con las manos tensas en la espalda—. Creo que forman parte del grupo terrorista yihadista del que me habló Julian hace un par de meses. Supuestamente, están cabreados porque no les vendió una arma que su empresa había desarrollado.

—¿Por qué no? —pregunto con curiosidad—. ¿Por qué no se la vendería?

Se encoge de hombros.

—No lo sé. Julian es muy selecto con sus socios de negocios y podría ser que no confiara en ellos.

—¿Nos han secuestrado para chantajearlo?

—Sí, eso supongo —afirma con suavidad—. Al menos para eso estás tú aquí. Alguien de la clínica debe ser empleado de ellos porque saben quién eres y lo que significas para Julian. Estaba durmiendo en una de las habitaciones de abajo cuando me encontraron e inmediatamente subieron a la segunda planta, a la habitación donde estabas. Creo que pretenden utilizarte para obligarlo a darles esa arma.

Tomo aliento con cierto temblor.

—Ya veo.

Tan solo puedo imaginar cómo unos hombres lo bastante psicóticos como para matar a civiles inocentes obligarían a Julian a dar su brazo a torcer. Imágenes espantosas de partes del cuerpo vagan por mi mente, me esfuerzo en quitármelas, sin querer caer en el pánico que amenaza con devorarme por completo.

—Tuvimos suerte de que Julian no estuviera en la clínica cuando vinieron —dice Beth, interrumpiendo mis oscuros pensamientos—. Mataron a todo el mundo, a los dieciséis hombres de Julian que estaban allí protegiéndonos.

Me cuesta tragar.

—¿Dieciséis?

Beth asiente.

—Tenían un gran arsenal de armas y vinieron con unos treinta o cuarenta hombres. No viste lo peor porque entraron por detrás. En la otra escalera había casi dos metros de cuerpos apilados, con muchas víctimas de su propio bando.

La miro fijamente e intento controlar la respiración. «Joder. Mierda». No les ha importado sacrificar a tantos de sus compañeros, sea lo que sea que quieran de Julian debe ser una gran arma. ¿Se la daría para salvarnos? ¿Le preocupamos lo suficiente? Sé que me quiere —y se preocupa por mi bienestar de algún modo— pero no sé si me antepondría a sus intereses de negocio.

Por supuesto, aunque les dé lo que quieren, nada nos garantiza que nos vayan a dejar con vida. Recuerdo lo que Julian me contó sobre la muerte de María... sobre cómo la mataron para castigarlo por saquear un almacén. En el mundo de Julian, las acciones tienen consecuencias, consecuencias brutales.

—¿Crees que vendrá a por nosotras? —pregunto.

No paso por alto lo paradójico del asunto: ahora veo a Julian como un posible salvador, como el caballero de la brillante armadura. Ya no necesito que me salven de él.

Beth me mira con unos ojos oscuros que destacan en su cara pálida.

—Lo hará —responde con suavidad—. Vendrá a por nosotras. Lo que no sé es qué nos pasará mientras tanto.

Las siguientes horas se alargan. Los hombres no nos hacen caso, aunque he visto a un par de ellos mirándome las piernas desnudas cuando el líder no les prestaba atención. Menos mal que la bata del hospital es suelta y está hecha de un material grueso, vamos, la prenda menos sexy que puedas imaginar. La idea de que uno —o varios— de ellos me toquen me da escalofríos.

No nos dan nada de comer ni de beber. No es una buena señal, ya que implica que no les importa si vivimos o morimos. La sed que tengo aumenta tanto que solo puedo pensar en agua. Tengo una sensación de vacío insistente en el estómago. No obstante, lo peor de todo son las olas de miedo frío que vienen a mí y las imágenes oscuras que parpadean en mi mente como en una película de terror.

Trato de hablar con Beth para no volverme loca, pero se ha quedado callada e introvertida tras nuestra conversación inicial, como mucho me responde con monosílabos. Es como si su mente no estuviera aquí. La envidio. Me encantaría ser capaz de huir de ese modo, pero no puedo. Para ello, necesito a Julian y su particular tortura erótica.

Cuando estoy a punto de chillar por la frustración, entran dos hombres más al almacén. Para mi sorpresa, uno de ellos parece un hombre de negocios; su traje de raya diplomática es fino y entallado, también lleva un elegante bolso-bandolera Strotter. Es bastante joven, tiene unos treinta, y parece estar en buena forma. Afeitado, con una complexión color oliva y pelo oscuro y brillante. Podría ser portada de la revista GQ si no fuera porque seguramente es un terrorista.

Intercambia un par de palabras con los hombres que están al otro lado del almacén y luego se dirige a nosotras. A medida que se acerca, me doy cuenta del brillo frío de su mirada y de la forma en la que dilata las fosas nasales. Hay algo viperino en su mirada penetrante, reprimo un escalofrío cuando se detiene a unos centímetros; me estudia, inclina la cabeza hacia un lado.

No aparto los ojos de él, el corazón me late muy fuerte. Objetivamente, se podría decir que es guapo, pero no siento ni un pelín de atracción. Solo siento miedo. De hecho, es un alivio; una parte de mí siempre se ha preguntado si estaba mal conectada, si estaba destinada a desear a los hombres que me asustaban. Ahora veo que solo es Julian. Siento miedo y rechazo por este hombre que tengo delante, una reacción totalmente normal que recibo con los brazos abiertos.

—¿Cuánto hace que conoces a Esguerra? —pregunta el hombre, dirigiéndose a mí.

Tiene acento británico, mezclado con un toque extranjero y exótico. Al oír su voz, Beth mira hacia arriba, asustada; veo que vuelve a estar presente.

Por un momento, dudo antes de contestar.

—Unos quince meses —respondo al final.

La verdad es que no veo qué daño puede hacer revelar esa información.

Arquea las cejas.

—¿Y te ha tenido escondida todo este tiempo? Impresionante...

Reprimo las ganas que tengo de reírme. Julian me ha tenido escondida en su isla, así que está más en lo cierto de lo que se imagina. Retuerzo los labios sin darme cuenta y veo un atisbo de sorpresa en su cara.

—Eres una putita valiente, ¿no? —dice lentamente, mirándome con sus ojos oscuros—. ¿O te crees que todo esto es broma?

No le respondo. ¿Qué puedo decir? «No, no creo que sea broma. Sé que me vas a torturar y probablemente, me matarás para vengarte de Julian». No es una respuesta convincente.

Estrecha los ojos y percibo que he hecho que se enfade. Parece una cobra a punto de atacar. Las pulsaciones alcanzan su máximo, me pongo tensa, preparándome para el golpe, pero se limita a coger su bolso Strotter, lo abre y saca el iPad. Le echa un vistazo y escribe rápidamente un correo, luego me mira.

—Veamos si Esguerra piensa que es broma —dice con calma, mientras cierra el bolso—. Por tu bien, chica, espero que no sea este el caso.

Entonces, se gira y regresa hacia donde el resto de los hombres están reunidos.

~

A PESAR DEL MIEDO Y LA INCOMODIDAD, DE ALGÚN MODO LOGRO quedarme dormida en la silla. Me estoy recuperando aún de la operación y estoy exhausta tanto física como mentalmente debido a lo acontecido durante el día.

Me despierto por el ruido de unas voces. El hombre del traje y el bajito, al que yo he llamado líder, están de pie delante de mí, colocando una gran cámara en lo alto de un trípode.

Trago saliva, mientras los miro fijamente. Tengo la boca tan seca como el desierto del Sáhara y a pesar de todo el tiempo que ha pasado, no tengo ganas de orinar. Me imagino que eso implica que tengo una gran deshidratación.

Al ver que estoy despierta, el Trajeado —he decidido llamarlo así— me lanza una sonrisa.

—Es hora de que empiece el espectáculo. Veamos las ganas que tiene de recuperar a su putita.

Siento náuseas en el estómago vacío y giro la cabeza para ver a Beth. Está mirando fijamente al frente, con la cara blanca y la mirada vacía. No sé si ha dormido algo, pero parece que ha desconectado más que antes.

Dirigen la cámara hacia nosotras, comprueban el ángulo un par de veces y luego el trajeado se acerca para quedarse de pie a mi lado. En cuanto se enciende la luz de la cámara, me pone la mano en la cabeza, tirándome bruscamente del pelo enredado.

—Sabes lo que quiero, Esguerra —dice con tono imparcial, mientras mira hacia la cámara.

—Tienes hasta mañana a medianoche para dármelo. Si lo haces, no le haré daño a tu putita. De hecho, te la devolveré. Si no... te la devolveré... —se detiene mientras sonríe con crueldad—. Te la devolveré a cachitos.

Me quedo mirando la cámara, la bilis me sube por la garganta. No me han hecho daño —aún— pero puedo sentir la violencia de estos hombres. Es la misma oscuridad que tiñe el alma de Julian. Los hombres como estos son diferentes. No obedecen a las convenciones sociales. No juegan con las mismas reglas que el resto.

El trajeado quita las manos del pelo y da un paso hacia Beth.

—Quizá dudes de mí, Esguerra —dice, mientras habla a la cámara —. Quizá pienses que me falta decisión. Bueno, pues déjame hacerte una pequeña demostración de lo que le pasará a tu putita si no haces lo que te digo. Empezaremos por la pelirroja y luego pasaremos a la otra.

Se inclina hacia mí.

—Mañana a medianoche.

—¡No! —grito, dándome cuenta de lo que quiere hacer—. No la toques.

Quiero soltarme, pero las cuerdas están bien sujetas. No puedo hacer más que mirar indefensa mientras envuelve con su mano la garganta de Beth y empieza a estrangularla.

—Ni se te ocurra tocarla. Julian te matará por esto. ¡Te matará!

Haciendo caso omiso de mis gritos, el Trajeado grita una orden en árabe y un hombre da un paso adelante y le corta las cuerdas a Beth con un cuchillo afilado. Echo un vistazo a sus ojos aterrorizados. La tiran al suelo bocabajo. Trajeado presiona con su rodilla en la espalda de Beth y le tira del pelo, obligando a que arquee la cabeza hacia atrás. Veo cómo chocan las piernas contra el suelo inútilmente. Entonces empiezo a gritar más fuerte mientras el trajeado coge un cuchillo pequeño y corto y comienza a hacerle cortes en la mejilla.

Beth chilla e intenta luchar. La sangre se extiende por todos lados mientras le corta la cara, dejándole un profundo corte del que sale sangre. Me atraganto, tengo ganas de vomitar, pero aún no ha acabado. Después, pasa a la otra mejilla y presiona el cuchillo contra el brazo, cortándole un trozo de piel. Sus chillidos de agonía hacen eco en el almacén, a los que se unen mis gritos de histeria. Siento su dolor como si me lo hicieran a mí y no lo puedo soportar.

—Déjala ya —grito—. ¡Hijo de puta! ¡Déjala!

Como era de esperar, no la deja. Continúa haciéndole cortes. Sus ojos oscuros brillan al divertirse. Está disfrutando. Me doy cuenta con gran horror de que no lo hace solo para la cámara. Beth deja de luchar y sus gritos se convierten en sollozos y gemidos. Hay sangre por todos lados; se está ahogando en su propia sangre. No sé cómo es capaz de estar consciente durante todo el proceso. Veo motitas negras y siento que me están acorralando las paredes, las costillas me están aplastando los pulmones e impidiendo que pueda respirar.

De repente, Beth se sacude entera y suelta un raro borboteo antes de quedarse en silencio. Solo oigo el sonido de mi respiración sollozante y costosa. Beth está tirada en el suelo, inmóvil; un charco de sangre se extiende en la zona del cuello. Trajeado se levanta, limpia el cuchillo en los pantalones y se acerca a la cámara.

—Ha sido un espectáculo acelerado para ti, Esguerra —dice, con una amplia sonrisa—. No quería alargarlo mucho, ya que sé que necesitas tiempo para conseguirme lo que te he pedido. Por supuesto, si no lo recibo, el siguiente espectáculo durará mucho más.

Da un paso hacia mí y con un dedo me toca la mejilla.

—Tu putita es tan bonita, quizá deje a mis hombres pasar un buen rato con ella antes de que empiece a...

En esta ocasión, no me puedo controlar. Vomito y apenas logro girar la cabeza hacia un lado antes de que el contenido de mi estómago vacío acabe en el suelo con unas arcadas violentas.

23

Nora

Después de apagar la cámara, vuelven a dejarme en paz. Sacan el cadáver de Beth a rastras y friegan el suelo sin miramientos, dejando algunas manchas de color marrón rojizo. Me las quedo mirando; mis pensamientos van a otro ritmo mucho más lento como si estuviera en estado de shock. Ya no tiemblo, aunque me estremezco de vez en cuando. Noto el dolor apagado de los puntos y me pregunto si se me han abierto con el forcejeo de antes. No llevo la bata de hospital manchada de sangre, así que tal vez no haya pasado nada.

Un poco después me traen agua. Me bebo el vaso de golpe y con ganas; algunos hombres se ríen y dicen algo en árabe mientras se frotan la ingle de modo insinuante. Creo que esperan que no aparezca Julian para poder «jugar» conmigo antes de que el Trajeado se vaya a trabajar.

Por ahora, me dejan tranquila, por suerte. Hasta me dejan salir un momento para usar el baño, y el mismo tío de antes —ese tan impresionante— me vigila mientras me escondo entre los arbustos.

192

Creo que es mi segurata oficial para el baño y, mentalmente, lo bautizo como el Retrete.

También doy nombre a los demás. El que lleva una barba negra que le llega hasta mitad del pecho es Barbanegra. El de las entradas es el Calvo. El bajito que encabezó el asalto a la clínica es Aliento Fétido.

Lo hago para distraerme y no pensar en Beth. No me atrevo a pensar en ella aún, no si no quiero perder la cordura. Si salgo de esta con vida, lloraré la muerte de la mujer que se convirtió en mi amiga. Si sobrevivo, lloraré y gritaré por la violencia sin sentido de su muerte. Pero ahora mismo, vivo el momento, centrándome en las cosas más ridículas e intrascendentes para que no me aplaste esta realidad tan brutal.

El tiempo pasa muy despacio. A medida que oscurece, clavo la vista en el suelo, las paredes, el techo. Creo que hasta doy un par de cabezadas, aunque me despierto sobresaltada al menor ruido, con el corazón acelerado. Aún no me han dado de comer y las punzadas de hambre son un no parar, pero tampoco importa. Me consuela saber que estoy viva, algo que no sé lo que va durar, a menos que venga Julian armado.

Cierro los ojos y trato de pensar que estoy en casa, en la isla, leyendo un libro en la playa. Imagino que, en cualquier momento, podré volver a casa y encontraré a Beth preparándonos la cena. Quiero convencerme de que Julian simplemente ha salido a hacer sus negocios y que lo veré pronto. Pienso en su sonrisa y en cómo se le riza el pelo oscuro alrededor de su rostro, lo que enmarca la perfección masculina de sus rasgos, y lo añoro por la calidez y seguridad de su abrazo... y poco a poco me sumo en un sueño intranquilo.

~

Noto que una mano enorme me tapa la boca y me despierto sobresaltada. Abro los ojos de golpe, la adrenalina me corre por las venas. Aterrada, empiezo a forcejear... y entonces oigo una voz familiar que me susurra al oído:

—Shhh, Nora. Soy yo. No digas nada, ¿vale?

Asiento ligeramente y me estremezco de alivio; él me quita la mano de la boca. Giro la cabeza y miro a Julian con incredulidad.

Está agachado a mi lado, vestido de negro de arriba abajo. Lleva un chaleco antibalas que le cubre pecho y espaldas y unas franjas diagonales negras pintadas en la cara. Una metralleta le cuelga del hombro y lleva todo un surtido de armas prendido del cinturón. Parece un desconocido letal, solo que sus ojos me resultan familiares, tan brillantes en esa cara oscura.

Durante un segundo creo que estoy soñando. No me creo que esté aquí, en este almacén en mitad de la nada, hablando conmigo. No cuando sus enemigos están a menos de treinta metros. Con el corazón desbocado, miro frenéticamente alrededor del almacén.

Parece que los hombres del otro extremo están dormidos tendidos en mantas en el suelo. Cuento a ocho, lo que significa que los demás deben de estar fuera haciendo rondas por el edificio. No veo al Trajeado por ningún sitio; tal vez esté fuera también.

Vuelvo a mirar a Julian y lo veo cortando con un cuchillo amenazador las cuerdas con que me ataron los tobillos.

—¿Cómo has entrado? —susurro sin dejar de mirarlo, embobada.

Él se detiene un segundo y me mira.

—Calla —dice en un tono casi inaudible—. Quiero que salgas antes de que se despierten.

Asiento y me quedo callada mientras sigue cortando las cuerdas. A pesar de la situación de peligro en que nos hallamos, estoy casi rebosante de felicidad. Julian está aquí, conmigo. Ha venido a por mí. La oleada de amor y gratitud es tan fuerte que apenas logro contenerla. Quiero saltar y abrazarlo, pero me quedo quietecita mientras él termina de cortar las cuerdas y me libera.

En cuanto estoy libre, me levanta y me abraza, apretándome con fuerza contra su pecho. Noto un ligero temblor en su fuerte cuerpo, y entonces me suelta y retrocede un poco. Me enmarca el rostro con las palmas y clava esos ojos azules y tan tremendamente posesivos en los míos. Entre nosotros se establece un instante de comunicación en silencio y lo sé. Sé lo que no puede decirme ahora mismo.

Sé que siempre vendrá a por mí.

Sé que mataría por mí.

Sé que moriría por mí.

Baja los brazos y me coge la mano:

—Vamos —dice en un hilo de voz, sin dejar de mirarme—. No tenemos mucho tiempo.

Le agarro la mano con fuerza y dejo que me lleve por la zona oscura cerca de la pared al otro lado de donde duermen los hombres. El laberinto de estanterías y cajas que hay en medio del almacén nos esconde y Julian se detiene, se agacha y me suelta la palma. Oigo cómo rebusca, como si buscara algo a tientas por el suelo, y entonces oigo un leve crujido cuando levanta un tablón del suelo de madera y lo deja a un lado.

En la parte del suelo que tenemos delante hay una gran abertura cuadrada. Me arrodillo al lado y echo un vistazo a la oscuridad que hay dentro.

—Baja —me susurra Julian al oído, me pone una mano en la rodilla y le da un apretón cariñoso. Su roce me tranquiliza un poco—. Hay una escalera.

Trago saliva y alargo la mano hasta encontrar la escalera. ¿Cómo lo sabía?

—Entré en su ordenador y encontré los planos del edificio —explica en voz baja, como si me leyera la mente—. Ahí abajo hay una zona de almacenamiento con una cañería que lleva hasta el exterior. Encuéntrala y sal gateando. —Me quita la mano de la rodilla y de repente me siento como desnuda sin su tacto; vuelvo a pensar en lo peligrosa que es la situación.

Con los dedos rozo la escalera y me aferro a ella mientras me coloco para bajar. Julian me sujeta un brazo para que encuentre el punto de apoyo en el primer peldaño y entonces empiezo a bajar con cuidado. Ahí abajo está negro como la boca del lobo y en circunstancias normales, no las tendría todas conmigo para bajar a un sótano extraño, pero no hay nada más aterrador ahora mismo que los hombres de los que escapamos.

Bajo unos peldaños más, levanto la vista y veo que Julian sigue ahí sentado. Tiene una expresión tensa y alerta, como si estuviera escuchando algo.

Y entonces lo oigo yo también: es el murmullo de unas voces, seguido de unos gritos en árabe.

Acaban de reparar en mi ausencia.

Julian se levanta con un movimiento fluido y me mira con las manos aferradas a la metralleta.

—Vete —me ordena con voz baja pero firme—. Ahora, Nora. Ve a la cañería y sal. Yo los retendré.

—¿Qué? ¡No! —Lo miro aterrorizada—. Ven conmigo…

Me mira con furia.

—Vete —me espeta—. Vete ya o nos matarán a los dos. No puedo estar pendiente de ti y luchar contra ellos a la vez.

Dudo un segundo, completamente destrozada. No quiero dejarlo atrás, pero tampoco quiero estorbar.

—Te quiero —le digo bajito, mirándolo, y veo el rápido destello de sus dientes blancos.

—Vete, cielo —dice con un tono mucho más suave—. Pronto estaré contigo.

Con el corazón en un puño, hago lo que me pide y bajo la escalera todo lo rápido que puedo. Los gritos son cada vez más fuertes y sé que los hombres me están buscando por el almacén, empezando por el laberinto que hay en el medio. Es cuestión de tiempo que lleguen a la zona oscura junto a la pared. Tiemblo entera con una mezcla de nervios y adrenalina y me centro en no caer mientras sigo bajando hacia la oscuridad.

¡Ra-ta-tá! Me sobresalta la ráfaga de disparos de la planta superior y bajo más deprisa aún, con la respiración agitada y errática. En cuanto toco el suelo con los pies, extiendo los brazos por delante y empiezo a palpar en la oscuridad, en busca de la pared de la cañería.

Más disparos. Gritos. Chillidos. El corazón me late tan fuerte que lo oigo como un tambor.

A mis pies hay algo que chilla y unas patitas diminutas me pasan por encima de los pies. Hago caso omiso y sigo buscando la dichosa cañería. Las ratas me dan igual ahora mismo. En algún lugar de ahí arriba, Julian está en peligro de muerte. No sé si ha venido solo o se ha traído refuerzos, pero la idea de que le hagan daño o lo maten es tan sobrecogedora que ni siquiera puedo pensarlo ahora. No si quiero sobrevivir.

Toco la pared, pero no palpo ninguna abertura. Está demasiado oscuro. Jadeando, recorro la pared, pasando las manos por toda la superficie lisa. Me duelen los puntos, pero apenas me fijo en el dolor. Tengo que encontrar la forma de salir. Si vuelven a cogerme, no sobreviviré mucho tiempo.

Otra salva de disparos seguida de más gritos.

Sigo buscando; el terror y la frustración crecen por momentos. «Julian. Julian está ahí». Intento no pensar en eso, pero es superior a mí. No puedo hacer nada para ayudarlo; lo sé, es lógico. Voy descalza, llevo puesta una bata de hospital y no tengo ni siquiera un tenedor con el que defenderme. Mientras, él está armado hasta los dientes y lleva un chaleco antibalas.

Está claro que la lógica no tiene nada que ver con el miedo atroz que siento al pensar que puedo perderlo.

Sobrevivirá, digo para mis adentros mientras sigo buscando la cañería. Julian sabe lo que hace. Este es su mundo y tiene experiencia con esto. Esta es la parte de su vida de la que me protegía en la isla.

Y entonces toco algo duro en la pared cerca de las rodillas y rozo la abertura: es la cañería. Acabo de dar con ella.

Oigo otro chillido agudo y algo sale correteando de la cañería hacia mí. Doy un salto hacia atrás, asustada, pero me pongo a cuatro patas y con decisión entro en el gran tubo preparándome para, quizá, tener otros encuentros con roedores.

La cañería es lo bastante ancha para recorrerla con las manos y las rodillas, y voy gateando lo más rápido que puedo, pasando del olor rancio y viciado del óxido y las aguas residuales. Por suerte, no está muy mojada, aunque trato de no pensar mucho en lo que debe de ser esa humedad.

Por fin llego al otro extremo. Me hago un ovillito y consigo darme la vuelta para sacar los pies y las piernas primero.

Salgo de la cañería y miro lo que me rodea. El cielo está repleto de estrellas y el aire se me antoja denso por el olor de la vegetación y la tierra. Veo el almacén en una pequeña colina por encima y a menos de cincuenta metros.

Me lo quedo mirando, temerosa por Julian. Se oyen más disparos, seguidos de destellos de una luz muy potente. El tiroteo sigue; es una buena señal, me digo. Si Julian estuviera muerto, si los terroristas hubieran ganado, no habría más disparos. Eso es que ha venido con refuerzos.

Me abrazo y me apoyo contra un árbol; me tiemblan las piernas por el miedo y la adrenalina.

Y en ese momento, el edificio explota y el cielo entero se ilumina… y una ráfaga de calor abrasador me hace volar hasta unos arbustos no muy lejos de allí.

Las veinticuatro horas siguientes se desdibujan en mi memoria.

Después de incorporarme, me siento mareada y desorientada; me duele la cabeza como si todo mi cuerpo fuera un enorme moretón. Oigo un estruendo de fondo y parece como si todo lo que me rodeara me llegara de muy lejos.

Creo que me he desmayado por la explosión, pero no estoy segura. Cuando me recupero lo suficiente para caminar, veo que el fuego que consumió el edificio se ha apagado prácticamente en su totalidad.

Aturdida, subo por la colina y empiezo a buscar entre las ruinas humeantes del almacén. A ratos encuentro cosas que parecen extremidades chamuscadas y, en un par de ocasiones, descubro algún cadáver que parece entero, solo que le falta una cabeza o una pierna. Soy consciente de lo que encuentro, pero no termino de procesarlas. Me muestro indiferente, como si no estuviera allí en realidad. Nada me afecta. Nada me molesta. La impresión ha amortiguado incluso las molestias físicas.

Me paso horas buscándolo. Cuando paro, el sol está en lo alto del cielo y yo estoy empapada de sudor.

No me queda más remedio que enfrentarme a la verdad: no hay supervivientes. Es así y punto.

Debería llorar. Debería gritar. Debería sentir algo. Pero no, nada. Solo estoy atontada y entumecida.

Salgo del almacén y empiezo a caminar. No sé dónde voy y tampoco me importa. Solo soy capaz de poner un pie delante del otro.

Para cuando empieza a anochecer, encuentro un grupo de casitas hechas con varas de madera y cartones. En un riachuelo que discurre en mitad del asentamiento, veo a un par de mujeres lavando la ropa a mano.

Sus caras de asombro son lo último que recuerdo antes de desmayarme a unos metros de ellas.

—Señorita Leston, ¿se siente con fuerzas para responder unas preguntas? Soy el agente Wilson, del FBI, y él es el agente Bosovsky.

Levanto la vista y me fijo en el hombre regordete de mediana edad que está junto a mi cama. Para nada es como me había imaginado a un agente del FBI. Tiene la cara redonda, casi angelical, con mejillas rosadas y unos vivarachos ojos azules. Si el agente Wilson llevara un gorrito rojo y tuviera una barba blanca, seguro que sería un gran Papá Noel. Por contra, su compañero, el agente Bosovsky, es delgado como un palillo y tiene la cara surcada de arrugas.

Llevo dos días recuperándome en un hospital de Bangkok. Al parecer, una de las mujeres del riachuelo avisó a las autoridades locales sobre la chica que había aparecido en su aldea. Recuerdo muy vagamente que me interrogaron, pero dudo que me expresara con claridad entonces. Sin embargo, me entendieron lo suficiente para ponerse en contacto con la embajada de Estados Unidos y los agentes norteamericanos tomaron el relevo.

—Sus padres vienen de camino —dice el agente Bosovsky al ver que sigo mirándolos sin mediar palabra—. Su vuelo aterriza dentro de unas horas.

Parpadeo, como si sus palabras lograran penetrar la capa de hielo que me ha mantenido aislada de todos y de todo desde la explosión.

—¿Mis padres? —digo con voz ronca. Me noto la garganta inflamada.

El agente delgado asiente.

—Sí, señorita Leston. Se les avisó ayer y los hemos subido al primer avión a Bangkok. Querían hablar con usted, pero en ese momento estaba sedada.

Proceso la información. Los doctores ya me han dicho que tengo una conmoción cerebral leve, además de quemaduras de primer grado y cortes en el pie. Aparte de eso, están impresionados por mi buena salud, a pesar de la deshidratación, la reciente operación y los varios cardenales. Aun así, deben de haberme sedado para que descansara.

—¿Cree que podríamos hacerle unas preguntas antes de que lleguen sus padres? —pregunta el agente Wilson con tacto; yo sigo en silencio.

Asiento de una forma casi imperceptible y él acerca una silla. El agente Bosovsky hace lo mismo.

—Señorita Leston, la secuestraron en junio del año pasado —dice el agente Wilson con una expresión cálida y comprensiva—. ¿Puede contarnos algo de su secuestro?

Dudo un momento. ¿Quiero contarles todo de Julian? Y entonces recuerdo que está muerto y que nada importa ya. Durante un segundo, el dolor es tan intenso que se me corta respiración, pero entonces la capa de hielo me vuelve a aislar.

—Claro —digo en un tono carente de expresión—. ¿Qué quieren saber?

—¿Sabe cómo se llama?

—Julian Esguerra. Es... —Trago saliva—. Era traficante de armas.

El agente del FBI pone unos ojos como platos.

—¿Traficante de armas?

Asiento y les cuento todo lo que sé de la organización de Julian. El agente Bosovsky toma notas tan rápido como puede mientras el agente Wilson sigue haciéndome preguntas sobre las actividades de Julian y los terroristas que me secuestraron después. Parecen decepcionados al saberle muerto —y ver que yo sé tan poquito— y les explico que no he salido de la isla desde que él me secuestró.

—¿La tuvo allí los quince meses? —pregunta el agente Bosovsky con el ceño fruncido—. ¿Solo estaban usted y esa mujer, Beth?

—Sí.

Los agentes se miran y yo los observo; sé en qué piensan. «Pobre chiquilla, como un animal enjaulado para el disfrute de un criminal». Antes yo también me sentía así, pero ya no. Ahora haría lo que fuera para retroceder en el tiempo y volver a ser la prisionera de Julian.

El agente Wilson se vuelve hacia mí y carraspea.

—Señorita Leston, pediremos a una terapeuta especializada en abusos sexuales que venga a verla esta tarde. Es muy buena…

—No hace falta —lo interrumpo—. Estoy bien.

Y lo estoy. No me siento una víctima ni han abusado de mí. Solo estoy insensible.

Después de unas cuantas preguntas más, me dejan en paz. No les cuento ningún detalle de mi relación con Julian, pero creo que se hacen una idea.

El retratista del FBI viene a verme y le describo a Julian. No deja de mirarme raro mientras le corrijo algunos detalles gráficos de mi descripción:

—No, tiene las cejas más pobladas y más rectas… Tiene el pelo un poco más ondulado, sí, así.

Lo que más le cuesta es la boca. Es difícil describir lo bonita que es su sonrisa oscura y angelical:

—Hágale el labio superior más carnoso… No, demasiado. Debería ser más sensual, más hermoso…

Terminamos por fin, y Julian me mira desde el papel blanco. Vuelvo a sentir una punzada de dolor, pero el entumecimiento vuelve a mi rescate, igual que antes.

—Un hombre muy apuesto —comenta el artista al examinar su obra—. Hombres así no se ven todos los días.

Aprieto las manos y se me hincan las uñas en la piel.

—No.

Después viene a verme la terapeuta que me han comentado antes. Es una mujer morena con cierto sobrepeso que parece rozar la cincuentena, pero su mirada directa me recuerda a Beth.

—Soy Diane —me dice, presentándose mientras acerca una silla—. ¿Puedo llamarte Nora?

—Bien —digo, cansada. No me apetece hablar con esta mujer, pero la expresión resuelta de su rostro me dice que no piensa marcharse.

—Nora, ¿podrías contarme algo del tiempo que pasaste en la isla? —me pregunta mirándome.

—¿Qué quieres saber?

—Lo que quieras contarme sin que te sientas incómoda.

Me lo pienso un momento. En realidad, no me siento cómoda contándole nada. ¿Cómo puedo describirle de qué forma me hacía sentir Julian? ¿Cómo puedo explicarle los altibajos de nuestra relación tan poco convencional? Sé lo que pensará... que estoy fatal de la cabeza por amarlo. Que mis sentimientos no son reales, sino consecuencia de mi cautiverio.

Y seguramente tendría razón, pero ya no me importa. Está el bien y el mal, y luego lo que teníamos Julian y yo. Nada ni nadie podrá llenar este vacío de mi interior. Ni toda la terapia del mundo haría desaparecer el dolor de perderlo.

Sonrío a Diane con educación.

—Lo siento —digo en voz baja—. Ahora mismo no me apetece hablar contigo.

Ella asiente y no parece nada sorprendida.

—Lo entiendo. A menudo, como víctimas, nos culpamos por lo sucedido. Pensamos que hicimos algo para que nos pasara esto.

—Yo no pienso eso —digo frunciendo el ceño. Bueno, tal vez se me pasó por la cabeza al principio, pero al conocer a Julian se me cayó la venda de los ojos. Era un hombre que cogía lo que quería, y me quiso a mí.

—Ya veo —dice, algo desconcertada. Entonces desfrunce el ceño; es como si hubiera resuelto el misterio mentalmente—. Era un hombre muy guapo, ¿no? —pregunta mirándome.

La miro a los ojos sin decir nada; no quiero reconocer nada. No puedo hablar de mis sentimientos ahora mismo, no si quiero mantener esa distancia que me mantiene cuerda.

Me mira durante unos segundos, luego se incorpora y me extiende una tarjeta.

—Cuando estés preparada para hablar, Nora, llámame —dice suavemente—. No puedes reprimirlo siempre. Acabará consumiéndote…

—Vale, ya te llamaré —la interrumpo y le cojo la tarjeta, que dejo en la mesita. Miento como una bellaca y estoy segura de que ella se da cuenta.

Ella esboza una sonrisa y sale de la habitación; por fin estoy sola con mis pensamientos.

∼

Para la llegada de mis padres, insisto en ponerme ropa normal. No quiero que me vean tumbada en una cama de hospital. Ya han pasado suficiente tiempo preocupados por mí y lo último que quiero es contribuir a su ansiedad.

Una enfermera me da unos vaqueros y una camiseta, y me los pongo con mucho gusto. Me quedan bien. La enfermera es una tailandesa menuda y tenemos la misma talla, más o menos. Es raro volver a llevar este tipo de ropa. Me había acostumbrado tanto a los vestidos veraniegos y vaporosos que ahora los vaqueros se me antojan bastos y duros contra la piel. No me pongo zapatos porque se me tienen que curar las heridas de las quemaduras que me hice al pasear entre los escombros del almacén.

Cuando llegan mis padres, me encuentran sentada en una silla esperándolos. Mi madre entra primero. Se le cambia la cara al verme y viene corriendo hacia mí hecha un mar de lágrimas. Mi padre aparece justo detrás y pronto los tengo a los dos abrazándome y hablando a mil por hora, sollozando de la alegría.

Esbozo una gran sonrisa y los abrazo; hago todo lo que puedo para convencerlos de que estoy bien, que las heridas son de poca gravedad y que no hay nada de lo que preocuparse. Aun así, no lloro. No puedo. Todo me parece lejano y distante, y hasta mis padres parecen recuerdos y no gente de verdad. A pesar de todo, me esfuerzo por actuar con normalidad; ya les he causado demasiado desasosiego.

Al cabo de un rato, se tranquilizan y se sientan para hablar.

—Se puso en contacto con vosotros, ¿verdad? —les pregunto al recordar la promesa de Julian—. Os dijo que estaba viva, ¿no?

Mi padre asiente con la expresión seria.

—Un par de semanas después de tu desaparición, recibimos un ingreso en el banco —explica en voz baja—. Era una transferencia de un millón de dólares de una cuenta ilocalizable en un paraíso fiscal. Se suponía que habíamos ganado la lotería.

Me quedo boquiabierta.

—¿Qué?

¿Julian dio dinero a mis padres?

—Al mismo tiempo recibimos un correo electrónico —prosigue mi padre con la voz temblorosa—. El asunto decía: «De vuestra hija con amor». Había una foto tuya. Estabas tendida en la playa leyendo un libro. Estabas tan bonita, parecías tan tranquila... —Traga saliva—. El correo decía que estabas bien y que estabas con alguien que te cuidaría. Que debíamos usar el dinero para liquidar la hipoteca. También decía que te pondríamos en peligro si acudíamos a la policía con esta información.

Me lo quedo mirando confundida, tratando de imaginar lo que debían de pensar en ese momento. Un millón de dólares...

—No sabíamos qué hacer —dice mi madre, retorciéndose las manos, nerviosa—. Pensamos que podría ser una buena pista para la investigación, pero al mismo tiempo no queríamos hacer nada que pudiera perjudicarte, estuvieras donde estuvieras...

—¿Y qué hicisteis? —pregunto fascinada. El FBI no me ha dicho nada del millón de dólares, de modo que mis padres no se lo habrán contado. A la vez, no imagino a mis padres cogiendo el dinero y no siguiendo la pista.

—Empleamos el dinero en contratar a un equipo de investigadores privados —explica mi padre—. Los mejores que encontramos.

Siguieron el rastro del dinero hasta una sociedad instrumental en las Islas Caimán, pero ese rastro terminaba ahí. —Se queda un instante en silencio y me mira—. Hemos usado el dinero para buscarte durante todo este tiempo.

—¿Qué pasó, cielo? —pregunta mi madre, inclinándose hacia delante en la silla—. ¿Quién te secuestró? ¿De dónde venía este dinero? ¿Dónde has estado todo este tiempo?

Sonrío y empiezo a responder sus preguntas. Al mismo tiempo, los miro, empapándome de sus rasgos y sus facciones. Mis padres son una pareja hermosa, los dos están sanos y en forma. Me tuvieron a los veinte: son relativamente jóvenes. Mi padre solo tiene algunas pinceladas grises en el pelo, aunque ahora le veo más canas que antes.

—¿Y de verdad estabas bañándote en el océano y leyendo libros en la playa? —Mi madre me mira atónita mientras les describo un día típico en la isla.

—Sí. —Le dedico una sonrisa enorme—. De algún modo han sido como unas largas vacaciones. Y me cuidó como os prometió.

—Pero ¿por qué se te llevó? —pregunta mi padre, frustrado—. ¿Por qué te secuestró?

Me encojo de hombros, porque no quiero entrar en detalles sobre lo posesivos que eran Maria y Julian.

—Porque él era así —digo como si tal cosa—. Porque dada su profesión, no podía salir con una mujer de forma normal.

—¿Te hizo daño, cielo? —pregunta mi madre con una mirada llena de compasión—. ¿Fue cruel contigo?

—No —respondo con suavidad—. Me trató bien.

No puedo explicarles lo compleja que era mi relación con Julian, así que ni siquiera lo intento. En lugar de eso, opto por contarles algunos aspectos de mi cautiverio y centrarme solo en lo positivo. Les explico que nos íbamos a pescar con Beth muy temprano y que he descubierto un nuevo pasatiempo, la pintura. Les describo lo bonita que era la isla y que he vuelto a correr. Cuando me detengo a coger aire, los dos me están mirando extrañados.

—Nora, cielo —tantea mi madre, vacilante—. ¿Estás...? ¿Estás enamorada de Julian?

Me río, pero el sonido es gutural y vacío.

—¿Enamorada? ¡No, claro que no! —No sé qué le ha dado esa idea, ya que he estado tratando de no mencionarlo siquiera. Cuanto más pienso en él, más siento que la capa de hielo que me protege va a resquebrajarse y acabará embargándome el dolor.

—Claro que no —dice mi padre, que me escudriña, y veo que no me cree.

Parece que mis padres se han dado cuenta de la verdad, que estoy más traumatizada por mi rescate que por mi secuestro.

ora

Durante los próximos cuatro meses, intento recomponer las piezas de mi vida.

Tras otro día más en el hospital de Bangkok, me dan el alta y puedo viajar a Illinois, a casa con mis padres. Dos agentes del FBI nos acompañan en el avión, los agentes Wilson y Bosovsky, que aprovechan el vuelo de veinticuatro horas para hacerme más preguntas. Los dos parecen frustrados porque, según sus bases de datos, Julian Esguerra no existe.

—¿No le ha oído usar otros apodos? —pregunta el agente Bosovsky por tercera vez, después de que la consulta a la Interpol no haya obtenido resultados.

—No —digo pacientemente—. Solo lo he conocido como Julian. Los terroristas lo llamaban Esguerra.

La suposición de Beth sobre los hombres que nos secuestraron en la clínica de Julian era cierta: eran integrantes de una organización yihadista particularmente peligrosa llamada Al-Quadar. Al menos, eso había averiguado el FBI.

—Esto no tiene ni pies ni cabeza —dice el agente Wilson, a quien le tiemblan las mejillas de la frustración—. Alguien con tanta influencia tendría que haber aparecido en nuestro radar. Si era el capo de una organización ilegal que fabricaba y distribuía esas armas tan avanzadas, ¿cómo es posible que ni una sola agencia gubernamental esté al corriente de su existencia?

No sé qué decirle, así que me limito a encogerme de hombros. Los investigadores privados que contrataron mis padres tampoco pudieron encontrar nada sobre él.

Mis padres y yo barajamos la posibilidad de contarle al FBI lo del dinero de Julian, pero al final decidimos no hacerlo. Revelar esta información a esas alturas hubiera puesto en peligro a mis padres y podría provocar que el FBI pensara que yo estaba compinchada con Julian. Al fin y al cabo, ¿qué secuestrador envía dinero a la familia de su víctima?

Cuando llegamos a casa, estoy hecha polvo. Estoy cansada de tener encima a mis padres y de que el FBI no deje de hacerme preguntas para las que no tengo respuesta. Y, sobre todo, estoy cansada de estar rodeada de tanta gente. Después de más de un año con un contacto humano mínimo, me abruma la multitud del aeropuerto.

Mi habitación en casa de mis padres sigue prácticamente intacta.

—Siempre tuvimos la esperanza de que volverías —explica mi madre, exultante de felicidad. Sonrío y la abrazo antes de hacerla salir del cuarto. Ahora mismo solo quiero estar sola, porque no sé cuánto tiempo más podré mantener esta fachada de «normalidad».

Esa noche, mientras me estoy duchando en el cuarto de baño de mi infancia, por fin cedo al dolor y me echo llorar.

Dos semanas después de llegar a casa, me mudo de casa de mis padres. Ellos intentan persuadirme, pero yo los convenzo de que lo necesito, que tengo que estar sola y ser independiente. Pero, en realidad, por mucho que quiera a mis padres, no puedo estar con ellos las 24 horas del día. Ya no soy esa chica tranquila y despreocupada que recuerdan, y me resulta agotador fingir que aún lo soy.

Es mucho más fácil ser yo misma en el pequeño estudio que alquilo cerca de allí.

Mis padres quieren darme lo que queda del regalo del Julian —algo más de medio millón—, pero yo me niego. Para mí, ese dinero iba destinado a liquidar la hipoteca de mis padres y quiero que lo usen para ese fin. Después de algunas discusiones llegamos a un acuerdo: ellos liquidarán la mayor parte de su hipoteca y refinanciarán el resto, y el dinero que quede irá a mis ahorros para la universidad.

Aunque técnicamente no me hace falta trabajar durante una temporada, me busco un trabajo de camarera. Me hace falta salir de la casa y no es un trabajo demasiado exigente; es exactamente lo que necesito ahora mismo. Hay noches en las que no duermo y días en los que salir de la cama es un suplicio. El vacío que tengo en mi interior es demoledor y la pena, abrumadora, y tengo que esforzarme muchísimo para funcionar de forma seminormal.

Cuando duermo, tengo pesadillas. Veo una y otra vez la muerte de Beth y la explosión del almacén hasta que me levanto sobresaltada y empapada de sudor. Tras esos sueños, me quedo despierta, suspirando por Julian, por la calidez y seguridad de sus brazos. Me siento perdida sin él, como un barco a la deriva. Su ausencia es una herida que se niega a sanar.

También echo de menos a Beth. Echo de menos su actitud sensata y esa manera tan directa que tenía de abordar la vida. Si estuviera aquí, sería la primera en decirme que estas cosas pasan y que siga adelante con mi vida. Ella lo hubiera querido así.

Y lo intento… pero la violencia sin sentido de su muerte aún me carcome. Julian tenía razón, hasta entonces nunca había sabido qué era el odio puro. No sabía qué era querer hacer daño a alguien y ansiar su muerte. Ahora sí. Si pudiera retroceder en el tiempo y matar al terrorista que asesinó a Beth con tanta brutalidad, lo haría en un santiamén. No me basta con saber que murió en la explosión. Ojalá hubiera sido yo la que le quitara la vida.

Mis padres insisten en que vea a un psicólogo. Para tranquilizarlos, voy unas cuantas veces a la consulta. No me sirve de nada. No estoy lista para desnudarme en cuerpo y alma ante un extraño, y nuestras sesiones acaban siendo una pérdida de tiempo y de dinero. No tengo el estado de ánimo adecuado para recibir terapia: la pérdida es aún muy reciente y tengo los sentimientos a flor de piel.

Vuelvo a pintar, pero no puedo hacer los mismos paisajes soleados de antes. Mi arte ahora es más oscuro, más caótico. Pinto la explosión una vez tras otra, trato de quitármela de la cabeza, y cada vez me sale algo distinto, un poco más abstracto. También pinto el rostro de Julian. Lo hago de memoria y me frustra no poder captar la perfección arrolladora de sus facciones. Por mucho que lo intento, no me sale bien.

Todas mis amigas están estudiando en la universidad, de modo que durante las primeras semanas solo hablo con ellas por teléfono y por Skype. Parece que no saben cómo actuar conmigo y no las culpo. Intento que nuestras conversaciones sean ligeras, que se centren sobre todo en lo que les ha pasado a ellas desde que nos graduamos, pero sé que se sienten raras al hablar de novios y exámenes con alguien a quien consideran víctima de un crimen horrible. Me miran con pena y con una curiosidad morbosa, y no puedo hablarles de la experiencia en la isla.

Aun así, cuando Leah vuelve a casa desde la Universidad de Michigan, quedamos para salir. Después de unos abrazos, la incomodidad se esfuma, y vuelve a ser la misma chica que fue mi mejor amiga a partir de secundaria.

—Me gusta tu piso —dice paseándose por el estudio y observando las pinturas que tengo en las paredes—. Tienes unos cuadros muy chulos. ¿Dónde los compraste?

—Los he pintado yo —digo, mientras me calzo las botas. Salimos a cenar a un restaurante italiano de la zona. Llevo unos vaqueros ajustados y un top negro; como en los viejos tiempos.

—¿En serio? —Leah me mira sorprendidísima—. ¿Desde cuándo pintas?

—Es algo reciente. —Cojo la gabardina. El otoño está a punto de llegar y empieza a hacer fresquito. Me había acostumbrado al clima tropical de la isla y ahora una temperatura de 16 °C me parece fría.

—Joder, Nora, son buenísimos —dice ella, acercándose a uno de los cuadros de las explosiones para verlo de cerca. Esos son los únicos que he colgado; los retratos de Julian son privados—. No sabía que tenías tanto talento.

—Gracias. —Sonrío—. ¿Nos vamos?

NOS LO PASAMOS MUY BIEN EN LA CENA. LEAH ME CUENTA CÓMO ES estudiar en Michigan y me habla de su nuevo novio, Jason. La escucho con atención y nos reímos de los chicos y de esa necesidad inexplicable de beber cerveza haciendo el pino.

—¿Cuándo te vas a matricular en la uni? —me pregunta mientras tomamos el postre—. Ibas a asistir a una de las de aquí, ¿verdad? ¿Aún quieres hacerlo?

Asiento.

—Sí, creo que me matricularé para el segundo semestre. — Aunque ahora puedo permitirme ir a la universidad, no quiero cambiar mis planes. El dinero que tengo en la cuenta no me parece real, y no me gustaría gastarlo.

—Genial —dice Leah, sonriendo. Parece superemocionada, como si algo la exaltara sobremanera.

Pronto descubro de qué se trata.

—Hola, Nora —dice detrás de mí una voz que me resulta familiar, justo cuando íbamos a pagar la cuenta.

Doy un respingo, sobresaltada. Me doy la vuelta y veo a Jake, el chico con quien había quedado aquella fatídica noche que Julian me secuestró.

El chico a quien Julian había hecho daño para meterme en cintura.

Está prácticamente igual: el pelo rubio despeinado, los ojos marrones y cálidos, su constitución fuerte. Pero en su rostro, la expresión es distinta. Está tenso y el recelo de su mirada me sienta como una patada.

—Jake... —Es como si viera a un fantasma—. No sabía que estabas en la ciudad. Pensaba que estabas en Michigan y...

Y entonces caigo en la cuenta. Me giro y lanzo una mirada acusadora a Leah, que me sonríe.

—Espero que no te importe, Nora —dice, alegre—. Le dije a Jake que iba a verte este finde y me preguntó si podía apuntarse. Como no sabía qué te parecería, dadas las... circunstancias —se le enrojecen las mejillas—, le dije que estaríamos aquí.

Pestañeo y me empiezan a sudar las manos. Leah no sabe que le dieron una paliza a Jake por mí. Ese detalle solo se lo revelé al FBI. Debe de tener miedo de que ver a Jake me traiga recuerdos dolorosos del secuestro, pero no tiene ni idea de la punzada de ansiedad y culpabilidad que siento ahora mismo.

Jake sabe que soy responsable del ataque. Lo veo en la forma en que me mira.

Me obligo a sonreír.

—No me importa —miento con soltura—. Siéntate, por favor, y tomemos un café. —Le señalo la silla que hay justo delante de nosotras y me siento también—. ¿Cómo va todo?

Él me devuelve la sonrisa y se le marcan esas arruguitas en los ojos que antes me parecían adorables. Sigue siendo uno de los chicos más guapos que conozco, pero ya no siento ninguna atracción hacia él. El enamoramiento que tenía antes no puede compararse con la obsesión cegadora que siento por Julian, con ese deseo oscuro y desesperado que me impide pegar ojo tantas veces.

Cuando no puedo dormir, pienso en las cosas que Julian y yo hacíamos juntos, las cosas que me hacía hacer... lo que me enseñó a querer. Al cobijo de la noche, me masturbo pensando en fantasías oscuras. Fantasías de dolor exquisito y placer obligado, de violencia y pasión. Me consumen las ganas de que me tome y me use, que me hiera y me posea. Deseo a Julian, el hombre que despertó esta faceta mía.

El hombre que ahora está muerto.

Aparto ese pensamiento atroz y me centro en lo que me está contando Jake.

—...no pude ir a ese parque durante meses —dice, y me doy cuenta de que está hablando de su experiencia tras mi secuestro—. Cada vez que iba, pensaba en ti y en dónde estarías... La policía dijo que habías desaparecido de la faz de la tierra...

Le escucho con un sentimiento insoportable de odio hacia mí misma. ¿Cómo puedo sentir esto por un hombre que hizo algo tan horrible y que hizo daño a tantísima gente? ¿Tan loca estoy por amar a alguien capaz de tanta maldad? Julian no era precisamente un héroe incomprendido a quien las circunstancias habían obligado a hacer cosas malas. Era un monstruo, así de simple.

Un monstruo a quien echo de menos con todo mi ser.

—Lo siento mucho, Nora —dice él, lo que me distrae de ese momento de autoflagelación—. Siento no haberte podido proteger aquella noche...

—Espera... ¿qué? —Lo miro, incrédula—. ¿Estás loco? ¿Sabes a quién te enfrentabas? No podrías haber hecho...

—Aun así, tendría que haberlo intentado. —Su voz tiene un deje de culpabilidad—. Debí haber hecho algo, lo que fuera...

Alargo el brazo por encima de la mesa y le cojo una mano.

—No —le digo con firmeza—. No es culpa tuya. —Veo a Leah por el rabillo; está toqueteando el móvil y finge que no está allí. La dejo hacer. Tengo que convencer a Jake de que no metió la pata, para ayudarlo a que lo supere.

Tiene la piel cálida; noto que está tenso.

—Jake —digo en voz baja, sosteniéndole la mirada—, nadie podría haberlo impedido. Nadie. Julian tiene... tenía unos recursos que ya quisieran los SWAT. Si alguien tiene la culpa, esa soy yo. Te viste implicado en esto por mí y lo siento muchísimo. —Me estoy disculpando por mucho más que esa noche y él lo sabe.

—No, Nora —replica bajito también y con los ojos ensombrecidos —. Tienes razón. Es su culpa y no nuestra. —Me doy cuenta de que también me está absolviendo, que él también quiere descargarme de la culpa.

Sonrío y le aprieto la mano con cariño, aceptando su perdón sin hablar.

Ojalá pudiera perdonarme yo tan fácilmente, pero no puedo.

Porque incluso ahora, aquí sentada y dando la mano a Jake, no puedo evitar amar a Julian.

Da igual lo que haya hecho.

—CREO QUE AÚN LE GUSTAS, ¿SABES? —DICE LEAH MIENTRAS ME LLEVA a casa—. Me sorprende que no te pidiera salir allí mismo.

—¿Pedirme salir? ¿Jake? —La miro, incrédula—. Soy la última chica con la que saldría.

—Yo no estaría tan segura —replica pensativa—. Solo salisteis una vez, pero se quedó hecho polvo cuando desapareciste. Y la manera que tenía de mirarte esta noche...

—Leah, por favor, ¿qué locura es esa? —digo con una risilla nerviosa—. Jake y yo tenemos una historia complicada. Seguramente solo quería cerrar el tema de algún modo.

La idea de salir con Jake o con cualquier otro me resulta extraña y ajena. Aún pertenezco a Julian y pensar en que otro hombre me toque me pone nerviosa, aunque no sé bien por qué.

—Cerrar el tema, seguro. —Leah rebosa sarcasmo—. Se ha pasado la noche mirándote como si fueras lo más bonito de este mundo. No quiere cerrar nada, eso ya te lo digo yo.

—Venga ya...

—No, en serio —dice Leah mirándome cuando se detiene en un semáforo—. Deberías salir con él. Es un buen tío y sé que antes te gustaba...

La miro y las ganas que tengo de que me entienda entran en conflicto con la necesidad de protegerme.

—Leah, eso era antes —digo lentamente; he decidido que le contaré parte de la historia—. Ya no soy la misma persona. No puedo salir con un chico como Jake... no después de Julian.

Ella se queda callada y vuelve a centrarse en la carretera cuando el semáforo se pone en verde. Cuando llega delante de mi bloque y para, se gira hacia mí.

—Lo siento —dice en voz baja—. Ha sido una tontería y muy desconsiderado por mi parte. Pareces estar tan bien que durante un instante se me ha olvidado que... —Traga saliva y los ojos se le vuelven vidriosos—. Si alguna vez te apetece hablar del tema, ya sabes que estoy aquí... lo sabes, ¿verdad?

Asiento y sonrío. Tengo suerte de tener una amiga como ella y pronto puede que acepte su ofrecimiento. Pero todavía no; no estando tan herida y destrozada por dentro.

Las semanas siguientes discurren a paso de caracol. Vivo al día, no pienso en el futuro. Cada mañana escribo una lista de tareas que quiero hacer ese día y me ciño a ella, por muchas ganas que tenga de meterme en la cama y no volver a salir.

La mayor parte del tiempo, mis listas incluyen actividades cotidianas como comer, correr, trabajar, ir al supermercado y llamar a mis padres. De vez en cuando añado otros proyectos más ambiciosos, como matricularme para el segundo semestre de la universidad, como le prometí a Leah.

También me apunto a clases de tiro. Para mi sorpresa, se me da bastante bien manejar un arma. Mi instructor dice que soy una tiradora nata, y empiezo a investigar en lo que tengo que hacer para conseguir una licencia de armas en Illinois. Además, voy a clases de defensa personal y empiezo con los movimientos básicos para defenderme. Nunca podré ganar contra alguien como Julian y los hombres que nos cogieron a Beth y a mí, pero saber luchar y disparar me hace sentir mejor, como si tuviera un mayor control de mi vida.

Entre todas esas actividades, mi trabajo y mis cuadros, estoy demasiado ocupada para socializar, pero me basta con eso. No estoy de humor para hacer nuevos amigos, y los viejos están lejos.

Jake y Leah están en Michigan. Él me localiza en Facebook y hablamos varias veces por chat, pero no me pide salir.

Me alegro. Aunque no estudiara en una universidad a tres horas y media de aquí, la cosa no funcionaría. Jake es lo bastante listo para saber que no le depararía nada bueno salir con alguien como yo; alguien que, a efectos prácticos, seguía cautiva de Julian.

Sueño con él casi cada noche. Como un íncubo, mi captor viene a mí en la oscuridad, cuando soy más vulnerable. Invade mi mente de forma tan despiadada como hacía con mi cuerpo. Cuando no estoy reviviendo su muerte, mis sueños son de una sexualidad inquietante. Sueño con su boca, su pene, sus manos. Están por todos sitios; las tengo encima y dentro de mí. Sueño con su sonrisa arrebatadora y con cómo me abrazaba y me acariciaba.

Con cómo me torturaba hasta que me olvidaba de todo y me perdía en él.

Sueño con él... y me despierto mojada y consumida por el deseo; me siento vacía y anhelo su posesión. Como una adicta con el mono, muero por un chute, por algo que consiga hacerme olvidar estas ganas.

No estoy lista para salir con nadie, pero a mi cuerpo le da igual. Al final, cedo.

Me visto con esmero, cojo mi carnet falso y me acerco a un bar de la zona.

❧

LOS HOMBRES REVOLOTEAN A MI ALREDEDOR COMO MOSCAS. ES FÁCIL, facilísimo. Una chica sola en un bar… no necesitan más. Como lobos a la carnaza, notan mi desesperación, notan las ganas que tengo esta noche de una cama que no esté fría y vacía.

Dejo que uno me invite a algo. Un chupito de vodka, uno de tequila… Cuando me pregunta si quiero salir de allí, todo se vuelve borroso a mi alrededor. Asiento y dejo que me lleve hasta su coche.

Es un treintañero apuesto de pelo rubio y ojos de un gris azulado. No es particularmente alto, pero tiene buen cuerpo. Es abogado, me cuenta mientras nos lleva a un motel cercano.

Cierro los ojos mientras sigue hablando. Me da igual quién sea o a qué se dedique. Solo quiero que me folle, que llene ese vacío que siento en mi interior. Que disipe ese frío que me cala hasta los huesos.

En recepción, paga una habitación y subimos a una planta superior. Cuando entramos en la habitación, me quita el abrigo y empieza a besarme. Noto el sabor de la cerveza y los tacos que ha cenado. Me aprieta contra él y explora mi cuerpo con manos impacientes… de repente, no puedo soportarlo.

—Para. —Lo empujo tan fuerte como puedo. Como lo cojo por sorpresa, se tambalea hacia atrás.

—Pero ¿qué coño…? —Se ha quedado con la boca abierta, completamente atónito.

—Lo siento —digo rápidamente, al tiempo que cojo el abrigo—. No eres tú, soy yo.

Y sin darle tiempo ni a contestar, salgo corriendo de la habitación.

Paro un taxi y vuelvo a casa borracha y completamente destrozada. No hay chute para mi adicción, no hay forma de saciar esta sed.

No soporto que me toque otro hombre ni borracha.

*N*ora

EMPIEZA COMO CUALQUIER OTRO SUEÑO ERÓTICO.

Unas manos fuertes y duras me recorren el cuerpo desnudo; sus palmas encallecidas me aprietan los pechos, con los pulgares me roza los pezones, erectos y sensibles. Arqueo la espalda y noto la calidez de su piel, el peso de su cuerpo inmovilizándome contra el colchón. Con sus fuertes piernas me obliga a separar los muslos y su erección me roza el sexo; su prepucio se introduce entre mis pliegues y ejerce una ligera presión en el clítoris.

Gimo y me froto contra él; se me tensan los músculos internos de las ganas que tengo de que me penetre. Jadeo, estoy completamente mojada y con las manos me aferro a su trasero fuerte y prieto, trato de obligarlo: hacer que me folle.

Él se ríe, el sonido es como un murmullo seductor, y con sus grandes manos me coge las muñecas y me las inmoviliza por encima de la cabeza.

—¿Me has echado de menos, mi niña? —me murmura al oído y su cálido aliento me pone la piel de gallina.

«¿Mi niña?». Julian nunca habla en mis sueños...

Doy un grito ahogado y abro los ojos... y en la penumbra de la primera luz de la mañana, lo veo. Es Julian.

Desnudo y excitado, Julian está encima de mí y me sujeta en la cama. Tiene el pelo más corto que antes y su magnífico rostro está contraído por el deseo; le brillan los ojos como dos joyas azules.

Me quedo inmóvil y levanto la vista, el corazón me late con fuerza. Durante un momento creo que sigo soñando, que la mente me está jugando una mala pasada. La vista se me nubla y me doy cuenta de que he dejado de respirar, de que la sorpresa me ha cortado la respiración.

Inspiro hondo, aún inmóvil, y él baja la cabeza para acercar su boca a la mía. Su lengua se abre paso entre mis labios, me invade, y ese sabor tan conocido hace que la cabeza me dé vueltas.

Ya no hay duda.

Es Julian de verdad: está vivo y tan vital como siempre.

De repente, me embarga la rabia. Está vivo... ¡lleva vivo todo este tiempo! Todas estas semanas llorando su muerte tratando de reparar mi alma destrozada, y él estaba vivito y coleando, riéndose de mis intentos fútiles de seguir adelante, seguro.

Le muerdo fuerte el labio por las ganas que tengo de hacerle daño... de arrancarle la piel igual que él hizo con mi corazón. El sabor ferroso de la sangre me llena la boca y él se aparta con una palabrota; se le oscurecen los ojos de la rabia.

Pero no tengo miedo. Ya no.

—Suéltame —espeto con furia y forcejeando—. ¡Eres un hijo de puta! ¡Gilipollas! ¡No estabas muerto! No estabas muerto... —Para rematar la humillación, con la última frase se me escapa un sollozo y se me quiebra la voz.

Él aprieta la mandíbula sin dejar de mirarme; la perfección de sus labios está empañada por la marca que le he dejado con los dientes. Me coge con facilidad, con el pene en la entrada de mi cuerpo. Furiosa, me echo a un lado para volver a morderlo y él me sujeta las muñecas con la mano izquierda para agarrarme del pelo con la derecha. Ahora ya no puedo moverme; solo puedo fulminarlo con la mirada, con los ojos llenos de lágrimas de rabia y frustración.

Inesperadamente, se le ablanda la expresión.

—Parece que a mi gatita le han salido las uñas —murmura con un deje entretenido—. Creo que me gusta.

Ahí ya sí que me cabreo.

—¡Vete a la mierda! —grito, sacudiéndome contra él, sin importarme que ambos estamos desnudos—. A la mierda tú y lo que te guste...

Se me abalanza y me besa, tragándose mis palabras furiosas, y vuelvo a intentar morderlo. Se aparta en el último segundo y se ríe. Al mismo tiempo, empieza a introducirme la punta. Hecha un basilisco, grito y él me suelta el pelo para taparme la boca.

—Shhh —me susurra al oído; no hace ni caso de mis gritos ahogados—. No queremos que nos oigan los vecinos.

En ese instante, me da igual que nos oiga el mundo entero. Me muero de ganas de pegarle, de hacerle el mismo daño que él me hizo a mí. Si tuviera un arma ahora mismo, le hubiera pegado un tiro por el suplicio que me ha hecho pasar.

Pero no tengo un arma. No tengo nada, y él sigue penetrándome poco a poco; su pene me dilata, se hunde en mí con su implacable dureza. Sigo húmeda por el «sueño» de antes, pero también tensa por la rabia; mi cuerpo se resiente por la intrusión y se me tensan todos los músculos para evitar sus avances. Es como nuestra primera vez, salvo que el torbellino de sentimientos que tengo en el pecho es mucho más complejo que el miedo que sentí entonces. Dejo de forcejear poco a poco y lo miro sin decir nada, aún tambaleante por la fuerza de su embestida.

Cuando ya me ha penetrado hasta el fondo, se para y me quita la mano de la boca.

Me quedo callada y las lágrimas empiezan a brotar.

Él agacha la cabeza, me besa con ternura, como si se disculpara por tratarme con tanta dureza. Los pulmones me dejan de funcionar;

como siempre, esta mezcla de crueldad y ternura me descoloca y me confunde aún más de lo que estoy.

—Lo siento, cielo —murmura, rozándome con los labios la mejilla mojada por las lágrimas—. La cosa no tendría que haber ido así. Tenía que protegerte y la jodí. Metí la pata hasta el fondo... —Suspira—. No quería dejarte, no era mi intención...

—Pero lo hiciste —digo en un tono herido como si fuera una niña—. Me dejaste pensar que estabas muerto.

—No. —Me suelta las muñecas y se apoya en los codos al tiempo que me enmarca la cara con las manos—. No fue así. No fue así en absoluto.

Despacio, bajo las manos hasta sus hombros.

—Y entonces, ¿cómo fue? —pregunto con un deje de amargura. ¿Cómo ha podido hacerme algo así? ¿Cómo puede ser que me secuestrara, me lo arrebatara todo y después me abandonara con tanta crueldad?

—Te lo explicaré todo —me promete con una voz baja y tomada por el deseo. Tiene sudor en la frente y noto el pulso de su pene dentro. Se está esforzando por controlarse—. Pero ahora mismo te necesito, Nora. Necesito esto... —Empuja con las caderas y jadeo al notar que me ha rozado el punto G; la sensación es fortísima—. Sí —susurra y repite el movimiento—, lo necesito. Quiero notar tu coño ciñéndose a mi polla como si fuera un guante. Quiero follarte y quiero devorarte. Eres toda mía, Nora, hasta el último centímetro de ti. Eres solo mía... —Vuelve a agachar la cabeza y me toma la boca en un beso penetrante mientras sigue embistiendo con un ritmo lento pero incesante.

Se me acelera la respiración y me embarga una oleada de calor. Me aferro a sus hombros y le rodeo los muslos con las piernas para atraerlo más hacia mí. Después de meses de abstinencia, esto me supera, pero agradezco ese ligero escozor, esa mezcla exquisita de placer y dolor. Noto que la tensión aumenta en mi interior, ya empieza el hormigueo que anuncia la llegada del orgasmo, y justo entonces exploto con un grito ahogado al tiempo que mis músculos internos se cierran alrededor de su grueso miembro.

—Sí, cariño, eso es —masculla con voz ronca, acelerando el ritmo y, con una última embestida, él también llega al orgasmo penetrándome con fuerza. Noto su semen cálido dentro de mí; lo abrazo cuando se echa encima de mí, con su cuerpo pesado y sudoroso.

∼

—¿Te apetece un té o un café? —pregunto mirando a Julian mientras me muevo por la cocina, en un rincón del estudio. Él está sentado a una mesa que hay junto a la pared. Lleva unos vaqueros, lo único que se ha dignado a ponerse después de ducharse. Los ojos se me van a su torso musculado y bronceado y me tiemblan las manos al ir a coger la taza. Con el pelo tan corto, sus pómulos parecen más huesudos y sus facciones son más marcadas que antes. Frunzo el ceño y me fijo más. Está más delgado de lo que recordaba, ha perdido peso.

Como si no reparara en mi mirada, Julian se recuesta en la silla endeble que compré en IKEA y estira las piernas. Sus pies desnudos son tremendamente masculinos.

—Un café, por favor —dice con pereza, mirándome.

Me recuerda a una pantera que acecha a su presa.

Trago saliva, dejo la taza en la encimera y enciendo la cafetera. A diferencia de él, llevo vaqueros, calcetines gruesos y un jersey. Ir completamente vestida me hace sentir menos vulnerable y con más control.

Todo esto es surrealista. De no ser por el dolor muscular que siento entre los muslos, pensaría que estaba alucinando. Pero no, mi captor —el hombre que fue el centro de mi existencia durante tanto tiempo— está aquí, en mi pequeño apartamento, dominándolo con su presencia.

Cuando el café está listo, sirvo dos tazas y me siento con él a la mesa. Me siento algo torpe, como si anduviera sobre una cuerda floja. Un segundo quiero gritar de la alegría de saberlo vivo y, al siguiente, me entran ganas de matarlo por haberme hecho pasar este suplicio. Y a pesar de todo, sé que ninguna de las dos posibilidades es adecuada en esta situación. De hecho, tendría que echar a correr y llamar a la policía.

Parece que Julian no teme esa posibilidad. Está igual de cómodo en mi estudio que en su isla. Coge la taza, le da un sorbo al café y me mira con esa sonrisa tan cautivadora que tiene.

Envuelvo la taza con las manos y disfruto de la calidez entre las palmas.

—¿Cómo sobreviviste a la explosión? —pregunto en voz baja mirándolo a los ojos.

Él tuerce un poco la boca.

—Casi no lo cuento. Cuando vieron que llevaban las de perder, uno de esos cabronazos detonó una bomba. Dos de mis hombres y yo estábamos cerca de la escalera que llevaba al sótano y saltamos por el hueco en el último minuto. Se nos cayó un trozo de techo encima que me dejó inconsciente y mató a uno de los que me acompañaban. Por suerte para mí, el tercero, Lucas, sobrevivió y no perdió la consciencia. Consiguió meternos a los dos en la cañería, donde el aire fresco que venía de fuera ayudó a que no muriéramos por inhalación de humo.

Se me corta la respiración. La cañería... Fue el único sitio en que no miré ese día horrible que me pasé buscando entre los escombros en llamas del edificio. Estaba tan aturdida y desorientada que ni siquiera se me ocurrió ver si había supervivientes.

—Cuando Lucas me llevó al hospital, yo estaba bastante mal —prosigue Julian sin dejar de mirarme—. Tenía una fractura craneal y varios huesos rotos. Los médicos me indujeron un coma para ver si se reducía la inflamación cerebral, y no recuperé la consciencia hasta hace unas semanas. —Levanta la mano y se toca el pelo corto y entonces me doy cuenta de que ese es el motivo de su nuevo peinado. Seguramente le afeitaron la cabeza en el hospital.

Me tiembla la mano al acercarme la taza a los labios. Estuvo a punto de morir de verdad, aunque eso no disculpa su ausencia durante estas últimas semanas.

—¿Por qué no te pusiste en contacto conmigo después? ¿Por qué no me dijiste que estabas vivo?

¿Por qué dejó que se alargara la tortura más de lo necesario?

Inclina la cabeza.

—Y entonces ¿qué? —pregunta con un tono peligrosamente suave —. ¿Qué hubieras hecho, mi niña? ¿Hubieras ido corriendo a Tailandia para estar a mi lado en el hospital? ¿O les hubieras contado a tus amiguitos del FBI dónde encontrarme para que pudieran arrestarme aprovechando que estaba débil e indefenso?

Inspiro hondo.

—No se lo hubiera contado.

—¿No? —Me lanza una mirada sarcástica—. ¿Te crees que no sé que has hablado con ellos? ¿Que ahora tienen mi nombre y mi retrato?

—¡Solo hablé con ellos porque te creía muerto! —Me incorporo de un salto y casi tiro el café. De repente me sale toda la rabia contenida. Furiosa, me agarro al borde de la mesa y lo fulmino con la mirada—. Nunca te he traicionado, aunque debería haberlo hecho…

Él se levanta y despliega todo su cuerpo grande y musculoso con una gracia atlética.

—Sí, deberías haberlo hecho —dice con una mirada que se ensombrece mientras me mira desde el otro lado de la mesa—. Tendrías que haberme entregado en aquella clínica de las Filipinas y haberte largado corriendo, mi niña.

Me paso la lengua por los labios.

—¿Habría servido de algo?

—No, te habría encontrado donde fuera.

Se me hace un nudo en la garganta por la emoción y el miedo. No lo dice en broma, se lo veo en la cara. Hubiera venido a por mí y nadie le habría podido parar los pies.

—¿Quién eres? —pregunto en voz baja, mirándolo con incredulidad—. ¿Por qué no había rastro de ti en las bases de datos del gobierno? Si eres un traficante de armas tan poderoso, ¿por qué el FBI no había oído hablar de ti?

Me mira con unos ojos increíblemente azules en ese rostro tan bronceado.

—Porque tengo una amplia red de contactos, Nora —responde—. Y porque, como parte de mis interacciones con clientes, suelo dar con información interesante para el gobierno de los Estados Unidos, información que tiene que ver con la seguridad de los ciudadanos estadounidenses.

Me quedo boquiabierta.

—¿Eres espía?

—No. —Se echa a reír—. No en el sentido tradicional de la palabra. No estoy en nómina de nadie; simplemente nos hacemos favores. Yo ayudo a tu gobierno y, a cambio, ellos me hacen invisible. Solo algunos agentes de primer nivel de la CIA conocen mi existencia. —Se queda callado y luego añade—: O, al menos, así era hasta que el FBI te encontró, mi niña, ahora es algo más complicado y tengo que pedir algunos favores para que borren esta información.

—Ya veo —digo en un tono plano. La cabeza me da vueltas. El hombre que me secuestró trabaja con mi gobierno. Es más de lo que puedo procesar ahora mismo.

Él sonríe; está claro que disfruta al verme confundida.

—No le des más vueltas, mi niña —me aconseja, con un brillo jocoso en la mirada—. Que ayude a evitar algún atentado terrorista de vez en cuando no me convierte en un buen hombre.

—No —coincido—. Es verdad.

Me doy la vuelta, me acerco a la ventana y miro afuera. El sol empieza a salir y una capa de nieve cubre el suelo.

La primera nevada de la temporada; debe de haber caído durante la noche.

No lo oigo moverse, pero de repente lo tengo detrás. Me rodea con sus enormes brazos y me atrae hacia sí. Capto la esencia masculina de su piel y entonces se disipa gran parte de la tensión que aún sentía. «Julian está vivo».

—¿Y ahora qué hacemos? —pregunto sin dejar de mirar la nieve—. ¿Me vas a llevar de vuelta a la isla?

Se queda en silencio un momento.

—No —dice al final—. No puedo. No sin Beth allí. —Noto un cierto deje en su voz, por lo que sé que él también la echa de menos, que lamenta su pérdida tanto como yo.

Me doy la vuelta, aún entre sus brazos, le pongo las manos en el pecho y lo miro.

—Me alegro de que esos cabronazos estén muertos. —Las palabras me salen en un torrente furioso—. Me alegro de que te los cargaras a todos.

—Sí —dice, y veo el reflejo de mi rabia y mi dolor en el brillo de sus ojos—. Los hombres que le hicieron daño están muertos, y estoy tomando cartas en el asunto para borrar del mapa la organización entera. Cuando haya terminado, Al-Quadar no será nada más que un documento más en los archivos del gobierno.

Le sostengo la mirada sin pestañear.

—Bien. —Quiero que los destruya. Quiero que Julian los destroce y los haga sentir el dolor de Beth.

En ese instante, nos entendemos el uno al otro perfectamente. Él es un asesino y eso quiero que sea. No quiero un hombre caballeroso y dulce con consciencia; quiero un monstruo que vengue la muerte de Beth con la brutalidad que merecen.

Esboza una sonrisa, agacha la cabeza y me besa en la frente con ternura. Luego me suelta para ir hasta la cama y recoger el resto de su ropa.

Frunzo el ceño al ver que se pone una camiseta de manga larga, calcetines y unas botas.

—¿Te vas? —Al pensarlo es como si me dieran un puñetazo en la boca del estómago.

—No —contesta al tiempo que se pone la chaqueta de piel y se acerca a mi armario—. Nos vamos los dos. —Abre la puerta del armario, saca mi abrigo y unas botas y me lo lanza.

Cojo el abrigo al vuelo y me lo pongo sin pensármelo dos veces.

—¿Me secuestras de nuevo? —pregunto, calzándome las botas.

—No lo sé. —Viene hasta mí y me acaricia el labio superior con el pulgar—. ¿Es un secuestro?

No lo sé. Por primera vez en muchos meses, me siento viva. Resurgen mis sentimientos; reviven el miedo, la emoción, la alegría.

El amor.

No es el amor dulce y tierno con que siempre había soñado, pero es amor. Es oscuro, intrincado y obsesivo, es una compulsión y una adicción. Sé que el mundo me condenará por las decisiones que tomo, pero necesito a Julian tanto como él me necesita a mí.

—¿Y si no quiero ir contigo? —No sé por qué siento la necesidad de preguntárselo. Ya sé la respuesta.

Él sonríe. Se mete la mano en el bolsillo de la chaqueta, saca una pequeña jeringuilla y me la enseña.

—Ya veo —digo con tranquilidad. Ha venido preparado para cualquier imprevisto.

Entonces la aparta y me tiende la mano. Dudo un instante y entonces le doy la mano. Él entrelaza su mano con la mía y, en ese momento, sus ojos adquieren una tonalidad intensísima de azul, casi radiante.

Salimos juntos cogidos de la mano como una pareja. Me lleva hasta un coche que nos está esperando; un coche negro con unas ventanillas gruesas. Seguramente sean a prueba de balas.

Me abre la puerta y entro.

Cuando el coche arranca, me atrae hacia sí y hundo el rostro entre su cuello y el hombro, dejándome llevar por esa esencia tan familiar.

Por primera vez en muchos meses, me siento como en casa.

HAZME TUYA

SECUESTRADA: LIBRO 2

I

PARTE I: LA LLEGADA

1

Julian

HAY DÍAS EN LOS QUE EXISTE ESA NECESIDAD DE HACER DAÑO, DE MATAR, es demasiado fuerte para negarla. Son días en que la delgada capa de civilización amenaza con desaparecer ante la menor provocación y revelar el monstruo que lleva dentro.

Hoy no es uno de esos días.

Hoy está conmigo.

Vamos en el coche de camino al aeropuerto. Va sentada apoyada en mí, me rodea con los brazos delgados y descansa la cabeza sobre mi hombro.

Mientras la envuelvo con un brazo, le acaricio el pelo oscuro y disfruto de su textura sedosa. Ahora lo lleva largo, le llega hasta su estrecha cintura; hace diecinueve meses que no se lo corta. No lo ha hecho desde que la secuestré la primera vez.

Inhalo su perfume atrayente, fresco y floral, de una feminidad exquisita. Es una mezcla del champú y la química única de su cuerpo;

se me hace la boca agua. Me dan ganas de desnudarla, de seguir ese aroma para explorar cada curva y cada recoveco de su cuerpo.

Se me estremece la polla y recuerdo que acabo de follar con ella. Sin embargo, eso no importa. Mi deseo es constante. Ahora me he acostumbrado a este deseo obsesivo, cosa que antes solía molestarme. He aceptado mi propia locura.

Parece estar calmada, incluso contenta, y eso me gusta. Me gusta sentir cómo se acurruca conmigo, cariñosa y confiada. Ella sabe cómo es mi naturaleza verdadera y, aun así, se siente segura conmigo; la he enseñado para que sea así. He hecho que me quiera.

Al cabo de un par de minutos, se mueve entre mis brazos y levanta la cabeza para mirarme.

—¿A dónde vamos? —pregunta mientras mueve las largas pestañas negras de arriba abajo, como si fuera un abanico. Tiene ese tipo de mirada que haría a un hombre arrodillarse ante ella; unos ojos dulces y oscuros que me hacen pensar en las sábanas enredadas y en su piel desnuda.

Hago un esfuerzo por centrarme, pero esos ojos me desconcentran muchísimo.

—Vamos a mi casa de Colombia —digo respondiendo a su pregunta—. El lugar donde me crié.

No he estado allí desde hace años, desde que asesinaron a mis padres. Sin embargo, el recinto de mi padre es una fortaleza y eso es precisamente lo que necesitamos ahora mismo. Durante las últimas semanas he estado implementando nuevas medidas de seguridad para que este sitio estuviera prácticamente acorazado. Me he asegurado de que nadie vuelva a quitarme a Nora.

—¿Te quedarás conmigo? —Oigo el tono esperanzador que hay en su voz y yo asiento, sonriente.

—Sí, mi gatita, estaré allí. —Ahora que la he recuperado, la obsesión por tenerla cerca es demasiado fuerte; no puedo negarlo. Antaño la isla era el lugar más seguro para ella, pero ya no lo es. Ahora ellos saben que existe y que es mi talón de Aquiles, por eso necesito que esté conmigo donde pueda protegerla.

Se lame los labios y sigo con la mirada el camino de su delicada lengua rosa. Quiero envolver su pelo abundante alrededor de mi mano y llevar su cabeza hasta mi regazo, pero consigo reprimir el deseo. Habrá tiempo de sobra para eso cuando estemos en un lugar más seguro y menos público.

—¿Enviarás a mis padres otro millón de dólares? —Sus ojos son grandes e ingenuos cuando me mira, pero oigo el ligero deje desafiante en su tono de voz. Me está poniendo a prueba, tantea los límites de esta nueva etapa de nuestra relación.

—¿Quieres que lo haga? —Se me agranda la sonrisa y me estiro para ponerle un mechón de pelo detrás de la oreja.

Me mira fijamente sin parpadear.

—En realidad no —dice en voz baja—. Preferiría poder llamarlos.

—Muy bien, podrás hacerlo cuando lleguemos. —Le sostengo la mirada.

Abre los ojos y veo que la he sorprendido. Ella esperaba que la mantuviera cautiva otra vez, aislada del mundo exterior. No se da cuenta de que eso ya no es necesario. Ya he conseguido lo que quería: la he hecho completamente mía.

—Vale —dice despacio—, lo haré.

Me mira como si no me acabara de entender, como si yo fuera un animal exótico que no hubiera visto nunca. A veces me mira así, con una mezcla de desconfianza y fascinación. Se siente atraída por mí desde un principio, pero de alguna manera me tiene algo de miedo.

Al depredador que hay en mí le gusta eso. Su miedo y reticencia añaden cierta ventaja a todo el conjunto; hacen que sea mucho más dulce poseerla y sentir cómo se acurruca en mis brazos durante toda la noche.

—Cuéntame algo sobre el tiempo que has pasado en tu casa —murmuro, poniéndola contra mi hombro para que esté más cómoda. Le echo el pelo hacia atrás con los dedos y bajo la mirada hasta su rostro—. ¿Qué has estado haciendo todos estos meses?

—Quieres decir, ¿aparte de echarte de menos? —Esboza una sonrisa burlona.

Una sensación de calor se me extiende por todo el pecho. No

quiero admitirlo ni darle importancia. Deseo que me quiera porque tengo una obsesión enfermiza por poseerla, no porque sienta nada.

—Sí, aparte de eso —digo en voz baja mientras pienso en todas las maneras en las que voy a follármela cuando consiga estar a solas con ella de nuevo.

—Bueno, he quedado con algunos amigos —comienza a decir. La escucho mientras me hace un resumen general de su vida desde los últimos cuatro meses, aunque ya me conozco parte de la historia. Lucas tuvo la iniciativa de ponerle a Nora un discreto dispositivo de seguridad mientras yo estaba en coma. En cuanto desperté, me dio un informe detallado de todo, incluyendo las actividades diarias de Nora.

Le debo mucho por eso y por salvarme la vida. Durante los últimos años, Lucas Kent se ha convertido en un activo de valor incalculable para mi empresa. Muy pocos habrían tenido las pelotas de asumir el control. Incluso sin saber toda la verdad sobre Nora, ha sido lo bastante inteligente para saber lo que ella significa para mí y ha tomado medidas para garantizar su seguridad.

Por supuesto, en ningún caso le restringió sus actividades.

—¿Lo has visto? —le pregunto con desinterés al mismo tiempo que levanta la mano para jugar con el lóbulo de su oreja—. Quiero decir, ¿has visto a Jake?

Su cuerpo se vuelve de piedra en mis brazos, y siento la rigidez y la tensión de cada músculo.

—Me crucé con él un momento después de cenar con mi amiga Leah —dice sin mostrar ninguna emoción, mirándome—. Nos tomamos un café los tres, esa fue la única vez que lo vi.

Le sostengo la mirada durante un momento y luego asiento, satisfecho. No me miente; en los informes aparece este incidente en particular. La primera vez que lo leí, quise matar al chico con mis propias manos.

Todavía lo haría si se volviera a acercar a Nora.

Pensar en otro hombre cerca de ella me llena de una furia intensa. Según estos informes, no quedó con nadie durante el tiempo que estuvimos separados... con una notable excepción.

—¿Qué pasa con el abogado? —pregunto en voz baja, haciendo

todo lo posible para controlar la rabia que llevo contenida—. ¿Lo pasasteis bien?

Empalidece bajo el tono dorado de su piel.

—No hice nada con él —dice y capto un deje de aprehensión en su voz—. Salimos aquella noche porque te echaba de menos y porque estaba cansada de estar sola, pero no pasó nada. Me tomé un par de copas, pero no pude hacer nada más.

—¿No? —Desaparece casi toda mi rabia. Sé leerla lo suficientemente bien para saber cuándo me miente: ahora mismo me está diciendo la verdad. De todos modos, lo anoto mentalmente para investigarlo más tarde. Como el abogado la haya tocado, me las pagará.

Me mira y siento cómo se disipa su propia tensión también. Sabe distinguir mi estado de ánimo como nadie. Es como si estuviera acostumbrada a mí. Ha sido así desde el principio. A diferencia de la mayoría de las mujeres, siempre es capaz de captar mi verdadero yo.

—No. —Aprieta los labios—. No pude dejar que me tocara. Estoy demasiado jodida para estar con un hombre normal ahora.

Levanto las cejas y, a pesar de todo, me divierto. Ya no es la chica asustada que traje a la isla. En algún punto del camino, mi niña sacó sus garras afiladas y aprendió a usarlas.

—Eso es bueno. —Le paso los dedos por la mejilla, jugando, y luego inclino la cabeza para inhalar su dulce olor—. Nadie tiene permiso para tocarte, nena. Nadie salvo yo.

No responde, se limita a mirarme. No hace falta que diga nada porque nos entendemos el uno al otro perfectamente. Sé que mataré a cualquier hombre que la toque, y ella también.

Es raro, pero nunca había sentido la necesidad de poseer a una mujer; es un territorio nuevo para mí. Antes de Nora, las mujeres eran intercambiables en mi mente, solo eran criaturas sumisas y bonitas que pasaban por mi vida. Me buscaban por voluntad propia, querían que me las follara para luego acabar heridas. Yo las consentía al mismo tiempo que satisfacía las necesidades físicas que tuviera durante este proceso.

Me tiré a la primera mujer cuando tenía catorce años, poco

después de la muerte de Maria. Era una de las putas de mi padre; me la envió después de que matara a dos de los hombres que asesinaron a Maria y que castré en sus propias casas. Creo que mi padre esperaba que el sexo bastara para distraerme y evitar que siguiera en ese camino de venganza. Huelga decir que su plan no funcionó.

Vino a mi habitación con un vestido negro ajustado, un maquillaje perfecto y su deliciosa boca pintada de rojo brillante. Cuando empezó a desnudarse delante de mí, reaccioné igual que lo habría hecho cualquier adolescente: con un deseo instantáneo y violento. Pero, en ese momento, yo no era adolescente precisamente. Era un asesino; lo era desde los ocho años.

Esa noche, me la follé bruscamente porque no tenía demasiada experiencia para controlarme y porque quería descargarme con ella, contra mi padre, contra todo el puñetero mundo. Descargué mi frustración en su piel; le dejé cardenales y marcas de mordiscos. No obstante, la noche siguiente volvió a por más, esta vez sin que mi padre lo supiera. Estuvimos follando así durante un mes; venía a mi habitación cada vez que tenía la oportunidad. Me enseñaba lo que le gustaba a ella y a otras muchas mujeres. No quería dulzura y amabilidad en la cama, sino dolor y violencia. Deseaba a alguien que la hiciera sentir viva.

Y resultó que a mí me gustó eso. Me agradaba oír sus gritos y súplicas cuando le hacía daño y la llevaba al orgasmo. La violencia que nacía de mis entrañas había encontrado otra salida y la utilizaba cada vez que tenía la oportunidad.

Por supuesto, eso no bastó. No podía apaciguar tan fácilmente la rabia que tenía dentro. La muerte de Maria cambió algo en mi interior. Ella era lo único puro y bonito de mi vida y se había ido. Su fallecimiento tuvo más efecto que la experiencia que ideó mi padre: eliminó cualquier consciencia que hubiera tenido. Ya no era un chico que seguía de mala gana los pasos de su padre; era un depredador con sed de sangre y venganza. No hice caso de las órdenes de mi progenitor de pasar el asunto por alto; perseguí a los asesinos de Maria uno a uno y les hice pagar por todo, regocijándome en sus gritos de agonía, sus súplicas para que tuviera piedad y para que su muerte fuera más rápida.

Después de eso, hubo represalias y contrarrepresalias. La gente murió, tanto hombres de mi padre como los del rival. La violencia siguió aumentando hasta que mi padre decidió pacificar a sus asociados apartándome del negocio. Me envió lejos, a Europa y a Asia, donde conocí a decenas de mujeres similares a la que me inició en el sexo. Mujeres hermosas y dispuestas con gustos parecidos a los míos. Las ayudé a cumplir sus fantasías oscuras mientras ellas me daban placer momentáneamente. Era un plan que encajaba en mi vida a la perfección, especialmente después de volver a tomar las riendas de la compañía de mi padre.

No fue hasta hace diecinueve meses, durante un viaje de negocios a Chicago, que la conocí a «ella».

A Nora. La reencarnación de mi Maria. La chica que pretendo retener para siempre.

2

Nora

Envuelta en los brazos de Julian siento el zumbido familiar de la emoción mezclada con la inquietud. Nuestra separación no lo ha cambiado ni un ápice. Es el mismo hombre que casi mata a Jake, el que no dudó en secuestrar a la chica que quería.

También es el que casi muere por rescatarme.

Ahora que sé lo que le pasó, veo los signos físicos de su dura experiencia. Está más delgado que antes, tiene la piel algo más bronceada y tirante y los pómulos marcados. Tiene una cicatriz rosa irregular en la oreja izquierda y lleva el pelo negro extremadamente corto. En la parte izquierda de la cabeza, el pelo le crece de una forma un poco desigual, como si también ocultara una cicatriz.

A pesar de esas imperfecciones diminutas, sigue siendo el hombre más guapo que he visto jamás; por eso, no puedo dejar de mirarlo.

«Está vivo. Julian está vivo y yo estoy otra vez con él».

Todo me parece surrealista. Hasta esta misma mañana pensaba que estaba muerto. Estaba convencida de que había fallecido en la explosión. Durante cuatro meses largos e insoportables, me he obligado a ser fuerte, a seguir con mi vida e intentar olvidar al hombre que ahora mismo está sentado a mi lado.

El hombre que me robó la libertad.

El hombre a quien amo.

Levanto la mano izquierda y trazo poco a poco el contorno de sus labios con el dedo índice. Tiene la boca más increíble que haya visto, una boca diseñada para pecar. Cuando lo toco, separa sus preciosos labios y me aprieta la punta del dedo con un diente blanco y afilado, mordiéndolo levemente. Luego se lleva mi dedo a la boca y lo chupa.

Noto un estremecimiento de excitación cuando me lame el dedo con la lengua ardiente y húmeda. Se me tensan los músculos internos y siento cómo se me moja la ropa interior. Dios, qué fácil es cuando se trata de él. Una mirada, una caricia y lo quiero. Mi sexo se hincha, algo dolorido después de la forma en que me ha penetrado antes, pero mi cuerpo ansía que vuelva a hacerlo de nuevo.

«Julian está vivo y me ha apresado otra vez».

Cuando empiezo a asumirlo, le aparto el dedo de los labios y me recorre entera un frío repentino que apaga mi deseo. Ya no hay marcha atrás ni ninguna posibilidad de cambiar de opinión. Julian vuelve a estar a cargo de mi vida y esta vez estoy dispuesta a ir voluntariamente a su telaraña, poniéndome a su merced.

Me recuerdo que, por supuesto, da igual que esté dispuesta o no. Recuerdo la jeringuilla que llevaba en el bolsillo y sé que en cualquier caso, el resultado habría sido el mismo. Consciente o sedada, hoy lo estaría acompañando. Por alguna extraña razón, este hecho me hace sentir mejor. Le pongo la cabeza en el hombro y me relajo.

Es inútil luchar contra el destino de alguien, cosa que estoy empezando a aceptar.

CON EL TRÁFICO QUE HAY, EL TRAYECTO HACIA EL AEROPUERTO NOS lleva poco más de una hora. Para mi sorpresa, no vamos al de O'Hare; terminamos en una pequeña pista de aterrizaje donde nos espera un avión grande. Consigo distinguir las letras escritas en la cola del avión: G650.

—¿Es tuyo? —pregunto cuando Julian me abre la puerta del coche.

—Sí. —No me mira ni entra en más detalles. Parece que está escrutando los alrededores con la mirada, como si buscara amenazas ocultas.

Hay algo en su actitud que no recuerdo haber visto antes; por primera vez me doy cuenta de que la isla era tanto su santuario como un lugar donde podía relajarse de verdad y bajar la guardia.

En cuanto me bajo del coche, Julian me agarra el codo y me guía hasta el avión. El conductor nos sigue. No lo había visto antes, ya que había un panel que separaba los asientos traseros del coche de la parte delantera, así que le echo un vistazo mientras nos acercamos al avión.

El chico debe de ser un integrante de las fuerzas de operaciones especiales de la marina. Tiene el pelo corto y rubio y unos ojos pálidos de mirada fría que resplandecen en su cara cuadrada. Es aún más alto que Julian y se mueve con la misma gracia atlética, parecida a la de un guerrero, como si controlara con cuidado todos sus movimientos. Tiene un enorme rifle de asalto en las manos y no me cabe la menor duda de que sabe perfectamente cómo usarlo. Otro hombre peligroso... muchas mujeres pensarán que es indiscutiblemente atractivo, con sus facciones regulares y su cuerpo musculoso. Sin embargo, a mí no me atrae porque yo ya no tengo remedio. Pocos hombres le llegan a la suela de los zapatos al encantador ángel oscuro de Julian.

—¿Qué tipo de avión es este? —pregunto a Julian al tiempo que subimos las escaleras y entramos en una cabina lujosa. No entiendo de aviones privados, pero este parece sofisticado. Intento no mirarlo todo embobada, pero fracaso por completo. Dentro, hay unos enormes asientos de cuero de color crema y un sofá moderno con una mesa de centro delante. También hay una puerta abierta que lleva hasta la parte trasera del avión, donde vislumbro una cama de matrimonio grande.

Me quedo boquiabierta. «El avión tiene una habitación».

—Es uno de los Gulfstreams de gama alta —responde girándose

hacia mí para ayudarme a quitarme el abrigo. Me roza el cuello con sus manos cálidas y me provoca un escalofrío placentero—. Es de ultra largo alcance, puede llevarnos directamente a nuestro destino sin tener que hacer escala para repostar.

—Es muy bonito —digo mientras veo cómo Julian me cuelga el abrigo en el armario junto a la puerta; después, se quita la chaqueta. No puedo apartar la mirada de él y caigo en la cuenta de que una parte de mí todavía teme que esto no sea real, de que me levante y descubra que todo esto solo ha sido un sueño... que Julian había muerto de verdad en la explosión.

Pensar en eso hace que me recorra un escalofrío por todo el cuerpo; él se da cuenta del movimiento que hago de forma involuntaria.

—¿Tienes frío? —pregunta, acercándose—. Puedo ajustar la temperatura.

—No, estoy bien. —Sin embargo, disfruto de su calor cuando me tira hacia él y me frota los brazos durante unos segundos. Siento cómo su temperatura me atraviesa la ropa, ahuyentando los recuerdos de aquellos horribles meses, cuando pensaba que lo había perdido.

Abrazo a Julian por la cintura, con pasión. Está vivo y lo tengo conmigo. Es lo único que me importa ahora mismo.

—Estamos listos para despegar. —Me sobresalta una desconocida voz masculina y suelto a Julian. Miro hacia atrás para ver al piloto rubio que está allí, mirándonos con una expresión impenetrable y dura.

—Bien. —Julian sigue rodeándome con un brazo, presionándome contra él cuando intento alejarme—. Nora, te presento a Lucas. Él me sacó del almacén.

—Ah, vaya. —Dedico al hombre una sonrisa amplia y sincera. Salvó la vida de Julian—. Es un placer conocerte, Lucas. No sé ni por dónde empezar a agradecerte lo que hiciste.

Arquea un poco las cejas, como si hubiera dicho algo que lo sorprendiera.

—Solo hacía mi trabajo —dijo con un tono grave y algo divertido.

Julian esboza una leve sonrisa, pero no responde a eso. En su lugar, pregunta:

—¿Está todo listo en la finca?

—Todo listo. —Asiente Lucas y luego me mira con una cara sin expresión alguna, como antes—. Encantado de conocerte, Nora. —Se da la vuelta y desaparece en la zona del piloto de la parte delantera.

—¿Te hace de chofer y de piloto a la vez? —pregunto a Julian después de que Lucas se haya ido.

—Es muy versátil —responde mientras me lleva a los asientos lujosos—. La mayoría de mis hombres lo son.

Tan pronto como nos sentamos, una mujer morena sorprendentemente hermosa entra en la cabina desde algún sitio de la parte delantera. El vestido blanco que lleva se le ajusta a las curvas y junto con el maquillaje, parece tan glamurosa como una estrella de cine, salvo por la bandeja con una botella de champán y los dos vasos que lleva en la mano.

Se queda mirándome fijamente un instante antes de ir hasta Julian.

—¿Quiere algo más, señor Esguerra? —pregunta mientras se inclina para colocar la bandeja en la mesa entre nuestros asientos. Su voz es dulce y melódica; mira a Julian con deseo y eso me pone de los nervios.

—Esto bastará por ahora. Gracias, Isabella —dice mientras le devuelve una pequeña sonrisa y yo siento una intensa y repentina punzada de celos.

Hace tiempo Julian me dijo que no había tenido relaciones con nadie más desde que me conoció, pero es inevitable preguntarme si ha mantenido relaciones con esta mujer en algún momento del pasado. Es una preciosidad y su actitud deja claro que estaría dispuesta a servirle a Julian cualquier cosa que quisiera, incluida ella misma, desnuda, en una bandeja de plata.

Antes de que mis pensamientos sigan por ese derrotero, respiro hondo y me esfuerzo por mirar a través de la ventana cómo cae la nieve lentamente. Una parte de mí sabe que todo esto es una locura, que no es lógico sentir que Julian es mío. Cualquier mujer racional estaría encantada de que su secuestrador dejara de prestarle atención, pero yo ya no soy razonable cuando se trata de él.

«Síndrome de Estocolmo. Vínculo afectivo tras un secuestro. Vínculo traumático». Mi psicóloga usó todos estos términos en las sesiones que tuvimos juntas; intentó hacerme hablar sobre mis sentimientos hacia Julian, pero era muy doloroso hablar del hombre que pensaba que había perdido, así que dejé de ir. Investigué sobre los términos más tarde y entiendo que puedan aplicarse a mi experiencia. No sé si es tan sencillo o si importa en realidad o no. Nombrar algo no hace que desaparezca. Cualquiera que sea el motivo del vínculo sentimental que tengo con Julian, no puedo hacerlo desaparecer. No puedo obligarme a quererlo menos.

Cuando me giro para ponerme en frente de Julian, la azafata ya se ha ido de la cabina principal. Oigo los motores del avión, listos para despegar y me abrocho el cinturón de seguridad, como me han enseñado a hacer toda la vida.

—¿Champán? —pregunta mientras coge la botella de la mesa.

—Claro, ¿por qué no? —digo y miro cómo, con destreza, me sirve una copa.

Me la da y me acomodo en un asiento espacioso; le doy un sorbito a la bebida mientras el avión despega.

Mi nueva vida con Julian acaba de empezar.

3

Julian

Doy unos sorbitos a la copa mientras observo a Nora mirar por la ventana cómo se aleja la tierra firme. Lleva unos vaqueros conjuntados con un jersey azul de lana y unas gruesas botas de piel negras; creo que se llaman Uggs. A pesar del horrible calzado, sigue siendo muy sexi, aunque prefiero verla enfundada en un vestido veraniego, ya que así podría ver su suave piel brillar al sol.

Por su expresión de tranquilidad, me pregunto qué estará pensando, si se arrepiente de algo.

No debería. Me la hubiera llevado conmigo sí o sí.

Como si notara mi mirada en la nuca, se gira hacia mí.

—¿Cómo supieron de mí? —pregunta en voz baja—. Me refiero a los hombres que me secuestraron. ¿Cómo sabían de mi existencia?

Me pongo tenso al oír la pregunta. Mi mente recrea esas horas previas e infernales al ataque en la clínica y, por un momento, vuelvo a ser presa de esa mezcla inestable de furia abrasadora y miedo paralizante.

Ella podría haber muerto. De hecho, habría muerto si no la hubiera encontrado justo a tiempo. Incluso si les hubiera dado lo que querían, la hubieran matado con tal de castigarme por no haber cedido a sus peticiones antes. La hubiera perdido igual que perdí a Maria. Igual que ambos perdimos a Beth.

—Debió ser la auxiliar de enfermería de la clínica quien te delató. —Mi voz sale con un tono frío y distante mientras coloco la copa de champán en la bandeja—. Angela. Seguro que estaba en nómina de Al-Quadar.

A Nora le brillan los ojos con intensidad.

—Qué zorra— susurra. Percibo dolor e ira en su voz. También noto cómo le tiemblan las manos al dejar la copa sobre la mesa—. Puta zorra.

Asiento para intentar controlar mi propia ira cuando las imágenes del vídeo que me mandó Majid me empiezan a rondar por la cabeza. Torturaron a Beth antes de matarla. La hicieron sufrir. Beth sufrió toda la vida desde que el cabrón de su padre la vendiera a un prostíbulo en la frontera de México a la edad de trece años. Había sido una de las pocas personas de las que jamás había puesto en duda su lealtad.

La hicieron sufrir… ahora me toca a mí hacerlos sufrir el doble.

—¿Dónde está ahora? —La pregunta de Nora me despierta de mi agradable ensimismamiento; me imagino ahorcando a cada uno de los miembros de Al-Quadar. Cuando la miro extrañado, ella aclara—. Angela.

Sonrío por su pregunta ingenua.

—No tienes que preocuparte por ella, mi gatita.

Angela quedó reducida a cenizas, que están esparcidas en el césped de la clínica en Filipinas.

—Pagó por su traición.

Nora traga saliva. Sé que entiende a la perfección a qué me refiero. No es la misma chica que conocí en un club de Chicago. Veo las ojeras que esconden sus ojos y de las que sé que soy responsable. A pesar de todos mis esfuerzos de protegerla en la isla, la fealdad de mi mundo ha acabado destruyendo su inocencia.

Al-Quadar también pagará por ello.

La cicatriz de la cabeza empieza a palpitarme y la toco con suavidad con la mano izquierda. Me sigue doliendo la cabeza de vez en cuando, pero a pesar de ello, vuelvo a ser yo mismo. Teniendo en cuenta que me pasé cuatro meses en estado vegetal, estoy contento con mi situación actual.

—¿Estás bien? —Al rostro de Nora se asoma una expresión de preocupación mientras intenta tocar la zona superior de mi oreja izquierda. Me pasa los delgados dedos por el cuero cabelludo—. ¿Te sigue doliendo?

El roce de sus dedos me provoca un cosquilleo en la espalda. Me gusta esto de ella. Me gusta que se preocupe por mí. Me gusta que me quiera, aunque le haya quitado su libertad, pues tiene todo el derecho del mundo a odiarme.

Yo no apostaría por mí. Soy el típico hombre que sale en las noticias; el típico al que todo el mundo tiene miedo y desprecia. Secuestré a una chica porque la quería, no por otro motivo. Me la llevé y la hice mía.

No tengo excusa por mis hechos. Tampoco me siento culpable. Quería a Nora y ahora está aquí conmigo, mirándome como si fuese la persona más importante de su vida.

Y lo soy. Soy justo lo que necesita ahora... lo que ansía. Le daré todo de la misma manera que ella me lo da a mí. Su cuerpo, su mente, su dedicación. Lo quiero todo. Quiero su dolor, su placer, su miedo y su alegría. Quiero ser su vida entera.

—No, está bien —digo como respuesta a su anterior pregunta—. Ya está casi curado.

Aparta los dedos de mi cabeza, pero yo le agarro la mano porque no quiero que pare de tocarme. Tiene una mano muy delgada y delicada; su piel es suave y acogedora. Intenta quitar su mano de la mía, pero no la dejo, aprieto mis dedos sobre su mano. Su fuerza no tiene nada que hacer contra la mía. No se puede soltar a no ser que sea yo quien lo haga.

De todas maneras, ella no quiere que la suelte. Noto como la emoción le recorre el cuerpo al tiempo que el mío se endurece y un deseo oscuro se despierta en mí otra vez. Alcanzo más allá de la mesa y lenta pero intencionadamente, le desabrocho el cinturón de seguridad.

Me levanto agarrando su mano y la llevo hasta el dormitorio situado al final del avión.

Permanece callada hasta que entramos al dormitorio y cierro la puerta. No es una habitación insonorizada, pero Isabella y Lucas están al principio del avión, por lo que podremos tener algo de intimidad. Normalmente me da igual que la gente me vea u oiga mantener relaciones, pero lo que hago con Nora es diferente. Es mía y no la comparto con nadie más. De ninguna manera.

Le suelto la mano, camino hasta la cama, me siento, me echo para atrás y cruzo los tobillos. Una postura casual, aunque no hay nada de casual en cómo me siento cuando la miro.

El deseo de poseerla es muy fuerte, absorbente. Es una obsesión que va más allá del simple deseo sexual, aunque mi cuerpo arda por ella. No solo quiero follarla, también quiero dejar mi huella en ella, marcarla de dentro a fuera para que no pueda pertenecer nunca a otro hombre salvo a mí.

La quiero entera para mí.

—Quítate la ropa —le ordeno, mirándola a los ojos.

Tengo la polla tan dura que parece que hayan pasado meses y no horas desde que la he hecho mía. Necesito todo mi autocontrol para no arrancarle la ropa, ponerla a cuatro patas y metérsela hasta explotar. Me controlo porque no quiero un polvo rápido. Hoy tengo pensada otra cosa.

Inspiro hondo y me esfuerzo por contenerme mientras veo cómo se va desvistiendo poco a poco. Se ruboriza y respira cada vez más deprisa. Sé que ya está cachonda; tiene el coño caliente, mojado y listo para mí. Al mismo tiempo, percibo duda en sus movimientos y cautela en sus ojos. Una parte de ella me sigue temiendo porque sabe de lo que soy capaz.

Tiene derecho a tener miedo. Hay algo en mí que se alimenta del sufrimiento de los demás, que quiere hacerles daño. Que quiere hacerle daño a ella.

Primero se quita el jersey de lana y deja al descubierto una camiseta de tirantes negra. El color rosa del sujetador se transparenta y eso me excita; hace que me empalme más. Ahora se quita la camiseta de tirantes junto con las botas y el vaquero. Estoy a punto de estallar.

Con ese conjunto de ropa interior rosa es la criatura más atractiva que jamás haya visto. Tiene un cuerpo pequeño pero tonificado y se le notan los músculos de los brazos y piernas. A pesar de su delgadez, sus rasgos son muy femeninos: un culo perfecto y unas tetas pequeñas pero redondas. El pelo le cae por la espalda como una cascada que le hace parecer una modelo de Victoria Secret, pero en miniatura. La única imperfección que tiene es una pequeña cicatriz de apendicitis en la parte derecha del vientre.

Tengo que tocarla.

—Acércate —digo con voz ronca mientras la polla me presiona la bragueta del pantalón.

Se me queda mirando con esos ojos negros, pero se acerca dubitativa, insegura, como si fuese a atacarla en cualquier momento.

Vuelvo a inspirar hondo para tranquilizarme. Sin embargo, cuando ya está cerca, me inclino hacia delante y con fuerza la agarro de la cintura para ponerla entre mis piernas. Su piel es lisa y muy suave al tacto; su caja torácica es tan estrecha que casi puedo rodearle la cintura con las manos. Tanto su vulnerabilidad como su belleza me ponen muy cachondo.

Le desabrocho el sujetador para liberarle los pechos del confinamiento.

Se me seca la boca y el cuerpo se me tensa al ver deslizarse el sujetador por los brazos. Aunque ya la haya visto desnuda cientos de veces, cada vez que la veo es como una revelación. Los pezones son pequeños y de color marrón rosáceo y sus pechos de la misma tonalidad que el cuerpo. No me puedo contener más y estrujo sus suaves montañitas. Su piel es lisa y firme. Tiene los pezones duros. Oigo cómo contiene la respiración mientras mis pulgares acarician los puntiagudos pezones: mi deseo aumenta.

Dejo de tocarle los senos para bajarle las bragas. Le acaricio el sexo con la mano derecha e introduzco el dedo corazón en su pequeño agujero. El calor húmedo de su abertura hace que me termine de empalmar. Gime a la vez que mi pulgar encallado juega con el clítoris. Me pone las manos sobre los hombros y me clava las afiladas uñas en ellos.

No puedo aguantar más. Tengo que poseerla.

—Túmbate en la cama. —Mi voz está impregnada de deseo y aparto la mano de su coño—. Boca abajo.

Gatea obediente mientras me levanto y empiezo a desvestirme.

La tengo muy bien enseñada. Cuando ya me he desnudado por completo, ella ya está tumbada boca abajo con el culo elevado por un cojín. Tiene apoyada la cabeza en sus brazos, pero me está mirando. Noto que está nerviosa, pero sé que ahora mismo me desea a la vez que me teme.

Esa mirada me pone, pero a la vez despierta en mí otro tipo de deseo. Una necesidad más oscura y perversa. De reojo veo mi cinturón en el suelo. Lo recojo, me lo enrollo en la mano derecha y me acerco a la cama.

Nora no se mueve, aunque noto la tensión en su cuerpo. Me tiemblan los labios. «Buena chica». Sabe que será peor para ella si se resiste. Por supuesto, también sabe que compenso el dolor con un placer del que, por supuesto, disfrutará.

Me detengo al borde de la cama, alargo el brazo que tengo libre y resigo el camino de la columna vertebral con los dedos. Tiembla con el roce, lo que me produce una oscura excitación. Esto es justo lo que quiero, lo que necesito: esta conexión oscura y retorcida que hay entre nosotros. Quiero beber su miedo, su dolor. Quiero escuchar sus gritos, sentir sus esfuerzos inútiles para que luego vuelva y se derrita en mis brazos por el éxtasis que le produzco.

Por alguna razón, saca lo peor de mí. Me hace olvidar cualquier atisbo de moralidad que pueda tener. Es a la única mujer que he forzado para acostarse conmigo, la única a la que he querido tanto… y de una manera complicada. Tenerla aquí, a mi merced, es más que emocionante; es la droga más poderosa que jamás haya probado. Jamás he sentido esto por otro humano. Saber que es mía, que puedo hacerle cualquier cosa, es mucho más fuerte que cualquier chute. Con las demás mujeres era solo un juego, una manera de rascarnos lo que nos picaba, pero con Nora es diferente. Con ella es algo más que eso.

—Hermosa —murmullo mientras le acaricio la suave piel de los muslos y nalgas. Pronto estará marcada, pero por ahora solo quiero disfrutar de su suavidad—, muy muy hermosa…

Me inclino hacia ella, le doy un pequeño beso al final de la columna e inhalo el caliente aroma de mujer. Sonrío. La adrenalina me corre por las venas. Me enderezo, doy un paso para atrás y la golpeo con el cinturón.

No suelo usar mucha fuerza, pero ella siempre se sobresalta cuando el cinturón llega a sus nalgas. Emite un quejido suave. Intenta no moverse ni apartarse, sin embargo, no puede evitar agarrar con fuerza las sábanas ni cerrar los ojos. La azoto una segunda vez y luego otra y otra vez. Mis movimientos parecen hipnóticos. Con cada golpe de cinturón, la voy metiendo más a fondo. Mi mundo se va estrechando hasta el punto de solo poder verla y sentirla a ella. Me gusta saborear la rojez de su delicada piel; los gemidos y sollozos de dolor; la manera en cómo su cuerpo tiembla y se estremece de dolor por cada golpe de cinturón, dejando que alimente mi adicción y que tranquilice mi deseo continuo y desesperado.

El tiempo se difumina y se prolonga. No sé si han sido minutos u horas. Cuando por fin paro, ella está tumbada débil e inmóvil. Sus nalgas y muslos están llenos de marcas rosáceas. La expresión de su cara llorosa es de aturdimiento y casi felicidad mientras su delicado cuerpo no para de estremecerse.

Dejo caer el cinturón al suelo, me siento en la cama y con cuidado la cojo para acurrucarla en el regazo. El corazón se me va a salir del pecho y no paro de dar vueltas a todo lo sucedido. Ella se estremece, esconde la cara en mi pecho y comienza a llorar. Le acaricio el pelo lenta y suavemente para que consiga calmarse a la vez que yo.

Ahora necesito consolarla, sentirla en mis brazos. Quiero ser su todo: su protector y su torturador, su alegría y su tristeza. Quiero unirla a mí tanto físicamente como emocionalmente, marcarme hasta el fondo de su mente y su alma para que nunca me deje.

Cuando deja de sollozar, se reaviva mi deseo sexual. Las caricias relajantes se vuelven más decididas, empiezo a recorrer su cuerpo con las manos con intención de excitarla en vez de calmarla. Le paso la mano derecha entre los muslos, provocando que los dedos presionen el clítoris y al mismo tiempo le agarro el pelo con la otra mano y tiro de él para que nos miremos. Ella sigue aturdida, abre un poco la boca mientras me mira y aprovecho para darle un profundo beso. Gime en mi boca, me agarra los hombros y siento cómo va creciendo el calor entre nosotros. Se me contraen los testículos y mi polla tiene ganas de su carne resbaladiza y cálida.

Me pongo de pie con ella entre mis brazos y la tumbo en la cama. Ella se dobla del dolor y me doy cuenta de que las sábanas le rozan las marcas y le hacen daño.

—Date la vuelta, cielo —susurro. Ahora solo quiero complacerla. Hace caso y se da la vuelta para ponerse boca abajo como estaba antes. La coloco de tal manera que solo tiene apoyadas las rodillas y las manos con los codos doblados.

A cuatro patas, con el culo en pompa y con la espalda ligeramente encorvada es la chica más atractiva que jamás he visto. Puedo verlo todo: los pliegues de su delicado coño, el agujero diminuto de su ano, las curvas deliciosas de sus nalgas, ahora rosadas por el cinturón. El corazón me va a mil por hora y siento un dolor punzante en la polla. La agarro de la cintura, le introduzco la punta del pene en el agujero y la meto hasta dentro.

Me rodea su piel caliente y húmeda. Gime, se arquea hacia mí e intenta que se la meta más al fondo, a lo que yo accedo de buena gana. Primero la saco un poco para después meterla hasta el fondo. Grita, repito el movimiento y un cosquilleo me sube por la espalda. Me invaden olas de calor que empiezan a golpearme con desenfreno y me olvido de que le estoy hincando los dedos en la cintura. Grita y gime cada vez más. Noto que está a punto de llegar al orgasmo porque se le contraen los músculos alrededor de mi polla, apretándola bien. No puedo aguantar más. Exploto. Se me nubla la vista debido a la fuerza con que expulso mi simiente, que acaba en sus profundidades.

Jadeo. Caigo rendido a su lado y la pego a mí. Nuestra piel está húmeda por el sudor, lo que hace que nos quedemos pegados el uno al otro. El corazón no deja de latir a mil por hora. Ella también respira deprisa y puedo sentir cómo se le contrae el coño alrededor de mi polla, ya flácida, como si fuese un último orgasmo.

Nos quedamos tumbados, uno al lado del otro, y nuestras respiraciones se van calmando. La abrazo por detrás y noto la perfecta curva de su culo en mi entrepierna. Poco a poco me va inundando una sensación de paz, de alegría. Siempre es así con ella. Tiene algo que hace que mis demonios se calmen, me hace sentir normal, casi… feliz. No puedo explicarlo ni razonarlo; es algo que está ahí. Es lo que me hace poseerla de manera tan desesperada.

Y esto es muy enrevesado y peligroso.

—Dime que me quieres —murmuro mientras le acaricio la parte trasera del muslo—. Dime que me has echado de menos, cariño.

Cambia de postura para estar ahora entre mis brazos y mirándome a la cara. Sus ojos negros son firmes.

—Te quiero, Julian —dice con dulzura mientras me posa su delicada mano sobre la mejilla—. Te he extrañado más a que a la vida misma. Y lo sabes.

Lo sé, pero necesito oírlo de ella. Durante los últimos meses, el aspecto sentimental se ha vuelto tan indispensable para mí como el físico. Me gusta esta peculiaridad. Quiero que me ame y me cuide. Quiero ser algo más que el monstruo de sus pesadillas.

Cierro los ojos, la abrazo más fuerte y me tranquilizo.

Dentro de un par de horas ella será mía en todos los sentidos de la palabra.

4

Nora

DEBO DE HABERME QUEDADO DORMIDA EN BRAZOS DE JULIAN PORQUE
me despierto cuando el avión comienza a descender. Abro los ojos y
miro a mi alrededor; estoy irritada y dolorida por las relaciones que
acabamos de mantener.

Había olvidado cómo era hacerlo con Julian, esa catarsis de dolor y
éxtasis. Me siento vacía y excitada al mismo tiempo, exhausta pero
fortalecida por el torbellino de sensaciones.

Me siento con cuidado y me estremezco cuando las sábanas entran
en contacto con el trasero magullado. Ha sido una de las sesiones de
azotes más intensas; no me sorprendería que los moratones no
desaparecieran hasta dentro de un tiempo. Al echar un vistazo a la
habitación veo una puerta que supongo da al baño. Julian no está en la
habitación, así que me levanto y voy porque tengo que asearme.

Para mi sorpresa, en el baño hay una pequeña ducha, así como un
cuarto de baño y un retrete. Con todas estas comodidades, el jet de
Julian parece más bien un hotel volador en lugar de un simple avión

comercial como en los que he volado. Incluso hay un cepillo de dientes envuelto en un plástico, pasta de dientes y enjuague bucal en un pequeño estante en la pared. Utilizo las tres cosas y me doy una ducha rápida. Así, sintiéndome infinitamente más refrescada, vuelvo a la habitación para vestirme.

Cuando entro en la cabina principal, veo a Julian sentado en el sofá con un portátil abierto en la mesa frente a él. Lleva la camisa remangada, por lo que reparo en el bronceado y los musculosos antebrazos. Tiene el ceño fruncido: está concentrado. Está serio y tan terriblemente guapo que me quedo sin aliento durante un momento.

Como si notara mi presencia, levanta la vista. Le brillan esos ojos azules.

—¿Cómo estás, mi gatita? —pregunta, con voz bajita y cercana, y siento como el rubor se me extiende por todo el cuerpo como respuesta.

—Bien. —No sé qué más decir. «Me duele el culo porque los azotes, pero no pasa nada porque me has entrenado bien para que lo disfrutara». Sí, ¡claro!

Esboza una sonrisa.

—Bien. Me alegra oírlo. Estaba a punto de ir a buscarte. Deberías volver a tu asiento, estamos a punto de aterrizar.

—Vale. —Intento no estremecerme del dolor causado por el simple hecho de sentarme. Lo tengo claro: los moratones me van a durar días.

Me ato, miro por la ventana, curiosa por ver el destino. Cuando el avión surca el manto de nubes, veo una gran ciudad que se extiende debajo, con inminentes montañas en la periferia.

—¿Qué ciudad es esta? —pregunto, volviéndome hacia Julian.

—Bogotá —responde, cerrando su portátil. Lo coge y se acerca para sentarse a mi lado—. Estaremos allí solo unas horas.

—¿Tienes negocios allí?

—Sí, más o menos. —Parece que se divierte un poco—. Me gustaría hacer una cosa antes de volar a la finca.

—¿Qué? —pregunto con cautela. Un Julian divertido no suele ser buena señal.

—Ya lo verás. —Y volviendo a abrir el portátil, se concentra en lo que estaba haciendo antes.

~

Un coche negro parecido al que nos dejó en el aeropuerto nos espera cuando salimos del avión. Lucas vuelve a ser nuestro conductor y Julian continúa trabajando con el portátil, aparentemente absorto en su tarea.

No me importa. Estoy demasiado ocupada mirándolo todo mientras vamos por las calles abarrotadas de gente. Bogotá me recuerda al Viejo Mundo, lo que me parece fascinante. Veo restos de herencia española en todas partes, mezclados con un aroma puramente latino. Me recuerda a las arepas, unos bollitos de maíz que solía comprar en una camioneta de comida colombiana en el centro de Chicago.

—¿Dónde vamos? —pregunto a Julian cuando el coche se detiene frente a una iglesia señorial y vieja en un barrio aparentemente rico. No sé por qué, pero no me había imaginado a mi secuestrador como alguien que va a la iglesia.

En lugar de contestar, sale del coche y me tiende la mano.

—Vamos, Nora —dice—. No tenemos mucho tiempo.

¿Tiempo para qué? Quiero preguntarle más, pero sé que es en vano. Solo me va a responder cuando le dé la gana. Le cojo la mano para salir del coche y dejo que me lleve hacia la iglesia. Por lo que sé, vamos a quedar con algunos de sus socios aquí, aunque no sé por qué quiere lo acompañe.

Entramos por una pequeña puerta lateral y nos encontramos en una sala pequeña, pero muy bien decorada. Los bancos de madera pasados de moda se alinean a los lados, y hay un púlpito con una cruz elaborada que mira hacia el frente.

No sé por qué, pero me pone nerviosa verlo. Se me ocurre algo loco e improbable y me empiezan a sudar las palmas.

—Umm, Julian… —Levanto la vista y veo que me está mirando con una sonrisa extraña—. ¿Por qué estamos aquí?

—¿No lo adivinas, mi gatita? —dice suavemente, volviéndose hacia mí—. Estamos aquí para casarnos.

Durante unos instantes, no hago más que mirarlo fijamente sin mediar palabra. Después se me escapa una carcajada de risa nerviosa.

—Es broma, ¿no?

Arquea las cejas.

—¿Broma? Para nada. —Me coge de la mano otra vez, y siento cómo me pone algo en el dedo anular izquierdo.

Con el corazón acelerado, me miro la mano izquierda con incredulidad. El anillo perfectamente lo podría llevar puesto una estrella de Hollywood: un fino anillo de diamantes con un pedrusco redondo y brillante en el centro. Es delicado y ostentoso y me queda superbién, como si estuviese hecho para mí.

La habitación se desvanece frente a mis ojos, veo chiribitas y me doy cuenta de que he dejado de respirar durante unos segundos. Cojo aire desesperadamente mientras miro a Julian, me empieza a temblar el cuerpo entero.

—¿Quieres… quieres casarte conmigo? —Mi voz se vuelve una especie de susurro horrorizado.

—Claro que sí. —Cierra ligeramente los ojos—. ¿Por qué si no podría traerte aquí?

No sé qué responderle; me limito a estar allí de pie y mirarlo fijamente, creo que estoy hiperventilando.

«Casarme. Casarme con Julian».

Es imposible y punto. El matrimonio y Julian no van unidos de la mano para mí, más bien, son polos opuestos. Cuando pienso en el matrimonio es en el contexto de un futuro agradable, todavía distante, un futuro en el que veo a un marido y dos niños traviesos. En esa imagen, hay un perro y una casa a las afueras, partidos de fútbol y picnics. No hay ningún asesino con cara de ángel caído, ningún bonito monstruo que me haga gritar entre sus brazos.

—No puedo casarme contigo —digo antes siquiera de habérmelo pensado—. Lo siento, Julian, pero no puedo.

Le cambia la cara de repente. En un instante, parece estar encima de mí, me rodea la cintura con el brazo, me presiona contra él y con la otra mano me sujeta la mandíbula.

—Dijiste que me amabas. —Su voz es suave y uniforme, pero noto cómo esconde rabia—. ¿Era mentira?

—¡No! —Temblando, le mantengo la mirada furiosa, con las manos lo empujo inútilmente por el fuerte pecho. Noto el peso del anillo en mi dedo, lo que hace que tenga más pánico. No sé cómo explicárselo, cómo hacerle entender algo que apenas logro comprender. Quiero estar con Julian. No puedo vivir sin él, pero el matrimonio es algo completamente distinto, algo que no encaja en nuestra retorcida relación—. ¡Claro que te amo! Y lo sabes.

—¿Y por qué me rechazas? —pregunta, con los ojos oscurecidos por la ira. Me agarra la mandíbula más fuerte y me hinca los dedos.

Me empiezan a arder los ojos. ¿Cómo le explico mi rechazo? ¿Cómo le digo que no me imagino a una persona como él de esposo? ¿Cómo decirle que es parte de una vida que nunca imaginé, que nunca quise y que casarme con él significaría renunciar a ese sueño impreciso y lejano de un futuro normal?

—¿Por qué quieres casarte conmigo? —le pregunto desesperadamente—. ¿Por qué quieres hacer algo tan tradicional? Si ya soy tuya...

—Sí, lo eres. —Se inclina hacia abajo hasta que estamos cara a cara —. Y quiero un documento legal a tal efecto. Serás mi esposa y nadie podrá apartarte de mí.

Lo miro y se me contrae el pecho al tiempo que empiezo a entender. No es un gesto dulce y romántico por su parte. No lo hace porque me quiera y quiera formar una familia; así no funciona Julian. El matrimonio justificará que me posea, así de simple. Sería una forma diferente de posesión, una forma más permanente... y algo dentro de mí se revuelve ante tal idea.

—Lo siento —digo aun así, armándome de coraje—. No estoy preparada para esto. Si te parece, ¿lo hablamos en otro momento?

Su expresión se endurece, sus ojos se convierten en trozos de hielo azul. De repente me suelta, retrocede un paso.

—Está bien. —Su voz es tan fría como su mirada—. Si así quieres jugar, mi gatita, lo haremos a tu manera.

Se mete la mano en el bolsillo, saca un teléfono y empieza a escribir.

Una sensación perversa me retuerce el estómago.

—¿Qué estás haciendo? —No responde y repito la pregunta, tratando de no sonar tan asustada como estaba—. Julian, ¿qué haces?

—Lo que tendría que haber hecho hace mucho tiempo —responde al fin, mirándome mientras guarda el teléfono en el bolsillo—. Todavía sueñas con él, ¿verdad? ¿Con ese chico que amaste una vez?

Se me para el corazón por un segundo.

—¿Qué? No, Julian, te lo prometo, Jake no tiene nada que ver con esto...

Me corta con gesto brusco y despectivo.

—Debería haberlo borrado de tu vida hace mucho tiempo. Ahora voy a poner remedio a ese descuido. Tal vez así aceptes que ahora estás conmigo, no con él.

—¡Estoy contigo! —No sé qué decir, cómo convencer a Julian de que no lo haga. Camino hacia él, le cojo las manos, el calor de su piel quema mis dedos helados—. Escúchame, te amo, te amo solo a ti... Él no significa nada para mí, ¡no significa nada desde hace mucho tiempo!

—Vale. —No se le ablanda la expresión, aunque dobla los dedos alrededor de los míos, aprisionándolos en sus manos—. Entonces no debería importarte lo que le pasara.

—No, no te confundas. Me importa porque es un ser humano, un inocente implicado en todo esto, ¡pero por ninguna otra razón! —Tiemblo muchísimo, me castañetean los dientes—. No merece ser castigado por mis pecados...

—Me da igual lo que merezca o no. —La voz de Julian me golpea como un látigo mientras me acerca aún más. Inclinándose, grita—: Quiero que salga de tu mente y de tu vida, ¿me entiendes?

Me arden aún más los ojos, veo borroso debido a las lágrimas que se me acumulan. A través de la bruma de pánico que me nubla la mente, me doy cuenta de que solo puedo hacer una cosa para detener esto: solo hay una forma de prevenir la muerte de Jake.

—Vale —susurro ante la derrota, mirando al monstruo del que me había enamorado—. Lo haré. Me casaré contigo.

~

LA HORA SIGUIENTE ES SURREALISTA.

Después de llamar a sus guardaespaldas, Julian me presenta a un anciano vestido con una túnica de sacerdote. El hombre no habla inglés, así que asiento con la cabeza y simulo entenderlo mientras me habla en un dialecto de español rápido y encendido. Me da vergüenza admitirlo, pero el único español que sé es el que aprendí en clase en secundaria. Cuando crecía, mis padres hablaban en inglés en casa y no pasaba suficiente tiempo con mi abuela para aprender más que algunas frases básicas.

Después de presentarme al sacerdote, Julian me lleva a otra salita, un despacho pequeño que tiene un escritorio y dos sillas. Tan pronto como llegamos allí, dos mujeres jóvenes entran en la habitación. Una de ellas trae un largo vestido blanco y la otra trae consigo zapatos y accesorios. Son amigables y están entusiasmadas, hablan conmigo en una mezcla de colombiano e inglés cuando empiezan a peinarme, y yo trato de responderles del mismo modo. Sin embargo, solo puedo responder con contestaciones secas y difíciles de entender; el nudo de miedo en la garganta cada vez más grande me impide actuar como la joven novia ilusionada que esperan ver. Al darse cuenta de mi falta de entusiasmo, Julian me lanza una mirada oscura, luego desaparece, dejando a las mujeres que me ayuden con todo.

Cuando terminan de ponerme guapa, estoy agotada mental y físicamente. A pesar de que Chicago y Bogotá están en la misma zona horaria, tengo *jet lag* y estoy cansadísima. Un entumecimiento extraño se apodera de mí, lo que alivia la tensión que sentía en el estómago.

Está pasando... Está pasando de verdad: Julian y yo nos casamos.

El pánico que se ha apoderado de mí antes se ha ido, se ha suavizado y ahora es una especie de resignación y agotamiento. No sé qué esperaba de un hombre que me retuvo durante quince meses. ¿Un debate moderado sobre los pros y los contras de casarse en este momento de nuestra relación? Resoplo para mis adentros. «Sí, claro». A posteriori, está claro que nuestra separación de cuatro meses ha emborronado los recuerdos de aquellas primeras semanas terribles en la isla, de alguna manera había idealizado en mi cabeza a mi secuestrador. Había empezado tontamente a pensar que las cosas podían ser diferentes entre nosotros, a creer que tenía algo de poder de decisión en mi vida.

—Listo. —La mujer que me estaba peinando me regala una radiante sonrisa, interrumpiendo así mis pensamientos—. Hermosa, señorita, muy hermosa. Ahora, por favor, el vestido, y luego le pondremos la cara más bonita.

Me dan ropa interior de seda para que me la ponga con el vestido y luego se alejan con discreción, dándome un poco de intimidad. No quiero alargar esto demasiado, así que me cambio rápidamente y me pongo el vestido, que, como el anillo, me queda perfectamente.

Ahora solo falta maquillarme y ponerme los accesorios, y las dos mujeres terminan con rapidez. Diez minutos después, estoy lista para la boda.

—Ven a verte —dice una de ellas, guiándome hacia la esquina de la habitación. Allí hay un espejo de cuerpo entero que no había visto antes, asombrada miro fijamente el reflejo en silencio; apenas reconozco la imagen que veo.

La chica del espejo es guapa y refinada, peinada con un elaborado recogido y maquillada con elegancia. El vestido de cola de sirena queda perfecto con su esbelta figura, con un corpiño que deja ver la elegante forma del cuello y los hombros. Unos pendientes de diamantes en forma de lágrima adornan los pequeños lóbulos de las orejas y un collar a juego brilla alrededor del cuello. Justo como debe ser una novia... sobre todo si se obvian las sombras que nublan su mirada.

«Mis padres habrían estado muy orgullosos».

El pensamiento surge de la nada y por primera vez me doy cuenta de que me voy a casar sin mi familia allí, que mis padres no podrán ver a su única hija en ese día tan especial. Un dolor sordo se extiende a través de mi pecho al pensarlo. No compraré el vestido de novia con mi madre, ni iré a probar tartas con mi padre.

No habrá despedida de soltera con mis amigas en un club de striptease de solo hombres.

Intento imaginar cómo Julian podría reaccionar ante algo así y se me escapa una risita inesperada. Estoy convencida de que esos pobres *strippers* saldrían del club en una de esas bolsas para cadáveres si me aventurase a acercarme a ellos.

Un golpe en la puerta interrumpe mis reflexiones medio histéricas. Las mujeres se apresuran a responder y oigo que Julian les habla en español. Volviéndose hacia mí, se despiden y salen deprisa.

En cuanto se van, Julian entra en la habitación.

A pesar de todo, no puedo evitar mirarlo fijamente. Vestido con un esmoquin negro intenso que abraza su torso, un poderoso marco para esa perfección, mi futuro esposo es impresionante. Mi mente viaja a nuestra sesión de sexo en el avión y se me acumula calor húmedo entre los muslos, incluso los moratones comienzan a latirme al recordarlo. Él me está observando también, con su mirada caliente y posesiva mientras me recorre entera.

—¿No da mala suerte que el novio vea a la novia antes de la ceremonia? —Intento inyectar tanto sarcasmo a mi voz como puedo, tratando de obviar el efecto que tiene sobre mis sentidos. En este momento, lo odio casi tanto como lo amo y me molesta mucho querer abalanzarme sobre él. Ya debería estar acostumbrada a él, pero todavía encuentro preocupante la forma en que mi cerebro y mi cuerpo chocan cuando estoy con él.

Aparece una pequeña sonrisa en la comisura de su boca sensual.

—No pasa nada, mi gatita. Estamos por encima de eso. ¿Estás lista?

Asiento y me acerco a él. No tiene sentido retrasar lo inevitable; de una manera u otra, nos casamos hoy. Julian me ofrece su brazo y paso la mano por el hueco, dejándome llevar de vuelta a la hermosa habitación con el púlpito.

El cura nos está esperando, igual que Lucas. También hay una cámara de un tamaño considerable colocada en un trípode alto.

—¿Eso es para grabar la boda? —pregunto con sorpresa, deteniéndome en la entrada.

—Por supuesto. —A Julian le brillan los ojos—. Recuerdos y todas esas cosas buenas.

«Ajá». No me cabe en la cabeza por qué quiere hacerlo: que si el vestido, el esmoquin, la iglesia. Todo esto me confunde. No estamos forjando una unión amorosa; simplemente me está atando a él más en corto, formalizando su propiedad. Todo esto tan superficial carece de sentido, especialmente porque Lucas es el único que va a presenciar la ceremonia.

Pensar en esto hace que me duela de nuevo el pecho.

—Julian —le digo en voz baja, mirándolo—, ¿puedo llamar ahora a mis padres? Quiero contarles todo esto. Quiero que sepan que me voy a casar. —Estoy casi segura de que me va a decir que no, pero me siento obligada a preguntárselo de todos modos.

Para mi sorpresa, me sonríe.

—Si eso es lo que quieres, claro que sí, mi gatita. De hecho, después de que hables con ellos, pueden ver nuestra ceremonia por videoconferencia. Lucas lo puede hacer.

Me quedo boquiabierta. ¿Quiere que mis padres vean la boda? ¿Para verlo a él, el hombre que secuestró a su hija? Por un momento, siento como si estuviese en un universo paralelo, pero es entonces cuando el auténtico genio de su plan se ilumina ante mí.

—Quieres que te los presente, ¿no? —susurro, mirándolo fijamente —. Quieres que les diga que he venido contigo por voluntad propia y les enseñe lo felices que somos juntos. Así no tendrás que preocuparte por la policía o cualquier persona que te busque. Seré solo otra chica que se enamoró de un hombre guapo y rico y que huyó con él. Esas fotos... ese vídeo... todo para hacer el paripé.

Su sonrisa se vuelve más grande.

—La forma en la que actúes y lo que les digas depende de ti, mi gatita —dice con suavidad—. Pueden ser testigos de un momento alegre o puedes decirles que te han secuestrado de nuevo. Tú decides, Nora. Puedes hacer lo que quieras.

5

Julian

Tiene los ojos muy abiertos y no pestañea mientras me mira; sé exactamente lo que va a elegir. A ojos de sus padres, será la novia más feliz del mundo.

Hará la mejor actuación de su vida.

El enfado y algo más —algo que no me interesa examinar en detalle— se me revuelve en el estómago solo de pensarlo. Lógicamente entiendo que dude. Sé lo que soy, lo que le he hecho. A una mujer inteligente le faltaría tiempo para huir y Nora siempre ha sido más astuta y perspicaz que la mayoría.

Ella también es joven. A veces se me olvida. En el mundo acomodado de la clase media de Estados Unidos, pocas mujeres se casan a su edad. Puede que no pensara aún en el matrimonio, de hecho, es probable, dado que estaba en el instituto cuando la conocí.

Desde un punto de vista racional lo entiendo, pero la racionalidad no tiene nada que ver con los sentimientos salvajes que tengo a flor de piel. Quiero atarla, azotarla y luego follarla hasta que se quede en carne viva y pida misericordia, hasta que admita que es mía, que no puede vivir sin mí.

Pero no hago nada de eso. Al contrario, sonrío fríamente y espero a que decida.

Inclina la cabeza para asentir levemente.

—Está bien. —Apenas se escucha su voz—. Lo haré. Les contaré todo sobre nuestra aventura de amor.

Oculto mi satisfacción.

—Como quieras, mi gatita. Haré que Lucas establezca una conexión segura.

Y la dejo allí de pie, camino hacia Lucas para hablar sobre la logística de lo que había que hacer.

LE PIDO AL PADRE DÍAZ QUE NOS DÉ UNA HORA ANTES DE EMPEZAR LA ceremonia y luego me siento en uno de los bancos, para así dar a Nora algo de intimidad para hablar con sus padres. Por supuesto, estoy controlando la conversación a través de un pequeño dispositivo bluetooth que llevo en la oreja, pero no hace falta que ella lo sepa.

Apoyándome contra la pared, me pongo cómodo y me preparo para divertirme.

Su madre coge el teléfono al primer tono.

—Hola mamá… soy yo. —La voz de Nora suena alegre y optimista, casi rebosante de entusiasmo. Reprimo una sonrisa; esto se le va a dar mejor de lo que pensaba.

—¡Nora, cariño! —Gabriela Leston habla llena de alivio—. Me alegra tanto que hayas llamado. He intentado llamarte cinco veces hoy, pero me saltaba el buzón de voz todo el rato. He estado a punto de ir allí en persona... ah, espera, ¿desde qué número me estás llamando?

—Mamá, no te asustes, pero no estoy en casa, ¿vale? —El tono que utiliza Nora es tranquilizador, pero me estremezco por dentro. No sé mucho acerca de padres normales, pero estoy seguro de que diciendo «no te asustes» consigue justamente que se asusten.

—¿Qué quieres decir? —La voz de su madre aumenta de inmediato—. ¿Dónde estás?

Nora carraspea.

—Esto… estoy en Colombia, para ser exactos.

—¿QUÉ? —Me estremezco ante el grito ensordecedor—. ¿Qué quieres decir con que estás en Colombia?

—Mamá, no lo entiendes, son buenas noticias… —Y empieza una explicación de cómo nos habíamos enamorado en la isla, lo desolada que había estado cuando pensaba que yo estaba muerto… y lo contentísima que se puso al enterarse de que estaba vivo.

Al terminar, reina el silencio al teléfono.

—¿Me estás diciendo que estás con él ahora? —pregunta finalmente su madre, con voz ronca y tensa—. ¿Volvió a por ti?

—Sí, exacto. —El tono de Nora es alegre—. ¿No lo ves, mamá? No podía decirte nada de esto antes porque me era demasiado difícil, porque pensé que lo había perdido. Pero ahora estamos juntos de nuevo y hay una cosa… hay algo asombroso que tengo que contarte.

—¿Qué pasa? —Su madre se muestra comprensiblemente cautelosa.

—¡Nos vamos a casar!

Hay otro largo silencio en el otro extremo de la línea. Después:

—Te vas a casar… ¿con él?

Reprimo otra sonrisa mientras Nora empieza a tratar de convencer a su madre de que no soy tan malo como piensan, que fue una combinación de circunstancias desafortunadas lo que derivó en el secuestro y que las cosas son muy diferentes entre nosotros ahora. No estoy seguro de si Gabriela Leston está creyéndose todo esto, pero tampoco tiene por qué hacerlo. La grabación de esta conversación será distribuida a personas clave en determinadas agencias gubernamentales para ayudar a calmar el alboroto. Soy demasiado valioso para ellos para que vayan a joderme, pero no va mal seguir un poco juego. La percepción lo es todo y que Nora sea mi esposa será mucho más agradable para ellos que siendo mi cautiva.

Podía haberme casado con ella antes, pero quería mantenerla oculta y a salvo. Por eso la secuestré y me la llevé a la isla: así nadie descubriría su paradero y sabría lo importante que era para mí. Ahora que se ha descubierto el secreto, sin embargo, quiero que todo el mundo sepa que es mía, que, si se atreven a tocarla, lo pagarán. Las noticias sobre mi *vendetta* contra Al-Quadar están empezando a filtrarse por las alcantarillas del inframundo y me he asegurado de que los rumores sean aún más crueles que la realidad.

Esos rumores mantendrán a la familia de Nora a salvo… eso y la seguridad que invierto en sus padres. Es improbable que alguien intente llegar a mí a través de mis suegros. No se me conoce precisamente como un padre de familia, aunque no pienso correr riesgos. Lo último que quiero es que Nora llore por sus padres como todavía llora la muerte de Beth.

Mientras Nora termina la conversación, el padre Díaz empieza a impacientarse. Le echo una mirada de advertencia y se calma inmediatamente; desaparece cualquier señal de molestia de sus rasgos. El buen padre me conoce desde que era niño y sabe cuándo ir con precaución.

Cuando vuelvo a mirar a Nora, me hace señas para que me acerque. Me levanto y camino hasta ella, apagando el dispositivo bluetooth mientras voy. Cuando me acerco, la oigo decir:

—Escucha, mamá, déjame presentártelo, ¿de acuerdo? Le voy a pedir que hagamos una videollamada, así será casi como si nos viésemos en persona… Sí, te llamo dentro de un par de minutos. —Y al colgar, me mira expectante.

—Lucas. —Apenas alzo la voz, pero él ya está allí, trayendo consigo un portátil con una conexión segura. Lo coloca en el alféizar de una ventana y lo apoya de modo que la pequeña cámara se dirija hacia nosotros. Un minuto después, hacemos la videollamada, y el rostro de Gabriela Leston cubre la pantalla. Tony Leston, el padre de Nora, está detrás de ella. Ambos me clavan inmediatamente la mirada con sus ojos oscuros, estudiándome con una mezcla peculiar entre hostilidad y curiosidad.

—Mamá, papá, os presento a Julian —dice Nora con suavidad e

inclino la cabeza con una pequeña sonrisa. Lucas regresa al otro extremo de la habitación para dejarnos a solas.

—Me alegro de conoceros —mantengo intencionadamente la voz fría y firme—. Estoy seguro de que Nora ya os ha informado de todo. Pido disculpas por la velocidad con la que esto está sucediendo, pero me encantaría que pudierais formar parte de nuestra boda. Sé que significaría mucho para Nora que sus padres la presencien, aunque sea a distancia. —Nada de lo que diga a los Leston justificará mis actos ni los hará pensar como yo, así que ni siquiera lo intento. Nora es mía ahora y ellos tendrán que aprender a aceptarlo.

El padre de Nora abre la boca para decir algo, pero su esposa le da un codazo con brusquedad.

—Muy bien, Julian —dice despacio, mirándome con unos ojos clavaditos a los de su hija—, así que te vas a casar con Nora. ¿Podría preguntarte dónde vais a vivir después y si vamos a verla de nuevo?

Le sonrío. Otra mujer inteligente e intuitiva.

—Creo que durante los primeros meses estaremos aquí, en Colombia— le explico, manteniendo el tono suave y amistoso—. Me tengo que encargar de algunos asuntos de negocios. Después de eso, no obstante, nos agradará ir a visitaros o que vosotros nos visitéis.

Gabriela asiente con la cabeza.

—Entiendo. —La tensión permanece en su rostro, aunque parpadea brevemente en señal de alivio—. ¿Y qué pasa con el futuro de Nora? ¿Qué pasa con la universidad?

—Me aseguraré de que reciba una buena educación y tenga la oportunidad de lograr lo que a ella le gusta. —Los miro seriamente—. Por supuesto, seguro que ya habréis visto que Nora no necesita preocuparse por el dinero. Ni vosotros tampoco. Estoy más que acomodado, económicamente hablando, y sé cuidar de mí mismo.

Tony Leston entrecierra los ojos, enfadado.

—No quiero que compres a nuestra hija... —empieza a decir; su esposa le da un codazo para que calle. Es evidente que la madre de Nora comprende mejor la situación; sabe que esta conversación podría ni siquiera estar teniendo lugar.

Me inclino para estar aún más cerca de la cámara.

—Tony, Gabriela —digo en voz baja—, entiendo vuestra preocupación. Sin embargo, dentro de menos de media hora, Nora será mi esposa, mi responsabilidad. Os aseguro que cuidaré de ella y haré todo lo posible para que sea feliz. No tenéis nada de qué preocuparos.

Tony aprieta la mandíbula, pero esta vez permanece en silencio. Es Gabriela quien habla a continuación:

—Te agradeceríamos poder hablar con ella con regularidad para asegurarnos de que sigue tan feliz como lo parece hoy.

—Por supuesto. —No tengo ningún problema en concederles ese privilegio—. La ceremonia comienza dentro de unos minutos, por lo que debemos configurar una videollamada que vaya más rápida. Ha sido un placer conoceros a los dos —digo educadamente y cierro el portátil.

Me doy la vuelta, veo que Nora me observa bastante desconcertada. Con ese vestido largo y blanco y con el cabello recogido parece una princesa, lo que, supongo, me convierte en el malvado dragón que la tiene cautiva.

Es inexplicable, pero esto me divierte. Levanto la mano y le acaricio la suave mejilla.

—¿Estás lista, mi gatita?

—Sí, creo que sí —murmura, mirándome fijamente. Las maquilladoras le han hecho algo en los ojos, han conseguido que parezcan aún más grandes y misteriosos. Su boca también parece más suave y brillante que de costumbre… muy follable. Una aguda oleada de lujuria me coge desprevenido y tengo que dar un paso atrás para no cometer un sacrilegio en mi propia boda.

—El vídeo está preparado —me informa Lucas, acercándose a nosotros.

—Gracias, Lucas —le digo. Después, me vuelvo hacia Nora, le cojo la mano y la conduzco hacia el padre Díaz.

6

Nora

LA CEREMONIA EN SÍ DURA UNOS VEINTE MINUTOS. SÉ QUE NOS enfocan con una cámara, de modo que pongo mi mejor sonrisa y me esfuerzo todo lo que puedo por parecer una novia feliz y radiante.

Sigo sin comprender por completo la reticencia que siento. Al fin y al cabo, voy a casarme con el hombre que quiero. Cuando creía que estaba muerto, quería irme con él y necesité de toda mi fuerza para sobrevivir día a día. No quiero estar con otra persona que no sea Julian y, aun así, no puedo evitar que me entren escalofríos.

Reconozco que ha manejado lo de mis padres sin problemas. No sé qué me esperaba, pero, desde luego, no me esperaba la conversación tranquila y casi civilizada que han mantenido. Ha llevado las riendas de la conversación todo el rato, con una actitud impasible que no daba lugar a acusaciones dramáticas y recriminaciones. Se ha disculpado por las prisas para casarnos, pero no por haberme secuestrado... porque no se siente culpable. En su cabeza cree estar en su derecho de hacer lo que quiera conmigo. Así de simple.

Tras un discurso interminable, el padre Díaz se dirige a Julian. Pillo algunas palabras —dice algo sobre la esposa, el amor, la protección— y acto seguido oigo la voz grave de Julian, contesta «*Sí, quiero*».

Ahora me toca a mí. Miro a Julian y se cruzan nuestras miradas. Esboza una cálida sonrisa, pero sus ojos son otro cantar. Sus ojos reflejan deseo y necesidad y bajo todo eso, una posesividad oscura y absorbente.

—*Sí, quiero* —respondo en voz baja repitiendo las palabras de Julian.

Sí, quiero. Lo poco que sé de español me vale para entender eso al menos.

Julian sonríe aún más. Saca otro anillo de su bolsillo, una alianza estrecha con un diamante incrustado, a juego con mi anillo de compromiso, y me lo pone en el dedo que muevo, nerviosa. Después me coloca una alianza de platino en la palma de la mano y me extiende la mano izquierda.

La palma de su mano es casi dos veces el tamaño de la mía. Sus dedos son largos y varoniles. Tiene manos de hombre, fuertes y ásperas por los callos; unas manos que pueden dar placer y herir con la misma facilidad.

Respiro hondo, le pongo la alianza de boda en el dedo anular izquierdo y lo miro, escuchando a medias al padre Díaz mientras concluye la ceremonia. Clavo los ojos en las facciones atractivas de Julian y solo pienso en que no hay vuelta atrás: mi secuestrador ha pasado a ser mi marido.

Tras la ceremonia, me despido de mis padres y les aseguro que hablaremos pronto. Mi madre llora y mi padre me mira impasible, lo que significa, por regla general, que está muy molesto.

—Mamá, papá, estamos en contacto, lo prometo —digo intentando contener las lágrimas—. No volveré a desaparecer. Todo saldrá bien. No hay nada de qué preocuparse.

—Os aseguro que os llamará pronto —añade Julian y tras varias despedidas con lágrimas de por medio, Lucas desconecta el vídeo.

Pasamos la siguiente media hora sacando fotos por todos lados en aquella iglesia preciosa y más tarde nos cambiamos de ropa y nos dirigimos de nuevo al aeropuerto.

Ya es por la tarde y estoy completamente agotada. El estrés de las últimas horas junto con el viaje me ha dejado muerta de cansancio. Cierro los ojos y me recuesto en el asiento de cuero negro mientras el coche se abre paso por las calles oscuras de Bogotá. No quiero pensar en nada, solo quiero dejar la mente en blanco y relajarme. Me muevo tratando de dar con la postura más cómoda para mi trasero dolorido.

—¿Estás cansada, cariño? —murmura Julian, a la vez que me pone la mano en la pierna. Me masajea el muslo apretando suavemente con los dedos y abro los ojos con dificultad.

—Un poco —admito mientras me giro hacia él—. No estoy acostumbrada a tanto viaje… ni a casarme.

Me sonríe y sus dientes brillan en la oscuridad.

—Bueno, por suerte no tendrás que volver a pasar por esto. Por lo de la boda, quiero decir. No puedo prometerte nada sobre lo de volar.

Quizás sea porque estoy demasiado cansada, pero por alguna razón me resulta ridículamente gracioso. Se me escapa una risita tras otra hasta que no puedo parar de reír, mientras doy vueltas en el asiento trasero del coche.

Julian me observa con calma y cuando empiezo a tranquilizarme, me sienta en su regazo y me besa reclamando mi boca con un beso largo y pasional que me deja, literalmente, sin aliento. Cuando me deja recuperar el aliento, apenas puedo recordar mi propio nombre y mucho menos de qué me estaba riendo antes.

Los dos jadeamos y nuestras respiraciones se entremezclan mientras nos miramos el uno al otro. Su mirada evidencia el deseo que siente, pero hay algo más en ella; un apetito casi violento que va más allá de la simple lujuria. Siento un nudo en la garganta y cómo me enamoro más, perdiéndome aún más.

—¿Qué quieres de mí, Julian? —susurro mientras alzo la mano para acariciar su mandíbula marcada—. ¿Qué necesitas?

No contesta, pero me cubre la mano con la suya y la presiona contra su rostro por unos instantes. Cierra los ojos como si estuviera empapándose de esa sensación y al abrirlos, el momento se ha desvanecido.

Tras incorporarme en su regazo, me pone a plomo el brazo sobre los hombros y me acomoda a su lado.

—Descansa un poco, cielo —murmura con la boca entre mi pelo—, todavía falta mucho para llegar a casa.

ME VUELVO A QUEDAR DORMIDA EN EL AVIÓN CONQUE NO SÉ CUÁNTO tiempo dura el vuelo. Julian me despierta antes de aterrizar y lo sigo adormilada.

Un aire cálido y húmedo me da en la cara nada más desembarcar; es tan sofocante que parece una manta mojada. Vale que Bogotá es más caluroso que Chicago, donde suele hacer unos dieciséis grados, pero esto parece una sauna. Llevo puestas las botas de invierno y un suéter de lana y me estoy cociendo.

—Bogotá está a mayor altitud —dice Julian, como si me hubiera leído la mente—. Aquí abajo, está la *tierra caliente*, la zona caliente de baja altitud.

—¿Dónde estamos? —pregunto según me voy espabilando. Oigo el chirrido de los insectos y el aire huele a vegetación abundante, a trópicos—. Me refiero a en qué parte del país.

—En el sudeste —contesta Julian al tiempo que me guía hacia un todoterreno al otro lado de la pista—. De hecho, estamos exactamente en el límite de la Amazonia.

Levanto la mano para rascarme el rabillo del ojo. No sé mucho de geografía colombiana, pero parece que se trata de un lugar remoto.

—¿Hay algún pueblo o ciudad cerca?

—No —responde él—. Por eso es tan hermoso, mi amor. Estamos completamente aislados y a salvo. Nadie podrá molestarnos aquí.

Llegamos al coche y me ayuda a entrar. Lucas tarda unos minutos en llegar y nos ponemos en marcha por una carretera sin asfaltar a través de una zona poblada de árboles.

Está oscuro como la boca de un lobo; los faros del coche son la única fuente de luz que tenemos. Observo curiosa entre la oscuridad, tratando de averiguar dónde nos encontramos, pero solo veo árboles y más árboles.

Desisto de ese esfuerzo inútil y decido ponerme cómoda. Dentro del coche con el aire acondicionado a tope se está más fresco, pero sigo teniendo un calor terrible, así que me quito el suéter. Por suerte llevo una camiseta de tirantes debajo. Siento la brisa en mi piel acalorada, suspiro aliviada y me abanico para refrescarme lo antes posible.

—Tengo algo de ropa para ti más apropiada para este clima —dice mientras sigue de cerca lo que hago con una media sonrisa—. Me la tendría que haber traído, pero estaba demasiado ansioso por tenerte a mi lado.

—¿De verdad? —lo miro de reojo, complacida por lo que ha dicho.

—Fui a buscarte en cuanto pude —murmura y sus ojos brillan en el oscuro interior del coche—. No pensarías que iba a dejarte sola mucho tiempo, ¿no?

—No, claro —digo en voz baja.

Es verdad. Si hay algo que nunca he dudado es que me desea. No estoy segura de si me quiere o si es capaz de querer a alguien, pero nunca he puesto en duda todo lo que me desea. Arriesgó la vida en aquel almacén y sé que volvería a hacerlo. Esa certeza me cala hasta los huesos y me reconforta de una manera peculiar.

Cierro los ojos, me reclino en el asiento y suspiro de nuevo. La disyuntiva entre mis sentimientos me da dolor de cabeza. ¿Cómo es posible que esté molesta con Julian por haberme obligado a casarme con él y a la vez alegrarme de que estuviera impaciente por secuestrarme otra vez? ¿Qué persona, en su sano juicio, puede sentirse así?

—Ya hemos llegado —dice interrumpiendo mis pensamientos. Abro los ojos y descubro que el coche está parado.

Frente a nosotros hay una mansión majestuosa de dos plantas

rodeada por edificios más pequeños. Las luces exteriores iluminan todo en los alrededores y veo un amplio y exuberante césped, un paisaje cuidado meticulosamente. Ahora entiendo por qué Julian le llamaba finca o hacienda.

Veo los sistemas de seguridad, miro alrededor con curiosidad y Julian me ayuda a salir del coche para acompañarme hasta el edificio principal. En los límites de la propiedad hay torres con una distancia entre sí de unos diez metros, con hombres armados en lo alto de cada una de ellas.

Parece casi como si estuviésemos en la cárcel, excepto que los vigilantes están para mantener a los malos fuera, no dentro.

—¿Te criaste aquí? —le pregunto conforme caminamos hacia la casa. Es un edificio precioso. Blanco y con columnas majestuosas en la parte delantera. Me recuerda un poco a la hacienda de Escarlata O'Hara en *Lo que el viento se llevó.*

—Sí. —Me mira de soslayo—. Pasé casi todo el tiempo aquí hasta que cumplí siete u ocho años. Después, recorrí las ciudades ayudando a mi padre con el negocio.

Subimos los escalones del porche y Julian se detiene en la entrada, se agacha y me coge en brazos. Antes de que pueda abrir la boca, cruza el umbral conmigo a cuestas y me suelta una vez dentro.

—No veo por qué no deberíamos seguir con la tradición —murmura con una sonrisa pícara con sus manos aún en mi costado y los ojos fijos en mí.

Esbozo una sonrisa como respuesta. No puedo decirle que no cuando se pone juguetón.

—Vaya, casi lo olvido. Eres el Señor Tradiciones hoy —digo en tono jocoso, intentando no pensar en el carácter forzoso de nuestro matrimonio. Por mi salud mental, más me vale separar lo bueno de lo malo y vivir el momento lo máximo posible—. Y yo que pensaba que lo habías hecho porque te apetecía cogerme...

—Así es —admite con una gran sonrisa—. Es la primera vez que mis ganas coinciden con la tradición, así que ¿por qué no seguirla?

—Me apunto —digo con ternura mientras lo miro. En este mismo momento mi cabeza está en el lado de «los buenos ratos». Aceptaré con mucho gusto lo que quiera, haré lo que quiera.

—¿Señor Esguerra? —Una voz indecisa de mujer nos interrumpe. Me giro y veo una mujer de mediana edad parada. Lleva un vestido negro de manga corta con un delantal alrededor de su redondeada figura—. Ya está todo listo, tal y como usted pidió —dice con acento inglés mientras nos observa con una curiosidad que apenas contiene —. ¿Sirvo la cena?

—No, gracias, Ana —responde con su mano posada en actitud dominante en mi cadera—. Tráenos una bandeja con bocadillos a la habitación, por favor. Nora está cansada del viaje. —Me mira—. Nora, te presento a Ana, el ama de llaves. Ana, esta es Nora, mi esposa.

Ana abre los ojos marrones en señal de sorpresa. Por lo que parece, lo de «esposa» la sorprende tanto como me había pasado a mí, aunque se repone enseguida.

—Encantada de conocerla, señora —me dice con una amplia sonrisa—. Bienvenida.

—Gracias, Ana. Es un placer conocerla. —Le devuelvo la sonrisa no haciendo caso al agudo dolor que me oprime el pecho. Esta ama de llaves no tiene nada que ver con Beth, pero no puedo evitar pensar en esa mujer que se convirtió en amiga y en su muerte cruel y sin motivo.

«No empieces con eso ahora, Nora». Solo me faltaba despertarme gritando por otra pesadilla.

—Por favor, encárguese de que no nos molesten —indica Julian—. A no ser que sea urgente.

—Sí, señor —murmura y desaparece a través de las amplias puertas dobles que dan fuera del recibidor.

—Ana forma parte del personal de aquí —me explica mientras me guía hacia una escalera enorme y curvada—. Lleva casi toda la vida trabajando en una cosa u otra con mi familia.

—Parece agradable —digo estudiando mi nuevo hogar mientras subimos las escaleras.

No había estado nunca en una casa tan suntuosa. Me cuesta creer que vaya a vivir aquí. La decoración es una mezcla exquisita de encanto antiguo y de elegancia moderna con suelos de madera relucientes y obras de arte abstracto en las paredes. Me da en la nariz que los marcos de fotos bañados en oro valen más que cualquier cosa de mi estudio.

—¿Cuántos empleados hay?

—Hay dos que están siempre al cargo en la casa —responde—. Ana, la que acabas de conocer y Rosa, la criada. Seguramente la conocerás mañana. También están los jardineros, los empleados de mantenimiento y otros que supervisan la propiedad en conjunto. —Se detiene en frente de una de las puertas en el piso de arriba y me la abre—. Ya hemos llegado, te presento nuestra habitación.

«Nuestra habitación». Suena muy hogareño. En la isla tenía mi propia habitación y aunque dormíamos juntos casi siempre, seguía siendo mi espacio personal, de lo que no parece que vaya a disfrutar aquí.

Pongo un pie dentro e inspecciono la habitación con cautela. Al igual que el resto de la casa, tiene un aspecto antiguo y opulento, a pesar de varios toques modernos. Hay una gran alfombra azul en el suelo y una cama monumental con dosel en el centro. Todo está decorado en tonos azules y crema con algunos detalles dorados y de bronce. Las cortinas que cubren las ventanas son gruesas y pesadas, como las de un hotel de lujo y otros pocos cuadros abstractos cuelgan de las paredes.

Es precioso e intimidatorio, como el hombre que ahora es mi marido.

—¿Te apetece darte un baño? —dice Julian con ternura detrás de mí. Me rodea con sus brazos fuertes y acerca los dedos a la hebilla de mi cinturón—. Podríamos hacerlo juntos...

—Claro, suena bien —susurro y dejo que me desnude.

Me siento como una muñeca o, quizás, como una princesa, dado el lugar. Mientras me quita la camiseta y me baja los vaqueros, me roza la piel desnuda con las manos y una sensación de calor me invade entera.

«Nuestra noche de bodas». Hoy es ese día. Los nervios y la excitación me aceleran la respiración. No sé lo que me tiene preparado, pero no hay lugar a dudas, por el bulto duro contra mi espalda, de que tiene la intención de follarme de nuevo.

Una vez desnuda por completo, me giro para verle la cara y observo cómo se desnuda. Sus músculos definidos brillan en la luz tenue que entra por el recoveco del techo. Está un poco más delgado que antes y tiene una cicatriz nueva en las costillas. Aun así, es el hombre más impresionante que he visto nunca. Está erecto. Me acerca su polla gruesa y enorme y trago saliva. Siento cómo mi sexo se estremece al verlo y al mismo tiempo, siento un ligero dolor en mi interior y el daño continuo en mi vientre magullado.

Quiero hacerlo, pero no creo que hoy pueda soportar más dolor.

—Julian... —titubeo, tratando de dar con las palabras adecuadas—. ¿Hay alguna forma de...? ¿Podemos...?

Camina hacia mí y me toma la cara con sus grandes manos. Le brillan los ojos al mirarme.

—Claro —susurra en un gesto de sobreentender mi pregunta a medias—. Por supuesto, cariño. Eso haremos y será la noche de bodas de tus sueños.

Julian

ME AGACHO Y LE PASO EL BRAZO POR DEBAJO DE LAS RODILLAS PARA levantarla y llevarla al baño donde Ana nos está preparando el jacuzzi. No pesa casi nada debido a su constitución pequeña.

«Mi esposa». Ahora Nora es mi esposa. La enorme satisfacción que me invade al pensar en ello no tiene mucho sentido, pero no quiero ahondar en eso. Es mía y eso es lo que importa. Me acostaré con ella y la consentiré y ella, a cambio, satisfará todos mis deseos sin importar lo oscuros o retorcidos que sean. Me entregará su cuerpo entero y yo lo aceptaré. La poseeré por completo y después le exigiré más.

Sin embargo, esta noche le voy a dar todo lo que quiera. Seré dulce, amable y tan cariñoso como cualquier marido con su nueva esposa. Por ahora, el sádico que hay dentro de mí está tranquilo, conforme. Ya habrá tiempo para castigarla después por mostrarse reacia en la iglesia. En este momento, no deseo hacerle daño; solo quiero tenerla entre mis brazos, acariciar su piel sedosa y sentir cómo se estremece de placer. Mi miembro está duro, palpita con exigencia, pero esta vez las ansias son distintas, más controladas.

Me meto en el jacuzzi largo y redondo, me coloco a Nora sobre el regazo y nos sumerjo a ambos en el agua espumosa. Ella deja escapar un suspiro gozoso, se relaja y se inclina sobre mí cerrando los ojos y apoyando la cabeza sobre mis hombros. Me hace cosquillas en la piel con su pelo brillante, cuyas puntas largas flotan en el agua. Me muevo un poco y dejo que los chorros de agua potentes me masajeen la espalda. Siento cómo la tensión va desapareciendo gradualmente a pesar de mi persistente excitación sexual.

Durante un par de minutos me satisface estar allí sentado sin más, acunándola entre mis brazos. A pesar del calor sofocante de fuera, la temperatura de la casa es fresca y mi piel agradece el agua caliente. Es muy relajante. Me imagino que a Nora también le sienta bien y le alivia el dolor de los moratones que le hice antes.

Levanto la mano y le acaricio la espalda vagamente, maravillándome con la suavidad de su piel de oro. Se me contrae el pene y pide más, pero esta vez no tengo prisa. Quiero prolongar este momento para que el juego de los preliminares sea más intenso.

—Esto me gusta —murmura después de un rato y vuelve la cabeza hacia mí para mirarme fijamente. Tiene los párpados caídos y las mejillas rosadas debido a la temperatura del agua, de manera que parece que se la acaban de follar con vehemencia—. Ojalá me pudiera dar un baño como este todos los días.

—Puedes hacerlo —digo con suavidad, le doy la vuelta sobre mi regazo para que pueda mirarme directamente a la vez que sumerjo la mano para cogerle el pie derecho—. Puedes hacer lo que quieras. Ahora esta es tu casa.

Le aprieto un poco la planta del pie y se la empiezo a masajear como a ella le gusta, disfrutando de los gemidos contenidos que emite. Al igual que el resto del cuerpo, tiene los pies pequeños y bonitos. Son incluso sexis con ese pintauñas rosa que lleva puesto. Sucumbo ante la necesidad repentina de levantarle el pie para metérmelo en la boca y se lo chupo suavemente, repasando cada dedo con la lengua. Gime y me mira fijamente, puedo oír cómo se le acelera la respiración; el deseo hace que se le oscurezcan los ojos. Me doy cuenta de que esto la pone cachonda, lo que provoca que se me endurezca aún más el pene.

A continuación, le sostengo la mirada mientras alcanzo su otro pie para darle el mismo trato. Al pasarle la lengua por los dedos de los pies, los encoje y la respiración se le vuelve inestable al tiempo que saca la lengua para humedecerse los labios. Siento aún más dolor en la entrepierna; le suelto el pie para acariciarle la parte interior de las piernas y subo despacio. Noto cómo le tiemblan los músculos de los muslos y se le tensan a medida que me voy acercando a su sexo. Cuando le rozo la vagina con los dedos, le separo esos pliegues suaves. Después, introduzco la punta del dedo corazón en la abertura pequeña a la vez que utilizo el pulgar para presionar su clítoris.

En su interior la sensación es de calor y humedad, las paredes de su vagina me aprietan tanto el dedo que mi pene responde irguiéndose con ímpetu. Gime discretamente y me acerca las caderas, por lo que le meto el dedo aún más en la vagina. Desde lo más profundo de la garganta deja escapar un grito ahogado y se echa hacia atrás como queriendo apartarse de mí, pero con la mano que me queda libre le cojo el brazo y la atraigo hacia mí para que no se separe de mi lado.

—No te resistas cielo —susurro y la sujeto para que no se mueva mientras empiezo a penetrarla con el dedo, con el pulgar aplico presión rítmica al clítoris—. Solo déjate llevar... Si, justo así.

Hecha la cabeza hacia atrás, cierra los ojos y en su cara se dibuja una expresión resultante de la sensación de éxtasis intenso que recorre todo su cuerpo.

«Hermosa. Es tan guapa...». No puedo quitarle el ojo de encima, ardo en deseos de ver cómo se corre entre mis brazos. Se le arquea ese cuerpo delgado, se tensa y después grita de placer; noto en el dedo los estremecimientos de su placer. Esos movimientos tan escurridizos provocan que me palpite el pene con una intensidad agónica.

No puedo más. Saco el dedo de su sexo y me pongo de pie a la vez que la levanto a ella también con los brazos. Abre los ojos y me rodea el cuello con los brazos mirándome atentamente mientras salgo del jacuzzi y la llevo de vuelta a la habitación. Ambos estamos chorreando, pero no puedo parar ni un segundo. No me importa una mierda mojar las sábanas ahora mismo; nada me importa salvo ella.

Llego a la cama, la tumbo y mis manos tiemblan por la lujuria impetuosa que me invade en estos momentos. Cualquier otra noche ya estaría dentro de ella, dándole duro a su vagina prieta hasta explotar, pero esta noche no. Esta noche es para ella. Esta noche le daré lo que me ha pedido: una noche de bodas con su amante, no con un monstruo.

Me mira, en sus ojos oscuros se vislumbra un deseo sobrenatural. Me meto en la cama, me coloco entre sus piernas y me inclino sobre su piel sedosa y dulce. Dejo a un lado lo que ansía mi pene dolorido y empiezo a besarle suavemente el interior de los muslos. Después me voy moviendo hacia arriba lentamente hasta llegar a mi objetivo: el la abertura que tiene entre las piernas; rosada, mojada e hinchada debido al orgasmo anterior.

Le aparto los pliegues con los dedos y chupo justo alrededor del clítoris, saboreando su esencia, después, meto la lengua hasta dentro, penetrándola tan profundamente como puedo. Se estremece, sus manos encuentran el camino hasta mi cabeza y siento cómo me clava las uñas en el cráneo. Me roza la cicatriz con uno de los dedos, lo que me provoca una oleada de dolor por el cuerpo entero, pero no le hago caso y me centro solo en complacerla, en hacer que se corra. Me rebelo con cada gota de humedad que sale de su cuerpo, con cada suspiro y gemido. Trabajo con mi lengua sobre el conjunto de nervios de la punta de su sexo. Empieza a temblar, ahora se le tensan las ingles, no dejan de vibrar y saboreo un chorro de un líquido agridulce. Al correrse ha dejado escapar un grito feroz. Sube las caderas sobre la cama y continúa frotando la vagina contra mi lengua.

Entonces se relaja, sin dejar de jadear, y trepo por su cuerpo. Le doy un beso en la delicada oreja. Aún no he terminado con ella, ni por asomo.

—Eres tan dulce —susurro mientras noto que tiembla ante la calidez de mi aliento.

Aún me late la polla con más fuerza ante su respuesta, a mis huevos les queda poco para explotar y las palabras que se avecinan suenan roncas y ásperas, casi guturales.

—Joder, eres tan dulce… Deseo tanto follarte, pero no lo haré.

Le succiono el lóbulo de la oreja, lo que provoca que se agarre a mi costado.

—No hasta que te corras para mí otra vez. ¿Crees que te correrás para mí, cielo?

—No… no creo. —Suspira a la vez que se retuerce entre mis brazos. Me dirijo con la boca hacia su garganta, dejándole un rastro húmedo y cálido por la piel.

—Yo creo que sí —murmuro. Le paso la mano derecha por el cuerpo y noto su vagina empapada.

Mientras, mis labios viajan a través de sus hombros hacia la parte superior de su pecho, le masajeo el clítoris hinchado con los dedos y ella empieza a jadear otra vez. Su respiración se vuelve errática cuando acerco la boca a sus pechos. Tiene los pezones duros como si suplicaran que los tocara y succiono uno para chuparlo con fuerza. Ella emite un sonido a medio camino entre un gemido y una súplica. Centro la atención en su pezón, chupándolo hasta que la dejo temblando bajo mi cuerpo, la humedad de su sexo me inunda la mano. Sin embargo, antes de llegar al clímax, me deslizo por su cuerpo y la saboreo de nuevo, le paso la lengua por el seno, haciendo que vuelvan las contracciones.

La sigo chupando hasta que veo que su orgasmo ha terminado, después me acerco a ella otra vez, apoyándome sobre el codo derecho. Le agarro la mandíbula con la mano izquierda obligándola a mirarme. Parece tener los ojos descentrados, nublados por el placer; agacho la cabeza y reclamo su boca con un beso profundo y exhaustivo. Sé que saborea su esencia en mis labios y como eso me excita, el pulso se me acelera. Al mismo tiempo, me pasa las manos alrededor del cuello y me abraza. Noto sus pechos contra mi torso desnudo; sus pezones parecen perlas pequeñas y duras.

«Joder. Tengo que hacerla mía. Ahora».

Lucho para mantener el control, continúo besándola mientras

utilizo las rodillas para separarle los muslos. Acerco la punta del pene contra su abertura y con la mano izquierda le acaricio la nuca.

Después empiezo a penetrarla. También es pequeña por dentro y muy prieta. Noto cómo su piel mojada me traga gradualmente, me engulle, lo que provoca que un hormigueo me recorra la columna vertebral. Se me contraen los testículos. Ni siquiera estoy completamente dentro de ella y estoy a punto de explotar por el placer casi cegador que me proporciona verla así. «Despacio», me digo a mí mismo con dureza. «Ve despacio».

Nora aparta su boca de la mía y percibo su respiración en la oreja; la noto jadear suave y lentamente.

—Te deseo —susurra y sube las piernas para rodearme las caderas agarrándose a mí con fuerza. Ese movimiento hace que me adentre aún más en su cuerpo y eso provoca en mí un grito necesitado que delata mi desesperación—. Por favor, Julian...

Oírla decir eso me hace perder el control. «A la mierda con ir despacio». Emito un gruñido grave desde el pecho vibrante y la agarro del pelo mientras empiezo a embestirla de una forma salvaje e incansable. Grita, se me agarra al cuello y su cuerpo, impaciente, acoge mis embestidas.

La mente me estalla con distintas sensaciones entre las que destaca un éxtasis apabullante. Es justo lo que quiero y necesito. ¿Por qué iba a dejarla escapar? Nuestros cuerpos se fusionan en la cama y las sábanas mojadas se enredan en nuestras extremidades mientras me pierdo en ella, en los sonidos y olores del sexo ardiente y sin inhibiciones. Nora es como fuego líquido, su cuerpo delgado se arquea entre mis brazos, trepa con sus piernas alrededor de mis muslos. Cada embestida hace que la penetración sea más profunda hasta el punto de sentir que nos unimos en un solo ser.

Ella alcanza el clímax primero y su sexo me aprieta con fuerza. Primero oigo su grito asfixiado al tiempo que me muerde los hombros por la agonía de su orgasmo y después llego yo, que me muevo sobre ella mientras mi semilla sale disparada en un chorro continuo y caliente.

Respiro con dificultad y me dejo caer encima de ella: mis hombros no pueden soportar ya mi peso. Me tiemblan todos los músculos debido a la fuerza de mi liberación y termino cubierto por una fina capa de sudor. Tras un par de minutos reúno la fuerza suficiente para darme la vuelta sobre la espalda arrimándola para que descanse encima de mí.

No debería de ser tan intenso de nuevo, no después de cómo hemos follado antes, pero lo es. Siempre lo es. No hay ni un solo momento que no la quiera, que no piense en ella. Si la perdiera...

«No». Me niego a pensar en eso. No pasará. No dejaré que pase.

Haré todo lo que sea necesario para mantenerla salvo.

A salvo de todo el mundo, excepto de mí.

8

Nora

Cuando me levanto por la mañana Julian ya se ha ido.

Al salir de la cama voy directa a la ducha, me noto sucia y sudada tras la pasada noche. Ambos nos quedamos dormidos después de haber hecho el amor, demasiado agotados como para lavarnos o para cambiar las sábanas mojadas. Más tarde, justo antes de amanecer, Julian me despertó penetrándome otra vez. Sus manos habilidosas me llevaron al orgasmo antes de que me hubiera despertado del todo. Es como si siempre quisiera más de mí y su alta libido se disparara.

Por supuesto, yo también quiero siempre más de él.

Se me dibuja una sonrisa al recordar la pasión ardiente de la noche anterior. Julian me prometió la noche de bodas de mis sueños y lo cierto es que me la dio. Ni siquiera recuerdo cuántos orgasmos he tenido durante las últimas veinticuatro horas. Por supuesto, ahora estoy aún más dolorida, tengo mi interior en carne viva de follar tanto.

Sin embargo, me siento mucho mejor hoy, tanto física como

mentalmente. Los moratones de los muslos están menos sensibles al tacto y ya no me siento tan abrumada. Incluso el hecho de haberme casado con Julian me parece menos desagradable por el día. En realidad, nada ha cambiado, salvo que ahora hay un trozo de papel que nos une y hace saber al mundo que le pertenezco. Secuestrador, amante o esposo, es todo igual; la etiqueta no cambia la realidad de nuestra relación disfuncional.

Me meto bajo el agua de la ducha y me reclino para que el agua caliente me caiga por la cara. La ducha es tan lujosa como el resto de la casa, con una forma circular en la que podrían caber diez personas. Me limpio y me froto cada milímetro hasta que vuelvo a sentirme humana. Después vuelvo al dormitorio para vestirme.

Encuentro un armario enorme al final de la habitación, donde sobre todo hay ropa de verano ligera. Al acordarme del calor sofocante que hace fuera, elijo un vestido azul sencillo sin mangas y luego me calzo unas chanclas marrones. No es el atuendo más sofisticado, pero valdrá.

Estoy lista para explorar mi nuevo hogar.

La finca es enorme, mucho más grande de lo que creía ayer. Junto a la casa principal también se encuentran los barracones para los más de doscientos guardias que vigilan el perímetro y unas cuantas casas donde viven los empleados y sus familias. Es casi como un pueblo pequeño o más bien una especie de complejo militar.

Ana me cuenta todo esto en el desayuno. Por lo visto Julian avisó de que tendría que comer y ducharme cuando me levantara. El trabajo lo tiene ocupado, como siempre.

—El señor Esguerra tiene una reunión importante —explica Ana mientras me sirve un plato al que llama «migas de arepa»: huevos revueltos con trozos de maíz y salsa de tomate y cebolla—. Me pidió que me ocupara de usted hoy, así que, si necesita algo, dígamelo. Si quiere, Rosa puede darle un paseo por aquí después del desayuno.

—Gracias, Ana —digo hincándole el diente a la comida. Está

increíblemente deliciosa; el sabor dulce de las arepas complementa el picante de los huevos—. Un paseo estaría genial.

Charlamos un poco mientras termino de comer. Además de conocer la finca, también me entero de que Ana lleva viviendo en esta casa casi toda la vida y que comenzó de joven como criada al servicio del padre de Julian.

—Así aprendí a hablar inglés —dice mientras me sirve una taza de chocolate caliente y espumoso—. La señora Esguerra era americana, igual que usted, y no hablaba nada de español.

Asiento al recordar lo que Julian me había contado sobre su madre. Había sido modelo en Nueva York antes de casarse con su padre.

—¿Entonces ya conocía a Julian de niño? —pregunto sorbiendo el rico chocolate caliente. Al igual que los huevos, tiene un sabor extraño, con un toque de clavo, canela y vainilla.

—Sí —Ana se calla como temiendo haber hablado demasiado. Le devuelvo una sonrisa alentadora, esperando incitarla a que me cuente algo más, pero ella empieza a lavar los platos, lo que significa el fin de la conversación.

Suspiro, me termino el chocolate caliente y me levanto. Quiero saber algo más de mi esposo, pero tengo el presentimiento de que Ana será tan reservada con este tema como Beth.

«Beth». Ese dolor familiar, que trae consigo una rabia ardiente, aparece de nuevo. No olvido de su violenta muerte y este recuerdo amenaza con ahogarme, si se lo permito. Cuando Julian me contó por primera vez lo que hizo a los atacadores de Maria, me horroricé, pero ahora lo entiendo. Desearía ponerle la mano encima al terrorista que mató a Beth y hacerle pagar por lo que le hizo. Ni siquiera saber que está muerto aplaca mi rabia. Está siempre ahí, reconcomiéndome por dentro, envenenándome.

—Señora, le presento a Rosa —dice Ana.

Me giro hacia la entrada del comedor y allí parada veo a una mujer joven de pelo oscuro. Debe de tener mi edad, con la cara redonda y una amplia sonrisa. Al igual que Ana, lleva puesto un vestido negro de manga corta y un delantal blanco.

—Rosa, esta es la nueva esposa del señor Esguerra, Nora.

La sonrisa de Rosa se amplía aún más.

—Ah, hola, señora Esguerra. Es un placer conocerla.

Su inglés es aún mejor que el de Ana, apenas se le nota el acento.

—Gracias, Rosa —digo mostrando una simpatía inmediata hacia ella—. También es un gran placer para mí y, por favor, tuteadme. —Miro hacia la criada—. Tú también, por favor, Ana, si no te importa. No estoy acostumbrada a lo de «señora».

Es cierto. Me resulta muy extraño que se dirijan a mí como señora Esguerra. ¿Eso significa que también he tomado el apellido de Julian? No hemos hablado de eso todavía, pero me imagino que Julian también querrá seguir la tradición en este caso.

«Nora Esguerra». El corazón me late más fuerte al pensarlo y vuelve el miedo irracional de ayer. Durante diecinueve años y medio he sido Nora Leston. Es un nombre al que estoy acostumbrada y con el que me siento cómoda. Cambiarlo me molesta, pues siento que pierdo otra parte de mí. Es como si Julian me estuviera alejando de todo lo que era, transformándome en alguien que apenas reconozco.

—Por supuesto —dice Ana calmando mis nervios—. Nos alegramos de llamarte como desees.

Rosa asiente con energía mostrando su acuerdo y esbozando una sonrisa. Tomo aire profundamente para calmar mi corazón acelerado.

—Gracias. —Intento sonreírles—. Lo agradezco.

—¿Te gustaría ver la casa antes de salir? —pregunta Rosa, alisándose el delantal con las manos—. ¿O prefieres comenzar por el exterior?

—Podemos empezar por el interior si te parece bien —le digo.

Le doy las gracias a Ana por el desayuno y empezamos el paseo.

Rosa me muestra primero la planta inferior. Hay unas doce habitaciones, entre ellas una biblioteca enorme con una gran variedad de libros, un cine con una televisión del tamaño de la pared y un gran gimnasio con máquinas de muy buena calidad. Me alegro también de descubrir que Julian ha tenido en cuenta mi afición por la pintura. Una de las habitaciones está dispuesta como un estudio de arte con lienzos blancos colocados enfrente de una gran ventana orientada hacia el sur.

—El señor Esguerra tenía todo esto preparado dos semanas antes de que vinieras —me cuenta Rosa, guiándome de una habitación a otra—. Así que todo está nuevo.

Pestañeo, sorprendida de escuchar eso. Suponía que el estudio de arte era nuevo porque Julian no pinta, pero no sabía que hubiera reformado toda la casa.

—Tampoco tenía piscina, ¿no? —bromeo mientras caminamos por el salón.

—No, la piscina ya estaba ahí —dice Rosa con una seriedad absoluta—, pero sí la ha reformado.

Y dirigiéndome hacia un porche, me muestra una piscina de tamaño olímpico rodeada de vegetación tropical. Además de la piscina, hay unas hamacas que parecen increíblemente cómodas, sombrillas enormes que protegen del sol y muchas mesas de jardín con sillas.

—Qué bonito —murmuro sintiendo el aire caliente y húmedo en la piel. Creo que la piscina me vendrá de perlas con este tiempo.

Volvemos al interior y nos dirigimos a la planta superior. Aparte del dormitorio principal hay varios dormitorios, más grandes que todo mi apartamento.

—¿Por qué es tan grande la casa? —pregunto a Rosa después de ver todas las habitaciones decoradas con gran lujo—. Solo viven aquí unas pocas personas, ¿no?

—Sí, es cierto —me confirma Rosa—, pero esta casa la construyó el anterior señor Esguerra y, por lo que tengo entendido, le encantaba invitar a sus socios a que se quedaran.

—¿Cómo viniste a trabajar aquí? —Miro a Rosa con curiosidad mientras bajamos la escalera de caracol—. ¿Y cómo aprendiste a hablar inglés tan bien?

—Ah, nací aquí en la finca Esguerra —dice de manera casual—. Mi padre era uno de los antiguos guardas del señor y mi madre y mi hermano mayor también trabajaron para él. La esposa del señor, que como sabes era estadounidense, me enseñó inglés cuando yo era una niña. Creo que quizá se aburriera un poco aquí y por eso daba clases a todos los trabajadores de la casa y a cualquiera que quisiera aprender el idioma. Después insistía en que solo habláramos inglés en la casa, incluso entre nosotros, para que practicásemos.

—Entiendo. —Rosa parece más habladora que Ana, así que le hago la misma pregunta que le hice a ella antes.

—Si creciste aquí, ¿conocías ya a Julian?

—No, no mucho. —Me mira mientras salimos de la casa hacia el porche delantero—. Yo solo tenía cuatro años cuando tu esposo se marchó del país, así que no me acuerdo muy bien de cuando era niño. Hasta hace dos semanas, no se pasaba mucho por aquí después de… —Traga saliva mirando el suelo—. Después de que pasara todo eso.

—¿Después de la muerte de sus padres? —le pregunto en voz baja.

Recuerdo que Julian me contó que habían matado a sus padres, pero nunca me dijo cómo había pasado. Solo me había dicho que fue uno de los rivales de sus padres.

—Sí —dice Rosa con seriedad y sin mostrar su amplia sonrisa—. Pocos años después de que Julian se marchara, una de las bandas de la costa norte intentó adueñarse de la organización Esguerra. Atacaron a las operaciones clave e incluso vinieron aquí, a la finca. Muchas personas murieron ese día, incluidos mi padre y mi hermano.

Me paro en seco, mirándola fijamente.

—Ay, madre mía, Rosa. Lo siento… —Me siento fatal por haber sacado un tema tan doloroso. No se me había ocurrido que las personas de aquí podrían estar afectadas por el mismo motivo que Julian—. Lo siento mucho.

—No pasa nada —dice con expresión forzada—. Pasó hace casi doce años.

—Debías de ser muy joven —digo con voz calmada—. ¿Qué edad tienes ahora?

—Veintiuno —contesta mientras empezamos a bajar las escaleras del porche. Entonces me lanza una mirada curiosa y algo de su seriedad desaparece—. ¿Y tú cuántos tienes, Nora? Si no te importa que te pregunte. También pareces joven.

Le sonrío.

—Diecinueve. Veinte dentro de unos meses.

Me alegro de que se sienta lo bastante cómoda como para hacerme preguntas personales. No quiero ser la «señora» aquí ni que me traten como la dueña de la mansión.

Ella me devuelve la sonrisa. Parece que vuelve a estar alegre.

—Lo imaginaba —dice claramente satisfecha—. Ana pensaba que eras aún más joven cuando te vio la noche anterior, pero ella tiene casi cincuenta años y todas las personas de nuestra edad le parecen bebés. Suponía que tenías veinte y he acertado.

Me río, encantada por su franqueza.

—Pues sí, has acertado.

Durante el resto del paseo, Rosa me acribilla a preguntas sobre mí y mi vida cuando vivía en Estados Unidos. Parece fascinada con el país y ha visto películas para intentar mejorar su nivel de inglés.

—Espero ir algún día —dice con melancolía—. Ver Nueva York, pasar por Times Square entre todas esas luces...

—Tienes que ir —le digo—. Solo he ido a Nueva York una vez y fue increíble. Hay muchas cosas que hacer como turista.

Me enseña la finca mientras hablamos, mostrándome los barracones de los guardias de los que Ana había hablado antes y la zona de entrenamiento de los hombres a lo lejos del complejo. La zona de entrenamiento consta de un gimnasio interior, un campo de tiro exterior y lo que parece ser una gran pista de césped con obstáculos.

—A los guardias les gusta estar en forma —me explica Rosa al pasar por un grupo de hombres con rostro serio que practican algún arte marcial—. La mayoría eran militares y todos son muy buenos en lo que hacen.

—Julian también entrena con ellos, ¿verdad? —pregunto mientras contemplo con fascinación cómo uno de los hombres deja inconsciente a su oponente con un fuerte golpe en la cabeza. Yo sé algo de defensa personal por las clases que tomé en Estados Unidos, pero aquello es cosa de niños comparado con esto.

—Ah, sí. —El tono de Rosa es casi reverencial—. He visto al señor Esguerra en el campo y es tan bueno como cualquiera de estos hombres.

—Sí, estoy segura de que lo es —digo al recordar cómo me rescató del almacén. Él estaba en su salsa. Llegó por la noche como un ángel de la muerte. Por un momento, los oscuros recuerdos amenazan con abrumarme de nuevo, pero no dejo que aparezcan de nuevo, decidida a no vivir en el pasado.

Al volver hacia los luchadores, le pregunto a Rosa:

—¿Sabes dónde está él hoy, por casualidad? Ana me ha dicho que está en una reunión.

Se encoge de brazos.

—Quizá esté en su despacho, en ese edificio de ahí. —Señala un pequeño edificio de aspecto moderno que se encuentra cerca de la casa principal—. También lo ha reformado y pasa mucho tiempo ahí desde su vuelta. He visto que Lucas, Peter y otros pocos han entrado ahí esta mañana. Supongo que se ha reunido con ellos.

—¿Quién es Peter? —pregunto. Ya conozco a Lucas, pero el nombre de Peter es la primera vez que lo oigo.

—Es uno de los empleados del señor Esguerra —contesta Rosa mientras volvemos a la casa—. Vino hace unas semanas para supervisar algunas de las medidas de seguridad.

—Ah, entiendo.

Cuando llegamos a la casa tengo la ropa pegada por la extrema humedad. Es un alivio estar dentro de nuevo, donde hace buena temperatura gracias al aire acondicionado.

—Bienvenida a la Amazonia —dice Rosa sonriendo a la vez que bebo un trago de agua fría que cojo de la cocina—. Estamos al lado de la selva y fuera es como si te dieras un baño de vapor.

—Sí, es verdad —murmuro. Siento la necesidad urgente de darme otra ducha. También hacía calor en la isla, pero la brisa que venía del océano lo hacía más soportable, incluso agradable. Aquí, sin embargo, el calor es casi asfixiante, hay humedad, el aire apenas sopla y es sofocante.

Dejo el vaso vacío en la mesa y me giro hacia Rosa.

—Creo que voy a usar la piscina que me has enseñado —le digo decidida a aprovechar las instalaciones—. ¿Quieres acompañarme?

Los ojos de Rosa se agrandan. Está claro que mi invitación la ha sorprendido.

—Ay, me encantaría —dice con sinceridad—, pero tengo que ayudar a Ana a hacer la comida y después limpiar los dormitorios de arriba...

—Claro. —Me siento un poco avergonzada porque, por un momento, se me había olvidado que Rosa no está aquí solo para hacerme compañía y que tiene obligaciones y responsabilidades en la casa—. Bueno, en ese caso, gracias por el paseo. Te lo agradezco mucho.

Me sonríe.

—Ha sido un placer. Estoy encantada, así que repetimos cuando quieras.

Y, mientras ella se ocupa de la cocina, subo a ponerme el bikini.

J *ulian*

ENCUENTRO A NORA JUNTO A LA PISCINA, DESCANSANDO CON UN LIBRO debajo de una sombrilla. Tiene las delgadas piernas cruzadas por los tobillos y lleva puesto un bikini blanco sin tirantes. La piel dorada le brilla con gotitas de agua. Debe de haber estado nadando hace poco.

Al oír mis pasos se sienta y deja el libro en la mesa de al lado.

—Hola —dice con suavidad cuando me acerco a su hamaca. Las gafas de sol que lleva son demasiado grandes para su cara tan pequeña: parece una libélula. Me anoto mentalmente que cuando vaya a Bogotá tengo que comprarle unas que le queden mejor.

—Hola, mi niña —murmuro, sentándome en su hamaca. Alzo la mano, le quito las gafas y me inclino hacia adelante para darle un beso corto pero profundo en la boca.

Sabe a sol con esos labios suaves y tiernos; la polla se me pone dura por la proximidad de su cuerpo casi desnudo. «Esta noche», me prometo al levantar la cabeza. «La volveré a poseer esta noche».

—¿Sobre qué iba la reunión de esta mañana? —me pregunta con la respiración un poco entrecortada después del beso. Sus ojos oscuros muestran curiosidad y algo de cautela cuando me miran. Está poniéndome a prueba de nuevo para ver cuánto estoy dispuesto a compartir con ella en este momento.

Lo pienso un momento. Me tienta seguir manteniéndola en la ignorancia. A pesar de todo, Nora todavía es muy inocente e ignorante con respecto al mundo real. Lo conoció un poco en aquel almacén, pero eso no es nada comparado con los asuntos de los que me ocupo a diario. Quiero continuar protegiéndola de la naturaleza brutal de mi realidad, pero ya no hay seguridad en la ignorancia porque mis enemigos la conocen. Además, tengo el presentimiento de que mi joven esposa es más fuerte de lo que aparenta. Tiene que serlo, que sobrevivirme.

Tomo una decisión y le ofrezco una ligera sonrisa.

—Solo analizando a dos unidades Al-Quadar —digo observando su reacción—. Ahora estamos determinando cómo eliminarlas y cómo capturar durante el proceso a algunos de sus miembros. La reunión era para coordinar la logística de esa operación.

Abre los ojos un poco más, pero disimula muy bien su asombro ante lo que le cuento.

—¿Cuántas unidades hay? —pregunta moviendo la silla hacia delante. Veo que aprieta un puño, aunque la voz la sigue teniendo tranquila—. ¿Cómo es de grande su organización?

—Nadie lo sabe, excepto los líderes mayores. Por eso es tan difícil erradicarlos. Están esparcidos por todo el mundo, como una plaga, pero se han equivocado al querer jugar sucio conmigo. Se me da muy bien exterminar plagas.

Nora traga saliva y se muestra reflexiva, pero continúa manteniéndome la mirada. «Chica valiente».

—¿Qué querían de ti? —pregunta—. ¿Por qué decidieron jugar sucio?

Dudo un momento y después decido ponerla al día. Llegados a este punto, será mejor que sepa toda la historia.

—Mi empresa desarrolló una bomba nueva, una bomba explosiva

muy poderosa que es casi imposible de detectar —le explico—. Solo hacen falta un par de kilos para poder hacer estallar a un aeropuerto mediano y unos doce kilos podrían acabar con una ciudad pequeña. Tiene la fuerza explosiva de una bomba nuclear, pero no es radiactiva y el material del que está hecha es parecido al plástico, así que se le puede dar la forma de casi cualquier cosa... incluso la del juguete de un niño.

Se me queda mirando fijamente y palidece. Comienza a entender las implicaciones de esto.

—¿Por eso no querías dárselas? —pregunta—. ¿Porque no querías poner un arma tan peligrosa en manos de los terroristas?

—No, no exactamente. —Le lanzo una mirada compasiva. Me resulta muy dulce que me achaque razones nobles, pero a estas alturas debería conocerme mejor—. No, solo que es difícil producir el explosivo en grandes cantidades y ya tengo una larga lista de compradores esperando. Al-Quadar estaba casi al final de la lista, o sea, tendría que esperar años, si no décadas, para que yo se la proporcionara.

A pesar del asombro de Nora, su expresión no cambia.

—¿Entonces quién está el primero en la lista? —dice sin reparo—. ¿Otro grupo terrorista?

—No. —Río—. Para nada. Es tu gobierno, mi niña. Han hecho un pedido tan grande que tendrá mis fábricas ocupadas durante años.

—Ah, ya veo. —Al principio parece aliviada, pero luego frunce el ceño de manera desconcertante y arruga la tersa frente—. ¿Entonces los gobiernos legítimos también te compran? Creía que el ejército estadounidense fabricaba sus propias armas...

—Así es. —Sonrío por su ingenuidad—. Sin embargo, no dejarían pasar la oportunidad de tener algo así. Y cuanto más compran ellos, menos puedo vender a los otros. Es un acuerdo que nos viene bien a todos.

—Pero ¿por qué no te las quitan a la fuerza, y ya está? ¿Por qué no te cierran la fábrica? —Se me queda mirando confundida—. A ver, si saben que existes, ¿por qué permiten que fabriques armas ilegales?

—Porque si no lo hago yo, lo hará otro... y esa persona podría no ser tan racional ni pragmática como yo. —Veo la mirada incrédula de Nora y sonrío aún más—. Sí, mi niña, lo creas o no, el gobierno estadounidense prefiere negociar conmigo, que no tengo a Estados Unidos ningún rencor en particular, que tener a alguien como Majid a cargo de una operación similar.

—¿Majid?

—El cabronazo que mató a Beth. —Alzo la voz y ya no queda ni rastro de mi diversión—. El responsable de secuestrarte en la clínica.

Nora se tensa cuando nombro a Beth y veo cómo vuelve a cerrar los puños.

—El Trajeado; así lo llamaba mentalmente —murmura con una mirada que parece distante durante un momento—, porque llevaba puesto un traje, ya sabes... —Parpadea y luego vuelve a fijar la atención en mí—. ¿Ese era Majid?

Asiento, manteniendo la expresión impasible a pesar de la ira que me corroe por dentro.

—Sí, ese mismo.

—Ojalá no hubiera muerto en la explosión —dice sorprendiéndome por un momento. Los ojos le brillan con pesimismo a la luz del sol—. No merecía una muerte sin sufrimiento.

—No, no la merecía. —Ahora comprendo lo que quiere decir. Al igual que yo, desea que Majid hubiera sufrido. Tiene sed de venganza, lo oigo en su voz y lo veo en su rostro. Eso hace que me pregunte qué habría pasado si hubiera acabado con Majid por compasión. ¿Realmente habría sido capaz de herirlo? ¿De causarle tanto daño que rogaría para morir?

Es una idea que me resulta más que intrigante.

—¿Alguna vez trajiste aquí a Beth? —me pregunta interrumpiendo el hilo de la conversación—. A este complejo, quiero decir.

—No. —Niego con la cabeza—. Antes de que se quedara en la isla, ella viajaba conmigo y no pasé por aquí durante mucho tiempo.

—¿Por qué no?

Me encojo de hombros.

—No era mi sitio preferido, supongo —digo con indiferencia, haciendo caso omiso de los oscuros recuerdos que inundan mi mente ante su pregunta inocente. Pasé gran parte de mi infancia en la finca, donde el cinturón y los puños de mi padre imperaban hasta que fui lo suficientemente mayor para contraatacar. Es aquí donde maté al primer hombre y donde vine a rescatar el cadáver ensangrentado de mi madre hace doce años. Hasta que no reformé la casa por completo no soportaba la idea de venir a vivir aquí de nuevo e incluso ahora, solo la presencia de Nora hace que estar aquí sea tolerable.

Me pone la mano en la rodilla y me hace volver al presente.

—Julian… —Hace una pausa, insegura. Después parece que se decide a seguir adelante—. Hay algo que me gustaría preguntarte —dice en voz baja, pero con firmeza.

Enarco las cejas.

—¿Qué es, mi niña?

—Di clases en casa —dice apretándome inconscientemente la rodilla con la mano—. Defensa personal y tiro, esas cosas…y me gustaría reanudarlas aquí, si es posible.

—Entiendo.

Esbozo una sonrisa. Mis especulaciones anteriores eran ciertas, parece. Ya no es la misma chica asustada e indefensa que traje a la isla. Esta Nora es más fuerte, más resistente… e incluso más atractiva. Recuerdo haber leído sobre esas clases en el artículo de Lucas, conque su petición no me coge totalmente por sorpresa.

—¿Quieres que te enseñe a luchar y usar armas?

Ella asiente.

—Sí, o quizá otra persona que me enseñe si tú estás ocupado.

—No. —Pensar que alguno de mis hombres ponga las manos en ella, aunque sea para instruirla, me enfada—. Te enseñaré yo mismo.

Decido empezar a entrenar a Nora esa misma tarde, después de ponerme al día con unos correos electrónicos sobre negocios. No sé por qué, pero me gusta enseñarle defensa personal. No quiero que se vuelva a encontrar en una situación peligrosa, pero aún así quiero que sepa protegerse si surge la necesidad.

Soy consciente de la paradoja de lo que estoy haciendo. La mayoría de las personas diría que soy yo quien debe protegerla y seguramente sea cierto. Me importa una mierda, sin embargo. Nora es mía y haré todo lo posible para mantenerla a salvo, aunque eso conlleve enseñarle cómo matar a alguien como yo.

Cuando acabo con los correos electrónicos voy a buscarla a casa. Esta vez la encuentro en el gimnasio, corriendo en la cinta estática a toda velocidad. A juzgar por el sudor que le cae por la esbelta espalda, ya lleva corriendo un rato.

Con cuidado de no asustarla me acerco a ella por el lado.

Al verme reduce la velocidad de la cinta, disminuyendo hasta el trote.

—Hola —dice sin aliento y alcanzando una toalla pequeña para secarse la cara—. ¿Es hora de entrenar?

—Sí, tengo un par de horas.

Mi voz suena baja y ronca mientras un arrebato de excitación que me resulta familiar me endurece la polla. Me encanta verla así, casi sin respiración, con la piel húmeda y brillante. Me recuerda al aspecto que tiene después de un rato de sexo sucio. Por supuesto, que solo lleve puestos unos pantalones cortos de correr y un sujetador deportivo no ayuda. Quiero lamer las gotitas de sudor de su barriga plana y delicada para después lanzarla a la alfombra más cercana para echar un polvo rápido.

—Perfecto. —Esboza una gran sonrisa y para la cinta. Luego baja de la máquina y coge su botella de agua—. Estoy lista.

Parece tan entusiasmada que decido posponer lo de la alfombra por ahora. Una recompensa atrasada puede ser buena idea y voy a hacerlo específicamente para que ella entrene.

—Genial —digo—. Vamos.

Y cogiéndola de la mano, la guío fuera de la casa.

Vamos al campo donde suelo entrenarme con mis hombres. A estas horas del día hace mucho calor para hacer un ejercicio fuerte, por lo que la zona está prácticamente vacía. Aun así, cuando pasamos vemos unos pocos guardias que miran a Nora a escondidas, lo que me hace querer arrancarles los ojos. Creo que se dan cuenta porque miran hacia otro lado en cuanto me ven. Sé que no es racional ser tan posesivo con ella, pero no me importa. Ella me pertenece y todos tienen que saberlo.

—¿Qué hacemos primero? —me pregunta mientras nos acercamos a una caseta que hay en la esquina de la zona de entrenamiento.

—Tiro. —La miro de reojo—. Quiero ver cómo se te dan las armas.

Ella sonríe y los ojos le brillan con entusiasmo.

—No se me da mal —dice con una seguridad en sí misma que me hace sonreír. Parece que mi niña aprendió algunas cosas mientras yo no estaba. Me muero de ganas de ver la demostración de sus nuevas habilidades.

Dentro de la caseta hay algunas armas y materiales de entrenamiento. Entro y elijo algunas de las armas más usadas normalmente, desde una pistola de 9 mm a un fusil M16. También cojo un AK-47, aunque quizá ella sea muy pequeña para usarla con facilidad.

Después salimos al campo de tiro. Hay unos cuantos blancos colocados a diferentes distancias. Le hago que empiece con el blanco más cercano: unas doce latas vacías de cerveza apoyadas sobre una mesa de madera a unos quince metros. Le entrego la pistola de 9 mm y le enseño a usarla y a fijar el objetivo en las latas.

Para mi sorpresa, alcanza diez de las doce latas en el primer intento.

—¡Vaya! —murmura al bajar el arma—. No me puedo creer que haya fallado esas dos.

Sorprendido e impresionado, le hago probar las demás armas. Ella se encuentra cómoda con la mayoría de las pistolas y los fusiles de caza; vuelve a dar en el blanco la mayor parte de las veces. Los brazos le tiemblan cuando intenta apuntar con el AK-47.

—Vas a tener que ponerte más fuerte para coger esa —le digo quitándole el fusil.

Ella asiente y coge su botella de agua.

—Sí —dice entre sorbos—. Quiero ponerme más fuerte y ser capaz de manejar todas esas armas, como tú.

No puedo evitar reírme ante eso. Aunque es fácil de tratar, Nora tiene una vena competitiva. Ya lo había notado antes cuando participamos en aquella carrera de cinco kilómetros en la isla.

—Vale —le digo todavía riendo. Le cojo la botella, doy un sorbo y luego se la devuelvo—. También puedo entrenarte para que te pongas más fuerte.

Practica el tiro unas pocas veces más y luego volvemos a la caseta. Después la llevo al gimnasio interior para enseñarle algunos movimientos básicos de lucha.

Lucas está allí, peleando con tres guardias. Al vernos entrar se detiene y saluda a Nora con respeto, clavando los ojos fijos en su rostro. Ya sabe lo que siento por ella y es lo suficientemente inteligente para no mostrar ningún interés en su cuerpo delgado y medio desnudo. Los oponentes, en cambio, no son tan listos y hace falta una mirada asesina de mi parte para que dejen de mirarla boquiabiertos.

—Hola, Lucas —dice Nora sin hacer caso a esta pequeña interacción—. Me alegro de volver a verte.

Lucas esboza con cuidado una sonrisa neutral.

—Yo también, señora Esguerra.

Para mi fastidio, a Nora parece que le pesa el apellido y mi leve enfado con los guardias se transforma en enfado repentino hacia ella. Siento su reticencia a casarse conmigo como una espina infectada en el fondo de mi ser y no tarda mucho en volver la sensación que tuve en la iglesia.

A pesar del supuesto amor que ella siente por mí, sigue negándose a aceptar nuestro matrimonio y yo ya no estoy dispuesto a ser sensato y olvidar.

—Fuera —grito a Lucas y a los guardias, dirigiendo mi pulgar hacia la puerta—. Necesitamos este espacio.

Se retiran al momento, dejándonos solos a mí y a Nora.

Ella da un paso hacia atrás, recelosa. Me conoce bien y sé que nota algo raro.

Como de costumbre, se lo huele.

—Julian —dice con cautela—. No era mi intención reaccionar así. Solo que no estoy acostumbrada a que me llamen así. Solo es eso.

—¿De verdad, mi niña? —Mi voz parece de seda y no refleja nada de la furia que hierve en mi interior. Doy un paso hacia ella, levanto la mano y le paso suavemente los dedos por la mandíbula—. ¿Prefieres que no te llamen así? ¿Quizá deseabas que no hubiera vuelto a por ti?

Sus ojos enormes se agrandan aún más.

—No, ¡claro que no! Te dije que quiero estar aquí contigo.

—No me mientas.

Las palabras suenan frías y cortantes mientras dejo caer la mano. Me enfurece que esto me importe tanto, que deje que algo tan insignificante como los sentimientos de Nora me molesten. ¿Qué más da si me quiere? No debo querer eso de ella, no debo esperarlo y aun así lo hago. Es parte de esta puta obsesión que tengo con ella.

—No miento. —Niega con vehemencia dando un paso atrás. Tiene la cara pálida en la luz tenue de la habitación, pero su mirada es directa y firme—. No debería querer estar contigo, pero así es. ¿Crees que no me doy cuenta de lo mal que está esto, de lo desastroso? Me secuestraste Julian, me forzaste.

La acusación cae entre nosotros, dura y pesada. Si yo fuera un hombre diferente, una mejor persona, habría mirado a otro lado y estaría arrepentido por lo que hice.

Pero no lo estoy.

No quiero engañarme y no lo voy a hacer ahora. Cuando secuestré a Nora sabía que estaba cruzando una línea, que caí muy bajo. Lo hice con el total conocimiento de en lo que eso me convierte: una bestia inexorable, un destructor de la inocencia. Es una etiqueta con la que estoy dispuesto a vivir para tenerla. Haría lo que fuera para tenerla.

Así que, en lugar de mirar para otro lado, le mantengo la mirada.

—Sí —digo en voz baja—. Lo hice.

Ya no estoy enfadado, ahora lo he cambiado por un sentimiento que no quiero analizar con detenimiento. Doy un paso hacia ella, vuelvo a alzar la mano y le acaricio la gran suavidad del labio inferior con el pulgar. Ella separa los labios cuando los toco y la ira que me lleva dominando todo el día aumenta, me come por dentro.

La quiero. La quiero y pienso poseerla.

Después ya no tendrá ninguna duda de que me pertenece.

Miro a mi marido y tengo que controlarme para no alejarme. No debí dejar que Julian viera la reacción ante mi nuevo apellido, pero había disfrutado tanto la sesión de tiro y la compañía de Julian, que olvidé cuál era mi nueva situación. Me sorprendió oír ese «señora Esguerra» de los labios de Lucas; me devolvió al sentimiento desconcertante de pérdida de identidad, y, por un momento, no fui capaz de esconder la consternación.

Bastó ese instante para transformar la compañía agradable y bromista de Julian en el hombre aterrador e impredecible que me llevó a su isla.

Noto que se me acelera el pulso mientras me acaricia los labios con el dedo. Su tacto es gentil a pesar de la oscuridad que destellan sus ojos. No parece molesto por mis acusaciones imprudentes; más bien parece calmado, incluso divertido. No estoy segura de qué pensé que ocurriría cuando le dije eso, pero no esperaba que admitiera los crímenes tan fácilmente sin una pizca de culpa o arrepentimiento. La mayoría de las personas justifica sus acciones ante ellos y los demás tergiversando los hechos para adaptarse a sus propósitos; pero Julian no es así: él ve las cosas tal como son; no le preocupa cometer actos de los que la mayoría de las personas se avergonzaría. En vez de un psicópata confiado que cree que hace lo correcto, mi nuevo marido no es más que un hombre inconsciente.

Un hombre a quien amo y temo a la vez.

Sin decir nada más, Julian baja los dedos, me agarra el brazo y me lleva a un tatami que hay cerca de la pared. Mientras caminamos, echo un vistazo al bulto en sus pantalones y se me acelera la respiración en una mezcla de ansiedad y deseo involuntario.

Julian pretende follarme aquí y ahora, donde cualquiera puede sorprendernos.

Mi piel arde en una incómoda mezcla de lujuria y vergüenza. La lógica me dice que este no va a ser uno de esos encuentros acaramelados, pero mi cuerpo no conoce la diferencia entre el sexo de castigo y el sexo delicado. Solo conoce a Julian y sus ansias de tocar.

Para mi sorpresa, Julian no se abalanza sobre mí al instante. En lugar de eso, me suelta el brazo y me mira. Su boca sensual me ofrece una sonrisa fría y cruel.

—¿Por qué no me enseñas lo que has aprendido en esas clases de defensa propia, mi gatita? —dice despacio—. Déjame ver algún movimiento que te hayan enseñado.

Lo miro fijamente mientras se me sale el corazón por la garganta al darme cuenta de lo que Julian me está pidiendo: quiere que lo ataque, que me resista aun sabiendo que eso no cambiará el resultado. Aun sabiendo que solo me hará sentir indefensa y derrotada cuando pierda.

—¿Por qué? —pregunto desesperada, intentando evitar lo inevitable. Sé que Julian solo está jugando conmigo, pero no quiero formar parte de su juego, no después de todo lo que ha ocurrido entre nosotros. Quiero olvidar aquellos primeros días en la isla, no revivirlos de esta forma tan retorcida.

—¿Por qué no? —Empieza a dar vueltas a mi alrededor y se me dispara la ansiedad—. ¿No fuiste a clases por eso, para protegerte de hombres como yo, de hombres que quieren follarte, de hombres que quieren abusar de ti?

Se me acelera más y más la respiración. Me sube la adrenalina y empiezo a notar un impulso creciente de lucha o huida. Me giro de manera instintiva, intentando no perderlo de vista, como si fuera un depredador. Porque en estos momentos lo es.

Un depredador hermoso y mortal que está decidido a darme caza.

—Adelante, Nora —murmura mientras me arrincona contra la pared—. Lucha.

—No. —Intento no encogerme cuando se acerca y me agarra la muñeca—. No voy a hacerlo, Julian. Así no.

Se le ensanchan los agujeros de la nariz. No está acostumbrado a que le niegue nada, así que contengo la respiración, esperando a ver lo que hace. Me late muy fuerte el corazón y una gota de sudor me baja por la espalda al sostenerle la mirada. Hasta ahora, sé que Julian no me haría daño realmente, pero eso no significa que no me castigue por desafiarlo.

—Muy bien —dice suavemente—. Tú lo has querido así. —Me agarra de la muñeca, me retuerce los brazos hacia arriba y me obliga a ponerme de rodillas. Con la mano libre, se desabrocha los pantalones y sale su erección. Después me aparta el pelo con el puño y me dirige la boca hacia la polla.

—Chúpala —ordena con firmeza, mirándome fijamente.

Aliviada por ser una tarea tan simple, obedezco encantada, cerrando los labios alrededor de su grueso miembro. El líquido preseminal que aflora en la punta de su polla sabe a sal y a hombre, y me siento un poco menos ansiosa, mejor, lo deseo cada vez más. Me encanta darle placer de esta forma y como Julian me suelta la muñeca, uso ambas manos para masajearle los huevos con firmeza.

Gime, cierra los ojos y empiezo a mover la boca hacia delante y atrás, usando el movimiento de succión para llevarla cada vez más al fondo de la garganta. La manera en que sujeta el pelo hace que me duela la cabeza, pero la incomodidad solo aumenta mi excitación. Julian tenía razón al decir que tengo tendencias masoquistas. Bien sea por naturaleza o por aprendizaje, ya no siento el dolor. Al contrario, mi cuerpo ansía la intensidad de estas sensaciones.

Lo miro, absorta en la expresión torturada de su rostro y disfruto de ese poder que me permite.

Sin embargo, hoy no me deja marcar el ritmo durante mucho tiempo. Empuja sus caderas hacia delante y me mete la polla hasta el fondo de la garganta, por lo que me atraganto y escupo saliva. Esto parece gustarle, ya que murmura con fuerza:

—Sí, eso es, cariño. —Abre los ojos para mirarme al tiempo que empieza a follarme la boca a un ritmo incesante y duro. Me atraganto de nuevo, y cada vez sale más saliva, que llena la barbilla y la polla de una viscosa humedad.

Entonces me suelta, pero sin tiempo para controlar mi respiración, me empuja hacia el tatami de boca, sin poder poner las manos antes. Después se pone detrás de mí y noto que me quita los pantalones y la ropa interior. Mi sexo se tensa, hambriento por la excitación... pero hoy no me quiere por ahí. Es la otra puerta la que le llama la atención y por instinto me pongo más tensa al sentir la presión de la punta de su polla en mis cachetes.

—Relájate, mi gatita —murmura y me sujeta las caderas para colocarme y empezar a empujar—. Relájate... Así, buena chica...

Respiro de manera breve y entrecortada e, intentando seguir el consejo de Julian, lucho contra el deseo de apretar cuando me penetra despacio el culo. Sé por experiencia que duele mucho menos si no estoy tan tensa, pero mi cuerpo parece decidido a luchar contra esta intromisión. Después de meses de abstinencia, es como si fuera virgen de nuevo, y siento una gran presión ardiente cuando mi esfínter se abre forzosamente.

—Julian, por favor... —Se lo suplico despacio y en voz baja mientras empuja rudamente más adentro. La saliva que le empapa la polla hace de lubricante. Me retuerzo en mi fuero interno y toda la dulzura se esfuma de mi cuerpo cuando el músculo cede finalmente y deja pasar a su enorme polla. Ahora, él late dentro de mí, lo que me hace sentir insoportablemente llena, abrumada y superada.

—Por favor, ¿qué? —Respira, me coloca un brazo musculoso bajo las caderas y me sostiene. Al mismo tiempo, me estira del pelo con la otra mano y me obliga a arquearme hacia atrás. El nuevo ángulo le permite profundizar más y grito, empezando a temblar. Es demasiado, no puedo soportarlo, pero Julian no me deja otra posibilidad. Este es mi castigo: ser follada como un animal en un tatami sucio, sin reparo ni preparación. Debería sentirme mal por haber matado todo sentimiento de deseo, pero no sé por qué, me pone; mi cuerpo está impaciente por cualquier sensación que Julian elija compartir.

—Por favor, ¿qué? —repite con voz alta y dura—. Por favor, ¿fóllame? Por favor, ¿dame más?

—No... No lo sé... —Apenas puedo hablar, mis sentidos me abruman. Entonces se detiene y doy gracias por ese gesto de compasión al dejar que me adapte a la brutal dureza alojada dentro de mí. Intento regular mi respiración, relajarme, y el dolor poco a poco empieza a cesar, transformándose en algo más: en un calor agobiante que me supera.

Empieza a moverse de nuevo, me embiste despacio pero profundo, y el calor se intensifica, centrándose en el corazón. Mis pechos están duros y una oleada de humedad me inunda el sexo. A pesar de la incomodidad, hay algo erótico y perverso en ser follada así, en ser poseída de esta manera tan sucia y prohibida. Cierro los ojos y empiezo a sentir el ritmo de sus movimientos, con cada embestida me agito por dentro con agonía y placer. Mi clítoris crece, cada vez siento más y más y sé que solo hacen falta unos pocos tocamientos más para llegar al orgasmo, para aliviar la tensión que crece dentro de mí.

Pero no me toca el clítoris. En vez de eso, me suelta el pelo y me pasa la mano por el cuello. Entonces me aprieta la garganta, haciendo que me levante y me ponga de rodillas, con la espalda medio arqueada. Abro los ojos de golpe y de manera instintiva agarro sus dedos estranguladores, pero no puedo hacer nada para liberarme de la opresión. En esta posición, él está incluso más dentro de mí y apenas puedo respirar. Noto como me late el corazón con un nuevo miedo desconocido.

Entonces, se inclina hacia delante y puedo sentir que me roza la oreja con los labios.

—Eres mía para el resto de tu vida —susurra con dureza. El calor de su aliento me pone la piel de gallina—. ¿Sabes, Nora? Todo tú: tu coño, tu culo, tus putos pensamientos... Todo es mío para usar y abusar cuanto quiera. Soy tu dueño, dentro y fuera, de todas las formas posibles... —Hunde los dientes afilados en el lóbulo de la oreja, haciéndome jadear por el dolor repentino—. ¿Me escuchas? —Me asusta el deje oscuro de su voz. Esto es nuevo, nunca me había hecho esto antes y se me eleva mucho el pulso al apretarme la garganta, dejándome sin aire lenta pero inexorablemente.

Tengo más miedo: la adrenalina se me desata en las venas.

—Sí... —logro decir con voz áspera. Ahora le araño la mano con las uñas para hacer palanca y liberarme. Me doy cuenta con espanto de que empiezo a ver las estrellas, la habitación se nubla y se oscurece. «No intenta matarme, de verdad... No intenta matarme, de verdad...». Estoy horrorizada, pero por alguna extraña razón, mi sexo palpita y unos temblores eléctricos me recorren la piel mientras la excitación aumenta.

—Bien. Ahora dime: ¿de quién eres esposa? —Ejerce más presión con los dedos y las estrellas se convierten en supernovas al tiempo que mi cerebro lucha por conseguir oxígeno. Mi cuerpo está al borde del sofoco, pero aun así está más vivo que nunca en este momento. Toda sensación se agudiza y perfecciona. El grosor ardiente de su polla dentro de mi culo, el calor de su respiración en mi sien, el pulso de mi clítoris abultado... Es demasiado y muy poco al mismo tiempo. Quiero gritar y luchar, pero no puedo moverme, no puedo respirar... y de forma lejana, oigo a Julian preguntarme otra vez—: ¿De quién?

Justo antes de desmayarme, me agarra un poco más flojo y consigo decir:

—Tuya.

Incluso con el cuerpo convulsionando en un paroxismo de éxtasis, experimento un orgasmo repentino y sorprendentemente tan intenso como la necesidad de oxígeno en los pulmones.

Trago aire frenéticamente y me desplomo en él, temblando. No puedo creer que haya llegado al orgasmo sin que Julian me haya tocado siquiera.

No puedo creer que haya llegado al orgasmo mientras temía por mi vida.

Después de un instante, me percato de que me roza la mejilla sudorosa con los labios.

—Sí —susurra y me acaricia la garganta—, eso es, cariño... —Él aún está dentro de mí, su dura polla me parte por dentro, invadiéndome—. ¿Y cómo te llamas?

—Nora. —Jadeo con voz ronca y tiemblo cuando me baja los dedos del cuello al pecho. Todavía llevo el sujetador deportivo. Pasa la mano por debajo de la tela ajustada y me cubre el pecho.

—¿Nora qué? —insiste. Me pellizca el pezón, que está erecto y sensible del orgasmo, y el tacto me produce una ola de calor que desciende hasta mi torso—. ¿Nora qué?

—Nora Esguerra —susurro y cierro los ojos. Nunca lo podré olvidar, y mientras Julian continúa follándome, sé que Nora Leston nunca más volverá a existir.

Se ha ido para siempre.

II

PARTE II: LA FINCA

*N*ora

DURANTE LAS PRÓXIMAS DOS SEMANAS ME VOY ACOSTUMBRANDO A MI nuevo hogar. La finca es un sitio fascinante y paso mucho tiempo explorando y conociendo a sus habitantes.

Además de los guardias, aquí viven una decena de personas; algunos solos, otros con sus familias. Todos trabajan para Julian, desde el más viejo hasta el más joven. Algunos, como Ana y Rosa, cuidan de la casa y sus jardines; otros gestionan los negocios de Julian. Parece que él ha vuelto hace poco al recinto, pero sus empleados han vivido aquí desde que Juan Esguerra, su padre, reinaba como uno de los narcotraficantes más poderosos del país. Para una estadounidense como yo, tal lealtad por parte de los empleados es incomprensible.

—Todos cobran un buen sueldo, tienen un hogar gratis e incluso tu marido contrató a un maestro hace unos años para que enseñara a los niños. —Me explica Rosa cuando le pregunto por este fenómeno tan inusual—. Puede que no esté aquí mucho tiempo, pero siempre ha cuidado de su gente. Todos pueden irse cuando quieran, pero saben que no encontrarán un lugar mejor. Además, aquí se sienten protegidos, pero ahí fuera, ellos y sus familias son el blanco de policías entrometidos o personas que buscan información sobre la organización Esguerra. —Me dirige una sonrisa irónica y añade—: Mi madre dice que una vez que entras a formar parte de su vida, lo eres para siempre. No hay vuelta atrás.

—¿Por qué elegiste esta vida? —pregunté con el fin de entender qué motivo tendría una persona para mudarse a un recinto aislado, al borde del bosque del Amazonas, propiedad de un traficante de armas. No conozco a nadie que en su sano juicio hiciera algo así por voluntad propia, sobre todo si ellos saben que la vuelta a casa no será fácil.

—Bueno, cada uno tiene una historia diferente. —Rosa se encoge de hombros—. A algunos los buscaban las autoridades, otros se enemistaron con personas peligrosas... Mis padres vinieron aquí para escapar de la pobreza y ofrecernos una vida mejor a mis hermanos y a mí. Sabían que corrían un gran riesgo, pero creían que no les quedaba otra. Hoy en día mi madre está totalmente convencida de que tomaron la decisión correcta para todos.

—¿Incluso después de...? —Empiezo a preguntar, pero luego cierro la boca al darme cuenta de que solo traería a Rosa malos recuerdos.

—Sí, incluso después de eso —dice al adivinar lo que iba a decir—. No hay nada seguro en esta vida. Podrían haber muerto de todos modos. Asesinaron a mi padre y a Eduardo, mi hermano mayor, en su trabajo, pero al menos tenían trabajo. Cuando estaban en el pueblo no había trabajo alguno y en las ciudades la situación era incluso peor. Mis padres hicieron todo lo posible por traer algo que llevarnos a la boca, pero no era suficiente. Cuando mi madre se quedó embarazada de mí, Eduardo, que por aquel entonces tenía solo doce años, fue a Medellín para hacer de mula y que nuestra familia no muriera de hambre. Mi padre fue detrás de él para pararlo y fue entonces cuando conocieron a Juan Esguerra, que estaba en la ciudad negociando con el cartel de Medellín. Les ofreció trabajo en su organización, y el resto es historia. —Se detiene y me sonríe antes de continuar—. Ya lo ves, Nora, trabajar para el señor Esguerra ha sido lo mejor que le ha pasado a mi familia. Y como dice mi madre, al menos no he tenido que venderme por comida como hizo ella en su juventud.

Rosa dice esta última parte sin ningún tono amargo ni de autocompasión. Se limita a narrar lo que pasó. Realmente se considera afortunada por haber nacido en la finca Esguerra. Le está muy agradecida a Julian y a su padre por haberle dado a su familia un buen nivel de vida y, a pesar de su anhelo de ver Estados Unidos, no le importa vivir en mitad de la nada. Para ella, este recinto es su hogar.

Todo esto lo aprendo durante nuestros paseos. A Rosa no le gusta correr, pero está más que encantada de pasear al aire fresco por la mañana, antes de que todo se vuelva bochornoso y húmedo. Empezamos a hacerlo en mi tercer día aquí y se está convirtiendo en parte de la rutina. Me gusta pasar tiempo con Rosa, es amable y radiante y me recuerda un poco a mi amiga Leah. A Rosa parece gustarle mi compañía también, aunque estoy segura de que sería amable conmigo de todos modos, dada mi situación aquí. Todo el mundo en la finca me trata con respeto y educación.

Al fin y al cabo, soy la mujer del señor.

Después del incidente en el gimnasio, he intentado por todos los medios aceptar que estoy casada con Julian. Ese hombre guapo y amoral que me raptó es ahora mi marido. Pensarlo me atormenta aún en cierto modo, pero conforme pasan los días me acostumbro más a ello. Mi vida cambió irrevocablemente cuando Julian me secuestró, y ese lejano futuro normal es un sueño que tuve que rechazar hace mucho tiempo. Aferrarme a ello y a la vez enamorarme de mi secuestrador ha sido tan irracional como sentir algo por él.

En vez de una casa en las afueras y dos niños y otro en camino, mi futuro parece ser un enorme recinto a salvo cerca de la selva amazónica y un hombre que me excita y me aterra a la vez. Me es imposible pensar en tener hijos con Julian y me asusta que dentro de unos pocos meses dejará de funcionar el tratamiento de tres años contra el embarazo que empecé a los diecisiete. En algún momento tendré que sacarle el tema a Julian, pero de momento intento no pensar en ello. Si no estoy lista para ser su esposa, mucho menos lo estoy para ser madre y esa posibilidad me produce sudores fríos.

Quiero a Julian, pero ¿criar a un niño junto a un hombre que aprueba el rapto y el asesinato? Eso es harina de otro costal.

En casa, mis padres y mis amigos no ayudan mucho. Un día hablé con Leah y le conté todo lo relacionado con mi matrimonio exprés. Se quedó de piedra, por decirlo suavemente.

—¿Te has casado con ese traficante de armas? —exclamó con incredulidad—. ¿Después de todo lo que te ha hecho a ti y a Jake? ¿Estás loca? ¡Solo tienes diecinueve y él debería estar en la cárcel! —Y a pesar de lo mucho que intenté cambiarlo todo con un toque de optimismo, seguro que colgó pensando que mi secuestro había hecho que se me fuera la olla.

Con mis padres es todavía peor. Cada vez que hablo con ellos tengo que esquivar el interrogatorio sobre mi inesperado matrimonio y los planes de Julian para nuestro futuro. No los culpo por ello porque sé que están muy preocupados por mí. La última vez que tuvimos una videollamada, vi que los ojos de mi madre estaban hinchados y enrojecidos, como si hubiese estado llorando. Es obvio que la historia inventada que les conté en mi boda no los ha aliviado mucho. Mis padres saben cómo empezó mi relación con Julian, y les cuesta creer que soy feliz con un hombre que ellos consideran perverso.

Pero sí, soy feliz; dejando a un lado mi preocupación por el futuro. Se ha ido toda la frialdad que había dentro de mí y han llegado nuevas sensaciones y emociones abrumadoras. Es como si la película de mi vida en blanco y negro se viera ahora en color.

Cuando estoy con Julian, me siento completa y feliz de una forma que no termino de entender del todo y que tampoco puedo expresar con palabras. No es que estuviera deprimida antes de conocerlo, al contrario, he tenido buenos amigos, una familia que me quiere y la promesa de una buena vida, si bien corriente, delante de mí. He estado colada por un chico, Jake, con quien sentí las mariposas en el estómago. No tiene sentido que necesitara algo tan perverso como esta relación con Julian para enriquecer mi vida y darme lo que me faltaba.

No soy loquera, pero puede que haya una explicación a estos

sentimientos. Puede que aún mantenga algún trauma de mi niñez o que sufra algún desequilibrio mental. O quizá sea solo Julian y la manera deliberada en que ha ido moldeando mis respuestas físicas y sentimentales desde los primeros días en la isla. Soy consciente de sus métodos de condicionamiento, pero reconocerlos no los hará menos efectivos. Es extraño saber que estás siendo manipulada y a la misma vez disfrutar de los resultados de esa manipulación.

Pero de verdad los disfruto. Estar con Julian es tan emocionante y a la vez tan aterrador y excitante como montarse sobre un tigre. Nunca sé qué parte de él veré en su próximo movimiento, si el amante encantador o el amo cruel. Y, como es tan complicado, quiero a ambos. Soy adicta a ambos. La luz y la oscuridad, la violencia y la ternura… Todo va junto y forma un cóctel volátil y vertiginoso que juega a confundir mi equilibrio y me hace caer en el hechizo de Julian una y otra vez.

Por supuesto, verlo todos los días no ayuda. En la isla, sus frecuentes ausencias me daban tiempo para recuperarme del potente efecto que tenía en mi mente y en mi cuerpo, y así era capaz de mantener un equilibrio emocional. Sin embargo, aquí no tengo descanso del atractivo magnético que ejerce sobre mí; no hay manera de protegerme de esa atracción tóxica. Cada día que pasa, pierdo un trozo de mi alma y mi necesidad de él crece en vez de disminuir.

Solo me mantiene cuerda saber que Julian siente la misma atracción que yo. No sé si será mi parecido con Maria o nuestra química inexplicable, pero sí sé que la adicción es mutua.

El hambre que tiene Julian de mí no conoce límites. Me posee un par de veces todas las noches y a veces también durante el día y aun así siento que quiere más. Está ahí, en la intensidad de su mirada, en la manera en que me toca, en que me sostiene. No puede quitarme las manos de encima y eso me hace sentir mejor con respecto a mi propia atracción irremediable hacia él.

También parece agradarle pasar tiempo conmigo fuera de la habitación. Cumpliendo su promesa, Julian ha empezado a entrenarme, a enseñarme a pelear y a usar diferentes armas. Después del comienzo accidentado, ha resultado ser un instructor excelente, sabio, paciente y sorprendentemente dedicado. Nos entrenamos juntos casi todos los días y ya he aprendido mucho más en este par de semanas que durante los tres meses de cursos de autodefensa. Es verdad que lo que me enseña no es autodefensa, ya que las lecciones de Julian son más bien un entrenamiento militar para matar.

—Tu meta es matar siempre. —Me indica durante una sesión por la tarde en que me hace lanzar cuchillos a una diana colgada en la pared—. No eres muy grande y tampoco tienes mucha fuerza, así que tu ventaja será la velocidad, la flexibilidad y la crueldad. Necesitas coger desprevenidos a tus oponentes y eliminarlos antes de que se den cuenta de que los vas a matar. Cada movimiento tiene que ser mortal, cada movimiento cuenta.

—¿Y si no quiero matarlos? —le pregunto mirándolo—. ¿Y si solo quiero herirlos para poder huir?

—Un hombre herido siempre puede contraatacarte. No requiere mucho esfuerzo apretar el gatillo o apuñalar con una navaja. A menos que tengas una buena razón para mantener vivo a tu enemigo, tu meta es matar, Nora. ¿De acuerdo?

Asiento y lanzo un pequeño cuchillo afilado a la pared. Impacta en la diana y se cae sin apenas rasguñar la pared. No es mi mejor tiro, pero mucho mejor que los cinco primeros.

No sé si seré capaz de hacer lo que dice Julian, pero no quiero volver a sentirme indefensa. Si eso significa aprender a matar, lo haré encantada. No significa que lo vaya a usar, es solo que sabiendo que puedo protegerme me siento más fuerte y segura y me ayuda a lidiar con las continuas pesadillas de la experiencia con los terroristas.

Para mi alivio, eso también ha ido mejorando. Es como si mi subconsciente supiera que Julian está aquí y que estoy a salvo con él. Por supuesto, también ayuda que, cuando me levanto gritando, él está aquí para calmarme y hacerme olvidar las pesadillas.

La primera de ellas tiene lugar la tercera noche después de que llegara a la finca. Sueño de nuevo con la muerte de Beth, con el océano de sangre que me ahoga; pero esta vez, unos brazos fuertes me agarran y me salvan de una muerte segura. Esta vez, cuando abro los ojos, no estoy sola en la oscuridad. Julian ha encendido la lámpara de la mesita y me zarandea para que despierte, con una expresión de preocupación en su hermoso rostro.

—Estoy aquí ahora. —Me calma deslizándome hasta su regazo sin poder parar de temblar. Por mi cara resbalan lágrimas de terror al recordarlo—. Todo está bien, te lo prometo... —Me acaricia el pelo hasta que me tranquilizo y dejo de sollozar. Luego me pregunta con suavidad—: ¿Qué pasa, cariño? ¿Has tenido una pesadilla? Estabas gritando mi nombre...

Asiento, aferrándome a él con todas mis fuerzas. Puedo sentir el calor de su piel, oír el latido de su corazón y la pesadilla comienza a desvanecerse poco a poco, volviendo a la realidad.

—Era Beth —susurro cuando puedo hablar sin que la voz se quiebre—. La estaba torturando... la estaba matando.

Julian me abraza estrechando sus brazos. No dice nada, pero siento su rabia, su ira. Beth había sido más que un ama de llaves para él, aunque su verdadera relación continuaba siendo un misterio para mí.

Desesperada por apartar las imágenes sangrientas de mi mente, decido satisfacer la curiosidad que me comía por dentro en la isla.

—¿Cómo os conocisteis Beth y tú? —pregunto y me separo para verle la cara—. ¿Cómo acabó en la isla conmigo?

Me mira con los ojos llenos de recuerdos. Antes, siempre que había preguntado estas cosas o le quitaba importancia o cambiaba de tema. Pero ahora las cosas son muy diferentes entre nosotros. Julian parece más dispuesto a hablar conmigo, a dejar que me introduzca en su vida.

—Hace siete años, estaba en Tijuana en una reunión con uno de los cárteles —empieza a hablar—. Cuando concluyó la reunión, fui a buscar algo de entretenimiento en la Zona Norte, el barrio rojo de la ciudad. Estaba paseando por una de las avenidas cuando la vi... una mujer lloraba y gritaba sobre un cuerpo pequeño en el suelo.

—Beth —susurré, recordando lo que me contó sobre su hija.

—Sí, Beth —confirma—. No era asunto mío, pero llevaba unas copas de más y sentía curiosidad, así que me acerqué... entonces vi que el cuerpo pequeño era una niña. Una preciosa niña pelirroja con el pelo rizado, una réplica de la mujer que estaba llorando. —Un destello de furia le iluminó los ojos—. La niña yacía sobre un charco de sangre con un tiro en el pecho. Al parecer, la habían asesinado para castigar a la madre, que no quería dejar que su proxeneta ofreciera a su hija a algunos clientes con gustos un poco más exclusivos.

Una fuerte oleada de náuseas me sube por la garganta. A pesar de todo lo que he pasado, aún me horroriza saber que hay tanto monstruo ahí fuera. Monstruos mucho peores que el hombre de quien me he enamorado.

No me extrañaba que Beth viera el mundo en tonos negros. Su vida había estado llena de oscuridad.

—Cuando escuché la historia, me llevé a Beth y a su hija —prosigue Julian con una voz áspera—. Seguía sin ser asunto mío, pero no podía quedarme parado, no después de ver el cuerpo de la niña. La enterramos en un cementerio a las afueras de Tijuana. Después cogí a dos de mis hombres y a Beth y volvimos a buscar al proxeneta. —Se le asoma una sonrisa pequeña y despiadada mientras dice—: Beth lo mató personalmente, a él y a sus dos mafiosos, los que ayudaron a matar a su hija.

Respiro despacio porque no quería empezar a llorar de nuevo.

—¿Después de eso empezó a trabajar para ti? ¿Después de que la ayudaras?

—Sí —asiente Julian—. Tijuana no era un sitio seguro para ella, así que le ofrecí trabajo como cocinera y sirvienta. Aceptó, por supuesto. Era mucho mejor que ser prostituta en México, así que viajó conmigo dondequiera que fuera. No fue hasta que decidí adquirirte cuando le ofrecí la oportunidad de quedarse en la isla y bueno, ya conoces el resto.

—Sí —murmuro empujándolo para escapar de su abrazo, un abrazo que se torna de cómodo a sofocante. Ese «adquirirte» es un recordatorio desagradable de cómo llegué a estar hoy aquí... de que el hombre que tengo al lado planeó y llevó a cabo mi secuestro despiadadamente. En una escala de maldad, puede que Julian no sea del todo perverso, pero no está muy lejos tampoco.

Con el paso de los días las pesadillas cesan. Aunque suene contradictorio, ahora que vuelvo a estar con mi secuestrador, empiezo a curarme de la dura experiencia de ser secuestrada. Incluso mi arte se ha calmado. Todavía siento la necesidad de dibujar las llamas de una explosión, pero he vuelto a interesarme por los paisajes: plasmo en los lienzos la belleza salvaje del bosque que rodea la propiedad.

Al igual que antes, Julian me anima a que siga con mi afición. Además de prepararme un estudio, ha contratado a un profesor de arte: un anciano enjuto del sur de Francia que habla inglés con un acento muy fuerte. Antes de retirarse a los setenta, Monsieur Bernard dio clases en las mejores escuelas de arte de Europa. No tengo ni idea de cómo lo ha persuadido Julian para que venga a la finca, pero agradezco su presencia. Las técnicas que me enseña son mucho más avanzadas que las que aprendí con los vídeos de formación y estoy preparada para empezar un nuevo nivel de sofisticación en mi arte, al igual que hace Monsieur Bernard.

—Tiene talento, señora —dice con su fuerte acento francés al comprobar mi último intento de pintar una puesta de sol en la selva. Los árboles aparecen oscuros en contraposición con el vivo atardecer naranja y rosa y los bordes de la pintura aparecen difuminados y desenfocados—. Esto es... ¿Cómo se dice? ¿Un paisaje casi siniestro? —Me mira con una mirada llena de curiosidad—. Sí —continúa tras examinarme por un momento—, tiene talento y algo más... algo más dentro de usted que sale a través de su arte. Una oscuridad que pocas veces he visto en alguien tan joven.

No sé qué responder a eso, así que me limito a sonreír. Tampoco estoy segura de si Monsieur Bernard sabe algo de la profesión de mi marido, pero estoy casi segura de que el viejo profesor no tiene ni idea de cómo empezó mi relación con Julian.

Y, hasta ahora, para el mundo soy la mujer joven y mimada de un hombre apuesto y rico. Ya está.

—Te he matriculado en el semestre de invierno de Stanford — dice Julian de pasada una noche mientras cenamos—. Tienen un nuevo programa online. Todavía está en fase experimental, pero los primeros comentarios son muy buenos. Son los mismos profesores, pero las clases están grabadas así que no hay que asistir de forma presencial.

Abro la boca del asombro. ¿Estoy matriculada en Stanford? No sabía ni que existiera la posibilidad de ir a la universidad, mucho menos a una de las diez mejores.

—¿Qué? —digo incrédula, soltando el tenedor en la mesa. Ana había preparado una deliciosa cena para nosotros, pero ya no me interesa la comida del plato. Toda mi atención va para Julian.

—Le prometí a tus padres que tendrías una buena educación y estoy cumpliendo mi promesa. ¿No te gusta Stanford? —Sonríe tranquilo.

Lo miro estupefacta. No tengo ninguna opinión sobre Stanford porque nunca he contemplado la posibilidad de ir allí. Mis notas en el instituto han sido buenas, pero los resultados de los exámenes finales no fueron muy altos. Además, de todas formas, mis padres no se podían permitir una universidad tan cara. Mi camino universitario iba a ser entrar en una universidad regional y luego pasarme a una universidad del estado, así que nunca he pensado en Stanford ni ninguna universidad de tal calibre.

—¿Cómo me has metido? —pregunto al final—. ¿La lista de admisión no es tan exclusiva? ¿O acaso hay menos demanda en el programa online?

—No, creo que es incluso más competente —dice Julian, rellenando su plato con más pollo—. Creo que este año solo admitirán a cien estudiantes para el programa y había cerca de diez mil solicitudes.

—Entonces, ¿cómo has podido...? —empiezo a decir, pero luego me callo al darme cuenta de que entrar en una universidad de élite es un juego de niños para alguien como Julian y sus contactos—. Dices que ¿empiezo en enero? —pregunto. La emoción me corre por las venas y dejo de estar asombrada. Stanford. Madre mía, voy a ir a Stanford. Debería sentirme culpable por no haber entrado por mérito propio o al menos estar indignada por el uso de poder de Julian, pero solo puedo pensar en la reacción de mis padres cuando les dé la noticia. ¡Voy a ir a Stanford!

Julian asiente y se sirve más arroz.

—Sí, es cuando empieza el cuatrimestre. En los próximos días te enviarán un correo con un paquete de orientación para que puedas pedir los libros una vez que sepas los requisitos de las clases. Me aseguraré de que te lleguen a tiempo.

—¡Vaya! Muy bien. —Sé que no es la respuesta apropiada para algo de esta magnitud, pero no se me ocurre nada mejor que decir. Dentro de menos de dos semanas seré estudiante en una de las universidades más prestigiosas del mundo. Esto es lo último que podría imaginarme cuando Julian volvió a por mí. Es un programa online, sí, pero sin duda es mil veces mejor que lo que hubiera soñado.

Se me ocurren muchas preguntas.

—¿Cuál será mi especialidad? ¿Qué voy a estudiar? —pregunto, inquiriendo si Julian ya ha tomado esa decisión por mí también. No me sorprende que haya escogido él la universidad. Después de todo, este es el hombre que me secuestró y me obligó a casarme con él. No es exactamente muy flexible al dejarme elegir No es que sea precisamente flexible a la hora de dejarme elegir cosas.

—Lo que tú quieras, mi gatita. Creo que hay algunas asignaturas comunes que tendrás que hacer, o sea, que no tendrás que elegir tu especialidad hasta dentro de un año o dos. ¿Sabes lo que quieres estudiar? —Julian me ofrece una sonrisa benévola.

—La verdad es que no. —Había pensado en tomar clases en diferentes áreas para averiguar lo que quería hacer, pero me alegra que Julian me permita elegir a mí. En el instituto la mayoría de las asignaturas se me daban bien por igual, por lo que delimitar las posibilidades entre las distintas carreras era más difícil.

—Bueno, aún tienes tiempo para averiguarlo —dice Julian para consolarme—. No hay prisa.

—Vale, sí. —Una parte de mí no se puede creer que estemos hablando de esto. Hace menos de dos horas Julian me acorraló en la piscina y me folló hasta la saciedad sobre una de las tumbonas. Hace menos de cinco horas, me enseñaba cómo dejar incapacitado a un hombre metiéndole los dedos en el ojo. Hace dos noches, me ató a la cama y me azotó con un látigo. ¿Y ahora estamos hablando sobre mi especialidad en la universidad? Intento asimilar este giro de los acontecimientos y le pido a Julian que me eche un cable.

—Dime, ¿qué estudiaste en la universidad?

En cuanto digo eso, me doy cuenta de que no tengo ni idea de si ha ido alguna vez a la universidad. Aún sé muy poco sobre el hombre con quien me acuesto todas las noches. Frunzo el ceño al hacer unos cálculos mentales rápidos. Según Rosa, asesinaron a los padres de Julian hace doce años, cuando él se hizo cargo del negocio de su padre. Dado que ha pasado exactamente un año desde que Beth me dijo que Julian tenía veintinueve ahora tiene que tener unos treinta y uno, lo que significa que se hizo cargo del negocio familiar a los diecinueve.

Por primera vez, caigo en la cuenta de que Julian tenía mi edad cuando relevó a su padre como jefe de una operación ilegal de droga que se transformó en un avanzado imperio de armas tan ilegal como el anterior.

—Estudié ingeniería electrónica —dijo Julian para mi sorpresa.

—¿Qué? —exclamo sin esconder mi sorpresa—. Pensaba que te hiciste cargo del negocio de tu padre muy joven…

—Sí —Julian me mira divertido—. Dejé Caltech después de un año y medio. Pero mientras que estaba allí estudié ingeniería electrónica en un programa avanzado.

¿Caltech? Miro a Julian fijamente y descubro un nuevo respeto hacia él. Siempre supe que era listo, pero estudiar ingeniería en Caltech requiere un nivel superior de inteligencia.

—¿Por eso elegiste el negocio con las armas? ¿Por qué sabías algo de ingeniería?

—En parte sí y en parte porque vi más oportunidades que en el procesamiento de drogas.

—¿Más oportunidades? —Cojo de nuevo el tenedor y lo paso entre los dedos al tiempo que estudio a Julian. Intento entender qué lo llevó a abandonar una empresa criminal por otra. Apuesto a que alguien con su nivel de inteligencia y empuje podría haber elegido hacer algo mejor, algo menos peligroso e inmoral—. ¿Por qué no terminaste la carrera en Caltech para después hacer algo bueno con ella? —pregunto tras unos instantes—. Estoy segura de que podrías haber elegido cualquier trabajo o incluso haber empezado tu propio negocio si no te gusta el mundo corporativo.

—Lo pensé —dice con una expresión ilegible, sorprendiéndome de nuevo—. Cuando dejé Colombia tras la muerte de Maria, quería terminar con ese mundo. Durante el resto de mis días como adolescente, intenté con todas mis fuerzas olvidar las lecciones que mi padre me enseñó; intenté controlar la violencia. Por eso me matriculé en Caltech, porque quería tomar un camino diferente y no convertirme en quien estaba destinado a ser.

Lo miro fijamente y se me acelera el pulso. Esta es la primera vez que oigo a Julian reconocer que quería algo diferente a la vida que vive ahora.

—¿Por qué no lo lograste? Nada te ataba a ese mundo a partir de la muerte de tu padre...

—Tienes razón. —Julian me sonríe—. Podría haber olvidado la muerte de mi padre y dejar que el otro cartel tomara el poder de la organización. Podría haber sido fácil. No tenían ni idea de quién era o cuál era mi nombre por aquel entonces, es decir, podría haber empezado de cero, terminar la universidad y conseguir un trabajo en una de las compañías incipientes de Silicon Valley. Y probablemente lo hubiera hecho si no hubieran matado a mi madre también.

—¿Tu madre?

—Sí. —Sus hermosos rasgos mostraron un odio profundo—. Le pegaron un tiro aquí en la finca junto a una decena de personas más. No pude pasarlo por alto.

No, por supuesto que no. Alguien como Julian no podría olvidarlo puesto que ya ha matado por venganza. Recordando la historia que me contó sobre el hombre que asesinó a Maria, siento que se me eriza la piel.

—Así que viniste y los mataste.

—Sí. Reuní a todos los hombres de mi padre que quedaban vivos y contraté a otros nuevos. Atacamos en mitad de la noche, dimos un golpe a los líderes del cartel en sus propias casas. No esperaban tal represalia y los pillamos desprevenidos. —Esbozó una sonrisa oscura —. A la mañana siguiente, no había supervivientes, y sabía que había sido un estúpido al pensar que podía pasar por alto lo que soy... Al imaginar que podía ser otra cosa en vez del asesino que nací para ser.

Un escalofrío me recorre la piel poniéndome el vello de punta. Este lado de Julian me aterra y junto mis manos por debajo de la mesa para que no tiemblen.

—Me dijiste que ibas a terapia después de la muerte de tus padres porque querías matar más.

—Sí, mi gatita. —Hay una mirada feroz en sus ojos azules—. Maté a los líderes del cartel y a sus familias, y cuando todo terminó, estaba sediento de más sangre... de más muerte. El deseo que se instaló dentro de mí se intensificó con los años que pasé lejos. Intentar llevar una vida normal solo empeoró las cosas. —Hizo una pausa. Me estremezco con la sombra oscura que denota su mirada—. Ir a terapia fue el último intento de luchar contra mi naturaleza, y no tardé en darme cuenta de que era inútil. La única manera de seguir adelante era asimilar y aceptar mi destino.

—Y lo hiciste metiéndote en el tráfico de armas. —Intento mantener la voz firme—. Te convertiste en un criminal.

En ese instante, Ana llega a la habitación y empieza a recoger los platos de la mesa. La miro y subo las manos despacio, intentando disipar el frío que hay dentro de mí. Que Julian tuviera una oportunidad y que deliberadamente eligiera esa parte oscura de él empeoraba las cosas. De esa forma, no hay esperanzas de redención, de hacerle ver que ese no era el camino correcto. No es que nunca supiera que había una alternativa a esa vida criminal, al contrario, siempre supo de ella y decidió rechazarla.

—¿Quieren algo más? —pregunta Ana. Niego con la cabeza porque estoy demasiado confundida para pensar en el postre. Sin embargo, Julian le pide una taza de chocolate caliente, tan sereno como siempre.

Cuando Ana sale de la habitación, Julian me sonríe averiguando lo que estoy pensando.

—Siempre he sido un criminal, Nora —dice suavemente—. Maté

por primera vez cuando tenía ocho años y desde entonces supe que no había vuelta atrás. He intentado enterrar todo lo que sé durante un tiempo, pero siempre ha estado ahí, esperando reaparecer. —Se reclina en la silla. Tiene una postura indolente, pero aun así agresiva, como un gato salvaje tumbado—. La verdad es que necesito este estilo de vida, mi gatita. El peligro, la violencia y el poder que lleva implícito. Todo me satisface de una manera en la que un aburrido trabajo corporativo no lo conseguiría. —Se detiene y, con ojos relucientes, añade—: Me hace sentir vivo.

~

ESA NOCHE, ANTES DE IRNOS A LA CAMA, ME DOY UNA DUCHA RÁPIDA mientras Julian responde a un par de correos urgentes desde el iPad. Cuando salgo del baño con la toalla liada, deja la tablet y empieza a desnudarse. Al verlo quitarse la camiseta, siento una agitación inusual en su interior, una energía reprimida en cada movimiento, lo que nunca había visto antes.

—¿Qué ha pasado? —pregunto con cautela teniendo en mente la conversación de antes. Las cosas que agitan a Julian, a menudo, son cosas que a mí me hacen temblar. Me acerco a la cama y me ajusto la toalla, todavía un poco reacia a desnudarme ante él.

Me ofrece una sonrisa cautivadora mientras se sienta en la cama para quitarse los calcetines.

—¿Te acuerdas de que te dije que teníamos información sobre dos células de Al-Quadar? —Asiento y continúa—: Bueno, las hemos destruido y hemos capturado a tres terroristas por el camino. Lucas los está trayendo para interrogarlos. Llegarán por la mañana.

—Oh. —Lo miro fijamente y experimento una mezcla rara de sensaciones. Sé lo que significa «interrogarlos» para Julian. Debería estar horrorizada y asqueada porque mi marido torturará a esos hombres y, muy en el fondo, lo estoy. También siento una alegría vengativa y enfermiza. Es una sensación que me atormenta mucho más que imaginarme a Julian interrogándolos mañana. Sé que esos hombres no son los que asesinaron a Beth, pero no implica que no sienta lo mismo por ellos también. Hay una parte de mí que quiere que paguen por la muerte de Beth… que sufran por lo que hizo Majid.

Sin embargo, Julian malinterpreta mi reacción, se pone de pie y me dice con dulzura:

—No te preocupes, mi gatita. No van a hacerte daño. Me aseguraré de ello. —Y sin poder siquiera replicarlo, se baja los pantalones y me muestra una erección en crecimiento.

Al contemplar su cuerpo desnudo me invade una ola de deseo, sofocándome por dentro a pesar de mi confusión mental. Estas dos últimas semanas, Julian ha desarrollado los músculos que perdió cuando estuvo en coma e incluso ahora está más deslumbrante que antes: tiene los hombros anchos y la piel tostada por el sol. Levanto la vista hacia sus ojos y me pregunto por centésima vez cómo alguien tan hermoso puede tener tanta maldad dentro y si se me habrá pegado parte de esa maldad.

—Ya sé que no me harán daño mientras esté aquí —digo despacio mientras me alcanza—. No les tengo miedo.

Esboza una sonrisa sarcástica y me quita la toalla, dejándola caer en el suelo.

—¿Y a mí me tienes miedo? —murmura acercándose un paso más. Subiendo las manos, me cubre las tetas con las palmas y me las aprieta; sus pulgares juegan con mis pezones. Cuando me mira, aún advierto una mirada cruel, aunque divertida, en sus ojos azules.

—¿Debería? —Mi corazón late a mil por hora, mi sexo se contrae al sentir su polla dura rozarme el estómago. Sus manos están calientes y ásperas en contraste con la piel sensible de mi pecho desnudo. Respiro de forma entrecortada y mis pezones se endurecen con su tacto—. ¿Me vas a hacer daño esta noche?

—¿Quieres que te lo haga, mi gatita? —Me pellizca los pezones con fuerza, los retuerce con los dedos, lo que me provoca una mezcla de placer y dolor. Su voz se agrava, volviéndose oscura y seductora—. ¿Quieres que te haga daño? ¿Que te marque tu piel suave y te haga gritar?

Me relamo los labios y siento temblores de calor y excitación por el cuerpo entero. Debería estar asustada, sobre todo después de la conversación de esa noche, pero en lugar de eso, siento una excitación desesperada. Aunque sea perverso, quiero hacerlo, quiero sentir la ferocidad de su deseo, la crueldad de su afección. Quiero perderme en su abrazo, olvidar todo lo bueno y malo y dedicarme a sentir.

—Sí —susurro, admitiendo por primera vez mis necesidades oscuras, mis ansias aberrantes que ha introducido dentro de mí—. Sí, eso quiero...

Un calor salvaje y volcánico le aparece en los ojos y después nos caemos en la cama en un enredo de extremidades y piel. En este momento no hay ningún atisbo aparente del amante gentil o del sádico sofisticado que me manipula la mente y el cuerpo todas las noches. No, este Julian es solo un macho lleno de deseo, salvaje y descontrolado.

Sus manos deambulan por mi cuerpo, me muerde, me chupa y me pellizca cada poro de mi piel. Su mano izquierda encuentra el camino hacia mis muslos, y me mete uno de los dedos, haciéndome jadear mientras lo mete y saca sin compasión de mi sexo, húmedo y agitado. Es brusco, pero cada vez siento más calor, y le araño la espalda, desesperada por más.

Termino tumbada de espaldas, inmovilizada bajo su cuerpo musculoso; los brazos estirados sobre mi cabeza y las muñecas atrapadas por el agarre férreo de su mano derecha. Esta es la posición de la conquista, y mi corazón todavía late con un sentimiento de expectación más que de miedo al ver sus ojos depredadores y hambrientos.

—Voy a follarte —dice con dureza. Tiene las rodillas entre mis piernas y me las separa. Su voz no denota seducción alguna, sino solo una necesidad cruda y agresiva—. Voy a follarte hasta que clames piedad y después voy a follarte un poco más, que lo sepas.

Me las apaño para asentir y mi pecho se agita al mirarlo. Se me acelera la respiración y me arde la piel allá por donde me toca su cuerpo. Por un momento, noto la longitud punzante de su erección contra el interior de mi muslo, la ancha cabeza suave y aterciopelada, y entonces se sujeta la polla con la mano libre y la guía hasta mi entrada.

Estoy mojada, pero aún no estoy preparada para la brutal embestida con que junta nuestros cuerpos, y una sacudida de dolor me recorre cuando me penetra partiéndome casi en dos. Se me escapa un sollozo gutural y aprieto los músculos internos, resistiendo a la violenta penetración, pero no me da tregua. En vez de eso establece un ritmo duro y doloroso, reclamándome con una agresividad que me deja aturdida y sin respiración, incapaz de hacer nada excepto aceptar las incesantes embestidas.

No sé cuánto tiempo me folla así ni cuántas veces he llegado al orgasmo con la cadencia brutal de sus embistes. Solo sé que cuando él alcanza el clímax, temblando sobre mí, yo estoy ronca de chillar y tan dolorida que hasta me duele cuando sale de mí. La humedad de su semen me escuece la piel desgastada.

Yo también estoy demasiado agotada como para moverme, así que él se levanta, va al baño y coge una toalla fría y húmeda. Con ella me limpia con delicadeza el sexo inflamado para después bajar. Estoy exhausta, pero me fuerza con los labios y la lengua a llegar a otro orgasmo.

Y después dormimos con las manos entrelazadas.

1 2

A LA MAÑANA SIGUIENTE ME DESPIERTO CUANDO LA LUZ DEL SOL ME acaricia la cara. Anoche dejé las cortinas abiertas a propósito porque quería comenzar temprano el día. La luz causa más efecto en mí que cualquier alarma y es mucho menos molesta para Nora, que duerme sobre mi pecho.

Durante algunos minutos, permanezco tumbado, deleitándome con el tacto de su piel tibia contra la mía, con su suave respiración y con la forma en que sus largas pestañas reposan como oscuras medias lunas sobre sus mejillas. Nunca había querido dormir con una mujer, nunca había visto el atractivo de compartir cama con otra persona para algo más que para follar. Solo al raptar a mi cautiva comprendí el placer de quedarme dormido abrazado a su cuerpecito sedoso, de sentirla a mi lado toda la noche.

Suspiro profundamente y separo con delicadeza a Nora de mí. Necesito levantarme, aunque estoy muy tentado de permanecer allí tumbado y no hacer nada. No se despierta cuando me incorporo, solo rueda sobre su costado y continúa durmiendo. La manta se desliza por su cuerpo y deja su espalda expuesta, en gran parte, a mi mirada. Incapaz de resistirlo, me inclino para besarle uno de los hombros esbeltos y percibo unos cuantos arañazos y moratones que deslucen su delicada piel, marcas que seguramente le dejé anoche.

Me excita verlas en ella. Me gusta marcarla, dejar indicios de mi posesión en su delicada piel. Ya lleva mi anillo, pero no es suficiente. Quiero más. Cada día que pasa la necesito más, cada vez estoy más obsesionado con ella… y no menos.

Estos acontecimientos me perturban. Tenía la esperanza de que ver a Nora cada día y tenerla como esposa calmaran esta hambre desesperada que siento por ella todo el tiempo, pero parece que ocurre lo contrario. No me gusta pasar tiempo lejos de ella, que haya momentos en que no la toco. Como ocurre con cualquier adicción, parece que necesito dosis cada vez más grandes de mi droga; mi dependencia por ella crece hasta el punto de estar constantemente ansiando el siguiente chute.

No sé qué haría si la perdiera alguna vez. Es un miedo que me despierta por las noches envuelto en un sudor frío y que me brota en la mente en cualquier momento a lo largo del día. Sé que está a salvo aquí en la finca, solo un ataque directo de un ejército perfectamente preparado puede franquear mi seguridad, pero no puedo evitar preocuparme, no puedo evitar sentir miedo de que me la arrebaten de alguna manera. Es de locos, pero estoy tentado a encadenarla a mí todo el tiempo. Así sabría que está bien.

Echo un último vistazo a su silueta durmiente, me levanto con el mayor sigilo posible y me dirijo hacia la ducha, obligándome a olvidar mi obsesión. Veré a Nora de nuevo esta tarde, pero primero hay una entrega nocturna que requiere mi atención. Cuando centro la mente en mi próxima tarea, sonrío con una anticipación desagradable.

Los prisioneros de Al-Quadar me están esperando.

~

LUCAS LOS HA TRAÍDO A UN ALMACÉN EN EL EXTREMO MÁS ALEJADO DE la finca. De lo primero que me percato es del hedor. Es una combinación punzante de sudor, sangre, orina y desesperación, lo que me dice que Peter ya ha estado trabajando intensamente esta mañana.

Cuando mis ojos se acostumbran a la luz tenue del interior del almacén, veo que hay dos hombres atados a sillas metálicas, mientras que un tercero pende de un gancho en el techo, colgado de una cuerda que le une las muñecas por encima de la cabeza. Los tres están cubiertos de mugre y sangre, por lo que es difícil identificar su edad o nacionalidad.

Primero me acerco a uno de los que están sentados. Tiene el ojo izquierdo cerrado por la hinchazón y sus labios, inflamados y cubiertos de sangre. Sin embargo, me mira con furia y desafío con su ojo derecho. Al estudiarlo más de cerca veo que es un hombre joven. Tendrá veintipocos o estará al final de su adolescencia, con un intento desaliñado de barba y pelo negro cortado al ras. Dudo que sea algo más que un soldado raso, pero aun así lo voy a interrogar. Incluso los peces pequeños pueden, en ocasiones, tragar pedazos de información útiles y luego regurgitarlos si se induce a ello correctamente.

—Se llama Ahmed —dice una voz profunda con un ligero acento detrás de mí. Al girarme veo a Peter de pie, con la misma cara inexpresiva de siempre. Que no lo haya localizado enseguida no me sorprende. Peter Sokolov destaca por acechar en las sombras—. Fue reclutado hace seis meses en Pakistán.

Un pez aún más pequeño de lo que me esperaba, entonces. Estoy decepcionado, pero no sorprendido.

—¿Y este? —pregunto dirigiéndome hacia el otro hombre sentado. Parece mayor, cerca de los treinta, tiene la cara delgada y completamente afeitada. Como a Ahmed, lo han golpeado un poco, pero no hay furia en sus ojos cuando me mira. Solo un odio gélido.

—John, también conocido como Yusuf. Nacido en Estados Unidos, de padres palestinos, reclutado por Al-Quadar hace cinco años. Le he sonsacado eso a este hasta ahora —dice Peter, señalando al hombre colgado del gancho—. El propio John aún no ha hablado conmigo.

—Claro. —Miro a John, satisfecho por dentro por este

acontecimiento. Si ha sido entrenado para soportar una cantidad significativa de dolor y tortura, entonces es al menos un mando de nivel medio. Si conseguimos presionarlo, estoy seguro de que seremos capaces de obtener alguna información valiosa.

—Y este es Abdul. —Peter hace un gesto hacia el hombre colgado—. Es el primo de Ahmed. Supuestamente se unió a Al-Quadar la semana pasada.

¿La semana pasada? Si eso es verdad, no nos sirve. Frunzo el ceño y camino hacia él para echar un vistazo más de cerca. Según me aproximo, se tensa y veo que su cara es un enorme moratón hinchado. Además, apesta a meada. Cuando me paro enfrente de él, comienza a balbucear en árabe, la voz llena de miedo y desesperación.

—Dice que nos ha contado todo lo que sabe. —Peter se coloca a mi lado—. Asegura que solo se unió a su primo porque prometieron que le iban a dar dos cabras a su familia. Jura que no es terrorista, que nunca ha querido herir a nadie en su vida, que no tiene nada en contra de Estados Unidos, etcétera, etcétera.

Asiento, ya lo había captado. No hablo árabe, pero lo entiendo un poco. Esbozo una fría sonrisa al sacar una navaja suiza de mi bolsillo trasero y mostrar su pequeño filo. Al ver el cuchillo, Abdul tira frenéticamente de las cuerdas que lo sostienen y suplica cada vez más alto. Es claramente inexperto, lo que me hace pensar que está diciendo la verdad: no sabe nada.

Sin embargo, no importa. De él solo necesito información y, si no me la puede proporcionar, es hombre muerto.

—¿Estás seguro de que no sabes nada más? —le pregunto, girando con lentitud el cuchillo entre los dedos—. ¿Quizá algo que hayas podido ver, oír o con lo que te hayas podido topar? ¿Algún nombre, cara o algo por el estilo?

Peter traduce mi pregunta y Abdul niega con la cabeza; le caen lágrimas y mocos por la cara magullada y ensangrentada. Balbucea algo más, algo sobre conocer solo a John, a Ahmed y a los hombres asesinados ayer durante su captura. Por el rabillo del ojo veo que Ahmed lo fulmina con la mirada, sin duda deseando que su primo mantenga la boca cerrada, pero John no parece alarmado por la verborrea de Abdul. Su falta de preocupación solo confirma lo que mis instintos me están diciendo: que Abdul está diciendo la verdad sobre no saber nada más.

Como si me leyera la mente, Peter se pone a mi lado.

—¿Quieres hacer los honores o lo hago yo? —Su tono es casual, como si me estuviera ofreciendo un café.

—Lo hago yo —contesto de la misma manera. Ni la indulgencia ni el sentimentalismo tienen cabida en mi negocio. La culpa o inocencia de Abdul no importan, se alió con mis enemigos y, al hacerlo, firmó su propia sentencia de muerte. La única piedad que le concederé es la de darle un rápido fin a su mísera existencia.

No hago caso a sus súplicas aterrorizadas y paso el filo de la navaja por la garganta de Abdul, después retrocedo y veo cómo se desangra. Cuando acaba, limpio el cuchillo en la camiseta del hombre muerto y me giro hacia los otros dos prisioneros.

—Muy bien —digo mostrándoles una plácida sonrisa—, ¿quién es el siguiente?

Para mi desgracia, nos lleva casi toda la mañana hacer hablar a Ahmed. Para ser un recluta novato, es sorprendentemente fuerte. Al final se rinde, como es obvio —todos lo hacen— y averiguo el nombre del hombre que actúa como intermediario entre su célula y otra dirigida por un líder superior. También me entero de un plan para hacer explotar un autobús turístico en Tel Aviv, información que mis contactos en Israel encontrarán muy útil.

Dejo que John vea el proceso completo, hasta que Ahmed da su último suspiro. Aunque puede haber sido entrenado para soportar la tortura, dudo que esté preparado psicológicamente para ver a su compañero desmembrado pieza a pieza, sabiendo en todo momento que él va a ser el siguiente. Poca gente es capaz de mantenerse serena en una situación como esta y sé que John no es uno de ellos cuando lo descubro mirando al suelo durante un momento especialmente macabro. Aun así, sé que nos llevará al menos unas cuantas horas sacarle algo y no puedo descuidar mis negocios el resto del día. John tendrá que esperar hasta esta tarde, después de que haya comido y me haya puesto al día con algo de trabajo.

—Puedo empezar si quieres —dice Peter cuando lo informo de esto—. Sabes que puedo hacerlo solo.

Lo sé. En el año que lleva trabajando para mí, ha demostrado su gran capacidad en esta faceta. Sin embargo, prefiero encargarme siempre que sea posible; en mi línea de trabajo, la microgestión suele recompensarse.

—No, está bien así —digo—. ¿Por qué no te tomas tú también un descanso para comer? Continuaremos con esto a las tres.

Peter asiente y abandona después el almacén sin ni siquiera molestarse en lavarse la sangre de las manos. Yo soy más minucioso con este asunto, por lo que me aproximo a un cubo de agua situado cerca de la pared y me enjuago los restos más sangrientos de las manos y la cara. Al menos no me tengo que preocupar por la ropa; hoy me he puesto a propósito una camiseta y unos pantalones cortos negros para que las manchas no se vean. De esta manera, si me encuentro con Nora antes de que me haya podido cambiar de ropa, no le provocaré pesadillas. Sabe de lo que soy capaz, pero saberlo y verlo son dos cosas muy distintas. Mi esposa es todavía inocente en ciertos sentidos y quiero que mantenga la mayor inocencia posible.

No la veo de camino a casa, lo que probablemente es mejor. Siempre me siento salvaje justo después de matar, nervioso y excitado al mismo tiempo. Este goce que siento por cosas que aterrarían a la mayor parte de la gente solía perturbarme, pero ya no me preocupo por ello. Soy así, para lo que me han entrenado. La baja autoestima lleva a la culpa y al arrepentimiento y me niego a albergar estas emociones inútiles.

Cuando llego a casa, me doy una ducha concienzuda y me pongo ropa nueva. Después, sintiéndome más limpio y calmado, bajo a la cocina a por un rápido almuerzo.

Ana no está allí cuando entro, por lo que me hago un sándwich y me siento a comer en la mesa de la cocina. He traído el iPad y, durante la siguiente media hora, me ocupo de asuntos de producción en la fábrica de Malasia, me pongo al día con mi proveedor en Hong Kong y le envío un breve correo electrónico a mi contacto en Israel sobre el bombardeo inminente.

Cuando termino de comer, me quedan todavía unas cuantas llamadas que hacer, por lo que me dirijo a mi despacho, donde tengo instaladas líneas de comunicación seguras.

Me encuentro con Nora al salir de la casa.

Está subiendo las escaleras, hablando y riendo con Rosa. Parece un rayo de sol gracias al vestido amarillo estampado, el pelo suelto cayéndole por la espalda y su sonrisa grande y radiante.

Al verme, se para en mitad de las escaleras, su sonrisa se vuelve un poco tímida. Me pregunto si estará pensando en lo de anoche; desde luego mis pensamientos se dirigen hacia esa dirección en cuanto la veo.

—Hola —dice en voz baja, mirándome. Rosa se para también, inclinando la cabeza hacia mí con respeto. Asiento secamente antes de centrarme en Nora.

—Hola, mi gatita —mi voz suena grave sin querer. Aparentemente al sentir que está en medio, Rosa murmura algo sobre tener que ayudar en la cocina y escapa hacia la casa, dejándonos a Nora y a mí solos en el porche.

Nora sonríe ante la rápida marcha de su amiga, después sube los escalones restantes para colocarse a mi lado.

—Me ha llegado el paquete de orientación de Stanford esta mañana y ya me he matriculado en todas las clases —dice con una voz impregnada de un entusiasmo que apenas contiene—, vaya si se dan prisa.

Le sonrío, satisfecho al verla tan feliz.

—Sí, así es. —Y así tiene que ser, dada la donación generosa que una de mis empresas fantasmas le ha hecho a su fondo de antiguos alumnos. Por tres millones de dólares, espero que la oficina de admisión haga lo imposible para admitir a mi esposa.

—Voy a llamar a mis padres esta noche. —Le brillan los ojos—. Ay, se van a sorprender tanto...

—Sí, estoy seguro —digo con sequedad, imaginándome la reacción de Tony y Gabriela ante esto. He oído unas cuantas conversaciones de Nora con ellos y sé que no se lo creyeron cuando dije que le daría una buena educación. Será bueno que mis nuevos suegros sepan que mantengo mis promesas, que me tomo en serio el cuidado de su hija. No cambiará su opinión sobre mí, desde luego, pero al menos estarán un poco más calmados respecto al futuro de Nora.

Sonríe de nuevo, probablemente imaginándose lo mismo, pero luego su expresión se ensombrece de improviso.

—Entonces, ¿han llegado ya los hombres de Al-Quadar que has capturado? —pregunta y percibo un indicio de duda en su voz.

—Sí. —No me molesto en endulzarlo. No quiero traumatizarla dejándole ver esa parte de mis negocios, pero tampoco voy a ocultarle su existencia—. He comenzado a interrogarlos.

Me observa, sin rastro de su entusiasmo anterior.

—Ya veo. —Me recorre el cuerpo con la mirada, se detiene en mi ropa limpia y me alegro de haber tomado la precaución de haberme duchado y cambiado antes.

Cuando levanta la vista para encontrarse con mi mirada, hay una expresión peculiar en su cara.

—Entonces, ¿has descubierto algo útil? —me pregunta en voz baja —. Al interrogarlos, quiero decir.

—Sí —digo despacio. Me sorprende que tenga curiosidad sobre esto, no está tan conmocionada como yo habría esperado. Sé que odia a Al-Quadar por lo que le hicieron a Beth, pero aun así habría esperado que se acongojara por la tortura. Extiendo una sonrisa al preguntarme cuánta maldad estará dispuesta soportar mi gatita estos días—. ¿Quieres que te lo cuente?

Me sorprende de nuevo al asentir.

—Sí —dice en voz baja, sosteniéndome la mirada—. Cuéntamelo, Julian. Quiero saberlo.

No sé qué demonio me ha incitado a decir eso y contengo la respiración a la espera de que Julian se ría de mí y se niegue. Nunca le ha entusiasmado contarme mucho acerca de sus negocios y, aunque se ha abierto a mí desde su regreso, me da la impresión de que sigue tratando de protegerme contra las partes más desagradables de su mundo.

Para mi sorpresa, no se niega ni se burla de mí de ninguna manera. En su lugar, me tiende la mano.

—Muy bien, mi gatita —dice con una sonrisa enigmática—. Si quieres saberlo, acompáñame. Tengo que hacer unas llamadas.

Con el corazón acelerado, pongo mi mano sobre la suya con indecisión y dejo que me guíe escaleras abajo. Al caminar hacia el pequeño edificio que le sirve de despacho, no puedo evitar preguntarme si estaré cometiendo un error. ¿Estoy preparada para salir de la zona de confort de la ignorancia y zambullirme de cabeza en la turbia cloaca del imperio de Julian? A decir verdad, no tengo ni idea.

Sin embargo, no me paro, no le digo a Julian que he cambiado de opinión… porque no lo he hecho. Porque en lo más profundo de mí, sé que mirar para otro lado no cambia nada. Mi marido es un criminal poderoso y peligroso y mi falta de conocimiento sobre sus actividades no cambia que yo sea mala por estar con él. Al caer en sus brazos cada noche por voluntad propia, amarlo a pesar de todo lo que ha hecho, estoy aprobando implícitamente sus acciones y no soy tan inocente como para pensar de otra manera. Puedo haber comenzado como una víctima de Julian, pero no sé si ya puedo sostener esa dudosa distinción. Drogada o no, me fui con él sabiendo perfectamente qué era y la forma de vida por la que estaba firmando.

Además, una curiosidad oscura se va apoderando de mí en estos momentos. Quiero saber lo que ha descubierto esta mañana, qué tipo de información le han proporcionado sus métodos brutales. Quiero saber qué llamadas está planeando hacer y con quién tiene intención de hablar. Quiero saber todo lo que haya que saber sobre Julian sin importar cuánto me va a horrorizar la realidad de su vida.

Al acercarnos al edificio del despacho, veo que la puerta es de metal. Como en la isla, Julian la abre sometiéndose a un escáner de retina, una medida de seguridad que ya no me sorprende. Dado que ahora sé el tipo de armas que fabrica su compañía, su paranoia parece bastante justificada.

Entramos y veo que se trata de una enorme habitación, con una gran mesa con forma ovalada cerca de la entrada y un amplio escritorio con un conjunto de pantallas de ordenador al fondo. Las paredes están forradas con pantallas planas de televisión y hay sillas de cuero rodeando la mesa que parecen cómodas. Todo parece muy tecnológico y lujoso. El despacho de Julian me parece una mezcla entre una sala de reuniones de ejecutivos y un lugar en el que me imagino a la CIA reuniéndose para elaborar estrategias.

Mientras estoy parada allí, mirándolo todo boquiabierta, Julian me pone las manos sobre los hombros por detrás.

—Bienvenida a mi guarida —murmura, presionándome los

hombros durante un instante. Después me libera y se dirige hacia el escritorio para sentarse detrás de él.

Lo sigo hasta allí, conducida por una curiosidad imperiosa.

En la mesa, hay seis pantallas de ordenador. Tres de ellas muestran lo que parece un vídeo en directo desde varias cámaras de vigilancia y diferentes gráficas y números parpadeantes ocupan otras dos. La última pantalla es la que está más cerca de Julian y parece mostrar algún programa de correo electrónico con una apariencia inusual.

Intrigada, echo un vistazo más de cerca para descubrir qué estoy viendo.

—¿Estás controlando tus inversiones? —pregunto observando los dos ordenadores con números parpadeantes. Disto mucho de ser una experta en acciones, pero he visto un par de películas sobre Wall Street y el sistema de Julian me recuerda a los monitores de los inversores que aparecían allí.

—Se podría llamar así. —Cuando me giro para mirarlo, Julian se reclina en la silla y me sonríe—. Una de mis sucursales es un fondo de inversión libre. Participa en todo, desde divisas hasta aceite, centrándose en situaciones especiales y acontecimientos geopolíticos. Tengo gente muy cualificada a su cargo, pero me interesan bastante estas cosas y a veces me gusta jugar con ellas.

—Ah, ya veo... —Lo miro, fascinada. Este era otro aspecto de Julian del que no sabía nada. Hace que me pregunte cuántas capas más descubriré con el tiempo—. Bueno, ¿a quién tienes pensado llamar? —pregunto recordando las llamadas que ha mencionado antes.

La sonrisa de Julian se amplía.

—Ven aquí, pequeña, siéntate —dice, estirando el brazo para agarrarme de la muñeca. Sin darme ni cuenta, estoy sentada en su regazo, con sus brazos apresándome con fuerza entre su pecho y el borde del escritorio—. Siéntate aquí y estate callada —me murmura al oído y teclea algo rápidamente mientras estoy allí sentada, inspirando su aroma sensual y sintiendo su duro cuerpo a mi alrededor.

Oigo unos cuantos pitidos, luego una voz masculina sale del ordenador.

—Esguerra. Me estaba preguntando cuando te pondrías en

contacto. —El hombre tiene acento estadounidense y parece culto, quizá un poco estirado. Al instante me imagino a alguien de mediana edad con traje. Un burócrata cualquiera, pero uno importante a juzgar por la confianza que denota su voz. ¿Quizá uno de los contactos de Julian en el gobierno?

—Supongo que nuestros amigos israelíes te habrán puesto ya al día —dice Julian.

Contengo la respiración y escucho con atención porque no quiero perderme nada. No sé por qué ha decidido dejarme descubrirlo de esta manera, pero no voy a protestar.

—No tengo mucho más que añadir —continúa Julian—. Como ya sabes, la operación fue un éxito y ahora tengo un par de detenidos a los que estoy exprimiendo para obtener información.

—Sí, eso hemos oído. —Reina el silencio por un segundo, luego el hombre dice—: Para la próxima vez nos gustaría ser los primeros en conocer estas noticias. Hubiera estado bien si los israelíes hubieran sabido acerca del autobús por nosotros y no al revés.

—Oh, Frank... —suspira Julian, rodeándome la cadera con el brazo y desplazándome un poco hacia la izquierda. Casi pierdo el equilibrio, por lo que me agarro a su brazo, intentando no hacer ningún ruido mientras me coloca más cómodamente sobre su pierna—. Ya sabes cómo funcionan estas cosas. Si queréis ser vosotros los que se lo deis mascado a los israelíes, necesito algún detalle insignificante para endulzar el acuerdo.

—Ya hemos eliminado todos los rastros de tu infortunio con la chica —dice Frank con tranquilidad y me tenso al darme cuenta de que está hablando de mi secuestro.

¿Un infortunio? ¿En serio? Durante un segundo, una ira irracional se apodera de mí, pero después respiro profundamente y me recuerdo que en realidad no quiero que castiguen a Julian por lo que me hizo, no si eso significa separarme de él de nuevo. Sin embargo, hubiera sido agradable que al menos hubieran reconocido que había cometido un delito en lugar de llamarlo un puñetero «infortunio». Suena estúpido, pero me siento insultada, como si ni siquiera importara.

Ajeno a mi molestia por su elección de términos, Frank continúa:

—No te podemos ofrecer nada más en este momento.

—En realidad, sí —interrumpe Julian. Sujetándome aún con fuerza, me acaricia el brazo con un gesto posesivo y reconfortante. Como de costumbre, su tacto me calienta por dentro, llevándose consigo parte de la tensión. Probablemente entiende por qué estoy molesta; no importa cómo se suavice, es insultante que se hable con tanta indiferencia de mi secuestro.

—¿Qué tal un pequeño ojo por ojo? —continúa Julian con suavidad, dirigiéndose a Frank—. Os dejo ser los héroes la próxima vez y me dejáis participar en alguna acción extraoficial con Siria. Estoy seguro de que hay unos cuantos chismes que os gustaría filtrar… y me encantaría ser yo quien os ayude.

Hay otro momento de silencio, luego Frank dice con brusquedad:

—Está bien. Dalo por hecho.

—Excelente. Hasta la próxima, entonces —dice Julian e, inclinándose hacia delante, hace clic en la esquina de la pantalla para finalizar la llamada.

En cuanto acaba, me giro en sus brazos para mirarlo.

—¿Quién era ese hombre?

—Frank es uno de mis contactos en la CIA —responde, confirmando mis suposiciones—. Un chupatintas, pero es bastante bueno en su trabajo.

—Ah, me lo imaginaba. —Comenzando a sentirme inquieta, empujo el pecho de Julian ya que necesito levantarme. Me suelta mirándome con una leve sonrisa cuando retrocedo un par de pasos, después apoyo la cadera contra el escritorio y le dedico una mirada confusa—. ¿Qué era eso de los israelíes y el autobús? ¿Y lo de Siria?

—Según uno de mis huéspedes de Al-Quadar, hay planeado un ataque a un autobús turístico en Tel Aviv —me explica Julian, reclinándose en la silla—. He informado sobre esto antes al Mossad, la agencia de inteligencia israelí.

—Oh. —Frunzo el ceño—. Entonces, ¿por qué se ha quejado Frank de eso?

—Porque los estadounidenses tienen complejo de salvadores o les gustaría que los israelíes pensaran que lo son. Quieren que esta información proceda de ellos en lugar de mí, para que el Mossad les deba el favor a ellos.

—Ah, ya entiendo. —Y lo entiendo de verdad. Estoy empezando a ver cómo funciona este juego. En el mundo turbio de las agencias de inteligencia y la política extraoficial, los favores son como el dinero, y mi marido es rico en más de un sentido. Lo suficientemente rico como para que no lo procesen nunca por delitos como secuestros o trata ilegal de armas—. Y tú quieres que Frank te dé alguna información que puedas filtrar a Siria y así ellos te deban un favor a ti.

Julian me sonríe mostrando sus dientes blancos.

—Sí, efectivamente. Eres rápida, mi gatita.

—¿Por qué has decidido dejarme escuchar hoy? —pregunto, observándolo con curiosidad—. ¿Por qué precisamente hoy?

En lugar de responder, se levanta y se acerca a mí. Se para a mi lado, se inclina hacia delante y pone las manos en el escritorio a ambos lados de mi cuerpo, atrapándome de nuevo.

—¿Por qué crees tú, Nora? —murmura, acercándose. Siento su aliento cálido en la mejilla y sus brazos son como vigas de acero que me rodean. Me hace sentir como un animalillo que ha caído en la trampa de un cazador, una sensación inquietante que, no obstante, me pone.

—¿Porque estamos casados? —sugiero con un hilo de voz. Su cara está a escasos milímetros de la mía y la parte baja del abdomen se me tensa por un arrebato de excitación al empujar sus caderas hacia delante, lo que me permite sentir su dura erección.

—Sí, pequeña, porque estamos casados —dice con voz ronca. Sus ojos están oscurecidos por el deseo cuando mis pezones erguidos le rozan el pecho— y porque pienso que ya no eres tan frágil como pareces...

Baja la cabeza, captura mi boca con hambre en un beso posesivo y lleva las manos hacia mis muslos con unas intenciones que conozco perfectamente.

～

Durante los próximos días, descubro más sobre el oscuro imperio de Julian y comienzo a entender lo poco que la mayor parte de la gente conoce de lo que ocurre entre bastidores. Nada de lo que oigo en el despacho de Julian sale en las noticias... porque si lo hiciera, rodarían cabezas y algunas personas muy importantes acabarían entre rejas.

Divertido por mi constante interés, Julian me deja escuchar más conversaciones. Una vez incluso llego a ver una videoconferencia desde el fondo de la sala, donde la cámara no me puede captar. Para mi sorpresa, reconozco a uno de los hombres en la transmisión de vídeo. Es un importante general estadounidense, alguien a quién he visto un par de veces en algunos programas de debate populares. Quiere que Julian abandone sus actividades de producción de Tailandia por miedo a que la inestabilidad política de la región pueda arruinar el próximo envío del nuevo explosivo, envío que se supone que va dirigido al gobierno estadounidense.

Mi antiguo captor no mentía cuando decía que tenía contactos; en todo caso, había subestimado la extensión de su alcance.

Obviamente los políticos, los líderes militares y otros de su calaña son solo una pequeña parte de las personas con las que Julian trata en su día a día. La mayoría de sus interacciones son con clientes, proveedores y diferentes intermediarios, individuos turbios y con frecuencia aterradores de todo el mundo. En lo que respecta a la venta de armas, mi marido no hace distinciones. Terroristas, narcotraficantes o gobiernos legítimos, él hace negocios con todos.

Me da un vuelco el corazón, pero no puedo obligarme a permanecer fuera del despacho de Julian. Cada día le sigo hasta aquí, movida por una curiosidad morbosa. Es como ver una exposición clandestina; lo que descubro es a la vez fascinante y perturbador.

Julian tarda tres días, pero consigue hacer hablar al último prisionero de Al-Quadar. La manera no me la ha dicho ni yo he preguntado. Sé que es a través de tortura, pero no sé los detalles. Solo sé que la información que ha obtenido se traduce en Julian localizando dos células más de Al-Quadar y en la CIA debiéndole otro favor.

Ahora que Julian me ha permitido entrar en esta parte de su vida, pasamos aún más tiempo juntos. Le gusta tenerme en su despacho. No solo es práctico para cuando quiere sexo, que es al menos una vez al día, sino que también parece disfrutar de la velocidad con la que estoy aprendiendo. Soy avispada, dice. Intuitiva. Veo las cosas como son en lugar de como quiero que sean, un don escaso, según Julian.

—Mucha gente lleva una venda —me dice un día durante el almuerzo—, pero tú no, mi gatita. Te enfrentas a la realidad y eso te permite ver más allá de la superficie.

Le doy las gracias por el cumplido, pero en mi interior me pregunto si en realidad ver más allá de la superficie es algo bueno. Si pudiera engañarme con que, en el fondo, Julian es un buen hombre, que simplemente es un incomprendido y que puede mejorar, todo sería mucho más fácil para mí. Si no fuera consciente de la naturaleza de mi marido, no dudaría tanto de mis sentimientos hacia él.

No me preocuparía estar enamorada del diablo.

Pero veo cómo es, un demonio disfrazado de hombre guapo, un monstruo con una hermosa máscara. Y me pregunto si eso significa que yo también soy un monstruo... que soy malvada por quererlo.

Ojalá tuviera a Beth para hablar sobre esto. Sé que no era precisamente el paradigma de la normalidad, pero sigo echando de menos sus opiniones heterodoxas sobre las cosas, el modo en que le daba la vuelta a la tortilla y hacía que todo tuviera algún sentido retorcido. Estoy casi segura de que sé lo que diría sobre mi situación. Me diría que soy afortunada por tener a alguien como Julian, que estamos destinados a estar juntos y que todo lo demás son tonterías.

Y probablemente estaría en lo cierto. Cuando echo la vista atrás a esos meses solitarios y vacíos antes de la vuelta de Julian, cuando era libre y tenía mi vida normal, pero no lo tenía a él, todas mis dudas desaparecen. No importa lo que sea o lo que haga, preferiría morir que pasar por esa abrumadora tristeza otra vez.

Para lo bueno o para lo malo, ya no estoy completa sin él y ningún tipo de autoflagelación puede cambiarlo.

~

Una semana después de la conversación de Julian con Frank, llamo a la pesada puerta metálica y espero a que me deje entrar. He pasado toda la mañana caminando con Rosa y preparándome para mis próximas clases, mientras Julian se ha encerrado sin mí para hacer algo de papeleo de sus cuentas extraterritoriales. Al parecer, hasta los mayores criminales tienen que ocuparse de impuestos y asuntos legales; parece ser un mal universal del que nadie se libra.

Cuando la puerta se abre, me sorprende ver a un hombre alto de pelo oscuro sentado frente a Julian en la gran mesa ovalada. Parece rondar los treinta y cinco años, solo unos pocos años mayor que mi marido. Lo he visto deambular por la finca anteriormente, pero nunca he tenido ocasión de relacionarme con él en persona. Desde lejos, me recordaba a un depredador elegante y oscuro, impresión que aumenta por el modo en que me está mirando ahora, sus ojos grises siguen cada uno de mis movimientos con una mezcla peculiar de vigilancia e indiferencia.

—Ven, Nora —dice Julian, haciendo un gesto para que me una a ellos—. Este es Peter Sokolov, nuestro asesor de seguridad.

—Vaya, hola. Encantada de conocerte. —Caminando hacia la mesa, le muestro una sonrisa cautelosa mientras me siento al lado de Julian. Peter es un hombre atractivo, con una fuerte mandíbula y unos pómulos altos y exóticamente sesgados, que, no sé por qué, pero hace que se me ericen los pelos de la nuca. No es lo que dice o hace, puesto que solo asiente hacia mí con educación y permanece sentado con su pose fingidamente calmada y relajada, es lo que veo en sus ojos color acero.

Rabia. Pura rabia concentrada. La siento dentro de Peter, la siento emanando de sus poros. No es enfado ni un arrebato momentáneo de irascibilidad. No, este sentimiento va más allá. Es una parte de él, como su cuerpo musculoso o la cicatriz blanca que le parte la ceja izquierda.

Por su apariencia fría minuciosamente controlada, este hombre es un volcán letal a punto de explotar.

—Ya estábamos terminando —dice Julian y capto en su voz una nota de descontento. Despego los ojos de Peter y veo un pequeño músculo flexionado en la mandíbula de Julian. Debo haber mirado a Peter durante demasiado tiempo y mi marido ha malinterpretado como interés mi fascinación involuntaria.

Mierda. Un Julian celoso nunca es algo bueno. De hecho, es algo muy muy malo.

Mientras me estrujo el cerebro para descubrir cómo suavizar la situación, Peter se levanta.

—Si quieres, podemos terminar esto mañana —dice con calma, dirigiéndose a Julian. No puedo evitar darme cuenta de que, a diferencia de muchos en la finca, Peter no tiene miedo a contradecirlo. Le habla como un igual, con respeto, pero totalmente seguro de sí mismo. Distingo un vago acento de Europa del Este en su pronunciación y me pregunto de dónde será. ¿Polonia? ¿Rusia? ¿Ucrania?

—Sí —dice Julian, levantándose también. Su expresión es todavía sombría, pero su voz es ahora calmada y apacible—. Te veo mañana.

Peter desaparece, dejándonos solos, y me levanto con lentitud, las palmas me sudan. No he hecho nada malo, pero convencer a Julian de eso no va a ser tan fácil. Su posesividad raya lo obsesivo, a veces, me sorprende que no me tenga encerrada en su habitación para que nunca me vean otros hombres.

Como era de esperar, en cuanto la puerta se cierra detrás de Peter, Julian da un paso hacia mí.

—¿Te ha gustado Peter, mi gatita? —dice con suavidad, empujándome con su cuerpo poderoso hasta que me veo obligada a retroceder contra la mesa—. ¿Te gustan los hombres rusos?

—No. —Niego con la cabeza y le sostengo la mirada. Espero que pueda ver la verdad en mi cara. Peter puede ser guapo, pero también da miedo y el único hombre temible que quiero es el que me está mirando en este momento—. Para nada. No lo estaba observando por eso.

—¿No? —Sus ojos se empequeñecen al sujetarme la barbilla—. ¿Entonces por qué?

—Me da miedo —reconozco, suponiendo que la sinceridad es la mejor opción en este caso —. Hay algo en él que me perturba.

Julian me estudia con atención durante un segundo, luego me suelta la barbilla y retrocede, haciendo que dé un suspiro de alivio. Pasó la tormenta.

—Tan perspicaz como siempre —murmura, su voz algo divertida—. Sí, estás en lo cierto, Nora. Sí hay algo perturbador en Peter.

—¿Cuál es el trato con él? —pregunto. Mi curiosidad aumenta ahora que Julian ya no está enfadado conmigo. Sé que no contrata a santitos, pero presiento que Peter es diferente, más inestable—. ¿Quién es?

Me dedica una pequeña sonrisa sombría y se dirige hacia el escritorio para sentarse detrás.

—Es un antiguo *spetsnaz*, de las Fuerzas Especiales Rusas. Era uno de los mejores hasta que mataron a su mujer y a su hijo. Ahora quiere venganza y ha venido a mí con la esperanza de que pueda ayudarlo.

Siento un poco de pena. No es solo rabia entonces; Peter está también lleno de aflicción y dolor.

—¿Ayudarlo? —pregunto, inclinándome contra la mesa. No me ha parecido que el asesor de seguridad de Julian necesite ayuda con muchas cosas.

—Usando mis contactos para conseguirle una lista de nombres. Aparentemente, había algunos soldados de la OTAN implicados y la cortina de humo tiene kilómetros de grosor.

—Ah. —Lo miro, me siento incómoda. Solo puedo imaginar lo que Peter tiene planeado hacer con esos soldados—. Entonces, ¿le has dado la lista de nombres?

—Todavía no. Estoy trabajando en ello. Mucha de esta información parece ser confidencial, por lo que no es fácil.

—¿No puedes pedirle a tu contacto en la CIA que te ayude?

—Ya se lo he pedido. Frank está dándome largas porque hay algunos estadounidenses en esa lista. —Parece molesto durante un breve segundo—. Sin embargo, seguro que acabará haciéndolo. Siempre lo hace. Solo necesito tener algo que la CIA quiera con las ganas suficientes.

—Sí, claro —murmuro—. Un favor por otro favor... ¿Por eso trabaja Peter para ti? ¿Porque le has prometido esa lista?

—Sí, ese es el trato. —Sonríe abiertamente—. Tres años de servicio leal a cambio de conseguirle esos nombres al final. También le pago, como es obvio, pero a Peter el dinero le da igual.

—¿Y Lucas? —pregunto, pensando ahora en la mano derecha de Julian—. ¿También él tiene una historia?

—Todos tenemos una historia —dice, pero parece distraído, desvía la atención hacia la pantalla del ordenador—. Incluso tú, mi gatita.

No me deja curiosear más y se centra en los correos electrónicos, poniendo fin a nuestra charla por lo que resta de día.

14

 _ulian_

Las siguientes semanas se acercan más a la tranquilidad hogareña de lo que nunca he experimentado. Aparte de un viaje de un día a México para una negociación con el cártel de Juárez, paso todo el tiempo en la finca con Nora.

Con el inicio de las clases, sus días están llenos de libros de texto, redacciones y exámenes. Está tan ocupada que con frecuencia estudia hasta bien entrada la tarde, una práctica que no me gusta, pero a la que no pongo fin. Parece dispuesta a demostrar que puede defenderse ante los estudiantes que entraron en el programa de Stanford por sus propios méritos y no quiero desalentarla. Sé que lo hace en parte por sus padres, que siguen preocupados por su futuro junto a mí, y en parte porque está disfrutando del reto. A pesar del estrés añadido, mi gatita parece estar radiante estos días, le brillan los ojos de entusiasmo y sus movimientos rebosan una energía exultante.

Me gusta esta evolución. Me gusta verla feliz y confiada, contenta con su vida junto a mí. Aunque a mi monstruo interior lo excita su dolor y su miedo, su creciente fuerza y resistencia me atraen. Nunca he querido destruirla, solo hacerla mía y me complace ver que nos complementamos en más de un sentido.

Aunque los deberes consumen gran parte de su tiempo, Nora continúa su tutelaje con Monsieur Bernard, dice que le relaja dibujar y pintar. También insiste en que continúe dándole clases de defensa personal y de tiro dos veces a la semana, petición que estoy más que encantado de cumplir, puesto que nos proporciona más tiempo juntos. A medida que avanza el entrenamiento, veo que es mejor con las armas que con los cuchillos, aunque es sorprendente lo decentemente que se defiende con los dos. También se está volviendo bastante buena con algunas técnicas de combate; su pequeño cuerpo se convierte de forma lenta pero segura en un arma letal. Incluso consigue hacerme sangre en la nariz una vez, su codo puntiagudo va directo a mi cara antes de poder bloquear su golpe extremadamente rápido.

Es un logro del que debería estar orgullosa, pero, obviamente, como la niña buena que es, Nora se horroriza y arrepiente al instante.

—¡Ay! ¡Lo siento! —Corre hacia mí, cogiendo una toalla para detener la hemorragia. Parece tan consternada que estallo en carcajadas a pesar de que la nariz me duele la hostia. Esto me pasa por estar distraído durante el entrenamiento. Ha conseguido pillarme con la guardia baja en un momento en el que le estaba mirando los pechos y fantaseando con levantarle el sujetador deportivo.

—¡Julian! ¿Por qué te ríes? —La voz de Nora se agudiza al presionarme la toalla contra la cara—. Te debería ver un médico. ¡Podría estar rota!

—Todo va bien, pequeña —aseguro entre ataques de risa, cogiéndole la toalla de las manos temblorosas—. Te prometo que lo he pasado peor. Si estuviera rota, lo sabría. —Mi voz suena nasal por la presión de la toalla contra mi nariz, pero noto el cartílago con los dedos y está recto, no tiene daños. Se me amoratará el ojo, pero eso es todo. Sin embargo, si no me hubiera desviado hacia la derecha en el último segundo, su movimiento me hubiera aplastado la nariz por completo, trasladando fragmentos de hueso al cerebro y matándome en el acto.

—¡No va bien! —Nora se aparta, sumamente disgustada—. Podría haberte herido de gravedad.

—¿No me lo hubiera merecido? —digo, bromeando solo a medias. Sé que hay una parte de ella que todavía está molesta por el modo en que me la llevé, que siempre estará molesta por eso. Si yo fuera ella, no me disculparía por hacerme daño. Buscaría cualquier oportunidad para darme una paliza.

Me fulmina con la mirada, pero veo que está comenzando a tranquilizarse ahora que ha pasado la conmoción inicial.

—Probablemente —dice con un tono de voz más calmado—. Pero eso no significa que quiera que sufras. Soy así de estúpida e irracional, ¿ves?

Le sonrío, bajando la toalla. Apenas sangro ya; como suponía, ha sido solo un golpe leve.

—No eres estúpida —digo con suavidad, acercándome a ella. Aunque me sigue doliendo la nariz, hay un nuevo dolor creciendo en una parte más baja de mi cuerpo—. Eres exactamente como quiero que seas.

—¿Con el cerebro lavado y enamorada de mi secuestrador? —pregunta con sequedad cuando la alcanzo, dejando caer la toalla manchada de sangre al suelo.

—Sí, exactamente —murmuro, quitándole el sujetador deportivo para liberar los pequeños pechos con una forma perfecta—. Y muy muy follable...

En cuanto la coloco sobre el tatami, la herida es en lo último en lo que pienso.

～

Según avanza el semestre de Nora, creamos una rutina. Normalmente me despierto antes que ella y voy a la sesión de entrenamiento con mis hombres. Al volver, está despierta, por lo que tomamos el desayuno y luego me dirijo al despacho mientras Nora va a dar un paseo con Rosa y escucha sus clases virtuales. Unas horas después, vuelvo a la casa y comemos juntos. Después regreso al trabajo y Nora o bien se reúne con Monsieur Bernard para su clase de pintura o bien me acompaña al despacho, donde estudia en silencio mientras trabajo o dirijo reuniones. Aunque parece que no está prestando atención, sé que sí, porque con frecuencia me hace preguntas sobre los negocios durante la cena.

No me importa su curiosidad, aunque sé que condena en silencio lo que hago. Le repugna que suministre armas a criminales y los métodos brutales que con frecuencia utilizo para mantener el control de los negocios. No entiende que, si no lo hiciera yo, alguien lo haría, y el mundo no sería necesariamente mejor o más seguro. Los narcotraficantes y los dictadores conseguirían las armas de una manera o de otra. La cuestión es quién se beneficiaría de eso y prefiero que esa persona sea yo.

Sé que Nora no está de acuerdo con este razonamiento, pero no me importa. No necesito su aprobación, la necesito a ella.

Y la tengo. Está tanto tiempo conmigo que estoy empezando a olvidar qué se siente al no tenerla a mi lado. Apenas estamos separados por más de unas horas y cuando lo estamos, la echo de menos con intensidad, es como un dolor en el pecho. No tengo ni idea de cómo fui capaz de dejarla sola en la isla durante días e incluso semanas por aquel entonces. Ahora ni siquiera me gusta ver a Nora ir a correr sin mí, por lo que hago lo posible para acompañarla cuando lo hace alrededor de la finca al caer la tarde.

Lo hago porque quiero la compañía de mi mujer, pero también porque quiero estar seguro de que está a salvo. Aunque aquí mis enemigos no pueden llevársela, hay serpientes, arañas y ranas venenosas en la zona. Y en la selva cercana hay jaguares y otros depredadores. Las probabilidades de que un animal salvaje la pique o la hiera de gravedad son pequeñas, pero no quiero correr riesgos. Si le pasara algo, no podría soportarlo. Cuando Nora tuvo el ataque de apendicitis, casi me vuelvo loco por el pánico y eso fue antes de que mi adicción por ella llegara a este nuevo nivel totalmente insensato.

Mi miedo a perderla está empezando a rozar lo patológico. Lo admito, pero no sé cómo controlarlo. Es una enfermedad para la que no parece haber cura. Me preocupo por Nora de forma constante, obsesiva. Quiero saber dónde está cada momento del día. Rara vez está fuera de mi vista, pero cuando lo está, no me puedo concentrar, mi mente fabula accidentes mortales que le podrían ocurrir u otras escenas horripilantes.

—Quiero que le pongas dos escoltas a Nora —le digo a Lucas una mañana—. Quiero que la sigan a cualquier parte de la finca a la que vaya para que se aseguren de que no le pasa nada.

—De acuerdo. —Lucas no pestañea ante mi extraña petición—. Trabajaré con Peter para dejar libres a dos de nuestros mejores hombres.

—Bien. Y quiero que me manden un informe sobre ella cada hora en punto.

—Considérelo hecho.

Los informes de los escoltas cada hora mantienen mis miedos a raya durante un par de semanas, hasta que recibo un mensaje que le da un vuelco a mi vida.

—Majid está vivo —le digo a Nora en la cena, estudiando su reacción con atención—. Lo acabo de saber por uno de los contactos de Peter en Moscú. Lo han localizado en Tayikistán.

Sus ojos se agrandan por la sorpresa y la consternación.

—¿Qué? ¡Pero si murió en la explosión!

—No, desafortunadamente no. —Hago lo posible por contener la rabia. Que el asesino de Beth esté vivo hace que me hierva la sangre—. Resulta que él y cuatro hombres abandonaron el almacén dos horas antes de que yo llegara. No lo viste allí cuando fui a por ti, ¿verdad?

—No. —Nora frunce el ceño—. Supuse que estaba fuera, vigilando el edificio o algo…

—Eso pensé yo también. Pero no era así. No estaba en ningún lugar cercano al almacén cuando se produjo la explosión.

—¿Cómo lo sabes?

—Los rusos han capturado a uno de los hombres que se marcharon con Majid esa noche. Lo cogieron en Moscú, conspirando para volar el metro. —A pesar de mis esfuerzos, la ira se filtra en mi voz y puedo ver la tensión correspondiente en Nora. Si hay algún tema que pueda enfadar a mi gatita es el de los asesinos de Beth—. Lo interrogaron y descubrieron que se ha estado escondiendo los últimos meses en Europa del Este y en Asia Central, junto con Majid y otros tres.

Justo cuando Nora iba a responder, Ana entra en el comedor.

—¿Les apetecería tomar algún postre? —nos pregunta y Nora niega con la cabeza: su suave boca dibuja una tensa línea.

—Tampoco para mí, gracias —digo bruscamente y Ana desaparece, dejándonos solos de nuevo.

—¿Y ahora qué? —pregunta Nora—. ¿Vas a encontrarlo?

—Sí. —Y cuando lo haga, voy a romperle los huesos de uno en uno y a descuartizarlo, pero no se lo digo a Nora. En lugar de eso, le explico—: Su secuaz ha confesado que la última vez que vio a Majid fue en Tayikistán, por lo que comenzaremos nuestra búsqueda allí. Al parecer ha conseguido reunir un grupo considerable de seguidores en los últimos meses, introduciendo sangre fresca en Al-Quadar.

Este detalle me preocupa un poco. Aunque hemos causado un daño considerable al grupo terrorista a lo largo del último par de meses, la organización de Al-Quadar está tan extendida que podría haber todavía una decena de células operativas alrededor del mundo. Combinadas con los nuevos reclutas, podrían ser suficientemente poderosas como para ser peligrosas y, según la información que Peter había conseguido de sus contactos, Majid está organizando algo grande… algo en Latinoamérica.

Se está preparando para devolverme el golpe.

No vulnerará la seguridad de la finca, obviamente, pero solo la posibilidad de que esos cabrones se acerquen a unos cientos de kilómetros de Nora me enfada y despierta un miedo en mí del que no me puedo deshacer.

El miedo irracional a perderla.

Más de doscientos hombres muy cualificados vigilan el recinto y decenas de drones de uso militar peinan la zona. Nadie la puede tocar aquí, pero eso no cambia la manera en que me hace sentir, no apacigua el pánico primitivo que me come por dentro. Tan solo quiero coger a Nora y llevármela lo más lejos posible, a un lugar en el que nadie la encuentre... donde sea mía y solo mía.

Pero ya no existe ningún lugar así. Mis enemigos saben de su existencia y saben que es importante para mí. Lo he demostrado al perseguirla con anterioridad. Si todavía quieren el explosivo y estoy seguro de que es así, intentarán capturarla una y otra vez, hasta que acabe completamente con ellos.

Exagerado o no, dada la nueva información, necesito tomar más precauciones para cerciorarme de la seguridad de Nora.

Necesito asegurarme de que siempre tenga conexión con ella.

—¿En qué estás pensando? —pregunta Nora con expresión preocupada. Me doy cuenta de que la he estado mirando fijamente un par de minutos sin decir nada.

Me esfuerzo en sonreír.

—En poca cosa, mi gatita. Solo quiero asegurarme de que estás a salvo, eso es todo.

—¿Por qué no iba a estarlo? —me mira más confundida que preocupada.

—Porque se rumorea que Majid está planeando algo en Latinoamérica —explico con la mayor calma posible. No quiero asustarla, pero quiero que entienda por qué voy a tomar estas precauciones.

Por qué tengo que hacer lo que voy a hacer.

—¿Crees que van a venir? —Su cara palidece un poco, pero su voz permanece firme—. ¿Crees que van a intentar atacar la finca?

—Puede ser. No quiere decir que lo vayan a conseguir, pero lo más probable es que lo intenten. —Extendiendo el brazo por la mesa, cierro los dedos alrededor de su delicada mano: la quiero tranquilizar con mi contacto. Su piel está fría, revelando su agitación. Masajeo su palma ligeramente para calentarla—. Por eso quiero asegurarme de que siempre te puedo encontrar, pequeña. Que siempre sé dónde estás.

Frunce el ceño y siento como se le enfría la mano antes de deshacerse de mi apretón.

—¿Qué quieres decir? —La voz le suena tranquila, pero puedo ver que se le empieza a acelerar el pulso en la base de la garganta. Como había previsto, no está encantada con la idea.

—Quiero ponerte algunos rastreadores —explico, sosteniéndole la mirada—. Estarán incrustados en un par de sitios en tu cuerpo, por lo que, si alguna vez alguien te aparta de mi lado, podré localizarte enseguida.

—¿Rastreadores? Te refieres a... ¿Como microchips de localización o algo así? ¿Como algo que utilizarías para marcar al ganado?

Aprieto los labios. Va a ser difícil convencerla, lo preveo.

—No, no es lo mismo —digo con tranquilidad—. Estos rastreadores ahora se usan específicamente en personas. Tendrán chips de localización, sí, pero también tendrán sensores que te medirán el ritmo cardíaco y la temperatura del cuerpo. De esta manera, siempre sabré si estás viva.

—Y sabrás siempre dónde estoy —dice con suavidad con ojos oscuros en la palidez de su cara.

—Sí. Siempre sabré dónde estás. —Saber que será así me llena de un alivio y una satisfacción inmensos. Debería haberlo hecho hace semanas, en cuanto la rescaté de Illinois—. Es por tu propia seguridad, Nora —añado, queriendo enfatizar este punto—. Si hubieras llevado estos rastreadores cuando os capturaron a Beth y a ti, os hubiera encontrado enseguida.

Y Beth estaría todavía viva. No digo esto último, no hace falta. Al oír lo que digo, Nora se encoge, como si acabara de asestarle un golpe y el dolor se le refleja en la cara.

Sin embargo, recobra la compostura un segundo después.

—Entonces, que quede claro... —Se inclina hacia delante, apoyando los antebrazos en la mesa y veo que tiene los dedos entrelazados con fuerza, los nudillos blancos por la tensión—. ¿Quieres implantarme unos microchips que te dirán dónde estoy siempre y así estaré a salvo en un recinto apartado que tiene más seguridad que la Casa Blanca?

Su tono rebosa sarcasmo y siento mi enfado crecer como respuesta. Le consiento muchas cosas, pero no voy a correr riesgos en lo que respecta a su seguridad. Hubiera sido más fácil si hubiera preferido colaborar, pero no voy a dejar que sus reticencias me impidan hacer lo correcto.

—Sí, mi gatita, así es —digo con voz aterciopelada, levantándome de la silla—. Eso es exactamente lo que quiero. Te voy a implantar esos rastreadores hoy mismo. En este momento, de hecho.

15

Nora

MIRO A JULIAN INCRÉDULA, CON EL LATIDO DE MI CORAZÓN retumbando en los oídos. Una parte de mí no se cree que vaya a hacerme esto en contra de mi voluntad, que me marque como un animal estúpido, privándome de cualquier muestra de intimidad y libertad, mientras el resto de mí grita que soy una idiota, que debería haber sabido que un tigre no se puede domesticar.

Las últimas semanas habían sido muy diferentes a cualquier cosa que habíamos tenido antes los dos juntos. Había empezado a pensar que Julian se estaba abriendo a mí, que me estaba dejando entrar en su vida. A pesar del dominio en la cama y del control que ejerce sobre todos los aspectos de mi vida, había comenzado a sentirme menos como un juguete sexual y más como su pareja. Llegué a pensar que nos estábamos empezando a parecer a una pareja normal, que de verdad estaba empezando a preocuparse por mí... A respetarme.

Como una tonta, creí en la ilusión de llevar una vida feliz con mi secuestrador, con un hombre completamente falto de conciencia o moral.

«Qué estúpida y qué ingenua he sido». Quería darme una patada y llorar al mismo tiempo. Siempre he sabido qué tipo de hombre es Julian, pero sigo dejándome llevar por su encanto, por la manera en que parece quererme, necesitarme.

Me permití pensar que podría ser más que una posesión para él.

Al percatarme de que aún sigo aquí sentada, sufriendo por la dolorosa desilusión, empujo la silla hacia atrás y me levanto de la mesa para hacer frente a Julian. La sensación de tener un nudo en la garganta sigue ahí, pero ahora también siento ira. Pura e intensa, se me propaga por el cuerpo y elimina la conmoción y el dolor.

Estos rastreadores no tienen nada que ver con mi seguridad. Conozco el alcance de las medidas de seguridad en la finca y sé que las posibilidades de que alguien pueda volver a secuestrarme son más que ínfimas. No, la nueva amenaza terrorista es solo un pretexto, una excusa para que Julian haga lo que probablemente haya estado planeando hacer durante todo este tiempo. Le proporciona una razón más para incrementar su control sobre mí, para atarme tan fuerte a él que no pueda tomarme nunca un respiro sin que él lo sepa.

Estos rastreadores me harán su prisionera durante el resto de mi vida... Y aunque quiero mucho a Julian, no estoy dispuesta a aceptar ese destino.

—No —digo, y me sorprende lo calmada y firme que suena mi voz—. No voy a ponerme esos implantes.

Julian arquea las cejas.

—¿Eh? —Sus ojos destellean ira y una pizca de diversión—. ¿Y cómo vas a impedirlo, gatita mía?

Levanto la barbilla, el corazón se me acelera aún más. A pesar de todas las horas entrenándome en el gimnasio, aún no soy rival para Julian en una pelea. Puede vencerme en treinta segundos exactos; y eso sin mencionar que un montón de guardas hacen lo que les diga. Si está empeñado en ponerme estos rastreadores, no seré capaz de detenerlo.

Pero no significa que no vaya a intentarlo.

—Vete a la mierda —digo, enunciando con claridad cada palabra—. Vete por ahí con tus chips de mierda. —Y guiándome por un puro instinto de adrenalina, lanzo a Julian los platos de la cena hasta el otro lado de la mesa y huyo hasta la puerta.

Los platos chocan contra el suelo con un ruido estrepitoso y oigo a Julian maldecir al tiempo que se aparta para evitar que la comida lo salpique. Se distrae un momento, justo el tiempo que necesito para correr hasta la puerta y salir al recibidor. No sé a dónde voy ni tampoco tengo un plan. Lo que está claro es que no puedo quedarme aquí y aceptar de forma sumisa esta nueva violación.

No puedo ser la sumisa y pequeña víctima de Julian otra vez.

Oigo que me persigue mientras corro por toda la casa y tengo un recuerdo repentino de mi primer día en la isla. Entonces también corrí para escapar del hombre que se convertiría en mi vida entera. Recuerdo lo aterrada que me sentí, lo atontada que estaba por la droga que me inyectó. Ese fue el día que Julian me presentó el placer de su tacto, que me destrozó y dolió, el día en que vi por primera vez que yo ya no estaba a cargo de mi vida.

No sé por qué me sorprende esto de los rastreadores. Julian nunca se ha mostrado arrepentido de quitarme cualquier opción, nunca se ha disculpado por secuestrarme o forzarme a casarme con él. Me trata bien porque quiere, no porque haya alguna consecuencia desfavorable si hace lo contrario. No hay nadie que le evite hacerme lo que sea, ninguna palabra de seguridad que pueda usar para imponer mis límites.

Puede que sea su mujer, pero sigo siendo su prisionera de cualquier manera.

Estoy en la puerta principal y giro el pomo para abrirla. Por el rabillo del ojo veo a Ana cerca de la pared, mirándome pasmada mientras huyo por la puerta con Julian pisándome los talones. Corro tan rápido que solo siento un destello de vergüenza ante la idea de que nos vea así. Creo que nuestra ama de llaves sospecha de la naturaleza sadomasoquista de nuestra relación, ya que mi ropa de verano no siempre oculta las marcas que Julian deja en mi piel, y espero que se tome esto solamente como un juego raro.

No tengo ni idea de a dónde voy mientras bajo corriendo las escaleras principales, pero no importa. Solo me importa eludir a Julian un momento, ganar algo de tiempo. No sé qué me costará, pero sé que lo necesito; necesito sentir que he hecho algo para desafiarlo, que no me he doblegado a lo inevitable sin luchar.

Estoy en mitad del jardín cuando siento a Julian alcanzarme. Oigo su respiración agitada; él también debe de ir a su máxima velocidad. Me agarra el brazo, me gira y me atrae hacia sí.

El impacto me aturde un momento, expulsa el aire de los pulmones, pero mi cuerpo reacciona como un piloto automático y mi entrenamiento de autodefensa entra en acción. En vez de intentar empujarlo, me dejo caer para desequilibrarlo. Al mismo tiempo, elevo la rodilla y le apunto a los huevos y le propino un puñetazo con la mano derecha en la barbilla.

Se anticipa a mi movimiento, me da la vuelta en el último momento de tal modo que no le alcanzo la cara con el puñetazo, pero lo golpeo con la rodilla en la cintura. Sin tener tiempo para reaccionar, me tira al césped de espaldas e inmediatamente me sujeta con toda su fuerza, usando las piernas para controlar las mías y me agarra las muñecas para estirarme los brazos por encima de la cabeza.

Sé que estoy completamente indefensa, más que nunca, y Julian lo sabe.

Se le escapa una risilla por la garganta al tiempo que se encuentra con mi mirada furiosa.

—Eres un bichillo peligroso, ¿eh? —murmura, poniéndose más cómodo encima de mí. Para mi fastidio, ya empieza a respirar con normalidad y le brillan esos ojos azules de diversión y placer—. ¿Sabes? Si no hubiera sido yo el que te ha enseñado ese movimiento, mi gatita, podría haber funcionado.

Con el pecho jadeante, le fulmino con la mirada: me muero de ganas de machacarlo. Que esté disfrutando con esto solo aumenta mi furia; me muevo con toda mi fuerza, intentando quitarlo de encima de mí. Es inútil, por supuesto, mide más del doble que yo, cada centímetro de su cuerpo potente son músculos de acero. Al final, solo he conseguido divertirlo aún más.

Bueno, eso y excitarlo, como deja en evidencia el bulto duro contra mi pierna.

—Suéltame —siseo con los dientes apretados, claramente consciente de la respuesta automática de mi cuerpo ante esa dureza, ante su cuerpo presionado contra mí de esa manera. Ahora asocio la forma en que me ha sujetado con el sexo y odio que me esté poniendo ahora mismo, que mi interior lata de deseo a pesar de mi ira y resentimiento. Es otra cosa sobre la que no tengo el control; mi cuerpo está condicionado a responder a la dominación de Julian pase lo que pase.

Curva esos labios sensuales en una sonrisa ladeada: muestra satisfacción, el cabrón. Sabe perfectamente que me he excitado de forma involuntaria.

—¿O qué, gatita? —susurra, mirándome fijamente mientras separa mis piernas tensas con las rodillas—. ¿Qué vas a hacer?

Lo miro desafiante y hago todo lo posible por pasar de la amenaza de su erección dura como una piedra que me presiona la entrada. Solo nos separan sus vaqueros y mi ligera ropa interior, y sé que Julian puede deshacerse de esas barreras en un santiamén. El único impedimento para que me folle ahora mismo es que estamos a plena vista de todos los guardas y de cualquier persona que pasee por la casa en este preciso momento. A Julian no le va el exhibicionismo, es demasiado posesivo para ello, y estoy casi segura de que no me follará así al aire libre.

Puede que me haga otras cosas, pero estoy a salvo del castigo sexual por ahora.

Eso y la ira incitan mi respuesta imprudente.

—En realidad, la verdadera pregunta es: ¿qué vas a hacer tú, Julian? —digo con voz baja y cortante—. ¿Vas a arrastrarme pateando y gritando para conseguir ponerme estos rastreadores? Porque es lo que tendrás que hacer, ¿sabes? No voy a seguir con esto como una prisionera dócil. Estoy harta de ese papel.

Deja de sonreír y me mira implacable y con convicción.

—Voy a hacer lo que haga falta para mantenerte a salvo, Nora —dice con dureza y se pone de pie, levantándome con él.

Forcejeo, pero no sirve de nada; en un segundo, me levanta en brazos, con una mano me sujeta las muñecas y con la otra me agarra firmemente bajo las rodillas para inmovilizarme las piernas. Furiosa, arqueo la espalda, intentando que me suelte, pero me sujeta con demasiada fuerza para ello. No hago más que cansarme y, tras un par de minutos, dejo de forcejear y jadeo de frustración y agotamiento mientras Julian comienza a caminar hacia la casa. Me lleva como a una niña indefensa.

—Grita todo lo que quieras —me informa con voz tranquila y distante al tiempo que llegamos a los escalones del porche. Su cara no se inmuta al mirarme—. No va a cambiar nada, pero te invito a intentarlo.

Sé que probablemente esté usando psicología inversa conmigo, pero me quedo en silencio mientras abre la puerta principal con su espalda y entra en la casa. Se me pasa el enfado, ahora me resigno. Siempre he sabido que pelearme con Julian no tiene sentido y lo que ha pasado hoy lo confirma. Puedo resistirme todo lo que quiera, pero no me servirá de nada.

Mientras Julian me lleva al vestíbulo, veo a Ana de pie, mirándonos sorprendida. Debe de haberse quedado a mirar por la ventana cómo acababa la persecución y noto su mirada siguiéndonos al tiempo que Julian pasa delante de ella sin decir nada.

Ahora que el chute de adrenalina se ha pasado, noto cómo me ruborizo. Una cosa es que Ana me vea los moretones de los muslos, pero otra muy diferente es que nos vea así. Estoy segura de que ha visto cosas peores; al fin y al cabo, trabaja para un señor del crimen, pero sigo sin poder evitar sentirme expuesta e incómoda. No quiero que la gente de la finca sepa la verdad sobre mi relación con Julian; no quiero que me miren con compasión. Ya tuve suficiente en casa, en Oak Lawn y no me entusiasma repetir la experiencia.

—¿Vas a ponerme los rastreadores y ya está? —pregunto a Julian mientras me lleva a nuestra habitación—. ¿Sin anestesia ni nada? —pregunto con sarcasmo, pero realmente tengo curiosidad. Sé que mi marido disfruta infligiéndome dolor a veces, así que esto podría ser una cuestión sexual para él.

La mandíbula de Julian se tensa mientras me pone de pie.

—No —dice con brusquedad, liberándome y apartándose. Inmediatamente miro hacia la puerta, pero Julian está entre la salida y yo mientras camina hacia una pequeña cómoda y hurga entre los cajones.

—Me aseguraré de que no sientas nada. —Y mientras miro, saca una jeringuilla pequeña que me resulta familiar.

Se me congela el corazón. Reconozco esa jeringuilla; es la que tenía en el bolsillo cuando volvió a por mí, la que habría usado conmigo si no me hubiera ido con él por mi propia voluntad.

—¿Así es como me drogaste cuando me secuestraste en el parque? —Lo digo con la voz tranquila, escondo que me estoy derrumbando por dentro—. ¿Qué droga es?

Julian suspira, mirándome inexplicablemente agotado al acercárseme.

—Tiene un nombre largo y complicado que no recuerdo a bote pronto y, sí, es lo que usé para llevarte a la isla. Es una de las mejores drogas de este tipo, con muy pocos efectos secundarios.

—¿Efectos secundarios? Qué majo. —Me alejo un paso, echo un vistazo frenético por la habitación en busca de algo que pueda usar para defenderme. Aunque no hay nada. Aparte de un bote de crema de manos y una caja de pañuelos en el cabecero de la cama, la habitación está impecablemente limpia, muy ordenada. Sigo alejándome hasta que me doy en las rodillas con la cama y entonces sé que no tengo a dónde ir.

Estoy atrapada.

—Nora... —Julian está ahora a menos de treinta centímetros de mí, tiene la jeringuilla en la mano derecha—. No hagas esto más difícil de lo que es.

¿Más difícil de lo que es? ¿Está de coña? Una ráfaga fresca de furia me vuelve a dar fuerzas. Me lanzo a la cama y ruedo sobre ella: espero llegar al otro lado para poder correr hasta la puerta. Sin embargo, antes de llegar al borde, Julian se pone sobre mí y me presiona contra el colchón con su cuerpo musculado. Con la cara enterrada en la manta suave, apenas puedo respirar, pero antes de entrar en pánico,

Julian mueve gran parte de su cuerpo, lo que permite girar la cabeza a un lado. Cojo aire y siento que se mueve: con un escalofrío gélido, me percato de que está destapando la jeringuilla y sé que solo tengo unos pocos segundos antes de que me drogue otra vez.

—No hagas esto, Julian —le suplico desesperada y con voz entrecortada. Sé que rogarle es inútil, pero no puedo hacer nada más llegados a este punto. El corazón me late con fuerza en el pecho al jugarme la última carta—. Por favor, si de verdad te importo, si me quieres, no lo hagas, por favor...

Puedo escuchar su respiración entrecortarse y, por un momento, siento una pizca de esperanza; una pizca que se extingue inmediatamente al apartarme el pelo enredado del cuello, exponiendo mi piel.

—En realidad no va a ser tan malo, cariño —murmura y siento un pinchazo agudo en un lado del cuello.

Mis extremidades se vuelven pesadas inmediatamente, mi visión va disminuyendo al tiempo que la droga surte efecto.

—Te odio —consigo susurrar, y entonces la oscuridad vuelve a reclamarme.

16

*J*ulian

Mientras alzo su cuerpo inconsciente, las palabras de Nora retumban en la mente, se repiten una y otra vez como un disco rayado. Sé que no debería doler tanto, pero duele. Con solo un par de frases, se las ha arreglado para hacerme trizas, para hacerse paso a través del muro que me ha encerrado desde la muerte de Maria; el muro que me ha permitido guardar una distancia de todo y de todos excepto de ella.

No me odia en realidad. Lo sé. Me quiere. Ella me ama o, al menos, cree que sí. Cuando todo esto termine, volveremos a la vida que hemos tenido durante los últimos meses, salvo que yo me sentiré mejor, más seguro.

Menos temeroso de perderla.

Si me quieres, no lo hagas...

Mierda. No sé por qué me importa que haya dicho eso. No la

quiero, por supuesto. No puedo. El amor es para aquellos que son fieles y altruistas, para la gente que aún tiene una pizca de corazón.

Ese no soy yo. Nunca lo he sido. Lo que siento por Nora no es como los sentimientos dulces y tiernos que aparecen en todos los libros y películas. Es más profundo, mucho más visceral que eso. La necesito con una fuerza que me retuerce las entrañas, con un anhelo que me destroza y me estimula al mismo tiempo. La necesito como el aire y haría lo que fuera para mantenerla conmigo.

Moriría por ella, pero no puedo dejarla ir.

Acuno su cuerpo pequeño y frágil en mis brazos y la llevo de la habitación al salón. David Goldberg, nuestro médico residente, ya está aquí, esperando con su maletín y todo el equipo sobre el sofá. Le pedí que parase antes para hacer todo el procedimiento lo antes posible después de la cena, y me alegro de que haya llegado a tiempo. Solo he inyectado a Nora un cuarto de la droga que había en la jeringuilla y quiero estar seguro de que todo esto acabe antes de que se despierte.

—¿Ya está inconsciente? —pregunta Goldberg, levantándose para saludarnos. Es pequeño, calvo, de unos cuarenta años y es uno de los mejores cirujanos que jamás he conocido. Le pago un ojo de la cara para que trate lesiones menores, pero considero que merece la pena. En un trabajo como el mío nunca se sabe cuándo hará falta un buen doctor.

—Sí. —Pongo a Nora en el sofá con cuidado. Su brazo izquierdo cuelga del borde, así que la muevo con suavidad para colocarla en una posición más cómoda, asegurándome de que su vestido le cubra los muslos delgados. De todos modos, a Goldberg no le importa; es más probable que se empalme por mí que por mi esposa, pero aun así no me gusta la idea de exponerla sin necesidad, incluso para un hombre que es abiertamente gay.

—¿Sabe? Podría haber adormecido la zona —dice, sacando el instrumental que necesita. Todos sus movimientos son experimentados y eficaces; es un profesional en lo suyo—. Es un procedimiento sencillo, no requiere que el paciente esté inconsciente.

—Es mejor así. —No le explico nada más, pero creo que Goldberg lo entiende porque no dice nada más. En su lugar, se pone los guantes, saca una jeringuilla grande con una aguja hipodérmica gruesa y se acerca a Nora.

Me aparto para darle algo más de espacio.

—¿Cuántos rastreadores quiere? ¿Uno o más? —pregunta, mirando hacia mi dirección.

—Tres. —Ya había pensado antes en esto y es lo que me parece más lógico. Si alguna vez la secuestran, puede que mis enemigos piensen en buscar un microchip rastreador en su cuerpo, pero seguro que no buscan tres.

—Vale. Pondré uno en el brazo, otro en la cadera y otro en el interior del muslo.

—Con eso valdrá. —Los rastreadores son diminutos, del tamaño de un grano de arroz, así que Nora ni siquiera los sentirá hasta que pasen varios días. También estoy planeando que lleve una pulsera especial como señuelo; tendrá un cuarto rastreador dentro. De este modo, si los secuestradores encuentran la pulsera rastreadora, puede que se despisten lo suficiente como para no buscarle ninguno más.

—Vale, pues eso haremos —dice Goldberg y, frotando el brazo de Nora con una solución desinfectante, presiona la aguja en su piel. Una pequeña gotita de sangre brota al entrar la aguja, depositando el rastreador; después vuelve a desinfectar la zona y la cubre con un apósito pequeño.

El siguiente implante es en su cadera, seguido de otro en el interior del muslo. Han pasado menos de seis minutos desde el comienzo hasta el fin del procedimiento y Nora duerme tranquilamente.

—Ya está —dice Goldberg, quitándose los guantes y guardando el instrumental en su cartera—. Puede quitarle los apósitos dentro de una hora, una vez que deje de sangrar, y ponerle tiritas normales. Puede que esas zonas estén sensibles durante un par de días, pero no debería haber ninguna cicatrización si mantiene los puntos de inserción limpios mientras tanto. Si ocurre algo, llámeme, pero no creo que haya ningún problema.

—Excelente, gracias.

—Encantado. —Y así, Goldberg coge su maletín y sale de la habitación.

Nora recupera la conciencia sobre las tres de la madrugada.

Mi sueño es ligero, conque me despierto tan pronto como ella empieza a moverse. Sé que tendrá dolor de cabeza y un poco de náuseas por la droga y tengo una botella de agua preparada en caso de que tenga sed. Espero que los efectos secundarios sean leves, ya que le di una dosis pequeña. Cuando me la llevé del parque tuve que darle mucho más para asegurarme de que estuviera inconsciente durante el viaje a la isla de más de veinte horas, así que hoy debería recuperarse más rápido.

Te odio.

Joder, otra vez no. Me olvido del recuerdo de su susurro breve y acusador y me concentro en el presente. Noto cómo se remueve a mi lado, emite un leve ruido de malestar al rozarse la zona delicada del brazo con el colchón. Ese sonido me afecta, me llega a lo más profundo, no sé por qué. No quiero que Nora sienta dolor; no de esta forma, al menos, y la atraigo hacia mí para abrazarla por la espalda.

Se pone rígida cuando la toco, se pone tensa de arriba abajo y sé que ahora está despierta, que recuerda lo que pasó.

—¿Cómo te sientes? —pregunto, manteniendo mi voz baja y relajada mientras le acaricio con la mano la curva exterior del suave muslo—. ¿Quieres un poco de agua o algo?

No dice nada, pero noto cómo mueve ligeramente la cabeza y lo interpreto como un sí.

—Está bien. —Agarro la botella de agua, buscando a tientas en la oscuridad. Me apoyo sobre un codo, enciendo la lámpara junto a la cama para poder ver y ofrezco la botella a Nora.

Parpadea un par de veces, entrecerrando los ojos por la luz y coge el agua, sus dedos delgados se curvan alrededor de la botella al sentarse. El movimiento hace que la sábana se caiga, dejando expuesta la parte superior de su cuerpo. Le quité la ropa antes de meterla en la cama, así que ahora está desnuda y solamente su abundante pelo oculta de mi mirada sus pechos bonitos, rosados y puntiagudos. Un deseo familiar se remueve en mi interior, pero no le hago caso; primero quiero asegurarme de que está bien.

Dejo que le dé un par de tragos a la botella de agua antes de preguntarle de nuevo:

—¿Cómo te encuentras?

Encoge los hombros; no me mira

—Bien, supongo. —Levanta la mano desde el torso hasta el brazo, se toca la tirita y la veo estremecerse levemente, como si tuviera frío.

—Tengo que ir al baño —dice de repente y, sin esperar a mi respuesta, se baja de la cama. Alcanzo a echar un breve vistazo a su trasero pequeño y redondo antes de que desaparezca por la puerta del baño y mi polla sube: no hace caso a mi voluntad de estarme quieto por una vez.

Suspiro y me recuesto en la almohada para esperarla. ¿A quién quiero engañar? Mi mascotita siempre tiene ese efecto en mí. Me cuesta tanto verla desnuda y no reaccionar como dejar de respirar. Casi de forma involuntaria, paso la mano bajo la sábana, curvo los dedos alrededor de mi duro tronco, cierro los ojos y me imagino sus paredes internas cálidas y sedosas agarrando mi polla, su coño húmedo y apretado. Mmm, qué delicia.

Te odio.

Joder. Abro los ojos, parte de mi calor interno se enfría. Sigo empalmado, pero ahora el deseo se mezcla con una pesadez extraña en mi pecho. No sé de dónde viene esto. Debería sentirme más feliz ahora que le he introducido los rastreadores, pero no lo estoy. En vez de eso, me siento como si hubiera perdido algo... Algo que no sabía que tenía.

Molesto, vuelvo a cerrar los ojos, esta vez concentrado a propósito en el ansia creciente en mis pelotas mientras aprieto la mano hacia arriba y hacia abajo por la polla, dejando acrecentar las ganas. Y aunque me odie, ¿qué más da? Es normal, después de todo lo que le he hecho. Nunca he dejado que tal preocupación me impidiera hacer lo que he querido y no voy a empezar a hacerlo ahora. Nora se acostumbrará a los rastreadores del mismo modo al que se acostumbró a ser mía y, si alguna vez se saltan la seguridad del recinto, agradecerá que haya sido tan previsor.

Al oír que se abre la puerta, abro los ojos y la veo salir del baño. Sigue sin mirarme directamente. En su lugar, mantiene los ojos en el suelo mientras se escurre por la cama, se mete bajo las sábanas y se tapa hasta la barbilla. Entonces mira fijamente al techo, como si yo no existiera.

Me ha dado un tortazo en la cara con su indiferencia.

El deseo en mi interior se vuelve más agudo, más oscuro. No tolero este comportamiento y lo sabe. Estoy deseando castigarla de forma casi irresistible, y saber que ya está herida es lo único que me impide atarla y rendirme a mis inclinaciones sádicas. Aun así, no permitiré que se salga con la suya. Ni esta noche ni nunca.

Aparto la sábana, me siento y le ordeno bruscamente:

—Ven aquí.

Por un momento, no se mueve, pero al final me mira a la cara. No hay miedo en ella: de hecho, no expresa ningún sentimiento. Sus grandes y oscuros ojos no tienen vida, son como los de una preciosa muñeca.

Crece el peso que siento en el pecho.

—Ven aquí —repito; la dureza de mi tono oculta la agitación intensa que hay dentro de mí—. Ahora.

Ella obedece por fin. Aparto su sábana, viene hacia mí a cuatro patas, arrastrándose a través de la cama con la espalda arqueada y con el culo ligeramente levantado. Es exactamente la manera en que me gusta que se mueva en la habitación y se me agita la respiración. La polla se me hincha de tal modo que hasta me duele. La he adiestrado bien; incluso angustiada, mi mascotita sabe cómo complacerme.

—Buena chica —murmuro, la sujeto y me la acerco. Le introduzco la mano izquierda en el cabello, envuelvo el brazo derecho alrededor de su cintura y la empujo hacia mi regazo, estrechándola contra mí. Luego inclino la boca hacia la suya para besarla con un hambre que parece emanar del núcleo mismo de mi ser.

Sabe a dentífrico de menta y a ella misma, sus labios son suaves y receptivos mientras exploro la sedosa profundidad de su boca.

Mientras el beso sigue, cierra los ojos y levanta los brazos para dejarlos en mis costados. Siento sus pezones endurecerse contra mi pecho y me doy cuenta de que responde igual que siempre. Me invade el alivio, lo que aplaca parte de esta inquietud tan poco habitual en mí.

Sea cual sea el humor extraño que tiene hoy, sigue siendo mía. Besándola, me inclino hacia adelante hasta que ambos estamos acostados en la cama, yo encima. Tengo cuidado de moverla con delicadeza, de modo que no presione ninguna de las zonas cubiertas con tiritas. El monstruo de mi interior ansía su dolor y sus lágrimas, pero ese deseo palidece en comparación con mi necesidad irresistible de confortarla, de hacer desaparecer esa mirada sin vida de sus ojos.

Refreno mi propio deseo y me dispongo a cuidarla de la única manera que sé. La beso por todas partes, saboreando su piel suave y cálida mientras me dirijo desde la curva delicada de su oreja hasta los dedos pequeños de los pies. Le masajeo las manos, los brazos, las piernas y la espalda, disfruto de sus gemidos contenidos de placer a la vez que la ayudo a que relaje los músculos. Entonces la llevo al orgasmo con mi boca y mis dedos, retrasando mi propia liberación hasta que mis pelotas casi explotan.

Cuando al fin entro en su cuerpo es como volver a casa. Su vagina caliente y resbaladiza me da la bienvenida, me estrecha tanto que casi exploto en el acto. Mientras comienzo a moverme en su interior, se acerca y me abraza, y entonces detonamos juntos al final: nuestros cuerpos se tensan a la vez en un éxtasis violento y abrumador.

17

ME DESPIERTO MÁS TARDE DE LO NORMAL, CON LA SENSACIÓN DE TENER la cabeza y la boca llenas de algodón. Por un momento, me esfuerzo para saber lo que pasó: ¿acaso bebí demasiado? Pero entonces me vienen los recuerdos de anoche y me noto un nudo en la garganta que me inunda de desesperación y confusión.

Julian me hizo el amor anoche. Me hizo el amor después de violarme, después de drogarme y forzarme a ponerme los rastreadores contra mi voluntad, y yo se lo permití. No, no solo se lo permití, sino que me deleité con su tacto y dejé que el calor abrasador de sus caricias quemara el dolor gélido que había dentro de mí. Hizo que me olvidara durante solo un momento de la enorme herida que había infligido en mi corazón.

De todas las cosas horribles que Julian ha hecho, no sé por qué esta es la que más me afecta. En toda la amplia gama de situaciones por las que he pasado, parece que implantarme unos rastreadores con la intención de mantenerme a salvo no sea nada comparado con secuestrarme, pegar a Jake o chantajearme para casarme. Se supone que si alguna vez me escapo de la finca, puedo ir al médico y quitarme los implantes, de modo que no los tendría durante el resto de mi vida. El miedo de ayer tenía, sin lugar a dudas, un componente irracional: reaccioné por instinto sin pararme a pensar bien sobre el asunto.

Sin embargo, sentí como si una parte de mí hubiera muerto anoche, como si el pinchazo de aquella aguja matara algo dentro de mí. Quizás sea porque había empezado a sentir que Julian y yo estábamos cada vez más cerca, que cada vez nos parecíamos más a una pareja normal. O quizás porque mi síndrome de Estocolmo o cualquier problema mental que tenga, me ha hecho imaginarme arcoíris y unicornios cuando no había nada. Sea cual sea la razón, interpreté los actos de Julian como la traición más atroz. Cuando recuperé la consciencia anoche, me sentí tan destrozada que me entraron ganas de que se me tragara la tierra.

Pero Julian no me dejó. Me hizo el amor. Me hizo el amor cuando pensaba que me daría una paliza, cuando esperaba que me castigara por no comportarme como su pequeña y sumisa mascota. Me dio ternura cuando esperaba crueldad: en vez de destrozarme, me hizo sentir completa de nuevo, aunque solo fuera durante un par de horas.

Y ahora... ahora lo echo de menos. Sin él a mi lado, vuelve a filtrarse el frío en mi interior, haciendo que el dolor me asfixie lentamente desde dentro. Casi no puedo soportar que Julian me hiciera esto en contra de mis objeciones, que lo hiciera aunque le rogara que no lo hiciera. Me demuestra que no me quiere, que puede que nunca lo haga.

Me demuestra que puede que el hombre con que me he casado nunca sea más que mi captor.

～

JULIAN NO ESTÁ EN EL DESAYUNO, LO QUE CONTRIBUYE A MI CRECIENTE depresión. Me he acostumbrado tanto a que estemos juntos en la mayoría de las comidas que su ausencia me sienta como un rechazo;

aunque no me explico cómo puedo seguir anhelando su compañía después de todo lo que me ha hecho.

—El señor Esguerra ha tomado un pequeño tentempié antes —explica Ana, sirviéndome huevos mezclados con alubias fritas y aguacate—. Ha recibido noticias que tenía que atender inmediatamente, de modo que no puede unirse al desayuno esta mañana. Pidió perdón por ello y me dijo que puedes ir a la oficina cuando estés lista. —Me lo dice con la voz extrañamente cálida y amable, y en su mirada noto que me lo dice con compasión. No sé si conoce todos los destalles sobre lo que pasó anoche, pero tengo el presentimiento de que oyó lo esencial.

Avergonzada, bajo la mirada hacia mi plato.

—Vale, muchas gracias, Ana —murmuro, mirando el plato. Parece tan delicioso como siempre, pero no tengo apetito esta mañana. Sé que no estoy enferma, pero así es como me siento, con el estómago revuelto y el pecho dolorido. Los nuevos implantes en el muslo, cadera y brazo palpitan con un dolor muy molesto. Solo tengo ganas de meterme en la cama y pasarme el día durmiendo, pero por desgracia no puede ser. Tengo que escribir un artículo para mi clase de literatura inglesa y voy retrasada dos clases en cálculo. Ya he cancelado el paseo matutino con Rosa; no me apetece ver a mi amiga sintiéndome así.

—¿Te apetece un poco de chocolate a la taza? ¿Quizás un café o un té? —pregunta Ana, todavía rondando la mesa. Normalmente, cuando Julian y yo comemos juntos se esfuma, pero parece reacia a dejarme sola esta mañana.

Levanto la mirada de mi plato y me fuerzo a dedicarle una sonrisa.

—No, estoy bien, Ana. Gracias. —Cojo el tenedor y como un poco de huevo, decidida a comer algo para aliviar la preocupación que veo en la cara redondeada de la ama de llaves.

Mientras mastico, veo a Ana vacilar un momento, como si quisiera decir algo más, pero entonces desaparece por la cocina, y me deja con el desayuno. Durante los siguientes minutos, hago un gran intento de comer, pero todo me sabe mal y finalmente me rindo.

Me levanto y me dirijo hacia el porche, quiero notar el sol sobre mi piel. El frío de mi interior parece extenderse cada minuto que pasa, lo que me deprime más a medida que avanza la mañana.

Salgo por la puerta principal y camino hasta el borde del porche, apoyándome en la barandilla y respirando el aire húmedo y cálido. Mientras contemplo desde la distancia la gran extensión de hierba y a los guardias, noto que empiezo a ver borroso; unas lágrimas cálidas empiezan a brotar y me caen por las mejillas.

No sé por qué estoy llorando. Nadie ha muerto, no ha pasado nada terrible. He pasado por cosas peores durante estos dos años y he lidiado con ello; me he adaptado y he sobrevivido. Esta cosa relativamente menor no debería hacerme sentir como si me hubieran arrancado el corazón.

Mi creciente convicción de que Julian no es capaz de amar no debería destrozarme de esta manera.

Alguien me toca el hombro con suavidad y me sobresalta de mi miseria. Me seco rápidamente las lágrimas, me doy la vuelta y me sorprendo al ver a Ana ahí, con una expresión indecisa.

—Señora Esguerra... Quiero decir, Nora... —tartamudea mi nombre, su acento es más marcado de lo normal—. Perdona que interrumpa, pero me preguntaba si tendrías un momento para hablar.

Asiento, atónita por su petición inusual.

—Por supuesto. ¿Qué ocurre? —Ana y yo no tenemos demasiada relación, siempre ha sido un tanto reservada conmigo; cortés pero no demasiado amigable. Rosa me dijo que Ana es así porque así era como el padre de Julian ordenaba que se comportaran y para ella es difícil quitarse ese hábito.

Aliviada por mi respuesta, Ana sonríe, se acerca a la barandilla y apoya los antebrazos en la madera pintada de blanco. Le lanzo una mirada dubitativa, preguntándome de qué quiere hablar, pero parece contenta de estar ahí, con la mirada fija en la lejana selva.

Cuando finalmente gira la cabeza para mirarme y hablarme, sus palabras me pillan con la guardia baja.

—No sé si lo sabes, Nora, pero tu marido perdió a todas las personas que le importaban —dice con calma, sin rastro de su aparente cautela habitual—. A María, a sus padres... Por no hablar de las demás personas que conoció aquí en la finca y también fuera de ella, en la ciudad.

—Sí, me lo ha contado —digo lentamente, mirándola con precaución. No sé por qué ha decidido de repente hablarme de Julian, pero estoy encantada de escucharla. Quizá si entiendo mejor a mi marido sea más fácil mantener una distancia emocional con él.

Quizá no sea como un rompecabezas y no me sentiré atraída por él con tanta fuerza.

—Bien —dice Ana, tranquila—. Entonces espero que entiendas que Julian no quiso hacerte daño anoche… Que lo que fuera que hizo fue porque se preocupa por ti.

—¿Que se preocupa por mí? —La risa que se escapa de mi garganta es mordaz y cortante. No sé por qué estoy hablando de esto con Ana, pero, ahora que se han abierto las compuertas, no puedo volver a cerrarlas—. Julian no se preocupa por nadie más que por sí mismo.

—No. —Niega con la cabeza—. Te equivocas, Nora. Es así, se preocupa mucho por ti. Lo veo. Es diferente contigo que con las demás. Muy diferente.

La miro fijamente.

—¿Qué quieres decir?

Suspira y después se gira para mirarme.

—Tu marido siempre fue un niño… oscuro —dice y veo una profunda tristeza en su mirada—. Un niño precioso, con los ojos de su madre y con sus rasgos, pero tan duro por dentro… Creo que era culpa de su padre. El viejo señor nunca lo trató como a un niño. Cuando Julian empezó a caminar, su padre ya lo empujaba, lo obligaba a hacer cosas que un niño no debería hacer…

Escucho con atención, casi ni respiro: quiero dejarla hablar.

—Cuando Julian era pequeño tenía miedo de las arañas. Aquí las hay grandes, algunas dan mucho miedo. Las hay venenosas también. Cuando Juan Esguerra se enteró, dejó a su hijo de cinco años en el bosque y le hizo cazar una decena de arañas grandes con sus propias manos para que Julian viera lo que significaba superar sus miedos y hacer sufrir a sus enemigos. —Hace una pausa y aprieta los labios con ira—. Julian no durmió durante dos noches después de aquello. Su madre se quejó cuando se enteró, pero no podía hacer nada. La palabra del señor era ley y todo el mundo tenía que obedecer.

Me trago la bilis que me ha subido por la garganta y desvío la mirada. Lo que acabo de saber solo incrementa mi desesperación. ¿Cómo puedo esperar que Julian ame a alguien después de haber sido educado de esa manera? No me sorprende que mi marido sea un asesino desalmado con tendencias sádicas; es un milagro que no sea aún peor. No tiene remedio.

Ana nota mi angustia y me posa la mano sobre el brazo; su tacto cálido y reconfortante es como el de mi madre.

—Durante mucho tiempo, pensé que Julian crecería y se convertiría en su padre —dice cuando me giro para mirarla—. Cruel, insensible, incapaz de sentir cualquier emoción cariñosa. Lo pensé hasta que un día, cuando tenía doce años, lo vi con una gatita. Era una criatura diminuta de pelaje blanco y blandito, y con unos ojos grandes, apenas lo suficientemente mayor para comer sola. Algo le ocurrió a la madre, por lo que Julian cogió la gatita y la llevó a la casa. Cuando lo vi, intentaba convencerla para que bebiera leche; la expresión de su cara... —Parpadea y creo percibir que va a llorar—. Era tan... Tan tierna. Eran tan paciente con la gatita, tan dulce. Y entonces supe que su padre no había conseguido transformar a Julian por completo, que el niño aún podía sentir.

—¿Qué le pasó a la gatita? —pregunto, abrazándome. Me preparo para oír otra historia de terror, pero Ana se encoge de hombros como respuesta.

—Creció en la casa —dice, apretándome suavemente el brazo antes de quitar la mano—. Julian se la quedó como mascota y la llamó Lola. Se peleó con su padre por ello: al viejo señor no le gustaban las mascotas, pero para entonces Julian ya era lo bastante mayor y fuerte para hacer frente a su padre. Nadie se atrevía a tocar a la pequeña criatura mientras estuviera protegida por Julian. Cuando viajó a Estados Unidos, se llevó a la gata con él. Hasta donde sé, vivió una larga vida y murió de vieja.

—Vaya. —Desaparece un poco de la tensión—. Eso está bien. No que Julian perdiera a su mascota, quiero decir, sino que viviera durante mucho tiempo.

—Sí, por supuesto. ¿Y sabes qué, Nora? La forma en que miraba a la gatita... —Su voz se va apagando y me mira fijamente con una sonrisa extraña.

—¿Qué? —pregunto con cautela.

—A veces te mira de la misma forma. Con esa dulzura. Puede que no siempre lo muestre, pero te aprecia, Nora. A su modo, pero te quiere. Lo creo de verdad.

Aprieto los labios intentando reprimir las lágrimas que amenazan con volver a brotar.

—¿Por qué me estas contando esto, Ana? —pregunto cuando estoy segura de que puedo hablar sin romper a llorar—. ¿Por qué has venido a contármelo?

—Porque Julian es lo más parecido que tengo a un hijo —dice con dulzura—. Y porque quiero que sea feliz. Quiero que ambos lo seáis. No sé si esto cambia algo para ti, pero pensé que deberías conocer algo más de tu marido. —Estira el brazo, me aprieta la mano y después vuelve a entrar en casa, dejándome apoyada en la barandilla, aún más confusa y con el corazón más roto que antes.

No voy al despacho de Julian esa mañana. En vez de eso, me encierro en la biblioteca y trabajo sobre el artículo, intentando no pensar en mi marido y en lo mucho que quiero estar sentada a su lado. Sé que solo estar sentada cerca de él me haría sentir mucho mejor, que su mera presencia me ayudaría con mi dolor y mi ira, pero un impulso masoquista me mantiene alejada. No sé qué estoy intentando demostrarme, pero estoy decidida a guardar las distancias durante, al menos, un par de horas.

Por supuesto, no puedo evitarlo a la hora de cenar.

—Hoy no has venido —comenta, mirándome mientras Ana nos sirve crema de setas como aperitivo—. ¿Por qué?

Me encojo de hombros, no haciendo caso de la mirada implorante que Ana me lanza antes de volver a la cocina.

—No me encontraba muy bien.

Julian frunce el ceño.

—¿Estás enferma?

—No, no me sentía bien. Además, tenía que terminar un artículo y ponerme al día con algunas clases.

—¿Es verdad? —Me mira fijamente con las cejas casi unidas. Se inclina hacia delante y pregunta con delicadeza—: ¿Estás enfurruñada, mi gatita?

—No, Julian —respondo de la forma más dulce que puedo e introduzco la cuchara en la crema—. Enfurruñada implicaría que estoy enfadada por algo que has hecho. Pero no puedo enfadarme, ¿no? Tú puedes hacerme lo que quieras y se supone que yo lo acepto, ¿verdad? —Y al sorber la sopa sabrosa, le dedico una sonrisa maliciosa, disfrutando de cómo entrecierra los ojos ante mi respuesta. Sé que me la estoy jugando, pero no quiero un Julian dulce y tierno esta noche. Es demasiado confuso, demasiado inquietante para mi bienestar mental.

Para mi frustración, no muerde el anzuelo. Cualquier tipo de ira que he logrado provocar dura poco y al momento se apoya con una sonrisa sexi.

—¿Estás intentando culparme, cariño? Sabes de sobra que esos sentimientos no me afectan lo más mínimo.

—Claro que sí. —Intento que las palabras suenen cortantes, pero salen sin fuerza. Incluso ahora tiene poder para hacer que mis sentidos se confundan con solo una sonrisa.

Sonríe, sabe perfectamente cómo me afecta, e introduce la cuchara en la crema.

—Come, Nora. Podrás enseñarme lo enfadada que estás en la cama, te lo prometo. —Y con esa amenaza tentadora, empieza a tomarse la crema; no me queda otra, tendré que obedecerlo

Mientras comemos, Julian me acribilla a preguntas sobre mis clases y sobre cómo me va con el curso online hasta ahora. Parece realmente interesado en lo que digo y pronto me encuentro hablándole sobre mis problemas con cálculo —¿alguna vez han inventado una asignatura más aburrida?— y hablando sobre los pros y contras de hacer un curso de humanidades el semestre que viene. Estoy segura de que mis preocupaciones lo divierten; al fin y al cabo, son cosas de la universidad, pero, si es así, no lo muestra. En vez de eso, me hace sentir como si estuviera hablando con un amigo o quizá con un asesor de confianza.

Esa es una de las cosas que hace a Julian tan irresistible: su capacidad de escuchar, de hacerme sentir importante para él. No sé si lo hace a propósito, pero hay pocas cosas más atractivas que tener la completa atención de alguien y siempre me ha pasado eso con Julian. Me ha pasado desde el primer día. Sea un secuestrador malvado o no, siempre me ha hecho sentir querida y deseada, como si fuera el centro de su mundo. Como si de verdad importara.

A medida que la cena continúa, la historia de Ana se repite una y otra vez en mi cabeza; me alegro enormemente de que Juan Esguerra esté muerto. ¿Cómo puede un padre hacerle algo así a su hijo? ¿Qué monstruo intentaría convertir a propósito a su hijo en un asesino? Me imagino al Julian de doce años ocupándose de esa gatita indefensa y siento un destello involuntario de orgullo por el coraje de mi marido. Tengo la sensación de que haberse quedado a la mascota contra la voluntad de su padre no debió de ser nada fácil.

Todavía no estoy lista para perdonar a Julian, pero mientras nos ponen el segundo plato me planteo la posibilidad de que haya algo más que las tendencias posesivas de Julian detrás de su deseo de ponerme estos rastreadores. ¿Será que en vez de no preocuparse por mí se preocupa demasiado? ¿Su amor puede llegar a ser tan oscuro y obsesivo? ¿Tan retorcido? Por supuesto, me enteré de la muerte de Maria y de sus padres, pero nunca vinculé ambos sucesos; nunca pensé que Julian perdiera a todos por los que se preocupaba. Si Ana tiene razón, si soy tan especial para Julian, entonces no es tan sorprendente que haga tanto para garantizar mi seguridad, sobre todo desde que casi me pierde una vez. Es de locos y da miedo, pero no es tan sorprendente.

—¿Qué era tan urgente esta mañana? —pregunto y termino la

segunda ración de salmón asado que Ana ha preparado como plato principal. Me muero de hambre y todos los rastros de mi malestar anterior se han esfumado. Es increíble lo que puede hacerme un poco de la compañía de Julian; su proximidad es mejor que cualquier medicina estimulante del mercado—. Me refiero a cuando no desayunaste conmigo.

—Ah, sí, quería hablarte de ello —dice Julian y veo un destello de entusiasmo oscuro en sus ojos—. Los contactos de Peter en Moscú nos han dado permiso para entrar con una operación para extraer a Majid y el resto de los combatientes de Al-Quadar de Tayikistán. En cuanto estemos listos, espero que dentro de una semana más o menos, empezaremos.

—Vaya —lo miro fijamente, entusiasmada y preocupada por las noticias—. Al decir «nosotros», te refieres a tus hombres, ¿verdad?

—Bueno, claro —Julian parece confundido por mi pregunta—. Voy a formar un grupo de unos cincuenta de nuestros mejores soldados y dejaré el resto para que vigile el recinto.

—¿Vas a ir tú mismo a esta operación? —Se me para el corazón por un momento mientras espero ansiosa su respuesta.

—Por supuesto. —Parece sorprendido de que yo pensara lo contrario—. Siempre voy a estas misiones. Además, tengo negocios en Ucrania que son mejor hacerlos en persona, así que me encargaré de ello en el camino de regreso.

—Julian… —De repente, me siento enferma; toda la comida se me revuelve en el estómago—. Todo esto suena muy peligroso… ¿Por qué tienes que ir?

—¿Peligroso? —Emite una pequeña risa—. ¿Estás preocupada por mí, gatita mía? Puedo asegurarte de que no hay necesidad. Superaremos al enemigo en número y en armas. No tienen ninguna posibilidad, créeme.

—¡Eso no lo sabes! ¿Y si estallan una bomba o algo? —Elevo el tono de voz al recordar el horror de la explosión del almacén—. ¿Y si os engañan? Sabes que quieren matarte…

—Bueno, técnicamente quieren forzarme a que les dé el explosivo. —Me corrige con una oscura sonrisa en los labios—. Entonces querrán matarme. Pero no tienes nada de qué preocuparte, cariño. Rastrearemos la zona para detectar cualquier indicio de bomba antes de entrar y todos llevaremos equipos de cuerpo entero que puedan soportar de todo salvo una explosión de misiles.

Empujo mi plato, no menos tranquila.

—A ver si lo pillo... ¿Me obligas a llevar rastreadores aquí, donde nadie puede tocarme ni un solo pelo y tú estás planeando deambular por Tayikistán para jugar a «captura al terrorista»?

La sonrisa de Julian desaparece y endurece la expresión.

—No estoy jugando, Nora. Al-Quadar representa una amenaza muy real que debemos eliminar lo más rápido posible. Tenemos que atacarlos antes de que vengan a por nosotros y esta es la oportunidad perfecta para ello.

Lo fulmino con la mirada y la pura injusticia de todo esto hace que me suba la presión arterial.

—¿Pero por qué tienes que ir en persona? Tienes a todos estos soldados y mercenarios a tu disposición, seguro que no te necesitan allí.

—Nora... —Su voz es tierna, pero su mirada es dura y gélida como un témpano—. Esto no es debatible. El día que empiece a asustarme de mi propia sombra será el día que tenga que abandonar el negocio por mi bien, porque significará que me he vuelto blando. Blando y perezoso, como el hombre al que quité la fábrica cuando empecé... —Vuelve a sonreír ante mi mirada conmocionada—. Claro, mi gatita, ¿cómo crees que cambié de las drogas a las armas? Tomé el control de una operación de otra persona y construí sobre ella. Mi predecesor también tenía soldados y mercenarios a su disposición, pero era poco más que un traficante y todo el mundo lo sabía. No daba rienda suelta a su organización y bastó sobornar a unas pocas personas y derrocarlo; me quedé con su fábrica de misiles. —Julian hace una pausa para que lo digiriera y después añade—: No voy a ser ese hombre, Nora. Esta misión es importante para mí y estoy decididísimo a supervisarla yo mismo. Majid no sobrevivirá esta vez; me aseguraré de ello.

18

Julian

Una vez hemos terminado de cenar, me llevo a Nora al dormitorio. Le pongo una mano en la espalda mientras subimos las escaleras. Está callada desde que le expliqué mi próxima misión. Aún sigue molesta conmigo y no solo por eso, también por los microchips rastreadores y el viaje.

Verla preocupada me conmueve e incluso me resulta adorable, pero no pienso malgastar esta oportunidad de ponerle las manos encima a Majid. Mi gatita no entiende el subidón que me da estar en plena acción, sentir la adrenalina por mi cuerpo y oír cómo las balas van por el aire. No entiende cuánto me pone ver la sangre a borbotones de mis enemigos, ni que sus gritos de agonía me llenan de un placer casi tan intenso como el sexo. Por esta razón, entre otras, un loquero que tuve opinaba que podría ser un sociópata... bueno, eso y también la ausencia casi total de remordimientos. Que me tachen de loco nunca me ha molestado demasiado... al menos desde que me quité de la cabeza aquella idea inocente de que, algún día, podría llevar una vida «normal».

Al entrar en la habitación, el hambre voraz que llevo reprimiendo desde ayer se dispara; el monstruo que habita dentro de mí quiere darse un festín. El distanciamiento que noto últimamente en ella solo lo empeora más. Siento el muro que Nora intenta interponer entre nosotros, cómo pretende no pensar en mí, y esto solo me enerva y alimenta el deseo sádico que crece dentro en mi interior.

Voy a derribar ese muro esta noche. Lo demoleré hasta que no le quede ningún mecanismo de defensa, hasta que su mente vuelva a ser de mi propiedad.

Nora se excusa para darse una ducha rápida mientras la espero en la cama. Ya noto cómo se me endurece la polla, se llena poco a poco de un deseo ardiente, fruto de todo lo que voy hacer con ella esta noche. Los calzoncillos me empiezan a estorbar, así que me quito la ropa y escucho cómo sigue corriendo el agua. Me acerco a la mesita de noche y abro un cajón del que saco todo tipo de herramientas que pretendo utilizar con ella.

Tal y como prometió, Nora no tarda mucho. A los cinco minutos ya ha salido del baño y lleva una suave toalla blanca cubriendo su cuerpo pequeño. Se ha recogido el pelo en un moño desaliñado; su piel bronceada aún está mojada y le caen gotitas de agua por el cuello y los hombros. Debe de haberse quitado las tiritas para ducharse, porque alcanzo a ver una costra y algunos moretones en el brazo, justo donde le implantaron el rastreador. Al ver aquellas marcas, siento una extraña mezcla de sentimientos: por un lado, me alivia poder estar siempre pendiente de ella; por el otro, siento una extraña sensación de remordimiento.

Nora echa un vistazo a la cama y, de repente, abre los ojos de par en par al reparar en los utensilios que he sacado.

No oculto mi sonrisa de satisfacción al ver la expresión de asombro que se le queda. Hacía tiempo que no usábamos juguetes, por lo menos no una variedad tan amplia.

—Quítate la toalla y ven a la cama —ordeno, tras lo cual me levanto para coger la venda.

Ella me mira boquiabierta y con la piel ruborizada. Sé perfectamente que esto la excita, que sus deseos son ya un reflejo de los míos. No titubea en absoluto al desprenderse de la toalla, que deja caer al suelo, y queda completamente desnuda ante mí.

El corazón se me acelera y se me endurecen las pelotas al contemplar las líneas sinuosas que forman su cuerpo delgado. La lógica me dice que deben de existir mujeres aún más bellas que Nora, pero si las hay, no se me ocurre ninguna. De arriba abajo, desde el pelo hasta los dedos de los pies, todo en ella se ajusta a mis gustos. La deseo con una intensidad que aumenta a cada minuto que pasa y que casi me hace enloquecer.

Se mete en la cama y se arrodilla, posando su culo bien carnoso y prieto encima de los pies. Se mueve grácil, con la delicadeza de un gatito manso.

Me pongo detrás de ella y le aparto el cabello para poder besarle el cuello con dulzura, solo con posar los labios hago que su respiración cambie de ritmo. El aroma natural de su piel cálida y sedosa se mezcla con la fragancia de flores del gel de baño y me transporta a otro mundo, por lo que se me levanta del todo la polla. Algunas noches lo único que deseo de ella es la dulce respuesta a mis estímulos o simplemente sentirla entre mis brazos. Otras noches quiero tratarla como la criatura frágil y vulnerable que es.

Sin embargo, esta noche me apetece algo distinto.

Le ato la venda en los ojos y me aseguro de que no pueda ver nada. Solo quiero que sienta al máximo lo que voy a hacerle, que sus sentidos se agudicen tanto como sea posible. Tras esto, le ato las manos a la espalda con un par de esposas y la dejo inmóvil.

—Esto, Julian... —Nora se lame el labio inferior y continúa—: ¿Qué me vas a hacer?

El atisbo de miedo que noto en su voz me excita y me hace sonreír.

—¿Qué crees que voy a hacerte, mi gatita?

—¿Azotarme? —tantea con la voz ronca y bajando el tono. Se le tensan los pezones al hablar; sé que la idea no le desagrada.

—No, cariño —le susurro al oído y alcanzo a coger otro de los juguetes que he preparado: un par de pinzas para los pezones unidas por una cadenita de metal—. Aún no te has recuperado tanto para eso. Hoy tengo en mente otra cosa para ti.

La rodeo con los brazos desde detrás y le pellizco el pezón izquierdo con los dedos. Después, le prendo una pinza y la aprieto con firmeza, haciendo que Nora jadee y que el aire se le escape entre los dientes.

—¿Cómo te sientes? —pregunto, a la vez que le beso la oreja y acerco una mano a su otro pezón. Ella aprieta fuerte los puños, maniatados, contra mi estómago; disfruto de tenerla a mi merced—. Quiero que me lo describas...

Ella jadea profundamente mientras se le estremece el pecho.

—Duele... —dice, al fin, y a continuación suelta un alarido muy agudo al apretarle la segunda pinza en el pezón, de la misma forma que antes.

—Bien... —Le muerdo suavemente el lóbulo de la oreja. Mi erección alcanza la parte baja de su espalda y la fricción se transforma en corrientes de placer que me llegan a los huevos—. ¿Y ahora?

—Du... duele más aún... —Las palabras le salen a duras penas. Tiene la espalda tensa, apoyada en mí, y sé que no miente, que tiene los pezones muy sensibles y están sufriendo los mordiscos feroces del juguete. Ya habíamos usado pinzas para los pezones cuando estábamos en la isla, sin embargo, esas eran mucho más suaves y solo ejercían una ligera presión. Estas son bastante más duras y le harán muchísimo más daño cuando se las quite. No puedo evitar sonreír de forma perversa al pensar en ello.

Ahueco los laterales de sus pechos con las manos y los estrujo un poco, moldeando la carne entre mis dedos.

—Duele, ¿verdad? —susurro, al tiempo que tiro de la cadenita que conecta ambas pinzas y ella da una sacudida—. Mi pobre gatita, tan dulce y tan maltratada...

Cuando le suelto los pechos, recorro con las manos el camino que va desde el abdomen hasta llegar a los pliegues de su entrepierna. Como ya sospechaba, su vagina está húmeda pese al dolor o quizás gracias a este. Se me tensa la polla. Verla maniatada y con sus frágiles pezones encadenados me atrae de una manera que hubiera perturbado a mi antiguo loquero, sin lugar a duda. Controlo mis impulsos un poco más y le presiono ligeramente el pequeño clítoris con el pulgar. Ella gime y se me apoya en el pecho, a la vez que alza las caderas; quiere más.

—Dime lo que sientes ahora mismo. —Mantengo la misma presión en el clítoris, a propósito—. Dímelo, Nora.

—No… no lo sé…

—Dime lo que sienten tus pezoncillos. Quiero oírtelo decir. —A mi petición le sumo un pinchazo fuerte en el clítoris, que la hace gritar y sacudirse por el dolor tan repentino.

—Duelen… aún me duelen. —Nora respira fuerte cuando se recupera—, pero no es como un pinchazo, sino un dolor palpitante…

—Buena chica… —Como premio, le acaricio el sexo con dulzura —. ¿Y qué sientes cuando te toco así?

Ella vuelve a asomar la lengua rosada para chuparse el labio inferior.

—Me gusta —susurra—, me gusta mucho… Por favor, Julian…

—¿Por favor qué? —interrumpo. Quiero oír cómo me suplica. Tiene la voz perfecta para eso, dulce e inocente, pero a la vez sexi. Sus súplicas me provocan lo contrario de lo que realmente quiere, solo me dan ganas de atormentarla más.

—Por favor, tócame… —Levanta la cadera para aumentar la sensación de placer en su sexo.

—¿Qué te toque dónde? —Retiro la mano y con ello el placer que sentía—. Dime dónde quieres exactamente que te toque, mi gatita.

—El… el clítoris… —Sus palabras se funden en un gemido entrecortado. En su frente brillan las gotas de sudor; sé que mi tortura está haciendo efecto en ella, que lo que siente es tan intenso como pretendía.

—Claro que sí, cariño —La toco de nuevo, haciendo presión sobre su órgano del placer y estimulando sus nervios con caricias delicadas —. ¿Así?

—Sí. —Ahora respira más rápido y su pecho se expande y se contrae con fuerza: está a punto de llegar al orgasmo—. Sí, justo así…

Su voz se desvanece, se le tensa el cuerpo como las cuerdas de un instrumento y justo entonces grita y se corre en mis manos al alcanzar el clímax. La sujeto con firmeza todo el rato, sin dejar de presionarle el clítoris hasta que deja de tener contracciones. En ese momento cojo otro objeto que tenía preparado.

Esta vez se trata de un consolador de aproximadamente el mismo tamaño que mi propio pene. Es de una mezcla de silicona y plástico, diseñado para imitar la sensación de su equivalente humano, con una textura que se asemeja a la de la piel. Hoy dejaré que Nora goce con este juguete, pero será lo más parecido a la polla de otro tío que podrá disfrutar jamás.

Se le corta la respiración cuando introduzco el enorme juguete en su coño, y oigo como vuelve a respirar con rapidez a la vez que se retuerce. Noto cómo aprieta los puños y me clava las uñas en la piel.

—N... no...

—¿No qué? —Elevo el tono y la interrumpo—. Dime cómo lo notas.

—Noto que está... duro y grueso. —Le tiembla la voz y eso me la pone más dura, mi hambre por ella ya resulta insoportable.

—¿Y? —digo, a la vez que introduzco el juguete aún más. Me sorprende cómo un cuerpo tan frágil no rechaza un consolador tan enorme, y ver cómo esa vaina se hunde en su interior me evoca un dolor sumamente erótico.

—Y... siento que me abre... —Exhala con fuerza y reposa la cabeza en mi hombro—, que se mete dentro de mí y me llena.

—Sí, mi gatita, así es. —Ahora mismo el consolador se encuentra lo más hondo posible, solo sobresale el extremo. Recompenso su sinceridad acariciándole el clítoris con los dedos y extiendo el fluido de su corrida empapando todos los pliegues de la vagina. Cuando regresan los jadeos y balancea la cintura, me detengo en seco antes de que se corra y la libero de mi yugo, echándome un poco hacia atrás. Entonces la empujo y le aprieto la cara contra el colchón, al tiempo que le estiro las piernas hacia atrás, quedando tendida de espaldas.

Aunque me encantaría seguir jugando con ella, no puedo esperar más para tirármela.

La privo de mis caricias y ella restriega sus pezones pinzados contra las sábanas, gime de dolor e intenta recostarse de espaldas, pero no se lo permito. Con una mano la agarro del cuello y con la otra le pongo una almohada bajo la cadera. Después cojo un bote de lubricante y empapo lo suficiente el agujero pequeño y arrugado del culo, justo encima de donde está clavado el consolador, que sigue atravesándole el coño mojado.

Se le tensa el cuerpo ahora que comprende lo que voy a hacer y le azoto el culo con una mano para acallar cualquier protesta que pudiese salir de su boca.

—Vamos, tranquila. Tienes que decirme lo que sientes, ¿de acuerdo, mi gatita?

Ella gimotea cuando me siento encima de sus piernas y presiono la punta de la polla para metérsela por el ano, pero noto cómo intenta relajarse, tal y como la enseñé. Aún no se siente cómoda con el sexo anal y este rechazo me satisface; sé que suena cruel, ya que muestra lo lejos que he llegado con mi entrenamiento, aunque aún me queda bastante.

—¿Lo entiendes? —reitero con un tono de voz más seco, al ver que sigue callada, respirando con fuerza en el colchón y apretando las manos, aún atadas detrás de la espalda. Quiero clavarle la polla con ansia, pero primero se la voy a meter un poco y voy a ir untando el lubricante alrededor del agujero. Esta noche me quiero meter en su cabeza casi tanto como en su cuerpo y no me voy a conformar con menos.

—Sí... —murmura ella, medio ahogada entre las sábanas mientras la sostengo y empiezo a penetrarle el culo, obviando cómo intenta retorcerse—. Siento... ah, dios, no puedo... Julian, por favor, esto es demasiado...

—Dime —ordeno mientras sigo presionando, una vez atravesada la resistencia que ejerce el esfínter. Con el consolador en el coño, tiene el culo tan prieto que me cuesta la vida controlarme. Mi voz suena desesperada de puro placer cuando le digo en tono áspero—: Quiero oírlo todo.

—Que... quema... —jadea y veo que se le acumulan goterones de sudor sobre las escápulas, que le dejan el pelo pegado a la piel—. Joder, estoy llena... es demasiado intenso...

—Eso es, sigue así, sigue hablando... —Estoy casi dentro del todo y noto la polla en contacto con el consolador; solo una fina membrana me separa del juguete. Nora está temblando debajo de mí, su cuerpo no puede aguantar más sensaciones, pero aprieto un centímetro más hacia adelante mientras le acaricio con calma la espalda, llegando a lo más profundo de su cuerpo.

Ella musita algo; se le estremecen los hombros y se le endurecen los músculos anales alrededor de mi polla, en un intento fallido por expulsarme. El movimiento mueve el consolador en su interior y ella grita y tiembla con más fuerza.

—No puedo, Julian, por favor... no puedo...

Su culo estruja mi polla y noto un placer inmenso desde mis pelotas, que me hace gemir. No puedo controlarme y saco la mitad del miembro para después embestir de nuevo y gozar la resistencia que opone su cuerpo, la presión casi agónica que ejerce en mi polla.

Ella grita contra las sábanas mientras comienzo a follármela duro, y una mezcla de sollozos y gritos ahogados acompañan el ritmo constante de la penetración. Me inclino hacia adelante y me apoyo en ella con una mano, mientras que le paso la otra bajo la cintura hasta que encuentro su sexo. Cada empujón de mis caderas hace que su clítoris roce mis dedos y sus gritos adquieren un tono distinto: el del placer reticente, el del éxtasis combinado con el dolor. Noto cómo gira y se mueve el consolador mientras me la follo y comienzo a llegar al orgasmo con una intensidad súbita; se me tensa columna y mis huevos me envían una descarga por todo el cuerpo. A punto de correrme, se le endurece el culo y me doy cuenta, exultante, de que ella también va a llegar al orgasmo. Sus músculos convulsionan alrededor de mi polla y ella chilla debajo de mí. Entonces llega el orgasmo, un relámpago de placer me inunda entero al tiempo que mi semen emana hacia lo más profundo de su ser, dejándome casi sin respiración y pasmado por la fuerza de mi chorro.

Cuando dejo de sentir que el corazón me va a reventar, le saco con cuidado el pene del trasero y el consolador de la vagina. Ella permanece tumbada e inmóvil, excepto por los sollozos que aún se le escapan y que hacen que se tambalee su figura frágil. Le quito las esposas, le masajeo las muñecas y después le retiro la venda de los ojos. Las sábanas sedosas están empapadas de sus lágrimas, y cuando le doy la vuelta con suavidad veo en sus mejillas un surco húmedo sobre las marcas que ha dejado la sábana. Nora entreabre los ojos, luchando contra el fulgor de la luz, y alcanzo sus pezones, liberando primero uno y luego el otro de las pinzas. Por un momento no reacciona, pero al instante se le estremece el cuerpo cuando la sangre vuelve a sus pechos doloridos. Se le escapa un gemido en voz alta y llora aún más, tras lo cual se apresura a cubrirse los pechos con las manos, conteniendo inconscientemente el dolor.

—Shhh —susurro para calmarla y me inclino para besarla. Sus labios me saben salados por las lágrimas y eso me hace sentir de nuevo una ligera excitación. Aunque tengo la polla flácida, su dolor y sus llantos me ponen cachondo de nuevo, aunque ya esté completamente saciado. No estoy aún del todo listo para la segunda ronda, así que, aunque me apetece seguir besándola, me detengo y la miro.

Ella me devuelve la mirada, aún algo perdida, y sé que se está recuperando de la experiencia tan intensa que le he hecho vivir. Es ahora, en este preciso instante, que he derribado por completo sus defensas, cuando su mente y su cuerpo está desprotegido y puedo aprovecharme de su debilidad para cumplir mis propósitos.

—Dime cómo te sientes ahora —le digo, a la vez que le acaricio el mentón—. Dímelo, cariño.

Ella cierra los ojos y le cae una lágrima sobre la mejilla.

—Me siento... vacía, pero a la vez llena; destrozada, pero al mismo tiempo recuperada. —Habla tan bajo que casi no la oigo—. Siento que me has hecho pedazos y que luego los has moldeado para formar algo nuevo, algo que ya no soy yo y que te pertenece...

—Sí. —Devoro cada una de sus palabras—. ¿Y qué más?

Ella abre los ojos y me desafía con la mirada, pero me da la sensación de que está algo abatida.

—Y te quiero —dice en voz baja—. Te quiero pese a que veo lo que eres de verdad, aunque sé lo que me estás haciendo. Te quiero porque ya no puedo no quererte... porque ahora eres parte de mí, para bien o para mal.

Le sostengo la mirada y alimento mi alma sucia y sombría con las palabras que dice, como si fuese una planta del desierto absorbiendo el agua que le llega. Puede que no haya conseguido que me ame de forma natural, pero lo que importa es que me ama y que siempre será mía.

—Y tú también eres parte de mí, Nora —admito, con una voz anormalmente tosca. No tengo otra manera posible de decirle lo mucho que realmente me importa, lo mucho que la deseo de verdad —. Espero que seas consciente de ello, mi gatita.

Y antes de que pueda responderme, la vuelvo a besar. Después la levanto y la llevo conmigo al baño, cogida entre los brazos, para asearnos.

19

La semana anterior al viaje de Julian me resulta agridulce. Aún no le he perdonado que me implantase los localizadores, ni que me obligara a llevar la pulsera con otro rastreador integrado unos días después. Pese a todo, desde que me dijo aquello la otra noche ya me siento muchísimo mejor.

Sé que no fue precisamente una declaración de amor incondicional, pero viniendo de un hombre como Julian, podría serlo perfectamente. Ana tiene razón, Julian ha perdido a todo aquel que le importaba de verdad; a todos menos a mí, claro está. Aunque la forma tremendamente posesiva con la que me trata es abrumadora, también es una muestra de lo que siente por mí.

El amor que me profesa es perverso y tóxico en muchos sentidos, pero eso no lo hace menos real. Y por ello, siento más miedo aún de que le pase algo durante el viaje. Se va acercando la hora de que se marche y noto que la felicidad fruto de su confesión se ve poco a poco sustituida por ansiedad.

No quiero que Julian se vaya. Cada vez que pienso en la misión me angustio. Sé perfectamente que mis temores son en parte irracionales, pero eso no me tranquiliza. A parte del peligro real al que se va a enfrentar Julian, también tengo miedo a estar sola. Hemos estado juntos a todas horas durante los últimos meses: me agobia muchísimo pensar en su ausencia, aunque solo vayan a ser unos días.

Tampoco ayuda que tenga exámenes y un montón de entregas y que, además, mis padres me hayan presionado para que vaya a visitarlos, lo cual Julian no me permitirá hasta que la amenaza de Al-Quadar esté totalmente neutralizada.

—No puedes salir de la finca, pero ellos pueden venir a verte si quieres —me dice una tarde, mientras practicamos tiro al blanco—, de todas formas, no lo recomiendo. Ahora mismo tus padres están más o menos fuera de todos los radares, pero cuanto más contacto tenga tu familia conmigo, más peligroso puede ser para ellos. Pero, vamos, tú decides. Si me lo pides, enviaré un avión a buscarlos.

—No, no hace falta —me apresuro a decir—, no quiero que atraigan atención.

Y, tras apuntar con el arma, empiezo a disparar a las latas de cerveza que hay al fondo del campo, dejando que la sacudida del disparo, a la que ya estoy más que acostumbrada, se lleve consigo parte de mi frustración.

Unos cuantos días después de llegar a la hacienda, me di cuenta de que mis padres corrían peligro. Para mi alivio, Julian me dijo que había creado un grupo discreto de escoltas muy cualificados para proteger a mi familia sin llegar a inmiscuirse en sus vidas. La alternativa, según decía, era traerlos a la finca con nosotros, pero mis padres se negaron en rotundo nada más sugerírselo.

—¿Qué dices? ¡No vamos a mudarnos a Colombia a vivir con un traficante ilegal de armas! —exclamó mi padre al comentarle la situación—. ¿Quién se cree que es ese imbécil? ¡Acabo de conseguir un nuevo empleo! Y ni que decir tiene que no vamos a dejar atrás a nuestros amigos y familiares.

Y no hubo mucho más que añadir. La verdad es que no culpo a mis padres por no querer recorrerse medio mundo para estar conmigo en la finca de mi secuestrador. Ambos aún son jóvenes, apenas pasan de los cuarenta y siempre han vivido de forma muy activa. Mi padre juega al lacrosse casi todos los fines de semana y mi madre tiene un grupo de amigas con el que se junta bastante para beber vino y cotillear. Además, ambos siguen tan enamorados el uno del otro como si fuese el primer día; de hecho, mi padre le regala cada dos por tres flores o bombones a mi madre o la lleva a cenar fuera. Nunca he dudado que me quieren mucho, pero también tengo claro que no soy el centro de sus vidas.

Además, si lo que dice Julian es verdad, y en este caso prefiero hacerle caso, es mejor que parezca que mis padres no tienen relación con la organización de Esguerra. De ello depende que sus vidas sigan siendo tan normales como deberían ser.

Para la noche previa a la partida de Julian, pido a Ana que nos prepare una cena especial para los dos. Hace poco descubrí que a Julian le puede el tiramisú, así que ese será el postre de esta noche. Como plato principal, una lasaña que Ana hace de la misma manera que la madre de Julian. Según dice, era su plato preferido cuando era pequeño.

No sé por qué estoy haciendo esto, como si un buen plato fuese a convencer a Julian de que abandone su plan de acabar de la manera más sádica con Majid. Conozco a mi marido lo suficiente para saber que por mucho que haga, nada le hará cambiar de idea. Julian está acostumbrado al peligro y en parte creo que hasta le gusta. No soy tan tonta de pensar que voy a domarlo con una cena.

Pese a ello, quiero que esta noche sea especial. Lo necesito. No puedo pensar en terroristas, en torturas, en secuestros ni en más pajas mentales. Por una vez solo quiero hacer como que somos una pareja más, que soy una esposa que quiere hacer algo bonito por su marido.

Antes de la cena, me doy una ducha y me seco el pelo con paciencia hasta dejarlo sedoso y brillante e incluso me pongo un poco de sombra de ojos y brillo de labios. Normalmente no hago el esfuerzo de arreglarme porque Julian es siempre insaciable, pero esta noche quiero estar incluso más guapa para él. Me pondré un vestido palabra de honor en color marfil con un pequeño ribete negro en la cintura y unos taconazos negros con la punta abierta. Por dentro me pondré un sujetador sin tirantes y un tanga a juego; el conjunto de lencería más sexi que tengo en el armario.

Esta noche voy a seducir a Julian, porque me apetece y punto.

Unos problemas de logística lo retrasan unos minutos, así que acabo esperándolo un rato sentada a la mesa, a la luz de las velas, mientras la ansiedad y la emoción libran una batalla campal en mi pecho. Ansiedad porque me pongo enferma de pensar en mañana y emoción porque muero de ganas de disfrutar con Julian esta noche.

Cuando llega por fin a la sala, me levanto para saludarlo y me clava la mirada como una flecha, con la intensidad de un relámpago. Se detiene a unos metros delante de mí para recorrerme el cuerpo con la mirada. Cuando me alcanza los ojos, la llama azul que le arde dentro del iris me lanza una chispa que recorre mi cuerpo de arriba abajo. Esbozando una sonrisita muy sexi, me dice:

—Estás preciosa, mi gatita… increíblemente preciosa.

Me embarga el calor al oír su cumplido.

—Gracias —murmuro, mirándolo fijamente a los ojos. Él también se ha cambiado de ropa para la cena: ha elegido un polo azul claro y unos pantalones gris caqui que se ajustan perfectamente a su complexión alta y fuerte, como si se los hubiesen entallado. Ahora que vuelve a tener el corte de pelo de antes, cualquiera podría pensar que Julian es un supermodelo o una estrella de cine que pasa el día en un club de golf.

Con voz algo temblorosa, le contesto:

—Tú también estás guapísimo.

Se le acentúa la sonrisa al acercarse a la mesa y ponerse delante de mí.

—Gracias, cariño —susurra, y sosteniendo mis hombros desnudos con su fuerte agarre, agacha la cabeza y me atrapa la boca en un beso profundo pero inmensamente dulce. Me derrito al instante, mi cuello se inclina ante la ardiente presión de sus labios. No recupero el sentido hasta que Ana carraspea a posta y me doy cuenta de que no estamos en nuestra habitación. Avergonzada, aparto a Julian, que me suelta y se echa para atrás con una sonrisa.

—Primero la cena, supongo —dice él en tono burlón, tras lo cual se aleja y toma asiento enfrente de mí.

Ana, algo ruborizada, nos sirve lasaña, nos pone una copa de vino a cada uno y desaparece tan rápido que ni siquiera puedo agradecérselo.

—Lasaña… —Julian olisquea la comida, en señal de satisfacción—. No recuerdo cuándo fue la última vez que me comí una.

—Ana me dijo que tu madre solía hacértela cuando eras pequeño —digo, y veo cómo prueba el primer bocado—. Espero que aún te guste.

Aparta los ojos del plato y me mira fijamente mientras mastica.

—¿Has preparado tú todo esto? —pregunta después de tragar, con un tono algo extraño en su voz. Hace gestos en dirección al vino y a las velas colocadas cerca de los bordes de la mesa—. ¿No ha sido Ana quien lo ha hecho?

—Bueno, ella lo ha cocinado todo —admito—. Yo solamente se lo pedí. Espero que no te importe.

—¿Importarme? Qué va, en absoluto. —Su voz aún suena rara, pero no me hace más preguntas. En vez de eso, empieza a devorar con ansia y comenzamos a hablar de los exámenes que me quedan.

Una vez hemos comida la lasaña, Ana nos trae el postre. Tiene pinta de estar de rechupete, como en los restaurantes italianos. Observo la reacción de Julian cuando Ana lo pone encima de la mesa.

Si le sorprende, no lo demuestra. En su lugar, dedica una sonrisa cálida a Ana y le agradece su dedicación. Hasta que ella no deja la sala, Julian no se dirige a mí.

—¿Tiramisú? —dice con calma, y en sus ojos se refleja la palpitante luz de las velas— ¿Por qué, Nora?

Me encojo de hombros.

—¿Por qué no?

Él me analiza durante un instante, con una mirada extrañamente pensativa que me hace pensar que quiere decir algo. Pero no lo hace. En lugar de eso coge el tenedor.

—¿Y por qué no? Bien dicho —murmura y dirige su atención al manjar que tiene delante.

Yo hago lo mismo y en poco tiempo ya hemos acabado los platos hasta dejarlos limpios.

～

CUANDO LLEGAMOS ARRIBA, JULIAN ME LLEVA HASTA LA CAMA. SIN embargo, en lugar de quitarme la ropa de inmediato, me coge la cara con ambas manos.

—Gracias por esta velada deliciosa, cariño —susurra con una mirada cargada de un sentimiento difícil de explicar.

Yo le sonrío y acerco las manos a su cintura.

—No hay de qué... —Me palpita el corazón, abrumado de felicidad —. Es un placer.

Da la sensación de que va a decir algo, pero entonces se acerca y empieza a besarme con una pasión intensa, casi desesperado. Cierro los ojos y dejo que el placer me llene. Sus labios son increíblemente suaves, su lengua roza la mía con maestría y su suculento e intenso sabor me eleva al mismísimo cielo. Al tiempo que nos besamos me abraza y me acerca más hacia él. Su erección es firme, me presiona la barriga y se traspasa su calor directo hasta el centro de mi sexo. Me abrazo fuerte a él y relajo las piernas cuando él empieza a besarme el lóbulo de la oreja, pasando después al cuello.

—Estás tan buena —dice, con voz ronca. Siento su aliento como si me quemase en la piel, dejo caer la cabeza hacia atrás y gimo cuando empieza a mordisquear la delicada zona que rodea la clavícula. Se me endurecen los pezones, y comienzo a notar esa sensación palpitante tan familiar en mi sexo cuando Julian me chupa la piel y luego sopla aire fresco sobre la zona húmeda, haciendo que me recorran escalofríos de arriba abajo.

Sin recomponerme siquiera, me coge y me yergue, girándome hasta que me quedo de espaldas a él. A continuación, coge la cremallera del vestido y comienza a desabrocharlo, haciendo que caiga al suelo y que acabe llevando puestos solamente los tacones, el sujetador y el tanga.

Julian contiene una fuerte bocanada de aire, y me giro para regalarle una sonrisa coqueta.

—¿Te gusta? —murmuro, dando unos pasos atrás para ofrecerle una mejor vista. La expresión que muestra me sube el pulso de golpe por la emoción. Me mira como alguien hambriento miraría un trozo de pastel, con un deseo agónico y una lujuria palpable. Sus ojos dicen que quiere devorarme y saborearme al mismo tiempo, que soy la mujer más sexi que ha visto en toda su vida.

En lugar de responderme, se acerca a mí por la espalda para desabrocharme el sujetador. En cuanto mis pechos están desnudos, los cubre con sus manos cálidas y juguetea con mis pezones duros.

—Estás buenísima, joder —confiesa, mirándome de arriba abajo. Yo suspiro, conmovida por sus palabras y por las caricias de sus manos, que me hacen estremecerme en lo más hondo—. Solo puedo pensar en ti, Nora... no puedo dejar de pensar en ti...

Su confesión me hace derretir. Saber que tengo este efecto en él, que un hombre tan duro y peligroso está tan consumido por mí como yo por él, hace que me lata el corazón a un ritmo desenfrenado. Obviando cómo empezó todo, Julian ahora es mío, y lo deseo tanto como él me desea a mí.

Tomo la iniciativa y le abrazo por el cuello, acercando su cabeza hasta mí. Nuestros labios se encuentran y me entrego entera en ese beso para dejarle claro lo mucho que lo necesito, lo mucho que lo amo. Le acaricio el pelo, grueso pero sedoso, y él me abraza con fuerza; mis pezones redondeados se restriegan contra su camiseta de algodón de canalé y me excita sentir el tacto de la ropa. La polla erecta me presiona la barriga, ya no puedo estar más caliente y nuestros labios se derriten al unísono en una sinfonía única de pasión y lujuria.

No tengo ni idea de cómo acabamos en la cama, pero me encuentro allí, quitándole la ropa a bocados a Julian mientras él me llena de besos en el pecho y el abdomen. Me arranca el tanga de un plumazo y me mete los dedos en la vagina; dos dedos enormes me penetran con tal violencia que resuello y me encorvo de sopetón.

—Joder, estás muy húmeda —dice con ímpetu, y empuja los dedos hasta el fondo para luego sacarlos y llevarlos a mi boca—. Vamos, saboréame tanto como quieras.

Cachonda y desatada, me meto sus dedos en la boca y los chupo con fervor. Están empapados de mi líquido, pero el sabor no me repugna; de hecho, me pone aún más caliente de lo que estaba. Julian gime mientras le chupo los dedos con ansia, como si fuesen su polla, y entonces saca afuera la mano. Se incorpora hacia atrás y se quita la camiseta, dejando a la vista sus tremendos músculos. Después se quita rápidamente los calzoncillos, y veo por un instante la polla erecta antes de que se lance encima de mí y me agarre por las muñecas a la altura de los hombros, dejándome inmóvil y a su merced. Me mira con intensidad y me aparta los muslos con las rodillas, empujándome el capullo de su nabo contra la vagina.

El corazón se me sale por la boca, pero le mantengo la mirada. Su cara se mantiene tensa y aprieta fuerte la mandíbula mientras me penetra con calma. Esperaba que fuera brusco, pero esta noche está siendo cuidadoso, controlando deliberadamente cómo me mete la polla, lo cual me pone mucho, pero a la vez me molesta. Mi apertura se contrae para recibirlo sin dolor alguno, siento un placer pleno, pero mi lado más sádico no está conforme, también quiere la agresividad y la violencia que lo caracterizan.

—Julian… —Me recorro los labios con la lengua—. Quiero que me folles… pero que me folles en serio.

Para darle énfasis a mi petición, le rodeo la cintura con las piernas y lo hago empujar con fuerza dentro de mí. Ambos gemimos por el enorme placer que sentimos, sus pupilas se dilatan de tal manera que solo un fino anillo de color azul rodea el círculo negro.

—¿Quieres que te folle? —farfulla con voz gutural, tan llena de ansia que apenas puedo entenderlo. Él aprieta más las manos sobre mis muñecas, casi cortándome la circulación—. ¿Que te folle en serio?

Asiento, con el pulso elevado hasta la estratosfera. Aún me jode admitirlo y reconocer que necesito algo que antes me aterrorizaba. Reconocer que le estoy pidiendo a mi secuestrador que me maltrate.

Julian respira fuerte y siento que ya no puede reprimirse más. Su boca desciende sobre la mía como una cascada y su lengua se desata con fiereza. El beso me devora, me roba el aliento y el alma. Al mismo tiempo, saca la polla casi del todo para luego clavármela hasta el fondo, con un empujón tan bestial que casi me parte en dos, desgarrando los nervios de mi interior.

Grito en su boca y me aferro con las piernas a su culo tonificado mientras me folla sin compasión. Me posee con la misma agresividad que una violación, pero mi cuerpo goza cada detalle de su asalto despiadado. Ahora quiero esto, lo necesito. Mañana quizás tenga heridas, pero ahora mismo solo quiero sentir esta tensión inhumana devorando mi cuerpo y cómo la presión se agolpa en el interior. Cada embestida violenta me aprieta más y más, hasta que siento que voy a reventar... y entonces sucede, una explosión de placer se extiende como la pólvora por todo el cuerpo y me fundo en los brazos de Julian, completamente sumergida en el placer oscuro.

Él se corre también, lanzando la vista hacia el techo al tiempo que se le tensan como una cuerda cada uno de los músculos del cuello, afinados por el éxtasis supremo. En un último esfuerzo me la clava lo más hondo posible, la presión de las ingles en mi clítoris prolonga mis contracciones y me exprime al máximo todos los sentidos, agotando la resistencia que mis músculos aún ejercían.

Tras el coito, Julian cae agotado a mi lado y desde detrás me arrastra poco a poco hacia él. Nuestra respiración se normaliza y al poco tiempo nos vemos sumidos en el sueño más plácido y profundo que puede haber.

*J*ulian

A LA MAÑANA SIGUIENTE ME DESPIERTO ANTES QUE NORA, COMO DE costumbre. Duerme plácidamente abrazada a mí y con una pierna encima de la mía: su posición preferida. Me aparto de ella con cuidado y, sin hacer ni un solo ruido, me voy directo a la ducha. Intento no pensar en la tentación que ahora mismo yace en mi cama, en su cuerpo delgado y atractivo durmiendo entre las sábanas, la viva imagen de pureza y candidez. Es una pena, pero no tengo tiempo para saciar mis ganas de poseerla esta mañana; el avión está listo y me espera en la pista de despegue.

Anoche consiguió sorprenderme. Durante toda esta semana había notado un ligero distanciamiento de su parte, casi imperceptible. La otra noche quizás rompiese el muro que la rodeaba, pero consiguió reconstruir una parte. No es que hubiese estado enfurruñada y haciéndome el vacío, pero sí que es cierto que aún no me había perdonado del todo.

Hasta ayer por la noche.

Pensaba que podría seguir adelante sin que me perdonase, pero la satisfacción que siento hoy, esta sensación casi de euforia me dice lo contrario.

Termino de ducharme en menos de cinco minutos, me visto deprisa y me preparo para irme, no sin antes acercarme a la cama a darle a Nora un beso de despedida. Me inclino hacia su mejilla y le doy un beso muy suave, tanto como una caricia, y en ese instante abre sus ojos de par en par. Nora arquea con delicadeza las caderas y me dedica una sonrisa tierna.

—Hola...

—Buenos días —respondo, apartándole un pequeño mechón de pelo enredado de la cara. Joder, esta chica me hace sentir cosas que ninguna mujer debería ser capaz de hacerme sentir. Estoy a punto de vengarme del cabrón que mató a Beth y me arrebató a Nora, y solo pienso en abalanzarme sobre ella.

Tras pestañear unos segundos, su sonrisa se va desvaneciendo al recordar que esta mañana no es una cualquiera. La cara de estar adormilada desaparece y entonces se levanta de un plumazo y me mira fijamente, sin prestar atención a que la sábana se ha caído, dejándola completamente desnuda.

—¿Ya te vas?

—Sí, cariño. —Me siento a su lado en la cama e, intentando no fijarme demasiado en sus tetas dulces y redonditas, le cojo la mano y la acaricio con suavidad—. El avión ya está preparado y me están esperando.

Ella traga saliva.

—¿Cuándo vas a volver?

—Si todo va bien, dentro de una semana más o menos. Primero tengo que reunirme con un par de agentes del gobierno en Rusia, así que no vuelo directamente a Tayikistán.

—¿En Rusia? ¿Por qué? —dice, frunciendo un poco el ceño—. Pensaba que ibas a arreglar unos asuntos en Ucrania ya de vuelta.

—Iba a hacerlo, pero han cambiado las tornas. Ayer por la tarde me llamó uno de los contactos de Peter en Moscú. Quieren que me reúna con ellos primero, si no, no me dejarán llegar hasta Tayikistán.

—Ah. —Nora cada vez frunce más el ceño y la veo preocupada—. ¿Sabes por qué?

Tengo mis sospechas, pero será mejor que no le diga nada más ahora mismo. Ya estaba bastante preocupada de por sí y nunca se sabe por dónde te van a salir los rusos. Además, la situación allí es cada vez más inestable y eso no ayuda.

—Ya me he reunido con ellos otras veces —digo, sin desvelar nada más, y me levanto para que no siga preguntándome sobre el tema—. Me tengo que ir ya, cariño, pero te veré dentro de unos días. Espero que tengas suerte con los exámenes.

Ella asiente, pero le brillan los ojos de una manera recelosa, y no puedo resistirme a agacharme para darle un último beso antes de salir de la habitación.

EN MOSCÚ EN MARZO HACE UN FRÍO QUE PELA. SE TE METE POR LAS capas de la ropa, te cala los huesos y solo piensas que no volverás a sentir calor en la vida. Rusia nunca ha sido especialmente de mi gusto, y esta visita no hace más que ratificar que no me gusta nada.

Congelada. Sucia. Corrupta.

Puedo soportar los dos últimos adjetivos, pero tres ya son muchos. Con razón Peter estaba tan contento de quedarse en la finca. El cabrón sabía perfectamente en lo que me estaba metiendo, me fijé en la sonrisilla que tenía en la cara cuando despegamos. Viniendo del calor tropical de la selva, el frío polar que ha venido haciendo en Moscú en las últimas semanas de invierno hasta duele; igual que duele tener que negociar con el gobierno ruso.

Después de casi una hora, diez aperitivos distintos y media botella de vodka, Buschekov por fin empieza a hablar del asunto que me ha traído hasta aquí. He aguantado toda esta espera porque así me ha dado tiempo a que se me calentaran los pies del todo. El tráfico para venir hasta aquí era tan insoportable que Lucas y yo tuvimos que salir del coche y andar ocho calles. Se nos había congelado hasta el culo.

Pero por fin parece que puedo mover los dedos y que Buschekov está por la labor de hablar de negocios. El hombre es uno de los funcionarios no oficiales del gobierno, un hombre con una enorme influencia en el Kremlin, pero cuya identidad jamás aparece en las noticias.

—Tengo asuntos delicados que me gustaría comentarte —dice Buschekov, después de que el camarero se lleve algunos platos vacíos. O, más bien, lo dice la intérprete de Buschekov después de que este dijera algo en ruso. Como Lucas y yo apenas lo entendemos, Buschekov contrató a una chica para que interpretara. Yulia Tzakova es una chica guapa, rubia y con los ojos azules, y parece que solo se lleve un par de años con mi Nora, pero el agente me ha asegurado que la muchacha sabe ser discreta.

—Continúa —digo en respuesta a Buschekov. Lucas está sentado a mi lado y se está tomando en silencio su segunda ración de blinis rellenos de caviar. Solo me lo he traído a él a esta reunión; el resto de mi grupo está colocado en una posición cercana, esperando por si sucediese cualquier cosa. No creo que los rusos intenten nada raro ahora mismo, pero uno nunca es lo suficientemente precavido.

Buschekov me dirige un atisbo de sonrisa y responde en ruso.

—Estoy seguro de que conoces las dificultades de nuestra región —interpreta Yulia—. Me gustaría que nos ayudases a resolver estos asuntos.

—¿Ayudaros cómo? —Sospecho lo que quieren, pero prefiero oírlo directamente de su boca.

—Hay algunas partes de Ucrania que necesitan nuestra ayuda —dice en inglés Yulia—. Pero, con la opinión mundial siendo la que es ahora, sería problemático si fuésemos allí y los ayudásemos.

—Así que os gustaría que lo hiciese yo, en vuestro lugar.

Él asiente, con sus ojos apagados clavados en mí, mientras Yulia me traduce en esta ocasión.

—Sí —dice—, queremos que un cargamento grande de armas y otros materiales lleguen a los luchadores por la libertad de Donetsk. No pueden tener constancia de que es nuestro. A cambio, se te pagará la tarifa estándar y te concederemos un salvoconducto para ir a Tayikistán.

Le sonrío sin ninguna gana.

—¿Eso es todo?

—También preferimos que evites cualquier trato con Ucrania en este momento —dice sin pestañear—. Dos sillas y un culo, ya sabes.

Doy por sentado que eso último tiene más sentido en ruso, pero entiendo lo que quiere decir. Buschekov no es el primer cliente que me pide esto y no será el último.

—Siento decir que necesitaré una compensación para eso —digo, con calma—. Como ya sabrás, en estos conflictos no me suelo decantar por ningún bando.

—Sí, eso hemos oído. —Buschekov pincha un trozo de pescado con el tenedor y se lo come despacio mientras me mira—. Quizás debas reconsiderar tu postura en este caso. La Unión Soviética habrá desaparecido, pero nuestra influencia en esta región es aún considerable.

—Sí, tengo constancia de ello, ¿por qué crees si no que estoy aquí? —La sonrisa que le dirijo en esta ocasión es más sarcástica—. Pero la neutralidad es un lujo muy grande como para tirarlo por la ventana. Seguro que lo entiendes.

Noto en él una mirada fría.

—Lo entiendo. Tengo permiso para ofrecerte un veinte por ciento más de lo que cobrarías por tu colaboración en este asunto.

—¿Un veinte por ciento cuando perdería la mitad de los beneficios? —Dejo escapar una risa—. Me parece que no.

Buschekov se echa otro chupito de vodka y se pone a girarlo sobre la mesa, pensativo, hasta que finalmente me dice:

—Un veinte por ciento y te entregamos al terrorista de Al-Quadar capturado. Es nuestra última oferta.

Analizo su expresión mientras me echo otro chupito de vodka. En realidad, esto es bastante mejor que lo que esperaba que me ofreciese, y me parece prudente no presionar mucho a los rusos.

—Trato hecho, pues —digo, y alzo el vasito sarcásticamente a modo de brindis para después tomármelo de un trago.

~

POR SUERTE, EL CONDUCTOR DE NUESTRO COCHE LOGRÓ SALIR DE AQUEL tráfico infernal y ya estaba esperándonos fuera al salir del restaurante, conque de camino al hotel no nos congelaremos.

—¿Os importaría acercarme a la boca de metro más cercana? —nos pregunta Yulia cuando Lucas y yo nos dirigimos hacia el coche. Acabamos de salir, pero ya la veo tiritando—. Está a unas diez manzanas de aquí.

La miro de reojo y acto seguido le hago un gesto a Lucas.

—Cachéala.

Lucas se acerca y la registra de arriba abajo.

—No lleva nada.

—Vale —digo, y le abro una puerta del coche—, súbete.

Se mete y se sienta a mi lado, en la parte de atrás, mientras que Lucas se queda en el asiento del copiloto.

—Muchas gracias, de verdad —dice, con una sonrisa bonita—. Este invierno es uno de los peores de los últimos años.

—No hay de qué. —No me apetece charlar, por lo que saco el móvil y empiezo a contestar correos. Hay uno de Nora, que me hace sonreír tontamente. Quiere saber si aterricé sin problemas. «Sí», contesto. «Ahora solo falta no congelarme en Moscú».

—¿Te vas a quedar aquí un tiempo? —La dulce voz de Yulia me interrumpe justo cuando iba a leer un informe que detalla las actividades de Nora en la finca durante mi ausencia. Cuando la miro, la joven rusa sonríe y cruza las piernas—. Podría enseñarte la zona, si quieres.

Su invitación no podría ser menos sutil, ni aunque me agarrase la polla ahí mismo. Al fijarme en ella noto cómo me quiere devorar con la mirada. Sé el tipo de chica que es, es de las que les pone el poder y el peligro. Quiere acostarse conmigo por lo que represento, porque le pone jugar con fuego. No me cabe duda de que me dejaría hacerle cualquier cosa, sin importar lo sádico o perverso que fuera, y probablemente me suplicaría que aún quiere más.

Es de esas mujeres que me habría tirado sin dudarlo antes de conocer a Nora. Desafortunadamente para Yulia, su belleza pálida ya no me provoca ningún efecto. La única mujer que quiero en mi cama es la morena que está esperándome a miles de kilómetros de aquí.

—Gracias por la propuesta —digo, sonriéndole de forma insulsa—, pero nos iremos pronto, y estoy muy cansado como para prestarle a esta ciudad la atención que se merece.

—Ya —dice Yulia, sonriendo y sin inmutarse por la respuesta. La chica parece tener bastante confianza en sí misma como para ofenderse—. Si cambias de idea, ya sabes dónde encontrarme.

En cuanto el coche se para en doble fila en frente de una parada de metro, ella se baja con estilo, dejando atrás un rastro de perfume del caro.

Lucas se gira para hablarme cuando el coche empieza a moverse de nuevo.

—Si no la quieres, para mí sería un placer entretenerla esta noche —dice, despreocupado—. Si te parece bien, claro.

Su propuesta me hace sonreír. Las rubias siempre han sido su debilidad.

—¿Por qué no? —digo—. Toda tuya, si la quieres.

Hasta mañana por la mañana no cogemos el avión y tengo bastante seguridad a mi alrededor. Si Lucas quiere pasarse la noche follándose a nuestra intérprete, no le voy a negar ese placer. Yo, en cambio, voy a darle a la manivela en la ducha mientras pienso en Nora y así luego dormiré como los ángeles.

Mañana va a ser un día completo.

～

El vuelo a Tayikistán desde Moscú debería de tardar unas seis horas en mi Boeing C-17 —uno de los tres aviones militares que poseo—, lo suficientemente grande para llevar a todos mis hombres y el equipamiento para esta misión.

Todo el mundo, yo incluido, está equipado con lo ultimísimo en material de combate. Tenemos chalecos antibalas y resistentes al fuego y vamos completamente armados con rifles de asalto, granadas y explosivos. A lo mejor es un tanto excesivo, pero no me la juego con la vida de mis hombres. Que me guste el peligro no quiere decir que sea un suicida; todos los riesgos que tomo en estos negocios están estudiados al milímetro. El rescate de Nora en Tailandia quizás fuese la operación más peligrosa que he realizado en los últimos años y no lo habría hecho por otra persona.

Solo por ella.

Me paso la mayor parte del vuelo revisando los detalles de producción de una fábrica nueva en Malasia. Si todo va bien, quizás desplace la producción de misiles hasta allí desde su ubicación actual en Indonesia. Los funcionarios allí se están volviendo cada vez más codiciosos y cada mes piden mayores sobornos, así que no estoy por la labor de seguirles el juego por mucho más tiempo. También aprovecho para responder algunas preguntas a mi gerente de administración en Chicago; ahora mismo está preparando el fondo definitivo a través de una de mis filiales y necesita que le mande instrucciones para la inversión.

Volamos sobre Uzbekistán, aún a unos cientos de kilómetros de nuestro destino, y entonces decido ir a ver cómo va Lucas, que está pilotando el avión.

Nada más entrar en la cabina, se gira y me dice:

—Vamos sin problemas y llegaremos dentro de una hora y media —dice, sin que le pregunte nada—. Hay unas placas de hielo en la pista de aterrizaje, las están derritiendo para cuando lleguemos a tierra. Los helicópteros tienen el depósito lleno, listos para nuestra llegada.

—Perfecto —contesto. El plan es aterrizar a unos veinte kilómetros de distancia de la supuesta guarida de los terroristas en la Cordillera del Pamir, y desde allí hacer el resto del camino en helicóptero.

—¿Algún movimiento sospechoso por esa zona?

Lucas niega con la cabeza.

—No, todo está tranquilo.

—Bien. —Entro del todo en la cabina y me siento al lado de Lucas en el asiento del copiloto, donde me pongo el cinturón—. ¿Qué tal con la chica rusa ayer?

Una sonrisa inesperada surge en su cara de tío duro.

—Bastante bien, te perdiste una buena.

—Sí, ya lo imaginaba —digo, aunque en realidad no me arrepiento en absoluto. Un rollo de una noche no superará nunca la intensa compenetración que tenemos Nora y yo, y no estoy dispuesto a conformarme con nada menos.

Lucas sonríe de par en par, algo todavía menos común en su expresión inmutable de siempre.

—Tengo que decirlo, no me esperaba verte felizmente casado como estás ahora.

Arqueo las cejas.

—¿Ah, no?

Es la primera vez que me comenta algo así de personal. Lucas nunca ha traspasado la línea que lo separa de ser un fiel empleado a un amigo, ni yo lo he empujado a hacerlo. Ganarse mi confianza no es nada fácil; de hecho, solo ha habido unas cuantas personas en mi vida a las que he podido llamar «amigos».

Él se encoge de hombros y recupera su expresión seria como de costumbre, aunque aún puedo notarle un atisbo de estar disfrutando este tema de conversación.

—Aunque claro, nadie se imagina que gente como nosotros pueda llegar a ser el marido perfecto.

Se me escapa una pequeña carcajada involuntaria.

—Bueno, no creo que Nora piense que soy precisamente el marido perfecto.

¿Un monstruo que la secuestró y le metió de todo en la cabeza? Sin duda. Pero ¿un marido perfecto? Algo me dice que no.

—Bueno, pues si no lo piensa, debería hacerlo —suelta Lucas, ya prestándole atención a los controles del avión—. No le pones los cuernos, la cuidas bien y has arriesgado tu vida por salvarla. Si eso no es ser el marido perfecto, no sé lo que es.

Mientras me habla, frunce ligeramente el ceño y acerca la vista al radar, donde parece haber visto algo.

—¿Qué pasa? —pregunto en voz alta, con todos mis sentidos en estado de alerta.

—No estoy seguro —empieza a decir Lucas, y en ese momento el avión da un vaivén increíblemente fuerte que casi me tira del asiento. De no ser por el cinturón de seguridad que llevo puesto, me habría chocado contra el techo ahora que el avión empieza a caer en picado.

Lucas se pone a los mandos e intenta recuperar el rumbo mientras vocifera una retahíla interminable de palabrotas.

—¡Mierda, joder! Joder. ¡Me cago en la puta!

—¿Qué nos ha dado? —Sorprendentemente, mantengo la voz y la mente en calma mientras evalúo la situación. Se oye un chirrido intermitente desde el motor, hay gente gritando detrás y huele a humo, así que debe de haber un incendio. Tiene que haber sido una explosión, lo que quiere decir que alguien nos ha disparado desde otro avión o que un misil tierra-aire ha explotado en las proximidades y ha dañado uno o más motores. No puede haber sido un impacto directo ya que este Boeing está equipado con un sistema de defensa antimisiles diseñado para evitar cualquier proyectil, a excepción del más avanzado; además si hubiese sido así, nos habrían volado en pedazos.

—No lo sé —consigue decir Lucas mientras lucha por controlar los mandos. Por un instante logra estabilizar el avión, pero al momento vuelve a caer en picado—. ¿Importa ahora?

A decir verdad, no estoy seguro. Mi yo más deductivo quiere saber qué, o quién, va a ser responsable de mi muerte. No creo que hayan sido los de Al-Quadar; según mis fuentes no tienen armamento de este calibre. Descartados estos, puede haber sido un error de algún soldado uzbeko de gatillo fácil o un disparo deliberado de otro bando. Quizás fuesen los rusos, pero vete a saber por qué lo harían.

De todas formas, Lucas tiene razón: no sé qué voy a sacar de pensar en eso. Saber quién ha sido no nos va a salvar. Las cimas nevadas del Pamir se ven a poca distancia: seguro que no vamos a salir de esta.

Lucas sigue soltando palabrotas y tratando de recuperar el control de los mandos, pero yo me aferro al asiento y me quedo mirando fijamente cómo la tierra se va acercando a nosotros a una velocidad endiablada. Siento muy cerca un sonido arrollador y me doy cuenta de que son mis propios latidos, que la adrenalina me ha agudizado todos los sentidos y que puedo incluso oír la sangre fluir con intensidad.

El avión amaga con recuperar la trayectoria en un par de ocasiones, cada una de ellas nos da unos segundos extra que sin embargo no van a poder evitar nuestra caída inminente y mortal.

Mientras me veo cómo descendemos al infierno, solo lamento una cosa: jamás volveré a tener a Nora entre mis brazos.

III

PARTE III: EL CAUTIVO

Nora

Dos días sin Julian.

No me puedo creer que hayan pasado ya dos días sin Julian. He hecho mi rutina normal, pero sin él aquí, todo parece diferente. Vacío. Oscuro.

Es como si el sol se hubiera escondido detrás de una nube dejando al mundo en penumbra.

Es de locos. Completamente de locos. Ya he estado sin Julian antes. Cuando estaba en la isla se pasaba mucho tiempo de viaje. De hecho, pasó más tiempo fuera de la isla que en ella, y yo me las apañaba como podía para seguir con mi vida. Pero esta vez tengo que luchar continuamente contra un sentimiento de inquietud, de ansiedad, que se incrementa cada hora que pasa.

—No sé qué me pasa —digo a Rosa durante nuestro paseo matutino—. He vivido dieciocho años sin él y ahora, de repente, ¿ni siquiera puedo aguantar dos días?

Me sonríe.

—Claro. Sois inseparables, no me sorprende en absoluto. Nunca había visto a una pareja así de enamorada.

Suspiro y niego con la cabeza con desazón. A pesar de no parecer sentimental, Rosa tiene un inmenso lado romántico. Hace un par de semanas le confié mi secreto de cómo nos conocimos Julian y yo y de mi estancia en la isla. Es verdad que la historia la impactó, pero no tanto como me hubiera impactado a mí si hubiera estado en su lugar. De hecho, parecía pensar que todo era más bien poético.

—Te secuestró porque no podía vivir sin ti —dice vagamente cuando intento explicarle por qué a veces me reservo con Julian—. Es como las historias que lees en los libros o en ves en las películas... —Me quedo mirándola perpleja, casi sin creer lo que oyen mis oídos. Después añade con tristeza—: Ojalá alguien me quisiera lo suficiente como para secuestrarme.

O sea que, efectivamente, Rosa no es la persona más indicada para hacerme entrar en razón. Piensa que la causa de que me deprima cuando no está Julian es el resultado natural de nuestra gran historia de amor en lugar de algo que, más bien, requiere ayuda psiquiátrica.

Claro que Ana tampoco sirve de gran ayuda.

—Es normal que eches de menos a tu marido —dice el ama de llaves mientras hago esfuerzos por comerme la cena—. Estoy segura de que Julian también te echa de menos.

—No sé, Ana —digo dudando y dando vueltas al arroz en el plato —. No he sabido nada de él a lo largo del día. Respondió a mi correo ayer, pero le he mandado dos hoy, y nada.

Creo que esto es lo que más me enfada. O bien a Julian le da igual que yo esté preocupada o bien está superocupado luchando contra terroristas. Ambas cosas me revuelven el estómago.

—Igual está volando a algún lado —razona Ana y se lleva mi plato —. O igual está en algún sitio sin cobertura. De verdad, no deberías preocuparte. Conozco a Julian y sé que puede cuidarse él solito.

—Seguro que sí, pero sigue siendo humano.

Puede haber muerto de un disparo o de una bomba inesperada.

—Lo sé, Nora —dice Ana con voz tierna, acariciándome el brazo. En el fondo de sus ojos marrones veo que ella también está preocupada—. Lo sé. Pero no puedo dejar que pienses esas cosas tan terribles. Seguro que tienes noticias de él dentro de unas horas. Como mucho, mañana por la mañana.

ME DUERMO A RATOS, ME DESPIERTO CADA PAR DE HORAS PARA MIRAR EL correo y el móvil. Por la mañana, aún no hay noticias de Julian. Me levanto cansada, medio dormida, pero resuelta: si Julian no me va a escribir, tendré que apañármelas sola.

Lo primero que hago es localizar a Peter Sokolov. Cuando lo encuentro, está hablando con unos guardias a lo lejos, al final de la finca, y parece sorprenderse cuando me acerco para hablar con él en privado. No obstante, acepta sin problemas.

En cuanto nos alejamos y ya no nos oyen, le pregunto:

—¿Sabe algo de Julian? —Aún encuentro a este tipo ruso algo intimidante, pero es la única persona que puede saber algo.

—No —dice con su fuerte acento ruso—. No desde que su avión despegó de Moscú ayer.

Noto la tensión en su mirada cuando habla. Me pongo histérica al darme cuenta de que Peter también está preocupado.

—Deberían haber informado de su llegada, ¿no es así? —digo mientras observo sus atractivos rasgos exóticos. Siento como si no pudiera coger aire—. Algo ha ido mal, ¿verdad?

—No podemos darlo por seguro todavía. —Se esfuerza en hablar en un tono neutro—. Puede que no hayan respondido a nuestras llamadas por motivos de seguridad, porque no quieran que intercepten sus comunicaciones.

—Eso no te lo crees ni tú.

—Es poco probable —admite. Me clava los ojos grises en la cara—. No es el procedimiento habitual en este tipo de casos.

—Ya, claro.

Intentando luchar lo mejor posible contra las ganas de vomitar que se adueñan de mí, le pregunto:

—Entonces, ¿cuál es el plan B? ¿Enviareis a un equipo de rescate?

¿Tenéis a más hombres de apoyo que enviar?

Peter niega con la cabeza:

—No podemos hacer nada hasta que no sepamos más —explica—. Ya me las he arreglado para recibir información de Rusia y Tayikistán. Pronto sabremos algo más de lo que ha pasado. Hasta el momento, solo sabemos que su avión despegó en Moscú sin problemas.

—¿Cuándo crees que recibirás información de sus fuentes? —Intento que no cunda el pánico, pero aun así se me nota en la voz—. ¿Hoy? ¿Mañana?

—No lo sé, señora Esguerra —dice. Veo un ápice de compasión en sus ojos despiadados—. Podría ser en cualquier momento. En cuanto sepa algo, se lo haré saber.

—Gracias, Peter —digo, y sin saber qué más hacer, regreso a casa.

Las siguientes seis horas se hacen eternas. Me paseo por la casa de habitación en habitación, sin ser capaz de centrar mi atención en ninguna actividad. Cuando me siento a estudiar o a intentar pintar, se me pasan por la cabeza decenas de situaciones posibles, a cada cual más terrible que la anterior. Quiero asumir que todo va a salir bien, que el avión de Julian desapareció del mapa por alguna razón inofensiva. Pero no me lo creo ni yo.

El mundo en que vivimos Julian y yo no es de cuento de hadas, sino de una realidad atroz.

Aunque Ana me ha ofrecido de todo, desde bistec hasta postre, no he podido probar bocado en todo el día. Para que se quedara tranquila, le he dado unos bocaditos a una papaya a la hora de comer, y he reanudado mi paseo sin rumbo por la casa.

A primera hora de la tarde, la ansiedad me revuelve el vientre. Tengo un martilleo en la cabeza y el estómago parece que se comiera a sí mismo, como si los ácidos lo hubieran perforado.

—Vamos a bañarnos en la piscina —sugiere Rosa cuando me encuentra en la biblioteca. Le percibo la preocupación en la cara y sé que probablemente haya sido Ana quién la haya enviado para distraerme. Rosa normalmente está muy ocupada con sus tareas como para hacer un descanso en mitad del día. Pero, obviamente, hoy ha hecho una excepción.

Lo último que me apetece hacer es nadar, pero acepto su invitación. Tener la compañía de Rosa es mejor que volverme loca de preocupación.

Al salir juntas de la biblioteca, veo que Peter viene en nuestra dirección. Tiene una cara de preocupación inmensa.

Se me para el corazón por un instante y, al momento, empieza a retumbar en el pecho.

—¿Qué sucede? —Casi no puedo articular palabra—. ¿Se sabe algo?

—El avión se estrelló en Tayikistán, a unas doscientas millas de la frontera —dice con voz apagada—. Parece que hubo un problema de comunicación y el ejército militar de Uzbekistán los derribó.

De repente, la oscuridad me nubla la vista.

—¿Cómo que los derribó? —La voz me suena como si estuviera en la distancia, como si esas palabras pertenecieran a otra persona. Casi ni noto el brazo de Rosa en mi espalda, que intenta serenarme. De todas formas, sentir su contacto no ayuda a calmar el escalofrío que me recorre el cuerpo.

—Ahora mismo estamos buscando los restos —dice Peter, casi con afecto—. Lo siento, señora Esguerra, pero dudo que hayan sobrevivido.

22

Nora

No estoy segura de cómo he llegado al cuarto, pero aquí estoy, sola en la cama que Julian y yo compartíamos, envuelta en una agonía silenciosa.

Puedo sentir manos suaves que tocan mi pelo y oír voces que me murmuran palabras en español. Sé que Ana y Rosa están ahí conmigo. El ama de llaves parece que esté llorando. Yo también quiero llorar, pero no puedo. Siento un dolor tan intenso, tan profundo que llorar sería lo más fácil.

Creía que sabía lo que era sentir el corazón despedazado. Cuando por error di por muerto a Julian, estaba destrozada, destruida. Esos meses sin él fueron los peores de mi vida. Creía que sabía lo que era sufrir la pérdida de alguien, lo que sería no volver a ver su sonrisa o sentir el calor de sus abrazos.

Pero ahora me doy cuenta de verdad de que existen grados de agonía. El dolor, en un principio es desolador, pero llega hasta destrozar el alma. Cuando había perdido a Julian otras veces, era el centro de mi mundo. Ahora, sin embargo, es mi mundo entero, no sé qué sería de mí sin él.

—Ay, Nora... —Oigo la voz de Ana mientras llora y me acaricia el pelo—. Lo siento, pequeña... lo siento mucho.

Me gustaría decirle que yo también lo siento, sé que Julian era importante para ella también, pero no puedo. No puedo hablar. Incluso respirar me supone un esfuerzo sobrehumano, como si mis pulmones hubieran olvidado cómo respirar. Ahora mismo solo soy capaz de inspirar y expirar a intervalos cortos.

Respirar. Solo eso. Solo no morir.

Después de un rato, cesan los murmullos tranquilos y las caricias reconfortantes y me percato de que estoy sola. Deben de haberme tapado con una sábana antes de irse, porque siento un peso encima de mí, suave y acolchado. Debería entrar en calor, pero no es así.

Solo me siento helada, un doloroso vacío en el lugar donde solía estar mi corazón.

～

—NORA, PEQUEÑA... BEBE ALGO...

Ana y Rosa han vuelto, sus manos suaves me incorporan en la cama. Me ofrecen una taza de chocolate caliente y respondo que sí de forma automática. Sostengo la taza entre las manos frías.

—Solo un sorbo —insiste Ana—. No has comido en todo el día. A Julian no le gustaría y lo sabes.

Al escuchar su nombre, la agonía me remueve de tal manera, que casi se me cae la taza de las manos. Rosa me las rodea, y con cuidado pero con firmeza, me lleva la taza a la boca.

—Venga, Nora —susurra. Su mirada está llena de compasión—. Solo uno.

Me fuerzo a tomar unos cuantos sorbos. El líquido rico y cálido me hace sentir un cosquilleo en la garganta. La combinación de azúcar y cafeína disipan parte de mi agotamiento. Sintiéndome algo más viva, miro hacia la ventana y me desconcierto al ver que ya es de noche. He debido estar acostada durante bastante tiempo sin darme cuenta de que pasaban las horas.

—¿Tiene Peter alguna novedad? —pregunto dirigiendo la mirada a Ana y Rosa—. ¿Han encontrado los restos?

Rosa me mira aliviada, ya que he vuelto a hablar.

—No lo hemos visto desde esta tarde —dice y Ana asiente. Tiene los ojos rojos e hinchados.

—Vale. —Doy un par de sorbos más a la taza de chocolate caliente y se la devuelvo a Ana—. Gracias.

—¿Te traigo algo de comer? —pregunta Ana con optimismo—. ¿Quizás un bocadillo o algo de fruta?

Se me revuelve el estómago al pensar en comida, pero sé que necesito comer algo. No puedo morirme yo también, aunque ahora mismo la idea me atraiga.

—Sí, por favor —digo cansada—. Una rebanada de pan tostado con queso, si no es mucha molestia.

Rosa se baja de la cama, me da un abrazo y me contesta con una sonrisa de aprobación.

—Vamos allá. ¿Ves, Ana? Te he dicho que es una luchadora. —Y sin tiempo para que cambie de idea, sale de la habitación en busca de la comida.

—Voy a darme una ducha —digo a Ana levantándome de la cama.

De repente, siento una gran necesidad de estar sola, de estar lejos de la preocupación asfixiante que refleja la cara de Ana. Siento mi cuerpo frío y frágil, como un carámbano que pudiera quebrarse en cualquier momento y los ojos me arden por las lágrimas que no he derramado.

«Solo concéntrate en respirar. Inspira y expira».

—Claro que sí, pequeña —contesta Ana con una sonrisa amable y cansada—. Ve a ello. La comida te estará esperando en cuanto salgas.

Y cuando me dirijo al baño, veo cómo Ana sale del cuarto en silencio.

～

—¡Nora! Ay, gracias a Dios, ¡Nora!

Los gritos y los golpes frenéticos de Rosa en la puerta me sacan de mi estado inerte, casi catatónico. No sé cuánto tiempo he estado debajo del agua caliente de la ducha, pero salgo de inmediato. Me enrollo la toalla al torso y me acerco a la puerta. Casi me arrastro por las baldosas frías del suelo.

El corazón se me va a salir por la boca. Tiro de la puerta para abrirla.

—¿Qué ocurre?

—¡Está vivo! —El chillido de Rosa casi me deja sorda—. Nora, ¡Julian está vivo!

—Pero ¿vivo, vivo? —Por un momento no puedo procesar lo que me está diciendo, mi cerebro trabaja lento por el hambre y la pena—. ¿Julian está vivo?

—¡Sí! —grita, cogiéndome de las manos y dando saltitos de alegría —. A Peter le han dicho que los han encontrado vivos a él y a algunos de sus hombres. ¡Ahora mismo los están trasladando al hospital!

Mis rodillas ceden y me caigo al suelo.

—¿Al hospital? —digo con la voz un poco más fuerte que un susurro—. ¿De verdad está vivo?

—¡Sí! —Rosa me da un abrazo de los que dejan sin aire, después me suelta y se aparta con una sonrisa de oreja a oreja—. ¿No es genial?

—Por supuesto... —Me alegra, pero también desconfío un poco. Mi pulso se acelera cada vez más y más—. ¿Has dicho que lo han llevado al hospital?

—Sí, eso ha dicho Peter. —La expresión de Rosa se vuelve un poco más seria—. Está hablando con Ana abajo, no me he quedado a escuchar, te quería dar la noticia lo antes posible.

—Sí, claro, ¡gracias! —Me da un escalofrío súbito, todo el rastro de confusión y desesperación desaparece. ¡Julian está vivo y está siendo trasladado a un hospital!

Voy a toda prisa hacia el armario, saco el primer vestido que encuentro y me lo pongo, dejando caer la toalla al suelo. Me apresuro a la puerta y corro escaleras abajo. Rosa me sigue.

Peter está junto a Ana en la cocina. El ama de llaves me mira con ojos de asombro al verme aproximarme a ellos descalza y con el pelo todavía mojado. Probablemente parezca una loca, pero no me importa lo más mínimo. Ahora mismo solo me importa saber qué es de Julian.

—¿Cómo está? —digo con la respiración entrecortada, derrapando—. ¿En qué condiciones se encuentra?

Peter me mira, y una expresión sorprendentemente similar a una sonrisa se le dibuja en la cara.

—Van a hacerle unas pruebas en el hospital, pero de momento, parece que su marido ha sobrevivido a un accidente de avión. Tan solo se le ha roto un brazo, un par de costillas y tiene un corte en la frente algo desagradable. Está inconsciente, pero parece que es sobre todo debido a la pérdida de sangre de la herida de la cabeza.

Y mientras miro a Peter con la boca entreabierta sin poder creer lo que me está diciendo, sigue explicando:

—El avión se estrelló en un área densa de bosque, por lo que los árboles amortiguaron gran parte del impacto. La cabina del piloto donde Esguerra y Kent estaban sentados se desprendió por la fuerza del impacto y eso parece haberles salvado la vida. —En ese momento, su sonrisa desaparece y sus ojos metálicos se oscurecen—. No obstante, la mayoría ha muerto. El combustible estaba en la parte de detrás y explotó, lo que destrozó esa parte del avión. Solo han sobrevivido tres de los soldados que estaban con ellos y tienen quemaduras muy graves. Si no fuera porque llevaban puesto el equipo de combate, ninguno hubiera sobrevivido.

—¡Dios!

Ahora solo siento mucho miedo. Julian está vivo, sí, pero casi cincuenta de sus hombres han muerto carbonizados. No tenía casi relación con la mayoría de ellos, pero he visto a casi todos deambular por la finca. Los conozco, aunque solo sea de vista. Todos ellos eran fuertes, parecían indestructibles. Y ahora están muertos. Para siempre. Como lo hubiera estado Julian si no hubiera estado en la parte delantera.

—¿Qué es de Lucas? —pregunto y comienzo a temblar al pensarlo. Empieza a rondarme de nuevo la idea de que Julian estuvo en el accidente y sobrevivió. Tal cual, como un gato con siete vidas, rompiendo los esquemas de nuevo.

—Kent tiene una pierna rota y contusiones severas. También estaba inconsciente cuando los encontraron.

Saberlo me alivia muchísimo y mis ojos que antes ardían de sequedad, se llenan enseguida de lágrimas. Lágrimas de gratitud, de alegría tan intensa que son imposibles de contener. Quiero reír y llorar al mismo tiempo.

Julian está vivo y también el hombre que una vez le salvó la vida.

—Ay, Nora, pequeña... —Ana me rodea con sus brazos rechonchos mientras lloro—. Todo va a salir bien... Todo va a salir bien.

Con espasmos y lloriqueos, dejo que me dé un abrazo maternal durante un instante y después me aparto, sonriendo entre lágrimas. Es la primera vez que de verdad creo que todo va a salir bien, que lo peor ya ha pasado.

—¿Cuándo podremos salir para allá? —pregunto a Peter, secándome las lágrimas de las mejillas—. ¿El avión puede estar listo en una hora?

—¿Cómo dice? —Me mira extrañado—. No podemos ir, señora Esguerra. Se me ha ordenado expresamente que permanezca en la finca y la mantenga a salvo aquí.

—¿Qué? —Lo miro sin poder creer lo que dice—. ¡Pero Julian está herido! Está en el hospital y yo soy su mujer.

—Sí, lo entiendo —A Peter no le cambia la expresión de la cara, me mira con sus ojos fríos—. Mucho me temo que Esguerra, literalmente, me mataría si pongo su vida en riesgo.

—¿Me estás diciendo que no puedo ir a ver a mi marido que acaba de tener un accidente de avión? —Elevo la voz cuando la cólera se apodera súbitamente de mí—. ¿Qué se supone que tengo que hacer: quedarme aquí sentada mientras mi marido está herido a medio mundo de distancia?

A Peter no parece haberle impresionado mi enfado.

—Haré lo posible para ofrecerle llamadas de teléfono seguras y quizás conexión de vídeo —dice de forma calmada—. También la mantendré informada sobre cualquier novedad que haya sobre su estado de salud. Pero aparte de eso, de momento, me temo que no puedo hacer nada. Ahora mismo estoy trabajando en mejorar el dispositivo de seguridad del hospital donde han llevado a Esguerra y al resto, así que, por suerte, volverán sanos y salvos y volverás a verlos pronto.

Quiero gritar, chillar y discutir con él, pero sé que así no voy a conseguir nada. Tengo tanto poder sobre Peter como sobre Julian: ninguno.

—Vale —digo, tomando aire para calmarme—. Hazlo. En cuanto sepas que está consciente, quiero que me lo hagas saber inmediatamente.

Peter inclina la cabeza.

—Claro, señora Esguerra. Será informada la primera.

23

Julian

Primero oigo ruidos. Murmullos de voces femeninas mezclados con un pitido rítmico. Escucho un zumbido eléctrico de fondo. A todo esto se le suma un dolor punzante en la parte delantera de mi cráneo y un fuerte olor a antiséptico.

Un hospital. Estoy en algún hospital.

Me duele todo; parece que el dolor está por todas partes. Mi primer instinto es abrir los ojos y buscar respuestas, pero me quedo tumbado, muy quieto, intentando recordar.

Nora. La misión. El vuelo a Tayikistán. Lo revivo todo, recuerdo las sensaciones de forma exacta. Recuerdo hablar con Lucas en la cabina, cómo el avión se desarmaba a nuestros pies, el chirrido intermitente de los motores y la sensación en el estómago de saber que estás cayendo desde el cielo. También recuerdo estar paralizado por el miedo en esos últimos momentos cuando Lucas intentaba estabilizar el avión sobre las copas de los árboles para ganar unos preciados segundos y después sentir la sacudida de los huesos tras el impacto.

No recuerdo nada más, solo oscuridad.

Debió de ser la oscuridad de la muerte, pero estoy vivo, porque siento el dolor de mi cuerpo magullado.

Todavía tumbado, evalúo mi situación. Las voces de alrededor hablan en un idioma extranjero. Parece una mezcla de ruso y turco. Teniendo en cuenta por dónde estábamos volando cuando tuvimos el accidente, probablemente sea uzbeko.

Hablan dos mujeres, su tono es distendido, parece hasta que estuvieran cotilleando. Por lógica, supongo que serán enfermeras del hospital. Puedo oír cómo se pasean mientras charlan entre ellas. Con cuidado, abro un ojo para mirar a mi alrededor.

Estoy en una habitación con luz tenue, las paredes están pintadas en un verde claro y hay una pequeña ventana en la pared del fondo. Las luces fluorescentes del techo emiten un leve zumbido. Es el sonido eléctrico que había escuchado antes. Estoy conectado a un monitor y llevo una vía en la muñeca. Veo a las enfermeras al otro lado de la habitación, están cambiando las sábanas de una cama vacía. Una fina cortina separa mi cama de esa, pero está corrida, lo que me permite poder ver la habitación entera.

En la habitación solo estamos las dos enfermeras y yo. Ni rastro de mis hombres. Se me acelera el pulso cuando me percato de ello, pero hago lo posible por tranquilizarme antes de que se den cuenta. Quiero que sigan pensando que estoy inconsciente. No parecen una amenaza, pero hasta que no sepa qué pasó con el avión y cómo terminé aquí, no quiero arriesgarme.

Flexiono con cuidado los dedos y los pies, cierro los ojos e intento identificar mis posibles lesiones. Me siento débil, como si hubiera perdido sangre. La cabeza me retumba y un vendaje pesado me rodea la frente. Me han inmovilizado con escayola el brazo izquierdo, donde siento un dolor inhumano. Sin embargo, el derecho parece estar bien. Me duele al respirar, así que supongo que tendré algunas costillas rotas. Aparte de eso, siento las demás extremidades y el dolor del resto del cuerpo parece más a causa de arañazos o moratones que por huesos rotos.

Unos minutos después, una de las enfermeras se marcha y la otra se acerca a mi cama. Me quedo quieto y en silencio, fingiendo que estoy inconsciente. Me recoloca la sábana que me tapa y después le echa un vistazo al vendaje de la cabeza. La oigo tararear en voz baja mientras abandona la habitación. En ese instante, oigo entrar unas pisadas más fuertes.

Una profunda y autoritaria voz de hombre hace una pregunta en uzbeko.

Abro un poco los ojos para echar un vistazo a la puerta. El nuevo individuo es un hombre delgado de mediana edad que lleva un uniforme de oficial militar. A juzgar por la insignia que lleva en el pecho, debe de ser un alto rango.

La enfermera le contesta con un tono de voz más bajo, insegura. Entonces, el hombre se acerca a mi cama. Me pongo alerta y, aunque mis músculos estén débiles, me preparo para defenderme en caso de que sea necesario. Aun así, el hombre no sostiene ningún arma ni hace ningún movimiento amenazante. En lugar de eso, me examina con una expresión peculiar.

Siguiendo mi instinto, abro los ojos por completo y lo miro. Tengo el cuerpo todavía preparado para un posible ataque.

—¿Quién eres? —le pregunto sin rodeos, pensado que un acercamiento directo es lo mejor en este caso—. ¿Dónde está este sitio?

Me mira sorprendido, pero recupera la compostura enseguida.

—Soy el coronel Sharipov. Está en Tashkent, Uzbekistán —responde dando un paso atrás—. Cuando su avión se estrelló, lo trajeron aquí. —Tiene un acento muy marcado, pero su inglés es sorprendentemente bueno—. La embajada rusa ya está al tanto de que está aquí. Los suyos han mandado un avión para recogerlo.

Entonces sabe quién soy.

—¿Dónde están mis hombres? ¿Qué le pasó a mi avión?

—Aún estamos investigando los motivos del accidente —dice

Sharipov, mirando ligeramente hacia un lado—. Por ahora no está claro.

—Y una mierda —digo con apenas un hilo de voz. Sé cuando alguien está mintiendo, y este hijo de puta me está diciendo lo que yo quiero oír—. Seguro que sabe qué ha pasado.

Dice titubeando:

—No estoy autorizado para hablar de la investigación.

—¿Fueron sus soldados los que dispararon el misil contra nosotros? —Uso el brazo bueno para incorporarme. Me duelen las costillas al moverme, pero no hago caso al dolor. Puede que me sienta tan débil como un crío, pero no puedo dejar que el enemigo se percate de ello—. Debería decírmelo ya, porque me voy a enterar de una forma u otra.

Su cara se vuelve seria ante mi amenaza implícita.

—No, no hemos sido nosotros. Parece que se usó uno de nuestros lanzamisiles, pero nadie emitió la orden de derribar su avión. Rusia nos informó de que iban a volar por nuestro espacio aéreo y nos ordenaron que los dejáramos pasar.

—Pero sí tiene una idea de quién pudo ser responsable —observo fríamente. Ahora que estoy sentado, no me siento tan vulnerable, pero me sentiría mejor si tuviera un arma o un puñal—. Sabe quién usó el lanzamisiles.

Sharipov titubea de nuevo y al momento reconoce a regañadientes:

—Puede que el gobierno ucraniano haya sobornado a uno de nuestros oficiales. Estamos barajando esa posibilidad.

—Entiendo. —Por fin todo encaja. De alguna forma, a Ucrania le llegó información sobre mi colaboración con los rusos y decidieron eliminarme antes de convertirme en una amenaza. Esos cabrones... Por eso siempre he intentado no ponerme de lado de nadie en estos conflictos insignificantes. Me sale caro en todos los sentidos.

—Hemos colocado a algunos soldados en esta planta —dice Sharipov, cambiando de tema—. Aquí estará seguro hasta que el enviado ruso venga para llevarlo a Moscú.

—¿Dónde están mis hombres? —repito la pregunta que le había

hecho. Entorno los ojos al ver a Sharipov apartar la vista—. ¿Están aquí?

—Cuatro de ellos —afirma de forma evasiva, mirándome de nuevo —. Lamento decirle que los demás no lo lograron.

Mantengo mi expresión impasible, aunque siento como si una espada afilada me rebanara por dentro. A estas alturas, debería estar acostumbrado a que la gente muriera a mi alrededor, pero todavía me pesa.

—¿Quién ha sobrevivido? —pregunto manteniendo el volumen de voz—. ¿Sabe sus nombres?

Asiente y enumera una lista de nombres. Para mi consuelo, Lucas Kent forma parte de ellos.

—Recuperó el conocimiento poco después —explica Sharipov— y ayudó a identificar al resto. Él y usted son los únicos que no han sufrido quemaduras por la explosión.

—Ya veo. —Estaba aliviado, pero ahora siento cada vez más rabia. Casi cincuenta de mis mejores hombres están muertos. Hombres con los que me he entrenado. Hombres a los que conocía. Mientras proceso la información, llego a la conclusión de que solo hay una forma de que el gobierno ucraniano se haya enterado de mis negociaciones con los rusos: la guapa intérprete rusa. Era la única que no era de los nuestros y que estuvo al tanto de esa conversación.

—Necesito un teléfono —digo a Sharipov, descolgando los pies y levantándome de la cama. Me tiemblan un poco las rodillas, pero mis piernas son capaces de soportar el peso. Eso es bueno. Significa que soy capaz de andar por mí solo—. Lo necesito ya —añado. Me mira atónito mientras me quito la aguja de la vía del brazo con los dientes y me despego los sensores del monitor del pecho. Es evidente que estoy ridículo con la bata del hospital y descalzo, pero no me importa una mierda. Tengo que ajustar cuentas con un traidor.

—Claro —dice, recuperándose del *shock*. Mete la mano en el bolsillo, saca un teléfono móvil y me lo da—. Peter Sokolov quería hablar con usted en cuanto se despertara.

—Bien, gracias. —Cojo el móvil con la parte de la mano izquierda que sobresale de la escayola y con la derecha, pulso los números. Es una línea segura establecida con varios relés, solo el mejor pirata podría rastrear la llamada. Cuando oigo el sonido familiar de las teclas y los pitidos al hacer la conexión, paso el móvil a la mano derecha y le digo a Sharipov:

—Pídale a las enfermeras algo de ropa más normal, por favor. Estoy harto de llevar esto.

El coronel asiente y se dispone a salir de la habitación. Justo un segundo antes de que se vaya, Peter responde el teléfono:

—¿Esguerra?

—Sí, soy yo. —Sujeto el teléfono con más fuerza—. Supongo que estarás al tanto de las novedades.

—Sí, lo estoy. —Hace una pausa—. He hecho que detuvieran a Yulia Tzakova en Moscú. Parece que tenía algunos contactos que nuestros contactos del Kremlin pasaron por alto.

Así que Peter ya está al tanto de esto.

—Eso parece —hablo con voz tranquila, aunque ahora mismo me hierve la sangre—. No es necesario decir que abandonamos la misión. ¿Dónde nos recogen?

—El avión está de camino. Debería llegar dentro de unas horas. He enviado a Goldberg por si necesitáis un médico.

—Bien pensado. Esperaremos. ¿Cómo está Nora?

Se hace un breve silencio.

—Está mejor ahora que sabe que estás vivo. Quería volar para allá en cuanto se enteró.

—Pero no la dejaste. —Es una afirmación, no una pregunta. Peter es muy listo como para cagarla así.

—Por supuesto que no. ¿Te gustaría verla? Puede que sea posible hacer una videollamada con el hospital.

—Sí, hazlo, por favor. —Lo que realmente me gustaría es verla y abrazarla en persona, pero el vídeo será suficiente por ahora—. Mientras, voy a ver cómo están Lucas y los demás.

Con la escayola gigantesca del brazo, es casi imposible ponerme la ropa que me ha traído la enfermera. Los pantalones suben sin problema, pero he tenido que romper la manga para poder pasar la escayola por ella. El dolor de las costillas me está matando. Mi cuerpo no necesita más que quedarse tumbado en la cama y descansar, por lo que cada movimiento requiere un tremendo esfuerzo. Pero insisto, y tras unos intentos, consigo vestirme.

Por suerte, andar me resulta fácil. Consigo mantener un paso normal. Al salir de la habitación, veo a los soldados de los que me había hablado Sharipov. Son cinco, todos visten ropa militar y llevan Uzis. Conforme salgo al pasillo, comienzan a seguirme en silencio hasta la sala de cuidados intensivos. Sus caras inexpresivas me hacen dudar si realmente están ahí para protegerme o para proteger a otros de mí. No creo que al gobierno de Uzbekistán le haga mucha gracia tener a un traficante de armas en uno de sus hospitales civiles.

Lucas no está ahí, así que primero voy a ver a los demás. Tal y como me dijo Sharipov, todos están quemados de gravedad, con vendajes que les cubren casi todo el cuerpo. También están muy sedados. Tengo que acordarme de transferirle a cada una de sus cuentas bancarias una buena bonificación para compensar esto y para que puedan acudir al mejor cirujano plástico. Mis hombres sabían los riesgos que corrían al venir a trabajar conmigo, pero quiero asegurarme de que estén en buenas manos.

—¿Dónde está el cuarto hombre? —pregunto a uno de los soldados que me acompaña. Me dirige a otra habitación.

Cuando llego, Lucas está durmiendo. Es un alivio, no parece estar tan mal como el resto. Podrá volver conmigo a Colombia cuando llegue el avión. El resto tendrá que quedarse aquí unos días más.

Al volver a mi habitación, Sharipov está ahí, colocando un ordenador sobre la cama.

—Me han dicho que se lo dé —me explica dándome el ordenador.

—Muy bien, muchas gracias.

Cojo el ordenador con el brazo derecho y me siento en la cama. O más bien, me desplomo en la cama. Las piernas me tiemblan del esfuerzo de haber estado paseándome por el hospital. Por suerte,

Sharipov estaba ya saliendo de la habitación y no ha visto mi torpe maniobra.

En cuanto ya no hay rastro de él, entro en Internet para descargar un programa diseñado para ocultar mis movimientos en línea. Seguidamente, voy a una web y escribo un código que abre una ventana de chat, y de nuevo, escribo otro código y me conecto a un ordenador de casa.

Lo primero que aparece es la cara de Peter.

—Ahí estás. ¡Por fin! —dice. Veo el salón de mi casa al fondo—. Nora baja ya.

Al momento, aparece la carita de Nora en la pantalla.

—¡Gracias a Dios, Julian! ¡Pensaba que nunca más te volvería a volver a ver! —En la voz se le nota que le cuesta contener las lágrimas, pero en las mejillas hay surcos de lágrimas. Sin embargo, sonríe. Irradia alegría.

Le sonrío. Un estallido de felicidad me hace olvidar el enfado y el malestar de mi cuerpo.

—Hola, cariño. ¿Cómo estás?

Me sonríe.

—¿Qué cómo estoy? ¿Qué pregunta es esa? ¡Eres tú el que acaba de tener un accidente de avión! ¿Cómo estás tú? ¿Es una escayola eso del brazo?

—Eso parece. —Encojo un poco los hombros y levanto el brazo derecho—. Pero es el brazo izquierdo y yo soy diestro, no es para tanto.

—¿Y tu cabeza?

—Ah, ¿esto? —Me toco la venda voluminosa de la frente—. No estoy seguro, pero puedo andar y hablar, no creo que sea nada grave.

Inclina la cabeza, mirándome con cara de desconfianza y se me ensancha la sonrisa. Nora probablemente cree que me estoy haciendo el machote delante de ella. Mi gatita no es consciente de que estas lesiones de verdad no son mucho para mí. Cuando mi padre me pegaba, me hacía heridas peores.

—¿Cuándo vas a volver a casa? —pregunta, acercando la cara a la cámara. Sus ojos parecen enormes desde esa perspectiva, tiene las largas pestañas pegadas por haber llorado—. Vas a volver a casa ya, ¿no?

—Por supuesto. No puedo ir tras Al-Quadar así —señalo la escayola con la mano derecha—. El avión está ya de camino para recogernos a Lucas y a mí, así que te veré pronto.

—Estoy deseándolo —dice dulcemente. Siento un nudo en la garganta al ver la emoción en su cara. Me corre por dentro un sentimiento de ternura que intensifica hasta dolerme las ganas que tengo de verla.

—Nora —empiezo a hablar y me interrumpe un agudo sonido que viene de fuera. A ese lo siguen otros y varios ruidos en ráfaga.

Disparos. Están usando armas con silenciadores, pero nada puede silenciar el sonido ensordecedor de una ametralladora al dispararse.

Al segundo, se oyen gritos y disparos desde otro lado, estos sin silenciar. Los soldados que estaban en la planta deben de estar respondiendo a la amenaza de fuera.

En un milisegundo, salgo de la cama. El ordenador se ha caído al suelo. Siento un estallido de adrenalina que acelera todo y, al mismo tiempo, hace más lenta mi percepción del tiempo. Parece que las cosas están pasando a cámara lenta, pero sé que es solo un espejismo, es mi cerebro que intenta hacer frente a esta situación de grave peligro.

Actúo por instinto, algo que he perfeccionado durante toda mi vida de entrenamiento. En el acto, evalúo la habitación y me doy cuenta de que no hay ningún sitio donde esconderme. Aunque quisiera arriesgarme a caerme por un tercer piso, la ventana de la pared de enfrente es demasiado pequeña como para que pueda pasar por ella. Solo queda la puerta y el pasillo, que es de donde vienen los disparos.

No me molesto en pensar quiénes son los atacantes. No es relevante ahora. Lo único importante ahora es sobrevivir.

Más disparos, esta vez seguidos de un grito que proviene de fuera. Escucho cerca el estruendo de un cuerpo al caerse el suelo y escojo ese momento para moverme.

Abro la puerta, me arrastro en la dirección del sonido del golpe y repto por el suelo de linóleo. Me golpeo la escayola con la pared al toparme con el soldado muerto, pero apenas siento el dolor. De hecho, lo coloco sobre mí, usándolo de escudo humano, ya que las balas vuelan a mi alrededor. Localizo su arma en el suelo, la sujeto con la mano derecha y dirijo los disparos hacia el otro lado del pasillo, donde veo a hombres enmascarados agachados detrás de una camilla del hospital.

Son demasiados. No me hace falta ver más. Son muchos cabrones más y no tengo balas suficientes. Veo los cuerpos amontonados en el pasillo. Los cinco soldados uzbekos han recibido varios balazos, al igual que algunos de los atacantes enmascarados. Sé que es en vano. Voy a ser uno de ellos. De hecho, me sorprende que no me hayan cosido a tiros ya, tenga o no un escudo.

No quieren matarme.

Me doy cuenta de eso justo al disparar la última bala que me quedaba. El suelo y las paredes están destrozadas por las balas, pero yo estoy ileso. Ya que no creo en milagros, eso solo puede suponer que no soy el objetivo de los atacantes.

Están disparando a todo lo que me rodea para poder mantenerme en un punto concreto.

Retiro el cadáver de mí y me levanto despacio, manteniendo la mirada alerta vigilando a los hombres armados del fondo del pasillo. Al moverme, los disparos cesan. El silencio es ensordecedor después de tanto ruido.

—¿Qué queréis? —Levanto lo suficiente la voz como para que me oigan al otro lado—. ¿Por qué estáis aquí?

Un hombre se levanta de detrás de la camilla. Me apunta con el arma mientras camina en mi dirección. Está enmascarado como el resto, pero algo en él me resulta familiar. Se para a unos pasos de mí. Reconozco ese brillo oscuro en sus ojos a través de la máscara.

Majid.

Al-Quadar ha debido investigar y ha descubierto que estaba aquí.

Me muevo sin pensar. Sigo teniendo el arma, que ahora está vacía y me lanzo a por él, balanceando la pistola como si fuera un bate, apunto alto tratando de engañarlo y luego la bajo. Incluso herido, tengo reflejos. Golpeo a Majid con la culata de la pistola y este me empuja contra la pared. El hombro derecho me explota de dolor. Me truenan los oídos del estallido mientras me deslizo por la pared hasta el suelo y, entonces, me doy cuenta de que me han disparado, de que ha abierto fuego antes de que yo le pudiera hacer daño.

Puedo escuchar gritos en árabe y, al instante, unas manos rudas me levantan, arrastrándome por el suelo. Intento resistirme con toda la fuerza que me queda en el cuerpo, pero noto cómo se está apagando, cómo mi corazón se esfuerza en bombear los pocos suministros de sangre que me quedan. Algo me presiona el hombro, exacerbando mi intenso dolor y entonces se me nubla la vista.

Mi último pensamiento antes de caer inconsciente es que la muerte probablemente es preferible a lo que me espera si sobrevivo.

24

Nora

No me doy cuenta de que estoy gritando hasta que alguien me tapa la boca con fuerza, amortiguando mis gritos histéricos.

—Nora. Nora, ¡para! —La voz firme de Peter me saca del torbellino de horror y me devuelve a la realidad—. Cálmate y dime exactamente qué has visto. Cálmate para que puedas hablar con más tranquilidad.

Apenas logro asentir; él me suelta y retrocede. Por el rabillo del ojo veo a Rosa y a Ana a pocos metros de distancia. Ana se cubre la boca con las manos y vuelve a ser un mar de lágrimas. Rosa parece asustada y angustiada.

—No… —Apenas puedo articular palabra por la garganta hinchada —. No he visto nada. Lo acabo de oír. Estábamos hablando y, de repente, he oído disparos y… gritos y luego más disparos. Julian… —Se me quiebra la voz al mencionarlo—. Supongo que a Julian se le ha caído el ordenador porque la pantalla se ha vuelto loca y entonces solo he podido ver la pared. Pero sí he oído los disparos, los gritos, más disparos...

No soy consciente de que estoy sollozando incontrolablemente hasta que Peter me agarra por los hombros y me lleva con cuidado hacia el sofá.

Me hace sentarme mientras empiezo a temblar por el terror de lo que acabo de presenciar mezclado con los recuerdos de unos meses antes, cuando me secuestró Al-Quadar en Filipinas. Durante un instante aterrador, el pasado y el presente se funden y vuelvo a estar en esa clínica, oyendo esos disparos y sintiendo un miedo tan intenso que mi mente no puede asimilarlo. Solo que ahora no somos Beth y yo las que estamos en peligro: es Julian.

Han ido a por él. Y sé exactamente quiénes son.

—Es Al-Quadar —digo con voz ronca mientras me levanto sin pensar en los temblores que me sacuden—. Peter... es Al-Quadar.

Él asiente, está de acuerdo conmigo, y veo que ya está al teléfono.

—*Da. Da, eto ya* —dice, y me doy cuenta de que está hablando ruso—. *V gospitale problema. Da, seychas-zhe.* —Baja el teléfono y me dice—: Acabo de notificar a la policía de Uzbekistán los acontecimientos en el hospital. Están de camino, al igual que más soldados. Estarán allí en cuestión de minutos.

—Será demasiado tarde. —No sé de dónde sale esta certeza, pero algo en lo más profundo de mi interior me lo dice—. Lo tienen ellos, Peter. Si aún no ha muerto, lo estará muy pronto.

Me mira, y veo que él también lo sabe; sabe lo desesperado que es todo esto. Nos las vemos con una de las organizaciones terroristas más peligrosas del mundo, y tienen al hombre que ha estado diezmando sus filas.

—Vamos a localizarlos, Nora —dice Peter en voz baja—. Si no lo han matado aún, hay una posibilidad de que podamos recuperarlo.

—Dime que lo crees de verdad. —Se lo veo en la cara. Lo dice para calmarme. La gente de Majid ha podido evadir la detección durante meses, y solo gracias a la captura afortunada de ese terrorista en Moscú se descubrió su paradero. Ellos volverán a desaparecer y se ocultarán en otro lugar ahora que saben que se ha descubierto su ubicación en Tayikistán. Desaparecerán... y Julian con ellos.

Peter me echa una mirada indescifrable.

—No importa lo que yo crea. El hecho es que quieren algo de tu marido: el explosivo. Lo querían antes, y estoy seguro de que lo quieren ahora. Serían muy tontos si lo mataran de inmediato.

—Crees que lo van a torturar primero. —La bilis me sube hasta la garganta al recordar los gritos de Beth, la sangre que se extendía por todas partes mientras Majid cortaba fragmentos de su cuerpo—. Joder, piensas que lo torturarán hasta que ceda y les dé el explosivo.

—Sí —dice Peter, con sus ojos grises fijos en mi cara mientras Ana empieza a sollozar en silencio en el hombro de Rosa—. Lo creo. Y eso nos da tiempo para encontrarlos.

—No tenemos tiempo. —Lo miro, muerta de miedo—. No es suficiente. Peter, lo van a torturar y a matar mientras lo buscamos.

—No podemos saberlo con seguridad —dice, sacando su teléfono de nuevo—. Pondré a todos nuestros recursos en esto. Si Al-Quadar da cualquier muestra de existencia, por ínfima que sea, lo sabremos.

—¡Pero eso podría tardar semanas, incluso meses! —Alzo la voz y la histeria se apodera de mí nuevamente. Mi cordura es muy inestable como una montaña rusa de penas, alegrías y terror que he estado experimentando durante los últimos dos días y que me sumergen en el pozo sin fondo de la desesperación. Ayer pensaba que había perdido a Julian otra vez y después supe que estaba vivo. Y ahora, justo cuando parecía que lo peor había pasado, el destino nos ha dado el golpe más cruel de todos.

Los monstruos que mataron a Beth me van a quitar a Julian también.

—Es la única opción que tenemos, Nora. —La voz de Peter es tranquilizadora, como si estuviera hablando con un niño en plena rabieta—. No hay otra manera. Esguerra es duro. Puede aguantar un buen rato, hagan lo que le hagan.

Respiro profundamente para recuperar el control de mí misma. Ya me derrumbaré más tarde, cuando esté sola.

—Nadie es lo bastante duro como para soportar una tortura sin fin. —Mi voz es casi uniforme—. Lo sabes.

Peter inclina la cabeza; sabe que tengo razón. Por lo que he oído de sus habilidades, sabe mejor que nadie lo efectiva que puede ser la tortura. Al mirarlo, se me ocurre una idea que nunca se me habría ocurrido antes.

—El terrorista que capturaron —digo lentamente, sosteniendo la mirada de Peter—. ¿Dónde está ahora?

—Se supone que lo van a poner bajo nuestra custodia, pero por ahora está en Moscú.

—¿Crees que podría saber algo? —Retuerzo las manos en la falda de mi vestido mientras miro al torturador en jefe de Julian. En parte no me creo que esté a punto de pedirle que haga esto, pero le digo con voz firme—: ¿Crees que podrías hacerlo hablar?

—Sí, estoy seguro —dice Peter lentamente, mirándome con respeto—. No sé si sabrá a dónde irán, pero vale la pena intentarlo. Voy a volar inmediatamente a Moscú y veré qué puedo averiguar.

—Voy contigo.

Su reacción es inmediata.

—No, tú no vienes —dice, frunciendo el ceño—. Tengo órdenes estrictas de mantenerte a salvo aquí, Nora.

—Tu jefe acaba de ser capturado y están a punto de torturarle y asesinarle. —Mi voz es aguda y mordaz mientras enuncio cada palabra—. ¿Y crees que mi seguridad es una prioridad en este momento? Tus órdenes ya de nada valen porque tienen a Julian. Ya no me necesitan para que ejerza influencia sobre él.

—Bueno, en realidad, les encantaría tenerte para ejercer influencia sobre él. Podrían hacerlo cantar mucho más rápido si te tuvieran también. —Peter niega con la cabeza, con una expresión pesarosa pero decidida—. Lo siento, Nora, pero tienes que quedarte aquí. Si terminamos rescatando a tu marido, se disgustará al saber que te permití ponerte en peligro.

Me doy la vuelta temblando. El terror y la frustración se mezclan y se alimentan el uno al otro hasta que siento que voy a estallar. Me siento impotente. Absoluta y completamente inútil. Cuando me capturaron a mí, Julian vino a buscarme. Me rescató, pero no puedo hacer lo mismo por él. Ni siquiera puedo salir de la finca.

—Nora... —Es Rosa. Noto su mano en mi brazo mientras miro distraídamente por la ventana: mi mente discurre por todos los callejones sin salida como una rata en un laberinto—. Nora, por favor... Vamos, vamos a comer algo...

Sacudo la cabeza y aparto el brazo, manteniendo la mirada fija en el césped del jardín. Algo me reconcome la cabeza; es un pensamiento errante, a medio formar, que no acabo de entender. Tiene que ver con algo que Peter mencionó de pasada... Lo oigo salir de la habitación, oigo sus pasos sigilosos en el pasillo, y de repente se me ilumina la bombilla.

Me giro y corro detrás de él, haciendo caso omiso de la expresión estupefacta de Rosa al apartarla de mi camino.

—¡Peter! ¡Peter, espera!

Se detiene en el pasillo, me mira con frialdad hasta que llego junto a él.

—¿Qué sucede?

—Ya lo sé —exclamo—. Peter, sé exactamente qué hacer. Sé cómo recuperar a Julian.

Su expresión no cambia.

—¿De qué hablas?

Tomo una gran bocanada de aire y empiezo a explicar mi plan, hablando tan rápido que las palabras me salen a borbotones. Lo veo negar con la cabeza mientras hablo, pero persisto de todos modos, impulsada por un sentido de urgencia más intenso que cualquier cosa que haya experimentado. Necesito convencer a Peter de que tengo razón. La vida de Julian depende de ello.

—No —dice cuando termino—. Es una locura. Julian me mataría...

—Pero estaría vivo para matarte —lo interrumpo—. No nos queda otra. Lo sabes tan bien como yo.

Sacude la cabeza y me mira con auténtico pesar.

—Lo siento, Nora...

—Yo te daré la lista —exclamo, aferrándome a mi última esperanza—. Te daré la lista de nombres antes de que terminen tus tres años, si lo haces. Julian te la entregará en cuanto la tenga en sus manos.

Peter me mira fijamente y le cambia la expresión por primera vez.

—¿Sabes lo de la lista? —pregunta y la voz le vibra con tal cólera que tengo que luchar contra el impulso de dar un paso atrás—. ¿La lista que me prometió Esguerra?

Asiento con la cabeza.

—Sí. —En cualquier otra circunstancia, me aterraría provocar a este hombre, pero en este momento me sobrepongo al miedo. Ahora me motiva la desesperación y me da un coraje poco común en mí—. Y sé que no lo conseguirás si Julian muere. Todo este tiempo que has estado trabajando para él habrá sido en vano. No podrás vengarte de las personas que mataron a tu familia.

Su mirada impasible desaparece por completo y su rostro se transforma en una máscara de furia ardiente.

—No sabes una mierda de mi familia —ruge, y esta vez retrocedo un paso; mi instinto de supervivencia se activa al verle los puños apretados. ¿Te atreves a provocarme usándola?

Da un paso hacia mí a la vez que me alejo, el corazón me late con fuerza. Entonces, con un movimiento agudo y violento, se retuerce y golpea la pared, rompe la pared de yeso con el puño. Me estremezco, salto hacia atrás y él golpea la pared de nuevo, vaciando su rabia en ella como indudablemente quisiera hacerlo en mí.

—Peter... —Hablo con voz baja y serena, como si estuviera hablando con un animal salvaje. Veo a Rosa y a Ana en la puerta, aterrorizadas, y trato de mitigar la situación—. Peter, no me estoy burlando de ti, solo hablo de hechos. Quiero ayudarte, pero primero debes ayudarme a mí.

Me mira ferozmente, le palpita el pecho de rabia, y veo que lucha por recuperar el control. Estoy temblando por dentro, pero le sostengo la mirada. «No muestres miedo. Hagas lo que hagas, no muestres miedo». Para mi gran alivio, su respiración comienza a disminuir gradualmente, la furia que retuerce sus rasgos comienza a disiparse y regresa de la oscuridad en la que estaba sumido.

—Lo siento —dice al cabo de un momento con voz tensa—. No

debería haber reaccionado de esa manera. —Respira profundamente, luego otra vez y veo que vuelve a poner su cara de póquer habitual—. ¿Cómo sé que cumplirás tu promesa con lo de la lista? —dice con un tono de voz más normal y ya aparentemente sin ira—. Me estás pidiendo que haga algo que a Esguerra no le gustará nada. ¿Cómo sé que me entregará la lista si hago esto?

—Haré que te la dé. —No tengo ni idea de cómo conseguir que Julian haga algo, pero no dejo que mis dudas salgan a la luz—. Te lo juro, Peter. Ayúdame con esto y puedes tener tu venganza antes de que terminen tus tres años aquí.

Me mira fijamente y presencio su debate interno. Él sabe que mis argumentos son buenos. Si hace lo que le pido, tiene la posibilidad de obtener esa lista de nombres antes. Si Julian muere, no recibirá la lista.

—Bien —dice. Parece que ha tomado una decisión—. Entonces, prepárate. Nos vamos dentro de una hora.

Cuando aterrizamos en un pequeño aeropuerto cerca de Chicago, hay una gruesa capa de nieve en el suelo, por lo cual agradezco haber decidido usar mis viejas Uggs. Ya es de noche, el viento está muy frío y me cala los huesos a través del abrigo de invierno. Apenas pienso en el malestar porque solo le doy vueltas a lo que nos espera.

No nos espera ningún coche blindado. No hay nada que delate nuestra llegada. Peter llama a un taxi para mí y subo a la parte trasera sola, mientras él se dirige de nuevo al avión.

El conductor, un hombre amable de mediana edad, trata de charlar conmigo, probablemente con la esperanza de averiguar quién soy. Estoy segura de que se cree que soy una famosa cualquiera que llega en un jet privado como ese. Le doy respuestas monosilábicas a todas sus preguntas, y rápidamente entiende que solo quiero que me deje tranquila. El resto del trayecto pasa en silencio mientras miro por la ventana los caminos oscurecidos por la noche. Me late la cabeza por el estrés y el *jet lag* y se me revuelve el estómago. Si no me hubiera obligado a comer un bocadillo en el avión, probablemente estaría desmayada del agotamiento.

Cuando llegamos a Oak Lawn, le pido al taxi que se dirija a la casa de mis padres. No me esperan, pero así es mejor. Hace que la situación parezca más real y menos montaje.

El conductor me ayuda a descargar una maleta pequeña y le pago; le doy una propina de veinte dólares por mi grosería. Se aleja y llevo la maleta a la puerta de mi casa de la infancia.

Me detengo delante de la puerta marrón y toco el timbre. Sé que mis padres están en casa porque veo las luces en el salón. Tardan un par de minutos en llegar a la puerta, un par de minutos que parecen una hora en mi estado de agotamiento.

Mi madre abre la puerta, y se queda boquiabierta al verme de pie allí, con la mano apoyada en el asa de la maleta.

—Hola, mamá —digo, con voz temblorosa—. ¿Puedo pasar?

J ulian

AL PRINCIPIO SOLO HAY OSCURIDAD Y DOLOR, UN DOLOR QUE ME desgarra. Un dolor que me destroza desde adentro. La oscuridad es más fácil. No hay dolor en ella, solo olvido. Sin embargo, odio la nada que me consume cuando estoy en ese vacío oscuro. Odio el vacío de la inexistencia. Conforme pasa el tiempo, llego a anhelar el dolor porque es lo opuesto a ese vacío, porque sentir algo es mejor que no sentir nada.

Poco a poco, el oscuro vacío retrocede y disminuye su dominio sobre mí. Ahora, junto con el dolor, hay recuerdos. Algunos buenos, otros malos, me vienen sin cesar. La sonrisa de mi madre mientras me lee un cuento antes de dormir. La voz dura de mi padre y los puños aún más duros. Corro a través de la selva detrás de una mariposa colorida, tan feliz y despreocupado como solo un niño puede ser. Mato a mi primer hombre en esa selva. Juego con mi gata Lola, luego pesco y rio con una niña de doce años de ojos brillantes... con María.

El cuerpo de María destrozado y violado, su luz e inocencia destruidas para siempre.

Sangre en mis manos, la satisfacción de oír los gritos de sus asesinos. Comer sushi en el mejor restaurante de Tokio. Moscas que zumban sobre el cadáver de mi madre. La emoción de cerrar mi primer trato, el atractivo del dinero me atrapa. Más muerte y violencia. Mato y me deleito con ello.

Y luego está ella.

Mi Nora. La chica que secuestré porque me recordaba a María. La chica que ahora es mi razón de ser.

Mantengo su imagen en mi mente, dejando que todos los otros recuerdos se desvanezcan en el fondo. Solo quiero pensar en ella, quiero centrarme en ella. Ella consigue que el dolor se vaya, hace desaparecer la oscuridad. Puede que yo haya traído su sufrimiento, pero ella me ha traído la única felicidad que he conocido desde mis primeros años.

A medida que pasa el tiempo, me doy cuenta de otras cosas. Además del dolor, hay sonidos y sensaciones. Oigo voces y siento una brisa fría en la cara. Me arde el hombro izquierdo, el brazo roto me palpita, y me muero de sed. Sin embargo, parece que sigo vivo.

Muevo los dedos para verificarlo. Sí, vivo. Casi demasiado débil para moverme, pero vivo.

Mierda. El resto de los recuerdos me invaden y, antes incluso de abrir los ojos, sé dónde estoy y sé que probablemente no debería haber luchado contra la oscuridad. El olvido habría sido mejor que esto.

—Bienvenido —dice un hombre con delicadeza. Al abrir los ojos veo la cara sonriente de Majid que se cierne sobre mí—. Llevas inconsciente demasiado tiempo. Es hora de empezar.

ME ARRASTRAN A LO LARGO DE UN PISO DE CEMENTO DURO DE LO QUE parece ser una especie de solar en construcción. Tiene pinta de ser un edificio industrial. La sala a la que me llevan no tiene ventanas, solo una puerta. Pienso en luchar, pero estoy demasiado débil por las heridas y sé que no tengo muchas posibilidades de éxito, así que decido esperar mi oportunidad y conservar las pocas fuerzas que me quedan. Supongo que las necesitaré para hacer frente a lo que tienen reservado para mí.

Comienzan por desnudarme y amarrarme con una cuerda que enrollan sobre una viga en el techo inacabado. No son suaves y se me rompe la escayola del brazo izquierdo cuando me atan las muñecas y me amarran los brazos sobre la cabeza. El dolor agonizante en mi brazo y hombro lesionados hacen que me desmaye. No recobro la conciencia hasta que me echan agua helada en la cara.

En realidad, admiro sus métodos. Saben lo que están haciendo. Quítale a un hombre su ropa e inmediatamente se siente más vulnerable. Mantenlo frío y débil y herido y ya estará en desventaja; su mente estará tan maltrecha como su cuerpo. Empiezan correctamente. Si yo no hubiera hecho lo mismo a otros, ahora estaría pidiendo y rogando.

Tal como van las cosas, mi cuerpo está en modo de alerta. Saber que estoy tan cerca de la muerte —o al menos de un dolor insoportable— hace que mi corazón palpite con un ritmo frenético y enfermizo. No quiero darles la satisfacción de verme temblar, pero noto pequeños temblores en la piel, tanto por el agua fría que me vierten en la habitación ya congelada como por el exceso de adrenalina. Me han colgado tan alto que solo las puntas de los dedos de los pies rozan el suelo, y como las muñecas atadas soportan la mayoría del peso, mi brazo herido y el hombro ya están gritando de agonía.

Mientras estoy colgado, tratando de respirar a pesar del dolor, Majid se acerca a mí con una sonrisa satisfecha.

—Vaya, vaya, si es Esguerra en carne y hueso —dice con voz ronca; el acento británico lo hace sonar como una versión medio oriental de James Bond—. Qué amable de su parte de visitar nuestro rinconcito de mundo.

No digo nada, me limito a mirarlo con desprecio, sabiendo que lo irritará más que nada. Sé lo que me va a exigir y no pienso dárselo, no sabiendo que me va a matar de la manera más dolorosa de todos modos.

En efecto, mi falta de respuesta lo provoca. Casi veo la llamarada de rabia en los ojos. Majid Ben-Harid se nutre del miedo y la miseria de los demás. Entiendo eso de él porque soy igual que él. Y como somos almas tan afines sé cómo estropearle la diversión. Puede que me destroce físicamente, pero no lo disfrutará tanto como quisiera.

No se lo permitiré.

Es un pequeño consuelo teniendo en cuenta que tendré una muerte tortuosa, pero ahora mismo solo me queda esto.

Majid deja de sonreír con presunción y se acerca a mí.

—Veo que no estás dispuesto a hablar —dice, acercándome un gran cuchillo de carnicero a la cara—. Vamos al grano, entonces. —Me pasa la punta de la hoja por la mejilla y me corta lo bastante profundo para que la sangre me resbale por la barbilla—. Tú me das la ubicación de tu fábrica de explosivos, así como todos los detalles de seguridad, y yo... —Se me acerca tanto que veo el negro de sus pupilas en el iris marrón de sus ojos—. Haré que tu muerte sea rápida. Si no lo haces... Bueno, estoy seguro de que no hace falta que entre en detalles con la alternativa. ¿Qué me dices? ¿Quieres ponérnoslo fácil o difícil? Porque el resultado será el mismo de cualquier manera.

No respondo, ni me alejo, ni siquiera cuando la navaja continúa su viaje cortante y doloroso a través de mi cuello, pecho y estómago, dejando un reguero de sangre en cada parte que toca mi piel.

Da igual lo que elija porque Majid no cumplirá ninguna promesa que me haga. Nunca me dará una muerte rápida, ni siquiera si le entrego el explosivo mañana. He causado demasiado daño a Al-Quadar durante los últimos meses, he frustrado muchos de sus planes. En cuanto le dé lo que quiere, me destrozará de la manera más insoportable posible, solo para mostrar a sus tropas cómo castiga a los que lo cabrean.

Eso haría yo en su lugar, al menos.

El cuchillo se detiene justo debajo de mis costillas, la punta afilada incrustada en mi piel y veo el brillo de los ojos de Majid de un placer despiadado.

—¿Y bien? —susurra, presionándola un poco más—. ¿Jugamos o no jugamos, Esguerra? Depende de ti. Puedo comenzar recolectando algunos órganos, solo para que sea más rentable para nosotros o, si lo prefieres, puedo empezar más abajo, con la parte favorita de tu esposa...

Suprimo la instintiva necesidad masculina de estremecerme en esa última amenaza y me esfuerzo por mantener una expresión tranquila, casi divertida. Sé que no hará nada demasiado radical al principio, porque si lo hace, me mataría de inmediato. Ya he perdido demasiada sangre, así que no necesitará mucho para enviarme al más allá. Lo último que quiere Majid es privarse de una víctima consciente. Si va en serio sobre conseguir ese explosivo, tendrá que comenzar poco a poco y trabajar hasta la brutalidad con la que acaba de amenazarme.

—Adelante —digo fríamente—. Hazlo lo mejor que puedas.

Y esbozando una sonrisa burlona, espero que empiece la tortura.

26

ora

La noche de mi llegada a casa fue una cascada de llanto sin fin y de preguntas acerca de lo que había pasado y cómo había logrado regresar.

Cuento a mis padres lo más que puedo sobre el accidente de avión en Uzbekistán y la posterior captura de Julian por el grupo terrorista contra el que ha estado luchando. Mientras hablo, veo cómo intentan ocultar el asombro y la impresión que se han llevado al enterarse. Los terroristas y los aviones derribados por misiles están muy lejos del paradigma normal de sus vidas y sé que es difícil procesarlo para ellos. Para mí también fue difícil.

—Ay, Nora, cariño... —La voz de mi madre es suave y comprensiva —. Lo siento mucho, sé que lo amabas, a pesar de todo. ¿Sabes qué va a pasar ahora?

Niego con la cabeza, tratando de no mirar a mi padre. Él cree que esto es bueno; se lo veo en la cara. Se siente aliviado de que probablemente me haya librado del hombre que considera mi abusador. Estoy segura de que mis padres piensan que Julian se merece esto, pero mi madre está tratando, al menos, de ser sensible con mis sentimientos. Mi padre, sin embargo, apenas esconde la satisfacción ante este giro de los acontecimientos.

—Bueno, pase lo que pase, me alegro de que hayas venido a casa. —Mi madre se acerca para cogerme la mano. Tiene los ojos oscuros anegados de lágrimas—. Estamos aquí para ti, cariño, lo sabes, ¿no?

—Lo sé, mamá —susurro con un nudo en la garganta—. Por eso he vuelto. Porque te echaba de menos... y porque no podía estar sola en esa finca.

Al menos en parte es cierto, pero esa no es la verdadera razón por la que estoy aquí. No puedo decirles la verdadera razón.

Si supieran que he venido a casa para que me secuestre Al-Quadar, nunca me lo perdonarían.

A PESAR DEL AGOTAMIENTO, APENAS DUERMO ESA NOCHE. SÉ QUE AL-Quadar tardará algún tiempo en reaccionar a que yo esté en la ciudad, pero todavía estoy consumida por el temor y los nervios. Cada vez que me adormezco, tengo pesadillas, solo que en estos sueños no es Beth a quien cortan en pedazos, sino Julian. Las imágenes sangrientas son tan gráficas que me despierto con náuseas y temblando... y con las sábanas empapadas de sudor. Por último, me doy por vencida: no puedo dormir, conque saco los útiles de arte que traje en la maleta. Espero que la pintura me impida pensar en que mis pesadillas pueden estar sucediendo en este momento en algún escondite de Al-Quadar a miles de kilómetros de distancia.

Cuando la luz del sol se filtra en la habitación, me detengo a examinar lo que he pintado. Parece abstracto al principio, solo remolinos de rojo, negro y marrón, pero al examinarlo más de cerca, veo algo distinto. Todos los remolinos son caras y cuerpos, personas enredadas en un paroxismo de éxtasis violento. Las caras muestran agonía y placer, lujuria y tormento.

Probablemente sea mi mejor trabajo hasta ahora, y lo odio. Lo odio porque demuestra lo mucho que he cambiado. Lo poco que queda de mi vieja yo.

—Vaya, cariño, es increíble… —La voz de mi madre me sorprende y me saca del ensimismamiento. Me vuelvo y la encuentro en la puerta, mirando el cuadro con una admiración genuina—. Ese instructor francés debe de ser muy bueno.

—Sí, monsieur Bernard es excelente —digo, tratando de ocultar el cansancio de mi voz. Estoy tan cansada que solo quiero echarme, pero ahora mismo no puede ser.

—No has dormido muy bien, ¿no? —Mi madre arruga la frente, preocupada, y sé que no he conseguido ocultarle mi cansancio—. ¿Estabas pensando en él?

—Pues claro. —Una oleada repentina de rabia me agudiza la voz—. Es mi marido, ¿sabes?

Ella parpadea, claramente sorprendida y me arrepiento al instante de haberle contestado así. Esta situación no es culpa de mi madre. Si alguien es irreprochable en todo esto, éstos son mis padres. Para nada se merecen mi temperamento… En especial porque mi plan desesperado probablemente les causará aún más angustia.

—Lo siento, mamá —digo, yendo a darle un abrazo—. No quería hablarte así.

—No pasa nada, cariño. —Me acaricia el pelo, su toque es tan suave y reconfortante que quiero llorar—. Lo entiendo.

Asiento con la cabeza, aunque sé que no llega a comprender la magnitud de mi estrés. No puede… porque no sabe que estoy esperando.

Esperando a que me rapten los mismos monstruos que tienen a Julian.

Esperando a que Al-Quadar muerda el anzuelo.

LA MAÑANA ES INSUFRIBLEMENTE LENTA. ES UN SÁBADO, ASÍ QUE MIS padres están en casa. Están contentos, pero yo no. Ojalá estuvieran en el trabajo hoy. Quiero estar sola si, o mejor dicho, «cuando» los matones de Majid vengan a por mí. Ha sido relativamente seguro pasar la noche, ya que Al-Quadar necesitaba tiempo para organizar su plan en acción, pero ahora por la mañana, no quiero que mis padres se me acerquen. El dispositivo de seguridad que Julian organizó para mi familia aseguraría su seguridad, pero esos mismos guardaespaldas también pueden interferir en mi secuestro... y eso es lo último que quiero.

—¿Quieres ir de compras? —Mi padre me echa una mirada extraña cuando le digo que quiero ir de tiendas después de desayunar—. ¿Estás segura cariño? Acabas de llegar y con todo lo que está pasando...

—Papá, llevo en medio de la nada durante meses. —Lo miro en plan «los hombres no os enteráis de nada»—. No tienes ni idea de lo que es para una chica. —Como veo que no está muy convencido, añado—: En serio, papá, me vendría bien distraerme un poco.

—Tiene razón —dice mi madre, apoyándome. Se vuelve hacia mí, me guiña y le dice a mi padre—: No hay nada como ir de compras para despejarse. Ya la acompaño yo, como en los viejos tiempos.

Se me cae el alma a los pies. No puede venir si el objetivo es alejar a mis padres de un peligro inminente.

—Ay, lo siento, mamá —digo con pesar—, pero ya he prometido a Leah que quedaría con ella. Son las vacaciones de primavera, ya sabes, y acaba de llegar de la universidad. —Lo había visto en su Facebook esa misma mañana, así que estoy mintiendo solo en parte. Mi amiga está en la ciudad, pero no había hecho planes para verla.

—Ah, de acuerdo. —Parece herida un instante, pero luego sacude la cabeza y me sonríe—. No te preocupes, cariño. Nos vemos después de que te hayas puesto al día con tus amigos. Me alegro de que te distraigas así. Es lo mejor, en serio...

Mi padre todavía parece receloso, pero no puede hacer nada. Soy adulta y no estoy pidiendo que me dé permiso.

En cuanto acabamos de desayunar, les doy un beso y un abrazo y me acerco a la parada de autobús de la calle 95 para subirme al bus que va al centro comercial Chicago Ridge Mall.

~

«VA, VENID DE UNA SANTA VEZ. SECUESTRADME YA».

He estado vagando por el centro comercial durante horas y, para mi frustración, todavía no hay señales de Al-Quadar. O no saben que estoy aquí o no se preocupan por mí ahora que tienen a Julian. Me niego a aceptar esta última posibilidad porque, de ser verdad, ya puedo dar a Julian por muerto.

El plan tiene que funcionar. No hay alternativa. Majid tal vez necesita más tiempo. Es hora de dejar que huelan que estoy aquí sola y desprotegida: un medio que pueden usar para obligar a Julian a darles lo que quieren.

—¿Nora? Anda, Nora, ¿eres tú? —Una voz familiar me saca de mis pensamientos y al girarme veo a mi amiga Leah, que me mira con sorpresa.

—¡Leah! —Durante un segundo, me olvido del peligro y me apresuro a abrazar a la chica que había sido mi mejor amiga desde hace siglos—. ¡No tenía ni idea de que estarías aquí! —Y es verdad, a pesar de la mentira que he contado a mis padres esta mañana, no esperaba encontrármela aquí. Aunque tendría que habérmelo supuesto, ya que solíamos pasar el rato en este centro comercial casi todos los fines de semana cuando éramos más jovencitas.

—¿Qué haces aquí? —pregunta después de abrazarnos—. ¡Pensaba que estabas en Colombia!

—Y lo estaba… quiero decir, lo estoy. —Ahora que la emoción inicial ha terminado, me doy cuenta de que encontrarme a Leah podría ser problemático. No quiero que mi amiga sufra por mi culpa —. Solo estoy aquí de visita —le explico apresuradamente, mirando preocupada alrededor. Todo parece normal, así que continúo—: Lo siento, no te he dicho que estaba por aquí, pero las cosas están un poco revueltas y, bueno, ya sabes cómo es…

—Cierto, debes de estar ocupada con tu nuevo marido y eso —dice lentamente, y noto como se abre un abismo entre las dos, aunque no nos hayamos movido ni un centímetro. No hemos hablado desde que le conté que me había casado; solo nos habíamos mandado unos breves correos y veo que sigue dudando de mi cordura, que ya no entiende la persona en la que me he convertido.

No la culpo. A veces yo tampoco entiendo a esa persona.

—¡Leah, cielo, ahí estás! —La voz de un hombre interrumpe nuestra conversación y me da un vuelco el corazón al ver a una figura masculina familiar acercarse a Leah, detrás de mí.

Es Jake, el chico del que antaño estuve enamorada. El chaval que Julian me arrebató aquella fatídica noche en el parque. Solo que ya no es un chaval precisamente. Sus hombros son más fuertes ahora; su rostro es más delgado y más duro. En algún momento de los últimos meses, se ha convertido en un hombre, un hombre que solo tiene ojos para Leah. Se detiene a su lado, se agacha para darle un beso y dice en voz baja y burlona:

—Guapita, tengo un regalito…

Las mejillas pálidas de Leah se ponen rojas.

—Esto, Jake —murmura, tirándole del brazo para llamarle la atención—, mira a quién me acabo de encontrar.

Se vuelve hacia mí y pone unos ojos como platos.

—¿Nora? ¿Qué… qué haces aquí?

—Bueno… unas compras… —Espero que no suene tan asombrada como me siento. ¿Leah y Jake? ¿Mi mejor amiga, Leah, y mi antiguo amor, Jake? Es como si el mundo se hubiera vuelto del revés. No tenía ni idea de que estaban saliendo. Sabía que Leah había roto con su novio hacía un par de meses porque me lo había contado en un correo electrónico, pero no me dijo que saliera con Jake.

Cuando los miro, el uno al lado del otro con sendas expresiones incómodas en el rostro, veo que no es totalmente ilógico. Ambos van a la universidad de Michigan y se mueven en el mismo círculo de amigos y conocidos de nuestro instituto. Incluso tienen una experiencia traumática en común, el secuestro de su amiga y de su rollo, lo que podría haberlos acercado.

También me doy cuenta en ese momento de que lo único que siento al verlos es alivio; alivio por verlos felices juntos y porque la oscuridad de mi vida no hiciera mella en Jake de forma permanente. No me arrepiento por lo que pudo haber sido y tampoco son celos, es una ansiedad que crece con cada minuto que Julian pasa en las manos de Al-Quadar.

—Lo siento, Nora —dice Leah con una mirada cautelosa—. Debería habértelo dicho antes, pero…

—Leah, por favor. —Dejando a un lado mi estrés y agotamiento, logro esbozar una sonrisa tranquilizadora—. No tienes que darme explicaciones. De verdad. Estoy casada… y, bueno, Jake y yo solo salimos una noche. No me debes ninguna explicación, solo es que me ha pillado por sorpresa, nada más.

—Esto… ¿te apetece tomar un café con nosotros? —pregunta Jake, pasando su brazo por la cintura de Leah en un gesto que me parece excepcionalmente protector. Me pregunto si es de mí de quien la está protegiendo. Si es así, es aún más inteligente de lo que pensaba.

—Así podemos ponernos al día, como estás de visita en la ciudad y todo eso… —dice y yo niego con la cabeza.

—Me encantaría, pero no puedo —digo con un pesar verdadero. Me encantaría ponerme al día, pero no puedo tenerlos cerca de mí en caso de que Al-Quadar elija este momento particular para atacar. No sé cómo van a atacar los terroristas en pleno centro comercial atestado de gente, pero seguro que encontrarán la forma. Miro el móvil, me hago la preocupada y les digo—: Me temo que se me está haciendo tarde…

—¿Está tu marido aquí contigo? —pregunta Leah, frunciendo el ceño, y veo que Jake se pone blanco. No se había planteado que Julian estuviera cerca al invitarme a tomar algo.

Niego con la cabeza y se me hace un nudo en la garganta mientras la horrible realidad de la situación amenaza con ahogarme de nuevo.

—No —le digo, con la esperanza de que suene natural—. No ha podido venir.

—Ah, bueno. —Leah frunce aún más el ceño y me mira desconcertada, pero Jake recupera algo de color. Está aliviado por no tener que enfrentarse al criminal despiadado que le causó tanto dolor.

—Me tengo que ir ya —digo y Jake asiente al tiempo que aprieta más la cintura de Leah.

—Buena suerte —me dice y noto que se alegra de que me vaya. Sin embargo, es educado por lo que añade—: Me alegro de verte. —Pero sus ojos dicen otra cosa.

Sonrío, comprensiva.

—Yo también me alegro de haberos visto. —Me despido de Leah y me dirijo a la salida del centro comercial.

ME OLVIDO DE JAKE Y LEAH EN CUANTO LLEGO AL APARCAMIENTO. MUY alerta, examino la zona antes de coger el teléfono y pedir un taxi. Me quedaría en el centro comercial más tiempo, pero no quiero correr el riesgo de volver a ver a mis amigos. Mi siguiente parada será la avenida Michigan en Chicago, donde puedo pasear por algunas tiendas exclusivas mientras rezo para que me rapten antes de perder completamente la cabeza.

El viento frío cala a través de mi ropa mientras espero. La chaqueta marinera que me llega hasta el muslo y un fino suéter de cachemira ofrecen poca protección para el frío del exterior. El taxi tarda media hora en llegar. Para entonces, ya estoy medio congelada y tan al borde de un ataque de nervios que estoy a punto de gritar.

Abro la puerta y me subo a la parte trasera del vehículo. Es un taxi limpio con un cristal de protección que separa el asiento trasero del delantero y la ventana de atrás ligeramente ahumada.

—Al centro, por favor —digo en un tono más agudo de lo habitual —. A las tiendas de la avenida Michigan.

—Claro, señorita —dice el conductor en voz baja, y levanto la cabeza ante el acento del taxista—. Se cruzan nuestras miradas en el espejo delantero, y me quedo helada al sentir el terror.

Podría haber sido uno de los mil inmigrantes que conducen taxis para ganarse la vida, pero no lo es. Es de Al-Quadar. Lo noto en su mirada malvada y fría.

Por fin han venido por mí.

Es lo que he estado esperando, pero ahora que el momento está aquí, me encuentro paralizada por un miedo tan intenso, que me ahoga desde dentro. Mi mente viaja en un *flash* al pasado y los recuerdos son tan vivos que es casi como si estuviera allí de nuevo. Siento el dolor de los puntos que me pusieron, veo los cadáveres de los guardias en la clínica, escucho los gritos de Beth... Y luego noto el sabor del vómito cuando Majid me toca la cara con un dedo cubierto de sangre.

Creo que estoy tan pálida como un papel porque la mirada del taxista se endurece y escucho el suave clic de las cerraduras activadas.

El sonido me pone en acción. Se me sube la adrenalina, me lanzo hacia la puerta y empujo el tirador a la vez que grito a todo pulmón. Sé que no sirve de nada, pero tengo que intentarlo y, lo que es más importante, necesito dar la apariencia de intentarlo. No puedo sentarme tranquilamente mientras me llevan al infierno.

No puedo dejar que descubran que esta vez quiero volver allí.

Cuando el coche arranca, sigo luchando con la puerta y golpeando en la ventana. El conductor pasa de mí y sale de la parada a toda velocidad. Ninguno de los visitantes del centro comercial parece notar nada raro, las ventanas tintadas del coche me ocultan de sus miradas.

No vamos muy lejos. En lugar de salir a la carretera, el coche gira por la parte trasera del edificio. Veo una furgoneta beige que nos espera y lucho más fuerte, se me parten las uñas al clavarlas en la puerta con una desesperación que es solo parcialmente fingida. En mi prisa por rescatar a Julian, no había pensado del todo lo que significaría ser raptada por los monstruos de mis pesadillas —y volver a vivir algo tan horrible—. El terror que me carcome solo se ve reducido porque yo he buscado que esto ocurriese así.

El conductor se detiene junto a la camioneta y las cerraduras se abren. Empujo la puerta, salgo a cuatro patas y me raspo las palmas por el asfalto rugoso, pero al intentar ponerme de pie, un brazo me agarra fuertemente por la cintura y una mano enguantada me tapa la boca, lo que amortigua mis gritos.

Escucho cómo ladran órdenes en árabe mientras me llevan a la furgoneta, pataleando y luchando, y luego veo un puño volar hacia mi cara.

Noto una explosión de dolor en el cráneo y luego... no hay nada más.

27

Julian

PIERDO Y RECUPERO LA CONCIENCIA, LOS PERIODOS AGÓNICOS DE LA vigilia se entremezclan con breves momentos de una oscuridad reconfortante. No sé si han pasado horas, días o semanas, pero parece que lleve aquí una eternidad, a merced de Majid y el dolor.

No he dormido. No me dejan dormir. Solo encuentro respiro cuando mi mente desconecta del tormento, pero saben cómo hacerlo para que espabile cuando llevo mucho rato ensimismado.

Primero me someten al submarino. Aunque de forma perversa, me resulta gracioso. Me pregunto si lo hacen porque saben que soy medio estadounidense o si es solo porque piensan que es un método eficaz para destrozar a alguien sin infligir daños graves.

Lo hacen una decena de veces, me llevan al borde de la muerte y luego me traen de vuelta. Parece como si me fuera a ahogar una y otra vez y mi cuerpo pelea por conseguir aire con una desesperación que, dada la situación, parece estar fuera de lugar. No estaría mal que me ahogaran por accidente; yo lo sé, pero mi cuerpo lucha por vivir. Cada segundo que paso con ese trapo mojado en la cara se me hace una eternidad; el chorro de agua es más aterrador que cualquier cuchilla afilada.

Hacen una pausa de vez en cuando y me bombardean a preguntas, me prometen que pararán solo si respondo. Cuando siento que los pulmones me van a estallar, quiero rendirme. Quiero ponerle fin a esto y, a pesar de todo, hay algo en mi interior que no me deja. Me niego a regalarles la satisfacción de la victoria, de permitirles que me maten sabiendo que han conseguido lo que querían.

Mi cuerpo se esfuerza por respirar y entretanto escucho la voz de mi padre.

«¿Vas a llorar? ¿Vas a llorar como un niño de mamá o me vas a enfrentar como un hombre?».

Vuelvo a tener cuatro años, acurrucado en un rincón mientras mi padre me golpea repetidas veces en las costillas. Sé la respuesta correcta a su pregunta, sé que tengo que enfrentarme a él, pero tengo miedo. Tengo mucho miedo. Siento la humedad en la cara y sé que lo voy a enfadar. No quiero llorar. No he vuelto a llorar desde que era un bebé, pero el dolor en las costillas me empaña los ojos. Si mi madre estuviera aquí, me abrazaría y me besaría, pero no se me acerca cuando mi padre está con este humor. La aterroriza.

Odio a mi padre. Lo odio y me gustaría ser como él al mismo tiempo. No quiero tener miedo. Quiero ser el que tenga el poder, al que todos temen.

Me hago un ovillo y uso la manga de mi camisa para secarme las lágrimas traidoras de la cara. Después me pongo en pie, me sobrepongo al miedo y al dolor en mis costillas magulladas.

—No voy a llorar. —Me trago el nudo en la garganta y levanto la vista para encontrarme con la mirada enfadada de mi padre—. No voy a llorar nunca.

Maldiciones en árabe. Y la cara más mojada.

De forma violenta, traen mi mente de vuelta al presente mientras me da una convulsión, atragantándome y aspirando aire cuando me quitan el trapo mojado. Mis pulmones se expanden con voracidad y, por encima del zumbido en los oídos, oigo que Majid grita al hombre que casi me mata.

¡Joder! Parece que esta parte de la diversión se ha acabado.

El siguiente paso son las agujas largas y finas que me clavan bajo las uñas. Esto lo puedo soportar mejor; separo la mente de mi cuerpo torturado y me lleva de regreso al pasado.

Ahora tengo nueve años. Mi padre me llevó a la ciudad para unas negociaciones con sus proveedores. Estoy sentado en las escaleras, vigilando la entrada del edificio con una pistola metida en el cinturón debajo de la camiseta. Sé cómo usar la pistola, ya he matado a dos hombres con ella. La primera vez acabé vomitando y me gané una paliza, pero la segunda muerte fue más fácil. Ni siquiera me estremecí al apretar el gatillo.

Unos adolescentes salen a la calle. Reconozco sus tatuajes: son parte de una banda local. Mi padre los habrá utilizado en algún momento para distribuir sus productos, aunque ahora parecen estar aburridos y sin nada que hacer.

Los miro serpentear de un lado para otro de la calle, dar patadas a algunas botellas rotas y reírse los unos de los otros. Una parte de mí envidia su compañerismo. No tengo muchos amigos; los chicos con los que juego en alguna ocasión parecen tenerme miedo. No sé si es porque soy el hijo del Señor o si es porque han oído cosas sobre mí. No suele importarme su miedo, de hecho, lo fomento, pero a veces me gustaría poder jugar como un niño normal.

Sin embargo, estos adolescentes no han oído nada sobre mí. Lo sé porque cuando me ven aquí sentado, sonríen y caminan hacia mí, pensando que han encontrado una presa fácil a la que intimidar.

—¡Eh! —dice uno de ellos—. ¿Qué hace un niñito como tú aquí? Este es nuestro barrio, ¿te has perdido, chaval?

—No —digo copiando sus sonrisas burlonas—. Estoy tan perdido como tú... chaval.

El chico que me ha hablado explota de rabia.

—Pero ¿quién coño...?

Viene hacia mí y se queda de piedra cuando, sin pensármelo dos veces, lo apunto con mi pistola.

—Inténtalo —lo invito en voz baja—. Acércate, ¿por qué no?

Los chicos empiezan a dar marcha atrás. No son tan tontos, ven que sé cómo manejar el arma. Mi padre y sus hombres salen en ese instante y los chicos se dispersan como una camada de ratas.

Cuando cuento a mi padre lo sucedido, asiente con aprobación.

—Bien. No te eches atrás, hijo. Recuerda esto: coge siempre lo que quieras y no te eches nunca atrás.

Agua fría en la cara seguida de una bofetada brutal y vuelvo al presente. Ahora me han amarrado a una silla, con las muñecas atadas en la espalda y los tobillos a las patas de la silla. Los dedos de las manos y pies me laten con agonía, pero sigo con vida y, de momento, sin sucumbir.

Atisbo la furia frustrada en la cara de Majid. No está contento con los progresos hasta ahora y tengo el presentimiento de que se va a esforzar más.

Efectivamente, se me acerca apretando un cuchillo.

—Última oportunidad, Esguerra...—Se detiene delante de mí—. Te estoy dando la última oportunidad antes de que te empiece a cortar partes inútiles del cuerpo. ¿Dónde está la puta fábrica y cómo lo hacemos para entrar?

En lugar de contestar reúno la poca saliva que me queda en la boca y le escupo. La saliva manchada de rojo le salpica la nariz y mejillas. Lo observo satisfecho limpiarse con la manga de la camisa mientras le tiembla el cuerpo de rabia ante el insulto.

No tengo la ocasión de disfrutar de su reacción durante mucho tiempo porque me aprieta el pelo con el puño y tira de él, haciéndome doblar el cuello hacia atrás de dolor.

—Te voy a contar lo que está a punto de pasar, subnormal de mierda —sisea, presionando la cuchilla contra mi mejilla—. Voy a empezar por los ojos. Te cortaré el ojo izquierdo por la mitad y después haré lo mismo con el derecho. Y cuando estés ciego, voy a empezar a cortarte la polla, centímetro a centímetro, hasta que solo quede un trozo pequeño... ¿te enteras? Si no empiezas a hablar, ya no volverás a ver ni follar.

Luchando contra las ganas de vomitar, permanezco en silencio mientras empuña el cuchillo hacia arriba, hacia la piel fina de debajo de mi ojo izquierdo. De camino, la cuchilla me atraviesa la mejilla y siento el calor de la sangre que gotea por mi piel fría. Sé que no se está tirando un farol, pero también sé que ceder no cambiará el resultado. Majid me torturará para conseguir respuestas y una vez las tenga, seguirá torturándome.

Viendo mi falta de reacción, Majid presiona la cuchilla más hondo en la piel.

—No te lo repito ni una puta vez más, Esguerra. ¿Quieres conservar el ojo o no? —No respondo y arrastra el cuchillo más arriba, obligándome a cerrar los parpados en un acto reflejo—. Está bien, en ese caso… —susurra, disfrutando del pánico involuntario de mi cuerpo mientras me remuevo para tratar de escabullirme. Entonces siento una explosión nauseabunda de dolor cuando la cuchilla me perfora los párpados y me penetra con profundidad en el ojo.

DEBO DE HABER PERDIDO LA CONCIENCIA OTRA VEZ PORQUE ME ESTÁN arrojando más agua fría. Tiemblo, mi cuerpo ha entrado en shock por la agonía intensa. No veo nada por el ojo izquierdo; solo siento un vacío abrasador y goteante. Se me revuelve la bilis e intento evitar a toda costa vomitarme encima.

—¿Qué hacemos con el segundo ojo, eh, Esguerra? —Majid sonríe, sujeta con el puño firme el cuchillo ensangrentado—. ¿Te gustaría estar ciego mientras te cortamos la polla o prefieres verlo? Por supuesto, no es demasiado tarde para detenerlo… solo dinos lo que queremos saber e incluso podríamos dejarte vivir, ya que eres tan valiente.

Está mintiendo. Lo deduzco por el tono presuntuoso de su voz. Piensa que casi me tiene destruido, tan desesperado por detener el dolor que me voy a creer todo lo que diga.

—Vete a tomar por culo —susurro con las fuerzas que me quedan.

«No te eches atrás, nunca te eches atrás»—. Vete a tomar por culo con tus amenacitas.

Entrecierra los ojos de rabia y el cuchillo destella en mi cara. Aprieto el ojo que me queda para mantenerlo cerrado, preparándome para el dolor... pero nunca llega.

Sorprendido, abro el párpado ileso y veo que uno de sus secuaces lo está distrayendo. El hombre parece alborotado y me apunta mientras habla deprisa en árabe. Me esfuerzo por entender las palabras que conozco, pero habla demasiado rápido. Sin embargo, a juzgar por la amplia sonrisa de Majid, lo que sea que le esté diciendo son buenas noticias para él: probablemente sean malas para mí.

Mis suposiciones se confirman cuando Majid se gira para mirarme y me dice con una sonrisa cruel:

—Tu otro ojo está a salvo de momento, Esguerra. Hay algo que me interesa que veas dentro de algunas horas.

Lo miro, incapaz de ocultar mi odio. No sé de qué está hablando, pero se me revuelve el estómago cuando los terroristas salen de la habitación que no tiene ventanas. Una única cosa me obligaría a ceder y está sana y salva en mi recinto. Es imposible que estén hablando de Nora, no con todo el dispositivo de seguridad que implementé. Están jugando conmigo a algún jueguecito mental, quieren que piense que me tienen reservado algo peor de lo que ya he sufrido. Es una táctica de aplazamiento, una forma de prolongar mi sufrimiento, nada más.

No pienso caer en su truco, pero mientras espero atado y con el mayor dolor de mi vida, no tengo la fuerza suficiente como para evitar que me engulla la preocupación. Debería estar agradecido por esta pausa de la tortura, pero no lo estoy.

Con mucho gusto dejaría que Majid me cortara cada uno de los miembros solo por estar seguro de que Nora está a salvo.

No sé cuánto tiempo pasa mientras espero con tormento, pero por fin oigo voces fuera. Abre la puerta y Majid arrastra una figura vestida con un par de Uggs y una camisa de hombre que le llega por debajo de las rodillas. Tiene las manos atadas a la espalda y una mancha de sangre en la parte inferior del brazo izquierdo.

Se me encoge el estómago y un horror frío me recorre las venas al ver los ojos oscuros de Nora cerrarse sobre mi cara.

El peor de mis miedos se ha hecho realidad.

Han cogido a la única persona que me importa en todo el puto planeta.

Tienen a mi Nora y, esta vez, no la puedo rescatar.

2 8

ora

Temblando de la cabeza a los pies, miro a Julian y el dolor me oprime el pecho. Lleva en el hombro un vendaje mal puesto y sucio por el que cala la sangre; su cuerpo desnudo es una masa de cortes, heridas y rasguños. La cara está todavía peor. Bajo la venda desgastada que le cubre la frente no queda un hueco que no esté manchado o hinchado. Sin embargo, lo más horripilante de todo es la gran hendidura sangrante que le recorre la mejilla izquierda y que asciende hasta la ceja, un puñado de carne andrajosa en el lugar donde tenía el ojo.

«En el lugar donde tenía el ojo».

Le han sacado el ojo.

Ahora mismo no puedo ni quiero pensar en ello. Por ahora, Julian está vivo y es lo único que importa.

Está amarrado a una silla de metal, tiene una pierna atada a cada pata y los brazos sujetos en la espalda. Le noto la conmoción y el horror en la cara ensangrentada mientras asimila mi presencia y me

476

gustaría decirle que todo va a salir bien, que esta vez soy yo la que lo salve a él, pero no puedo. Todavía no.

No hasta que Peter logre llegar aquí con los refuerzos.

Me palpita el pómulo magullado donde me han atizado y la herida abierta del antebrazo izquierdo me arde de dolor. Me quitaron toda la ropa y me arrancaron el implante anticonceptivo mientras estaba inconsciente, quizá temiesen que fuera un rastreador o algo así. No me lo esperaba; imaginaba, en todo caso, que encontrarían alguno de los rastreadores de verdad, pero ha funcionado incluso mejor de lo que esperaba. Después de cortar el implante y ver que no era nada más que una varilla de plástico, han debido de descartarme como amenaza pensando que soy justo lo que estoy intentando hacerlos creer: una niña inocente que ha ido a ver a sus padres, que no sabe que pudiera haber peligro alguno. Me alegro de haber tenido la previsión de dejar el brazalete rastreador en la finca y no levantar sospechas.

Creo que no me han tocado, aparte de cachearme, porque no noto nada por el estilo, y eso me alegra. No siento molestias, ni noto nada pegajoso entre las piernas y no me duele nada. Me hierve la piel al saber que me han desnudado, pero, sin lugar a dudas, podría haber sido mucho peor. Cuando desperté ya llevaba la camisa de alguien y mis botas Ugg. Deben de estar esperando a estar delante de Julian para montar el espectáculo.

Peter pensaba que esta era la parte más peligrosa de mi plan: el periodo de tiempo entre mi captura y la llegada a su escondite.

—Sabes que podrían buscar en cada centímetro de tu cuerpo y encontrar los tres dispositivos de rastreo que Julian te puso —me dijo antes de abandonar la finca—. Entonces os habremos perdido a los dos. Sabes lo que te harán para hacerlo hablar, ¿verdad?

—Sí, lo sé, Peter. —Le esbocé una sonrisa seria—. Lo entiendo perfectamente, pero no nos queda otra. Los rastreadores son pequeños y las heridas de la inserción ya casi no se ven. Pueden encontrar uno o dos, pero dudo que encuentren los tres y, si lo hacen, en el tiempo que tardarán, seguro que te las ingenias para encontrar su ubicación.

—Tal vez —dijo, su mirada gritaba lo que opinaba sobre mi

cordura—, o tal vez no. En el periodo de tiempo que pase entre que te cojan y te lleven hasta Julian pueden salir mal cien cosas.

—Es un riesgo que tengo que asumir —le respondí, acabando la conversación. Sabía el peligro que me podía suponer ser un aparato de rastreo humano para localizar a los terroristas, pero no encontraba otra forma de llegar hasta Julian a tiempo y, a juzgar por su estado actual, casi llego demasiado tarde.

Veo a Julian tratando de mantener la compostura, de esconder su reacción visceral ante mi presencia, pero no está teniendo mucho éxito. Una vez pasada la sorpresa inicial, aprieta la mandíbula y comienza a brillarle el ojo intacto con una rabia tremenda al reparar en mi estado de semidesnudez. Contrae los músculos protuberantes, que se tensan contra las cuerdas. Parece que quiere destrozar a todos los que están en la habitación y sé que solo las cuerdas que lo atan a la silla impiden que ataque como un suicida a nuestros captores. Los demás terroristas deben de estar pensando lo mismo, porque dos de ellos se acercan a Julian sosteniendo las armas por lo que pudiera pasar.

Majid ríe y observa encantado este giro de los acontecimientos. Me agarra con fuerza del brazo y me arrastra hasta el centro de la habitación.

—¿Sabes? Tu putita ha venido derechita a mi regazo —dice tranquilamente, cogiéndome del pelo para que me arrodille—. La sorprendimos comprando en tu ausencia, como todas esas golfas avariciosas estadounidenses. Pensamos en traerla aquí para que pudieras ver su preciosa cara antes de que se la corte… a no ser que quieras empezar a hablar.

Julian permanece en silencio, mirando a Majid con odio asesino, mientras respiro de forma entrecortada para hacer frente al pánico. Los ojos se me empañan por el dolor del cuero cabelludo y el miedo que se me atraviesa parece cobrar vida. Con las manos atadas a la espalda no puedo evitar de ningún modo que Majid me lastime. No tengo ni idea de cuánto tardará Peter en llegar, pero hay muchas probabilidades de que no lo haga a tiempo. Alcanzo a ver las manchas de color óxido en la cuchilla que cuelga del cinturón de Majid y al darme cuenta de que es la sangre de Julian, me entran arcadas.

Si no nos rescatan pronto, también será mi sangre.

Horrorizada, veo cómo Majid busca la cuchilla y sigue sujetándome el pelo: me hace daño.

—Oh, sí —susurra, presionándome el filo plano contra el cuello—. Creo que su cabeza podría ser un buen trofeo, después de cortarla un poco, claro…

Blande el cuchillo hacia arriba y me hielo de miedo al sentir la cuchilla que me corta la piel suave bajo la barbilla, seguida por la sensación de un líquido caliente que me gotea por el cuello.

El gruñido que emana de Julian no parece humano. En un suspiro, se lanza hacia delante usando la punta de los pies para impulsarse y la silla cae al suelo. Su movimiento es tan repentino que los hombres que están a su lado no reaccionan a tiempo. Julian se estrella contra uno de ellos, tirando al terrorista armado al suelo y se gira para golpear en la garganta del hombre con la pata metálica de la silla.

Los siguientes segundos son un torbellino de sangre y gritos en árabe. Majid me suelta y grita algunas órdenes, haciendo que los demás pasasen a la acción a la vez que entra en pelea.

A Julian, todavía atado a la silla, lo arrastran para alejarlo del cuerpo del hombre herido y veo horrorizada cómo el hombre al que ha atacado se retuerce en el suelo agarrándose la garganta y emitiendo ruidos y balbuceos. Se está muriendo, lo sé por la sangre que le chorrea del cuello herido y que lo está debilitando; aun así, su agonía no me conmueve. Es como si estuviera viendo una película en lugar de estar viendo un ser humano desangrarse ante mis ojos. Majid y los demás terroristas corren en su ayuda e intentan detener el flujo de la sangre, pero es demasiado tarde. El hombre deja de agarrarse el cuello con ojos vidriosos y el hedor a muerte, de las evacuaciones intestinales y de la violencia, llena la habitación.

Está muerto.

Julian lo ha matado.

Debería estar disgustada y horrorizada, pero no lo estoy. Quizá esas emociones me golpeen después, pero por ahora solo siento una mezcla extraña de alegría y orgullo: alegría porque uno de esos asesinos está muerto y orgullo de que Julian haya sido quien lo haya matado. Estando incluso amarrado y débil por la tortura, mi marido ha conseguido eliminar a uno de sus enemigos: un hombre armado que ha sido tan estúpido como para quedarse al alcance letal de Julian.

Mi falta de empatía me altera, pero no tengo tiempo para detenerme en eso ahora. Tanto si Julian pretendía distraerlos como si no, el resultado final es que nadie me está prestando atención en este momento, así que, de repente, entro en acción.

Me pongo de pie de un salto y echó un vistazo rápido alrededor de la habitación. Mi mirada aterriza en un cuchillo pequeño que está sobre la mesa cerca de la pared y, con el pulso acelerado, salto a por él. Los terroristas están todos reunidos en torno a Julian al otro lado de la habitación. Oigo gruñidos, maldiciones y el sonido repugnante del impacto de los puñetazos en la piel.

Están castigando a Julian por este asesinato y, de momento, no reparan en mí.

De espaldas a la mesa alcanzo el cuchillo y meto la cuchilla por debajo de la cinta adhesiva que me rodea las muñecas. Me tiemblan las manos y esto hace que la cuchilla afilada se me hinque en la piel, pero no hago caso del dolor, trato de cortar la cinta gruesa antes de que se den cuenta de lo que está sucediendo. El sudor y la sangre de las manos hacen que se me resbale la cuchilla; aun así, resisto y al final las libero.

Temblando, examino de nuevo la habitación. Veo un fusil de asalto apoyado de forma negligente contra la pared. Uno de los terroristas debe haberlo dejado ahí en medio de la confusión por el ataque por sorpresa de Julian.

Tengo el corazón en un puño, me muevo despacio pegada a la pared en dirección al arma, con la esperanza de que los terroristas no miren hacia aquí. No tengo ni idea de lo que hacer con un arma en una habitación llena de hombres armados hasta los dientes, pero tengo que hacer algo.

No puedo quedarme de brazos cruzados mientras veo cómo golpean a Julian hasta matarlo.

Cierro las manos alrededor del arma antes de que se den cuenta de nada y suspiro aliviada. Es un AK-47, uno de esos fusiles de asalto con los que practiqué durante mi entrenamiento con Julian. Agarro el arma pesada y la levanto apuntando hacia los terroristas, tratando de controlar el temblor en los brazos inducido por la adrenalina. Nunca he disparado a una persona, solo latas de cerveza y dianas de papel, y no sé si tengo lo que hay que tener para apretar el gatillo.

Y mientras trato de reunir el coraje para actuar, una explosión cegadora irrumpe en la habitación, me desequilibra y caigo al suelo.

No sé si me he golpeado la cabeza o solo estaba aturdida por la explosión, pero de lo siguiente que soy consciente es del sonido de los tiros al otro lado de las paredes. La sala está llena de humo y toso mientras, por instinto, intento ponerme de pie.

—¡Nora, agáchate! —Es Julian; tiene la voz ronca por el humo—. Quédate agachada, nena, ¿me oyes?

—¡Sí! —grito. Una felicidad intensa me invade al ver que está vivo y en tan buenas condiciones como para hablar. Sigo agachada en el suelo, miro por detrás de la mesa que ha caído a mi lado y veo a Julian recostado al otro extremo de la sala, todavía amarrado a la silla de metal.

También veo que el humo entra por el conducto de ventilación del techo y que la habitación está vacía, salvo nosotros dos. La batalla, o lo que sea que esté sucediendo, está afuera.

Peter y los guardias deben de haber llegado.

A punto de llorar de alivio, agarro el AK-47 tirado a mi lado, me agacho y empiezo a arrastrarme con la barriga hacia Julian, conteniendo la respiración para evitar inhalar demasiado humo.

En ese momento, la puerta se abre y una silueta conocida entra en la habitación: es Majid y sostiene un arma con la mano derecha. Debe de haberse dado cuenta de que Al-Quadar iba perdiendo y ha vuelto para matar a Julian.

Una oleada de odio me sube por la garganta y me ahoga en una bilis amarga. Este hombre asesinó a Beth, torturó a Julian y conmigo hubiera hecho lo mismo. Un terrorista despiadado y psicótico que, sin duda, habrá asesinado a decenas de inocentes.

No se da cuenta de que estoy aquí, centra su atención en Julian, levanta el arma y apunta a mi marido.

—Adiós, Esguerra —dice en voz baja, y yo aprieto el gatillo de mi pistola.

Pese a estar boca abajo mi tiro es certero. Julian me hizo practicar tiro sentada, recostada y, en una ocasión, hasta corriendo. El fusil de asalto me vibra en las manos temblorosas y me choca de forma dolorosa en el hombro, pero las dos balas golpean a Majid justo donde quería: en la muñeca y codo derechos.

Los tiros lo lanzan contra la pared y hacen que suelte el arma. Gritando, se agarra del brazo que le sangra y yo me levanto, sobreponiéndome al peligro de las balas que vuelan en el exterior. Oigo que Julian me grita algo, pero no alcanzo a percibir las palabras exactas por el zumbido en los oídos.

Es como si el mundo entero se desvaneciera en este momento y me quedara a solas con Majid.

Nuestras miradas se encuentran y, por primera vez, veo miedo en sus ojos negros de reptil. Sabe que he sido yo quien le ha disparado y me está viendo la intención en la cara.

—Por favor, no… —empieza a decir. Aprieto el gatillo de nuevo y le descargo cinco balas más en el estómago y el pecho.

En el silencio que sigue veo el cuerpo de Majid deslizándose por el muro, casi a cámara lenta. Tiene la cara deformada, conmocionada; la sangre le gotea por la comisura de los labios y me mira con sus ojos abiertos con un aire de incredulidad. Mueve los labios como para decir algo y emite un gorgorito agitado a medida que le salen más burbujas de sangre por la boca.

Bajo el arma y me acerco a él, atraída por un impulso extraño de ver lo que he hecho. Majid me suplica, me ruega piedad con la mirada y sin decir nada. Le sostengo la mirada, alargando el momento… y entonces le apunto con el AK-47 en la frente y aprieto el gatillo otra vez.

Le explota la nuca; la sangre y el tejido cerebral salpican la pared. Le brillan los ojos; el blanco alrededor del iris se vuelve carmesí al estallarle los vasos sanguíneos. Se le debilita el cuerpo y el olor a muerte, agudo y penetrante, impregna la habitación por segunda vez hoy.

Excepto que ahora no es Julian el asesino.

Soy yo.

Bajo el arma con las manos firmes, viendo gotear por la pared la sangre de Majid. Después camino hacia Julian, me arrodillo a su lado y apoyo, con cautela, el arma en el suelo mientras empiezo a desatarle las cuerdas.

En lo que lo libero de las ataduras, Julian y yo permanecemos en silencio. El ruido de los disparos de fuera empieza a apaciguarse. Espero que eso signifique que las fuerzas de Peter van ganando. En cualquier caso, estoy preparada para lo que pueda pasar. Pese a nuestra situación aún precaria, me envuelve una calma extraña.

Cuando Julian tiene los brazos y las piernas libres, le da una patada a la silla y gira sobre su espalda, agarrándome la muñeca con el brazo derecho. Todavía tiene parte de la escayola en el brazo izquierdo y tiene más sangre en la cara y el cuerpo de la paliza que acaba de recibir. Pese a todo, me agarra con una fuerza sorprendente de la muñeca y me tira hacia él, obligándome a tumbarme en el suelo a su lado.

—Agáchate, nena —susurra a través de los labios hinchados—. Casi ha terminado… por favor, agáchate.

Asiento y me estiro a su lado derecho con cuidado de no agravarle las heridas. Al estar la puerta abierta, parte del humo de la habitación empieza a irse por lo que respiro con libertad por primera vez desde la explosión.

Julian me suelta la muñeca y me pasa el brazo por el cuello, apretándome contra él en un abrazo protector. Sin darme cuenta, le rozo las costillas con la mano y él resuella de dolor, pero cuando trato de alejarme, me aprieta más fuerte.

Cuando Peter y los guardias entran por la puerta al cabo de unos minutos, nos encuentran tumbados abrazados y a Julian apuntando con el AK-47 hacia la entrada.

2 9

J *ulian*

—¿Cómo está? —pregunta Lucas y se sienta en la silla junto a mi cama. Lleva un vendaje grueso en la cabeza y tiene que llevar muletas por la pierna rota. Quitando eso, se está recuperando bien. Estaba inconsciente en otra habitación cuando Al-Quadar atacó el hospital uzbeko y por eso se perdió toda la diversión.

—Está… bien, creo. —Pulso un botón para que la cama se pliegue por la mitad. Con el movimiento me duelen las costillas, pero me sobrepongo a la molestia. El dolor me ha acompañado constantemente desde el accidente, así que a estas alturas estoy más o menos acostumbrado.

Desde que nos rescataron de aquel edificio situado en Tayikistán hace cinco días, Nora y yo nos hemos estado recuperando en un centro especial en Suiza. Es una clínica privada en la que trabajan los mejores médicos de todo el mundo y he encargado a Lucas que supervise la seguridad. Por supuesto, una vez eliminada la célula más

485

peligrosa de Al-Quadar, la amenaza inminente es menor, pero todavía debemos ser cautelosos. Ordené que trasladaran aquí también a todos mis hombres heridos para que se puedan recuperar más rápido y en un ambiente más agradable.

La habitación que Nora y yo compartimos es moderna y está equipada por completo: desde videojuegos hasta una ducha privada. Hay dos camas ajustables, una para mí y otra para Nora, con sábanas de algodón egipcio y colchón de espuma con memoria. Incluso los monitores cardíacos y los goteros de alrededor de nuestras camas parecen elegantes, más decorativos que médicos. Toda la instalación es tan lujosa que casi ni parece que esté aún en el hospital.

Casi, pero no del todo.

Si no tengo que volver a poner el pie en otro hospital, moriré siendo el hombre más feliz del mundo.

Para mi gran alivio, todas las heridas de Nora han resultado ser menores. La herida del brazo necesitaba algunos puntos, pero el golpe en la cara le dejó solo una herida fea en el pómulo. Los médicos también han confirmado que no han abusado sexualmente de ella pese a estar desnuda. Pocas horas después de nuestra llegada, anunciaron que Nora estaba sana y lista para volver a casa.

Yo, en cambio, estoy un poco peor, aunque no tan jodido como pensaba.

Ya me han operado dos veces, una para mitigar las heridas de la cara y otra para ponerme un ojo protésico en la cuenca vacía, así no parezco un cíclope. No volveré a ver por el ojo izquierdo, al menos no hasta que la tecnología biónica ocular avance, pero los cirujanos me han asegurado que tendré una apariencia prácticamente normal una vez que todo haya sanado.

El resto de las heridas no son tan malas tampoco. Me tuvieron que recolocar el brazo roto y escayolarlo de nuevo, pero la herida de bala del hombro izquierdo se está curando bien, al igual que las costillas rotas. Sigo teniendo algo de sangre en las uñas de las manos y pies por la tortura con agujas, aunque poco a poco van mejorando. Los golpes que me asestaron los hombres de Majid me dañaron un poco el riñón. Sin embargo, gracias a la pronta llegada de Peter, me libré de otras lesiones internas y de que me rompieran más huesos. Cuando las aguas vuelvan a su cauce, tendré algunas cicatrices más y perderé mucha fuerza en el brazo izquierdo, pero mi apariencia no asustará a los niños pequeños.

Lo agradezco. Nunca me he preocupado en especial por mi apariencia, pero quiero asegurarme de que Nora todavía me encuentre atractivo, que no le dé asco que la toque. Me ha asegurado que las heridas y cicatrices no le importan, pero no sé si de verdad es así. Por culpa de ellas no hemos follado desde que nos rescataron y no sabré cuáles son sus sentimientos reales hasta que la tenga de vuelta en mi cama.

En general, no sé cómo se ha sentido Nora durante los últimos cinco días. Con todas las operaciones y los médicos por medio, no hemos tenido la oportunidad de hablar de lo que ha pasado. Siempre que saco el tema cambia de tercio, como si quisiera olvidarlo todo. Lo pasaría por alto, salvo que ha estado más callada de lo habitual, como aislada. Es como si hubiera pasado por un trauma que la ha hecho encerrarse en sí misma… para anular sus sentimientos.

—Entonces, ¿lo está llevando bien? —pregunta Lucas, sé que habla de la muerte de Majid. Todos mis hombres saben cómo Nora lo mató a tiros y el papel que desempeñó en mi rescate. La admiran por ser tan valiente, aunque yo lucho contra el deseo diario de estrangularla por haber arriesgado su vida. Y Peter… bueno, ese es otro tema. Si no hubiera desaparecido justo después de traernos a la clínica, le habría arrancado la cabeza por ponerla ante tal peligro.

—Sí —digo, en respuesta a su pregunta. No quiero compartir con él mis preocupaciones sobre el estado mental de Nora—. Lo está llevando tan bien como se esperaba. El primer asesinato no es fácil, claro, pero es fuerte. Se repondrá.

—Sí, estoy seguro de que así será. —En busca de las muletas, Lucas se levanta y pregunta—: ¿Cuándo quieres volver a Colombia?

—Goldberg dice que podremos irnos mañana. Quiere que me quede una noche más para asegurar que todo esté sanando bien y después él supervisará mis cuidados en la finca.

—Perfecto, entonces me encargo de arreglarlo todo.

Sale cojeando de la habitación y cojo el portátil para saber dónde está Nora. Fue a buscar algo de picar a la cafetería de la primera planta de la clínica, pero lleva fuera más de diez minutos y empiezo a preocuparme.

Al iniciar sesión, abro el informe de los rastreadores y veo que está en el pasillo, a unos quince metros de la habitación. El punto que marca su localización está parado, debe de estar hablando allí con alguien.

Tranquilo, cierro el portátil y lo vuelvo a poner en la mesita.

Sé que mi miedo por ella es excesivo, pero no lo puedo controlar. Verle en la garganta el cuchillo de Majid ha sido la peor experiencia de mi vida. Nunca he tenido tanto miedo como cuando vi la sangre que goteaba por su piel. En aquel momento, en sentido literal, lo vi todo rojo; la rabia me embargó y me dio una fuerza que desconocía que tenía. Matar a ese terrorista no fue una decisión a consciencia; la necesidad de proteger a Nora saturó todos mis instintos de autocontrol y sentido común.

Si hubiera pensado con más claridad, hubiera encontrado otra forma de que Majid distrajera su atención de Nora hasta que llegasen los refuerzos.

Empecé a sospechar que había un plan de rescate en cuanto Majid mencionó lo de las compras. No tenía mucho sentido: Nora sabía que mis enemigos la querían de cebo y que tenía los rastreadores. No me podía creer que fuera ella misma hasta allí, ni que Peter se lo hubiera permitido, pero era lo único que explicaba cómo Al-Quadar había podido ponerle las manos encima en mi ausencia.

En lugar de permanecer a salvo en la finca, Nora arriesgó su vida para salvar la mía.

Pese a saber de lo que Majid era capaz, se enfrentó a sus pesadillas para rescatarme, al hombre al que tiene todas las razones para odiar.

No sé si creía que me amaba de verdad hasta ese momento... hasta que la vi allí de pie, asustada pero decidida, con su cuerpecillo envuelto en una camisa de hombre diez tallas más grandes de la suya. Nadie había hecho algo así por mí antes; incluso cuando era niño, mi madre se escabullía ante el primer signo de mal humor de mi padre, dejándome a su tierna misericordia. Aparte de los guardias que contraté, nadie me había protegido jamás. Siembre había estado solo.

Hasta ella.

Hasta Nora.

Al recordar lo feroz que parecía mientras apuntaba a Majid con el arma, se abre la puerta y aparece ella: el centro de mis reflexiones.

Lleva unos vaqueros, una camiseta de manga larga marrón, la melena recogida en una coleta que le llega hasta la espalda y unas bailarinas. La herida del pómulo sigue ahí, pero se la ha tapado con un poco de maquillaje; es probable que lo haya hecho para poder hablar por videollamada con sus padres sin que se preocupen. Ha hablado con ellos casi a diario desde que llegamos a la clínica. Creo que se siente culpable por tenerlos asustados otra vez por su desaparición.

También mastica de forma sonora una manzana, hincándole los dientes blancos a la fruta jugosa con una diversión evidente.

El corazón me empieza a latir con fuerza y se me ensancha el pecho de alegría y alivio. Es como si ahora, cada vez que la vea, mi reacción será la misma tanto si está fuera quince minutos como varias horas.

—Hola. —Se acerca y se posa con elegancia en el lado derecho de la cama. Se inclina para besarme con suavidad en la mejilla, luego levanta la cabeza y me sonríe—. ¿Quieres un poco?

—No, gracias, nena. —La voz se me rompe al recordar que no me la he follado desde que dejamos la finca—. Toda tuya.

—Muy bien. —Muerde la manzana—. He visto al doctor Goldberg en el pasillo —dice después de tragar—, me dijo que te estabas recuperando y que podemos volver a casa mañana.

—Sí, exacto. —La veo sacar la lengua para limpiarse un pequeño trozo de fruta del labio inferior y siento que el calor se me concentra en los huevos. Está claro que me estoy recuperando... o al menos así lo cree mi polla—. Nos iremos en cuanto nos dé el visto bueno.

Nora muerde otro trozo de manzana y la mastica despacio, estudiándome con una expresión peculiar.

—Nena, ¿qué te pasa? —Busco la mano que tiene libre, me llevo la palma a la cara y me paso el dorso por el cuello. Es probable que le esté arañando la piel suave con la barba de varios días, ya que no me he afeitado desde hace una semana, pero no me puedo resistir a la atracción de sus caricias—. Dime qué te ronda por la cabeza.

Pone el corazón de la manzana sobre una servilleta en la mesita.

—Tenemos que hablar de Peter —dice en voz baja— y sobre la promesa que le hice.

Me tenso, le aprieto la mano con más fuerza.

—¿Qué promesa?

—La lista. —Retuerce los dedos dentro de mi mano—. La lista de nombres que le prometiste por los tres años de servicio. Le dije que se la daría en cuanto la tuvieras si me ayudaba a rescatarte.

—Joder. —La miro, incrédulo. Me había estado preguntando cómo había persuadido a Peter para desobedecer una orden directa y aquí está la respuesta—. ¿Prometiste ayudarlo con su venganza si te ayudaba en esta locura?

Nora me mira a los ojos y asiente.

—Sí, fue lo único que se me ocurrió en ese momento. Sabía que si morías nunca conseguiría esa lista, así que le dije que si me ayudaba la conseguiría antes.

Arrugo la frente mientras me invade una ola de furia. Ese ruso hijo de puta puso a mi mujer en peligro mortal, algo que no le perdonaré jamás ni olvidaré. Puede que me haya salvado la vida, pero arriesgó la de Nora para ello. Si no hubiera desaparecido justo después del rescate, lo hubiera matado por eso mismo. Y ahora ¿Nora quiere que le dé esa lista?

Ni de puta coña.

—Julian, se lo prometí —insiste, parece intuir mi respuesta sin necesidad de hablar. Me mira muy decidida, lo que no la caracteriza, y añade—: Sé que estás enfadado con él, pero todo el plan fue idea mía… y al principio se oponía a llevarlo a cabo.

—Exacto, porque sabía que tu seguridad tenía que ser su prioridad principal. —Cuando me doy cuenta de que todavía le estoy apretando la mano, se la suelto y digo con severidad—: Ese cabrón tiene suerte de seguir vivo.

—Lo sé. —Nora me mira con frialdad—. Él también lo sabe,

créeme. Sabía que reaccionarías así, por eso se fue después de dejarnos aquí.

Inhalo, trato de contener el enfado.

—Pues adiós muy buenas. Sabe que ya no volveré a confiar en él. Le ordené que te mantuviera a salvo en la finca y ¿qué hizo? —La miro mientras vuelvo a verla en esa habitación sin ventanas, ensangrentada y asustada—. ¡El muy gilipollas te entregó a Majid!

—Sí, y gracias a eso, te salvó la vida.

—¡Me importa una mierda mi vida! —Me incorporo y me siento, sobreponiéndome al dolor en las costillas—. ¿No lo entiendes, Nora? Eres la única persona que me importa. Tú. Ni yo ¡ni nadie más!

Se me queda mirando y veo que, empañados, sus grandes ojos comienzan a brillar.

—Lo sé, Julian —susurra, parpadeando—. Lo sé.

La miro y el enfado se evapora; ahora solo quiero que lo entienda.

—No estoy tan seguro, mi gatita. —Con voz tranquila alcanzo su mano de nuevo, necesito su calor frágil—. Lo eres todo para mí. Si te pasara algo no sobreviviría, no quiero una vida en la que tú no estés.

Le tiemblan los labios y está al borde de las lágrimas.

—Lo sé, Julian...—Me envuelve la mano con sus dedos y la aprieta con fuerza—. Lo sé porque para mí es igual. Cuando pensé que tu avión se había estrellado... —Traga saliva y se le rompe la voz—... y después, cuando oí los disparos durante la llamada...

Doy un respiro, su angustia me provoca dolor en el pecho.

—Nena, no... —Me llevo a los labios su mano y la beso en la palma —. No lo pienses más. Ya se ha terminado, no hay nada más que temer. Majid está muerto y estamos a punto de erradicar por completo a Al-Quadar...

Mientras hablo, veo que contiene la expresión, que de forma extraña, cierra cada vez más los ojos. Es como si estuviera tratando de contener sus sentimientos, como si quisiera construir una coraza mental para protegerse.

—Lo sé —dice, y estira los labios en lo que parece la sonrisa vacía que le llevo viendo desde que nos rescataron—. Todo ha acabado. Está muerto.

—¿Te arrepientes? —pregunto y le suelto la mano. Necesito comprender el origen de su aislamiento para llegar hasta el fondo de lo que sea que le está provocando ese ensimismamiento—. Nena, ¿te arrepientes de haberlo matado? ¿Por eso has estado disgustada estos últimos días?

Parpadea, como sorprendida por mi pregunta.

—No estoy disgustada.

—No me mientas, mi gatita. —Al soltarle la mano, la agarro con suavidad por la barbilla y la miro a los ojos, se ha puesto sombra de ojos—. ¿Piensas que no te conozco bien? Me he dado cuenta de que estás diferente desde lo de Tayikistán y quiero entender el porqué.

—Julián... —dice suplicante—. Por favor, no quiero hablar del tema.

—¿Por qué no? ¿Crees que no lo entiendo? ¿Crees que no sé lo que se siente al matar por primera vez y vivir sabiendo que has acabado con una vida humana? —Me detengo, observo su reacción. Al no ver ninguna, continúo—: Ambos sabemos que Majid se lo merecía, pero es normal sentirse como una mierda después de asesinar. Necesitas hablarlo, así podrás empezar a asumir lo sucedido...

—No, Julian —me interrumpe, su mirada cauta y vacía abre paso a un destello de furia—. No lo entiendes. Sé que Majid merecía morir, no me arrepiento de haberlo matado. No me cabe la menor duda de que el mundo es un lugar mejor sin él.

—Entonces, ¿qué te pasa? —Empiezo a sospechar hacia dónde se dirige todo esto, pero quiero que me lo diga.

—Lo maté —me dice tranquila, mirándome—. Me detuve a su lado, lo miré a los ojos y apreté el gatillo. No lo maté para protegerte o porque había que matarlo y punto. Lo maté porque quería hacerlo. —Hace una pausa, después añade con ojos brillantes—: Lo maté porque quería verlo morir.

JULIAN ME ESTÁ MIRANDO; PESE A LO QUE ACABO DE REVELAR, NO cambia la expresión de su rostro. Quiero apartar la vista, pero no puedo, me tiene sujeta por la barbilla, lo que me obliga a sostenerle la mirada mientras le desvelo el secreto terrible que me ha estado consumiendo desde que nos rescataron.

Su falta de reacción me hace pensar que no comprende del todo lo que le estoy diciendo.

—Lo maté, Julian —repito, decidida a hacérselo comprender ya que me ha obligado a hablar del tema—. Maté a Majid a sangre fría. Cuando lo vi entrar en la habitación, supe que quería hacerlo y lo hice. Lo desarmé con un disparo y entonces le volví a disparar en el estómago y el pecho, asegurándome de no darle en el corazón para que viviera un par de minutos más. Podría haberlo matado de inmediato, pero no lo hice. —Aprieto los puños sobre el regazo, sintiendo el dolor de las uñas clavadas mientras confieso—: Lo dejé con vida porque quería mirarlo a la cara cuando se la quitase.

Su ojo ileso brilla en un azul profundo y siento una marea de vergüenza ardiente. Sé que no tiene sentido, sé que estoy hablando con un hombre que ha cometido crímenes mucho peores que este, pero no tengo la excusa de un pasado tan jodido como el suyo. Nadie me obligó a convertirme en asesina. Si disparé a Majid ese día, fue por iniciativa propia.

Asesiné a un hombre porque lo odiaba y quería verlo muerto.

Espero a que Julian responda, a que me diga algo desdeñoso o condenador, en cambio, me pregunta con calma:

—Mi gatita, ¿cómo te sentiste cuando todo acabó, cuando lo viste allí tendido, sin vida? —Me suelta las mejillas y se agacha para apoyarse en mis piernas. Tiene la mano tan grande que casi me cubre todo el muslo—. ¿Te alegraste al verlo así?

Asiento. Bajo la cabeza para escapar de su mirada penetrante.

—Sí —reconozco. Un escalofrío me recorre el cuerpo al recordar el éxtasis eufórico que sentí al ver cómo las balas de la pistola atravesaban el cuerpo de Majid. —Cuando vi que la vida se le escapaba por los ojos, me sentí fuerte. Invencible. Sabía que no podría hacernos más daño y estaba contenta. —Recobro fuerzas y lo vuelvo a mirar—. Julian... le volé los sesos a un hombre y lo más aterrador de todo es que no me arrepiento en absoluto.

—Ya veo. —Una sonrisa estira sus labios a medio curar—. Crees que eres una mala persona por no sentir culpa por la muerte de un terrorista asesino y crees que deberías.

—Claro que debería. —Frente a la diversión un poco inapropiada en el tono de su voz, frunzo el ceño—. Maté a un hombre; tú mismo dijiste que es normal estar hecho mierda después de eso. Te sentiste mal después de matar por primera vez, ¿verdad?

—Sí. —La sonrisa de Julian cobra un tono más amargo—. Así fue. Era un niño y no conocía al hombre al que me obligaban a disparar. Era alguien que le había dado una puñalada por la espalda a mi padre y a día de hoy no tengo ni idea de la clase de persona que era... de si era un delincuente reincidente o si solo se trataba de alguien que se mezcló con la gente equivocada. No lo odiaba, no lo conocía como para tener una opinión sobre él. Lo maté para demostrar que podía hacerlo, para hacer que mi padre se sintiera orgulloso de mí. —Se detiene y luego continúa con una expresión más suave—. Así que, ya ves, mi gatita, fue algo distinto. Matando a Majid has librado al mundo de un mal, mientras que yo… bueno, esa es otra historia. No tienes motivos para sentirte mal por lo que hiciste, eres bastante inteligente para saberlo.

Lo miro, se me cierra la garganta al imaginar al Julian de ocho años apretando el gatillo. No sé qué decir, cómo calmar la culpa por algo que pasó hace tanto tiempo; se me llena el pecho de furia contra Juan Esguerra.

—Si tu padre siguiera con vida, te aseguro que le disparaba a él también— lo digo de forma brusca y a Julian se le escapa una risilla.

—Desde luego, no me cabe la menor duda —me dice con una sonrisa. En lugar de resultarme grotesca la expresión de su cara por las heridas e hinchazones, encuentro algo sensual en ella. Hasta magullado, vendado como una momia y con la mandíbula cubierta con barba oscura de varios días, mi marido irradia un magnetismo animal. Los médicos nos dijeron que volvería a recuperar casi la total normalidad de la cara una vez que todo sane, pero aunque no fuera así, estoy segurísima de que Julian estará igual de atractivo con un parche en el ojo y alguna cicatriz.

Como si respondiera a mis pensamientos, me sube la mano por el muslo hasta llegar a la entrepierna.

—Mi niñita feroz —murmura; su risa se desvanece y un resplandor de calor le brota en el ojo descubierto—. Tan delicada pero tan voraz… ojalá te hubieras visto aquel día, nena. Cuando te enfrentaste a Majid estabas gloriosa, tan valiente y preciosa….

Me presiona el clítoris con los dedos por encima de los pantalones y suspiro por el sobresalto; los pezones se me endurecen mientras una explosión de líquido inunda mi sexo.

—Sí, así es, cielo —me susurra y sube los dedos hasta la cremallera —. Verte con esa pistola es lo más sexi que he visto nunca. No te podía quitar los ojos de encima. —El ruido que hace la cremallera mientras la baja tiene algo de erótico y el corazón me da un vuelco de dolor repentino y desesperado.

—Mmm, Julian... —Me mete la mano por la bragueta del pantalón. La respiración se me entrecorta y el corazón me late a un ritmo frenético—. ¿Qué...? ¿Qué haces?

Esboza una media sonrisa perversa.

—¿Tú que crees?

—Pero... no puedes...—La frase se convierte en un gemido cuando mete los dedos con audacia entre mi ropa interior y me agarra el sexo. Me pasa el dedo corazón entre los pliegues húmedos para masajearme el clítoris palpitante. Siento el calor que me recorre las terminaciones nerviosas como si fueran chispazos eléctricos, cada vello de mi cuerpo se eriza en respuesta a la explosión de placer. Jadeo, siento la tensión acumulada dentro de mí, pero antes de llegar al clímax, Julian retira los dedos y me deja flotando en el aire.

—Quítate los pantalones y súbete encima —ordena con voz ronca, tirando de la manta para mostrar una erección enorme bajo el pijama de hospital—. Necesito follarte. Ahora.

Dudo por un momento, preocupada por sus heridas, y Julian aprieta la mandíbula del disgusto.

—Hablo en serio, Nora. Quítate la ropa.

Trago saliva y salgo de la cama, no entiendo cómo puedo tener el impulso de obedecerlo. Tiene el brazo izquierdo escayolado, apenas se puede mover sin sentir dolor y aun así mi respuesta instintiva es temerlo... quererlo y temerlo al mismo tiempo.

—Y echa el pestillo a la puerta —ordena mientras empiezo a levantarme la camisa—, no quiero que me interrumpan.

—Vale.

Me dejo la camisa puesta y corro hacia la puerta para echar el cerrojo y tener intimidad. Cada paso me recuerda el calor palpitante que siento entre las piernas y el roce de los vaqueros contra mi clítoris sensible aumenta mi excitación.

Al volver, Julian está medio reclinado hacia adelante sobre la cama. Se ha desatado el pijama por la parte delantera y se acaricia la polla erecta. Un fuerte vendaje le cubre las costillas, pero no consigue menoscabar el poder salvaje de su cuerpo musculoso. Hasta herido se las maneja para dominar en la habitación, mantiene el atractivo magnético de siempre.

—Buena chica —murmura. Me observa con una mirada de párpados gruesos— Ahora baila para mí, nena. Quiero que te quites los vaqueros para ver ese culito sexi.

Me muerdo el labio, el calor de su mirada me enciende aún más.

—Vale —susurro y me pongo de espaldas, me inclino hacia delante y me bajo los pantalones despacio, con un movimiento balanceante de caderas mientras voy dejando ver el tanga y el trasero.

Cuando me bajo los vaqueros hasta los tobillos me giro para mirarlo de frente y lanzo los zapatos, después me saco los pantalones y los dejo en el suelo. Julian observa mis movimientos con una lujuria notoria, respira cada vez más profundo a medida que la punta de la polla empieza a brillarle de humedad. Ha dejado de tocarse, ahora usa las manos para agarrar las sábanas. Sé que está a punto de correrse, la dura columna de su sexo se alza desafiando la gravedad.

Mientras lo miro con ojos mansos, procedo a quitarme la camisa sacándomela por la cabeza con un movimiento lento, provocador. Llevo debajo un sujetador de seda blanco a juego con el tanga. Compré muchos modelitos por Internet a principios de semana y me alegro de haberme decidido a comprar algo de ropa interior bonita. Me encanta ver esa mirada de hambre incontrolable en la cara de Julian, esa expresión que dice que movería montañas por poseerme en ese preciso momento.

La camisa cae al suelo y me dice con brusquedad:

—Ven aquí, Nora. —Me devora con la mirada, me consume—. Necesito tocarte.

Inspiro, doy un par de pasos en dirección a la cama y mi sexo se inunda de humedad. Me detengo delante de él. Se me acerca, me acaricia el torso y sube las manos hasta el sujetador. Cierra los dedos sobre mi pecho izquierdo, lo amasa a través del material sedoso. Al acariciarme el pezón y hacer que se endurezca un poco más, jadeo.

—Quítate el resto de la ropa. —Su mano abandona mi cuerpo, esto me hace sentir despojada por un momento. Me desabrocho el sujetador con rapidez y me voy bajando el tanga antes de ir hacia él—. Bien. Ahora cabálgame.

Me muerdo el labio mientras subo a la cama y me siento a horcajadas sobre las caderas de Julian. Su pene me roza el interior de los muslos. Lo agarro con la mano derecha y lo guío hacia mi sexo anhelante.

—Sí, así me gusta —balbucea; extiende la mano para agarrarme de la cadera mientras empiezo a deslizarme por su verga. Al soltarle la polla para apoyarme con las manos en la cama, gime—. Sí, tómame, mi gatita... hasta el fondo... —Aprovechando que me tiene agarrada por la cadera, me empuja hacia abajo para introducirme el pene a mayor profundidad. Resoplo ante la sensación exquisita de sentir qué me da de sí, de sentir el ajuste de mi cuerpo para que lo penetre y lo rellene su longitud gruesa.

El dolor placentero de su posesión parece el consuelo más dulce, un dolor conocido, agudo y terrible. Mientras lo observo, absorbiendo con la mirada el placer atormentado de su rostro, caigo en la cuenta de que esto podría perfectamente no estar ocurriendo ahora mismo, que en lugar de estar debajo de mí, Julian podría estar a tres metros bajo tierra con el cuerpo mutilado y desnutrido.

No soy consciente de haber emitido ningún ruido, pero debo de haberlo hecho porque Julian estrecha los ojos y me aprieta la cadera con la mano.

—¿Qué pasa, nena? —me pregunta con aspereza.

Entonces veo que he empezado a temblar, que la imagen de él ahí tendido, frío y destrozado me da escalofríos. Y de un plumazo ya no tengo ganas, ahora tengo miedo del recuerdo. Es como si me hubieran inyectado agua congelada, como si el horror por el que hemos pasado subiera efervescente y me estuviera ahogando.

—Nora, ¿qué pasa? —Me pasa la mano hasta la garganta, me agarra la nuca y acerca mi cara a la suya. Me taladra con la mirada mientras agarro compulsivamente las sábanas a cada lado de su pecho—. ¿Qué pasa? ¡Dímelo!

Se lo quiero explicar, pero no consigo hablar; se me cierra la garganta mientras se me acelera el corazón y me empapa un sudor frío. De repente, no puedo respirar. Un pánico tóxico se me agarra al pecho y me constriñe los pulmones. Empiezo a hiperventilar a medida que unos puntos negros me invaden la visión.

—¡Nora! —La voz de Julian me llega desde lo lejos—. ¡Nora... joder!

Un golpe punzante me atraviesa la cara y me golpea a un lado de la cabeza. Resoplo y me llevo la mano a la mejilla izquierda para acunarla. El impacto del dolor me libera del pánico y por fin me vuelven a funcionar los pulmones; ensancho el pecho para que entre todo el aire que necesito. Jadeando, giro la cabeza y miro incrédula a Julian. La realidad hace retroceder a empujones la oscuridad de mi mente.

—Nora, nena... —Me acaricia la mejilla con suavidad, calmando el dolor que le ha infligido—. Lo siento mucho, mi gatita. No quería darte una bofetada, pero parecía que te estaba dando un ataque de pánico. ¿Qué te ha pasado? ¿Quieres que llame a una enfermera?

—No...—Se me rompe la voz y no paro de sollozar. Empiezo a llorar al comprender que se me había ido la cabeza por completo mientras follábamos. La polla de Julian sigue enterrada en mi interior, solo que un poco más flácida que antes. Sigo temblando y llorando como si estuviera loca—. No —repito con la voz entrecortada—. Estoy bien, de verdad... no me pasa nada.

—No, claro que no. —Su voz toma un todo firme, dominante. Mueve la mano hacia abajo y me agarra la garganta—. Nora, mírame. Ya.

Incapaz de hacer otra cosa, obedezco y cruzamos las miradas. Su ojo tiene un brillo azul feroz. Al mirarlo, empiezo a ralentizar la respiración, voy reduciendo los sollozos y el pánico desesperado que sentía se desvanece. Sigo llorando, pero ahora en silencio, es más bien un acto reflejo que otra cosa.

—Vale, está bien —me dice Julian en el mismo tono tajante—. Ahora me vas a cabalgar y no vas a pensar en lo que sea que te ha preocupado tanto, ¿vale?

Asiento, sus instrucciones me calman un poco más. Conforme la ansiedad va desapareciendo, otras sensaciones empiezan a fluir. Noto el olor limpio y familiar de su cuerpo, del tacto crujiente del vello de sus piernas contra mis pantorrillas...

La sensación de su polla en mi interior, caliente, gruesa y dura.

Mi cuerpo vuelve a reaccionar y me aleja del miedo. Doy un respiro profundo y empiezo a moverme. Subo y bajo sobre su verga, cada vez más húmeda mientras el placer empieza a formarse en mi vientre.

—Sí, justo así, nena —murmura Julian, que desliza la mano por mi cuerpo hasta presionarme el clítoris e intensificar así el placer que siento—. Fóllame, cabálgame. Utilízame para olvidar tus pesadillas.

—Sí —susurro—, eso haré. —Mirándolo a los ojos aumento el ritmo y me dejo llevar lejos de la oscuridad gracias al el placer físico; el infierno de nuestra pasión quema los recuerdos del horror en nosotros.

Nos corremos con apenas unos segundos de diferencia; nuestros cuerpos están sincronizados como nuestras almas.

Aquella noche duermo en la cama de Julian, no en la mía. Los médicos dieron el visto bueno después de prevenirme de que no le apretara mucho las costillas ni la cara.

Me recuesto a su derecha, apoyando la cabeza sobre su hombro ileso. Debería estar dormida, pero no lo estoy. Tengo un zumbido en la cabeza, como si estuviera metida en una colmena de abejas. Le doy vueltas a mil cosas y mis sentimientos se debaten ente la alegría y la tristeza.

Ambos estamos vivos y más o menos intactos. Volvemos a estar juntos, contra todo pronóstico, hemos sobrevivido. Joder, ya no me cabe la menor duda de que estamos destinados a estar juntos. Para bien o para mal, nos complementamos: nuestros cuerpos maltrechos y magullados encajan como un rompecabezas.

No tengo ni idea de lo que nos depara el futuro, si las cosas volverán a estar bien o no. Todavía necesito convencer a Julian para que me permita cumplir lo que prometí a Peter y tengo que pedir la píldora del día después a los médicos, ya que ninguno de los dos nos acordamos de usar protección esta mañana. No sé si existe la posibilidad de quedarme embaraza tan pronto después de perder el implante, pero es un riesgo que no estoy dispuesta a correr. La posibilidad de tener un hijo, un bebé indefenso, sometido a nuestra clase de vida, me aterroriza más que nunca.

Tal vez cambie de opinión con el tiempo. Tal vez dentro de algunos años piense diferente. Tendré menos miedo. Sin embargo, por ahora, sé perfectamente que nuestras vidas nunca serán un cuento de hadas. Julian no es un buen hombre y yo he dejado de ser una buena mujer.

Debería preocuparme… y puede que mañana así sea. No obstante, ahora mismo, al sentir que me rodea su calor, me embarga una sensación de paz y la certeza de que esto es lo correcto.

Pertenezco a este lugar.

Alzo la mano y paso los dedos sobre los labios de Julian a medio sanar para sentir su contorno sensual en la oscuridad.

—¿Me dejarás marchar alguna vez? —murmuro, recordando la conversación que tuvimos hace mucho tiempo.

Contrae los labios en una ligera sonrisa. Él también lo recuerda.

—No —responde en voz baja—. Nunca.

Nos quedamos en silencio durante un instante, entonces me pregunta:

—¿Quieres que te deje marchar?

—No, Julian. —Cierro los ojos y esbozo una sonrisa—. Nunca.

SIEMPRE TUYA

SECUESTRADA: LIBRO 3

I

EL REGRESO

Julian

Un grito ahogado me despierta y me saca a la fuerza de un sueño inquieto. Abro de golpe el ojo ileso en un subidón de adrenalina y me incorporo para sentarme. El movimiento repentino hace que se resientan las costillas fracturadas. Con la escayola del brazo izquierdo golpeo el monitor cardíaco que está al lado de la cama y la punzada de dolor es tan intensa que la habitación da vueltas a mi alrededor en una espiral nauseabunda. Me late el pulso con fuerza y tardo un momento en comprender qué me ha despertado.

Nora.

Creo que tiene otra pesadilla.

Relajo un poco el cuerpo, que se había puesto en tensión, preparado para el combate. No hay ningún peligro, nadie nos persigue. Estoy tumbado junto a Nora en la lujosa cama del hospital, a salvo, con toda la seguridad que Lucas nos puede proporcionar en la clínica de Suiza.

El dolor en las costillas y el brazo ha mejorado y ahora lo tolero mejor. Me muevo con cuidado y coloco la mano derecha sobre el hombro de Nora para despertarla con cuidado. Me da la espalda, mirando en dirección contraria a mí, por lo que no puedo verle la cara para ver si está llorando. Sin embargo, tiene la piel fría y empapada de sudor. Debe de llevar un rato teniendo la pesadilla. Además, está tiritando.

—Despierta, pequeña —murmuro, acariciándole el delgado brazo. Veo la luz filtrarse por los agujeros de la persiana de la ventana y supongo que ya debe ser de día—. Es solo un sueño. Despierta, mi gatita…

Se pone tensa al tocarla, de modo que no está despierta del todo y la pesadilla aún la tiene presa. Respira de manera audible, con fuertes jadeos, y noto que los temblores le recorren el cuerpo. Me aflige su angustia, me hiere más que cualquier herida, y saber que soy el responsable de nuevo, que no he podido mantenerla a salvo, me quema las entrañas con una ira corrosiva.

Ira hacia mí y hacia Peter Sokolov, el hombre que permitió que Nora arriesgara su vida para rescatarme.

Antes de mi puñetero viaje a Tayikistán, Nora estaba recuperándose poco a poco de la muerte de Beth. Sus pesadillas se habían vuelto menos frecuentes con el paso de los meses. Ahora, sin embargo, han vuelto y Nora está peor que antes, a juzgar por el ataque de pánico que tuvo ayer mientras hacíamos el amor.

Quiero matar a Peter por esto y puede que lo haga si alguna vez se vuelve a cruzar en mi camino. El ruso me salvó la vida, pero puso en peligro la de Nora al mismo tiempo y eso no se lo perdonaré nunca. ¿Y su puta lista de nombres? Que se vaya olvidando. No pienso premiarlo por traicionarme así, por mucho que Nora se lo prometiese.

—Vamos, pequeña, despierta —le ruego de nuevo, apoyando el brazo derecho para tumbarme en la cama. Me duelen las costillas al hacer el movimiento, pero esta vez con menos fiereza. Con cuidado, me acerco a Nora y me ciño a su espalda—. Estás bien. Ya se ha acabado todo, lo prometo.

Suelta un hipido profundo y siento cómo se alivia su tensión al observar dónde está.

—¿Julian? —musita, mientras se gira para mirarme, y veo que ha estado llorando. Tiene las mejillas mojadas por las lágrimas.

—Sí. Estás a salvo. Todo va bien. —Extiendo la mano derecha y paso los dedos por su mandíbula, maravillado por la belleza frágil de su rostro. Mi mano parece enorme y vasta sobre su cara delicada; tengo las uñas hechas polvo y amoratadas por las agujas que usó Majid. El contraste entre nosotros es evidente, aunque Nora tampoco salió ilesa por completo. Un moratón en la parte izquierda de la cara desluce la pureza de su piel bronceada, allí donde los hijos de puta de Al-Quadar la golpearon y dejaron inconsciente.

Si no estuvieran muertos, los hubiera despedazado con mis propias manos por haberle hecho daño.

—¿Qué estabas soñando? —le pregunto con dulzura—. ¿Era Beth?

—No. —Niega con la cabeza y me doy cuenta de que su respiración está volviendo a la normalidad. Su voz, sin embargo, todavía mantiene los ecos del miedo cuando dice con gravedad—: Esta vez eras tú. Majid te estaba sacando los ojos y no podía pararlo.

Intento no reaccionar, pero es imposible. Sus palabras me lanzan de vuelta a aquella habitación fría y sin ventanas, a las emociones nauseabundas que he estado intentando olvidar estos últimos días. La cabeza comienza a palpitarme al recordar la angustia y la cuenca del ojo a medio curar me quema por su vacío una vez más. Noto que la sangre y otros fluidos me resbalan por la cara y se me revuelve el estómago ante tal recuerdo. El dolor e incluso la tortura no me son desconocidos (mi padre creía que su hijo debía ser capaz de aguantar cualquier cosa), pero perder el ojo había sido, con diferencia, la experiencia más atroz de mi vida.

Al menos, físicamente.

Sentimentalmente, la aparición de Nora en aquella habitación se lleva la palma.

Tengo que emplear toda mi fuerza de voluntad para volver al presente, lejos del terror de verla arrastrada por los hombres de Majid.

—Lo paraste, Nora. —Me mata admitirlo, pero de no haber sido por su valentía, casi seguro que ahora estaría descomponiéndome en algún contenedor en Tayikistán—. Viniste a por mí y me salvaste.

Aún me cuesta creer que lo hiciera, que, por voluntad propia, se pusiera en manos de unos terroristas psicóticos para salvarme la vida. No lo hizo con la convicción inocente de que no le harían daño. No, mi gatita sabía perfectamente de lo que eran capaces y, aun así, tuvo el valor de actuar.

Le debo la vida a la chica a la que secuestré y no sé muy bien cómo lidiar con ello.

—¿Por qué lo hiciste? —le pregunto, acariciándole el labio inferior con el pulgar. Muy en el fondo lo sé, pero quiero oírselo decir.

Me mira fijamente, con los ojos ensombrecidos por esa pesadilla.

—Porque no puedo vivir sin ti —dice despacio—. Ya lo sabes, Julian. Querías que te quisiera y lo hago. Te quiero tanto que hasta iría al mismísimo infierno por ti.

Saboreo sus palabras con codicia, con un placer descarado. Su amor nunca me parece suficiente. No me canso de ella. Al principio la quise por su parecido con María, pero mi amiga de la infancia nunca había provocado en mí ni una pequeña parte de los sentimientos que Nora suscita. El afecto que sentía por María era inocente y puro, como la propia María. Mi obsesión por Nora es por otra cosa.

—Escucha, mi gatita... —Mi mano abandona su cara para reposar en su hombro—. Necesito que me prometas que nunca volverás a hacer nada parecido. Me alegro de estar vivo, pero preferiría morir antes que verte en peligro. Nunca vuelvas a arriesgar tu vida por mí, ¿vale?

Asiente levemente, de manera casi imperceptible, y le veo un brillo rebelde en los ojos. No quiere que me enfade, por lo que no discrepa, pero tengo la sospecha de que va a hacer lo que crea conveniente sin importar lo que diga ahora. Esto, como es obvio, requiere más mano dura.

—Bien —digo con suavidad—, porque la próxima vez, si hay una próxima vez, mataré a todo aquel que te ayude a desobedecer mis órdenes y lo haré de manera lenta y dolorosa. ¿De acuerdo, Nora? Si alguien quisiera tocarte un pelo, ya sea para salvarme a mí o por cualquier otra razón, esa persona tendría una muerte muy desagradable. ¿Queda claro?

—Sí. —Ha empalidecido y aprieta los labios como si estuviera reprimiendo una protesta. Está enfadada conmigo, pero también asustada. No por ella, que ya ha superado ese miedo, sino por los otros. Mi gatita sabe que cumplo mi palabra.

Sabe que soy un asesino sin conciencia con una única debilidad: ella.

La cojo del hombro con más fuerza para inclinarme y le beso la boca sellada. Tensa los labios un momento, resistiéndose, pero según le paso la mano por el cuello y le acaricio la nuca, suspira y los relaja, dejándome entrar. La explosión de calor en mi cuerpo es fuerte e inmediata. Su sabor hace que la polla se me ponga dura de manera incontrolable.

—Eh... disculpe, señor Esguerra... —Una voz de mujer acompañada de un golpe tímido en la puerta hace que me dé cuenta de que las enfermeras están realizando su ronda matutina.

¡Joder! Me entran ganas de no hacerles caso, pero presiento que volverán dentro de un rato, seguramente cuando se la esté metiendo a Nora hasta el fondo.

De mala gana, la dejo, me giro sobre la espalda, conteniendo el aliento por el dolor, y veo cómo Nora salta de la cama y se pone una bata a toda prisa.

—¿Quieres que abra la puerta? —me pregunta, y yo asiento, resignado. Las enfermeras me tienen que cambiar los apósitos y asegurarse de que estoy lo suficientemente bien para viajar hoy y estoy dispuesto a colaborar con sus planes.

Cuanto antes terminen, antes podré salir de este puto hospital.

En cuanto Nora abre la puerta, dos enfermeras entran acompañadas de David Goldberg, un hombre bajo y calvo, mi doctor personal en la finca. Es un excelente cirujano de traumatología y lo he hecho venir para que me supervise los arreglos del rostro y para asegurarme de que los cirujanos plásticos no la caguen.

Si puedo evitarlo, no quiero ahuyentar a Nora con mis cicatrices.

—El avión ya está preparado —dice Goldberg mientras las enfermeras empiezan a desenrollar los vendajes de la cabeza—. Si no hay signos de infección, podremos irnos a casa.

—Excelente —me quedo tumbado y hago caso omiso del dolor que me provocan las enfermeras. Mientras, Nora saca algo de ropa del armario y desaparece en el baño colindante a nuestra habitación. Oigo el agua correr, es decir, ha decidido aprovechar este rato para darse una ducha. Debe de ser la forma de evitarme un rato, puesto que aún estará preocupada por mi amenaza. Mi gatita es sensible a la violencia dirigida hacia los que considera inocentes, como ese gilipollas, Jake, al que besó la noche que la rapté. Todavía quiero arrancarle los huevos por tocarla… Quizá algún día lo haga.

—No hay señales de infección —me dice Goldberg cuando las enfermeras han acabado de quitarme las vendas—. Estás cicatrizando bien.

—Genial. —Respiro con lentitud y profundidad para controlar el dolor mientras las dos enfermeras me curan los puntos y me vuelven a vendar las costillas. He tomado la mitad de la dosis prescrita de analgésicos durante los últimos dos días y lo estoy notando. En el próximo par de días dejaré de tomarlos todos para evitar volverme dependiente. Con una adicción basta.

Al tiempo que las enfermeras me vendan, Nora sale del baño, aseada y vestida con unos vaqueros y una blusa de manga corta.

—¿Todo bien? —pregunta, mirando a Goldberg.

—Está listo —contesta, ofreciéndole una cálida sonrisa. Creo que le gusta, lo que me parece bien, dada su orientación homosexual—. ¿Cómo te encuentras?

—Estoy bien, gracias. —Levanta el brazo para mostrar la tirita enorme que cubre el área de la que los terroristas le extrajeron por error el implante anticonceptivo—. Estaré más contenta cuando los puntos se caigan, pero no me molesta mucho.

—Estupendo, me alegra oír eso. —Girándose hacia mí, Goldberg me pregunta—: ¿A qué hora salimos?

—Que Lucas tenga preparado el coche para dentro de veinte

minutos —le digo, balanceando los pies sobre el suelo a la par que las enfermeras salen de la habitación—. Me visto y nos vamos.

—Bien —dice Goldberg, que se gira para salir de la habitación.

—Espere, doctor Goldberg, iré con usted —dice Nora a toda velocidad y hay algo en su voz que capta mi atención—. Necesito algo de abajo —explica.

Goldberg parece sorprendido.

—Sí, claro.

—¿Qué es, mi gatita? —Me pongo de pie, y me da igual estar desnudo. El doctor aparta la mirada con educación cuando cojo a Nora por el brazo para impedir que se vaya—. ¿Qué necesitas?

Parece incómoda y desvía la mirada.

—¿Qué es, Nora? —pregunto con curiosidad. Le aprieto el brazo al acercarla a mí.

Me mira. Tiene las mejillas sonrosadas y un aire desafiante.

—Tengo que tomarme la pastilla del día después, ¿vale? Quiero asegurarme de tomármela antes de irnos.

—Ah. —Me quedo en blanco por un segundo. Por lo que sea, no había caído en que, sin su implante, Nora podía quedarse embarazada. La he tenido en mi cama durante unos dos años y, durante todo ese tiempo, el implante la protegía. Me había acostumbrado tanto a eso que no se me había ocurrido siquiera que necesitáramos tener precaución ahora. Pero a Nora sí se le había ocurrido.

—¿Quieres la pastilla del día después? —repito lentamente, todavía procesando que Nora, mi Nora, pueda estar embarazada.

Embarazada de mi hijo. Un hijo que claramente no quiere.

—Sí. —Me mira con sus enormes ojos negros—. Es improbable que ocurra por haberlo hecho solo una vez, pero no quiero correr riesgos.

No quiere correr riesgos de quedarse embarazada. Siento una presión extraña en el pecho al mirarla y al ver el miedo que intenta ocultar con tanto empeño. Le preocupa mi reacción, tiene miedo de que le impida tomarse la píldora, miedo a que la fuerce a tener un hijo que no quiere.

—Estaré fuera —dice Goldberg, que, al parecer, siente la creciente tensión en la habitación y me deja con la palabra en la boca al escabullirse por la puerta y dejarnos solos.

Nora levanta la barbilla, enfrentándose a mi mirada. Veo la convicción en su rostro cuando dice:

—Julian, sé que nunca hemos hablado de esto, pero...

—Pero no estás preparada —la interrumpo con una presión en el pecho que se vuelve más intensa—. Ahora mismo no quieres un bebé.

Asiente con los ojos como platos.

—Exacto —dice con cautela—. No he terminado siquiera los estudios y te han herido...

—Y no estás segura de querer un hijo con un hombre como yo.

Traga saliva con nerviosismo, pero no lo niega ni aparta la mirada. Su silencio es mortal y la presión en el pecho se transforma en un dolor extraño.

Le suelto el brazo y retrocedo.

—Puedes decirle a Goldberg que te dé la pastilla y cualquier método anticonceptivo que considere mejor. —Mi voz suena inusualmente fría y distante—. Me lavo y me visto.

Sin que pueda mediar palabra, voy al baño y cierro la puerta.

No quiero ver su cara de alivio.

No quiero pensar en cómo me haría sentir eso.

2

ESTUPEFACTA, OBSERVO CÓMO LA FIGURA DESNUDA DE JULIAN ENTRA EN el baño. Las heridas hacen que vaya más lento y sus movimientos son más rígidos que de costumbre, aunque aún hay cierta elegancia en su modo de andar. Incluso después de ese sufrimiento horrible, tiene el cuerpo musculoso, duro y atlético. La venda blanca alrededor de las costillas le realza la anchura de los hombros y la tonalidad bronceada de la piel.

«No se ha opuesto a que me tome la píldora», pienso.

Según voy asumiéndolo, noto que me ceden las piernas del alivio y la tensión producida por la adrenalina desaparece con un zumbido repentino. Estaba casi segura de que iba a negarse; su expresión al hablar era indescifrable, ininteligible… tenía una opacidad peligrosa. Me ha calado a pesar de mis excusas sobre mis estudios y sus heridas; el ojo ileso le resplandecía con una fría luz azul que me contraía el estómago de miedo.

Pero no me ha negado la píldora. Al contrario, me ha propuesto que pidiera un nuevo método anticonceptivo al doctor Goldberg.

Me siento casi aturdida por la felicidad. Julian debe de estar de acuerdo con la parte de «no tener hijos», a pesar de su extraña reacción.

Como no quiero poner a prueba mi buena suerte, me doy prisa y salgo de la habitación para alcanzar al doctor. Quiero asegurarme de conseguir lo que necesito antes de irnos de la clínica. Los implantes anticonceptivos no se encuentran con facilidad en nuestra finca en la jungla.

～

—ME HE TOMADO LA PASTILLA —LE DIGO A JULIAN UNA VEZ NOS HEMOS acomodado en el jet privado, el mismo avión que nos llevó de Chicago a Colombia cuando Julian volvió a por mí en diciembre—. Y me han puesto esto. —Levanto el brazo derecho para mostrarle una pequeña venda en el lugar en que me han introducido el nuevo implante. Me duele un poco, pero estoy tan feliz de llevarlo que no me importa la molestia.

Julian levanta la vista del portátil con la expresión aún hermética.

—Bien —dice bruscamente y continúa trabajando en el correo electrónico para uno de sus ingenieros. Está describiéndole los requisitos exactos del nuevo dron que quiere que diseñe. Lo sé porque se lo he preguntado hace unos minutos y me lo ha explicado. Se ha abierto mucho más en el último par de meses, por lo que me resulta extraño que parezca querer evitar el tema de los anticonceptivos.

Me pregunto si no quiere hablarlo porque está el doctor Goldberg presente. El pequeño hombre está sentado en la parte delantera del jet, a unos cuatro metros, pero la intimidad no es total. En cualquier caso, decido, por ahora, dejarlo pasar y sacar el tema en un momento más oportuno.

Según va subiendo el avión, me entretengo mirando los Alpes suizos hasta que sobrepasamos las nubes. Después, me recuesto en el asiento y espero a que la preciosa azafata, Isabella, venga con nuestros desayunos. Esta mañana hemos salido del hospital tan rápido que solo he podido tomarme un café.

Isabella entra a la cabina unos minutos después enfundada en un vestido rojo y ajustado. Lleva una bandeja con café y una bandejita con pastas. Parece que Goldberg se ha dormido, así que se nos acerca con una sonrisa seductora.

La primera vez que la vi, cuando Julian volvió en diciembre, me puse celosa de una forma enfermiza. Desde entonces he descubierto que Isabella nunca ha tenido una relación con él y que, en realidad, está casada con uno de los guardias de la finca, lo que ha contribuido a tranquilizar al monstruo de ojos verdes de mi interior. Solo he visto a esta mujer una o dos veces durante los últimos dos meses. A diferencia de la mayoría de los empleados de Julian, pasa la mayor parte del tiempo fuera de las instalaciones, trabajando como su mano derecha en varias compañías aéreas de lujo privadas.

—Te sorprendería cómo se le suelta la lengua a la gente después de un par de copas a 9000 metros de altura —me explicó Julian una vez —. Ejecutivos, políticos, jefes de bandas... A todos les gusta tener cerca a Isabella y no siempre controlan lo que dicen en su presencia. Gracias a ella, he conseguido de todo, desde información privilegiada sobre negocios hasta información sobre tráfico de drogas en la zona.

Así que ya no tengo celos de Isabella, pero sigo opinando que su manera de tratar a Julian es demasiado coqueta para una mujer casada. Aunque, de nuevo, puede que no sea la más indicada para juzgar si el comportamiento de una mujer casada es apropiado o no. Si yo mirara a un hombre durante más de un minuto, estaría firmando su sentencia de muerte.

Julian es superposesivo, mucho más de lo habitual.

—¿Le apetece café? —pregunta Isabella, parándose al lado de su asiento. Hoy mira con más cautela, pero sigo deseando abofetearle esa preciosa cara por los ojitos que le pone a mi marido.

Lo reconozco: no solo Julian tiene problemas de posesividad. Por raro que parezca, siento que el hombre que me raptó es mío. No tiene sentido, pero he dejado de intentar que nuestra relación de locos tenga sentido desde hace mucho tiempo. Es más fácil aceptarlo.

Ante la pregunta de Isabella, Julian levanta la vista del portátil.

—Sí, claro —dice y me mira—. ¿Nora?

—Sí, por favor —respondo con educación—. Y un par de esos cruasanes.

Isabella nos sirve un café a cada uno, coloca la bandeja de las pastas en mi mesa y se aleja pavoneándose hacia la parte delantera del avión, con las caderas exuberantes contoneándose. Siento una envidia momentánea antes de recordar que Julian me quiere a mí. De hecho, me quiere demasiado, pero esa es otra historia.

Durante la siguiente media hora leo con tranquilidad, me como los cruasanes y bebo el café. Julian parece concentrado en el correo sobre el diseño del dron, por lo que no lo molesto; en lugar de eso, me esfuerzo en centrarme en el libro, una novela de suspense y de ciencia ficción que he comprado en la clínica. Sin embargo, mi atención continúa vagando y cada dos páginas pienso en otra cosa.

Me parece extraño estar sentada aquí leyendo. Es casi surrealista, como si nada hubiera ocurrido. Como si no acabáramos de sobrevivir al horror y la tortura. Como si no hubiera volado los sesos a un hombre a sangre fría. Como si no hubiera estado a punto de perder a Julian de nuevo.

Se me acelera el corazón y las imágenes de la pesadilla de esta mañana me invaden la mente con una claridad alarmante. *Sangre... El cuerpo de Julian cortado y machacado... Su preciosa cara con una de las cuencas vacías...* El libro se me escapa de las manos temblorosas y cae al suelo mientras intento respirar a pesar del nudo que de repente se me ha formado en la garganta.

—¿Nora? —Unos dedos fuertes y cálidos se me cierran alrededor de la muñeca y, aunque se me nubla la vista por el pánico, veo delante de mí la cara vendada de Julian. Me sujeta con fuerza. Su portátil ha quedado olvidado en la mesa de al lado—. Nora, ¿me oyes?

Consigo asentir y me paso la lengua por los labios para humedecerlos. Me noto la boca seca por el miedo y se me pega la blusa a la espalda por el sudor. Tengo las manos clavadas en el borde del asiento y las uñas hundidas en el suave cuero. Una parte de mí sabe que mi mente me está engañando, que esta ansiedad extrema es infundada, pero mi cuerpo reacciona como si la amenaza fuera real. Como si estuviéramos de vuelta en la zona de la obra de Tayikistán, a merced de Majid y los otros terroristas.

—Respira, pequeña. —La voz de Julian es reconfortante; me sujeta la barbilla con suavidad—. Respira lenta y profundamente... Muy bien...

Obedezco mirándolo fijamente mientras respiro profundamente para controlar el pánico. Un poco después, mi corazón se apacigua y suelto el borde del asiento. Todavía estoy temblando, pero el miedo sofocante ha desaparecido.

Avergonzada, envuelvo la palma de Julian con los dedos y le alejo la mano de la cara.

—Estoy bien —consigo decir con una voz más o menos calmada—. Lo siento. No sé qué me ha pasado.

Me observa con su ojo resplandeciente y veo una mezcla de rabia y frustración en su mirada. Nuestros dedos están entrelazados, como si fuera reacio a soltarme.

—No estás bien, Nora —dice con brusquedad—. Estás de todo menos bien.

Tiene razón. No quiero reconocerlo, pero tiene razón. No estoy bien desde que Julian se fue de la finca para capturar a los terroristas. Estoy hecha un lío desde su partida y parece que estoy aún peor ahora que ha vuelto.

—Me encuentro bien —digo, sin querer que piense que soy débil. Fue a Julian a quien torturaron y parece tenerlo controlado, mientras yo me derrumbo sin ninguna razón.

—¿Bien? —Alza las cejas—. En las últimas veinticuatro horas has tenido dos ataques de pánico y una pesadilla. No te encuentras bien, Nora.

Trago saliva y bajo la mirada hacia mi regazo, donde nuestras manos están unidas con fuerza y posesión. Odio no poder restar importancia a esto del modo en que Julian parece hacerlo. Sí, él aún tiene pesadillas con lo que le ocurrió a María, pero esta dura experiencia con los terroristas parece que ni lo haya perturbado siquiera. Él estaría en todo su derecho de perder los nervios, yo no.

Apenas me han tocado, mientras que él ha pasado por días de tormento. Soy débil y odio serlo.

—Nora, pequeña, escúchame.

Levanto la vista, movida por el dulce tono de la voz de Julian y me encuentro prisionera de su mirada.

—No es culpa tuya —dice con tranquilidad—. Nada. Has pasado por muchas cosas y estás traumatizada. No tienes que fingir delante de mí. Si empiezas a sentir miedo, dímelo y te ayudaré a superarlo. ¿Me entiendes?

—Sí —susurro, extrañamente aliviada por sus palabras. Sé que es paradójico que el hombre que trajo toda la oscuridad a mi vida sea el que me ayude a lidiar con ella, pero ha sido así desde el principio. Siempre he encontrado consuelo en los brazos de mi captor.

—Bien. Recuérdalo. —Se inclina sobre mí para besarme y yo me acerco también, con cuidado para no hacerle daño por las costillas fracturadas. Me roza con los labios en los míos con una ternura inusual y cierro los ojos. La ansiedad desaparece a medida que un deseo intenso se apodera de mi cuerpo. Me sorprendo rodeándole la nuca con las manos y un gemido surge de la parte más profunda de mi garganta cuando me invade la boca con la lengua con un gusto familiar y seductor al mismo tiempo.

Gime cuando le devuelvo el beso y juntamos las lenguas. Me rodea la espalda con el brazo derecho, acercándome a él y siento cómo crece la tensión en su cuerpo portentoso. Se le acelera la respiración y me besa con más violencia y exigencia, lo que hace que mi cuerpo palpite como respuesta.

—A la habitación. Ahora. —Sus palabras son como un gruñido cuando aparta la boca, se pone de pie y me levanta del asiento. De un plumazo, me agarra de la muñeca y me dirige hacia la parte trasera del avión. Para mis adentros, doy las gracias por que el doctor Goldberg esté dormido e Isabella haya vuelto a la parte delantera del avión; no hay nadie que pueda ver a Julian arrastrarme hasta la cama.

Al entrar en la pequeña habitación, cierra la puerta con el pie y me empuja sobre la cama. Incluso herido, es muy fuerte. Su fuerza me excita y me intimida, no porque tema que me vaya a hacer daño —sé que lo hará y que lo disfrutaré—, sino porque he visto lo que puede hacer. He visto que le basta la pata de una silla para matar a un hombre.

El recuerdo debería asquearme, pero es excitante y aterrador a la vez. Por otro lado, Julian no es el único que se ha llevado por delante una vida esta semana. Ahora ambos somos asesinos.

—Desnúdate —me ordena, deteniéndose a medio metro de la cama y soltándome la muñeca. Le han arrancado las mangas de la camisa para que pueda meter la escayola y eso, junto a la venda alrededor de la cara, le da aspecto de herido y peligroso al mismo tiempo, como un pirata contemporáneo tras un asalto. Los músculos sobresalen del brazo derecho y el ojo destapado es exageradamente azul sobre el moreno de su cara.

Lo quiero tanto que duele.

Doy un paso atrás y comienzo a desvestirme. Primero la blusa, luego los vaqueros. Me quedo solo con un tanga blanco y un sujetador a juego. Julian dice bruscamente:

—Súbete a la cama. Ponte a cuatro patas con el culo hacia mí.

El calor me baja por la columna y me aumenta el dolor en la entrepierna. Me giro para hacer lo que me ha dicho, con el corazón palpitando expectante. Recuerdo la última vez que nos acostamos en este avión... y los moratones que me cubrieron los muslos durante días. Sé que Julian no se encuentra lo bastante bien para algo tan extenuante, pero ese pensamiento no disminuye mis nervios o mis ganas. Con mi marido, el miedo y el deseo van de la mano.

Tras colocarme en la posición que satisface a Julian, con mi trasero a la altura de su ingle, da un paso hacia mí, sujeta la goma de mi ropa interior y me la baja hasta las rodillas. Me estremezco ante su tacto y se me contrae el sexo. Gime al pasarme la mano por el muslo para introducirse entre mis pliegues.

—Tienes el coño tan mojado, joder —murmura con brusquedad y me introduce dos dedos—. Está mojadísimo y tenso... Te gusta esto, ¿eh, pequeña? Quieres que te haga mía, que te folle...

Jadeo cuando dobla los dedos y alcanza un punto que hace que todo el cuerpo se me ponga tenso.

—Sí... —Apenas puedo hablar por las oleadas de calor que me sobrepasan y me nublan la mente—. Sí, por favor...

Suelta una carcajada ronca y llena de placer oscuro. Retira los dedos dejándome vacía y palpitante por el deseo. Antes de que pueda protestar, oigo cómo se baja la cremallera y noto la suave y amplia cabeza de su pene rozarme los muslos.

—¡Ah! Lo haré —murmura con voz grave, dirigiéndose hacia mi abertura—. Te complaceré tantísimo, joder. —Me penetra con la punta de la polla y se me corta la respiración—. Gritarás para mí, ¿verdad, pequeña?

Sin esperar una respuesta, me aprieta la cadera derecha y se mete hasta el fondo, provocando que se me escape un grito entrecortado. Como siempre, la embestida me nubla los sentidos. Su anchura me hace ceder hasta casi provocarme dolor. Si no hubiera estado tan cachonda, me habría dolido. Tal como estoy, su aspereza solo añade un punto delicioso a la intensidad de mi excitación y me inunda el sexo con más humedad. Con la ropa interior alrededor de las rodillas, no puedo abrir más las piernas y parece enorme dentro de mí, todo él es duro y ardiente.

Después de esa primera embestida, suponía que establecería un ritmo brutal, pero ahora que está dentro, se mueve despacio. Lenta y deliberadamente, cada uno de sus movimientos calculados al máximo para darme placer. *Dentro y fuera, dentro y fuera...* Parece que me esté acariciando desde dentro, exprimiendo todas las sensaciones que puede producir mi cuerpo. *Dentro y fuera, dentro y fuera...* Estoy a punto de llegar al orgasmo, pero no puedo, no con él moviéndose a ritmo de caracol. *Dentro y fuera...*

—Julian —gimo y reduce el ritmo aún más, haciendo que gimotee de la frustración.

—Dime qué quieres, pequeña —murmura, retirándose casi del todo—. Dime exactamente qué quieres.

—Fóllame. —Suspiro arrugando las sábanas con los puños—. Por favor, haz que me corra.

Suelta una carcajada de nuevo, pero suena forzada. Su respiración se vuelve más fuerte y entrecortada. Siento la polla crecer dentro de mí y tenso los músculos interiores a su alrededor, deseando que se mueva solo un poco más rápido para darme esa pizca extra que necesito...

Y, al final, lo hace.

Me sujeta por la cadera, retoma el ritmo y me folla con más fuerza y rapidez. Sus sacudidas reverberan dentro de mí, haciendo que mi cuerpo irradie ondas de placer. Sigo aferrándome a las sábanas con las manos. Cada vez grito más alto mientras la tensión en mi interior se vuelve insoportable, intolerable... Y después me rompo en mil pedazos; mi cuerpo palpita sin cesar alrededor de su enorme erección. Gime y clava los dedos en mi piel mientras me agarra la cadera con más fuerza y siento que explota contra mi trasero con su polla sacudiéndose dentro de mí cuando encuentra su liberación.

Cuando ha terminado, sale de mí y retrocede. Temblando por la intensidad del orgasmo me desmorono sobre el costado y giro la cabeza para mirarlo.

Está de pie con la cremallera de los vaqueros bajada y su pecho sube y baja debido a su respiración acelerada. Su mirada está llena de deseo constante al observarme, su ojo fijo en mis muslos, donde su semen gotea lentamente de mi sexo.

Me sonrojo y echo un vistazo a la habitación en busca de un pañuelo. Por suerte, hay una caja en una estantería cerca de la cama. La alcanzo y me limpio los indicios de nuestra unión.

Julian observa en silencio mis movimientos. Luego, retrocede con expresión indescifrable de nuevo mientras se introduce el pene flácido en los vaqueros y sube la cremallera.

Agarro la manta y tiro de ella para taparme el cuerpo desnudo. De repente, me siento fría y expuesta; el calor de mi interior se ha disipado. Normalmente, Julian me abraza después del sexo, reforzando nuestra cercanía y usando la ternura para compensar su aspereza. Hoy, sin embargo, no parece dispuesto a hacerlo.

—¿Va todo bien? —pregunto dubitativa—. ¿He hecho algo malo?

Me dedica una sonrisa fría y se sienta en la cama, a mi lado.

—¿Qué podrías haber hecho mal, mi gatita? —Mirándome, levanta la mano y me retira uno de los bucles del pelo, frotándolo entre los dedos. A pesar de su gesto juguetón, un brillo frío en su ojo aumenta mi inquietud.

De repente caigo en la cuenta.

—Es por la pastilla del día después, ¿verdad? ¿Estás enfadado porque me la haya tomado?

—¿Enfadado? ¿Porque no quieras tener un hijo conmigo? —Ríe, pero con un tono tan áspero que me noto un nudo en la garganta—. No, mi gatita, no estoy enfadado. Sería un padre horrible y lo sé.

Lo miro, intentando entender por qué sus palabras me hacen sentir culpable. Es un asesino, sádico, un hombre que me raptó sin compasión y que me mantuvo presa, y aun así me siento mal, como si lo hubiera herido sin querer, como si hubiera hecho algo malo de verdad.

—Julian… —No sé qué decir. No voy a mentirle diciendo que sería un buen padre. Se daría cuenta, así que, en lugar de eso, le pregunto con cautela—: ¿Quieres tener hijos?

Después, contengo la respiración, esperando su respuesta.

Me mira con expresión ininteligible una vez más.

—No, Nora —dice con suavidad—. Lo último que necesitamos tú y yo son niños. Puedes ponerte todos los implantes anticonceptivos que quieras. No te obligaré a quedarte embarazada.

Suspiro de alivio.

—Bien, genial. Entonces, ¿por qué…?

Sin siquiera acabar la pregunta, Julian me deja con la palabra en la boca, se levanta y se va.

—Estaré en la cabina principal —dice en un tono llano—. Tengo trabajo. Vuelve conmigo cuando te vistas.

Y con estas palabras, se va de la habitación y me deja tumbada en la cama, desnuda y confundida.

3

Julian

Estoy en mitad de la revisión de la propuesta que mi gestor de cartera ha hecho sobre una posible inversión cuando Nora se sienta a mi lado. Incapaz de resistir al encanto de su presencia, me giro para mirarla y veo cómo comienza a leer su libro.

Ahora que he estado unos minutos lejos de ella, la necesidad irracional de explotar y hacerle daño ha desaparecido. En su lugar ha aparecido una tristeza inexplicable... un extraño e inesperado sentimiento de pérdida.

No lo entiendo. No le he mentido cuando le he dicho que no quiero hijos. Nunca había pensado en ello, pero ahora que me lo estoy planteando, ni siquiera me imagino siendo padre. ¿Qué haría con un niño? Sería otro punto flaco que mis enemigos podrían explotar. No me interesan los bebés ni sé cómo criarlos. Mis padres no fueron un modelo que seguir precisamente. Debería alegrarme de que Nora no quiera hijos, pero, en lugar de eso, cuando ha sacado el tema de la píldora, me ha sentado como una patada. Me lo he tomado como el peor rechazo de todos.

He intentado no pensar en ello, pero cuando la he visto limpiarse el semen de los muslos, esos sentimientos desagradables han despertado de nuevo y me han recordado que no quiere eso de mí, que nunca lo querrá.

No entiendo por qué me importa. Nunca he planeado crear una familia con Nora. El matrimonio ha sido solo un modo de consolidar nuestro vínculo, nada más. Es mi gatita… mi obsesión y mi posesión. Me quiere porque he hecho que me quiera y la quiero porque la necesito para vivir. Los niños no son parte de esta dinámica. No puede ser.

Nora me pilla mirándola y me dedica una sonrisa vacilante.

—¿En qué estás trabajando? —me pregunta, dejando el libro sobre el regazo—. ¿Todavía estás con el diseño del dron?

—No, pequeña. —Me obligo a centrarme en que vino a Tayikistán por mí, que me quiere lo suficiente como para hacer una locura tan grande, y eso me levanta el ánimo y hace desaparecer la presión persistente que siento en el pecho.

—Entonces, ¿qué es? —insiste y sonrío sin querer, divertido por su curiosidad. Ya no está contenta con quedarse al margen de mi vida; quiere saberlo todo y se envalentona cada vez más en su búsqueda de respuestas.

Si fuera cualquier otra persona, me enfadaría. Pero tratándose de Nora, no me importa. Disfruto con su interés.

—Estoy mirando una posible inversión —le explico.

Me mira intrigada, así que le cuento que estoy leyendo sobre un nuevo negocio biotecnológico especializado en las drogas químicas que afectan al cerebro. Si decido llevarlo a cabo, sería lo que suele llamarse un «ángel inversor», uno de los primeros en financiar la compañía. Siempre me ha interesado el capital de riesgo; me gusta estar en la cima de la innovación en todos los campos y aprovecharme de eso en la medida de mis posibilidades.

Escucha mi explicación muy fascinada, con sus ojos oscuros fijos en mi cara todo el tiempo. Me gusta cómo absorbe conocimiento como si fuera una esponja. Me resulta divertido enseñarla, mostrarle las diferentes partes de mi mundo. Las pocas preguntas que hace son perspicaces, lo que me demuestra que entiende a la perfección de lo que hablo.

—Si esa droga puede borrar los recuerdos, ¿no podría usarse para tratar enfermedades como el TEPT o alguna por el estilo? —me pregunta tras describirle uno de los productos más prometedores del negocio, y estoy de acuerdo: he llegado a esa conclusión hace solo unos minutos.

No había previsto esto cuando la rapté, el simple placer que significaría pasar tiempo con ella. La primera vez que la capturé, la veía solo como un objeto sexual, una chica bonita que me obsesionaba tanto que no podía olvidarla. No esperaba que se convirtiera en mi compañera, además de en mi alma gemela en la cama, no pensaba que fuera a disfrutar simplemente estando con ella.

No sabía que llegaría a ser tan suyo como ella era mía.

Sin duda, es mejor que se haya acordado de tomarse la píldora. Cuando nos hayamos curado los dos, podremos volver a nuestra vida normal. Al menos, a nuestra idea de normalidad.

Nora estará conmigo y no la volveré a perder de vista.

Es de noche cuando aterrizamos. Guío a Nora, que está adormilada, fuera del avión y nos metemos en el coche para irnos a casa.

A casa. Es raro pensar en este sitio otra vez como mi casa. Era mi casa cuando era un niño y la odiaba. Lo odiaba todo, desde el calor húmedo hasta el olor acre de la vegetación de la jungla. Sin embargo, ahora que he crecido, me siento atraído por lugares como este, sitios tropicales que me recuerdan a la jungla en que me crie.

Tuvo que venir Nora para darme cuenta de que no odiaba la finca, de que este lugar nunca había sido la causa de mi odio, sino la persona a la que pertenecía: mi padre.

Nora se acurruca cerca de mí en el asiento trasero, interrumpiendo mis cavilaciones, y bosteza con delicadeza sobre mi hombro. El sonido recuerda tanto a un gato que me río y le paso el brazo derecho alrededor de la cintura para atraerla más hacia mí.

—¿Tienes sueño?

—Mmm-mmm. —Frota la cara contra mi cuello—. Hueles bien —murmura.

Y solo con eso, se me pone dura como reacción a sentir sus labios rozarme la piel.

Mierda. Dejo escapar un suspiro frustrado cuando el coche se para delante de la casa. Ana y Rosa están de pie en el porche de la entrada, preparadas para saludarnos, y me noto la polla a punto de explotar. Me hago a un lado, intentando apartar a Nora de mí para que se me baje la erección. Me roza con el codo en las costillas y me tenso por el dolor. En ese momento maldigo mentalmente a Majid con todas mis fuerzas.

No veo la hora de curarme, joder. Incluso el sexo de hoy ha sido doloroso, sobre todo en el momento final en que he acelerado el ritmo. No es que disminuyera mucho el placer, ya que estoy seguro de que podría follarme a Nora en el lecho de muerte y seguiría disfrutándolo, pero me fastidia. Me gusta el dolor mientras follo, pero solo cuando soy yo quien lo provoco.

El lado bueno es que ya no se me nota tanto la erección.

—Ya estamos aquí —le digo a Nora mientras se frota los ojos y bosteza de nuevo—. Te llevaría hasta el umbral, pero me temo que esta vez no seré capaz.

Parpadea y me mira confundida por un instante, pero luego una enorme sonrisa le ilumina la cara. Ella también se acuerda.

—Ya no soy una recién casada —dice soltando una risita—. Estás libre de culpa.

Le sonrío con una alegría inusual que me llena el pecho y abro la puerta del coche.

En cuanto salimos, las dos mujeres nos avasallan, llorando. O, mejor dicho, avasallan a Nora. Observo asombrado cómo Ana y Rosa la abrazan, riendo y sollozando a la vez. Una vez que han terminado con Nora, se giran hacia mí y Ana solloza con más fuerza al echar un vistazo a mi cara vendada.

—*Ay, mijo...* —dice en español, como hace a veces cuando está preocupada, y Nora y Rosa intentan tranquilizarla diciendo que me recuperaré, que lo importante es que estoy vivo.

La preocupación del ama de llaves es conmovedora y desconcertante. Siempre he tenido la vaga impresión de que esta anciana se interesaba por mí, pero no me había percatado de que sus sentimientos fueran tan fuertes. Desde que tengo memoria, Ana ha sido una presencia cálida y reconfortante en la finca (alguien que me daba de comer, que limpiaba lo que ensuciaba y que me curaba los arañazos y los moratones). Sin embargo, nunca he dejado que se acercara mucho y, por primera vez, siento una punzada de arrepentimiento por eso. Ni ella ni Rosa, la criada amiga de Nora, intentan abrazarme como han hecho con mi esposa. Creen que no me lo tomaría bien y es probable que estén en lo cierto.

Solo quiero afecto, bueno, ansío afecto, de Nora y esto es reciente.

Cuando las tres mujeres han acabado con la emotiva reunión, nos dirigimos al interior de la casa. A pesar de la hora tardía, Nora y yo tenemos hambre y devoramos la comida que Ana nos ha preparado en tiempo récord. Luego, saciados y exhaustos, subimos a nuestra habitación.

Una ducha rápida y un polvo igual de rápido y me quedo dormido con la cabeza de Nora apoyada sobre el brazo que no tengo herido.

Estoy preparado para volver a nuestra vida normal.

~

ME DESPIERTA UN GRITO QUE ME HIELA LA SANGRE. LLENO DE desesperación y miedo, retumba en las paredes y me inunda las venas de adrenalina.

Me incorporo y salto de la cama antes incluso de darme cuenta de lo que está ocurriendo. Según se va amortiguando el sonido, alcanzo el arma que tengo escondida en la mesilla de noche y al mismo tiempo golpeo el interruptor con el dorso de la mano.

He encendido la lámpara de la mesilla para iluminar la habitación y veo a Nora acurrucada en el centro de la cama, temblando bajo la manta.

No hay nadie más en la habitación, ninguna amenaza visible.

Mi acelerado corazón comienza a bajar el ritmo. No nos han atacado. Nora debe de haber gritado, habrá tenido otra pesadilla.

Joder. El ansia de violencia es casi tan fuerte que no puedo controlarlo. Se apodera de cada célula de mi cuerpo hasta el punto de temblar de rabia, con las ganas de matar y destruir a todo hijo de puta responsable de esto, empezando por mí.

Me giro e inspiro profundamente varias veces, tratando de contener la ira convulsa de mi interior. No hay nadie a quien pueda atacar aquí, ningún enemigo al que machacar para saciar mi sed de sangre.

Solo está Nora, que me necesita calmado y racional.

Pasados unos minutos y con la certeza de que no le voy a hacer daño, me giro para mirarla y devuelvo el arma al cajón de la mesilla de noche. Luego, me meto en la cama otra vez. Me duelen ligeramente las costillas y el hombro y me zumba la cabeza por los movimientos tan repentinos que he hecho, pero ese dolor no es nada comparado con la presión que siento en el pecho.

—Nora, pequeña… —Me inclino sobre ella, separo la manta de su cuerpo desnudo y coloco la mano derecha en su hombro para despertarla—. Despierta, mi gatita. Solo es un sueño. —Está sudada y sus gimoteos me duelen más que cualquier tortura de Majid. Una nueva rabia me brota por dentro, pero la reprimo y mantengo la voz baja y calmada—. Despierta, pequeña. Solo es un sueño, no es real.

Se gira sobre la espalda, temblando todavía, y veo que tiene los ojos abiertos. Abiertos y cegados mientras jadea en busca de aire; el pecho le sube y le baja y aprieta las sábanas con desesperación.

No es un sueño, está en medio de un ataque de pánico, posiblemente de uno causado por una pesadilla.

Quiero echar la cabeza hacia atrás y sacar mi rabia con un rugido, pero no lo hago. Ahora me necesita y no le voy a fallar. Otra vez no.

Me arrodillo, me coloco a ahorcajadas sobre ella y me agacho para sujetarle la barbilla con la mano derecha.

—Nora, mírame. —Convierto mis palabras en órdenes con un tono brusco y autoritario—. Mírame, mi gatita. Ahora.

A pesar del pánico, me obedece. Es un ataque de pánico fortísimo. Me mira y veo que tiene las pupilas dilatadas y los iris casi negros. Además está hiperventilando e intenta tomar aire con la boca abierta.

Joder, joder, joder. Mi primer instinto es abrazarla, ser dulce y amable, pero me acuerdo del ataque de pánico que tuvo la noche anterior mientras hacíamos el amor y que nada parecía ayudarla. Nada excepto la violencia.

Así que, en vez de murmurar inútiles palabras de cariño, me agacho apoyándome sobre el codo derecho y la beso en la boca con fuerza, aprovechando que tengo su mandíbula sujeta para mantenerla quieta. Mis labios chocan con los suyos e hinco los dientes en su labio inferior mientras fuerzo la lengua a entrar dentro, la invaden y le hacen daño. Mi monstruo sádico interno tiembla de placer ante el sabor metálico de la sangre, al tiempo que me retuerzo de arriba abajo de dolor ante la angustia que está sintiendo.

Jadea en mi boca, pero ahora es un sonido distinto, más sorprendido que desesperado. Siento que se le expande el pecho al respirar profundamente y me doy cuenta de que mi duro método para llegar a ella está funcionando, que ahora se está centrando en el dolor físico y no en el mental. Abre los puños, ya no se aferra a las sábanas, y se queda quieta debajo de mí. Todo el cuerpo se le tensa como si tuviera un miedo distinto, un miedo que excita mi parte más oscura, más agresiva, la parte que quiere dominarla y devorarla.

La rabia que todavía me hierve se suma a esta hambre, se mezcla con ella y la alimenta hasta convertirse en necesidad, en un deseo intenso, terrible y sin sentido. Me concentro más hasta que todo mi yo es consciente del tacto suave de sus labios, con sabor a sangre, y de las curvas de su cuerpo desnudo, pequeño e indefenso bajo el mío. Tengo una erección dolorosa cuando me sujeta el antebrazo derecho con ambas manos y surge un sonido suave y agonizante del fondo de su garganta.

De repente, un beso ya no basta. La quiero entera.

Le suelto la mandíbula, me levanto sobre un brazo y me pongo de rodillas. Me mira con los labios hinchados y teñidos de rojo. Aún jadea y el pecho le sube y baja a toda velocidad, pero ya no está cegada. Está conmigo, totalmente presente y eso es lo que mi demonio interior quiere en este momento.

Me alejo de ella con un rápido movimiento, haciendo caso omiso a la punzada de dolor en las costillas y alcanzo el cajón de la cabecera de nuevo, solo que esta vez, en lugar del arma, saco un azotador de cuero trenzado.

Nora pone los ojos como platos.

—¿Julian? —dice casi sin aliento por el pánico que acaba de sentir.

—Gírate —Las palabras salen con brusquedad, lo que demuestra la rabia y necesidad de violencia que llevo dentro—. Ahora.

Duda un momento, luego se tumba sobre el estómago.

—Ponte de rodillas.

Se pone a cuatro patas y se gira para mirarme, esperando las siguientes instrucciones. Una gatita muy bien entrenada. Su obediencia intensifica mi lujuria y mi hambre desesperada por poseerla. Con esta postura se le ve más el culo y el coño, con lo que la polla se me hincha aún más. Quiero engullirla entera, reclamar hasta el último centímetro. Se me tensan los músculos y, casi sin pensar, bajo el azotador con fuerza y marco las tiras de cuero en la suave piel de su trasero.

Grita y se le cierran los ojos mientras se le tensa el cuerpo y la oscuridad interior se apodera de mí, destruyendo cualquier resto de pensamiento racional. Casi como si lo viera desde la distancia, observo cómo el látigo le besa la piel una y otra vez y le deja marcas rosadas y rojas en la espalda, el culo y los muslos. Se encoge ante las primeras sacudidas, gritando de dolor, pero en cuanto encuentro el ritmo, comienza a relajar el cuerpo, anticipándose más que resistiéndose a la cuerda. Suaviza los gritos y los pliegues del coño comienzan a brillar de la humedad.

Está respondiendo a los azotes como si fueran caricias sensuales.

Se me endurecen los testículos cuando dejo caer el látigo y gateo para ponerme detrás de ella. Presiono la polla contra su sexo y gimo al sentir su calor resbaladizo en la punta, cubriéndola de una humedad cremosa. Jadea, arquea la espalda, y me introduzco dentro de ella, obligando a su piel a envolverme, al entrar en su interior.

Noto su coño increíblemente tenso y sus músculos internos me aprietan como si fueran un puño. No importa con cuánta frecuencia me la folle; cada vez es una experiencia nueva de algún modo, las sensaciones son más agudas e intensas que en mis recuerdos. Podría estar dentro de ella eternamente, sintiendo su suavidad, su cálida humedad. Pero no puedo, el ansia primitiva de moverme, de entrar en ella, es demasiado fuerte y no puedo pasar de ella. Noto cómo la sangre me bombea en los oídos; el cuerpo me palpita por el deseo salvaje.

Me quedo quieto todo lo que puedo y, luego, comienzo a moverme. Cada sacudida hace que le presione la ingle contra el culo recién azotado. Jadea con cada golpe y se tensa alrededor de mi polla. Las sensaciones de uno se apoyan en el otro y se intensifican hasta un nivel insoportable. Se me ponen los pelos de punta ante mi inminente orgasmo y comienzo a entrar en ella más rápido, con más fuerza, hasta que siento que empieza a contraerse y el coño se le estremece a la vez que grita mi nombre.

Es la gota que colma el vaso. El orgasmo que he estado conteniendo me supera con una fuerza explosiva e irrumpe en sus profundidades con un gemido brusco. Un placer impresionante se dispara a través de mi cuerpo. Es un gozo como ningún otro, un éxtasis que va muchísimo más allá de la satisfacción física. Es algo que solo he experimentado con Nora, que solo experimentaré con ella.

Respirando con dificultad, salgo de ella y dejo que se desplome sobre la cama. Luego, me inclino sobre mi costado derecho y la acerco a mí, sabiendo que necesita ternura después de mi brutalidad.

En cierto sentido, yo también la necesito. Necesito consolarla, tranquilizarla, atarla a mí en su momento más vulnerable para asegurarle mi amor.

Puede parecer cruel, pero no dejo al azar cosas tan importantes como esta.

Se da la vuelta para mirarme y esconde la cara en el hueco de mi cuello, con los hombros temblando por sus sollozos silenciosos.

—Abrázame, Julian —musita, y le hago caso.

La abrazaré siempre, pase lo que pase.

—JULIAN, ¿PODEMOS HABLAR?

Entro en el despacho de mi marido y me acerco a su escritorio. Alza la vista a modo de saludo y me quedo maravillada una vez más por lo muchísimo que ha avanzado su proceso de recuperación durante las últimas seis semanas.

Ya le han quitado la escayola y los vendajes. La verdad es que Julian había afrontado su curación de la misma forma en que suele acometer cualquier otra ambición: con una obstinación implacable y una gran convicción. En cuanto el doctor Goldberg dio el visto bueno para quitarse la escayola, le faltó tiempo para ir a rehabilitación. Se había pasado los días ejercitándose durante horas para restablecer la movilidad y el funcionamiento del lado izquierdo del cuerpo. Sus cicatrices se notan cada vez menos, por lo que hay días en los que casi olvido que estuvo gravemente herido y que pasó por un infierno del que había salido relativamente ileso.

Incluso su implante ocular ya no me choca tanto como antes.

Nuestra estancia en la clínica de Suiza y todas las operaciones le habían costado millones —había visto la factura en su bandeja de entrada—, pero los médicos habían hecho un trabajo fenomenal con su rostro. El implante encaja a la perfección con el ojo auténtico de Julian, tanto que cuando me sostiene la mirada resulta casi imposible ver que es un ojo de pega. No tengo ni idea de cómo se las han apañado para conseguir esa tonalidad exacta de azul, pero el caso es que lo han hecho; han imitado cada estría y cada variación natural del color. La pupila falsa incluso se encoge bajo la luz intensa y se dilata cuando Julian se entusiasma o se excita, gracias a un dispositivo de biorretroalimentación que lleva en la muñeca. Como si fuese un reloj de pulsera, le mide el pulso y la conductividad de la piel y manda la información directa al implante, permitiendo que produzca una respuesta lo más natural posible. Lo único que el implante no hace es reproducir el movimiento ocular normal… ni permitir que Julian vea con ese ojo.

—Esa parte, la conexión con el cerebro, tardará unos años más en desarrollarse —me había comentado Julian hacía un par de semanas—. Están investigándolo actualmente en un laboratorio de Israel.

Sí, el implante es increíblemente realista. Julian está aprendiendo a hacer que no parezca tan extraño que solo pueda mover un ojo girando la cabeza por completo para enfocar la mirada de frente, como está haciendo conmigo ahora mismo.

—¿Qué pasa, mi gatita? —pregunta, esbozando una sonrisa. Sus atractivos labios están curados del todo y las pálidas cicatrices que surcan su mejilla izquierda le dan un toque peligroso y atrayente. Es como si una pizca de su oscuridad interna se reflejara en su rostro; algo que, en lugar de echarme para atrás, me atrae aún más hacia él.

Quizá sea porque en este mismo instante siento la necesidad de esa oscuridad. Al fin y al cabo, es lo único que logra mantenerme en mis cabales.

—Don Bernard me ha contado que tiene un amigo que estaría interesado en exponer mis cuadros —explico, intentado hacer como si estuviera acostumbrada a que me diesen esas noticias todos los días profesores de arte de renombre mundial—. Al parecer es el dueño de una galería de arte en París.

Julian arquea las cejas.

—¿En serio?

Asiento, sin apenas poder contener mi entusiasmo.

—¡Sí! ¿Te lo puedes creer? Don Bernard le envió fotos de mis últimos trabajos y el propietario de la galería dijo que eran exactamente lo que había estado buscando.

—Es maravilloso, cariño. —La sonrisa de Julian se ensancha y él se acerca para tirar de mí hasta sentarme en su regazo—. Estoy muy orgulloso de ti.

—Gracias.

Tengo ganas de ponerme a saltar, pero me conformo con rodearle el cuello con los brazos y plantarle un beso ilusionado en la boca. Naturalmente, en cuanto nos rozamos los labios, Julian coge las riendas del beso, convirtiendo mi gesto espontáneo de gratitud en un asalto prolongado y sensual que me deja aturdida y sin aliento.

Cuando finalmente puedo volver a coger aire, tardo un segundo en recordar cómo he acabado en su regazo.

—Estoy muy orgulloso de ti —repite Julian con suavidad mientras me mira. Noto el bulto de su erección, pero no da un paso más allá. En su lugar, me dedica una cálida sonrisa y añade—: Voy a tener que agradecer a don Bernard que hiciera esas fotos. Si el dueño de la galería acaba exhibiendo tu trabajo, puede que hagamos una escapada a París.

—¿De verdad?

Lo miro boquiabierta. Es la primera vez que Julian insinúa la posibilidad de salir de la finca. ¿Escaparnos a París? Apenas puedo creer lo que estoy oyendo.

Él asiente, sin dejar de sonreír.

—Sí. Al-Quadar ya no es una amenaza. Al menos, no más de lo que lo ha sido siempre, así que no veo por qué no podemos visitar París dentro de poco. Sobre todo, si hay una razón de peso para hacerlo.

Esbozo una amplia sonrisa, intentando no pensar en cómo Al-Quadar ha dejado de ser una amenaza. Julian no me ha dado muchos detalles sobre la operación, pero lo poco que sé es suficiente. Cuando el equipo de rescate que vino a por nosotros irrumpió en el solar en obras de Tayikistán, descubrieron una increíble cantidad de información valiosa. Después de volver a la finca, acabaron con todas las personas que habían tenido algún tipo de conexión —por remota que fuese— con la organización terrorista. Algunas murieron rápidamente, mientras que otras sufrieron una agonía lenta y dolorosa. No sé cuántas muertes se han producido en las últimas semanas, pero no me sorprendería que el número de cadáveres alcanzara las tres cifras.

El hombre que me tiene entre sus brazos ahora mismo es el responsable de lo que se suele calificar como una masacre. Y aun así sigo queriéndolo con todo mi corazón.

—Sería fantástico viajar a París —digo y aparto de mi mente todo lo relacionado con Al-Quadar. En su lugar, me concentro en la posibilidad alucinante de que mis cuadros puedan acabar expuestos en una galería de arte de verdad. Mis cuadros… Me resulta tan difícil de creer que no puedo evitar hacer una pregunta a Julian con voz cautelosa—: No le habrás dicho tú a don Bernard que hiciera esto, ¿no? ¿Ni habrás sobornado a su amigo?

Desde que Julian había aprovechado su tirón financiero para colarme en el selectísimo programa online de la Universidad de Stanford, no me extrañaría en absoluto que todo esto fuese cosa suya.

—No, cariño —responde Julian, sonriendo aún más—. Te prometo que no he tenido nada que ver. Tu talento es auténtico y tu profesor lo sabe.

No me cuesta creerlo, aunque solo sea porque don Bernard lleva semanas encantado con mis cuadros. La oscuridad y la complejidad que advirtió en mi arte desde el principio se manifiesta ahora de una forma incluso más evidente. Pintar me ha ayudado a lidiar con las pesadillas y los ataques de pánico. El dolor sexual también, pero eso ya es otro tema.

Como no quiero dejarme llevar por ese estado psicológico de mierda, salto del regazo de Julian.

—Voy a contárselo a mis padres —le digo alegremente al dirigirme a la puerta—. Les hará mucha ilusión.

—Estoy seguro de que sí. —Me regala una última sonrisa antes de volver a concentrarse en la pantalla del ordenador.

LA VIDEOLLAMADA CON MIS PADRES DURA CERCA DE UNA HORA. COMO siempre, tengo que estar veinte minutos asegurando a mi madre que estoy bien, que sigo en la finca de Colombia y que nadie viene a por nosotros. Después de mi desaparición en el Chicago Ridge Mall, mis padres están convencidos de que los enemigos de Julian andan por todas partes, preparados para atacar en cualquier momento, sin previo aviso. Así que tengo que llamarlos o mandarles un correo todos los días si no quiero que teman por mí.

Es evidente que no se creen que esté a salvo con Julian. Para ellos, no es tan distinto de los terroristas que me secuestraron. De hecho, creo que mi padre piensa que Julian es incluso peor, porque ya son dos las veces que mi marido me ha secuestrado.

—¿Una galería de arte en París? ¡Eso es maravilloso, tesoro! —exclama mi madre cuando consigo darles la buena noticia—. ¡Nos alegramos mucho por ti!

—¿Sigues centrada en tus clases?

A mi padre no le entusiasma tanto mi dedicación al mundo del arte. Creo que tiene miedo de que abandone la universidad y me convierta en una artista muerta de hambre; un temor fuera de toda lógica, dadas las circunstancias. Si hay algo por lo que no debo preocuparme ahora en absoluto, es por el dinero. Julian me contó hace poco que había creado un fondo fiduciario a mi nombre y que además figuraba como única beneficiaria en su testamento. Si le ocurriese cualquier cosa, no me faltaría de nada, lo que significa que tendría suficiente dinero como para gobernar un país pequeño.

—Sí, papá —contesto con paciencia—. No he dejado de ir a clase. Te dije que este semestre iba a cursar menos asignaturas para no agobiarme. Lo compensaré yendo a algunas clases este verano.

Julian se empeñó en que no cargara con tantas asignaturas a la vez cuando volvimos y, a pesar de mis objeciones iniciales, me alegro de que insistiera. No sé por qué, pero todo parece más difícil este semestre. Tardo siglos en hacer los trabajos y se me hace un mundo estudiar para los exámenes. Pese a haber reducido el número de asignaturas, sigo sintiéndome un poco abrumada, pero no quiero comentárselo a mis padres. Ya es suficiente con tener preocupado a Julian.

Tan preocupado como para hacerme ver a un loquero, de hecho.

—¿Estás segura, cielo? —pregunta mi madre, mirándome con una sombra de inquietud—. Quizás deberías tomarte el verano libre, ya sabes, relajarte durante unos meses. Pareces muy cansada.

Mierda. Esperaba que las pedazo de ojeras que tengo no se apreciaran tanto a través de la cámara.

—Estoy bien, mamá —le aseguro—. Anoche me quedé despierta hasta tarde estudiando y pintando, eso es todo.

Además, me desperté gritando en mitad de la noche y no pude volver a dormirme hasta que Julian no me azotó y me folló, pero mis padres tampoco tienen por qué saber eso. No entenderían que ese dolor es mi tratamiento y que había llegado hasta el punto de necesitar aquello que una vez había temido tanto.

Que había aceptado la faceta cruel de Julian con todo mi corazón.

Mientras la conversación va tocando a su fin, me acuerdo de algo que Julian me prometió en una ocasión: me llevaría a visitar a mi familia cuando remitiera el peligro de Al-Quadar. Mi corazón da un vuelco de emoción solo de pensarlo, pero decido callarme hasta que tenga la oportunidad de preguntar a Julian durante la cena. De momento, les digo a mis padres que hablaremos pronto y cierro la sesión.

Ahora ya tengo dos temas de los que hablar con Julian esta noche… y ambos tienen pinta de ser espinosos.

~

—¿Un viaje a Chicago? —repite Julian, vagamente sorprendido

cuando saco el tema—. Pero si viste a tus padres hace menos de dos meses.

—Sí, la noche antes de que Al-Quadar me secuestrara —replico, antes de soplar la crema de champiñones e introducir la cuchara en el líquido humeante—. Además, estaba preocupadísima por ti, así que no creo que esa noche cuente como pasar un buen rato en familia.

Julian me observa durante un segundo antes de murmurar:

—Está bien. Quizás tengas razón. —Me quedo mirándolo mientras empieza a comer, incapaz de creerme lo fácil que ha sido hacer que estuviese de acuerdo.

—¿Eso es un sí?

Quiero asegurarme de que no lo he malinterpretado. Se encoge de hombros.

—Si quieres, te llevaré cuando acaben los exámenes. Tendremos que reforzar la seguridad en torno a tus padres, claro, y tomar algunas precauciones adicionales, pero no creo que haya problema.

La sonrisa que comienza a asomárseme se congela cuando me viene a la mente algo que me dijo una vez.

—¿Crees que el hecho de que vayamos pondría a mis padres en peligro? —pregunto, notando cómo se me retuerce el estómago, preso de unas náuseas repentinas—. ¿Y si pasan a estar en el punto de mira al haberlos visto en contacto contigo?

Julian me lanza una mirada inescrutable.

—Es una posibilidad. Improbable, pero no del todo imposible. Obviamente, el peligro era mucho mayor cuando los terroristas andaban por ahí sueltos con esa sed de sangre, pero sí es cierto que tengo otros enemigos. Ninguno con intenciones tan claras, al menos hasta donde yo sé, pero sí, la verdad es que a más de uno le encantaría ponerme las manos encima.

—Ya.

Trago una cucharada de crema, pero me arrepiento inmediatamente a medida que el líquido espeso me provoca otra oleada de náuseas.

—¿Y crees que pueden utilizar a mis padres para chantajearte?

—Es improbable, pero no puedo descartarlo del todo. Por eso he querido dejar claro el detalle de la seguridad de tu familia desde el principio. Es una precaución, nada más; pero es necesaria, a mi juicio.

Respiro hondo, haciendo todo lo posible por hacer caso omiso de mi estómago revuelto.

—Entonces supondría un riesgo para ellos que fuésemos a Chicago, ¿sí o no?

—No lo sé, mi gatita —responde Julian, dejando entrever una ligera consternación en su tono de voz—. Quiero suponer que no, pero no puedo garantizarlo.

Bebo un sorbo de agua, intentando deshacerme del asqueroso sabor grasiento de la crema.

—¿Y si voy yo sola? —sugiero, sin meditarlo demasiado—. Así nadie pensará que tienes una relación cercana con tus suegros.

El rostro de Julian se oscurece por un instante.

—¿Tú sola?

Asiento. Me tenso casi por instinto ante su cambio de humor. Aunque sé que Julian no me haría daño, no puedo evitar desconfiar de su temperamento. Puede que ahora esté con él de manera voluntaria, pero no ha dejado de ejercer un control absoluto sobre mi vida, justo como cuando me tenía cautiva en aquella isla.

Se mire por donde se mire, continúa siendo mi secuestrador, peligroso e inmoral.

—No vas a ir a ninguna parte tú sola. —Por muy tranquila que suene la voz de Julian, su mirada es tan rígida como el acero—. Si quieres que te lleve a Chicago, lo haré, pero no vas a poner un pie fuera de este recinto sin mí. ¿Me entiendes, Nora?

—Sí. Lo he entendido.

Doy unos cuantos sorbos más, sin dejar de notar el regusto de la crema en la garganta. ¿Qué coño ha echado Ana esta noche a la crema? Hasta el olor es desagradable. Mis palabras suenan sosegadas en lugar de resentidas, sobre todo porque no me encuentro lo bastante bien como para enfadarme por la actitud autoritaria de Julian. Me termino lo que queda de caldo y añado:

—Solo era una sugerencia.

Julian se queda mirándome fijamente durante un momento y mueve la cabeza en un largo gesto de asentimiento.

—De acuerdo.

Y no añado nada más, ya que Ana entra en el comedor con nuestro siguiente plato: pescado con guarnición de arroz y judías. Frunce el ceño cuando se percata de que casi ni he tocado la crema.

—¿No te ha gustado, Nora?

—No es eso, está deliciosa —miento—. Es solo que no tengo mucha hambre y quería reservarme un hueco para el plato principal.

Ana me lanza una mirada cargada de preocupación, pero retira nuestros platos sin hacer más comentarios. Mi apetito ha sido impredecible desde que volvimos, así que no es la primera vez que dejo un plato prácticamente intacto. No me he pesado, pero creo que he perdido unos cuantos kilos en estas últimas semanas, lo cual no me conviene en absoluto.

Julian también frunce el ceño; sin embargo, no dice ni una palabra cuando empiezo a jugar con el arroz en mi plato. La verdad es que ahora mismo no me apetece comer nada, pero me obligo a pinchar un buen trozo con el tenedor y a llevármelo a la boca. El sabor vuelve a resultarme demasiado fuerte, pero mastico con decisión y me lo trago, porque no quiero bajo ningún concepto, que Julian se percate de lo poco que estoy comiendo.

Tengo asuntos más importantes que tratar con él.

En cuanto Ana sale por la puerta, dejo el tenedor en el plato y miro a mi marido.

—He recibido otro mensaje —susurro con suavidad.

Julian aprieta la mandíbula.

—Ya lo sé.

—¿Estás rastreando mi correo electrónico?

Se me vuelve a revolver el estómago, esta vez con una mezcla de náuseas y rabia. Supongo que no debería sorprenderme, teniendo en cuenta los localizadores que aún tengo implantados en el cuerpo, pero hay algo fortuito en esta invasión de mi intimidad que me molesta de verdad.

—Por supuesto —contesta, sin rastro alguno de arrepentimiento o culpabilidad en su voz—. Imaginaba que volvería a ponerse en contacto contigo.

Tomo aire despacio, recordándome que discutir sobre esto es inútil.

—Entonces sabrás que Peter no nos dejará en paz hasta que no le entregues esa lista —le digo, con toda la serenidad de la que soy capaz—. No sé cómo, pero sabe que Frank te la hizo llegar la semana pasada. Su mensaje decía: «Es hora de que recuerdes tu promesa». No se largará, Julian.

—Si continúa acosándote por correo, me aseguraré de que desaparezca para siempre —sentencia Julian, con un tono endurecido—. No debe utilizarte para llegar hasta mí, parece mentira que no lo sepa.

—Nos salvó la vida, a ti y a mí —le recuerdo por enésima vez—. Sé que te pone histérico que desobedeciera tus órdenes, pero si no lo hubiera hecho, ahora estarías muerto.

—Y tú no tendrías esas pesadillas ni sufrirías esos ataques de pánico. —Julian aprieta sus labios sensuales hasta convertirlos en una fina línea—. Han pasado seis semanas y no has mejorado todavía, Nora. Apenas comes, ni duermes y ya ni me acuerdo de cuándo fue la última vez que saliste a correr. No tendría que haberte puesto en peligro de esa manera.

—¡Hizo lo que tuvo que hacer! —Doy un golpe con las palmas de las manos contra la mesa y me pongo de pie. No soy capaz de quedarme quieta—. ¿Te crees que me sentiría mejor si murieses? ¿Te crees que no tendría pesadillas si Majid nos hubiera enviado tu cuerpo en pedacitos? ¡Lo que pase por mi puta cabeza no es culpa de Peter, así que deja de responsabilizarlo de esta mierda! ¡Le prometí que le entregaría esa lista y lo voy a hacer!

Para cuando llego a la última frase, ya estoy gritando, demasiado enfadada como para preocuparme por el mal genio de Julian.

Se queda mirándome fijamente, con los ojos entrecerrados. Su tono de voz destila una calma peligrosa cuando me ordena:

—Siéntate, Nora. Ahora.

—¿O qué? —Lo reto, en un arrebato inesperado de osadía—. ¿O qué, Julian?

—¿De verdad quieres seguir por ese camino, gatita mía? —pregunta, sin abandonar ese tono suave. Cuando ve que no respondo, hace un gesto señalando a la silla en la que había estado sentada y añade—: Siéntate y termina de comerte lo que Ana te ha preparado.

Le sostengo la mirada durante unos segundos, sin dar mi brazo a torcer, pero termino dejándome caer en la silla. El arrebato atrevido que había surgido de forma tan repentina en mi interior se desvanece, y me deja vacía y con ganas de llorar. Odio que Julian se salga con la suya en todas las discusiones tan fácilmente y no soporto mi falta de valentía cuando se trata de poner a prueba sus límites.

Al menos, esta vez ha sido sobre algo tan insignificante como terminarse la cena.

Si voy a desafiarlo, que sea cuando tratemos una cuestión que de verdad importe.

Clavo los ojos en el plato, agarro el tenedor y pincho un trozo de pescado, tratando de hacer caso omiso del mareo, cada vez más fuerte. Se me revuelve el estómago con cada bocado, pero me empeño en continuar hasta que me acabo casi la mitad. Mientras tanto, Julian se termina el plato. Es obvio que nuestra discusión no ha alterado su apetito.

—¿Postre? ¿Té? ¿Café? —ofrece Ana cuando vuelve para retirarnos los platos. Niego con la cabeza sin decir nada, sin ganas de prolongar la tensión de esta cena.

—Yo tampoco quiero nada, Ana, gracias —contesta Julian con educación—. Todo estaba muy bueno, como siempre.

Ana le sonríe, visiblemente complacida. He notado que Julian la elogia mucho más desde nuestro regreso y que, en general, se dirige a ella de un modo más afectuoso. No sé cuál ha sido el motivo de ese cambio, pero es evidente que Ana lo agradece. Rosa me ha dicho que la asistenta parece estar en una nube últimamente.

En cuanto Ana empieza a despejar la mesa, Julian se levanta y me ofrece el brazo. Le apoyo la mano en la parte interna del codo y subimos las escaleras en silencio. Mientras caminamos, el corazón me late más rápido y el mareo se vuelve más intenso.

La discusión de esta noche no hace sino confirmar lo que sé desde hace un tiempo: Julian no va a entrar en razón respecto al asunto de la lista de Peter. Si quiero mantener la promesa que hice, tendré que tomar cartas en el asunto yo misma y afrontar las consecuencias del disgusto de mi marido.

Incluso cuando el solo hecho de pensarlo me pone literalmente enferma.

5

Julian

En cuanto entramos en el dormitorio, Nora se disculpa y va a refrescarse.

Entra en el cuarto de baño mientras yo me desvisto, disfrutando de la liberación que supone no tener ningún brazo escayolado. Todavía me duele el hombro izquierdo cuando hago ejercicio, pero estoy recuperando la fuerza y la amplitud de mis movimientos. Ni siquiera la pérdida del ojo me incomoda demasiado; los dolores de cabeza y los efectos de la vista cansada están remitiendo día tras día y he aprendido a compensar el ángulo muerto de visión hacia la izquierda girando la cabeza con mayor frecuencia.

En resumidas cuentas, casi he vuelto a la normalidad, pero no puedo decir lo mismo de Nora.

Cada vez que sus gritos me despiertan o empieza a hiperventilar de forma súbita, me inunda el pecho una mezcla tóxica de rabia y culpa. Nunca he sido propenso a vivir en el pasado, pero no puedo

547

evitar que me embargue el deseo de ser capaz de retroceder en el tiempo y deshacer todas las putas decisiones que han desencadenado consecuencias indeseadas.

Y así poder volver a tener a Nora, a mi Nora, de vuelta.

Sale del cuarto de baño unos minutos después, recién duchada y con una bata blanca. Su piel suave resplandece por la temperatura elevada del agua y su larga melena oscura permanece recogida de cualquier manera en un moño en lo alto de la cabeza, dejando expuesto su cuello esbelto.

Un cuello que empezaba a parecer demasiado delicado, casi frágil diría yo, por el peso que ha perdido recientemente.

—Ven aquí, cariño —murmuro, dando una palmadita a mi lado en la cama. Había estado pensando en castigarla por lo de la cena, pero ahora solo quiero abrazarla. Bueno, follármela y abrazarla, pero el sexo puede esperar.

Camina hacia mí y no tardo en tenerla a mi alcance. Cuando la siento en mi regazo, me doy cuenta de la ligereza alarmante de su cuerpo y de esas sombras que tiene bajo los ojos, que delatan su cansancio.

Está completamente agotada y ya no sé qué hacer. El psicólogo que traje a la finca hace tres semanas parece que no sirve de mucho; Nora ni siquiera consiente tomarse los ansiolíticos que le recetó. Podría obligarla, pero la verdad es que no me fío de esas pastillas. Lo último que quiero es que Nora desarrolle una adicción a los fármacos.

Solo la liberación sentimental que obtiene por el dolor sexual parece ayudarla —al menos durante un rato—. Lo necesita, me lo suplica prácticamente cada noche.

Mi gatita se ha vuelto adicta a recibir el dolor que le inflijo. Y esa novedad me encanta y me destruye por dentro al mismo tiempo.

—Apenas has comido otra vez —le digo con suavidad, reacomodándomela sobre las rodillas. Levanto el brazo y le quito la horquilla que le sujeta el pelo, observando cómo cae en una oscura, espesa y sedosa cascada—. ¿Por qué, cielo? ¿Le pasaba algo a la comida de Ana?

—¿Qué? No... —empieza a decir, pero entonces rectifica y añade

—: Bueno, tal vez. Es solo que no me ha gustado la crema. La he notado demasiado fuerte.

—En ese caso, pediré a Ana que no vuelva a prepararla.

Recuerdo con claridad lo mucho que le gustaba esa receta a Nora, pero decido no mencionarlo. No me importa lo que coma siempre y cuando su estado de salud sea bueno.

—Por favor, no le digas que me he quejado —me ruega Nora, con la inquietud reflejada en la mirada—. No quiero que se ofenda.

Una sonrisa tira de mis labios.

—Por supuesto que no. Me llevaré el secreto a la tumba, te lo prometo.

A modo de respuesta, aparece en su rostro un gesto de alegría que le ilumina los rasgos. Compruebo cómo se disipa esa tirantez persistente entre nosotros.

—Gracias —susurra, mirándome. Acto seguido, me coloca una mano en el hombro y otra en la nuca, cierra los ojos y me besa con sus suaves labios.

Inspiro con brusquedad, mientras mi cuerpo se tensa bajo una sensación de lujuria instantánea. Saboreo su aliento dulce y mentolado y aprecio entre mis brazos la cálida temperatura de su cuerpo ligero. Noto el tacto de sus finos dedos sobre mi piel, inhalo su delicada fragancia y un hormigueo me recorre la espina dorsal, mientras mi apetito aumenta y mi pene se endurece en contacto con la curva de su culo.

Aunque, en esta ocasión, el hambre no viene acompañada de la necesidad de hacerle daño, sino que viene salpicada de ternura. Los impulsos más oscuros siguen ahí, pero los eclipsa con crudeza saber de su fragilidad. Hoy más que nunca quiero protegerla, curarla de esas heridas que nunca debería haber tenido que sufrir. Quiero ser su héroe, su salvador.

Solo por una noche, quiero ser el marido de sus sueños.

Cierro los ojos y me concentro en su sabor, en la forma en que le cambia la respiración a medida que profundizo el beso. Inclina la cabeza hacia atrás y se le derrite el cuerpo contra el mío, mientras con las uñas me araña el cuero cabelludo con delicadeza y me acaricia el pelo. Ella es mi mundo, mi todo, y la quiero tanto que hasta me duele.

Aún lleva puesta su bata de felpa y el material suave me roza el pene y los muslos desnudos. Sin embargo, por muy agradable que me resulte el tacto, sé que su piel desnuda será aún mejor y doy un tirón para deshacer el nudo que le mantiene la bata cerrada a la altura de la cintura. Al mismo tiempo, levanto la cabeza y abro los ojos para observarla.

Cuando la bata se abre, desvela una zona de piel suave y bronceada. Contemplo las curvas de sus pechos y su vientre plano y terso, pero los pezones y la parte inferior de su cuerpo siguen tapadas, como si estuviese hecho a propósito.

Es una visión erótica que se vuelve incluso más sensual por la forma en que respira, se le mueven las costillas arriba y abajo a un ritmo rápido y jadeante. Tiene los labios enrojecidos por el beso y la piel levemente ruborizada.

Mi gatita está al rojo vivo.

Como si notara mis ojos puestos sobre ella, sus largas pestañas se separan. Nos miramos y la punzante necesidad se abre camino dentro de mí. En cierto modo, es una sensación diferente a la lujuria que me atraviesa el cuerpo, un deseo complejo por encima de mi avidez obsesiva.

Una sensación de anhelo cuya intensidad me aterroriza.

—Dime que me quieres. —De repente, necesito que me lo diga—. Dímelo, Nora.

No parpadea.

—Te quiero.

La estrecho entre mis brazos.

—Otra vez.

—Te quiero, Julian. —Me sostiene la mirada con sus dulces ojos oscuros—. Más que a nada en este mundo.

Joder. Se me forma un nudo en el estómago. No siento alivio alguno, sino un dolor aún más intenso. Es demasiado, pero a la vez no es suficiente.

Inclino la cabeza para volver a buscar sus labios, quiero reflejar en un beso todo lo que no puedo expresar con palabras. Percibo que su respiración es cada vez menos profunda y sé que la estoy sujetando demasiado fuerte, pero no lo puedo evitar. Noto una oleada de un miedo extraño e irracional, que se mezcla con un deseo abrumador.

Miedo de que puede que la pierda. De que se escape, como un sueño maravilloso y efímero.

No. Inclino la cabeza para ahondar aún más en su boca, dejando que su sabor y su esencia me absorban, ahuyentando las sombras. No se marchará, no lo permitiré. Es real y es mía. No dejo de besarla hasta que nos quedamos sin aliento, hasta que el temor dentro de mí amaina, abrasado por el calor.

Y después le hago el amor con toda la ternura de la que soy capaz.

Cuando caigo dormido un rato después, Nora está a salvo, refugiada entre mis brazos.

6

ora

Tengo que hacer acopio de toda mi fuerza de voluntad para mantenerme despierta mientras escucho el ritmo constante de la respiración de Julian. Me pesan los párpados y siento el cuerpo adormecido por la extenuación de haber saciado mi apetito sexual. Solo quiero cerrar los ojos y dejar que me engulla la oscuridad reconfortante, pero no puedo.

Antes debo hacer una cosa.

Espero hasta que me cercioro de que Julian está dormido y entonces me libero cuidadosamente de su abrazo. Compruebo con alivio que no se mueve, me levanto y doy con la bata, que había caído antes al suelo.

Me la pongo con sigilo y camino descalza sin hacer ruido hasta el cuarto de baño. Mi estómago sigue sin estar bien y vuelven a aparecer las náuseas. Tengo que tragar saliva varias veces para no vomitar.

Probablemente hacer esto sintiéndome mal no sea la mejor idea, lo sé, pero también soy consciente de que, si no lo hago ahora, puede que

552

no tenga el coraje de intentarlo más tarde. Y necesito hacerlo. Necesito cumplir mi promesa, saldar mi deuda con Peter. Es importante para mí. No quiero ser la chica que no puede hacer nada por su cuenta, la esposa que permanece siempre a la sombra de su marido.

No quiero ser la inútil gatita de Julian el resto de mi vida.

Me lavo la cara con agua fría, respiro hondo unas cuantas veces para reprimir las náuseas y vuelvo a la habitación. Las persianas están bajadas casi del todo, pero esta noche hay luna llena y entra suficiente luz para permitirme ver por dónde voy.

Me dirijo hacia la cómoda, donde reposa el portátil de Julian. No siempre se lo trae al dormitorio, pero esta noche sí; otra razón por la que no quiero esperar para poner en práctica mi plan.

El plan en sí mismo es bastante simple: coger el portátil, acceder al correo electrónico de Julian y enviar la lista a Peter. Si todo va bien, Julian tardará un tiempo en enterarse. Y cuando lo haga, será demasiado tarde. Ya habré saldado mi deuda con el ex asesor de seguridad de Julian y mi conciencia estará tranquila.

Bueno, tan tranquila como puede estar sabiendo que es probable que Peter acabe con todos los que aparecen en esa lista de mil maneras horripilantes.

«No, no pienses en eso», me digo, recordándome que esa gente es responsable de la muerte de la mujer y el hijo de Peter. No son inocentes y no debería pensar en ellos como si lo fueran.

Ahora mismo solo debería preocuparme por hacer llegar la lista a Peter sin despertar a Julian.

Cruzo la habitación con cautela, mientras el corazón me late con fuerza. Cuando alcanzo la cómoda, me detengo y permanezco a la escucha.

Todo en silencio. Julian debe de seguir dormido.

Me muerdo el labio mientras me hago con el portátil. Vuelvo a prestar atención, pero en el dormitorio todo continúa en calma.

Suelto el aire despacio y regreso al cuarto de baño, acunando el portátil contra el pecho. Cuando llego, me cuelo dentro, cierro la puerta detrás de mí y me siento en el borde del jacuzzi.

Hasta ahora, todo genial. Hago caso omiso de mi estómago revuelto y abro el portátil.

Aparece una ventana que me pide una contraseña.

Respiro hondo de nuevo, luchando contra las náuseas, que empeoran a pasos agigantados. Me lo esperaba. Julian es un paranoico con la seguridad y cambia de contraseña al menos una vez a la semana. Sin embargo, la última vez que la cambió fue el día después de que Frank, el contacto de la CIA de Julian, le enviase esa lista.

Julian la había modificado cuando ya estaba tramando mi plan y me aseguré de andar rondando por allí cerca mientras lo hacía. Obviamente, no me quedé con la mirada fija en el portátil; eso habría levantado las sospechas de Julian. En su lugar, lo grabé, discreta, con el teléfono móvil y fingí estar comprobando mi correo electrónico.

Ahora solo falta interpretar bien las pulsaciones en el teclado.

Contengo el aliento, escribo «NML_#042160» y presiono el intro.

La luz de la pantalla parpadea… y ya estoy dentro.

Lanzo un suspiro de alivio. Ahora tengo que encontrar el correo de Frank, abrir el archivo adjunto, iniciar sesión en mi propia cuenta y enviar la lista a la misma dirección de correo a través de la que Peter se ha puesto en contacto conmigo.

No debería ser muy difícil, sobre todo si consigo no vomitar lo poco que he cenado.

—¿Nora?

Unos golpecitos en la puerta me sobresaltan de tal manera que casi se me cae el ordenador. El pánico empieza a atenazarme los pulmones y me quedo paralizada mirando hacia la puerta.

Julian vuelve a llamar.

—Cariño, ¿estás bien?

No sabe que tengo su portátil. Cuando me doy cuenta, comienzo a respirar de nuevo.

—¡Estoy en el baño! —grito, esperando que Julian no perciba cómo me tiembla la voz por la adrenalina. Al mismo tiempo, abro su programa de correo electrónico y me pongo a buscar el nombre de Frank—. Ya mismo termino.

—Por supuesto, cariño, tómate tu tiempo. —Las palabras llegan acompañadas del sonido de sus pasos que se alejan.

Dejo escapar un suspiro de alivio. Tengo unos minutos más.

Comienzo ojeando los correos que contienen la palabra «Frank». Hay alrededor de una decena con fecha de la última semana, pero el que quiero debería tener justo al lado un pequeño icono indicando un archivo adjunto... ¡Ajá! Ahí está. Lo abro deprisa.

Es una hoja de cálculo con nombres y direcciones. Les echo un vistazo; hay unas doce filas y las direcciones abarcan tanto ciudades europeas como estadounidenses. Me llama la atención una en particular: Homer Glen, Illinois.

Se trata de un lugar cerca de Oak Lawn, mi ciudad natal. A menos de cuarenta y cinco minutos en coche de la casa de mis padres.

Atónita, leo el nombre que figura junto a la dirección: George Cobakis.

Gracias a Dios. No me suena.

Vuelvo a oír la voz de Julian:

—¿Nora?

Descubro en ella un rastro de tensión que me sube el corazón a la garganta. Sus siguientes palabras confirman mis temores.

—Nora, ¿tienes mi ordenador?

—¿Qué? ¿Por qué? —Espero no sonar tan culpable como me siento en realidad. Mierda. Mierda, mierda, mierda. Atacada, guardo la lista en la pantalla del escritorio y abro una nueva pestaña en el navegador.

—Porque mi portátil ha desaparecido. —Su voz denota que está empezando a impacientarse—. ¿Lo tienes ahí dentro?

—¿Qué? ¡No! —Incluso yo misma puedo notar la falsedad que rezuma mi tono de voz. Me han empezado a temblar las manos, pero entro en la página de *Gmail* y tecleo mi nombre de usuario y mi contraseña.

—¿Qué? ¡No! —Incluso yo misma puedo notar la falsedad que rezuma mi tono de voz. Me han empezado a temblar las manos, pero entro en la página de *Gmail* y tecleo mi nombre de usuario y mi contraseña.

Empieza a sacudir el pomo de la puerta.

—Nora, abre la puerta. Ahora mismo.

No respondo. Me tiemblan tanto las manos que me equivoco al escribir la contraseña y tengo que hacerlo de nuevo.

—¡Nora! —grita Julian, sin dejar de golpear la puerta—. ¡Abre la puta puerta antes de que la eche abajo!

Consigo entrar en *Gmail*. Me martillea el corazón mientras busco el último correo de Peter.

Pum. La puerta tiembla al recibir una fuerte patada.

Las náuseas son cada vez más intensas y se me acelera el pulso cuando encuentro el correo.

Pum, pum. Más patadas contra la puerta mientras hago clic en «Responder» y adjunto la lista.

Pum, pum, pum.

Hago clic en «Enviar» y la puerta se sale de las bisagras, estrellándose contra el suelo frente a mí.

Veo a Julian desnudo. Sus ojos parecen gélidas rendijas azules que se abren en su hermoso rostro. Tiene los puños apretados, se le han ensanchado las fosas nasales y le arden las mejillas.

Resulta majestuoso y terrorífico, como un arcángel que entra en cólera.

—Dame el portátil, Nora. Ahora.

Su voz destila una tranquilidad aterradora.

La bilis me sube por la garganta, obligándome a tragar de forma convulsiva. Me pongo de pie y camino hacia él con las piernas temblorosas. Le entrego el ordenador. No me da tiempo ni a retroceder, lo coge con una sola mano y me aprisiona la muñeca derecha rodeándola con la otra.

Entonces, mira la pantalla.

Advierto en su expresión el momento exacto en que se percata de lo que acabo de hacer.

—¿Se la has enviado? —Deja el ordenador sobre el mueble del baño, me agarra del otro brazo y tira de mí para que me acerque. Los ojos le arden de furia—. Joder, ¿se la has enviado?

Me sacude con fuerza y me clava los dedos en la piel.

Se me revuelve el estómago y las náuseas arremeten contra mí en una oleada repulsiva.

—Julian, déjame…

Y dando un tirón para deshacerme de él en un impulso alimentado por la desesperación, me tiro de cabeza hacia la taza del váter. Casi no me da tiempo a alcanzarla antes de empezar a vomitar.

—¿CUÁNTO HACE QUE TIENES NÁUSEAS? —PREGUNTA EL DOCTOR Goldberg, tomándome el pulso mientras permanezco tumbada en la cama. Julian se pasea por el dormitorio como un león enjaulado.

—No lo sé —respondo, sin dejar de seguir con la mirada los movimientos de Julian. Ahora lleva puesta una camiseta y unos vaqueros, pero sigue descalzo. No para de caminar en círculos frente a la cama, con cada músculo de su cuerpo en tensión y la mandíbula apretada con fuerza.

O sigue enfadado conmigo o está loco de preocupación por mí. Supongo que es una combinación de ambas cosas. Unos minutos después de haber vomitado, ya había hecho venir al médico y me había dejado arropada en la cama.

Eso me recuerda a lo rápido que actuó en la isla cuando tuve la apendicitis.

—Creo que he comido algo en mal estado o quizás haya cogido un virus —susurro, devolviendo mi atención al doctor—. He empezado a sentirme mal durante la cena.

—Ajá. —El doctor Goldberg saca una aguja envuelta en plástico con una cánula sujeta a un vial—. ¿Puedo?

—Claro —asiento. No es que tenga muchas ganas de que me saquen sangre, pero tengo la sensación de que Julian no va a permitir que me oponga—. Adelante.

El médico me encuentra la vena e introduce la aguja mientras miro hacia otro lado. Las náuseas no se han ido del todo y no quiero poner a prueba la entereza de mi estómago ante la visión de la sangre.

—Esto ya está —dice después de un momento, retirando la aguja y frotándome la piel con una torunda de algodón empapada en alcohol —. Te haré saber los resultados de los análisis en cuanto los tenga.

—Siempre está cansada —dice Julian en voz baja, parándose junto a la cama—. Y no duerme bien, tiene pesadillas.

—Bien. —El doctor se pone de pie, agarrando el vial—. Tengo que analizar la muestra en el laboratorio. Vuelvo dentro de una hora.

Sale corriendo de la habitación y Julian se sienta en la cama, sin dejar de mirarme. Su rostro tiene una palidez inusual y el ceño fruncido le marca la frente.

—¿Por qué no me dijiste que estabas enferma, Nora? —pregunta con calma, inclinándose para cogerme de la mano. Percibo la calidez de sus dedos sobre la palma. Su apretón es suave a pesar del nerviosismo que lucha por salir de su interior.

Parpadeo, sorprendida. Pensaba que me preguntaría algo acerca de la lista de Peter, pero no esto.

—No me sentía tan mal durante la cena —contesto, no sin cierta prudencia—. Me sentí mejor después de la ducha y luego... bueno, ya sabes.

Con la mano libre, hago un gesto abarcando la cama.

—¿Follamos? —La expresión tensa de Julian se suaviza levemente, con una chispa inesperada de diversión centelleándole en los ojos.

—Exacto —asiento. El calor me sube por todo el cuerpo cuando sus palabras me evocan todas esas imágenes. No estaré tan enferma cuando puedo ponerme a tono así de rápido—. Me hizo sentir mucho mejor.

—Ya veo. —Julian me lanza una mirada pensativa mientras me acaricia la parte interna de la muñeca con el pulgar—. Y como te encontrabas tan bien, se te ha ocurrido entrar en mi ordenador.

Y ahí está: Julian ajustando cuentas, tal y como esperaba. Solo que no parece tan enfadado como antes, sino que su contacto me reconforta en lugar de dejar entrever un aire de severidad.

Parece que las intoxicaciones alimentarias, o lo que quiera que sea, también tienen sus ventajas.

Le ofrezco una sonrisa cautelosa.

—Bueno, sí. Imaginé que sería una oportunidad tan buena como cualquier otra.

No me molesto en pedir disculpas ni en desmentir mis acciones. No tiene sentido. Lo hecho hecho está. Y he saldado mi deuda con Peter.

—¿Cómo sabías mi contraseña? —El pulgar de Julian continúa con sus movimientos circulares sobre mi muñeca—. Nunca te la he dicho.

—Te grabé mientras la cambiabas hace unos días. Después averigüé que Frank te mandaría la lista.

Las comisuras de los labios de Julian se crispan de forma casi imperceptible.

—Ya lo había pensado. Me preguntaba qué hacías tanto rato ese día con el teléfono.

Me paso la lengua por los labios.

—¿Vas a castigarme?

Julian no parece enfadado, sino que en ese momento da la sensación de estar divirtiéndose, pero no creo que me deje impune.

—Claro que sí, mi gatita. —No hay rastro de duda en su tono de voz.

Se me dispara el pulso.

—¿Cuándo?

—Cuando yo quiera. —Le chispean los ojos y me suelta la mano—. ¿Quieres agua o algo?

—Unas galletitas saladas y una manzanilla no estarían nada mal —digo automáticamente, con la mirada clavada en su rostro. Es cierto que me esperaba esto, pero sigo sin poder evitar ponerme nerviosa.

—Voy a por ello. Vuelvo enseguida.

Julian se levanta y sale por la puerta. Cierro los ojos, vuelvo a sentir cansancio y ya no queda nada del subidón de adrenalina. Quizá pueda echarme una siestecita rápida antes de que Julian vuelva...

Me sobresalta de nuevo un golpe en la puerta y doy un respingo.

—Nora, soy David Goldberg. ¿Puedo pasar?

—Claro.

Vuelvo a tumbarme. El corazón me sigue latiendo a una velocidad de vértigo.

—¿Ya has analizado la muestra? —pregunto en cuanto traspasa el umbral de la puerta.

—Sí.

Su expresión se torna en una mueca extraña cuando se detiene junto a la cama.

—Nora, últimamente te has estado sintiendo fatigada, ¿verdad? ¿Y más estresada de lo normal?

Asiento con el ceño fruncido: me empiezo a sentir intranquila.

—¿Por qué?

—¿Te has notado algo más? ¿Cambios de humor? ¿Antojos atípicos o asco hacia algunos alimentos? ¿Sensibilidad en los pechos?

Me lo quedo mirando. Siento como si me propinasen un puñetazo helado en el pecho.

—¿Qué insinúas?

Todos esos síntomas… No puede ser…

—Nora, las muestras de sangre revelan una presencia importante de la hormona hCG —dice el doctor Goldberg con suavidad—. Estás embarazada. —Hace una pausa y añade en voz baja—: Por la fecha de la extracción del implante, calculo que estás de seis semanas.

7

Julian

Subo las escaleras hacia la habitación con una bandeja de té y galletitas saladas. Debería estar furioso con Nora, pero, en lugar de eso, siento una preocupación teñida de una cierta admiración.

Me ha desafiado, se ha encerrado en el baño y se ha colado en mi ordenador para pagar una deuda que creía que debía. Sabía que la descubriría, pero aun así lo ha hecho y no puedo evitar respetarla por ello. Yo hubiese hecho lo mismo si estuviera en su lugar.

En realidad, debería habérmelo esperado. Llevaba días insistiendo con querer la lista para Peter, así que no me sorprende que haya decidido actuar por su cuenta. Desde el principio, percibí que en ella había un alma obstinada, un espíritu luchador que contradice su aspecto delicado.

Puede que mi gatita sea obediente la mayor parte del tiempo, pero solo porque es lo bastante inteligente para escoger sus batallas y debería haber sabido que escogería luchar en esta.

561

Cuando me estoy acercando a la habitación, reconozco el tono ligeramente nasal de Goldberg. Ya tiene los resultados y Nora parece estar disgustada.

Mierda. Me atenaza un miedo helado y agudo. Si es algo serio, si realmente está enferma... Me recompongo y llego a la puerta en dos zancadas. El té se desborda, pero apenas lo noto: estoy centrado en Nora.

Agarro la bandeja con una sola mano, empujo la puerta y entro.

Ella está sentada en la cama con los ojos desorbitados y la cara pálida.

—Me temo que sí es posible... —dice Goldberg.

Se me congela el corazón.

—¿Qué es posible? —pregunto de forma brusca—. ¿Qué pasa?

Goldberg se gira para mirarme.

—Ah, aquí estás. —Parece aliviado—. Solo le explicaba a tu mujer que la pastilla del día después es solo un noventa y cinco por ciento efectiva si se toma dentro de un plazo de veinticuatro horas y aunque la posibilidad de concepción es baja dado el momento en el que se le extrajo el implante, aún existe una pequeña posibilidad de embarazo...

—¿Embarazo? —Parece que esté hablando en un idioma desconocido—. Pero ¿qué dices?

Goldberg suspira, parece cansado.

—Julian, Nora está embarazada de seis semanas. Parece que la pastilla del día después no funcionó.

Lo miro totalmente aturdido.

—Escuchad, sé que cuesta asimilarlo. ¿Por qué no os dejo solos, habláis y me preguntáis todo lo que queráis por la mañana? Por ahora, lo mejor que puede hacer Nora es descansar, que el estrés no es nada bueno en su estado.

Asiento, aún mudo de la impresión. El médico se va rápidamente y me deja a solas con Nora, que parece una muñeca de cera allí inmóvil y con la cara completamente blanca, tanto como la bata que lleva puesta.

El líquido caliente me salpica en la mano y me quema, lo que me recuerda que sostengo una bandeja. El dolor me aclara la mente y me ayuda a procesar las palabras de Goldberg.

Nora está embarazada. No está enferma, está embarazada.

El miedo desaparece y lo sustituye una nueva emoción, totalmente desconocida.

Coloco la bandeja con media taza de té en la mesita de noche, para sentarme cerca de mi esposa y rodearle las palmas con las manos.

—Nora —digo, mientras tiro de sus manos para que me mire. Veo que sigue conmocionada, con la mirada vacía y distante—. Nora, cariño, dime algo.

Ella parpadea, como si volviera en sí y me suelta las manos. La suelto y veo cómo se aparta, cómo dobla las rodillas a la altura del pecho y se abraza a sí misma. Me mira fijamente, y nos miramos en silencio mientras pasan los segundos.

—¿Lo has hecho tú? —pregunta finalmente en un susurro—. ¿Le pediste al doctor Goldberg que me diese un placebo en lugar de la pastilla del día después? ¿Mi nuevo implante es falso?

—No. —Su acusación no me ofende. Si hubiese querido dejarla embarazada, se me habría ocurrido algo similar a lo que me acusa y Nora lo sabe, no es tonta—. No, mi gatita. Esto me ha sorprendido tanto como a ti.

Ella asiente y sé que me cree. No tengo ninguna razón para mentir; es mía y puedo hacer con ella lo que me plazca. Si la hubiese dejado embarazada a propósito, no lo negaría.

—Ven —murmuro, alargando el brazo hacia ella. La noto tensa cuando me la acerco, pero no hago caso a su resistencia. Necesito abrazarla, sentirla entre mis brazos. Su pelo me hace cosquillas en la barbilla al subirla a mi regazo e inhalo profundamente, mientras cierro mis ojos.

Nora no está enferma.

Está embarazada de mi hijo.

Suena irreal, antinatural. Se ve pequeña entre mis brazos, poco más grande que un niño, y ahora será madre… y yo voy a ser padre. Padre como el hombre que me trajo a la vida y me hizo el hombre que soy hoy.

De repente, me viene a la cabeza un recuerdo.

—¡Cógela! —dice mientras me tira la pelota riendo.

Salto para cogerla y mis manos de niño de cinco años la atrapan al vuelo.

—¡La tengo! —Me siento muy orgulloso de mí mismo y lleno de alegría—. Padre, ¡la he atrapado al primer intento!

—Bien hecho, hijo —me felicita y en ese momento lo quiero.

Su aprobación es lo que más me importa en el mundo. Olvido el dolor frecuente que me produce su cinturón y todas las veces que me grita y me llama inútil.

Es mi padre y en este momento lo quiero.

ABRO LOS OJOS, MIRO FIJAMENTE A LA PARED Y SUJETO A NORA. No puedo creer que alguna vez quisiera a ese hombre. Ha sido el objeto de mi odio durante tanto tiempo, que había olvidado ese tipo de momentos.

Había olvidado que había ocasiones en las que me hacía feliz.

¿Podré hacer feliz a este niño? ¿O me odiará? Le dije a Nora que sería un padre terrible, pero no sé si es verdad. Por primera vez, trato de imaginarme cogiendo a un bebé recién nacido, jugando con un chiquillo de mejillas regordetas, enseñando a un niño de cinco años a nadar... Las imágenes me llegan con una facilidad pasmosa y me llenan de una inquietante mezcla de miedo y anhelo. De un deseo que no sabía qué quería.

Me sobresalta un sollozo apagado: es Nora.

Está llorando y su delgado cuerpo se estremece entre mis brazos. Noto sus lágrimas en el cuello y me queman como si fueran ácido.

Por un instante había olvidado lo poco que desea a este niño. Lo poco que desea tener un hijo conmigo.

—Shhh, mi gatita. —Las palabras salen con más brusquedad de lo que pretendía, pero no puedo evitarlo. El desasosiego que siento en el pecho ha vuelto y, con él, la necesidad irracional de hacerle daño. Lucho contra ese sentimiento y digo en un tono más calmado—: No es el fin del mundo, créeme.

Ella se calma y se queda en silencio un momento, para después comenzar a sollozar de nuevo.

No puedo soportarlo. La tristeza me invade como si me hundieran un cuchillo ardiente; es una situación agonizante y desesperante.

Le introduzco la mano en el pelo, cierro el puño alrededor de su sedoso cabello y tiro de su cabeza hacia atrás, la obligo a mirarme. Sus ojos desorbitados y horrorizados se clavan en los míos. Veo lágrimas brillar en sus pestañas y eso me hace enfurecer todavía más; despierta a la bestia que hay en mi interior.

Le tiemblan los labios, que abre como si fuese a hablar, pero agacho la cabeza y silencio sus palabras con un beso brusco y profundo. La excitación, afilada e intensa, me llena las venas, me la pone dura y me nubla el juicio. La deseo y, al mismo tiempo, quiero castigarla. Noto cómo se resiste contra mí, pruebo la sal de sus lágrimas y eso me excita, aumenta mi hambre retorcida.

No sé cómo acabamos en la cama, con ella estirada e indefensa debajo de mí, pero la ropa que llevamos se me antoja una barrera intolerable, así que la rompo y me siento más animal que hombre. Cierro los dedos alrededor de sus muñecas, que sujeto con la mano izquierda y coloco las rodillas entre sus muslos, separándolos bruscamente.

Oigo que Nora suplica y me ruega que pare, pero no puedo. Las ganas de poseerla me invaden como si hubiera fuego en mi piel; un fuego que consume todo pensamiento racional a su paso. Me agarro la polla, la guio hasta su sexo y la penetro con una sola estocada profunda; la tomo con la intención de reclamar su cuerpo y su alma.

La noto pequeña y tensa; contrae los músculos desesperadamente para que no la penetre, pero esa presión no hace más que aumentar mis ganas de follarla. Su resistencia me enfada, hace que la folle con mayor dureza, que la penetre con fuerza y la inmovilice debajo de mí. Cada embestida es una despiadada demanda, una conquista brutal de lo que ya me pertenece. Parece que me paso horas follándomela; no soy consciente de nada, salvo del hambre feroz que me invade.

Hasta que caigo rendido encima de ella, respirando con dificultad por el intenso orgasmo, no se despeja la neblina de la lujuria y me doy cuenta de lo que he hecho.

Le suelto las muñecas, me apoyo sobre los codos y la miro con la polla aún enterrada en su interior. Ella está tumbada debajo de mí con los ojos cerrados y el rostro pálido. Veo un rastro de sangre en su labio inferior y no sé si se lo he hecho con los dientes o se lo ha hecho ella misma por el dolor que sentía.

Mientras la observo, abre despacio los ojos, me mira... y por primera vez en décadas, siento el agrio sabor del remordimiento.

8

———————

Nora

Tengo la mente en blanco, vacía de todo pensamiento racional al mirar a Julian. Apenas noto que sigue dentro de mí, pero no puedo procesar nada más en este momento. Me siento rota, destruida, el descarnado dolor aumentado de mi cuerpo por el intenso y punzante dolor de mi alma.

No sé porque este sexo duro me ha parecido como una violación ni por qué me ha recordado a esos primeros días en la isla, cuando Julian era mi cruel captor y no el hombre al que amo. Solo hace un par de días, me torturó con un azotador y pinzas para pezones y lo disfruté, le supliqué. También le he suplicado hoy, pero no para que continuase. No quería sexo, no cuando se me rompe el alma por la pequeña vida que crece en mi interior.

Por el niño inocente que ha sido concebido por dos asesinos.

—Nora... —La voz de Julian es un susurro. El dolor en su voz ablanda lo poco que me queda de corazón. No quiero odiarlo por hacerme daño, es parte de su naturaleza. Él es así.

567

Y por eso nuestro hijo está condenado.

Le mantengo la mirada y siento como si me rompiera en mil pedazos.

—Déjame, Julian, por favor.

—No puedo —dice con una mueca, que le resaltan las cicatrices alrededor del ojo—. No puedo, Nora.

Trago saliva con fuerza. Sé que no habla de la postura en que nos encontramos.

—No te estoy pidiendo eso. Por favor, necesito… solo necesito un minuto.

Se aparta de mí, rodando hasta quedar boca arriba y yo me alejo a mi lado de la cama, encogiendo las rodillas a la altura del pecho. Las náuseas que tenía antes se han ido, pero me siento débil, exhausta. El cuerpo me duele por la brutalidad de Julian y me invade una sensación de angustia, lo que se añade a mi desesperación creciente.

Apenas noto como se levanta Julian. Solo cuando me pone un trapo con agua caliente entre las piernas me doy cuenta de que ha ido al baño y ha vuelto. No tengo energía para moverme, por lo que me quedo tumbada hasta que termina de limpiar los restos que ha dejado este encuentro sexual entre mis muslos.

Después, me sostiene entre sus brazos y nos cubre con las mantas. Cuando la familiar calidez de su cuerpo se filtra, como invitándome a dormir, sueño que noto el roce de sus labios contra mi sien y lo oigo susurrar:

—Lo siento.

—Como os conté anoche, este embarazo era improbable pero no imposible —dice el doctor Goldberg mientras me siento en el sofá junto a Julian—. La pastilla del día después es ineficaz en un cinco por ciento y la probabilidad de concebir unos días después de la extracción del anterior implante ronda también el cinco por ciento, así que si hacéis las cuentas… —dice, encogiéndose de hombros con una sonrisa avergonzada.

—¿Pasa algo porque Nora lleve algún anticonceptivo? —pregunta Julian frunciendo el ceño—. Le pusimos un nuevo implante en el brazo hace unas semanas.

—Ya veo —dice el médico—, pues tendremos que extraerlo lo antes posible y empezar a darle vitaminas prenatales a Nora. —Hace una pausa y añade con delicadeza—: Si queréis seguir adelante con el embarazo, claro.

—Sí —responde Julian enseguida sin ni siquiera poder procesar la pregunta— y queremos asegurarnos de que esté sano —dice mientras estira la mano para rodear mi palma y darle un apretón—. Y, por supuesto, Nora también.

Por fin comprendo las palabras del doctor Goldberg y miro a Julian. Tiene la mandíbula contraída y una expresión seria. No había contemplado el aborto, pero me sorprende que Julian esté en contra de una manera tan contundente. Decía que no quería tener hijos y no creo que sea tan hipócrita como para tener objeciones morales o religiosas contra el aborto.

—Por supuesto —dice el doctor—, la ginecología no es mi especialidad, pero puedo examinar a Nora, retirarle el implante y recetarle las vitaminas adecuadas. También puedo recomendaros a una ginecóloga excelente que puede seguir el embrazo de Nora aquí. Ya te he mandado por correo su información de contacto.

—Bien —dice Julian, que me suelta la mano para levantarse. Parece intranquilo y tenso—. Quiero los mejores cuidados para Nora.

—Los tendrás —promete el médico al tiempo que se levanta. Dirigiéndose a mí, dice—: Al menos esto explica algo.

—¿El qué? —También me levanto, incómoda al ser la única que permanecía sentada.

—Tus pesadillas y ataques de pánico —dice él y me lanza una mirada comprensiva—. Es normal que las hormonas del embarazo aumenten la ansiedad, sobre todo si has sufrido episodios traumáticos.

—Ah. —Lo miro fijamente—. ¿Así que no estoy exagerando?

—No —me asegura el doctor Goldberg—, las embrazadas son más proclives a sufrir depresión y ansiedad. Tienes que tomártelo con calma y relajarte todo lo que puedas, por tu bien y el del bebé. El estrés agudo durante el embarazo puede provocar todo tipo de complicaciones, incluso el aborto.

—Me aseguraré de que descanse y no tenga estrés. —Julian vuelve a acercarse para entrelazar nuestras manos. Es como si no pudiese dejar de tocarme—. ¿Y por las comidas y bebidas?

—Os haré una lista de qué hay que evitar —dice él—. Probablemente ya sepáis que no debe tomar alcohol o cafeína, pero hay un par de cosas más, como el sushi o el marisco con alto contenido en mercurio.

—De acuerdo. —Julian vuelve la cabeza para mirarme—. Cariño, ¿qué te parece si el médico te examina y te extrae el implante ahora?

Su voz es inusualmente suave y su mirada está colmada con una emoción indescifrable.

—Claro. —No veo razón para aplazarlo y me alegra que Julian me lo pregunte en vez de ordenarlo con su despotismo habitual.

—Bien. —Me suelta la mano, pero antes, me da un beso en el dorso de la muñeca—. Volveré dentro de un rato.

Asiento y Julian sale en silencio y cierra la puerta detrás de él.

—De acuerdo, Nora —dice el doctor mientas sonríe, coge su maletín y saca unos guantes de látex—, ¿empezamos?

CUANDO EL MÉDICO SE HA IDO, ME PONGO UN BAÑADOR Y VOY HACIA EL porche trasero, cogiendo de paso el libro de psicología. Embarazada o no, tengo que estudiar para un examen y pienso hacerlo, aunque solo sea para distraerme de la situación que estoy viviendo. Vuelvo a llevar una tirita en el brazo e intento olvidar el dolor que siento. No quiero pensar demasiado en que el implante ya no está y la razón para ello.

Es raro, pero ya no tengo sensación de desamparo; ahora siento una especie de dolor distante. Debería estar dolida y enfadada con Julian, pero no lo estoy. Como los días posteriores a mi secuestro, anoche parece pertenecer a otra época antes de que nos convirtiéramos en los que somos hoy. Me estoy engañando otra vez, solo existo en este momento y relego todo lo malo a un rincón de mi mente. Necesito hacerlo para no volverme loca.

Lo necesito porque no puedo dejar de amar a mi captor, haga lo que haga.

Y no ayuda mucho que el Julian de esta mañana esté a años luz del ser salvaje de anoche. En cuanto me he levantado me ha tratado como si fuera de porcelana: desayuno en la cama, masaje en los pies, besos y muestras de afecto constantes. Si no lo conociera, diría que se siente culpable.

Sé de qué pie calza, claro. Solo una fina línea separa al monstruo en que se convirtió anoche del tierno amante de esta mañana. La culpa y la clemencia son sentimientos ajenos a mi esposo.

Cuando llego al porche de atrás, cojo una tumbona, la coloco debajo de una sombrilla y me acomodo. Como siempre, el aire de fuera es caliente y húmedo, tan denso que es casi asfixiante, pero no me importa, ya estoy acostumbrada. Si se hace insoportable, solo tengo que meterme en la piscina. Abro el libro de texto y empiezo a releer el capítulo sobre los neurotransmisores.

Solo voy por la mitad cuando una sombra me hace levantar la vista.

Es Julian, vestido con un bañador negro. Está junto a mi tumbona y me recorre con una mirada hambrienta que ni se molesta en ocultar.

Me relamo al mirarlo. A la luz del sol, es demasiado guapo, las nuevas cicatrices le dan más masculinidad a su rostro. Desde los hombros a las pantorrillas, cada parte de su cuerpo está cubierto de músculos tersos. Su fuerte pecho está recubierto de vello oscuro, tiene los abdominales marcados y una línea de vello que va desde el ombligo hasta debajo del bañador.

Es asombroso; es el hombre más espectacular que jamás haya conocido y lo deseo. Lo deseo a pesar de lo que pasó anoche, a pesar de todo.

—¿Cómo te sientes, cariño? —pregunta en voz baja y algo ronca—. ¿Tienes náuseas? ¿Estás cansada?

—No. —Me siento, bajo los pies al suelo y cierro el libro—. Me encuentro bien.

Julian se sienta a mi lado y me coloca un mechón de cabello detrás de la oreja.

—Bien —dice suavemente—, me alegro.

—¿Has salido a nadar? —Trato de hacer caso omiso del calor que su roce me provoca en la entrepierna—. Creía que te ibas a la oficina.

—Ya he ido, pero solo un momento. Me tomaré el resto del día libre.

—¿En serio? —Julian tenía tan pocos días libres que casi ni tenía días libres, en realidad—. ¿Por qué?

—No podía concentrarme —dice con una sonrisa burlona.

—Oh. —Lo miro con cautela—. ¿Entonces quieres nadar un rato? Estaba pensando en meterme cuando terminase este capítulo, pero puedo ir ahora.

—Claro. —Julian se levanta y me ofrece la mano—. Vamos.

Le cojo la mano y dejo que me guíe hasta la piscina. Cuando nos acercamos al agua, se agacha, me pasa un brazo bajo las rodillas y me levanta.

Sorprendida, rio y me abrazo a su cuello.

—¡Julian! Ni se te ocurra tirarme, necesito entrar poco a poco…

—No voy a tirarte, mi gatita —murmura mientras entra en la piscina. Le brillan los ojos—. ¿Crees que soy un monstruo o qué?

—Esto… ¿tengo que contestar? —No puedo creer que tenga ganas de provocarlo, pero de repente, me siento despreocupada. Deben de ser las hormonas, pero no me importa, prefiero mil veces sentirme despreocupada a deprimida.

—Tienes que contestar —dice y una mirada perversa se asoma a su rostro. El agua le llega por la cintura, para y sujetándome contra su pecho, dice—: Si no…

—Si no… ¿qué?

—Esto. —Julian me baja un par de centímetros y noto el frío en los pies, que ahora rozan la superficie del agua. Trata de parecer amenazador, pero veo que las comisuras le tiemblan al tratar de contener una sonrisa.

—¿Está amenazándome con tirarme, señor? —Muevo el pie

derecho en el agua y finjo una mirada acusatoria—. Creía que habíamos acordado que no me tirarías.

—¿Quién ha dicho que voy a tirarte? —Se mete más en la piscina y el agua me llega más arriba de las pantorrillas. Deja de fruncir el ceño y esboza una sonrisa sensual—. Hay otras maneras de tratar a las chicas malas.

—Dime... —Se me contraen los músculos al imaginármelo—. ¿Qué maneras son esas?

—Bueno, para empezar... —Mientras aguanto la respiración, inclina la cabeza y acerca los labios a los míos—, hay que refrescarse un poco.

Y entonces, sin dejarme reaccionar, se hunde, sumergiéndonos a ambos en el agua, que enseguida me llega hasta la barbilla.

—¡Julian! —Rio, me suelto y lo empujo por los hombros. La piscina está climatizada, pero el agua está fría comparada con mi piel, caliente por el sol—. Has dicho que no lo harías.

—He dicho que no te tiraría —me corrige, con el ceño fruncido—, no he dicho nada de meterte conmigo.

—Vale, tú lo has querido. —Logro soltarme y me aparto unos centímetros—. ¿Quieres guerra? Pues la tendrás, señorito.

Le lanzo agua y lo miro, riendo, mientras le da directamente en la cara.

Se seca, pestañeando con incredulidad y me alejo, riéndome aún más.

Julian se recupera de la impresión y comienza a acercarse.

—¿Me acabas de tirar agua? —dice con voz baja y amenazadora—. ¿Acabas de lanzarme agua a la cara, mi gatita?

—¿Qué? No... —Pestañeo fingiendo inocencia e intento alejarme —. No me atrevería... —Termino gritando cuando Julian se abalanza hacia mí, acortando la distancia entre nosotros. En el último momento, consigo alejarme lo suficiente y me voy nadando, sin dejar de reír.

Soy buena nadadora, pero a los dos segundos Julian me agarra por el tobillo.

—¡Te atrapé! —dice, arrastrándome hacia él. Cuando estoy lo

bastante cerca, me sujeta del brazo para colocarme en posición vertical y enrosca sus musculosos brazos que ahora es su yerno, mientras se burla de mis intentos fallidos de zafarme de él.

—De acuerdo, me has pillado —confieso y rio—. ¿Y ahora qué?

—Ahora esto. —Inclina la cabeza y me besa. La calidez de su gran cuerpo contrarresta el frío del agua.

Cuando me mete la lengua en la boca, me tenso involuntariamente; me vienen los recuerdos de anoche. Por un instante, revivo el sentimiento de desamparo y dolor y no sé si puedo separar lo bueno de lo malo. Me gustaría fingir que hoy es como cualquier otro día, pero no lo es. Ningún momento divertido cambiará que el alma de Julian sea perversa.

El monstruo siempre estará al acecho.

Y ahora, mientras continúa besándome, el calor del deseo me crece en el vientre y me atrapa en su hechizo. Es delicado conmigo, me deshago y me dejo llevar por esa delicadeza, en la calidez de su abrazo. Quiero pensar en su cariño, en su mirada llena de amor y dejo que los recuerdos lúgubres se desvanezcan, me quedo con este presente tan brillante.

Me quedo con el hombre al que amo.

9

Julian

NADAMOS Y JUGAMOS EN LA PISCINA HASTA QUE ANA VIENE A buscarnos y nos dice que la comida ya está lista. Para entonces ya estoy hambriento y supongo que Nora también debe de tener hambre. Me van a explotar las pelotas de tantos preliminares, pero tendré que esperar.

Prefiero que Nora coma mucho a follármela.

Ver a mi gatita así —tan feliz, vibrante y sin preocupaciones— me ha ayudado a aliviar la presión en el pecho, pero no la ha eliminado del todo. La expresión de su cara después de poseerla me persigue, me invade los pensamientos, aunque me esfuerzo por borrarla de mi mente. Sé que le he hecho cosas peores en el pasado, pero siento que lo de anoche fue lo peor con diferencia.

Siento que le he hecho daño.

Quizás sea porque ahora es completamente mía, ya no tengo que manipularla ni moldearla a mi gusto. Me ama lo bastante como para

575

arriesgar su vida, lo suficiente para estar conmigo por voluntad propia. Todo lo que le hice en el pasado estaba calculado hasta cierto nivel, pero anoche le hice daño sin razón alguna.

Le hice daño cuando lo único que quería era sostenerla, curarla.

Hice daño a la mujer que va a tener a mi hijo y, aunque parece que ella me ha perdonado, yo no puedo perdonármelo.

—¿Te traigo algo, Nora? —pregunta Ana cuando nos sentamos a la mesa del comedor. La mujer es muy cordial con mi esposa y mucho más feliz de lo que jamás la haya visto—. ¿Tostadas? ¿Un poco de arroz hervido?

Nora pone unos ojos como platos al oír al ama de llaves, pero consigue mantener la compostura.

—Comeré lo que hayas preparado, Ana. Hoy me encuentro mejor, en serio.

No puedo evitar sonreír, a pesar de todo lo que estaba pensando antes. A Goldberg debe habérsele escapado algo o puede que Ana nos haya oído esta mañana. Por eso tiene una sonrisa que no le cabe en la cara: sabe que Nora está embarazada y está encantada con la noticia.

Ana sonríe aún más al ver a Nora tranquila.

—Qué bien. Ayer debías sentir malestar por el embarazo. Suele pasar, ya sabes —dice en tono confidencial—. Dicen que suele comenzar a las seis semanas.

—Genial. —Nora intenta que no se le note la melancolía, pero no lo consigue—. Lo estoy deseando.

—Me aseguraré de que tengas los mejores cuidados, cariño —murmuro mientras alargo el brazo para tomarle la mano a Nora—. Te daré todo lo que necesites para que estés bien.

Ya he contactado con la ginecóloga que Goldberg me recomendó; le escribí un correo cuando estaba examinando a Nora. Puede que no haya planeado tener un hijo, pero, ahora que está aquí, es inconcebible que le pase algo malo. Cuando Goldberg comentó la posibilidad de abortar, me entraron ganas de descuartizarlo.

Planeado o no, este bebé es mío y mataré a todo aquel que quiera hacerle daño.

Nora me sonríe.

—Todo irá bien, las mujeres tienen hijos todos los días. —A pesar de sus palabras tranquilizadoras, suena tensa; sé que aún está preocupada por lo que está pasando.

Preocupada por estar embrazada de mi hijo.

Suspiro profundamente e intento contener el enfado. Entiendo su miedo: es racional. Nora me ama, pero sabe cómo soy.

Seguro que lo sabe, sobre todo después de anoche.

—Sí, todo irá bien —digo con tranquilidad, dándole un pequeño apretón en la mano antes de soltarla—. Me aseguraré de ello.

Evitamos el tema durante el resto de la comida, ambos contentos de centrarnos en algo diferente.

ESTOY EL RESTO DEL DÍA CON NORA, PASANDO DE TODO EL TRABAJO QUE me espera. Por primera vez desde hace años, no me importan los problemas de fabricación en Malasia o que el cártel mexicano esté exigiendo precios más bajos por las ametralladoras personalizadas. Los ucranianos tratan de arreglar las cosas y sobornarme para que deje la alianza con los rusos, la Interpol está indignada porque la CIA me enviase la lista de Peter Sokolov, ha surgido un nuevo grupo terrorista en Iraq que quiere entrar en la lista de espera para conseguir el explosivo... y a mí no me importa una mierda nada de eso.

Ahora solo me importa Nora.

Después de comer, damos una vuelta por la finca y le enseño mis lugares preferidos de cuando era niño, incluido un laguito en el límite de la propiedad en que una vez vi a un jaguar.

—¿En serio? ¿Un jaguar? —Nora me mira boquiabierta cuando salimos del área boscosa y llegamos a un pequeño claro lleno de césped frente al lago. Los altos árboles de alrededor ofrecen sombra e intimidad a los guardias; por eso pasaba tanto tiempo aquí de niño.

—A veces salen de la jungla —digo respondiendo a su pregunta—, es infrecuente, pero puede pasar.

—¿Cómo escapaste de él? —Me mira preocupada—. Me has dicho que tenías nueve años.

—Llevaba pistola.

—¿Lo mataste?

—No, disparé a un árbol que había cerca para asustarlo. —Podría haberlo matado porque mi puntería ya era excelente entonces, pero lastimar a una criatura tan fiera me resultaba repulsivo. No era culpa del jaguar nacer depredador y no quería castigarlo por tener la mala suerte de entrar en territorio humano.

—¿Qué dijeron tus padres cuando se lo contaste? —Nora se sienta en un tronco roto y me mira. Sus suaves hombros resplandecen con la luz que se refleja en el lago—. Los míos estarían aterrados.

—No se lo conté. —Me siento a su lado e, incapaz de resistirme, me inclino para besarle el hombro derecho. Su piel huele que alimenta y se me pone dura cuando vuelvo a sentir ese deseo que ha surgido con los jueguecitos en la piscina.

—¿Por qué? —pregunta con la voz ronca, girándose para mirarme mientras levanto la cabeza—. ¿Por qué no se lo contaste?

—Mi madre ya tenía demasiado miedo a la jungla y mi padre habría estado decepcionado por no haberle traído la piel del jaguar: no tenía sentido decírselo.

Le acerco la mano a la cabeza e introduzco los dedos en su gruesa y suave melena, disfrutando de la sensación de su pelo al fluir entre mis manos. Tengo la polla dura, pero no quiero ir más allá de momento.

No nos acostaremos hasta esta noche, cuando esté cómoda en nuestra cama y pueda asegurarme de no hacerle daño.

—Oh. —Nora ladea la cabeza, la acerca a mis manos y me mira con los ojos medio cerrados. Su expresión me recuerda a la de un gato al acariciarlo—. ¿Ni siquiera a tus amigos? ¿No les contaste lo que pasó?

—No —murmuro. A pesar de mis buenas intenciones, aumenta mi excitación—, no sé lo conté a nadie.

—¿Por qué? —ronronea ella cuando vuelvo a acariciarle el pelo y a masajearle el cuero cabelludo—. ¿Creías que no iban a creerte?

—No, sabía que no me creerían. —Le retiro las manos del pelo porque ha aumentado el deseo, poniendo a prueba mi autocontrol—. No tenía amigos íntimos, vaya.

Un sentimiento similar a la pena se le refleja en la mirada, pero no dice nada ni hace más preguntas. En lugar de eso se acerca y me besa, con sus manitas sujetando ambos lados de mi cara.

Su tacto es extrañamente inocente e inseguro, como si me besara por primera vez. Apenas me roza los labios con los suyos, cada roce es una pista, una promesa de lo que está por venir. Casi puedo probarla, sentirla y las ganas de follarla son tan fuertes que me estremezco. Solo los recuerdos de anoche —la mirada herida y traicionada en sus ojos— me ayudan a quedarme quieto y aceptar esos «casi besos», con las manos descansando en sus hombros. Sé que debo pararla, apartarla, pero no puedo.

Sus besos dubitativos son la cosa más dulce que jamás haya sentido.

Cuando creo que no puedo aguantarlo más, su boca caliente me recorre la mandíbula y me baja hasta el cuello, besando y mordisqueando con la misma delicadeza tortuosa.

Me suelta la cara y me recorre el cuerpo con las manos. Con los dedos me agarra la parte inferior de la camisa y empieza a levantármela. Me quejo cuando me recorre los costados desnudos con los nudillos y su roce me calienta la piel.

—Nora... —Contengo la respiración cuando se agacha y se arrodilla entre mis piernas a la altura de mi ombligo—. Nora, cariño, deja de torturarme.

No me hace ni caso y sigue levantándome la camisa hasta el pecho.

—¿Quién te está torturando? —susurra, mirándome. Y sin siquiera dejarme contestar, se agacha y me da un cálido y húmedo beso en el estómago.

Mierda. Me estremezco entero y se me contraen las pelotas por la salvaje llegada de la lujuria. Verla arrodillada ante mí me excita de todas las maneras posibles e invoca mis deseos más oscuros. Aprieto los puños y tomo una corta y profunda bocanada de aire, mientras recuerdo lo frágil que es en estos momentos. Está embarazada de mi hijo y que no puedo tomarla como un animal otra vez.

Pero justo ahora me lame el vientre, lo está lamiendo de verdad, va trazando cada músculo con su lengua, como si tratara de grabarlos en su memoria.

—Nora —digo con voz ronca—, cariño, ya basta.

Se aleja, mirándome a través de sus pestañas largas y espesas.

—¿Estás seguro? —murmura sin soltarme la camisa—. Porque yo quiero más.

Se acerca de nuevo, me raspa los abdominales con los dientes y después los chupa. Noto su boca húmeda y caliente contra mi piel desnuda. Piel que está justo encima de mi polla ansiosa, aún confinada en los pantalones.

Joder.

—Nora… —Apenas puedo hablar. Araño la corteza del árbol en un esfuerzo por no agarrarla—. No quieres hacerlo, cariño, para…

—¿Y eso quién lo dice? —Se aparta un poco y levanta la vista de nuevo; su mirada es oscura y ardiente—. Sí quiero, Julian… tú haces que me apetezca.

Inspiro fuertemente; la polla se estremece cuando me suelta la camisa y alcanza la hebilla del cinturón.

—No quiero hacerte daño.

Esboza una sonrisa.

—Sí, Julian, sí quieres. —Me desabrocha el cinturón y me mete las manos por dentro del pantalón. Sus finos dedos rodean mi miembro hinchado y lo aprietan—. ¿O no?

Casi exploto y la agarro antes de pensármelo dos veces.

—Sí… —digo en un gruñido cuando me la subo al regazo, obligándola a sentarse a horcajadas—. Quiero hacerte daño, follarte, tomarte de cualquier forma posible. Quiero marcar tu preciosa piel y oírte gritar mientras me introduzco en tu coño y hago que te corras encima de mi polla. ¿Eso quieres oír, mi gatita? —Le ciño los brazos y la miro—. ¿Quieres eso, ¿no??

Se relame con unos ojos que brillan con una luz particular.

—Sí —susurra—. Sí, Julian. Eso es exactamente lo que quiero.

Mierda. Cierro los ojos, estoy temblando por el deseo. Está sentada en mi regazo con el vestido subido y solo un delgado tanga separa su coño de mi polla. Si la subo un par de centímetros, podría estar dentro de ella, follándomela...

La tentación es insoportable.

«Uno, dos, tres, cuatro...» Me obligo a contar mentalmente hasta que pueda recuperar un poco de control.

Abro los ojos y la miro.

—No, Nora. —Mi voz suena casi firme cuando le suelto las manos y pongo las mías en su cara—. Eso no va a pasar.

Parpadea y parece sorprendida.

—¿Qué...?

Ladeo la cabeza y la interrumpo con un beso. Lenta y profundamente, invado su boca, saboreándola, acariciándola con la lengua. Entonces, le meto la mano en el pelo y la empujo hasta mi entrepierna, disfrutando de la expresión de desconcierto que le asoma a la cara.

—Ahora me chuparás la polla —digo bruscamente— y después, si has sido buena chica, recibirás un premio, ¿entendido?

Se le ponen los ojos como platos, pero enseguida obedece. Me saca la polla de los pantalones para envolverla con sus labios y empezar a acariciarla rítmicamente con la mano. El interior de su boca es cálido, sedoso y húmedo, casi tan delicioso como su coño. La presión que ejerce con la mano es casi perfecta. Estoy tan a punto que al cabo de un par de minutos, el orgasmo empieza a brotar de mis pelotas y el éxtasis se me extiende por todas las terminaciones nerviosas del cuerpo. Gimo, la agarro del pelo y me empujo más adentro de su garganta, obligándola a tragarse hasta la última gota.

La saco, me arrodillo junto a ella y le hago tumbarse en el césped.

—Ábrete de piernas —ordeno mientras le subo el vestido para dejarla desnuda de cintura para abajo.

Obedece con una mirada de deseo y algo de cautela. Coloco las manos en sus caderas estilizadas y bronceadas y las aprieto, disfrutando de la delicada textura de su piel. Me agacho y le aparto el tanga rosa con los dedos para dejar expuesto su coño mojado.

—Tienes un coñito tan apetecible, cariño. —Las palabras suenan bajas y roncas como mi hambre, apenas saciada y que vuelve ahora con ganas. Me agacho más e inhalo su dulce esencia—. Qué coño tan bonito y mojado.

Se le acelera la respiración y le vibra un gemido en la garganta al acercarle los labios a sus pliegues y los beso suavemente.

—Julian, por favor. —Parece atormentada—. Por favor, te... te necesito.

—Sí. —Mi aliento le acaricia la piel—. Lo sé. —La lamo largo y tendido—. Me necesitarás siempre, ¿verdad?

—Sí. —Levanta las caderas, rogándome—. Siempre.

—Entonces, mi gatita, aquí está tu premio.

Con la lengua en el clítoris, comienzo a complacerla, disfrutando de sus gemidos. Cuando finalmente tiembla y llora por el orgasmo, la lamo un par de veces más para prolongar su placer. Después me tumbo en el césped a su lado, doblo el brazo izquierdo bajo mi cabeza para usarlo como almohada y le coloco la cabeza en mi hombro derecho.

Estamos tumbados durante un rato, observando el agua cristalina del lago y escuchando a los insectos. Aún la necesito, pero el deseo es más suave ahora, más controlado. Esta vez no le he hecho daño, pero sigo notándome la presión en el pecho que me agobia.

Al final no soporto más el silencio.

—Nora, lo de anoche... no fue por la lista de Peter. —No sé porque me siento obligado a decírselo, pero lo hago. Quiero que entienda que no pretendía castigarla en ese momento, que el dolor que le provoqué no fue por crueldad. No sé si eso le importará mucho, viniendo de su secuestrador, o si en realidad importa, pero necesito que lo sepa—. Fue un error. No tendría que haber pasado.

Ella no responde, no reacciona a mis palabras de ninguna manera, pero al cabo de un rato, se gira en mis brazos y me pone la mano derecha en el pecho, justo encima de mi corazón.

DURANTE LAS SIGUIENTES DOS SEMANAS, HAGO TODO LO QUE PUEDO para manejar la nueva realidad de mi situación o, mejor dicho, seguir con mi vida y fingir que nada ha pasado.

Las náuseas van y vienen. Me he dado cuenta que hacer comidas pequeñas y frecuentes me ayuda, al igual que consumir platos más simples. Bajo la atenta mirada de Ana y Julian, tomo vitaminas prenatales de forma obediente y evito aquellos alimentos que están en la lista del doctor Goldberg. Aun así, trato de no obsesionarme con esas cosas. Hasta que no se me note la barriga de embarazada, pienso hacer como si todo fuese normal.

Por suerte, mi cuerpo está cooperando, al menos por ahora. Mis pechos se han vuelto un poco más grandes y son más sensibles, pero este es el único cambio que he notado. Sigo teniendo el vientre plano y no he engordado. En todo caso, como he tenido el estómago un poco revuelto, he perdido un par de kilos; algo que, por cierto, le preocupa a Julian, que está haciendo todo lo posible por consentirme hasta la saciedad.

—No necesito descansar —protesto exasperada, ya que, una vez más, él intenta que me eche una siesta durante el día—. En serio, estoy bien. Anoche dormí diez horas, ¿cuántas horas necesita dormir una persona?

Y es cierto. Durante las últimas semanas he estado durmiendo mucho mejor. Por extraño que parezca, saber que mi ansiedad se debe a las hormonas me ha aliviado en gran parte y ha reducido mis pesadillas y ataques de pánico de forma significativa.

Mi psicóloga me dice que es porque estoy menos preocupada por los daños psicológicos que pueda tener a raíz de todo lo que ha pasado. Por lo visto, estresarse por estar más estresado de la cuenta es algo particularmente malo para la mente, mientras que los factores estresantes menos complejos, como tener un hijo con un traficante de armas un tanto sádico, provocan menos ansiedad.

—El cerebro humano es bastante impredecible —dice la doctora Wessex mientras me mira a través de sus gafas de Prada—. Puede que lo que crees que te asusta no sea tan importante en el subconsciente al fin y al cabo. Puede que estés preocupada por este bebé, pero no te asusta tanto como la posibilidad de no llegar a controlar tu ansiedad.

Asiento y sonrío, como si todo tuviera mucho sentido. Lo hago a menudo cuando hablo con ella. Si Julian no hubiese insistido en que continuara con mi sesión de terapia dos veces a la semana, ya lo hubiera dejado. No es que no me guste la doctora Wessex —una mujer estilosa, alta, cuarentona, muy competente y aparentemente no es de las que juzgan—, pero he descubierto que hablar con ella es resaltar la locura que significa mi relación con Julian.

Así que sí, doctora, mi marido —ya sabe, el hombre que la contrató e insistió en que viniera a la mitad de la nada para atenderme—, ese que me ha mantenido cautiva en esta isla durante quince meses, y me ha lavado el cerebro, hace que ya no pueda vivir sin él ni sin su sexo desmedido. Ah, y por cierto, vamos a tener un bebé. Eso no es nada retorcido, no. Somos la típica familia criminal corriente y moliente.

Sí, seguro.

En cualquier caso, los numerosos intentos de Julian de obligarme a echarme siestas son el ejemplo menos indignante de sus cuidados excesivos. También me controla la dieta y se ha asegurado de que la rutina de ejercicios que he retomado haya sido aprobada por un doctor, pero lo peor de todo es que en la cama me trata como a una muñeca de porcelana. Por mucho que lo provoque, lo único que hace es mantenerme sujeta en la cama. Es como si tuviera miedo de desatar su brutalidad, de perder el control.

—Ya te lo he dicho, el obstetra me dijo que el sexo duro está bien siempre y cuando no manche o se vierta el líquido amniótico —le digo a Julian mientras me lo hace suavemente otra vez—. Estoy sana, todo va bien y no hay peligro.

—No voy a arriesgarme —me responde, mientras me besa la oreja y sé que no tiene ni la más mínima intención de seguir hablando del tema.

Una parte de mí todavía no puede creer que quiera eso de él, pero echo de menos el lado oscuro de nuestras relaciones sexuales. No es que no esté satisfecha —Julian se asegura de que tenga varios orgasmos cada noche—, pero hay algo dentro de mí que ansía esa embriagadora combinación de placer y dolor, la avalancha de endorfinas que obtengo del sexo más duro. Incluso el miedo que me infunde él es adictivo de alguna forma, aunque no quiera admitirlo.

Es enfermizo, pero la noche que supe que estaba embarazada —la noche que él me forzó— se ha repetido en mis fantasías más de una vez en los últimos días.

¿Qué diría la doctora Wessex sobre eso? Ni lo sé, ni me importa. Los recuerdos del trauma y de mi estancia en la isla bastan para que, de alguna manera, hayan adquirido un matiz erótico en mi mente. Ya es suficiente con saber que estoy totalmente pervertida.

Por supuesto, esa delicadeza en la cama, tan impropia de Julian, no es el único problema. Otra víctima de su preocupación asfixiante es el entrenamiento de defensa propia. Lo cual es realmente frustrante, ya que, por primera vez en varias semanas, tengo energía. Dormir bien ha reducido el cansancio y las tareas escolares ya no me agotan tanto. He conseguido volver a correr —no sin antes aclararlo previamente con la doctora, claro— pero Julian se niega a dejarme hacer cualquier cosa que pueda provocarme un moratón. El tiro es otra actividad impensable, ya que, por lo visto, disparar una pistola libera partículas que, con la cantidad adecuada, pueden dañar al feto.

Hay tantas restricciones que me dan ganas de gritar.

—Sabes que esto es temporal, Nora —dice Ana, tras haber cometido el error de mostrar mi frustración delante de ella durante el desayuno—. Solo unos meses más y tendrás al bebé entre tus brazos, y todo habrá merecido la pena.

Asiento y esbozo una sonrisa, pero las palabras de la ama de llaves no me hacen sentir mejor. Me llenan de temor.

Dentro de poco más de siete meses seré la responsable de un niño y esa idea me aterroriza ahora más que nunca.

—¿Todavía no les has dicho nada a tus padres sobre el bebé? —Rosa me mira sorprendida mientras salimos de casa para hacer nuestra caminata matutina.

—No —digo, mientras pego un sorbo a un batido de frutas con vitaminas en polvo—. No ha habido ocasión aún.

—Pensaba que hablabas con ellos todos los días.

—Y así es, pero no ha salido el tema. —Puede que parezca que estoy a la defensiva, pero no puedo evitarlo. En lo que se refiere a cosas que me dan verdadero pavor, decirles a mis padres que estoy embarazada está ahí, a la par del nacimiento del niño.

—Nora. —Rosa se detiene debajo de un grueso árbol rodeado de hiedras—. ¿Te preocupa que tus padres no se alegren por ti?

Me imagino la reacción de mi padre al saber que su hijita de veintipocos años está embarazada de su secuestrador.

—Se podría decir que sí.

—Pero ¿por qué no iban a alegrarse? —Mi amiga parece estar realmente confundida—. Estás casada con un hombre rico que te quiere y que se preocupa por ti y por el bebé. ¿Qué más podrían querer?

—Bueno, para empezar, que no estuviera casada con este hombre —digo con una cierta tirantez—. Rosa, ya te he contado nuestra historia. Mis padres no son precisamente los mayores fans de Julian.

Rosa agita la mano, como queriendo restarle importancia al asunto.

—Todo eso es... ¿cómo podría decirlo? Ah, sí, agua pasada. Qué más da cómo empezó, lo que importa es el presente, no el pasado.

—Ah sí... *Carpe diem* y todo ese rollo.

—No hace falta ser sarcástica —dice Rosa mientras retomamos nuestra caminata—. Deberías hablar con tus padres, Nora. Es su nieto. Merecen saberlo.

—Ya, seguramente se lo diga pronto. —Tomo otro sorbito de batido—. No tengo elección.

Caminamos en silencio durante varios minutos. Al cabo de un rato, Rosa pregunta en voz baja:

—No quieres este hijo ¿verdad?

Me paro y la miro.

—Rosa... — ¿Cómo le explico mis inquietudes a una chica que se ha criado en la isla y que cree que este tipo de vida es normal y que mi relación con Julian es romántica?—. No es que no quiera al bebé. Es que el mundo de Julian, nuestro mundo, está demasiado jodido como para traer un niño a él. ¿Cómo podría alguien como él ser un buen padre?, ¿cómo alguien como yo podría ser una buena madre?

—¿A qué te refieres? —pregunta Rosa, frunciendo el ceño—. ¿Por qué no serías una buena madre?

—Estoy enamorada de un capo del crimen que me secuestró y que, como negocio, tiene que matar y torturar a personas — digo con cuidado—. Eso me descalifica a mí como una buena madre, precisamente. Sería un caso de estudio para uno de los documentos de la doctora Wessex, tal vez, pero no me haría buena madre.

—Por favor. —Rosa pone los ojos en blanco—. Hay muchos hombres que hacen muchas cosas malas. Los americanos sois tan sensibles... El señor Esquerra está muy lejos de ser de lo peor de por aquí y no deberías culparte por preocuparte por él. Eso no te hace mala a ti de ninguna forma.

—Rosa, no es solo eso —vacilo, pero entonces elijo lo que voy a decir—. Cuando estuvimos en Tayikistán, maté a un hombre. —Respiro lentamente, mientras revivo la oscura emoción de cuando disparé el gatillo y los sesos de Majid se esparcieron por toda la pared—. Lo disparé a sangre fría.

— ¿Y? —Pestañea fuertemente—. Yo también he matado.

La miro boquiabierta, mientras nos envuelve un silencio estremecedor. Y entonces Rosa comienza a explicarse:

—Fue cuando asaltaron la isla. Encontré una pistola, me escondí entre los arbustos y disparé al hombre que nos estaba atacando. Herí a uno y maté a otro. Más tarde supe que al que había herido también acabó muriendo.

—Pero eras solo una niña. —Estoy en shock—. ¿Me estás diciendo que mataste a dos personas cuando tenías… cuántos, diez, once años?

—Casi once —me contesta mientras se encoge de hombros—. Y sí, lo hice.

—Pero pareces tan…

—¿Normal? —me responde, mirándome con una sonrisa extraña—, ¿agradable? pues claro, ¿por qué no iba a serlo? maté para proteger a aquellos que me importan. Maté a esos hombres que venían aquí a destruirnos y asesinarnos. No es muy diferente de cortar la cabeza de la serpiente que quiere morderte. Si no los hubiese matado, hubiese muerto más gente. Probablemente hubiesen matado a mi madre, a mi hermano y a mi padre.

No sé qué responder a eso. Jamás hubiese imaginado que Rosa, la Rosa amigable y de mejillas sonrojadas, fuera capaz de hacer algo así. Siempre había pensado que la maldad dejaba un rastro. Lo veo en Julian, está tan grabado a fuego en su alma que ya es una parte de él. También lo veo en mí. Pero no lo veo en Rosa. Para nada.

—¿Cómo lo haces para que no te afecte? —le pregunto—. ¿Cómo mantienes tu inocencia?

Me mira y, por primera vez, parece aparentar más de veintiún años.

—Puedes dejar que la maldad te mancille, Nora, o puedes quitarle importancia —me dice en voz baja—. Yo opté por lo segundo. He matado, sí, pero no es lo que realmente soy. No dejo que eso me defina. Ocurrió y ya está hecho. Está en el pasado. No puedo cambiarlo, así que no voy a torturarme por ello. Y tú tampoco deberías. Lo único que importa es tu presente y tu futuro.

Me muerdo el labio, mis ojos empiezan a estar llorosos, como si fuese a estallar en lágrimas.

—Pero ¿qué clase de futuro puede tener este hijo con unos padres como nosotros, Rosa? Mira lo que nos ha pasado a Julian y a mí durante el paso de estos dos años. ¿Cómo puedo saber que sus enemigos no nos secuestrarán o torturarán a mi bebé?

—No puedes estar segura. —La mirada de Rosa es inquebrantable—. Nadie puede estar seguro de nada. Las cosas malas pueden ocurrirle a cualquiera y en cualquier lugar. Hay soldados que viven hasta una edad avanzada y hay oficinistas que mueren jóvenes. No hay unas razones específicas para vivir, Nora. Puedes elegir vivir con miedo siempre o disfrutar de la vida. Disfruta de lo que tienes con Julian. Disfruta de este bebé que está creciendo dentro de ti. Traer a un niño al mundo es una bendición, no una maldición. Puede que no hayas escogido tenerlo, pero ahora está ahí y lo que único puedes hacer es quererlo. Atesóralo. No dejes que tus miedos lo arruinen. —Hace una pausa y añade dulcemente—: No dejes que tu alma se deteriore por algo que no puedes cambiar.

Julian

—¿Cuáles son los daños? ! pregunto a Lucas mientras dejamos el área de entrenamiento. Me cuesta respirar, mis músculos están resentidos y me duele el hombro izquierdo, pero me siento satisfecho.

Ya casi vuelvo a tener mi antigua figura de luchador y los tres guardias que están cojeando han sido testigos.

—Hubo un golpe en Francia y dos más en Alemania. —Lucas se limpia el sudor de su cara con una toalla pequeña—. No está perdiendo el tiempo.

—No creía que lo hiciera. —Dado el particular interés de Peter Sokolov en la venganza, sabía que era cuestión de tiempo antes de que acabase eliminando al resto de los hombres de aquella lista—. ¿Cómo lo ha hecho esta vez?

—Al francés lo encontraron flotando en un río, con marcas de tortura y de estrangulación, así que supongo que Sokolov lo secuestraría primero. Con respecto a los alemanes, uno fue por un coche bomba y a otro lo eliminó un francotirador. —Lucas sonríe de forma sombría—. No lo habrían cabreado tanto.

—O fue a lo rápido.

—O eso, sí. —Lucas está de acuerdo—. Seguramente sepa que la Interpol está tras él.

—Seguro que sí. —Trato de imaginar lo que haría si alguien hiriese a mi familia y un torrente de ira recorre todo mi cuerpo. No puedo llegar a imaginar lo que Peter estará sintiendo, pero eso no es excusa para poner en peligro a Nora para obtener la puta lista.

Todavía quiero matarlo por ello.

—Por cierto —dice Lucas de pasada—. Voy a traer a Yulia Tzakova desde Moscú.

Me detengo en seco.

—¿La intérprete que nos traicionó a los ucranianos? ¿Por qué?

—Quiero interrogarla personalmente —dice Lucas, mientras se frota la toalla alrededor del cuello—. No me fio de que los rusos hagan un trabajo minucioso. —Su expresión es tan indiferente como siempre, pero puedo ver en él una chispa de emoción en su pálida mirada. Está ansioso por hacerlo.

Cierro un poco los ojos, estudiándolo.

—¿Todo esto es porque te la follaste aquella noche en Moscú? —La rusa vino a mí primero, pero pasé de su invitación y entonces fue Lucas quien mostró algo de interés en ella—. ¿De eso se trata?

Se le endurece la expresión.

—Me jodió. Literalmente. Así que sí, quiero ponerle las manos encima a esa zorra. Pero también creo que tiene información útil para nosotros.

Lo analizo un momento y entonces asiento.

—En ese caso, ve a por ello. —Sería hipócrita si le negase a Lucas algo de diversión con la rubia guapa. Si quiere hacerle pagar por el accidente aéreo, no veo nada malo en eso.

De todas maneras, habría acabado muerta en Moscú tarde o temprano.

—¿Ya habías negociado esto con los rusos?— pregunto mientras continuamos nuestra caminata.

Lucas asiente.

—En un principio, intentaron decir que solo negociarían con Sokolov, pero les convencí de que no sería acertado perder tu simpatía. Buschekov entró en razón cuando le recordé los problemas que recientemente habían sucedido en Al-Quadar.

—Bien. —Si hasta los rusos están dispuestos a adaptarse a mí es que mi venganza contra la organización terrorista ha logrado el efecto deseado. No solo Al-Quadar está totalmente diezmada, sino que mi reputación ha mejorado bastante. Muy pocos clientes míos están dispuestos a traicionarme ahora; una mejora que promete ser buena para el negocio.

—Sí, es útil. —Lucas refleja mis pensamientos—. Ella llegará aquí mañana.

Arqueo las cejas, pero decido no decir nada sobre lo rápido que está yendo todo. Si quiere jugar así de sucio con esta chica rusa, es asunto suyo.

—¿Dónde la vas a retener? —le pregunto.

—En mi habitación. La interrogaré allí.

Sonrío, imaginándome el interrogatorio en cuestión.

—De acuerdo, que te diviertas.

—Lo haré —dice con seriedad—. Puedes estar seguro.

Tras darme una ducha, voy a buscar a Nora. O mejor dicho, miro en el ordenador la localización de su rastreador y voy directamente a la biblioteca, donde debe estar estudiando para sus exámenes finales.

La encuentro sentada en un escritorio mirando en la dirección opuesta a mí, tecleando su portátil enfurecida. Lleva el pelo recogido en una coleta un poco suelta y viste una camiseta muy larga que le llega hasta las rodillas.

Parece *mi* camiseta. Ha empezado a hacerlo últimamente cuando tiene que estudiar. Dice que mis camisetas son más cómodas que sus vestidos. No me molesta en lo más mínimo. Verla vestida con mi ropa no hace más que recalcar el hecho de que es mía. Tanto ella como el bebé que lleva adentro.

No reacciona cuando camino por la sala y voy hacia ella. Cuando la alcanzo, veo el porqué.

Tiene puestos unos auriculares. Su suave frente está arrugada por la concentración mientras aporrea el teclado; sus dedos vuelan sobre las teclas con sorprendente velocidad. Durante un segundo, planteo marcharme, pero es demasiado tarde. Nora debe de haberme visto por el rabillo del ojo, ya que levanta la vista y me dedica una sonrisa deslumbrante mientras se quita los auriculares.

—Hola —su voz es suave y un poco ronca—, ¿ya es hora de cenar?

—Todavía no. —Le devuelvo la sonrisa y pongo las manos sobre su nuca. Sus músculos parecen estar tensos, así que empiezo a darle un masaje—. He dado unas cuantas vueltas con mis hombres y he venido para darme una ducha antes de volver a la oficina. Me imaginé que estarías aquí.

—Oh. —Se arquea con mi masaje, cerrando los ojos—. Oh, sí, justo ahí... Ay, qué bien...

Suena como si estuviese follándomela y mi respuesta es instantánea.

Me la pone dura. Muy dura.

Mierda.

Respiro hondo, controlando mi lujuria, tal y como lo he hecho durante las últimas dos semanas. Cuando me ocupe de ella esta noche, será, de nuevo, con cuidado y de forma controlada. Por muy a cien que me ponga, no pienso arriesgarme a hacer daño al bebé.

—¿Es ese tu proyecto de psicología? —Mantengo mi tono natural mientras le sigo masajeando el cuello—. Parece que te gusta bastante.

—Oh, sí. —Abre los ojos e inclina la cabeza para mirarme—. Es sobre el síndrome de Estocolmo.

Sigo masajeándola.

—¿Ah, sí?

Asiente, mientras una pequeña sonrisa sombría se curva en sus labios.

—Sí, es un tema interesante, ¿no crees?

—Sí, fascinante —respondo secamente. Definitivamente mi gatita se está volviendo más atrevida. Me está provocando, seguramente con la esperanza de que la castigue.

Y quiero hacerlo. Me pican las manos por inclinarla sobre mis rodillas, subir esa camiseta gigante y azotar su perfecto culo hasta que se vuelva rosado y rojo. Mi polla palpita solo con esa imagen, sobre todo al imaginarme abriendo sus nalgas para luego penetrarla por el culo prieto...

Deja de pensar en eso, joder. Veo cómo Nora sonríe mientras sus ojos bajan al bulto en mis pantalones. Esta brujilla sabe exactamente lo que me está haciendo y qué tipo de efecto tiene sobre mi cuerpo.

—Sí, me está encantando —murmura, su mirada vuelve a mí—. Estoy aprendiendo mucho del tema.

Respiro lentamente y vuelvo a masajearle el cuello.

—Entonces, tendrás que enseñarme, mi gatita —digo con calma, como si mi cuerpo no estuviera luchando por la necesidad de follarla—. Me temo que me salté Psicología en Caltech.

La sonrisa de Nora se vuelve burlona.

—¿Ah, sí? ¿Entonces te sale natural, no?

Le sostengo la mirada, en silencio, sin molestarme en responder. No hay necesidad de palabras. La vi, la quería y me la llevé. Así de simple. Si quiere etiquetar nuestra relación para que se ajuste a alguna definición psicológica, es libre de hacerlo.

Nunca se librará de mí.

Tras un momento, suspira y cierra los ojos, apoyándose de nuevo en mi tacto. Puedo sentir cómo se relajan sus músculos lentamente mientras masajeo sus hombros y su cuello. La expresión desafiante se desvanece de su rostro y le deja un aspecto especialmente joven e indefenso. Con sus pestañas abanicadas sobre sus suaves mejillas, parece tan inocente como un cervatillo recién nacido, que todavía no ha sido mancillado por nada malo en la vida.

Que todavía no ha sido mancillado por mí.

Durante un momento, me pregunto cómo sería si las cosas hubiesen sido diferentes. Si hubiese sido un chico que ella hubiese conocido en el instituto, como Jake la tomó. ¿Me querría más? ¿Me querría de todas formas? Si no la hubiese tomado de la forma en la que lo hice, ¿sería mía ahora?

Es estúpido pensar en ello, por supuesto. Podría especular también sobre viajes en el tiempo o sobre qué pasaría si el mundo se acabase. Mi realidad no me permite dudar. ¿Y si mis padres no hubiesen muerto y hubiese terminado en Caltech? ¿Y si me hubiese negado a matar a aquel hombre cuando tenía ocho años? ¿Y si hubiese sido capaz de proteger a María? Si pensase sobre todo eso, me volvería loco, y me niego a dejar que eso pase.

Soy como soy y no puedo cambiar.

Ni si quiera por ella.

—HE HABLADO CON MIS PADRES POR LA TARDE ! dice NORA mientras nos sentamos a cenar —. Me han vuelto a preguntar si puedo ir a visitarlos.

—¿Ah, sí? —Le dedico una mirada sarcástica—. ¿Y no habéis hablado de nada más?

Nora baja la mirada, hacia su plato de ensalada.

—Se lo diré pronto.

—¿Cuándo? —Me jode que siga haciendo como si el bebé no existiera—. ¿Cuando des a luz?

—No, claro que no. —Me vuelve a mirar y frunce el ceño—. De todas formas, ¿cómo sabes que todavía no se lo he dicho? ¿Escuchas todas mis conversaciones?

—Por supuesto. —No lo escucho todo, pero sí que la he estado escuchando a escondidas varias veces. Lo suficiente como para saber que sus padres siguen en una feliz ignorancia sobre el último acontecimiento en la vida de su hija. De todas formas, no me importa que piense que controlo todas sus conversaciones—. ¿Esperabas que no lo hiciera?

Ella aprieta los labios.

—Sí, puede. La privacidad es un derecho humano básico, ¿sabías?

—Eso a lo que llamas derechos humanos básicos no existe, mi

gatita. —Me dan ganas de reírme ante su candidez—. Eso es algo inventado. Nadie te debe nada. Si quieres algo en la vida, tienes que luchar por ello. Tienes que hacer que ocurra.

— ¿Cómo tú con mi cautividad?

Le dedico una sonrisa fría.

—Exacto. Te quería, así que te cogí. No me quedé alrededor consumiéndome y anhelándote.

—Ni viviendo en la época de los derechos humanos, según parece. —Su voz no tiene ni el más mínimo tono de sarcasmo—. ¿Así es cómo piensas criar a nuestro hijo? ¿Toma lo que quieras y no te preocupes sobre hacer daño a la gente?

Respiro lentamente, noto la tensión en sus rasgos.

—¿Es eso lo que te preocupa, mi gatita?

—Me preocupan muchas cosas —dice de forma uniforme— y sí, criar un hijo con un hombre que no tiene conciencia está en una posición bastante alta en la lista.

Por algún motivo, sus palabras me duelen. Quiero calmarla, decirle que se equivoca al preocuparse, pero no puedo mentirle a ella más de lo que me miento a mí mismo.

No tengo ni la menor idea de cómo voy a criar a este niño ni sobre qué tipo de lecciones le enseñaré. Los hombres como yo, los hombres como mi padre, no somos la clase de personas que deberían tener un hijo. Ella lo sabe y yo también.

Nora parece estar sintiendo lo que pienso, así que me pregunta tranquilamente:

—¿Por qué quieres tener este bebé, Julian? ¿Por qué es tan importante para ti?

Le miro silenciosamente, no estoy seguro de cómo responder la pregunta. No hay un buen motivo para que este niño sea tan importante como lo es ya. No hay una razón de peso para que quiera a ese niño tanto como lo quiero. Debería estar enfadado, o al menos fastidiado, de que Nora se haya quedado embarazada, sin embargo, cuando Goldberg nos dio la noticia, lo que sentí fue tan extraño que no lo reconocí al principio.

Fue alegría.

Una alegría pura y sin adulterar.

Durante un breve y maravilloso momento, fui realmente feliz.

Al no responder, Nora exhala y vuelve a mirar su plato. Veo cómo corta un pedazo de tomate y se empieza a comer la ensalada. Tiene la cara pálida y tensa; sus movimientos son tan gráciles y femeninos que me quedo hipnotizado y totalmente absorto.

Podría quedarme viéndola durante horas.

Cuando la traje a la isla por primera vez, las horas de las comidas eran mi momento favorito del día. Me encantaba relacionarme con ella, ver cómo combatía su miedo y trataba de mantener la compostura. Su frágil y estoico valor me satisfacía casi tanto como su delicioso cuerpo. Estaba aterrada y ahora hasta puedo ver cómo maquina detrás de su sonrisa tímida y su asustadizo coqueteo.

A su manera tímida, mi gatita siempre ha sido una luchadora.

—Nora. —Quiero quitarle los nervios y esa preocupación comprensible, pero no puedo mentirle. No puedo fingir ser quien no soy. Así que, cuando me mira, le digo solamente—: Este bebé es parte de ti y parte de mí. Es un motivo más que suficiente para preocuparme. —Y me sigue mirando, con esa expresión tan inmutable, y añado suavemente—: Daré lo mejor de mí por ese bebé, mi gatita. Eso te lo prometo.

Ella esboza una sonrisa fugaz.

—Sé que así será, Julian. Y yo también lo haré. Pero ¿será suficiente?

—Tenemos que esperar y ver cómo va todo, ¿no? —respondo, y en cuanto Ana nos trae el siguiente plato, nos centramos en la comida y dejamos el tema.

*N*ora

—¿Has visto a la chica que han traído aquí esta mañana? ! me pregunta Rosa durante nuestra caminata habitual—. Ana dijo que estaba esposada y todo.

—¿Qué? —Miro a Rosa, sorprendida—. ¿Qué chica? Antes de desayunar fui a correr un poco y no vi nada.

—Yo tampoco he visto nada. Ana me ha dicho que la ha visto y que es muy rubia y guapa. Por lo que parece, Lucas Kent la está reteniendo en sus dependencias. —Se nota que Rosa disfruta cuando cuenta este tipo de cotilleos—. Ana cree que debe haber traicionado de alguna forma al Señor Esguerra.

—¿De verdad? —Frunzo el ceño—. No sé nada de esto. Julian no me ha dicho nada. —Por lo general, desde que entré en su ordenador, Julian me ha contado menos sobre sus negocios. No sé si ahora es porque no confía en mí o porque quiere mantenerme tan calmada como pueda mientras esté con el embarazo. Sospecho que es la segunda razón, dada la actitud sobreprotectora que tiene últimamente.

—¿Quieres que vayamos andando a la casa de Kent? —A Rosa le brillan los ojos de la emoción—. A lo mejor podemos echar una miradita a su casa.

Me quedo boquiabierta.

—¡Rosa! —Esto es lo último que me hubiese esperado de ella—. No podemos hacer eso.

—Venga. —Mi amiga trata de engatusarme—. Será divertido. ¿No quieres ver quién es esta chica rubia y por qué la tiene Kent?

—Puedo preguntárselo a Julian; él me lo dirá.

Rosa me lanza una mirada suplicante.

—Pero antes me voy a morir de la curiosidad. Solo quiero ver qué hacen, nada más.

—¿Por qué? —No tengo ganas de ver cómo la mano derecha de Julian tortura a una desafortunada mujer y no sé por qué Rosa quiere ser testigo de algo tan inquietante—. Si ha traicionado a Julian, no será algo agradable. —Se me revuelve el estómago de solo pensarlo. Hoy no es uno de mis mejores días, tengo demasiadas náuseas.

Rosa se ruboriza.

—Porque sí... Venga, Nora. —Mientras me coge de la muñeca, empieza a tirarme hacia la dirección de las viviendas de los guardias—. Vamos. Estás embarazada, así que nadie se pondrá furioso si te pillan fisgoneando.

Me dejo llevar, atónita por sus ganas de jugar a los espías. Normalmente, Rosa muestra poco interés en los asuntos relacionados con las actividades criminales de mi marido. No entiendo qué motiva este comportamiento, salvo...

—¿Estás interesada en Lucas? —dejo caer, mientras paro y hacemos una pausa—. ¿De eso va todo esto?

—¿Qué? ¡No! —dice Rosa en un alrededor de mi espalda—. Tengo curiosidad, nada más.

Me quedo parada en frente de ella, viendo cómo se ruboriza.

—Ay, Dios mío, te gusta.

Rosa se enrabieta, me suelta las muñecas y cruza los brazos por encima del pecho.

—No.

Junto mis manos en un gesto reconciliador.

—Vale, vale, si tú lo dices.

Rosa me mira mal durante un momento, pero luego se relajan y deja caer los brazos.

—Vale, de acuerdo —dice seria—. A lo mejor lo encuentro guapo, pero solo un poco, ¿vale?

—Claro, por supuesto —le digo con una sonrisa tranquilizadora. Con ese pelo rubio, su feroz rostro y sus facciones marcadas, Lucas Kent me recuerda a un guerrero vikingo o al menos a la imagen que da Hollywood de un vikingo—. Es un hombre muy guapo.

Rosa asiente.

—Lo es. Él no sabe que existo, por supuesto, pero era de esperar.

—¿Qué quieres decir? —Frunzo el ceño—. ¿Alguna vez has intentado hablar con él?

—¿Hablar de qué? Solo soy la doncella que limpia la casa principal y que, de vez en cuando, lleva a los guardias la comida de Ana.

—Puedes preguntarle cuál es su comida favorita —le sugiero—. O cómo le fue el día. No tiene por qué ser nada complicado. Un simple hola ya puede ponerte en su radar. —Mientras digo esto, me doy cuenta de que estar en el radar de un hombre como Lucas Kent puede no ser lo mejor para Rosa, o para ninguna mujer, realmente.

Antes de que pueda retirar mi sugerencia, Rosa suspira y dice:

—Ya le he saludado alguna vez. No creo que él me *vea*, Nora. Así no. ¿Y por qué tendría que hacerlo? Quiero decir, mírame. —Gesticula de forma burlona hacia ella misma.

—Pero ¿qué me estás contando? —Sigo dudando de que llamar la atención de Lucas sea algo positivo en la vida de Rosa, pero no puedo decírselo—. Eres muy atractiva.

—Venga ya. —Rosa me mira con cara de incredulidad—. En el mejor de los casos soy del montón. A alguien como Kent le van las supermodelos, como esa chica rubia que está con él ahora. No soy su tipo.

—Bueno, si no eres su tipo, es idiota —lo digo con firmeza y lo digo en serio. Con esa cara redondita tan agradable, sus cálidos ojos marrones y su brillante sonrisa, Rosa es bastante mona. También tiene el tipo de figura que siempre he envidiado: exuberante y con curvas, con una cintura ceñida y pechos grandes—. Eres una chica muy guapa, un chico tendría que estar ciego para no verlo.

Resopla.

—Claro. Por eso me va tan bien en el amor.

—Tu vida amorosa está condicionada por los límites de esta finca —le recuerdo—. Además, ¿no me dijiste que habías salido con un par de guardias?

—Sí, claro. —Agita la mano con desdén—. Eduardo y Nick, pero eso no significa nada. Los guardias también están limitados en su selección y no son tan selectivos. Se follan todo lo que se mueve.

—Rosa. —Le lanzo una mirada de desaprobación—. Ahora estás exagerando.

Sonríe.

—Vale, puede. Seguramente debería decir «cualquier mujer que se mueva». Aunque he oído que a la doctora Goldberg también le va la marcha. Se dice que los hombres tatuados son sus favoritos. —Mueve las cejas de forma sugerente.

Agito la cabeza, sonriéndole involuntariamente, y las dos estallamos en carcajadas ante la imagen de la formal doctora liándose con uno de los guardias grandes y tatuados.

—Vale, ahora que hemos afirmado que te gusta el señor Rubio y Peligroso —digo al cabo de varios minutos cuando paramos de reírnos y volvemos a andar hacia la casa de los guardias—. ¿Puedes contarme otra vez por qué quieres espiarlo con esa chica?

—No lo sé —admite Rosa—. Solo quiero hacerlo. Es enfermizo, lo sé, pero quiero ver cómo es con otra mujer.

—Rosa... —Sigo sin entenderlo—. Si ha llegado aquí con esposas, no parece que vayan a tener una cita romántica. ¿Lo sabes, no?

—Sí, claro. —Suena un tanto frívola—. Probablemente le esté haciendo algo horrible.

—Y quieres verlo porque...

Se encoge de hombros.

—No lo sé. Creo que algo dentro de mí espera que verlo así me ayude a terminar con este enamoramiento tan tonto. O tal vez es que tengo una curiosidad muy mórbida. ¿Realmente importa?

—No, supongo que no. —Me doy prisa para llevar su ritmo—. Pero puedo decirte con toda seguridad que la doctora Wessex se divertiría mucho contigo.

—Estoy segura. —Me sonríe de nuevo—. Entonces, es bueno que estés yendo a terapia, ¿no?

Los barracones de los guardias están en el límite del complejo, justo al lado de la jungla. Hay algunas casas de tamaño normal que están mezcladas con el grupo de edificios pequeños y cuadrados. De mis exploraciones anteriores, sé que están reservadas a los empleados de la organización de Julian que tienen rangos más altos y aquellos guardias con familia.

A medida que vamos acercando, Rosa va en línea recta hacia las casas que son más grandes. La sigo, medio corriendo, para poder mantener su ritmo. Estoy empezando a notarme el estómago raro y me empiezo a arrepentir de habernos dejado llevar por la insensatez.

—Esta es —dice en voz baja mientras recorremos uno de los lados de la casa—. Su habitación está aquí.

—Y lo sabes porque...

Me sonríe.

—Ya he estado aquí una o dos veces antes.

—Rosa... —Estoy descubriendo una nueva faceta suya—. ¿Ya has espiado a este pobre hombre antes?

—Solo una o dos veces —susurra, agachándose debajo de una ventana mientras me detengo un poco más atrás y observo—. Ahora, shhh. —Se acerca el índice a los labios para hacerme callar.

Me apoyo contra el tronco de un árbol, cruzo los brazos y veo que poco a poco va subiendo y va echando un vistazo a través de la ventana. Me sorprende que sea lo bastante valiente para hacer esto a plena luz del día. Aunque este lado de la casa de Lucas se encuentre frente al bosque, hay muchos guardias en la zona y, en teoría, podrían vernos mientras están haciendo la ronda.

Antes de que pueda abrir la boca para comentárselo a Rosa, esta se da la vuelta y me mira decepcionada.

—No están aquí —dice en voz baja—. Me pregunto dónde estarán.

—A lo mejor la ha llevado a otro sitio —digo, aliviada—. Vámonos.

—Espera, déjame comprobar una cosa. —Todavía en cuclillas, se mueve hacia una ventana que está más a la izquierda.

Le sigo a regañadientes, con más y más náuseas y cada vez más incómoda por esta situación. Solo un minuto más, me prometo a mí misma, y volveré a casa.

Justo cuando voy a decirle que me voy a ir, Rosa suelta un suave suspiro y me hace señas para que me acerque.

—Aquí —me susurra, emocionada—. No está en la habitación. Está aquí sola.

Ahora me pica a mí la curiosidad. Me inclino, y recorro el camino hasta donde está escondida Rosa, y me agacho cerca de ella. —¿Qué está haciendo? —Susurro, tengo miedo de saberlo.

—No lo sé —me responde volviéndose hacia mí—. La tiene aquí.

Ahora sí siento curiosidad. Me agacho y voy hasta ella.

—¿Qué hace él? —susurro, casi temerosa.

—No lo sé. No está en la habitación. Está ella sola.

—¿Y qué está haciendo ella?

—Puedes verlo tú misma. No está mirando en esta dirección.

Dudo un momento, pero me puede la tentación. Mientras aguanto la respiración, me levanto lo suficiente como para ver el borde inferior de la ventana, sin apenas darme cuenta de que Rosa está mirando a mi lado.

Como me temía, la vista del interior hace que se me revuelva el estómago.

La habitación que estoy viendo es grande y está escasamente amueblada. A juzgar por el sofá de cuero negro que está cerca de la pared y de la televisión que hay en el lado opuesto, esto parece ser la sala de estar. Las paredes están pintadas de blanco y la moqueta es gris. Es una habitación realmente masculina, seria y funcional, pero no es la decoración lo que me llama la atención.

Es la joven que está en el centro.

Está totalmente desnuda, está atada a una mesa de madera robusta, sus pies están separados y sus manos están atadas detrás de su espalda. Su cabeza está agachada, su enmarañado cabello rubio le oculta el rostro y gran parte del torso. Lo único que puedo ver de ella es que tiene unos pies finos y unas extremidades largas y pálidas llenas de hematomas. Extremidades que parecen demasiado delgadas para una chica de su altura.

Mientras miro con horrorizada fascinación, de repente levanta la cabeza con un movimiento brusco y me mira directamente, con sus ojos azules nítidos y claros en su rostro delicadamente definido.

Me agacho inmediatamente, se me acelera el pulso por la explosión de adrenalina. Rosa, sin embargo, sigue mirando por la ventana; su expresión rebosa curiosidad.

—Rosa —siseo mientras le tiro del brazo—. Nos ha visto. Vámonos.

—Vale, vale. —Mi amiga cede, dejando que tire de ella—. Vámonos.

Regresamos a nuestra ruta de siempre en silencio. Rosa parece que está absorta en sus pensamientos y yo no puedo ni hablar; las náuseas se intensifican a cada paso que doy. Al pasar junto a unos rosales, me arrodillo y vomito mientras Rosa me sujeta el pelo y se disculpa repetidamente por causarme este estrés.

Despacho sus disculpas, temblando, mientras me vuelvo a poner de pie. Lo que más me molesta no es el ver a una mujer atada y que, probablemente, esté a punto de ser torturada. Es que la vista no me sorprendió como debería haberlo hecho.

~

JULIAN NO ME ACOMPAÑA A LA HORA DE LA CENA. POR LO QUE ME HA dicho Ana, ha tenido una llamada de emergencia de uno de sus asociados de Hong Kong. Me planteo ir hasta la oficina a escuchar, pero en vez de eso decido aprovechar para llamar a mis padres.

—Nora, cariño, ¿cuándo vamos a volver a verte? —Me pregunta mi madre por enésima vez tras haberle hecho un resumen rápido sobre cómo me van las clases. Mi padre está en un viaje de negocios, así que estamos solo nosotras dos en la vídeollamada—. Te echo mucho de menos.

—Lo sé, yo también te echo de menos. —Me muerdo por dentro de las mejillas, estoy a punto de estallar a llorar. *Putas hormonas de embarazo*—. Ya te lo he comentado, Julian me dijo que podríamos ir en algún momento dentro de poco.

—¿Cuándo? —Me pregunta mi madre, frustrada—. ¿Por qué no puede darnos una fecha?

Porque estoy embarazada y mi marido/secuestrador sobreprotector se niega a ir a ningún sitio ahora mismo.

—Mamá... —Respiro hondo mientras intento buscar algo de valor—. Creo que hay algo que deberías saber.

Mi madre se acerca más a la cámara, se le nota la preocupación a través de las arrugas de la frente.

—¿Qué pasa, cariño?

—Estoy embarazada de ocho semanas. Julian y yo vamos a tener un bebé. —Tan pronto como lo he dicho, siento que me he quitado un gran peso de encima. No me había dado cuenta hasta ese momento de lo mucho que me pesaba ese secreto.

Mi madre pestañea.

—¿Qué? ¿Ya?

—Hmmm, sí. —Esta no es la reacción que me esperaba. Frunciendo el ceño, me acerco más a la cámara—. ¿Qué quieres decir con «ya»?

—Bueno, tu padre y yo ya nos imaginábamos que al estar los dos casados y todo eso... —Se encoge de hombros—. Quiero decir, esperábamos que no pasase hasta dentro de un cierto tiempo y que terminases tus estudios primero.

—¿Ya os imaginabais que tendría hijos con Julian? —Siento que estoy en un universo alternativo—. ¿Y te parece bien?

Mi madre suspira y se separa de la cámara, mirándome con una expresión cansada.

—Pues claro que no nos parece bien. Pero no podemos vivir nuestras vidas engañándonos, por mucho que lo intente tu padre. Obviamente, no es lo que queríamos para ti, pero... —Se para y vuelve a suspirar antes de continuar hablando—. Mira, cariño, si esto es lo que quieres, si de verdad te hace tan feliz como dices, nosotros no podemos interferir. Solo queremos que seas feliz y que estés sana. ¿Lo sabes no?

—Lo sé, mamá. —Pestañeo rápidamente, intentando contener una nueva oleada de lágrimas—. Lo sé.

—Bien. —Sonríe, y estoy bastante segura de que veo cómo le brillan los ojos—. Ahora, cuéntamelo todo. ¿Vomitas? ¿Estás cansada? ¿Cómo lo supiste? ¿Fue un accidente?

Y durante la siguiente hora, mi madre y yo hablamos sobre bebés y embarazos. Me habla sobre su propia experiencia —fui un bebé inesperado por ella y por papá, concebida durante su luna de miel— y yo le explico que me herí el brazo cuando me secuestraron los terroristas y durante un breve período de tiempo estuve sin el implante. Es lo más cerca que puedo estar de la verdad: que Al-Quadar me quitó el implante del brazo porque pensaban que era un dispositivo de rastreo. Mis padres saben lo del secuestro en el centro comercial, tuve que explicarles mi desaparición, pero no les conté la historia completa.

No saben que su hija tuvo que hacer de cebo para salvar la vida de su secuestrador y que mató a un hombre a sangre fría.

Cuando terminamos nuestra conversación, está oscuro afuera y comienzo a sentirme cansada. En cuanto desconectamos, me ducho, me cepillo los dientes y me meto en la cama para esperar a Julian.

Al cabo de un rato, noto que los párpados se vuelven pesados y siento el letargo adueñándose de mí. Cuando mi mente comienza a divagar, aparece una imagen ante mis ojos: la de una niña atada e indefensa, atada a una silla en el centro de una habitación grande con paredes blancas. Sin embargo, su cabello no es rubio.

Es oscuro... y su vientre está hinchado con un niño.

13

Julian

YA ES CASI MEDIA NOCHE CUANDO TERMINO DE TRABAJAR Y POR FIN llego al dormitorio. Al entrar a la habitación enciendo la lámpara de noche y veo que Nora ya está dormida, acurrucada bajo la manta. Me doy una ducha, me tumbo a su lado y tiro de ella hacia mi cuerpo desnudo en cuanto me meto bajo las sábanas. Nuestros cuerpos encajan a la perfección. Su curvilíneo trasero se hunde entre mis ingles y mi brazo, estirado, sirve de almohada para su cuello. Tengo el otro brazo sobre su costado, doblado, y con la mano sujeto uno de sus pequeños pero firmes senos. Unos senos que, por cierto, parecen más carnosos que antes, lo que me recuerda que su cuerpo está cambiando.

Es curioso lo erótico que me resulta ser consciente de ello. El simple hecho de pensar que a Nora le está creciendo la tripa por el bebé que lleva dentro me pone cachondo. Nunca había pensado en una mujer embarazada como algo sexi. No obstante, esta vez estoy obsesionado con el cuerpo de mi esposa, aún delgado. Me fascinan las posibilidades del cuerpo. Mi insaciable apetito sexual está por las nubes estos días y me cuesta no lanzarme a por ella constantemente.

Si no fuese por mis dos pajas al día, me resultaría imposible controlarme.

Incluso estar tumbado pegado a ella como ahora mismo es una tortura para mí, y eso que acabo de masturbarme en la ducha. Pero no estoy dispuesto a apartarme. Necesito sentirla contra mí, aunque lo único que haga sea abrazarla. Necesita descansar y mi intención es dejarle dormir. Sin embargo, se revuelve un poco entre mis brazos mientras busco una postura un poco más cómoda y, medio dormida, pregunta:

—¿Julian?

—Claro, cariño —caigo en la tentación y le acaricio con los labios por detrás de la oreja mientras deslizo mi mano desde su seno hasta los cálidos pliegues que tiene entre las piernas—. ¿Quién iba a ser, si no?

—Esto… No sé… —su respiración se detiene en cuanto comienzo a estimularle el clítoris—. ¿Qué hora es?

—Tarde. —Le meto un dedo para ver si está lista. Mi polla palpita en cuanto noto el calor de su estrecha y lubricada vagina—. Debería dejarte dormir.

—No. A mí no me importa, de verdad —jadea mientras le meto el dedo más profundo hasta llegar al punto G.

—¿Seguro? —No puedo evitarlo y decido torturarla un poco—. No sé, yo creo que debería parar —murmuro en voz baja.

Debería contener más mis impulsos estos días, pero no puedo dejar pasar la oportunidad de escucharla suplicando.

—No, por favor. No pares —gimotea mientras le estimulo el clítoris haciendo círculos con el dedo pulgar a la vez que froto mi polla erecta contra su culo.

—Entonces dime qué quieres que te haga. —Continúo estimulándole el clítoris. Es como si tuviera fuego puro en mis brazos; su cuerpo está caliente y brillante. Le huele el pelo a flores por el champú que utiliza y las paredes de su vagina envuelven mi dedo como si intentasen arrastrarlo más hacia dentro—. Dime qué quieres exactamente, mi gatita.

—Sabes perfectamente lo que quiero —dice mientras, entre gemidos, mueve las caderas hasta lograr que mis dedos vayan a un ritmo constante—. Quiero que me folles. Fuerte.

—¿Cómo de fuerte? —Mi voz se endurece a medida que mi mente se llena de pensamientos tenebrosos y depravados. Hay demasiadas guarradas que me gustaría hacerle: me gustaría hacerla mía de muchas formas. Incluso después de todo este tiempo, hay una parte inocente en ella que hace que quiera corromperla. Hace que quiera llevarla hasta el límite—. Dime, Nora. Quiero escuchar hasta el más mínimo detalle.

—¿Por qué? —pregunta, casi sin aliento, mientras hace movimientos circulares con su pelvis contra mi mano. Su coño, empapado, baña mis dedos en flujo—. No harías lo que yo quiero. Y no preguntes por qué.

Dejo quieta la mano.

—Que me lo digas —digo en un tono de oscuro deseo.

—Yo... —Inspira con fuerza mientras comienzo de nuevo a jugar con su clítoris—. Quiero que me folles tan fuerte que hasta me duela. —Su voz se debilita en cuanto hago que su pequeño orificio se dilate tras meterle un segundo dedo—. Quiero que me ates y hagas conmigo lo que quieras.

—¿Quieres que te folle por el culo?

Siento en mis dedos cómo se le tensa el coño a la vez que un escalofrío recorre todo su cuerpo.

—Bueno... No lo sé.

La evasiva hasta me parecería graciosa si no fuese porque tengo los huevos a punto de explotar. Unos de estos días voy a tener que obligarla a admitir que le ha cogido el gustillo al sexo anal y que le gusta que se lo haga por detrás. De hecho, voy a hacer que me suplique que le meta la polla por su pequeño agujero. Pero, por ahora, esta conversación no podrá ser más que eso: una conversación. Por mucho que me guste metérsela por cada uno de sus orificios, ahora mismo no puedo hacerlo. No puedo poner en peligro al bebé por un poco de placer pasajero.

Este mero intercambio de palabras deberá bastar hasta que Nora dé a luz.

Entonces, saco los dedos de su interior y me agarro la polla para llevarla hacia su coño húmedo y caliente. Ella gime mientras se la voy metiendo. Como estamos los dos tumbados de costado y, además, ella tiene las piernas cerradas, el orificio de su vagina es aún más estrecho, por lo que dejo a un lado la lujuria salvaje que me corre por las venas para ir poco a poco.

No le hagas daño. No le hagas daño. Esa frase es como una especie de mantra en mi mente. Se flexiona hacia adelante y arquea la columna para que pueda ponerme más cómodo. Deslizo mi mano hasta la parte delantera de su sexo en busca del pequeño botón que asoma entre los pliegues. En cuanto siente mis dedos en el clítoris, grita mi nombre en un gran gemido. Puedo sentir tanto sus espasmos como las contracciones de sus músculos internos mientras se corre.

Noto cómo mi corazón late rápidamente. Cojo una fuerte bocanada de aire y contraigo todos mis músculos para explotar de manera inminente. Una vez la sensación de necesidad de correrme disminuye un poco, empiezo a penetrarla con fuerza de nuevo a la vez que estimulo su clítoris, que ya está hinchado en este punto. Hace un sonido extraño, algo entre un gemido y un jadeo, y su cuerpo se tensa entre mis brazos. Cuanto más cortas y menos profundas son mis embestidas, más se tensa su cuerpo. Entonces, noto cómo su vagina, hinchada, deja de engullir mi polla justo antes de su segunda corrida.

La sensación de su flujo chorreando por mi pene es indescriptible. El placer es fuerte y eléctrico y recorre todo mi cuerpo hasta llevarme a un clímax instantáneo. Entre grandes gemidos de placer, presiono mi pelvis contra ella y le clavo la polla hasta lo más profundo de su vagina. Es entonces cuando exploto de manera violenta y con una gran potencia orgásmica.

Después, ambos nos quedamos tumbados mientras intentamos recuperar el aliento. Es como si el sudor nos hubiese dejado pegados y no pudiéramos separarnos. Un sentimiento de saciedad, satisfacción y calma recorre mi cuerpo, y mi frecuencia cardíaca va disminuyendo poco a poco. Sé que debería levantarme y llevar a Nora al baño para que se dé una ducha rápida, pero se está demasiado a gusto aquí, tumbado, enganchado a ella mientras mi polla se ablanda en su interior. Cierro los ojos y me permito disfrutar del momento. Mis pensamientos se dejan llevar hasta quedarme dormido.

—¿Julian?

La suave voz de Nora me despierta de golpe y me pone el corazón a mil.

—¿Qué pasa, cariño? —digo, preocupado, con tono cortante—. ¿Estás bien?

Deja escapar un fuerte suspiro y se acurruca entre mis brazos. Se gira para mirarme a los ojos y dice:

—Sí, estoy bien. ¿Por qué no iba a estarlo?

Suelto todo el aliento de golpe, lleno de alivio y sexualmente saciado, y me molesto por el tono de su respuesta.

—Entonces, ¿qué pasa? —pregunto en un tono más calmado mientras la cubro con la manta. En la habitación la temperatura es baja por el aire acondicionado y sé que Nora coge frío cuando está cansada.

Suspira de nuevo y la arropo más firmemente.

—Tú sabes que no soy de porcelana, ¿no?

Ni me molesto en contestarle. Simplemente la miro fijamente, con los ojos entreabiertos, hasta que suspira y dice:

—Solo quería decirte que ya he hablado con mis padres. Eso es todo.

—¿Sobre el bebé?

—Sí. —Se dibuja en sus labios una sonrisa de alegría—. Mamá ha reaccionado sorprendentemente bien.

—Tu madre es una mujer inteligente. ¿Y qué ha dicho tu padre?

—Con él no he hablado todavía, pero mamá ha dicho que ella misma lo hará.

—Genial.

Saber que Nora ha conseguido dar el paso me resulta

gratificante, por extraño que parezca. Significa que cada vez está más cerca de aceptarlo, de admitir finalmente que el bebé es una realidad.

—Ya puedes dejar de preocuparte, entonces.

—Ya. —Sus ojos negros se iluminan por la luz tenue de la lámpara de noche—. Lo más difícil ya ha pasado. Ahora solo necesito dar a luz y criar al niño.

Su tono es suave. No obstante, puedo sentir el miedo detrás del sarcasmo. El futuro le aterroriza y, aunque me gustaría, no puedo decirle que todo irá bien para reconfortarla.

En el fondo, yo estoy igual de asustado que ella.

Como por la noche me quedé hasta tarde en la oficina, por la mañana me despierto más tarde de lo normal. Para entonces, Nora ya se está moviendo.

Al oír que me muevo, se da la vuelta en la cama y me lanza una sonrisa somnolienta.

—¿Aún estás aquí?

—Sí.

Tras sucumbir a un impulso momentáneo, tiro de ella hacia mí y la rodeo con fuerza entre mis brazos. A veces tengo la sensación de que el tiempo que pasamos juntos no es el suficiente. Aunque la veo a diario, quiero más.

Siempre quiero más.

Coloca la pierna sobre mi muslo y se pega más a mí mientras me hace cosquillas en el pecho con la nariz. Como era de esperar, mi cuerpo reacciona y hace que mi erección mañanera sea tan dura que hasta me duela. Sin embargo, hablando, consigue distraerme antes de que pueda hacer nada.

—Julian... —dice con voz apagada—. ¿Quién es la mujer que hay en casa de Lucas?

Sorprendido, me aparto un poco para mirarla.

—¿Tú por qué sabes eso?

—Rosa y yo la vimos ayer. —Nora evita mirarme a los ojos—. Porque... Bueno, simplemente pasábamos por allí. —Me mira de reojo.

—¿Ah, sí?

Me apoyo sobre el hombro y me quedo mirándola fijamente, como si estuviese analizándola. Ella se sonroja.

—¿Y por qué pasabais por allí? Normalmente no vais por esa zona.

—Ya, pero ayer sí. —Nora se sienta, se arropa con la manta y me mira con determinación—. Bueno, ¿no me vas a decir quién es? ¿Qué ha hecho?

Suspiro. No quería que Nora se enterase de la que se ha liado, pero me temo que no me queda otra opción.

—Esa chica es la intérprete rusa que nos dejó vendidos frente a los ucranianos —le explico mientras espero una reacción. Mi gatita por fin está superando sus pesadillas y lo último que quiero es provocar una recaída.

Los ojos de Nora se van abriendo cada vez más al escucharme.

—¿Ella es la responsable del accidente aéreo?

—No lo es directamente. Pero sí, la información que les dio a los ucranianos fue el desencadenante. Si Lucas no hubiese decidido tomar las riendas de la situación, yo habría tenido que enviar a alguien a Moscú a encargarse del traidor. Eso si los rusos no lo hubiesen hecho antes que yo, claro.

La expresión de Nora cambia y se oscurece mientras trata de procesar toda la información. Es increíble observarla. Aprieta sus labios suaves y se le llena la mirada del más puro odio.

—Estuvo a punto de matarte —dice con voz ronca—. Julian, esa puta casi te mata.

—Lo sé. Y mató a unos cincuenta de mis hombres.

Esa pérdida es la que me corroe más que ninguna otra cosa y sé que a Lucas también. Sea cual sea, el castigo que decida imponerle a la prisionera no será menos de lo que merezca y, por lo que veo, Nora parece estar llegando a la misma conclusión.

Yo sigo mirándola. Sale de la cama rápidamente y deja la manta. Coge la bata y se la pone antes de empezar a deambular, notablemente nerviosa, de un lado a otro de la habitación. Un efímero destello de su cuerpo me activa de nuevo, pero no dejo de observar su cara a la vez que me levanto.

—¿Te molesta, mi gatita? —le pregunto.

Nora se para en seco y dirige su mirada hacia mí, empezando por los pies y acabando en los ojos.

—¿Por eso tienes tanto interés en ella? —insisto.

—Es obvio que me molesta. —Su voz se llena de un nerviosismo que no sabría describir—. Hay una mujer atada de pies y manos en este complejo.

—Una traidora —rectifico—. No es precisamente una víctima inocente.

—¿Por qué no puedes dejar que las autoridades rusas se hagan cargo del asunto? —Nora se acerca—. ¿Por qué tuviste que traerla aquí?

—Lucas lo quiso así. Digamos que tienen una especie de relación... íntima.

Nora abre los ojos de par en par al comprender la situación.

—¿Estaban juntos?

—Sí, bueno... Más bien fue un rollo de una noche.

Voy al baño y Nora me sigue. Enciendo la ducha, comienzo a lavarme los dientes y Nora coge su cepillo para hacer lo mismo. Aún está algo intranquila, así es que, tras enjuagarme, le digo:

—Si realmente te molesta, puedo pedirle que se la lleve a otro sitio.

Nora deja el cepillo y me lanza una mirada sarcástica.

—Para que pueda «torturarla» con más tranquilidad, ¿no? ¿Qué cambiaría eso?

Me encojo de hombros y me meto en la ducha.

—Al menos no lo verías. —Dejo la mampara abierta para poder seguir hablando con ella. La ducha es lo suficientemente grande como para que no caiga ni una gota fuera.

—Ya, claro. —Se queda mirándome mientras me enjabono—. O sea que, si no lo veo, no está pasando, ¿no?

Suspiro de nuevo.

—Ven aquí, cariño. —La agarro y tiro de ella hacia dentro de la ducha sin preocuparme por la espuma que tengo en las manos.

A continuación, le quito la bata y la tiro al suelo del baño. La meto conmigo debajo del chorro caliente y no opone ninguna resistencia. Cierra los ojos y se queda quieta mientras me echo jabón en la mano y empiezo a enjabonarle el pelo con un pequeño masaje. Incluso mojado, es placentero sentirlo entre mis dedos, denso y sedoso.

Es curioso lo que me gusta cuidarla así. Así como también lo es que el mero acto de lavarle el pelo me produzca relajación a la par que excitación. Es en momentos como este en los que me resulta más fácil olvidar mi lado más intenso y sofocar los deseos a los que no podré sucumbir durante meses.

—¿Qué diferencia hay entre que sea Lucas o sean los rusos quienes impongan los castigos? —pregunto, tras haber terminado de enjabonarle el pelo.

Nora no dice nada, pero sé que sigue pensando en la intérprete y obsesionándose sobre lo que le deparará el futuro.

—El resultado sería el mismo. Lo sabes, ¿no, mi gatita?

En silencio, asiente con la cabeza. Seguidamente, inclina la cabeza hacia atrás para quitarse el jabón.

—Entonces, ¿por qué le das tantas vueltas? —Cojo el acondicionador. Ella se seca el agua de la cara y abre los ojos para mirarme—. ¿Acaso quieres que ande suelta por ahí?

—Debería. —Se queda mirándome mientras le aplico el acondicionador capilar—. No debería descarle ese sufrimiento.

Se dibuja en mis labios una sonrisa un tanto hilarante.

—Pero sí que se lo deseas, ¿no? Quieres que haya venganza tanto como lo quiero yo.

De repente empiezo a entender el motivo de su perturbación. Como en el caso del hombre al que mató, los sentimientos de una mujer de clase media como Nora están en conflicto con sus propios instintos. Sabe lo que, según la sociedad, debería sentir, y le enfurece pensar que las emociones que está sintiendo son bastante diferentes.

No es propio del ser humano aplicar la ley del *ojo por ojo, diente por diente*, y mi gatita se está dando cuenta de ello.

Nora cierra los ojos de nuevo y mete la cabeza debajo del chorro.

El agua le cae por el rostro como si de una catarata se tratase, lo que hace que sus pestañas parezcan espigas largas y oscuras.

—Me quise morir cuando pensé que habías muerto —dice con una voz tan baja que apenas se oye por el ruido del agua al caer—. Aunque fue aún peor cuando te perdí por primera vez. Cuando vi a la chica, ya imaginé que había hecho *algo* para dañar tu negocio, pero no imaginaba que fuera ella misma quien hubiera provocado el accidente.

Solo imaginarme cómo debió de sentirse Nora aquel día hace que note un fuerte dolor en el pecho. Me vuelve loco el simple hecho de pensar en perderla.

—Cariño... —Me acerco a Nora y con la espalda freno el chorro que cae sobre ella y le cubro las mejillas con mis manos sin dejar de mirarla—. Se acabó. Ese capítulo de nuestras vidas ya ha pasado, ¿de acuerdo? Solo es eso: pasado.

Como no me dice nada, me inclino hacia ella y le doy un beso profundo y pausado para consolarla de la única manera que sé.

14

Estoy fallándome a mí misma. Sin prisa pero sin pausa, la oscura órbita de Julian me está arrastrando hacia su interior; me succiona en las aguas movedizas que es esta finca.

Y lo peor de todo es que lo sé desde hace tiempo. Distante, he ido observando mi propia transformación con una mezcla de miedo y curiosidad. Ciertas cosas que antes me parecían verdaderas aberraciones son ahora parte de mi día a día: asesinatos, tortura, tráfico ilegal de armas... Lo condeno a nivel intelectual, pero ya no me preocupa como antes. Mi brújula moral ha ido desviándose del camino y yo lo he consentido.

He permitido que el mundo de Julian me cambiase sin apenas oponer resistencia.

El sufrimiento de esa rubia no me afectaba especialmente a nivel emocional, ni siquiera antes de saber lo que había hecho. Al igual que Rosa, sentía morbo y curiosidad en vez de conmoción. Pero ahora que sé que ella es la intérprete que estuvo a punto de matar a Julian, el odio que recorre mis venas arrasa la poca compasión que pude haber sentido antes. Sé que no está bien dejar que Lucas la castigue así, pero mi corazón ya no entiende de injusticias.

Quiero que sufra, que pague por todo el dolor que nos ha hecho pasar.

Es extraño que ahora mismo no pueda pensar con claridad ni, mucho menos, analizar mis tan desconcertantes emociones. Estoy en la ducha y Julian me está besando, me anestesia los sentidos con sus caricias. Mientras tanto, sostiene mi cara con sus manos y, como ya es habitual, mi cuerpo reacciona ante sus estímulos. El agua caliente me recorre la piel y hace que el calor abrasador aumente aún más en mi interior. Sin embargo, mis pensamientos son claros y fríos. Ahora mismo solo se me ocurre una solución; una única manera de salvar lo poco que queda de mi alma.

Tengo que marcharme.

No de forma definitiva. No para siempre. Pero tengo que irme, aunque solo sea un par de semanas. Necesito recuperar mi sentido de la perspectiva, volver a integrarme en el mundo que existe más allá de este complejo.

Si no es por mí misma, que sea por la vida diminuta que llevo dentro.

—Julian... —digo con voz temblorosa cuando, finalmente, libera mis labios. Desliza una mano por mi espalda y hace que me excite—. Julian, quiero irme a casa.

Se queda quieto de golpe y, sin soltarme, levanta la cabeza. Su mirada se endurece y el ardiente deseo se convierte en algo gélido e amenazante.

—Ya estás en casa.

—Quiero ver a mis padres —insisto. El corazón me late muy deprisa. Julian tiene su fuerte cuerpo pegado a mí y el vapor del agua está empañando la mampara. Me siento como si estuviese atrapada en una burbuja de lujuria y carne desnuda. Mi cuerpo necesita sentir sus caricias, pero mi mente me grita que no debo caer en la tentación. No. Al menos mientras haya tanto en juego.

Empieza a temblarle la barbilla.

—Ya te he dicho que algún día iremos. Pero ahora mismo no. No en tu estado.

—Entonces, ¿cuándo? —Hago un esfuerzo por aguantarle la mirada—. ¿Cuando tenga un bebé al que cuidar? ¿O cuando el bebé ya sepa hablar? ¿Y si para entonces ya ni siquiera es un bebé? ¿Crees que entonces será el momento más adecuado?

Sus labios se convierten en una línea dura y peligrosa. Me apoya contra la pared de la ducha, me agarra por las muñecas y las mantiene sujetas por encima de mi cabeza.

—No me pongas a prueba —murmura. Su erección me presiona el estómago—. No te gustarán las consecuencias.

Aunque tengo claro que llevo razón, el miedo se me clava en el pecho como un cuchillo. Sé que Julian no me haría daño estando embarazada, pero el castigo físico no es la única arma que guarda en su arsenal. Me vienen a la cabeza las imágenes de la paliza a Jake que traen consigo un escalofrío espeluznante.

—No —susurro. Se inclina hacia mí y roza sus labios contra mi oreja; un gesto de gran ternura comparado con lo intimidante que resulta su cuerpo acercándose a mí—. Julian, no lo hagas.

Se endereza. Sus ojos parecen dos gélidas gemas azules.

—¿Que no haga qué? —Me agarra por las muñecas con una de las manos y, con la mano que tiene libre, hace círculos con un dedo alrededor de mis pechos y mi ombligo. Siento como si mi cuerpo estuviese en llamas.

—No... —Se me rompe la voz. Sus caricias me excitan demasiado a pesar del escalofrío que continúa recorriéndome—. No dejes que se convierta en esto.

Me agarra firmemente por la barbilla con los dedos y parezco no tener escapatoria.

—¿A qué te refieres? —pregunta con un tono que, en vano, intenta transmitir calma—. ¿Te refieres a que eres mía?

Me quedo sin aliento.

—Soy tu mujer, no tu esclava.

—Tú serás lo que yo quiera que seas, mi gatita. Me perteneces. —Su tono cruel e indiferente me cae encima como un jarro de agua fría y me corta la respiración. Debe de haberlo notado porque deja de agarrarme con tanta fuerza—. Este es tu hogar, Nora. Aquí. Conmigo. Y en ninguna otra parte —dice en un tono levemente más suave.

—Pero ellos son mis padres, Julian. Son mi familia. Igual que tú lo eres ahora. No puedo vivir siempre encerrada en una jaula por si me pasa algo. Terminaré volviéndome loca.

Siento cómo se me llenan los ojos de lágrimas, de modo que parpadeo rápidamente para intentar contenerlas. Lo último que quiero es que se dé cuenta de que estoy emocionalmente inestable estos días.

Putas hormonas del embarazo.

Julian me mira fijamente. Los ojos le brillan por la frustración. Tras apagar el grifo, sale de la ducha y coge la toalla con una violencia casi incontrolable. Todavía tiene la polla dura y, a pesar de su nueva actitud basada en tratarme como si de una burbuja de vidrio se tratase, me sorprende que no haya querido follar.

Con cuidado, salgo de la ducha detrás de él y siento cómo mis pies se hunden en el suave tejido de la alfombrilla.

—Por favor, Julian... —Comienzo a explicarle. Sin embargo, ya está acercándose con la toalla en la mano. Me envuelve en ella y me seca con pequeñas palmaditas antes de coger otra para él.

—¿Qué tiene que ver todo esto con Yulia Tzakova? —Sus palabras hacen que me pare en seco justo antes de salir del baño. Confusa, me giro y, antes de que pueda decir nada, Julian se explica—. Me refiero a la intérprete rusa que viste ayer. Quiero decir que si ella tiene algo que ver con este deseo repentino de irte con tus padres.

Por un momento pienso en negarlo, pero Julian sabe cuándo estoy mintiendo.

—En cierto modo, sí —digo con prudencia—. Simplemente necesito pasar un tiempo lejos de aquí: un cambio de aires. Necesito un respiro. —Trago saliva mientras le sostengo la mirada—. Lo necesito de verdad.

Me mira fijamente y, sin decir ni una sola palabra más, se va a la habitación para vestirse.

~

Julian no habla durante todo el desayuno y está aparentemente absorto en los correos que le llegan al iPad. Me siento ignorada, una sensación desconocida para mí. Normalmente me presta total atención cuando desayunamos juntos y me molesta más de lo normal que esta vez no lo haga.

Quizás debería romper el silencio, pero no quiero empeorar las cosas. Tal como está todo, la discusión de esta mañana probablemente haya destruido las posibilidades que tenía de poder marcharme. Debería haber esperado a una ocasión más propicia para sacar el tema de la visita a mis padres. Definitivamente, hacerlo en medio de un calentón no ha sido la mejor elección.

Nada me asegura que el resultado habría cambiado si hubiese utilizado otra estrategia, por supuesto. Es muy difícil hacerle cambiar de opinión una vez ha tomado una decisión, sobre todo si mi seguridad está en juego. Ya lo intenté con el tema de los rastreadores y todavía los llevo integrados. Nunca me dejará quitármelos, igual que nunca me dejará terminar con la relación. Le pertenezco de verdad en todos los aspectos y no hay nada que pueda hacer al respecto.

Sacando fuerzas de donde no las hay, termino de comerme los huevos y me levanto. No quiero estar más tiempo en una atmósfera así de tensa. Sin embargo, justo cuando voy marcharme, Julian retira la mirada del iPad y me lanza una mirada punzante.

—¿Adónde vas?

—A estudiar para mis exámenes —contesto con recelo.

—Siéntate. —Señala la silla de manera autoritaria—. Todavía no hemos terminado.

Reprimiendo un estallido de rabia, vuelvo a la mesa y me siento de brazos cruzados.

—Tengo que estudiar, Julian, en serio.

—¿Cuándo tienes el último examen final?

Me quedo mirándole fijamente. Se me acelera el pulso al sentir una mínima esperanza dentro de mi pecho.

—El programa online es flexible. Si termino todas las clases pronto, puedo hacer los exámenes directamente.

—A principios de junio entonces, ¿no? —Se impacienta.

—No, antes. —Pongo mis manos sudorosas sobre la mesa—. Podría terminar dentro de una semana y media.

—De acuerdo. —De nuevo, dirige su mirada hacia el iPad y escribe algo. Mientras tanto, yo sigo mirándolo, casi sin atreverme a respirar. Al cabo de un minuto, vuelve a levantar la vista y me atraviesa con su azul y dura mirada—. Solo te lo diré una vez, Nora —dice con determinación—: Si me desobedeces o haces algo que te pueda poner en peligro mientras estamos en Chicago, tendrás tu castigo. ¿Entendido?

Voy corriendo hacia él y, casi antes de que pueda terminar de hablar, le salto encima tan fuerte que estamos a punto de caernos de la silla.

—¡Sí! —No sé cómo he terminado sobre su regazo, pero ahí estoy, con los brazos tendidos alrededor de su cuello y llenándole la cara de besos—. ¡Gracias! ¡Gracias! ¡Gracias!

Me deja besarle hasta que me canso y, a continuación, me sujeta la cara con las manos y me mira atenta y fijamente. Le brillan los ojos de deseo. Siento su duro paquete contra mis muslos, lo cual me dice que vamos a continuar con lo que empezamos esta mañana. Se me erizan los pezones bajo el tejido del vestido solo de pensarlo.

Julian se pone de pie con una sonrisa un tanto sombría y me sujeta contra su pecho. Es como si hubiese notado que estoy empezando a excitarme.

—No hagas que me arrepienta, mi gatita —murmura mientras me lleva hacia las escaleras—. No quieres decepcionarme, créeme.

—No lo haré —prometo fervorosamente a la vez que le agarro por el cuello con los brazos—. Te prometo, Julian, que no lo haré.

II

EL VIAJE

ME VOY A CASA. QUÉ ILUSIÓN, ¡ME VOY A CASA!

Aún sigo sin creerme que esto esté pasando, por mucho que mire por la ventanita del avión para contemplar las nubes. No han pasado ni dos semanas desde aquella conversación que tuvimos durante el desayuno y ya estamos de camino a Oak Lawn.

—Este avión no se parece en nada a los que he visto en la televisión —dice Rosa mientras observa la lujosa cabina—. Quiero decir... Sabía que no volaríamos con una compañía normal y corriente, pero esto es *increíble*, Nora.

La miro y sonrío.

—Lo sé. Tuve la misma reacción la primera vez que lo vi.

Echo una mirada rápida a Julian, que está sentado en el sillón con el portátil y, por lo que veo, ignorando nuestra conversación. Me ha dicho que tiene pensado reunirse con el gestor en Chicago, así que supongo que estará estudiando las posibles inversiones preparatorias. O quizás está revisando las últimas modificaciones del último diseño del dron propuestas por los ingenieros. Ese proyecto le ha quitado mucho tiempo esta semana.

—La primera vez que vuelo y es en un jet privado. ¿Te lo puedes creer? Solo faltaría que el viaje fuese a Nueva York —dice Rosa. Dirijo mi atención de nuevo hacia ella. Casi no puede dejar de dar botes en el asiento afelpado y le brillan los ojos de la emoción. Lleva así unos cuantos días, exactamente desde que convencí a Julian de que viniese con nosotros para cumplir aquello con lo que lleva soñando tanto tiempo: viajar a Estados Unidos.

—Chicago también es increíble —contesto a la cursilada que acaba de decir casi sin darse cuenta—. Es una ciudad chulísima, ya lo verás.

—Por supuesto. No cabe duda. —Rosa se sonroja tras darse cuenta de que se ha metido con mi hogar—. Estoy segura de que es precioso. Espero que no me tomes por una desagradecida —rectifica al instante, visiblemente angustiada—. Sé que has decidido traerme porque eres una buena amiga y estoy muy ilusionada.

—Rosa, vienes conmigo porque te necesito —la interrumpo para evitar que se hable de este tema delante de Julian—. Eres la única persona en quien confía Ana para prepararme los batidos por la mañana, que ya sabes que necesito las vitaminas.

O al menos eso es lo que le dije a mi marido obsesivo y sobreprotector cuando le pedí que Rosa viniera con nosotros. Sé que podría haberme hecho los batidos yo solita o haberme tomado las vitaminas sin más, pero quería que me dejara traer a mi amiga. A día de hoy, todavía no sé si aceptó porque se lo creyó de verdad o porque no tenía nada que decir en contra. En cualquier caso, no quiero que Rosa tire todo el plan por la borda... o por el ala, en este caso.

Sigo sin creérmelo: no me creo que esté de camino a casa de mis padres. Las dos últimas semanas han pasado volando. Entre los exámenes y los trabajos, apenas he tenido tiempo de pensar en el viaje. No fui consciente de que todo esto era real hasta que conseguí tomarme un respiro hace tres días. Para entonces, Julian ya había organizado todos los preparativos pertinentes y reforzado la seguridad en los alrededores de la casa de mis padres a unos niveles comparables a los de la casa blanca.

—Ah, sí. Los batidos... —dice Rosa mientras mira a Julian con prudencia. Parece que lo ha pillado—. Ya se me había olvidado. Y, además, te ayudaré a desempaquetar todos los materiales de arte para que no te canses más de la cuenta.

—Exacto. Eso es. —Le lanzo una sonrisita conspirativa—. No puedo andar levantando lienzos demasiado pesados y eso.

En ese momento, el avión tiembla y Rosa pasa de estar emocionada a estar pálida.

—Esto... ¿Qué ha sido eso?

—Son solo turbulencias —digo pausadamente mientras intento calmar las repentinas ganas de vomitar. Aún no he pasado la fase de las náuseas matutinas y los movimientos bruscos del avión no están ayudando mucho.

—No nos vamos a estrellar, ¿verdad? —pregunta Rosa, aterrorizada. Le digo que no con la cabeza para tranquilizarla. Sin embargo, al echar un vistazo a Julian para ver lo que está haciendo me doy cuenta de que me está mirando. Está más pálido de lo normal y tiene los nudillos blancos de agarrar el ordenador.

Sin pensarlo dos veces, me desabrocho el cinturón y me levanto con la intención de ver si se encuentra bien. Si Rosa tiene miedo de tener un accidente, no quiero ni imaginarme cómo debe sentirse Julian tras haber sufrido uno hace menos de tres meses.

—¿Qué haces? —pregunta él con voz cortante mientras se pone de pie, dejando caer el portátil sobre el asiento—. Siéntate, Nora. No es seguro que estés levantada.

—Solo quiero...

Apenas he terminado de explicarme y ya está obligándome a sentarme y a abrocharme de nuevo.

—Que te sientes —me grita mientras me mira directamente a los ojos—. ¿No me habías prometido que te portarías bien?

—Sí, pero quería... —Al ver la expresión de su rostro, me quedo callada y solo me atrevo a murmurar un «da igual».

Julian se sienta enfrente de nosotras sin dejar de mirarme. Rosa no para de retorcerse las manos por encima del regazo mientras mira por la ventana. Parece incómoda. Me siento mal por ella. Debe de ser bochornoso ver cómo tratan a su amiga como a un niño desobediente.

—No quiero que te caigas si el avión entra en una bolsa de aire —dice Julian con un tono más calmado tras ver que no tengo intención de volver a levantarme—. No es seguro deambular por la cabina durante las turbulencias.

Asiento con la cabeza y me concentro en respirar lentamente. Pues eso me ayuda a combatir tanto las náuseas como la ira. A veces me olvido de la realidad y me creo que lo nuestro es un matrimonio normal en el que prevalece la igualdad y no lo que quiera que sea esto de verdad. Puede que, ante la ley, yo sea su mujer, pero en la práctica soy más bien su esclava sexual.

Una esclava sexual que, por cierto, está perdidamente enamorada de su dueño.

Finalmente, consigo ponerme cómoda justo en medio de la amplia butaca de cuero y cierro los ojos para intentar relajarme.

Tengo la sensación de que va a ser un vuelo largo.

—Cariño, despierta. —Siento unos labios cálidos en la frente mientras alguien me desabrocha el cinturón—. Ya hemos llegado.

Abro los ojos y parpadeo lentamente.

—¿Qué?

Julian sonríe. Su mirada denota alegría.

—Has dormido durante todo el viaje. Debías de estar agotada.

La verdad es que estaba bastante cansada por todo lo que había tenido que estudiar y por las maletas, pero nunca antes me había dormido una siesta de ocho horas. Seguro que son las hormonas del embarazo otra vez.

Tras taparme la boca por un enorme bostezo, me levanto. Rosa ya está de pie esperando al lado de la puerta del avión con la maleta en la mano.

—¡Ya hemos aterrizado! —dice con alegría—. Apenas he notado cómo el avión tocaba tierra. Apuesto a que Lucas es un piloto excelente.

—Lo es —reconoce Julian mientras me echa un chal de cachemir sobre los hombros. Al observar mi cara de perplejidad, Julian justifica el porqué del chal—: Estamos tan solo a veinte grados. No quiero que te resfríes.

Contengo la risa como puedo. Solo alguien que provenga de una zona tropical diría que veinte grados es frío, aunque, sinceramente, puede que haga un poco de fresco para ir con un vestido de manga corta como el mío. El tiempo en Chicago a finales de mayo es totalmente impredecible: lo mismo te mueres de frío que te asas de calor. Julian lleva pantalones largos y una camisa de manga larga.

—Gracias —le digo. El gesto me resulta un tanto conmovedor, aunque estos días pueda pasarse de la cuenta un poco. Huelga decir, por supuesto, que notar sus grandes manos sobre los hombros hace que quiera fundirme en sus brazos, incluso aunque Rosa esté a unos pocos metros de nosotros.

—De nada, cariño —contesta con voz ronca mientras me sostiene la mirada. Sé que él también siente esa profunda e inexplicable atracción que sentimos el uno hacia el otro. No sé si será química u otra cosa, pero nos mantiene unidos más que un imán.

El sonido de la puerta al abrirse me despierta de la especie de hechizo bajo el que me encontraba. Sobresaltada, doy un paso atrás. Llevo el chal sujeto para que no se caiga. Julian me mira con unos ojos que prometen que continuaremos por donde lo hemos dejado y un escalofrío recorre mi cuerpo solo de pensarlo.

—¿Puedo bajar ya? —pregunta Rosa, que espera impaciente junto a la puerta ya abierta.

—Por supuesto —contesta Julian—. Adelante, Rosa. Nosotros bajamos ahora.

Rosa desaparece por la puerta. Julian se acerca a mí y hace que me quede sin aliento.

—¿Estás preparada? —pregunta dulcemente.

Yo asiento con la cabeza, hipnotizada por el cariño que transmiten sus ojos.

—Entonces, adelante —murmura mientras me coge de la mano.

Mis dedos quedan totalmente cubiertos por su mano, grande y masculina—. Tus padres nos esperan.

~

EL COCHE QUE NOS LLEVA DESDE EL AEROPUERTO HASTA LA CASA DE MIS padres es una limusina larga y moderna con unas lunas peculiarmente gruesas.

—¿Son a prueba de balas? —pregunto en cuanto nos subimos al vehículo. Julian despeja mis dudas asintiendo con la cabeza. Está sentado en los asientos traseros con Rosa y conmigo y Lucas va conduciendo, como de costumbre.

Me pregunto si estará enfadado por haber tenido que dejar a su juguetito ruso para venir al viaje. Las últimas noticias que tengo son que la intérprete aún está viva y que sigue prisionera en la vivienda de Lucas. Julian me dijo que le había asignado a dos guardas para que la vigilen y se aseguren de que está bien durante su ausencia. Por lo que se ve, no quiere que nadie más tenga el privilegio de torturarla.

Toda esa situación me pone enferma, así que intento no pensar en ello. El único motivo por el que sé todo lo que sé es porque Rosa se niega a dejarlo estar y me pide constantemente que le pregunte a Julian sobre las novedades. Su obsesión con la mano derecha de Julian, Lucas, me preocupa, aunque estoy llegando a la conclusión de que Rosa tenía razón cuando decía que él no estaba interesado en ella en absoluto. Sin embargo, igual que no quiero que tenga nada con él, tampoco quiero que le rompan el corazón, y me temo que todo apunta a que eso es lo que pasará.

—¿Estás segura de que a tus padres no les importa que lleguemos tan tarde? —pregunta Rosa, interrumpiendo mis pensamientos—. Son casi las nueve de la noche.

—No, tienen muchísimas ganas de verme. —Miro el teléfono y veo que llega otro mensaje de mamá. Lo abro, leo el mensaje por encima y le explico a Rosa que ya está puesta la mesa.

—¿Y seguro que no les importa que vaya con vosotros? —Se

muerde el labio inferior—. Quiero decir... tú eres su hija y está claro que quieren verte, pero yo soy solo la chacha.

—Tú eres mi amiga. —De manera impulsiva, estiro el brazo y le aprieto la mano—. Por favor, deja de preocuparte. No estorbas.

Aliviada, Rosa sonríe. Yo miro a Julian para ver su reacción. Se muestra indiferente, pero detecto en su mirada un atisbo de alegría. Mi marido no está preocupado en absoluto por tener que abusar de la confianza de mis padres a estas horas de la noche. Y me parece totalmente razonable. ¿Por qué debería preocuparle algo así si fue capaz de raptar sin excusas a su hija?

La verdad es que creo que será una cena interesante.

~

—¡NORA! ¡TESORO! —UN OLOR SUAVE Y PERFUMADO ME ENVUELVE EN cuanto mis padres abren la puerta. Entre risas, abrazo a mi madre y, después, a mi padre, que está justo detrás de ella. Me abraza con fuerza durante unos instantes y siento cómo su corazón late con fuerza dentro de su pecho.

Cuando se retira un poco para poder mirarme, observo que se le han llenado los ojos de lágrimas.

—Nos alegramos mucho de verte —dice, casi susurrando, con una voz que parece salirle directamente del alma. Aunque sonrío, tampoco puedo contener las lágrimas.

—Yo también, papá. Yo también. Os he echado mucho de menos a los dos.

Tras decir esto, caigo en la cuenta de que viajo acompañada. Me giro y me fijo en que mamá está mirando a Rosa y a Julian con una sonrisa un tanto forzada.

Respiro profundamente y me preparo para lo que viene.

—Mamá, papá, ya conocéis a Julian. Y esta es Rosa Martínez. Es mi mejor amiga de la finca. —Le dije a Lucas que nos acompañara a cenar, pero no ha querido. Me ha dicho que debe quedarse afuera por el protocolo de seguridad.

Mi madre asiente con la cabeza mientras mira a Julian con recelo.

Luego, su sonrisa se vuelve un poco más afectuosa al mirar a mi amiga.

—Encantada de conocerte, Rosa. Nora nos ha hablado de ti. Pasa, por favor.

Da un paso hacia atrás para dejar la entrada libre y Rosa entra con una sonrisa tímida. Julian entra detrás de ella con el paso tranquilo y seguro que le caracteriza.

—Gabriela. Es un gusto volver a verla. —Quien, en su día, fue mi apresador se agacha para darle un beso en la mejilla al estilo europeo y se dibuja en mi cara una gran sonrisa. Esto deja a mi madre ruborizada como una colegiala delante del chico que le gusta. Mientras se recupera, Julian dirige su atención a mi padre—. Es un placer conocerlo en persona, Tony —dice mientras extiende el brazo para darle la mano.

—Lo mismo digo —contesta mi padre entre dientes. Tiende el brazo y le aprieta la mano con fuerza—. Y tutéame. Me alegro de que finalmente hayas podido venir.

—Sí, yo también —dice Julian con tranquilidad mientras suelta la mano de mi padre. Me doy cuenta de que se le han quedado marcados los dedos en aquellos sitios donde mi padre le ha apretado especialmente fuerte y me da un vuelco el corazón. Pero, aliviada, al mirarle la mano a mi padre me doy cuenta de que no se han hecho daño.

Supongo que Julian no le tendrá en cuenta a mi padre esta pequeña reacción agresiva, o al menos, eso espero.

Mientras vamos al comedor, miro con disimulo a mi marido para contemplar lo guapo que es. Tener a quien un día fue mi secuestrador en casa es demasiado extraño. Estoy acostumbrada a estar con él en lugares más exóticos y desconocidos, no en Oak Lawn, Illinois. Ver a Julian en casa de mis padres es algo así como encontrarse un león salvaje en un centro comercial a las afueras de la ciudad: es extraño y un tanto siniestro.

—Estás muy delgada, tesoro —exclama mi madre mientras me mira de forma crítica al entrar en el comedor—. Era consciente de que aún no tendrías la tripa muy grande, pero parece que incluso has adelgazado.

—Lo sé —dice Julian, poniéndome una mano en la parte baja de la espalda, justo por encima del trasero. Que me toque de esa manera delante de mis padres me resulta excitante a la par que incómodo—. Ha costado que coma bien por las náuseas. Al menos ya ha dejado de perder peso. Tendrías que haberla visto hace cuatro semanas.

—¿Ha sido muy duro, tesoro? —pregunta mi madre, en un tono comprensivo, cuando nos paramos justo delante de la mesa. No deja de mirarme a la cara para ignorar el gesto de posesividad por parte de Julian. No obstante, mi padre aprieta los dientes con tanta fuerza que prácticamente puedo oírlo.

—La situación mejoró cuando empezamos a ser realmente conscientes de que estaba embarazada. Empecé a comer de manera más saludable con unos horarios más regulares y parece que eso me fue bien —explico ruborizada. Me resulta raro hablar sobre el embarazo delante de mi padre. Ya hemos hablado sobre el tema por vídeollamada y no parecía agradarle mucho: siempre hacía preguntas sobre mi salud y yo las rehuía. Sé que odia que esté embarazada con mi edad, y aún más que lo esté de Julian. Probablemente mi madre sienta lo mismo, pero trata el tema con mucha más diplomacia.

—Espero que puedas cenar bien esta noche —dice mamá con preocupación—. Tu padre y yo hemos preparado muchísima comida.

—Seguro que sí, mamá. —Julian saca una silla para mí y, sonriente, me siento en ella—. Todo tiene una pinta deliciosa.

Y lo digo de verdad. Mis padres se han superado. En la mesa hay de todo: desde el pollo al romero de mi padre, receta que solo prepara para ocasiones especiales, hasta los tamales de mi abuela y las costillas de cordero en su punto, que son mi plato preferido. Es un verdadero banquete y mi estómago parece rugir por el delicioso olor de los platos.

Julian se sienta a mi izquierda y mamá y papá se sientan justo enfrente de nosotros.

—Ven. Siéntate aquí, a mi lado —le digo a Rosa mientras doy unos golpecitos sobre la silla que queda libre. Sé que todavía no se siente cómoda porque está segura de que molesta. La sonrisa luminosa que tanto la caracteriza transmite ahora inseguridad y se muestra un tanto tímida. Se sienta a mi lado y reposa las manos sobre su vestido azul a la altura del abdomen.

—La presentación de la mesa es asombrosa, señora Leston —dice en un tono suave con su peculiar acento.

—¡Vaya! Muchas gracias, querida. —Mi madre esboza una sonrisa cariñosa—. Hablas muy bien nuestro idioma. ¿Dónde has aprendido a hablar así? Nora me dijo que nunca habías viajado a Estados Unidos.

—No, la verdad es que no. —Rosa, encantada con el cumplido, explica cómo la madre de Julian le enseñó inglés de Estados Unidos cuando era pequeña. Mis padres escuchan la historia con interés y hacen unas cuantas preguntas. Entretanto, aprovecho para excusarme y voy al lavabo.

Cuando vuelvo, me encuentro con una atmósfera en la que se respira una fuerte tensión. El único que parece estar relajado es Julian, que está apoyado en el respaldo de la silla mirando a mis padres con una mirada inescrutable. Mi padre está visiblemente enfadado y mi madre, con la mano apoyada sobre su hombro, trata de tranquilizarlo. La pobre Rosa está en plan «tierra, trágame».

Me siento y pienso si debería preguntar qué ha pasado, pero creo que solo conseguiría empeorar la situación.

—¿Qué tal en el nuevo trabajo, papá? —pregunto con ilusión.

Tras respirar hondo un par de veces, intenta forzar una sonrisa. Le sale algo más parecido a una mueca, pero le agradezco que lo haya intentado.

Antes de que pueda contestarme a la pregunta, Julian se reclina hacia adelante, apoya los antebrazos sobre la mesa y dice:

—Tony, quizás no eres consciente de ello, pero tu hija ahora es una de las mujeres más ricas del mundo. No le faltará de nada, independientemente de la profesión que elija o, incluso, si decide no trabajar. Entiendo que tener un hijo estando en la universidad no es lo más conveniente, pero yo no lo llamaría «destruir su vida», y menos aún teniendo los medios necesarios para mantenerlo.

El pecho de mi padre se hincha de furia.

—¿Crees que el hijo es el único problema? Tú la...

—Tony. —Mi madre utiliza un tono suave, pero su entonación hace que mi padre deje la frase a medias. Después, se gira hacia Julian —. Disculpa los malos modales de mi marido —dice en un tono neutral—. Por supuesto que sabemos que puedes mantener a Nora económicamente.

—No te preocupes. Está bien. —Distante, Julian sonríe—. ¿Y sabes también que tu hija se está convirtiendo en una artista de éxito?

Me paro en seco justo antes de alcanzar una costilla de cordero y miro a Julian con sorpresa.

—¿Una artista de éxito? ¿Yo?

—Sé que hay una galería de arte de París interesada en sus cuadros —dice mamá prudentemente—. ¿Te refieres a eso?

—Exacto. —Julian sonríe aún más—. Aunque lo que puede que no sepáis es que el propietario de la galería es uno de los coleccionistas de arte más importantes de Europa. Y está realmente fascinado por el trabajo de Nora. Tan fascinado que, de hecho, me acaba de enviar una oferta para adquirir cinco de sus cuadros para su colección personal.

—¿En serio? —No puedo controlar la ilusión—. ¿Quiere comprarlos? ¿Por cuánto?

—Cincuenta mil euros: diez mil por cada cuadro. Pero seguro que, si negociamos, podemos subir el precio.

Se me corta la respiración por un momento. ¿Cincuenta mil? Solo con quinientos dólares ya me habría vuelto loca de la alegría. Habría aceptado cincuenta pavos, incluso. Me resulta imposible pensar que alguien quiera mis garabatos.

—¿Has dicho cincuenta mil euros?

—Sí, cariño. —Julian me mira de forma cariñosa—. Enhorabuena. Estás a punto de cerrar tu primera gran venta.

—Madre mía —exhalo—. Ma-dre mí-a.

Mis padres también están sorprendidos. Están atónitos por el giro que han dado los acontecimientos. Rosa parece ser la única que no se ha asombrado.

—¡Enhorabuena, Nora! —me dice con una sonrisa—. Ya te dije que los cuadros eran maravillosos.

—¿Cuándo has recibido la oferta? —le pregunto a Julian cuando consigo reaccionar.

—Justo antes de llegar aquí. —Julian estira el brazo para estrujarme la mano cariñosamente—. Iba a decírtelo más tarde, pero he supuesto que a tus padres también les gustaría saberlo.

—Por supuesto que sí —dice mamá una vez ha vuelto en sí. Es... No sé. Es increíble, tesoro. Estamos enormemente orgullosos de ti.

Mi padre, callado, asiente con la cabeza. No obstante, sé que está igual de impactado que el resto. Y probablemente esté empezando a cambiar su opinión sobre el potencial de mi afición a la pintura.

—Papá —digo con voz tenue mientras le miro—. No pretendo dejar la universidad. Ni siquiera por el bebé. ¿Vale? Así que, por favor, no te preocupes más. Estoy bien, de verdad.

Me mira fijamente, luego a Julian y, de nuevo, a mí. Espero a que diga algo, pero no lo hace. Únicamente agarra la bandeja de las costillas de cordero y la empuja hacia mí.

—Venga, tesoro —dice en voz baja—. Debes de tener hambre después de un viaje tan largo.

Acepto las costillas con gusto y el resto se sirve la comida en los platos.

La cena continúa de la mejor manera posible. Aunque sí que es cierto que hay algunos momentos de silencio incómodo, la mayoría de la cena transcurre tranquilamente, llena de conversaciones en las que reina el respeto. Mi madre pregunta sobre la vida en la finca y Rosa y yo le enseñamos fotos desde su móvil. Mientras tanto, mi padre inicia un debate político con Julian. Para la sorpresa de todos, ambos resultan compartir las mismas ideas escépticas en relación a la situación de Oriente Medio, aunque los conocimientos geopolíticos de Julian superan con creces los de mi padre. Al contrario que mis padres, Julian no recibe las noticias a través de los medios de comunicación, sino que es parte de ellas.

De hecho, él las escribe por decirlo de algún modo, aunque muy poca gente lo sabe fuera de la comunidad de inteligencia.

Tengo que ser agradecida con mis padres. Se están portando muy bien con él aunque piensen que debería estar entre rejas. Supongo que es porque tienen miedo de perderme si se ponen en contra de Julian. Mi madre estaría dispuesta a cenar con el mismísimo demonio con tal de seguir estando en contacto con su hija y mi padre suele seguir sus pasos ante las situaciones más difíciles.

Pero, aun así, lo vigilan durante toda la cena con la misma mirada con la que observarían a una criatura salvaje. Por el contrario, Julian se muestra sonriente y tan terriblemente encantador como siempre. Sin embargo, sé que sienten su habitual aura de peligro; una sombra violenta que lleva consigo como si de una capa negra se tratase.

A la hora del postre, Julian recibe un mensaje urgente de Lucas y se excusa para salir unos minutos.

—No es nada grave —me dice al verme preocupada—. Solo son pequeños asuntos de negocios que deben ser atendidos.

Sale al jardín y, en ese momento, Rosa decide ir al servicio. Yo me quedo sola con mis padres por primera vez desde que llegamos.

—¿Un asunto de negocios? —pregunta mi padre con incredulidad en cuanto Rosa está lo suficientemente lejos como para no escucharlo —. ¿A las diez y media de la noche?

Me encojo de hombros.

—Julian trabaja con gente que está en franjas horarias distintas. En algún lugar son las diez de la mañana.

Me doy cuenta de que mi padre quiere seguir preguntándome, pero, afortunadamente, mi madre se mete en la conversación.

—Tu amiga es muy simpática —dice mientras hace un gesto con la cabeza para señalar el pasillo por donde se ha marchado Rosa—. Parece mentira que se haya criado así. —Baja el tono de voz—. Entre criminales, quiero decir.

—Sí, lo sé. —Me pregunto qué pensarían mis padres si supieran que Rosa mató a dos hombres—. Es encantadora.

—Nora, tesoro... —Mi madre echa un vistazo rápido alrededor, se inclina hacia adelante y, en un tono todavía más bajo, dice. Sé que ahora mismo no tenemos mucho tiempo, pero dinos una cosa. ¿De verdad eres feliz con él? —dice en tono todavía más bajo—. Porque ahora que estáis en suelo estadounidense, el FBI podría...

—Mamá, no puedo vivir sin él. Me moriría si le pasase algo. —La dura realidad se escapa de entre mis labios antes de que se me ocurra una manera más sutil de decirlo—. No os pido que lo comprendáis, pero ahora mismo él lo es todo para mí. Lo amo de verdad —digo en un tono más suave.

—¿Y él a ti? —pregunta mi padre en voz baja. Su cara cambia por completo: ahora es un hombre mayor al que las penas del pasado han dejado con unos ojos llenos de tristeza—. ¿Alguien como él es capaz de amar, tesoro?

Me dispongo a reafirmarme, pero, por algún motivo, no soy capaz de decir ni una sola palabra. Quiero pensar que Julian sí que me quiere, aunque sea a su manera, pero siempre he tenido un poco de duda al respecto.

Mi padre ha dado en el clavo.

¿Julian es capaz de amar realmente?

Sinceramente, aún no lo sé.

*J*ulian

Al salir me está esperando un Lincoln negro.

—Les dije que estabas ocupado, pero insistieron en que vinieras —dice Lucas, saliendo de las sombras que rodeaban la casa—, pensé que deberías saberlo.

Asiento y me acerco al coche. Se baja la ventana trasera.

—Demos un paseo —dice Frank, quitando el seguro—. Tenemos que hablar.

—No va a poder ser —digo inspeccionándole—, si quieres hablar, que sea aquí y ahora.

Me escruta, probablemente pensando hasta dónde puede presionar, hasta que noto que desiste.

—Está bien. —Sale del coche; la chaqueta del traje gris se le tensa en la parte de la barriga—. Si no te molestan los vecinos cotillas, adelante.

Con una mirada ensayada examino la calle. Tiene razón, por

desgracia. Las ventanas de la calle ocultan miradas indiscretas tras de sí. No pasamos desapercibidos.

—Hay un pequeño parque al otro lado del edificio —digo, tomando la iniciativa—, ¿por qué no vamos hacia allí? Tienes exactamente quince minutos.

Frank asiente y el Lincoln negro desaparece; quizás también se dirija al parque. No me cabe duda de que tiene agentes vigilándonos de incógnito, al igual que yo. La CIA no dejaría que uno de los suyos se me acercara sin protección.

—Muy bien. Habla —digo mientras empezamos a andar. Le hago un gesto a Lucas para que nos siga a una distancia prudente—. ¿Por qué estás aquí?

—La pregunta es: ¿por qué estás tú aquí? —Noto la frustración en su voz—. ¿Acaso sabes los problemas que nos está trayendo tu presencia? El FBI sabe que estás en su jurisdicción y no les gusta ni un pelo.

—Pensé que ya te habías encargado de eso.

—Y así es, pero Wilson se niega a dejarlo. Bosovsky y él están metiendo las narices intentando descubrir algún tipo de tapadera. Es un puto caos y, desde luego, tu visita no ayuda.

—Lo dices como si fuera mi culpa.

—No te queremos en este país, Esguerra —dice mientras doblamos la esquina—. No tienes motivos para estar aquí.

—¿Tú crees? —digo arqueando una ceja—. Los padres de mi esposa están aquí.

—¿Tu esposa? —gruñe— ¿Te refieres a aquella niñita de dieciocho años que secuestraste?

Nora tiene veinte años, o los tendrá en un par de días, pero no lo corrijo. Su edad es lo de menos.

—La misma —contesto fríamente—. Sabes bien quién es, puesto que has interrumpido mi cena con sus padres... mis suegros.

—¿Me estás tomando el pelo? —dice mirándome con incredulidad —¿Cómo tienes tan poca vergüenza de mirar a esa gente a la cara? Secuestraste a su hija.

—Que ahora es mi esposa. —Mi voz se vuelve agresiva—. Mi relación con sus padres es solo cosa mía, no metas tus narices en esto.

—Me mantendré fuera de tus asuntos siempre y cuando te largues de este país. — Se detiene a recuperar el aliento. No puede seguirme el ritmo—. No estoy de broma. Podemos deshacernos de documentos y registros, Esguerra, no de personas. No en este caso.

—¿Me estás diciendo que la CIA no puede silenciar a dos agentes molestos del FBI? —Lo miro con frialdad—. Porque si ellos son el único problema...

—No lo son —interrumpe sabiendo a dónde quiero llegar con esto —. No es solo el FBI, Esguerra. —Se quita el sudor de la frente con una mano—. A mis superiores les incomoda tu presencia. Desconocen tus intenciones.

—Infórmales de que mis intenciones son visitar a mis suegros y marcharme. —Por una vez estoy siendo totalmente sincero con él—. No estoy aquí para hacer negocios, así que tus superiores pueden quedarse tranquilos.

Su expresión dice que no se fría de mí, pero me la trae floja. Si la CIA sabe lo que le conviene, me quitará de encima al FBI.

Estoy aquí por Nora y a quien no le guste, puede irse a la mierda.

Cuando vuelvo a la casa, encuentro a Nora debatiendo con Rosa sobre quién recoge la mesa.

—Rosa, insisto, eres nuestra invitada —dice Nora estirándose sobre la mesa para coger la bandeja con los restos del cordero—, puedes sentarte, que ya ayudo yo a mi madre.

—No, no y no —se niega Rosa rodeando la mesa y recogiendo los platos sucios—. Bastante tienes de qué preocuparte con el bebé. Es lo menos que puedo hacer, por favor, déjame ayudar.

—Estoy de diez semanas, no de nueve meses.

—Rosa tiene razón, cariño —digo acercándome a Nora y quitándole la bandeja de las manos—. Ha sido un día largo y no quiero que te satures.

Nora empieza a quejarse, pero ya estoy llegando a la cocina, donde sus padres están terminando de guardar las sobras. Según entro, veo los ojos de Gabriela, que toma la bandeja con un leve gracias

Le regalo una sonrisa y salgo de la cocina para seguir recogiendo platos.

Rosa y yo terminamos de recoger la mesa en varios viajes. Nora está sentada en el sofá del salón, observándonos con una mezcla de exasperación y curiosidad.

Cuando terminamos y la mesa está limpia, los Leston salen de la cocina y se unen a nosotros. Yo me siento junto a Nora y le tomo la mano, acercándola a mi regazo para jugar con sus dedos.

—Gabriela, Tony, ha sido una cena estupenda —agradezco a mis suegros cuando se sientan con Rosa en el otro sofá—. Lamento mi ausencia durante el postre.

—Te he guardado un trozo de tarta —dice Nora mientras le masajeo la mano—. Mi madre nos la ha guardado para llevárnosla.

Le ofrezco a su madre una cálida sonrisa.

—Muchas gracias, Gabriela. Es un detalle.

Gabriela inclina la cabeza.

—No hay de qué. Es una pena que el trabajo te reclame a estas horas de la noche.

—Lo es, lo es. —Le doy la razón fingiendo que no capto la pregunta implícita en sus palabras—. Y sí, se está haciendo tarde. —Miro a Nora, que se tapa la boca con la mano que le queda libre mientras bosteza.

—Nora nos ha dicho que os alojáis en Palos Park —dice Tony con una expresión ilegible—. ¿Vais a pasar la noche allí?

—Sí. —La casa está al extremo de la comunidad y tiene espacio suficiente para que Lucas pudiera llevar a cabo las medidas de seguridad pertinentes—. Nos quedaremos allí durante nuestra visita.

—Podéis pasar la noche aquí, si queréis —ofrece Gabriela con cierta vacilación.

—Estoy más que agradecido, pero no querríamos molestar. Creo que es mejor tener nuestro propio espacio para estas dos semanas. —

Sin soltar la mano de mi gatita, me levanto y sonrío educadamente a los Leston—. Creo que es hora de irnos. Nora necesita descansar.

—*Nora* está bien —musita el objeto de mi preocupación cuando la conduzco hacia la salida—. Puedo seguir despierta pasadas las diez, ¿sabes?

Reprimo una sonrisa al oír a mi gatita así de gruñona. No le gusta reconocer que estos días se cansa con más facilidad.

—Lo sé, pero tus padres también necesitan descansar. Mañana es jueves, ¿no?

—Ay, es verdad. —Deteniéndose en la entrada, Nora da media vuelta para mirar a sus padres—. Se me había olvidado que mañana tenéis que trabajar —se disculpa, arrepentida—. Tendríamos que habernos marchado antes.

—No, no, cielo —protesta su madre—, estamos encantados de que hayáis venido y además, fuimos nosotros los que os invitamos a venir. ¿Cuándo nos volveremos a ver?

Nora alza la cabeza buscando mi mirada y digo:

—Mañana por la noche, siempre y cuando no suponga un inconveniente. Pero esta vez, la cena es en nuestro apartamento.

—Allí estaremos —contesta Tony mientras veo cómo los Leston se despiden, besan y abrazan a su hija.

17

Nora

Cuando subimos en la limusina me percato de lo cansada que estoy. Toda la emoción de esta noche se disipa y me absorbe las fuerzas. Rosa, de nuevo, toma asiento frente a nosotros, al otro lado del pasillo y Julian tira de mí para tenerme más cerca, colocando su brazo sobre mis hombros. Su cálido olor masculino me atrapa. Me acomodo sobre él, dejando volar mis pensamientos.

Mi antiguo captor y yo acabábamos de cenar con mis padres. Como una familia normal. Es tan absurdo que me cuesta creer que haya ocurrido. No sé qué me imaginé que pasaría cuando Julian accedió a traerme de visita, pero esto no, desde luego.

Creo que de cierto modo no quise pensar en qué pasaría en una situación como esta: mi secuestrador sentándose a cenar civilizadamente con mi familia. Era como un muro construido por mi subconsciente para que no me preocupara. Cuando pensaba en volver a casa, me imaginaba a mí con mis padres… solo nosotros tres. Como si Julian estuviera en un segundo plano, como el recuerdo de otra vida más oscura.

Era una estupidez pensar así, claro. Julian nunca quiere quedarse en un segundo plano. Hace suya la situación en la que se encuentre, la somete a su antojo. Incluso ha tomado el control de mi relación con mis padres metiéndose en nuestra familia con sus propias reglas, sintiéndose cómodo donde otros se acobardarían.

Al parecer, es útil no tener conciencia.

—¿Cómo te encuentras, gatita mía?

Me doy cuenta que llevo callada los últimos minutos. Inclino la cabeza para mirarlo:

—Estoy bien —digo sin dejar de reparar en la presencia de Rosa unos metros más allá—. Aún trato de digerirlo.

—Ah. —Julian me mira con una expresión adorable a la vez que afloja su brazo de mi hombro—. ¿Te refieres a lo que ha pasado?

—Y a la comida también, supongo. —Sonrío sin darme cuenta de la tontería que acabo de decir—. Ha sido una buena cena.

—Sí, lo ha sido. —Incluso en la oscuridad del coche alcanzo a ver las sensuales comisuras de sus labios—. Tus padres han sido muy amables.

Asiento.

—Desde luego que sí. —Me pregunto si ellos han podido digerir una cena con el hombre que secuestró a su hija.

El criminal de los siete todoterrenos y futuro padre de su nieto.

Suspirando, me vuelvo a acurrucar contra Julian y cierro los ojos. El absurdo de mi vida ha alcanzado cotas inimaginables.

Tardamos menos de veinte minutos en llegar a la adinerada comunidad de Palos Park. Ya la conocía porque vivía en esta ciudad; la veía de pasada cuando íbamos a la reserva natural de Tampier Lake. Los residentes son abogados o doctores, y que yo sepa nadie alquilaría una casa aquí por un par de semanas. Pero claro, Julian no es como los demás.

La casa que eligió estaba en uno de los extremos de la comunidad separada del resto por una alta valla de hierro forjado. Cuando atravesamos las puertas automáticas, continuamos por un camino de entrada que describe una curva de unos doscientos metros hasta llegar a la casa.

Dentro, la casa es casi tan lujosa como nuestra mansión. Desde el brillante suelo de parqué hasta la colección de arte moderno que cuelga en las paredes: todo en esta casa indica que aquí hay dinero.

—¿Cuánto has pagado por esto? —pregunto mientras atravesamos un comedor amplísimo—. Nunca me hubiera imaginado que se alquilara una casa así.

—No es de alquiler —dice como quien no quiere la cosa—; la he comprado.

Me deja boquiabierta.

—¿Qué? ¿Cuándo? Dijiste que la habías alquilado.

—Dije que había conseguido un sitio para hospedarnos. —Me corrige—. No te dije cómo.

—Ah... —me siento idiota por hablar sin saber—. Entonces... ¿cuándo decidiste comprarla?

—Empecé con el papeleo en cuanto planeamos el viaje. El anterior propietario tardó una semana en dejar la casa, pero ahora es nuestra.

Nuestra. La palabra rueda por su lengua tan fácilmente que no parece suya. Entonces proceso lo que acaba de decir:

—¿Ahora es nuestra? —pregunto con cuidado—. ¿Tuya y mía?

—Técnicamente, pertenece a una de nuestras sociedades pantalla, pero te he hecho copropietaria de esa sociedad. Así que sí, es nuestra —dice él mientras entra a la habitación principal. Es espaciosa y tiene una cama con dosel.

—Julian... —Me detengo ante la cama y le miro a los ojos—. ¿Por qué? Quiero decir... el fondo fiduciario era más que suficiente.

—Porque eres mía. —Se acerca a mí. Le arden los ojos con una llama que ya había visto antes. Me está quitando los botones del vestido. Sus dedos rozan mi piel desnuda haciendo que mis pezones se endurezcan de necesidad—. Porque me preocupo por ti. Quiero que tengas todo lo que pidas. Que nunca te falte nada... —A pesar de sus dulces palabras, se le oscurecen los ojos cuando me quita el vestido y lo deja caer al suelo—. ¿Alguna pregunta más, mi gatita?

Niego con la cabeza mirándole fijamente. Solo me tapa un tanga azul y un sostén a juego. Su mirada me recuerda a la de un león hambriento a punto de lanzarse a morder a una gacela. Quizá se preocupe por mí, pero en este preciso instante, quiere devorarme.

—Bien. —Su voz es profunda, un ronroneo amenazante—. Ahora date la vuelta.

Se me acelera el pulso. Estoy nerviosa por lo que me espera. Hago lo que me dice. Aunque ansío la oscuridad, hay una pequeña, instintiva parte de mí que se retuerce de miedo. Julian siempre ha sido impredecible. Por lo que yo sé, la domesticidad de esta noche no ha hecho más que realimentar sus sádicos deseos, liberando al demonio que ha tenido bajo control estas últimas semanas.

Siento una punzada peligrosa de calor entre mis muslos solo de pensarlo.

Estando ahí de pie oigo el suave roce de la seda. Me cubre los ojos con una venda.

Contengo la respiración. Privada de visión, me siento infinitamente más vulnerable. Como por instinto, mi mano busca el pedazo de tela.

—No. —Julian detiene mi ademán de quitarme la venda. Noto su mano como unas esposas de acero apresando mi muñeca. Se acerca a mi oreja—: ¿Quién ha dicho que puedas quitártela, mi gatita? —susurra.

El calor de su aliento me hace temblar.

—Yo solo...

—No hables. —Su orden me hace vibrar avivando el calor que siento entre mis piernas—. Yo te diré cuando puedes hablar. —Me suelta la muñeca, me inclina de tal modo que me tambaleo y quedo boca abajo sobre la cama—. No te muevas —ordena de nuevo acercándose.

Obedezco, apenas respirando mientras me acaricia. Empieza por los hombros y desciende hasta mis muslos. Su tacto es suave, pero de algún modo invasivo, como si fuera un desconocido para mí. Quizá sea por el vendaje. Lo noto detrás de mí, pero no puedo ver nada. Me toca como si fuese uno de sus juguetes... hace conmigo lo que le place. Noto el calor de las durezas de sus amplias palmas y el recuerdo de nuestra primera vez pasa por mi mente dejando tras de sí una punzada de ansiedad y de deseos oscuros en mi vientre.

Sus caricias cesan y me recoloca boca arriba sobre la cama situando una almohada bajo mi cabeza. Al instante coge uno de mis brazos y enrolla una cuerda alrededor de mi muñeca. Su tacto es áspero. Ata el otro extremo de la cuerda a lo que adivino, es uno de los postes de la cama.

Justo después, rodea la cama para hacer lo mismo con mi otro brazo.

Me deja ahí tumbada como si de un tipo de sacrificio sexual se tratase: mis brazos estirados en diagonal sobre la cama y una venda cubriendo mis ojos. Me siento más impotente que de costumbre, lo que me horroriza a la vez que me estremece... como toda interacción con Julian. Para otras parejas, esto quizá solo sea una fantasía sexual, pero para nosotros no puede ser más real. No puedo negarme a hacerlo. Julian me hará lo que quiera me guste o no, e irónicamente, saberlo hace que mi sexo me pida dejarme hacer.

—Eres preciosa —susurra mientras sus dedos acarician suavemente como una pluma la sensible piel de mi vientre—. Y toda mía, ¿o no, mi gatita?

—Sí. —Se me entrecorta la respiración cuando sus dedos se acercan al borde del tanga—. Sí, soy toda tuya.

El colchón se hunde cuando se sube a la cama para abrirme las piernas. Siento el duro material de sus vaqueros rozando mis muslos desnudos. Todavía está vestido.

—Eso es... —Se inclina. Los botones de su camisa presionan mi vientre cuando se tumba sobre mí y me cubre con su pecho duro como mármol. Su boca sobre mi oído hace que se me erice la piel—: Solo yo puedo poseerte.

Reprimo un escalofrío mientras noto el calor líquido fluir en mi cuerpo. Viniendo de otro hombre, esto solo sería un juego de posesión en la cama, pero viniendo de Julian, es al mismo tiempo un hecho y una amenaza. Si fuese tan idiota de dejarme tocar por otro hombre, Julian lo asesinaría sin pensarlo dos veces.

—Solo te deseo a ti, y a nadie más. —Es verdad. Aun así mi voz tiembla cuando me besa el cuello y chupa de la delicada piel de detrás de mi oreja—. Ya lo sabes.

Se ríe suavemente en mi oído, un sonido tan masculino que vibra dentro de mí.

—Lo sé, mi gatita. Lo sé.

Se quita de encima y le noto moverse hacia los pies de la cama. Cuando coge mi tobillo derecho, entiendo por qué.

También va a atarme los pies.

La cuerda rodea mi tobillo mientras yo sigo ahí tumbada. Se me acelera el pulso. Rara vez me inmoviliza con tanta meticulosidad. No le hace falta. Incluso si me resistiera, tiene fuerza suficiente como para contenerme sin cuerdas ni cadenas.

Evidentemente no voy a resistirme. Desde luego sabiendo de lo que es capaz, de hasta dónde puede llegar para poseerme.

Una vez asegurada mi pierna derecha, es turno de la izquierda. Sus manos son fuertes y me enrolla la cuerda en el tobillo y ata el otro extremo al último poste de la cama, dejándome con las piernas completamente abiertas. Me siento rara en esta posición e instintivamente trato de juntarlas, pero no puedo moverlas ni un milímetro. Como las cuerdas de mis muñecas, las de los tobillos me sujetan fuertemente impidiendo todo movimiento pero sin cortarme la circulación.

Mi secuestrador no será un sadomasoquista profesional, pero desde luego sabe cómo atar a alguien.

—¿Julian? —Me percato de que aún no me ha quitado la ropa interior, ni el tanga ni el sujetador—. ¿Qué vas a hacerme?

No responde. El colchón vuelve a hundirse cuando se levanta y escucho sus pasos alejarse y cierra la puerta. Se ha marchado de la habitación y me ha dejado atada en la cama.

Me late aún más rápido el corazón.

Contraigo los brazos para ver si la cuerda cede, aunque sepa que es inútil. Como esperaba, la cuerda no se afloja; aprieta mi piel cuando me la intento quitar. Casi desnuda, sola, cegada y atada en una casa que no es la mía. Aun sabiendo que Julian no dejaría que me ocurriera nada malo, no puedo evitar que la tensión se apodere mi cuerpo mientras los segundos pasan y no regresa.

Al cabo de unos minutos vuelvo a pelearme con las cuerdas. Nada… y sin rastro de Julian.

Me obligo a dar una bocanada de aire y a soltarla lentamente. No pasa nada malo, nadie me está haciendo daño. No sé a qué está jugando Julian, pero no parece demasiado duro.

«Pero a ti te gusta duro», me recuerda una vocecita oculta en mi subconsciente. «Quieres dolor… quieres violencia».

Callo la voz de mi cabeza y me concentro en mantener la calma. Me gusta la manera en la que Julian plantea el sexo, pero también me aterra. Por lo menos, a mi lado cuerdo. Temo el dolor tanto como lo deseo. Últimamente es siempre así. Ahora es todo una lucha continua entre lo que queda de mi yo de antes y quien soy ahora.

El tiempo se lleva unos cuantos minutos más.

—¿Julian? —No puedo seguir callada—. Julian, ¿dónde estás?

Nada. No recibo respuesta alguna.

Restriego mi nuca con las sábanas como tratando de quitarme la venda de los ojos, pero no se mueve ni un pelo. Frustrada, tiro de las cuerdas con todas mis fuerzas, pero lo único que consigo es hacerme daño. Al final me doy por vencida y trato de relajarme ignorando la ansiedad que me invade.

Al cabo de un par de minutos, justo cuando pensaba que me estaba volviendo loca, oigo las bisagras de la puerta acompañadas del suave sonido de sus pasos.

—Julian, ¿eres tú? —No puedo ocultar el alivio en mi voz—. ¿Qué ha pasado? ¿Adónde has ido?

—Shhh. —Al sonido lo acompaña un cosquilleo en mis labios—. ¿Quién te ha dicho que puedes hablar, mi gatita?

El frío que desprende su voz me acelera el pulso. ¿Me está castigando por algo?

—¿Qué…?

—Silencio. —Sus dedos ejercen presión sobre mis labios impidiéndome hablar—. Ni una palabra más.

Trago saliva. De repente noto la garganta seca. No me ha tocado más que los labios, sin embargo, mi cuerpo se enciende. La excitación de antes vuelve a mí a pesar de mis nervios.

O a causa de ellos. Imposible de decir.

—Chúpame los dedos. —A su orden la acompaña una presión más fuerte sobre el borde de mi boca—. Ahora.

Como una gatita obediente, abro la boca y chupo dos de sus largos dedos. Están limpios, pero su sabor es ligeramente salado. Sus duras uñas chocan contra mi delicado paladar. Rodeo ambos dedos con la lengua, como hago con su polla y sus dedos se sacuden como si fuese igual de placentero para él.

Justo cuando empiezo a cogerle el gusto, saca los dedos de mi boca y los desliza por mi cuerpo dejando una estela de saliva fría sobre mi piel. Mi respuesta es un escalofrío, mis músculos internos se tensan a la que sus dedos rodean mi ombligo; con las uñas me araña suavemente el vientre. Más abajo, le pido en silencio, por favor, solo un poco más abajo. En vez de eso, retira la mano, privándome de su tacto.

Abro mi boca para suplicarle, pero no puedo. No quiere que hable. Me vuelvo a tragar la voz porque no quiero disgustarle cuando está de un humor tan impredecible.

Si de verdad me está castigando por algo, no quiero darle más motivos.

Así que en vez de suplicarle, me quedo quieta, esperando. Respiro en silencio para adivinar sus movimientos. No consigo oír nada. ¿Estará ahí parado mirándome? ¿Mirando mi cuerpo semidesnudo estirado y atado a los cuatro postes de la cama?

Finalmente, escucho algo. Un sonido de metales chocando. Viene de la mesilla de noche.

Espero escuchando atentamente. Entonces lo siento.

Algo duro y frío pasando por debajo de la tira de mi sujetador, haciendo presión entre mis pechos.

Estoy a punto de estremecerme de miedo, pero me las arreglo para no moverme, el corazón me late como loco.

Snip. El sonido es inconfundible.

Es el sonido del metal cortando tela gruesa. Julian acaba de usar tijeras para cortarme el sujetador.

Me permito exhalar de alivio, pero vuelvo a tensarme en cuanto siento el frío de las tijeras deslizándose por mi cuerpo.

Snip. Snip. Me ha cortado los hilos del tanga. Siento la parte trasera de las hojas en mi cadera. Vuelvo a notar el calor de la mano de Julian que me quita los trozos de tela y le oigo tragar una bocanada de aire. Me está observando. Lo sé. Me imagino la escena: yo tumbada desnuda con las piernas abiertas. Mi piel se sonroja solo de pensar en una imagen así de pornográfica.

—Ya estás mojada. —Su voz, suave y cargada de lujuria, me calienta aún más—. Tu coño me llama. —Acompaña sus palabras tocando mi clítoris, un roce tan suave como el aleteo de una mariposa. Las yemas de sus dedos se sienten ásperas por la sensibilidad de mi vulva, aun así dentro de mí se aviva la llama de mi deseo por él. Sin poder evitarlo, un gemido se escapa de mi garganta y levanto mis caderas en su busca, pidiendo más.

Esta vez, atiende a mis súplicas.

Noto el colchón hundiéndose cuando se sube a la cama y se pone entre mis piernas. Sus manos, grandes y fuertes, agarran mis muslos e inclina su cabeza hacia mi sexo. Su aliento caliente choca contra mis pliegues. Casi vuelvo a gemir anticipando lo que viene ahora, pero lo retengo en el último instante. No quiero que cambie de idea. Quiero sentirle, lo necesito… es una tortura no tenerlo.

Entonces la noto. La suave presión húmeda de su lengua. La misma presión que calma y enciende mis ganas de más. No me lame; se limita a apretar su lengua contra mi clítoris, pero es suficiente. Es más que suficiente. Sacudo mi cadera con pequeños espasmos al ritmo que necesito y la tensión crece dentro de mí. El placer se concentra en una pequeña pelotita caliente en mi entrepierna. Entonces empieza a mover la lengua. Sus labios absorben mi clítoris con fuerza y la pelotita explota. Metralla de placer subiendo por mis nervios mientras grito, incapaz de mantenerme en silencio.

Antes de que mi orgasmo acabe, empieza a lamerme. Suaves y dulces lametazos que prolongan el placer. Es mágicamente placentero, incluso con el clítoris hinchado y más sensible todavía. Me limito a seguir ahí, disfrutando. Agotada, pero satisfecha. No pasa ni un minuto cuando me percato de que el placer regresa, haciéndose más intenso, volviendo a confundirse con aquella tensión dolorosa.

Jadeo, arqueándome contra su boca, pidiendo más placer para llevarme al paraíso, pero él sigue lamiéndome con suavidad; su lengua apenas toca mi clítoris.

—Julian, por favor... —digo antes de acordarme de que no puedo hablar, pero para mi alivio, no se detiene. Sigue lamiéndome. Su lengua se mueve lentamente y me tortura dejándome con la miel en los labios, dejándome cerca de donde quiero llegar, pero sin darme lo que necesito. Intento alzar mis caderas, pero las ataduras me lo impiden.

Solo me queda resistir y esperar a ver qué delicioso tormento tiene Julian pensado para mí.

Justo cuando pienso que no aguantaré mucho más, se coloca de lado y acerca su mano a mi palpitante sexo. Los largos y contundentes dedos toquetean la entrada y se me escapa un gemido cuando me mete dos de ellos, penetrándome con una sorprendente suavidad. Ya llego... ya tengo casi lo que necesito... y entonces con el pulgar me aprieta el clítoris con fuerza.

Me hace volar; un agudo placer recorre mi cuerpo mientras convulsiono, jadeando entre gritos.

—Sí... eso es, gatita —murmura. Su mano se aleja de mí y escucho el sonido de una bragueta desabrochándose. Apenas nítido. Me siento embriagada de orgasmos, habiéndome quitado toda esa brutal tensión. Mi corazón palpita como si estuviera en una maratón, me noto los huesos de gelatina.

No hay modo de que pudiera pedir más, aun así me cubre con todo su cuerpo y una nueva sacudida de sensaciones tensa mi vientre. Está desnudo, ya sin ropa. Siento su calor, su contundencia. Todo su poder masculino. Incluso si no estuviese atada, me sentiría indefensa, pequeña al estar acorralada bajo su cuerpo, pero las cuerdas en pies y manos, magnifican esta sensación. Apenas puedo respirar bajo su peso, pero no importa. Hasta el aire parece prescindible en este momento.

Solo necesito a Julian.

Está sobre mí, apoyado sobre los codos. Restriega su erección, dura pero suave, por la parte interior de mis muslos mientras se inclina a besarme. Mi cuerpo se tensa anticipando la presión que se cierne sobre mi entrepierna.

Estoy mojada por los orgasmos anteriores. Mi cuerpo pedía que me poseyera, aun así siento la presión de su miembro separando las paredes de mi vagina. Me duele un poco. Su lengua me invade la boca justo cuando empieza a moverse apresando mis gemidos. Sus embestidas son profundas y rítmicas. Me inunda sentirle, saborearle... la forma en la que su cuerpo me domina y toma el mío como suyo. No puedo ver, no me puedo mover. Me ahogo y él es mi única salvación.

No sé cuánto tiempo pasa hasta que vuelvo a sentir el placer en mi entrepierna, solo sé, que cuando Julian se corre, me corro con él, estremeciéndome bajo su pecho.

Después, me quita la venda de los ojos y me desata para llevarme a la ducha. Estoy tan exhausta que apenas me mantengo en pie, así que Julian me lava, cuidándome como si fuera un bebé. Me lleva de vuelta a la cama y me arropa con sus brazos. Mientras me duermo, alcanzo a oírle susurrar:

—Te daría el mundo entero. El puto mundo entero... mientras seas mía.

18

Julian

Despierto a la mañana siguiente con la sensación familiar de Nora echada encima de mí. Como de costumbre, está durmiendo con la cabeza apoyada en mi pecho y una de sus finas piernas entrecruzada con las mías. Siento el peso de sus grandes senos en mi costado, siento su respiración y se me endurece la polla cuando recuerdo cada uno de los detalles de lo que pasó anoche.

Desconozco la razón, pero en ocasiones siento las ganas de atormentarla, de oírla suplicar. Imaginarla atada a mi cama me da tanta satisfacción… Mientras volvíamos de casa de sus padres pensaba en llevarla a casa y dejarle dormir, pero cuando la vi de pie junto al dosel de la cama, mis buenas intenciones se disiparon como el humo. Algo en su forma de mirarme agudizó el hambre peligrosa que sentía por ella, sacando la oscuridad a la superficie. Atarla era lo primero que quería hacerle. Si no me hubiese obligado a salir de la habitación, hubiera roto la promesa que me hice aquella noche en la que la golpeé.

Me prometí no volver a usar la violencia en la cama durante los próximos meses.

Menos mal que dejarla durante unos momentos para darme una ducha fría en una de las habitaciones de invitados sirvió para relajarme; mis ansias se calmaron. Cuando volví, estaba bajo control, capaz de torturarla con placer y no con dolor.

Un cambio en la respiración de Nora vuelve mi atención hacia ella. Se mueve sobre mí, haciendo ruiditos y restregando su mejilla contra mi pecho:

—¿Todavía no te has despertado? —murmura aún somnolienta. Sonrío mientras una peculiar sensación de bienestar recorre mi cuerpo al escuchar la satisfacción en su voz.

—Todavía no —respondo acariciando su suave espalda desnuda—, pero no tardaré.

—¿En serio tienes que levantarte? —Su voz suena amortiguada—. Con lo a gusto que estoy teniéndote de almohada.

—Es bueno saber que soy útil.

El tono seco de mi voz hace que mueva la cabeza para mirarme a través de sus largas y oscuras pestañas.

—¿No te gusta? Que duerma encima de ti, quiero decir.

—Claro que sí. —Sonrío—. ¿Crees que te lo permitiría si no me gustara?

Parpadea.

—No... claro que no. —Se me quita de encima, se sienta enrollándose en la sábana—. Deberíamos levantarnos. Querría ir a correr un poco antes del desayuno.

Me incorporo.

—¿A correr?

—Sí, aquí es seguro, ¿no?

—No tanto como en el complejo. —La idea de Nora corriendo por ahí fuera me inquieta, incluso teniendo en cuenta todas las medidas de seguridad y la ausencia de cualquier posible amenaza. Si le pasara cualquier cosa...

—Julian, por favor. —Parece triste de repente—. No voy a salir de Palos Park. No iré demasiado lejos, pero no puedo pasarme dos semanas aquí encerrada.

—Te acompaño. —Me levanto y me acerco al armario a buscar unos pantalones de deporte—. Vístete. Tenemos prisa. Imagino que Rosa estará preparando el desayuno.

~

EMPEZAMOS CON UN TROTE MODERADO PARA CALENTAR. La temperatura de fuera roza los quince grados, pero al moverme evito sentir el frío, aunque no llevo camiseta. Pienso en decirle a Nora que se ponga más capas de ropa, pero parece cómoda con unas mallas que le llegan hasta los tobillos y una camiseta, así que lo dejo pasar.

Cuando salimos por la entrada al jardín y giramos hacia la carretera, mantengo mi atención fijada en los coches de los vecinos saliendo de sus garajes y en la gente saliendo para realizar su propio deporte matutino. Me incomoda que haya tanto desconocido. Mis hombres están posicionados estratégicamente a lo largo y ancho de la comunidad, lo que garantiza nuestra seguridad, pero no puedo evitar buscar señales de peligro.

—Sabes que nadie va a tendernos una emboscada desde los arbustos, ¿verdad? —dice Nora percatándose, evidentemente, de mi preocupación con los alrededores—. No es ese tipo de vecindario.

La miro.

—Lo sé, ya lo he investigado.

Ella sonríe y acelera el paso.

—¿Por qué será que no me extraña?

Consigo alcanzarla y corremos siguiendo un buen ritmo dejando tras de nosotros unos cuantos bloques. El sudor aparece en su cara y hace que le brille esa piel dorada. Cada vez me distrae más. Siempre está sexi cuando corre; realza su cuerpecito tan femenino y atlético al mismo tiempo. Los redondos y apretados músculos de su trasero se contraen y estiran a cada paso que da. No puedo evitar imaginarme apretando esos globos a la vez que meto mi polla entre ellos.

Joder. Como siga así, voy a necesitar otra ducha fría.

—¿Qué vas a hacer después de desayunar? —pregunta Nora, casi sin aliento cuando adelantamos a otra pareja de corredores—. ¿Tienes que trabajar?

—Tengo la reunión con mi gestor en la ciudad —respondo tratando de controlar mis ganas de decirle cuatro cosas al corredor masculino. El cabrón le ha dado un repaso de arriba abajo—. Volveré para la cena.

—Ah, bien. —Jadea mientras habla—. Yo quiero ir a cortarme el pelo, y quizá quede con Leah y Jennie.

—¿Cómo? —Giro la cabeza para mirarla cuando doblamos la esquina—. ¿Se puede saber dónde tienes pensado hacer esas cosas?

—En el Chicago Ridge Mall. Hablé la semana pasada con Leah y Jennie, les dije que vendría y me contestaron que estarían aquí hoy para el fin de semana del Día de los Caídos —dice sin respirar. Entonces toma aire de nuevo y me mira como implorándo—: No te importa si me paso a verlas, ¿no? No he visto a Jennie en dos años y a Leah... —Se calla de repente y sé que es porque iba a decir que la última vez que vio a Leah fue en aquel dichoso centro comercial, cuando Peter le permitió hacer de cebo para Al-Quadar. Mi gatita no se da cuenta de que ya estoy al tanto de ese encuentro, y también de que Peter estuvo allí.

—No vas a ir. —Sé que sueno muy cortante, pero no puedo evitarlo. Solo imaginarme a Nora en ese sitio me cabrea—. Hay demasiada gente y no es seguro.

—Pero...

—Si quieres ver a tus amigas, puedes hacerlo aquí en la casa o en algún restaurante de Oak Lawn, siempre y cuando me haya asegurado de que no haya peligro.

Los labios de Nora se tensan, pero hace bien en no objetar. Sabe que no voy a ceder ni un pelo más:

—Vale... les diré que quedamos en el Fish-of-the-Sea —dice pasado un minuto—. ¿Y puedo cortarme el pelo?

Miro a la larga y gruesa coleta que le cuelga por la espalda. A mí me gusta, sobre todo cuando la veo balancearse sobre su torneado culo:

—¿Por qué quieres cortarte el pelo?

—Porque… —jadea mientras recuperamos el ritmo—… porque en dos años lo único que he hecho ha sido cortarme las puntas.

—¿Y? —Sigo sin ver el problema—. Me gusta largo.

—Cómo se nota que no eres chica. —Apenas puede hablar, pero se las arregla para poner los ojos en blanco—. Necesito darle forma a este desastre, me está volviendo loca.

—No quiero que te lo cortes mucho. —No sé por qué razón me preocupo tanto de repente, pero lo hago—. Si te lo cortas, que no sea más de un par de centímetros.

Nora me mira incrédula cuando nos paramos para dejar que un coche salga marcha atrás justo enfrente de nosotros:

—¿En serio? ¿Por qué?

—Ya te lo he dicho. Me gusta largo.

Vuelve a voltear los ojos y retomamos la carrera:

—A ver, ni que me fuera a rapar. Solo quería cortármelo a capas.

—Solo un par de centímetros —repito. Mi mirada es dura.

—Arrgg, vale. —Me da la impresión de que pone los ojos en blanco por tercera vez—. Entonces, ¿me lo puedo cortar?

—En el Chicago Ridge Mall no. Busca algún sitio tranquilo cerca y mandaré a mis hombres para que lo aseguren.

—Está bien —dijo con la voz entrecortada mientras empezamos a correr a toda velocidad—. Trato hecho.

ANTES DE SALIR DE LA CIUDAD, ME CERCIORO DE QUE LOS PLANES DE Nora están preparados. Asigno a doce de mis mejores hombres para que la escolten y les ordeno que sean todo lo discretos que puedan. Probablemente ella ni se percatará de su presencia, pero procurarán que nadie sospechoso se le acerque a menos de treinta metros de ella.

—Estaré bien —dice cuando vacilo un segundo en el vestíbulo antes de salir de la casa—. De verdad, Julian, que solo voy a la peluquería y a comer con las chicas. Te prometo que no pasará nada.

Respiro hondo. Tiene razón. Estoy siendo un poco paranoico. Las precauciones que estoy tomando son lo mejor para mantenerla a salvo fuera del complejo. También podría no dejarla salir del complejo durante el resto de su vida, lo cual sería lo óptimo para mi tranquilidad mental, pero Nora no sería feliz así y su felicidad me importa. Más de lo que nunca hubiera pensado.

—¿Cómo te encuentras? —pregunto, aún reacio a que salga—. ¿Alguna nausea? ¿Cansancio? —Le miro el vientre, aún plano con los pantalones apretados que se ha puesto.

—Nada de nada —dice mientras me lanza una sonrisa tranquilizadora cuando cruzamos nuestras miradas—. Ni la más mínima nausea. Estoy sana como un roble.

—Está bien. —Me acerco a ella y le acaricio la mejilla—. Ten cuidado, ¿vale, pequeña?

—Vale —susurra mirándome a los ojos—. Tú también, Julian. Cuídate. Nos vemos después.

Justo antes de irme, se pone de puntillas y me planta un breve pero ardiente beso en los labios.

—Rosa, ¿seguro que no quieres venir conmigo?

—No, no. Te he dicho que tengo muchas cosas que hacer para la cena. El señor Esguerra confía en que pueda causarle una buena impresión a tu familia con la comida y no quiero decepcionarlo. Pero tú ve a pasarlo bien poniéndote al día con tus amigos. —Rosa casi me saca de la enorme cocina—. Vete, no vaya a ser que llegues tarde a la peluquería.

—Vale, como quieras. —Mientras sacudo la cabeza ante el tozudo sentido del deber de Rosa, me dirijo a la entrada, donde ya hay un coche esperándome. Por suerte no es la limusina, sino un Mercedes sedán negro. Así no destacaré mucho, aunque este coche, igual que la limusina, parece llevar también cristales blindados.

El conductor es un hombre alto y delgado que he visto alguna vez por la finca, pero nunca he hablado con él. Según me dijo Julian esta mañana, se llama Thomas. Como otras veces, Thomas ni se presenta ni dice mucho hoy; está totalmente concentrado en la carretera. Nada más salimos de la finca, veo dos SUV negros empezar a seguirnos dejando un poco de distancia entre medias. Me hace sentir como si fuera la Primera Dama... o una princesa de la mafia.

Lo segundo seguramente sea más acertado.

En menos de media hora llegamos a la peluquería. No es nada lujosa, pero se ha creado un buen nombre en la zona, y lo que es más importante, según Julian es un sitio que se puede asegurar con facilidad. No pensaba que me fueran a dar cita tan pronto, pero se ve que tuvieron una cancelación esta mañana y han podido darme hora para las once.

—Solo quiero cortármelo un poquito —le pido a la mujer tatuada de pelo morado que me ha lavado el pelo mientras me indica dónde debo sentarme ahora—, no más de dos dedos.

—¿Segura? —pregunta—. Lo tienes muy grueso. Deberías al menos cortártelo a capas.

—¿Pero seguirá estando largo? —digo, frunciendo el ceño.

—Por supuesto. No vas a perder nada de largo, es solo para darle forma. Las capas más cortas, las que te enmarcan el rostro, te quedarán por debajo de los hombros.

—Bueno, pues vamos a ello. —Intento sonar decidida, aunque no me sienta así. Es difícil desobedecer a Julian, incluso en algo tan pequeño como esto, y eso hace que me decida más a hacerlo—. Vamos a ponerle unas capas a este desastre.

Mientras la peluquera se mueve alrededor de mí, tensando y cortando mi pelo, me fijo en las otras personas que hay en el local. Después de semanas de aislamiento en la finca, me siento rara al estar entre tantos desconocidos. Nadie se fija en mí, pero aun así me siento incómoda y desprotegida, como si todos me miraran. Estoy nerviosa. Sé que nadie aquí quiere hacerme daño, por lo que sentirme así es ilógico, pero parece que se me están pegando un poco las paranoias de Julian.

Aun así, estar aquí sola es emocionante. Sé que los hombres de Julian están fuera, por lo que no soy del todo libre, pero me siento como si lo fuera.

Siento como si fuera una chica ordinaria, tomándose un día para arreglarse y salir por ahí con sus amigas.

—Ya está —anuncia la peluquera después de unos minutos—. Solo queda secarlo para acabar del todo.

Asiento con la cabeza, evitando mirar al suelo para no ver los largos mechones desperdigados por el suelo. Parece que hay muchísimo pelo y las mechas mojadas que veo en el espejo no parecen particularmente cortas.

—Bueno, ¿cómo lo ves? —pregunta cuando el pelo ya está seco. Me da un espejo—. ¿Te gusta?

Voy girando la silla de un lado para otro para verme la melena desde distintos ángulos. Parece salido de un anunció de champú; largo, oscuro, brillante; las capas cortas alrededor de la cara le dan un volumen muy bonito.

—Perfecto. —Le devuelvo el espejo con una sonrisa—. Muchas gracias.

Desobedecer a Julian parece que me sienta bien. Al menos en lo físico.

TODAVÍA ME SOBRA UN POCO DE TIEMPO ANTES DE VER A LEAH Y JENNIE, así que ya que estoy aquí me pido una sesión de manicura y pedicura. En mitad de la pedicura, me suena el teléfono con un mensaje de Julian.

«¿Aún sigues ahí?», dice el mensaje. «Thomas dice que llevas casi dos horas».

«Me estoy pintando las uñas, ¿cómo va todo por ahí?», le contesto.

«Seguro que no es tan bonito como lo tuyo».

Sonrío y dejo el teléfono a un lado. Todo esto parece tan maravillosamente normal, incluso aunque Thomas me esté vigilando. Es como si fuéramos una pareja normal, sin nada oscuro, sin unas vidas tan desestructuradas.

De forma impulsiva, saco el móvil del bolso otra vez.

«Te quiero», escribo, añadiendo una carita feliz al final para enfatizar.

No hay respuesta alguna, pero tampoco la esperaba. Julian nunca reconocería sus sentimientos por mí —sean los que sean— en un mensaje. Aun así, me siento el corazón un poco más pesado cuando dejo el teléfono a un lado y cojo una revista de cotilleos.

Después de media hora, estoy tan refinada y resplandeciente como las modelos de la revista. El pelo me cae por la espalda en forma de cortina lisa y brillante y mis uñas están lo más bonitas que han estado en meses. Al pagar, le doy una propina generosa y salgo preparada para lo que queda de día.

Como era de suponer, Thomas está fuera esperándome. No veo al resto del equipo de seguridad, pero sé que están ahí, protegiéndome desde algún sitio discreto. Sin embargo, que no se les vea hace que todo parezca normal y me pongo de buen humor mientras nos dirigimos a la marisquería donde he quedado con Leah y Jennie para comer.

Ya están allí cuando entro y los primeros minutos se van entre abrazos y exclamaciones sobre cuánto hace que no nos vemos. Me daba miedo que las cosas estuvieran tensas con Leah después de nuestra discusión en el centro comercial, pero parece que me preocupaba por nada. Estar las tres juntas otra vez hace que me sienta como si volviera a estar en el instituto.

—Cielos, Nora, se me había olvidado lo guapa que eres —exclama Jennie cuando ya estamos sentadas—. Eso o que vivir en la jungla te está sentando bien.

—Vaya, gracias —digo, entre risas—. Tú también estás guapísima. ¿Cuándo te has teñido de rojo? Me encanta cómo te queda.

Jennie sonríe, sus ojos verdes brillan y responde:

—Cuando empecé la universidad. Decidí que era hora de cambiar y me dije: o rojo o azul.

—Yo la convencí de que eligiera el rojo —dice Leah con una sonrisa traviesa—. El azul no habría pegado con su complexión irlandesa.

—Pues no sé yo —digo con cara seria—, he oído que los pitufos están de moda últimamente.

Leah se echa a reír y Jennie y yo la seguimos justo después. Es genial estar con ellas de nuevo. He salido con Leah un par de veces desde mi secuestro, pero no había visto a Jennie en casi dos años. Estaba estudiando fuera mientras yo estuve en casa cuatro meses por lo de la explosión en el almacén, así que no tuvimos oportunidad de volver a ponernos en contacto, con excepción de algunos mensajes por Facebook.

—Bueno, Nora, dinos —dice Jennie después de que el camarero nos tome nota—, ¿cómo es la vida estando casada con un Pablo Escobar contemporáneo? Los rumores que me llegan son surrealistas.

Leah se atraganta con el agua y yo vuelvo a reírme a carcajada limpia. Me había olvidado de la tendencia de Jennie a la provocación.

—Pues —digo cuando ya me he tranquilizado lo suficiente para hablar—, Julian trafica con armas y drogas, pero quitando eso, estar casada con él está bastante bien.

—Anda, venga ya. ¿Bastante bien? —Jennie me frunce el ceño exageradamente—. Quiero todos los detalles sangrientos. ¿Duerme con una metralleta bajo la almohada? ¿Desayuna cachorritos? A ver, tía, el tío te secuestró, ¡por dios! Danos todos los detall...

—Jennie —interrumpe Leah. No parece que esto le haga mucha gracia—. No creo que esto sea algo sobre lo que bromear.

—No pasa nada —la tranquilizo—. En serio, Leah, no me molesta. Julian y yo ahora *estamos* casados y somos felices juntos. De verdad.

—¿Felices? —Leah me mira como si tuviera monos en la cara—. Nora, sabes de lo que es capaz, lo que ha hecho. ¿Cómo puedes ser feliz con un hombre como ese?

La miro sin saber qué decir. Me gustaría decirle que Julian no es tan malo, pero las palabras se me atascan en la laringe. Mi marido *es* malo. De hecho, probablemente sea peor de lo que Leah pueda pensar. No sabe sobre la erradicación en masa de Al-Quadar en los últimos meses o sobre que Julian lleva matando desde su niñez.

Claro, tampoco sabe que yo también soy una asesina. Si lo supiera, seguro que pensaría que Julian y yo estamos hechos el uno para el otro.

Para mi alivio, Jennie acude en mi ayuda:

—No seas aguafiestas —dice, metiéndole el dedo entre las costillas—. Dice que es feliz con él. Es mejor que ser una desgraciada, ¿no?

Leah se ruboriza.

—Tienes razón. Perdona, Nora —dice mientras intenta sonreír—. Supongo que me cuesta mucho entenderlo. Al fin y al cabo, aquí estás, por fin de vuelta en los Estados Unidos, y ya estás planeando volver a Colombia con él.

—Eso es lo que pasa cuando la gente se casa —dice Jennie antes de que yo pueda responder—, que se van a vivir juntos. Como Jake y tú. Es normal que Nora vuelva con su marido.

—¿Jake y tú estáis viviendo juntos? —interrumpo, mirando a Leah impactada—. ¿Desde cuándo?

—Desde hace dos semanas —dice Jennie con alegría—, ¿no te lo ha contado Leah?

—Te lo iba a contar hoy —me dice Leah con expresión molesta—. Prefería contártelo en persona.

—¿Por qué? Solo habéis tenido una cita —dice Jennie con sensatez—. Ni que fuerais novios o algo así.

—Jennie tiene razón —digo yo—. En serio, Leah, me alegro por vosotros. No tengas miedo de contarme ese tipo de cosas. No me voy a poner como loca, lo prometo. —Sonrío antes de preguntar—: ¿Habéis alquilado algo fuera del campus?

—Sí —dice Leah, aliviada tras mi respuesta—. Los dos teníamos problemas con nuestros compañeros de piso, así que decidimos que irnos a vivir juntos sería mejor.

—Tiene sentido —dice Jennie. La conversación se vuelve durante un rato en una discusión de los pros y contras de vivir con tu pareja en vez de con tu compañero de piso.

—Jennie, ¿y tú qué? —pregunto después de que el camarero nos sirva los aperitivos—. ¿Algún novio en un futuro cercano?

—Uh, no —dice Jennie con expresión asqueada—. En Grinnell no hay chicos decentes en cuanto a físico y encima, los que hay, tienen pareja. Deberíais haberme hecho ver que era mala idea ir a una universidad en medio de la nada. En serio, es peor que el instituto.

—¡No! —Abro los ojos como platos para mostrar horror sarcásticamente—. ¿Peor que el instituto?

—Nada es peor que el instituto —dice Leah y acto seguido las dos se ponen a discutir sobre la disponibilidad de los chicos de un buen instituto en comparación con la de los chicos de una pequeña universidad liberal de artes.

A medida que comemos, hablamos de todo. De todo excepto de mi relación con Julian. Leah nos cuenta que ha conseguido unas prácticas en un bufete de abogados de Chicago, mientras que Jennie comparte historias divertidas sobre sus recientes vacaciones en Curazao.

—Tenían una refinería de petróleo justo al lado de nuestro hotel. ¿Os lo podéis creer? —se queja Jennie, mientras Leah y yo estamos de acuerdo en que incluso una piscina infinita de agua salada (algo genial de lo que disponía su hotel) no compensaba algo tan atroz como una refinería de petróleo en una zona turística.

Al final, la conversación se acaba centrando en mi vida en la finca y yo les cuento lo de mis clases online en Stanford, las clases de arte que me da *monsieur* Bernard y mi amistad creciente con Rosa.

—Me habría gustado que estuviera hoy aquí, pero no podía venir —les explico, sintiéndome un poco culpable por ello—. Mis padres van a venir a cenar, así que Julian le ha pedido a Rosa que ayude con la comida. —Conforme les cuento esto, me doy cuenta de lo consentida que sueno y por la envidia que se ve en sus expresiones, ellas también.

—¡Hala! —dice Jennie, sacudiendo la cabeza—. No me extraña que seas feliz con este tío. Te trata como a una princesa. Si a mí me pagaran Stanford, criados y una finca enorme, tampoco me importaría que me secuestraran.

—¡Jennie! —Leah la mira, consternada—. No lo dirás en serio.

—No, la verdad es que no —confirma Jennie, sonriendo—. Aun así, Nora, tienes que reconocer que todo esto suena muy guay.

Me encojo de brazos, sonriendo. «Muy guay» es una manera de describirlo, un desastre muy complicado es otra; pero prefiero quedarme con la descripción de Jennie por ahora.

—Espera, ¿has dicho que tus padres van a ir a cenar? —pregunta Leah, como si todavía estuviera procesando esa información—. En plan, ¿cenar con Julian y contigo?

—Sí —digo, disfrutando de las expresiones de mis amigas—. Anoche cenamos en casa de mis padres, así que hoy vienen ellos a la nuestra. —Y mientras Leah y Jennie siguen mirándome impactadas, les explico que Julian compró una casa en Palos Park para tener un sitio seguro donde quedarnos cada vez que vengamos.

—Chica, tengo que decir que vives en un mundo completamente diferente ahora —dice Jennie, agitando su cabeza—. Una isla privada, una finca en Colombia, ahora esto...

—Nada de eso compensa que el tío sea un psicópata —dice Leah, poniéndole a Jennie una expresión sarcástica antes de mirarme a mí —. Nora, ¿cómo van tus padres con él?

—Pues... como pueden. —No sé otra forma para describir la aprobación cautelosa de mis padres—. Obviamente no es fácil para ellos.

—Ya, me lo imagino —dice Jennie—. Tus padres son policías. Los míos se habrían vuelto locos.

—No creo que volverse locos fuera a ser de mucha ayuda —dice Leah con astucia—. Seguro que los padres de Nora simplemente están felices de tenerla de vuelta.

Cuando voy a responder, Jennie y Leah levantan la vista y se quedan boquiabiertas ante algo que hay detrás de mí. Instintivamente, me doy la vuelta con el corazón en un puño y al levantar la vista la fijo en los ojos azules de mi captor.

Está de pie a mi lado, descansando su mano en el respaldo de mi silla y con sus labios sonriendo de forma peligrosamente sexi.

—¿Os importa si me uno, señoras? —pregunta, con expresión entretenida.

—Julian —pego un bote en mi silla, sobresaltada y bastante confusa —, ¿qué haces aquí?

—Mi reunión acabó antes de lo esperado, así que he pensado en dejarme caer por aquí y ver si estabas lista para volver a casa —dice—, pero ya veo que todavía no has terminado.

—Esto, no. Estábamos a punto de pedir el postre. —Miro a Leah y Jennie de forma insegura y veo que las dos están absortas mirando a Julian. Leah parece como si estuviera a punto de echar a correr, mientras que la expresión de Jennie es una mezcla entre fascinación y asombro.

Mierda. Se acabó la comida normal con mis amigas. Entonces me giro hacia Julian y digo de mala gana:

—La verdad es que acabaría antes si...

—No, no, únete a nosotras si tienes tiempo, por favor —salta Jennie, que por lo visto está recuperándose de la conmoción—. Tienen una tarta de queso buenísima.

—Bueno, si es así, tendré que quedarme —dice Julian con soltura mientras se sienta a mi lado—. No me gustaría privar a Nora de tal exquisitez. —Me sonríe—. Por cierto, me encanta cómo te ha quedado el pelo, nena. Tenías razón con lo de las capas.

—Oh. —Recordando mi pequeño acto de rebelión me toco el pelo, sintiendo las mechas más cortas. Su visto bueno es tanto una decepción como un alivio—. Gracias.

—La verdad es que le ha quedado genial —dice Leah con voz ronca, veo menos pánico en sus ojos. Aclarándose la garganta, añade sin necesidad—, el nuevo peinado, quiero decir.

La sonrisa de Julian se ensancha.

—Pues sí. La verdad es que está preciosa, ¿o no?

—Sí, preciosa —repite Jennie, salvo que está mirando a Julian en vez de a mí. Parece fascinada y la verdad es que no puedo culparla. Las cicatrices de la cara casi le han desaparecido y con el implante ocular idéntico a un ojo natural, Julian está tan magnífico como siempre, con ese atractivo masculino tan oscuro y animal.

Al final, mientras voy recuperando la postura, digo:

—Lo siento, se me he olvidado presentaros. Julian, estas son mis amigas Leah y Jennie. Leah, Jennie, este es Julian, mi marido.

—Encantado de conoceros —dice Julian con carisma—. Nora me ha hablado bastante de vosotras.

—Ah, ¿sí? —Leah frunce el ceño. A diferencia de Jennie, ella no parece deslumbrada por su apariencia—. ¿Como qué?

—Como el que sois amigas desde secundaria —dice Julian—, o que tú, Jennie, fuiste la pareja de Nora en el baile de bienvenida al segundo curso.

Parpadeo sorprendida. Le mencioné estas cosas a Julian en algún momento, pero no pensaba que recordaría cosas tan triviales.

—Vaya. —Jennie exhala, sin despegar la vista de la cara de Julian—. No puedo creerme que te haya contado todo eso.

Leah aprieta los labios y hace señas al camarero. Y cuando este se encuentra cerca, le dice:

—Quisiera un trozo de tarta de queso, por favor, y la cuenta. Los trozos aquí son enormes —explica, aunque nadie le había dicho nada sobre el tamaño—, podemos repartirlo entre todos.

—Me parece buena idea —digo. Estoy sorprendida de que Leah quiera quedarse tanto tiempo como para comerse la tarta de queso. No la habría culpado si se hubiera levantado para irse en ese mismo momento. Sé que sabe lo que le pasó a Jake, así que el que sea cortés con Julian dice muchísimo sobre su dedicación a nuestra amistad.

—Bueno, decidme —dice Julian cuando se va el camarero—, ¿qué tal ha ido la comida? ¿Os ha contado Nora ya la gran noticia?

Me quedo congelada, horrorizada de que vaya a dejarme vendida delante de mis amigas. Pensaba contarles lo del bebé mucho más tarde, cuando fuera inevitable. No hoy, día en el que quería fingir que todavía era una chica despreocupada de universidad.

—¿Qué gran noticia? —pregunta Jennie ansiosa, echándose hacia adelante con los ojos bien abiertos por la curiosidad—. Nora no nos ha contado nada.

—¿No os ha hablado del dueño de la galería de París? —Julian me mira de refilón—. El que nos ha enviado una oferta para comprar sus cuadros.

—¿Cómo? —exclama Leah—. ¿Cuándo ha sido esto, Nora?

—Pues, justo ayer —balbuceo, mientras una ola de alivio se lleva el malestar de mi estómago—. Julian me habló sobre ello, pero todavía no he visto la oferta.

—Hala, felicidades —Jennie me sonríe—. Así que vas a ser una artista famosa, ¿eh?

—No sé yo eso de famosa—empiezo a decir, pero Julian me corta.

—Lo será —dice con firmeza—. El dueño de la galería le ofrece diez mil euros por cada uno de los cinco cuadros. —Entre las exclamaciones de entusiasmo de mis amigas, les explica que el dueño de la galería es un famoso coleccionista de obras de arte y que mis obras se están haciendo famosas en París gracias a las conexiones de *monsieur* Bernard.

En medio de todo esto, llega la tarta de queso. Menos mal que Leah ha pedido solo un trozo, porque es casi como mi cabeza de grande. El camarero reparte cuatro platos pequeños y dividimos la tarta mientras Julian responde a las preguntas de Jennie sobre el arte parisino y Francia en general.

—Hala, Nora, vaya vida más apasionante vas a empezar —dice Jennie, mientras procede a coger la cuenta que ha traído el camarero —. Ya nos avisarás cuando celebres tu primera exposición, ¿no?

—Yo invito —dice Julian, cogiendo la cuenta antes de que Jennie pueda tocarla. Antes de que mis amigas puedan siquiera protestar, le da dos billetes de cien dólares al camarero—. Puedes quedarte el cambio.

—Oh, gracias —dice Jennie mientras el camarero se va corriendo eufórico—. No tenías por qué hacerlo. Solo has comido un trozo de tarta, nada del resto de la comida.

—Por favor, déjanos pagarte nuestra parte —dice Leah de forma envarada, sacando su cartera, pero Julian hace un ademán para quitarle importancia.

—No os molestéis. Es lo menos que puedo hacer por las amigas de Nora. —Se pone de pie y me extiende la mano—. ¿Estás lista, nena?

—Sí —digo mientras la tomo. Mis pocas horas de libertad se han acabado, pero no es que me importe mucho. Aunque el día haya sido entretenido, me reconforta que Julian me reclame otra vez.

Para volver adonde pertenezco.

2 0

ulian

—¿Por qué has venido a buscarme? —pregunta Nora mientras entramos al coche después de despedirnos de sus amigas—. ¿Tenías miedo de que me escapara?

—No habrías podido ir muy lejos. —Encarándola, deslizo mis dedos por su pelo. Es algo más corto por la parte de delante, pero sigue siendo largo e incluso más suave de lo habitual.

—No iba a escaparme —dice Nora, mirándome mal—. No quiero escapar de ti. Ya no.

—Lo sé, mi gatita. —Me obligo a dejar de tocarle el pelo antes de que se convierta en una obsesión—. Si no lo supiera, no te habría traído a Estados Unidos.

—Entonces, ¿por qué has venido a buscarme? Habría estado en casa dentro de una hora de todas formas.

Me encojo de hombros, no quiero reconocer cuánto la echaba de menos. Mi adicción está totalmente fuera de control. Haga lo que

672

haga, no dejo de pensar en ella. Incluso unas pocas horas sin ella se me hacen insoportables últimamente, por ridículo que pueda sonar.

—Vale, bueno, cambiando de tema, me alegra que Leah no se haya puesto como loca —dice Nora cuando me quedo en silencio—. Pensaba que saldría corriendo o que llamaría a la policía nada más verte. —Baja la mirada, pero la levanta después—. Si no les hubieras contado la gran noticia, todo habría sido mucho más incómodo.

—¿En serio? —digo suavemente—. Entonces igual tendría que haberles contado la *gran* noticia de verdad. —Esa era mi intención; ver si Nora les había contado lo del bebé. Pero al ver su expresión horrorizada me di cuenta de que no, antes de que sus amigas pudieran responder.

Nora me coge la mano; sus finos dedos trazan líneas en la palma de mi mano.

—Me alegra que no lo hayas hecho. —Me da un suave apretón—. Gracias por no hacerlo.

—¿Por qué no se lo has contado? —pregunto, colocando la palma de mi otra mano sobre la suya—. Son tus amigas; pensaba que les contarías ese tipo de cosas.

—Y lo haré —dice mostrando incomodidad—. Pero todavía no.

—¿Tienes miedo de que vayan a juzgarte? —le pregunto, tratando de entenderlo—. Estamos casados. Es algo natural. Lo sabes, ¿verdad?

—*Van* a juzgarme, Julian. —una mueca—. Voy a ser madre a los veinte. Las chicas de mi edad no se casan ni tienen hijos. Al menos no la mayoría de chicas que conozco.

—Entiendo. —La miro fijamente—. Y, ¿qué hacen? ¿Ir a fiestas? ¿Irse de discotecas? ¿Echarse novios?

Ella baja la mirada.

—Seguro que piensas que es absurdo.

Lo es, pero al mismo tiempo no lo es. A veces aún me coge desprevenido lo joven que es. Lo limitadas que han sido sus experiencias. No recuerdo haber sido nunca tan joven. Cuando tenía veinte años, ya estaba al mando de la organización de mi padre, habiendo visto casi el mundo entero y habiendo hecho cosas que habrían hecho temblar a cualquier mafioso curtido. La juventud se me pasó volando y se me olvida que Nora aún conserva la suya.

—¿Es eso lo que quieres? —pregunto cuando levanta la vista para mirarme—. ¿Salir por ahí? ¿Divertirte?

—No, es decir, sería genial, pero sé que no sería razonable. —Respira hondo, con su mano retorciéndose entre las mías—. No pasa nada, Julian. De verdad. Voy a contárselo pronto. Es que no quería que nuestra comida de hoy fuera solo sobre eso.

—Vale. —Suelta la mano, coloco mi brazo sobre sus hombros y la acerco a mí—. Lo que tú creas que es mejor, mi gatita.

Para mi satisfacción, la segunda cena con los padres de Nora transcurre sin contratiempos. Nora les da un recorrido por la casa mientras yo me pongo al día con el trabajo y para cuando me uno para la cena, los Leston parecen mucho menos tensos que al principio.

—Hala, mira la mesa —dice Gabriela cuando nos sentamos todos—. Rosa, ¿has preparado tú todo esto?

Rosa asiente con la cabeza, sonriendo con orgullo.

—Así es. Espero que os guste.

—Estoy seguro de que nos gustará —digo. La tabla está cubierta con platos que van desde ensalada de espárragos hasta la receta tradicional colombiana de arroz con pollo—. Gracias, Rosa.

—Todavía estoy un poco llena de la tarta de queso de antes —dice Nora, sonriendo—, pero voy a intentar hacerle justicia a esta comida. Todo parece delicioso.

Nada más empezamos a comer, el tema de conversación pasa a ser la tarde de Nora con sus amigas y los últimos cotilleos. Por lo que se ve, uno de los vecinos divorciados de los Leston empezó a salir con una mujer diez años mayor que él, mientras que el chihuahua del hombre se metió en un altercado con el gato persa de otro vecino.

—¿Os lo podéis creer? —dice Tony Leston entre risas—. Ese gato pesa al menos cinco kilos más que el perro.

Nora y Rosa se ríen mientras yo observo a los Leston con

confusión. Por primera vez, entiendo por qué Nora tenía tantas ganas de venir, lo que quería decir cuando me decía que necesitaba un respiro fuera de la finca. La vida que llevan los padres de Nora, es decir, la que ella llevaba antes de conocerme, es tan diferente que siento como si fuera de otro planeta. Un planeta habitado por gente viviendo feliz en la ignorancia respecto a lo que realmente pasa en el mundo.

—¿Qué haces este sábado, cariño? —pregunta Gabriela, sonriendo con amabilidad a su hija—. ¿Tienes planes?

Nora se queda desconcertada.

—¿El sábado? No, por ahora no. —Y entonces abre mucho los ojos—. Ah, el sábado. ¿Hablas de mi cumpleaños?

Reprimo mi enfado. Mi intención era sorprender a Nora de nuevo, a poder ser con mejor resultado esta vez. En fin, ya no puedo hacer nada. Reclinándome en mi silla, digo:

—Tenemos planes para la noche, pero no para el resto del día.

—Maravilloso —dice Gabriela, sonriendo a su hija—. ¿Por qué no vienes a comer? Te prepararé tus platos favoritos.

Nora me mira y yo asiento levemente.

—Iremos encantados, mamá —dice ella.

La sonrisa de Gabriela se atenúa un poco al oír el «iremos», así que me inclino hacia adelante y le digo a Nora:

—Me temo que tengo que trabajar, nena. ¿Por qué no pasas algo de tiempo con tus padres?

—Ah, vale. —Nora parpadea—. De acuerdo.

Tony y Gabriela se muestran eufóricos y yo sigo comiendo, desconectando del resto de la conversación. Por mucho que me disguste la idea de estar lejos de Nora, quiero que pase un rato relajada con sus padres y eso solo puede ocurrir sin mi presencia.

Quiero que mi gatita sea feliz en su cumpleaños, cueste lo que cueste.

yo saco mi móvil para leer los mensajes. Para mi sorpresa, hay un correo electrónico de Lucas. Solo hay una línea escrita en él:

«Yulia Tzakova ha escapado».

Suspirando, dejo el teléfono a un lado. Sé que debería estar furioso, pero por alguna razón, solo estoy un poco molesto. La rusa no irá muy lejos; Lucas le dará caza y la traerá de vuelta para cuando volvamos allí. Por ahora al menos, me imagino su rabia, la rabia que noto en la concisión de su mensaje, y no puedo evitar reír.

Si el accidente de avión no hubiera matado a tantos de mis hombres, sentiría incluso lástima por la chica.

—Ojo por ojo. —Los ojos de Majid arden con odio mientras se acerca a mí, pasando por encima del cuerpo aplastado de Beth. Sigue caminando, la sangre le llega por los tobillos, el líquido oscuro salpica todo alrededor de sus pies en una espiral malévola—. Una vida por otra.

—No. —Ahí estoy de pie, temblando, sintiendo el miedo latiendo dentro de mí a un ritmo nauseabundo—. Esto no. Por favor, esto no.

Pero ya es tarde. Ya está ahí, clavándome el cuchillo en el estómago. Con una cruel sonrisa, mira detrás de mí y dice:

—La cabeza será un pequeño pero bonito trofeo. Después de que la corte un poco, claro está...

—¡Julian!

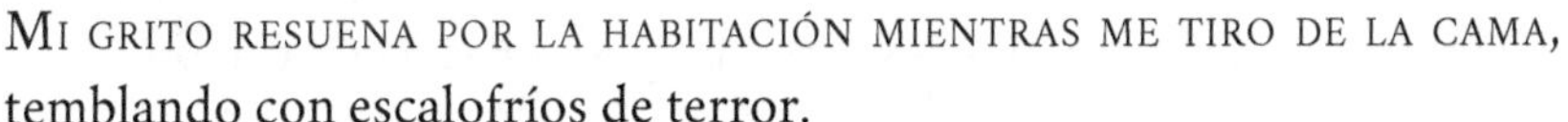

MI GRITO RESUENA POR LA HABITACIÓN MIENTRAS ME TIRO DE LA CAMA, temblando con escalofríos de terror.

—¿Estás bien, nena? —Sus brazos fuertes me abrazan en la oscuridad, abrigándome en un firme abrazo cariñoso—. Shhh...—Julian me calma cuando empiezo a sollozar, agarrándolo con todas mis fuerzas—. ¿Has tenido otro sueño de esos?

Me las arreglo para asentir ligeramente.

—¿Qué tipo de sueño, mi gatita? —Sentándose en la cama, Julian me coloca en su regazo y acaricia mi pelo—. ¿El que tuviste sobre Beth y yo?

Escondo mi cabeza contra su cuello.

—Más o menos —susurro cuando por fin puedo hablar—, excepto que Majid me estaba amenazando a *mí* esta vez. —Trago la bilis que me sube por la garganta—. Amenazaba al bebé que llevo dentro.

Siento cómo se tensan los músculos de Julian.

—Está muerto, Nora. Ya no puede hacerte daño.

—Lo sé. —No puedo parar de llorar—. Lo sé, créeme.

Una de las manos de Julian baja hasta tocar mi vientre, calentando mi piel helada.

—Va a salir bien —murmura, mientras me acuna suavemente—, todo va a salir bien.

Me agarro a él con fuerza, intentando acallar mis gemidos. Estoy desesperada por creerlo. Quiero que estas últimas semanas sean lo normal, no la excepción, en nuestras vidas.

Moviéndome por el regazo de Julian, noto algo duro creciendo contra mi cadera y por alguna razón, alivia mis miedos. Si hay algo de lo que puedo estar segura, es de la ardiente y desesperada necesidad que nuestros cuerpos sienten el uno por el otro. De repente, sé justo lo que quiero.

—Hazme olvidar —susurro, dándole un beso en un lado del cuello —. Por favor, solo hazme olvidar.

La respiración de Julian cambia, con su cuerpo tensándose en una forma diferente.

—Con mucho gusto —murmura, colocándome sobre el colchón.

Mientras entra en mí, rodeo sus caderas con mis piernas, dejando que la fuerza de sus impulsos saquen las pesadillas de mi cabeza.

~

LA MAÑANA DEL VIERNES ME DESPIERTO TARDE, CON LOS OJOS enrojecidos por la llorera de la noche anterior. Al levantarme, me lavo los dientes y me doy una larga ducha caliente. Entonces, sintiéndome ya infinitamente mejor, vuelvo al cuarto para vestirme.

—¿Cómo te encuentras, mi gatita? —Julian entra en la habitación justo cuando me abrocho los shorts frente al espejo. Ya está vestido, con su constitución alta y musculada haciendo que sus vaqueros oscuros y camiseta parezcan salidas de GQ.

—Estoy bien. —Me giro y le sonrío un poco avergonzada—. No sé por qué soñé con eso anoche. Hacía semanas que no pasaba.

—Bueno. —Apoyado en la pared, Julian cruza sus brazos y me penetra con la mirada—. ¿Pasó algo ayer? ¿Algo que pueda haber provocado una recaída?

—No —respondo con rapidez. Lo último que quiero es que Julian piense que no puedo pasar sola unas horas—. Ayer fue un día genial. Igual comí demasiado ayer en la cena o algo. Supongo que será algo de eso.

—Ajá. —Julian me mira fijamente—. Seguramente.

—Estoy bien —repito, volviendo a mirar al espejo para peinarme —. Solo ha sido un sueño estúpido.

Julian no dice nada, pero sé que no he conseguido que deje de preocuparse. Se pasa el desayuno entero observándome con ojo avizor, atento por si me diera algún ataque de pánico. Intento hacer como si no pasara nada, lo cual se hace más fácil gracias al parloteo de Rosa y cuando terminamos de comer, propongo ir a dar un paseo por el parque.

—¿Qué parque? —pregunta Julian.

—Cualquier parque de la zona —respondo—. El que veas que es más seguro. Solo quiero salir a tomar el aire.

Julian parece pensativo por un momento. Entonces, escribe algo en su teléfono.

—De acuerdo —dice—. Dales a mis hombres media hora para que se preparen.

—¿Quieres venir, Rosa? —pregunto, no queriendo excluirla otra vez, pero para mi sorpresa, sacude la cabeza.

—No. Voy a ver la ciudad —explica. Mira a Julian y sigue—: El señor Esguerra me ha dicho que puedo ir mientras me acompañe uno de los guardas. No necesito tanta seguridad como vosotros, así que me voy a tomar el día para conocer Chicago. —Hace una pausa y me mira preocupada—. No hay ningún problema, ¿no? Porque no pasa nada si no voy...

—No, no, en serio, ve a Chicago. Es una ciudad genial, seguro que te lo pasas bien. —Le sonrío, ignorando la repentina sensación de envidia. Quiero que Rosa tenga ese tipo de libertad; no hay motivo para que tenga que estar siempre en la zona residencial.

No hay motivo para que esté encerrada como yo.

～

EN MENOS DE MEDIA HORA LLEGAMOS AL PARQUE EN COCHE. CUANDO nos acercamos, me doy cuenta del parque al que estamos yendo y se me revuelven las tripas.

Conozco este parque.

Aquí es donde estaba paseando con Jake la noche en la que Julian me raptó.

Los recuerdos son vívidos y nítidos. En un oscuro destello, revivo el terror al ver a Jake inconsciente en el suelo y el cruel pinchazo de una aguja en mi piel.

—¿Te encuentras bien? —pregunta Julian, por lo que me doy cuenta de que debo haberme quedado pálida. Arquea ambas cejas—. ¿Nora?

—Estoy bien. —Intento sonreír mientras el coche para al lado del bordillo—. No pasa nada.

—No, sí pasa. —Entrecierra los ojos—. Si no te encuentras bien, volvemos a casa.

—No. —Agarro la manilla de la puerta y tiro de ella frenéticamente. Noto cómo la atmosfera dentro del coche de repente parece más pesada, densa en recuerdos—. Por favor, solo necesito tomar el aire.

—Muy bien. —Aparentemente Julian entiende cómo me encuentro, le hace una seña al conductor y sube el pestillo de la puerta —. Adelante.

Salgo rápidamente del coche y la angustia empieza a desaparecer en cuanto piso el suelo. Respiro hondo y me giro, viendo a Julian salir del coche detrás de mí, con expresión preocupada.

—¿Por qué has elegido este parque? —pregunto, intentando mantener la voz uniforme—. Hay más por la zona.

Esto lo desconcierta, pero de repente parece que cae en la cuenta.

—Porque ya había investigado este parque —dice, dando un paso hacia mí. Sus manos se posan en la parte superior de mis brazos mientras me mira desde arriba—. ¿Es eso lo que te molesta, mi gatita? ¿Que haya elegido este parque?

—Sí, en cierto modo. —Vuelvo a respirar hondo—. Me trae ciertos... recuerdos.

—Ah, claro. —Le brillan los ojos, divertido—. Supongo que debería haberme percatado de ello. La cosa es que este era el parque más fácil de asegurar, ya que lo había estudiado antes.

—Cuando me secuestraste. —Lo miro fijamente. A veces aún me coge desprevenida su completa ausencia de arrepentimiento—. Lo estudiaste hace dos años para secuestrarme.

—Sí. —Sus bonitos labios forman una sonrisa al mismo tiempo que suelta mis brazos y da un paso atrás—. Bueno, ¿ya te encuentras mejor? ¿O prefieres volver a casa?

—No, demos un paseo —digo, decidida a disfrutar el día—. Ya estoy bien.

Julian me toma la mano, entrelazando mis dedos con los suyos y entramos al parque. Para mi alivio, durante el día todo parece distinto a aquella fatídica noche y mis oscuros recuerdos no tardan mucho en esfumarse, retirándose a aquel prohibido rincón cerrado de mi cerebro.

Quiero mantenerlos ahí para poder centrarme en la radiante luz del sol y la cálida brisa primaveral.

—Me encanta este tiempo —le digo a Julian cuando pasamos por un parque infantil—. Me alegro de que hayamos venido.

Él sonríe y me levanta la mano para posar un beso en mis nudillos.

—Yo también, nena. Yo también.

Seguimos andando y me doy cuenta de que el parque está extraordinariamente lleno para ser viernes. Hay parejas adultas, madres y abuelas con sus cargas y bastantes personas de mi edad. Supongo que serán universitarios que han vuelto para pasar el fin de semana en casa. En varios sitios veo también gente con pinta de militar intentando camuflarse como pueden.

Los hombres de Julian. Están aquí para protegernos, pero su presencia también es un duro recordatorio de que en cierto modo sigo siendo prisionera.

—¿Cómo me encontraste? —pregunto cuando nos sentamos en un banco. Sé que debería dejar de obcecarme con lo que pasó, pero por algún motivo, no puedo parar de pensar en aquellos precoces días—. Después de la primera vez que nos vimos en la discoteca, quiero decir.

Julian se gira hacia mí, con expresión difícil de leer.

—Hice que un guarda te siguiera a casa.

—Ah. —Tan simple y al mismo tiempo tan diabólico—. ¿Ya estabas seguro de querer secuestrarme?

—No. —Encierra mis manos entre las suyas—. Todavía no lo había decidido. Me decía a mí mismo que solo quería saber quién eras, para asegurarme de que llegaras sana y salva a casa.

Lo miro fijamente, embelesada y perturbada al mismo tiempo.

—Entonces, ¿cuándo decidiste raptarme?

Sus ojos azules brillan.

—Fue más tarde, cuando no podía parar de pensar en ti. Fui a tu graduación porque me decía a mí mismo que era imposible que fueras como te recordaba, o como en las fotos que hice que mis guardas te sacaran. Me decía que si volvía a verte, esta obsesión acabaría… pero evidentemente no fue así. —Esbozó una sonrisa irónica—. Fue a peor. Sigue yendo a peor.

Trago saliva, incapaz de apartar la mirada de la intensa oscuridad que hay en sus ojos.

—¿Te arrepientes de haberme secuestrado como lo hiciste?

—¿Arrepentirme de que seas mía? —Levanta las cejas—. No, mi gatita. ¿Por qué iba a hacerlo?

Pues sí. No sé qué otra respuesta esperaba. ¿Que se enamoró de mí y que ahora se arrepiente de haberme hecho daño? ¿Que ahora le importo tanto que ve que lo que hizo estaba mal?

—Por nada en especial —digo en voz baja, retirando la mano—. Solo me lo preguntaba. Nada más.

Su expresión se ablanda.

—Nora...

Me inclino hacia él, pero antes de que podamos seguir con la conversación, nos interrumpe una ruidosa risa infantil. Una niñita rubia con dos coletas se acerca a nosotros andando como un pato, con un gran balón verde entre sus manos regordetas.

—¡Cógelo! —chilla, lanzando el balón a Julian y me asombro al ver a Julian extender la mano para coger diestramente el balón que había tirado la niña con torpeza.

La niña se ríe llena de alegría y se acerca más rápidamente, dando saltitos con sus piernecitas cortas mientras corre. Antes de que pueda decir nada, ya está en nuestro banco, agarrándose a la pierna de Julian como si nada, como si fuera un árbol.

—Hola, ¿me da la pelota? —dice arrastrando las palabras mientras le pone una sonrisa con hoyuelos a Julian. Pronuncia cada palabra con una claridad digna de mención—. Quiero jugar más.

—Ahí la llevas —dice Julian mientras le devuelve la sonrisa—. Es toda tuya.

—¡Lisette! —Una mujer rubia con pinta de preocupada trota hacia nosotros, sonrojada—. Por fin te pillo. No se molesta a los desconocidos. —Cogiendo a la niña del brazo, nos mira con expresión de arrepentimiento—. Lo siento mucho. Salió corriendo antes de que pudiera...

—No se preocupe —intento calmarla, sonriendo—. Su niña es encantadora, ¿cuántos años tiene?

—Dos y medio, pero como si tuviera veinte —dice la mujer,

orgullosa—. No sé de dónde saca la inteligencia, Dios sabe que su padre y yo apenas acabamos el instituto.

—Sé leer —anuncia Lisette, mirando a Julian—, ¿y tú?

Julian se levanta del banco y se agacha sobre una de sus rodillas frente a la niña.

—Yo también sé —dice con seriedad—, pero no todo el mundo sabe, así que claramente juegas con ventaja.

La niña le sonríe con entusiasmo.

—También sé contar hasta cien.

—¿En serio? —Inclina la cabeza a un lado—. ¿Qué más sabes hacer?

Al ver que no nos molesta la niña, la mujer se relaja y suelta el brazo de su hija.

—Se sabe todas las palabras de la canción de Frozen —dice, alisando el pelo de la niña— y encima la canta siguiendo el ritmo.

—¿De verdad? —pregunta Julian a la niña mostrando seriedad y ella asiente con entusiasmo justo antes de cantar a voz en grito la canción en un tono infantil agudo.

Sonrío, anticipaba que Julian la pararía en cualquier momento, pero no es así. En vez de eso, la escucha con atención, con expresión de aprobación sin un ápice de condescendencia. Cuando Lisette acaba la canción, él aplaude a la niña y le pregunta por sus películas de Disney favoritas, lo que provoca que la niña empiece a hablar muy apasionada sobre *Cenicienta* y *La Sirenita*.

—Perdonad —se disculpa la madre de nuevo al ver que Lisette no va a parar—, no sé qué le pasa hoy. Nunca se suelta tanto con desconocidos.

—No pasa nada —dice Julian, poniéndose en pie con fluidez cuando Lisette deja de hablar para coger aire—. No nos molesta en absoluto. Tienes una hija maravillosa.

—¿Vosotros tenéis hijos? —pregunta la madre de Lisette, sonriendo a Julian con la misma expresión de devoción de su hija—. Se te dan bien.

—No —dice Julian bajando su mirada a mi vientre—, todavía no.

—¡Anda! —la mujer jadea, mostrándonos una enorme sonrisa de

alegría—. Felicidades. Vais a tener unos hijos preciosos, estoy convencida.

—Gracias —digo, notando cómo me ruborizo—. Ojalá tengas razón.

—Bueno, nos tenemos que ir —dice la madre de Lisette, volviendo a cogerla del brazo—. Venga, Lisette, cariño, diles adiós a esta pareja tan simpática. Tienen cosas que hacer y nosotros tenemos que ir a comer.

—Adiós. —La niña echa una risilla, despidiéndose de Julian con la otra mano—. Buen día.

Sonriendo, Julian se despide también de ella y después me mira.

—Eso de comer no suena nada mal. ¿Qué opinas, mi gatita? ¿Volvemos a casa?

—Sí. —Me acerco a Julian y lo cojo del brazo. Tengo un dolor raro en el pecho—. Vamos a casa.

En el viaje de vuelta, por primera vez, me permito el lujo de soñar despierta. Un sueño en el que Julian y yo formamos una familia normal. Cierro mis ojos y veo a mi antiguo captor como lo he visto hoy en el parque: un hombre oscuramente atractivo y peligroso arrodillándose ante una pequeña niña precoz.

Arrodillándose ante *nuestra* niña.

Una niña a la que, al menos durante este sueño, deseo con toda mi alma.

22

Julian

El sábado por la mañana me levanto temprano y bajo a la cocina. Rosa ya está allí y, tras comprobar que lo tiene todo bajo control, vuelvo arriba con Nora.

Todavía duerme cuando entro en la habitación. Me acerco a la cama y, con cuidado, retiro la manta que la cubre, haciendo todo lo posible por no despertarla. Murmura algo y se da la vuelta, colocándose de espaldas, aunque no abre los ojos. Está increíblemente sexi, tumbada ahí, desnuda. Tratando de hacerle caso omiso a la erección que esconden mis pantalones, agarro la botella de aceite de masaje que cogí en la cocina y me vierto el líquido en la palma de la mano.

Comienzo por sus pies, ya que ahora sé cuánto le gusta a mi gatita que le froten los pies. Se le erizan los dedos en cuanto le toco la planta, y de sus labios se escapa un gemido adormecido. El sonido me la pone todavía más dura, pero me resisto al impulso de subir a la cama y enterrarme en su estrecho y delicioso cuerpo.

Su placer es lo único que importa esta mañana.

Primero le froto un pie, prestando la misma atención a cada dedo. Luego me centro en el otro, antes de subir hacia sus delgadas pantorrillas y sus finos muslos. Para entonces Nora hace de todo menos ronronear y yo sé que está despierta, aunque todavía tenga los ojos cerrados.

—Feliz cumpleaños, mi amor —murmuro, inclinándome sobre ella para masajearle con el aceite su suave y firme vientre—. ¿Has dormido bien?

—Mmmm... —Parece que solo puede articular ese sonido al llevar mis manos hacia sus pechos. Sus pezones duros me presionan las palmas de las manos, casi suplicando que los chupe. Incapaz de resistir la tentación, me agacho, me meto uno en la boca y tiro de él, succionándolo con intensidad. Arquea la espalda, jadeando, abre los ojos de repente y le presto atención al otro pecho, mientras mis dedos llenos de aceite se deslizan por su cuerpo para estimular su clítoris.

—Julian —gime ella. Se le acelera tua respiración cuando empujo dos dedos en su estrecha y caliente vagina y los curvo en su interior—. ¡Ay, Dios mío, Julian! —Sus palabras acaban en un suave sollozo, al tensarse su cuerpo y, entonces, siento cómo estalla.

Cuando cesan los espasmos, saco los dedos de su carne hinchada y pruebo a ponérselos sobre las costillas.

—Date la vuelta, amor —digo suavemente—. Todavía no he acabado contigo.

Ella obedece y yo cojo el aceite de nuevo. Me echo bastante en la mano y lo extiendo por su cuello, brazos y espalda, disfrutando de sus continuos gemidos de placer. Ya estoy jadeando con fuerza yo también cuando llego a las firmes curvas de su culo, y mi polla es como una barra de hierro bajo mis pantalones. Me subo a la cama, me coloco a horcajadas sobre sus muslos y me echo hacia delante, cubriéndola con mi cuerpo.

—Quiero follarte —murmuro en su oreja. Sé que siente una dura presión contra su culo, la de mi erección—. ¿Y tú, cariño? ¿Quieres que te tome y haga que te corras de nuevo?

Ella se estremece bajo mi cuerpo.

—Sí. Sí, por favor.

En mis labios se forma una oscura sonrisa.

—Tus deseos son órdenes. —Me desabrocho los pantalones, libero la polla y deslizo el brazo izquierdo bajo su cadera, subiéndole el culo para tener un ángulo mejor. Cualquier otro día habría derramada aceite sobre su pequeño ano y la habría tomado así, disfrutando de su reticencia; pero hoy no. Hoy solo le daré lo que ella quiera.

Presiono la polla en la pequeña, resbaladiza entrada, y comienzo a empujar.

Con suavidad, me va envolviendo un calor húmedo mientras me introduzco más y más en su cuerpo. A pesar de la violencia de mi deseo, me muevo despacio, permitiendo que ella se vaya acostumbrando a mi tamaño. Cuando ya estoy completamente dentro, ella gime, contrayéndose a mi alrededor, y casi exploto ante la sensación de presión; mis testículos se aprietan contra mi cuerpo.

—Julian... —Ella vuelve a jadear debajo de mí, retorciéndose cuando empiezo a empujarla despacio, con movimientos controlados —. Julian, por favor, deja que me corra...

Sus súplicas me llevan al extremo y, con un gruñido bajo, empiezo a follarla más fuerte, empujando su tirante y sedosa carne. Escucho sus gemidos, siento su cuerpo apretando el mío aún más y, cuando comienzan sus nuevos espasmos, estallo soltando un gemido ronco y mi simiente entra a chorro en su coño palpitante.

Después me estiro a su lado y la atraigo a mis brazos.

—Feliz vigésimo cumpleaños, amor —murmuro a su pelo enredado, y ella se ríe suavemente, un sonido lleno de placer.

—Ay, Julian, no tenías por qué hacerlo, en serio —protesta Nora cuando le abrocho el delicado colgante de diamantes—. Es precioso, pero...

—Pero ¿qué? —Retrocedo, admirando en el espejo como le queda la piedra en forma de media luna sobre la piel dorada.

Se aparta del espejo y me mira con unos ojos misteriosos y serios.

—Ya has hecho que mi día sea especial, entre el masaje y las tortitas que ha hecho Rosa para desayunar. No hacía falta que también me regalaras algo tan caro. Sobre todo porque yo todavía no he podido regalarte nada por tu cumpleaños.

—El mío es en noviembre —digo, divertido—. El noviembre pasado ni siquiera sabías si había sobrevivido a la explosión, así que es normal que no me dieras nada. Y el año anterior, bueno... —Sonrío, recordando lo molesta que estaba conmigo durante los primeros meses en la isla.

—Ya. —La mirada de Nora es imperturbable—. El año anterior tenía otras cosas en la cabeza.

Me río.

—Estoy seguro. De todas formas, no te preocupes. Yo nunca celebro mi cumpleaños.

—¿Por qué no? —Frunce las cejas en un gesto perplejo—. ¿No te gustan los cumpleaños?

—No, no me gusta el mío. —Mis padres siempre lo olvidaban cuando era un niño y yo aprendí a olvidarlo también—. Pero eso da igual, no tiene nada que ver con este regalo. Si no te gusta puedo regalarte otra cosa.

—No. —Nora agarra el colgante, protegiéndolo—. Me encanta.

—Pues es tuyo. —Me acerco a ella, alzo su barbilla con mis dedos y le doy un breve beso en los labios antes de retroceder—. Ahora deberías prepararte. Tus padres te están esperando para comer.

Ella parpadea, mirándome fijamente.

—¿Qué vamos a hacer esta noche? Les dijiste que ya teníamos planes.

—Sí. Te voy a llevar a la ciudad, a un restaurante. —Me detengo y la miro—. A no ser que quieras hacer otra cosa. Tú eliges.

—¿De verdad? —Se le ilumina la cara por la emoción—. Entonces, ¿podemos hacer alguna locura?

—¿Como qué?

—¿Podemos ir a una discoteca después de cenar?

Al principio quiero decir que no, pero me trago las palabras.

—¿Por qué? —pregunto en su lugar.

Ella se encoge de hombros, parece que le da algo de vergüenza.

—No sé. Creo que sería divertido. Llevo sin pisar una discoteca desde... —Se calla y se muerde el labio.

—Desde que me conociste.

Asiente y entonces recuerdo la conversación que tuvimos después de la comida con sus amigas. Había una especie de melancolía en la voz de Nora cuando hablaba de salir por ahí y divertirse, un anhelo de las cosas que pensaba que nunca viviría.

—¿A qué club quieres ir? —le pregunto, sin poder creer que la idea me divierta.

Los ojos de Nora brillan.

—A cualquiera —dice rápidamente—. Al que tú creas que es más seguro. Me da igual a dónde vayamos mientras haya música y gente bailando.

—¿Qué te parece ir al club en el que nos conocimos? —sugiero a regañadientes—.

Mis hombres ya lo conocen, así que será más fácil...

—Sí, perfecto —me interrumpe, sonriéndome—. ¿Puede venir Rosa? A ella le encantaría. —Mi expresión debe de reflejar lo que pienso porque inmediatamente ella aclara—: Solo al club, no a cenar. Yo también quiero que la cena sea solo para ti y para mí.

Suspiro.

—Claro. Le diré a uno de los guardias que la lleve, para que podamos quedar con ella en el club después de cenar.

Nora grita y me rodea el cuello con los brazos.

—¡Gracias! Ay, ¡qué ganas tengo! ¡Será genial!

Y cuando ella se marcha a comer con sus padres, yo me quedo con Lucas para descubrir cómo asegurar una de las discotecas más conocidas de Chicago un sábado por la noche.

～

—¡Vaya! Julian, esto es impresionante —exclama Nora al entrar en el restaurante de alta cocina francesa que he elegido para nuestra cena—. ¿Cómo has conseguido una reserva? Me han dicho que tienen una lista de espera de meses... —Entonces se para y pone los ojos en blanco—. Bueno, no importa. ¿Qué estoy diciendo? ¿Cómo no ibas a tú a conseguir una reserva de entre toda esa gente?

Yo sonrío ante su claro entusiasmo.

—Me alegro de que te guste. Ahora a ver si la comida está tan bien como el ambiente.

El camarero nos acompaña a la mesa, un reservado al fondo del restaurante. Pido agua con gas para los dos, en vez de vino, y también pido el menú degustación y le explico las restricciones que tiene Nora por su embarazo.

—Muy bien, señor —dice el camarero, haciendo una ligera reverencia y, antes de que nos demos cuenta, el primer plato ya está en la mesa.

Mientras mordisqueamos el *risotto* de espárragos y el ravioli de langostino, Nora me habla de la comida con sus padres y de lo feliz que estaban por celebrar su cumpleaños junto a ella.

—Me han regalado un kit de pinceles —dice, sonriendo—. Supongo que mi padre ya no es tan escéptico con mis aficiones.

—Eso es bueno, cariño. No debería serlo. Tienes un talento increíble.

—Gracias. —Me dedica una sonrisa resplandeciente y coge su vaso de agua.

Mientras hablamos, me doy cuenta de que no puedo dejar de mirarla. Esta noche está radiante, más guapa que nunca. Su vestido azul sin tirantes es sexi y elegante al mismo tiempo, aunque es tan corto que me pone nervioso. Cuando la vi bajando las escaleras, con ese vestido y unos tacones de aguja plateados, solo pensaba en subir a follármela sin parar durante tres días. Y que lleve un maquillaje que le pone los labios tan brillantes y carnosos tampoco ayuda. Cada vez que envuelve esos labios en el tenedor me la imagino chupándome la polla y me noto los pantalones demasiado ceñidos.

—¿Sabes que nunca me has contado qué hacías en aquel club

cuando nos conocimos? —dice ella cuando vamos por la mitad del tercer plato—. ¿Qué andabas haciendo en Chicago? La mayoría de tus negocios están fuera de los Estados Unidos, ¿no?

—Así es —digo, asintiendo— No estaba aquí para ese tipo de negocios. Un conocido me recomendó a un analista de protección de fondos, así que vine a entrevistarlo para el puesto de gerente de fondos personal.

—Ah. —Nora abre mucho los ojos—. ¿Era el tío con el que quedaste el otro día?

—Sí. Me gustó lo que vi, así que le contraté y luego decidí salir un rato a ver la ciudad. Así es como acabé en aquel club.

—¿Y no te preocupaba la seguridad?

—Me acompañaban algunos hombres, pero no, Al-Quadar todavía no era una gran amenaza y además, no te tenía a ti para preocuparme.

Fue después de conseguir a Nora cuando me volví paranoico por la seguridad. Mi gatita no sabe lo vulnerable que me hace ser, no se da cuenta de lo que llegaría a hacer para protegerla. Si hubiera estado seguro de que Majid la soltaría ilesa, le habría dado el explosivo y cualquier otra cosa que Al-Quadar hubiera pedido. Habría hecho cualquier cosa para recuperarla.

—¿Esperabas liarte con alguna mujer aquella noche? —pregunta Nora, dándole un sorbo a su vaso. Suena relajada, pero la mirada de sus ojos muestra todo lo contrario.

Sonrío, encantado ante sus aparentes celos.

—Quizás —la provoco—. Para eso van muchos hombres a esos lugares, ya sabes. No es para bailar, te lo aseguro.

—¿Para eso fuiste tú? —Se inclina hacia delante, su manita apretando el tenedor—. ¿Pillaste a alguna cuando me marché?

Estoy tentado a provocarla un poco más, pero soy incapaz de ser tan cruel.

—No, gatita. Volví al hotel solo aquella noche, sin poder dejar de pensar en esta preciosa y pequeña chica que conocí. —También soñé con ella. Con su cara, tan parecida a la de Maria... con su sedosa piel y sus delicadas curvas.

Con las oscuras y perversas cosas que quería hacerle.

—Ya veo. —Nora se relaja y aparece una sonrisa en su cara—. ¿Y al día siguiente?

¿Saliste otra vez?

—No. —Cojo un higo relleno de marisco—. No lo necesitaba.

Estaba tan obsesionado que pasaba horas mirando las fotos que le sacaban mis guardias. Entonces ya sabía que jamás desearía a una mujer tanto como a ella.

Cuando salimos del restaurante siento que estoy en el séptimo cielo. La cena de esta noche ha sido lo más parecido que hemos tenido a una cita de verdad y, por primera vez en meses, confío en el futuro.

A lo mejor nunca llegamos a ser «normales», pero eso no quiere decir que no podamos ser felices.

Mientras nos dirigimos hacia la discoteca, me permito fantasear de nuevo con el sueño de que Julian y yo seamos familia. Ahora parece más real, más sólido. Por primera vez, nos imagino criando juntos a nuestro hijo. Sería difícil y los guardias nos rodearían constantemente, pero podríamos hacerlo. Podríamos hacerlo. Viviríamos en la finca casi todo el rato, pero también viajaríamos. Visitaríamos a nuestros padres y amigos e iríamos a Europa y a Asia. Yo me dedicaría a ser artista y el negocio de Julian estaría al fondo de nuestras vidas, y no en el centro de ellas.

No sería la vida con la que soñaba de pequeña, pero, aun así, sería una buena vida. Con el tráfico del centro tardamos media hora en llegar a la discoteca. Salimos del coche y Rosa ya está ahí, esperándonos. Al verme, sonríe y corre hasta el coche.

—Nora, ¡estás preciosa! —exclama antes de volverse hacia Julian—. Y tú también, *señor*. —Nos dedica una amplia y radiante sonrisa—. Muchas gracias por traerme con vosotros esta noche, me muero por ir a una discoteca americana de verdad.

—Me alegro de que hayas venido —le digo, sonriente—. Estás impresionante. —Y lo está. Con unos tacones rojos muy extremados y un vestido amarillo corto, que resalta sus curvas, Rosa está tan atractiva como una modelo.

—¿De verdad lo piensas? —dice, nerviosa—. Me compré este vestido en la ciudad.

Me preocupaba que fuera demasiado.

—Para nada —digo firmemente—. Estás estupenda. Ahora vente, vamos a bailar. —Y cogiéndola del brazo, me dirijo a la entrada de la discoteca, con un Julian divertido siguiendo nuestros pasos.

Hay una cola muy larga de gente esperando para entrar, y eso que el club se encuentra en una parte vieja y con mala fama del centro de Chicago. El lugar debe ser incluso más conocido ahora que hace dos años. Mientras caminamos, los hombres nos miran a Rosa y a mí, mientras que las mujeres miran a Julian, embobadas. No culpo a esas mujeres, aunque una parte oscura de mí quiera arrancarles los ojos. Mi marido se ha arreglado esta noche, lleva una americana a medida, que le realza la figura, unos vaqueros negros de diseño y está tremendo, como una estrella de cine saliendo del estreno de su película. Pero claro, las estrellas del cine no suelen ocultar pistolas y navajas bajo sus elegantes chaquetas… Intento no pensar en eso.

Con una sola palabra de Julian, el portero nos deja pasar y estamos dentro, colándonos a la multitud que espera. Nadie nos pide los documentos de identidad, ni si quiera en la barra donde Julian le invita a Rosa a una copa. Me pregunto si es porque los hombres de Julian ya avisaron al jefe del club de que vendríamos.

En fin, la verdad es que mola bastante.

Solo son las diez y el club entero está ya botando; lo último de la música pop y dance resuena desde los altavoces. A pesar de no beber alcohol, me siento drogada, como embriagada de la emoción. Me río, agarro a Rosa y a Julian y los arrastro a la pista de baile, donde ya hay un montón de gente moviéndose, muy cerca los unos de los otros.

Cuando llegamos al centro de la pista, Julian me da una vuelta y me atrae hacia sí, agarrándome por la espalda cuando empezamos a movernos al ritmo de la música. Al instante me doy cuenta de lo que está haciendo. De la forma en que me coge, yo le doy la cara a Rosa y estamos los tres como bailando juntos, pero a mí me rodea el enorme cuerpo de Julian. Nadie puede tocarme, ni a propósito ni sin querer, no sin pasar antes por él.

Le pertenezco a Julian, y solo a Julian, incluso en el medio de una pista de baile llena de gente.

Rosa sonríe, como dándose cuenta de sus intenciones. Ella está más emocionada que yo, si eso es posible, y sus ojos brillan mientras mueve el trasero con la nueva canción de Lady Gaga. Al poco se van acercando a ella un par de chicos jóvenes y guapos y yo miro, sonriendo, como ella se pone a ligar con ellos y se va alejando de mí y de Julian.

En cuanto está ocupada, él me gira para mirarnos.

—¿Cómo te encuentras, amor? —me pregunta, su voz profunda atraviesa la música a todo volumen. Las luces de colores parpadean en su cara, haciendo surrealista su atractivo—. ¿Estás cansada? ¿Tienes náuseas?

—No. —Sonriendo, sacudo la cabeza con fuerza—. Estoy perfecta. Mejor que perfecta, de hecho.

—Sí, lo estás —murmura, tirando más de mí hacia él, y yo me pongo roja al sentir el duro bulto en sus pantalones. Él me desea y mi cuerpo reacciona de inmediato, el palpitante ritmo de la música resuena en el repentino dolor de mis entrañas. La gente nos rodea, pero parece que se desvanecen cuando nos miramos el uno al otro fijamente y nuestros cuerpos comienzan a moverse juntos a un ritmo primitivo y sexual. Mis pechos se hinchan y mis pezones se endurecen cuando presiono mi pecho contra el suyo y, a pesar de las capas de ropa, siento el calor que sale de su cuerpo... el mismo que está creciendo en el mío.

—Joder, amor—respira, mirándome desde arriba. Balancea la cadera adelante y atrás mientras nos mecemos juntos, conducidos tanto por la necesidad como por el ritmo de la música—. No te pongas este puto vestido nunca más.

—¿El vestido? —Levanto la vista hacia él y mi cuerpo arde—. ¿Tú crees que es el vestido?

Cierra los ojos y respira profundamente antes de abrirlos para encontrar mi mirada.

—No —dice con una voz ronca—. No es el vestido, Nora. Eres tú. Joder, siempre eres tú.

Casi espero que me agarre y me saque de allí, pero no lo hace. En vez de eso, afloja su abrazo y ahora hay un espacio de varios centímetros entre nosotros. Todavía siento su cuerpo contra el mío, pero la cruda sexualidad de hace un momento se reduce, permitiéndome respirar de nuevo. Bailamos algunas canciones más así y luego empiezo a tener sed.

—¿Vamos a pedir agua? —pregunto, elevando la voz para que me pueda escuchar por encima de la música, y Julian asiente, conduciéndome a la barra. Pasamos por delante de Rosa, que todavía está bailando con esos dos chicos y parece feliz de estar atrapada entre ellos. Le guiño un ojo, le hago un gesto disimulado con el pulgar y salimos de la masa de gente que baila.

Julian me da un vaso de agua fría y, agradecida, me lo bebo de un trago, muerta de la sed. Él me observa beber, sonriendo, y sé que también se acuerda de nuestro primer encuentro, justo aquí en esta barra.

Cuando nos damos la vuelta para volver a la pista, veo a Rosa ir a la parte de atrás, donde están los baños. Me saluda con la mano, riendo, y yo le devuelvo el saludo antes de girarme hacia Julian.

—Bailemos un rato más —digo y, agarrándole de la mano, nos sumergimos de nuevo en la multitud justo cuando empieza una nueva canción.

Al cabo de unos minutos, empiezo a sentirlo: esa sensación de tener la vejiga excesivamente llena.

—Tengo que ir al servicio —le digo a Julian. Él sonríe y me saca de nuevo de la pista de baile. Caminamos a la parte de atrás del club y me pongo en la cola de las chicas mientras él se apoya en la pared, mirando como espero mi turno en el pasillo circular y ensombrecido que lleva a los baños. Me pregunto si también me vigila aquí y casi me río ante la idea de que esté tan preocupado que me tiene que acompañar incluso al baño de chicas.

Afortunadamente no lo hace, sino que se queda a la entrada del estrecho pasillo, con los brazos cruzados sobre el pecho.

La cola es tan larga que tardo casi quince minutos en llegar al final. Cuando por fin llega mi turno, entro al baño, una sala con tres servicios, para hacer mis cosas. Mientras me lavo las manos, me doy cuenta de que Rosa desapareció en esta dirección y no la he visto salir desde entonces.

Saco mi teléfono del bolsito y escribo a Julian: «¿Has visto pasar a Rosa? ¿La ves por alguna parte?».

No obtengo una respuesta inmediata, así que salgo del baño y, cuando estoy a punto de regresar, me llama la atención una mancha de algo rojo a unos metros de mí. Frunciendo el ceño, me adentro en el pasillo circular, pasando los servicios, y entonces lo veo.

Un zapato de tacón de aguja rojo, tirado en el suelo.

Me da un vuelco el corazón.

Me agacho, lo recojo y un escalofrío recorre mi columna vertebral. Ahora no tengo ninguna duda. Es el zapato de Rosa.

Se me acelera el pulso y me enderezo, mirando a mi alrededor. No la veo por ninguna parte. Por la manera en que se curva el pasillo, ni siquiera veo la cola del baño.

Suelto el zapato y vuelvo a coger el teléfono. Tengo un mensaje de Julian, que responde al mío: «No, no la veo».

Estoy empezando a responderle cuando, de repente, a unos metros, se abre una puerta que no había visto. De ella sale un chico bajito y delgado, que cierra la puerta tras él y se apoya en el marco.

Un chico joven, me percato mientras lo miro. Más bien un adolescente, cuya cara pálida y pecosa no tiene ni rastro de una barba. Tiene un aire relajado, casi perezoso, pero hay algo en su forma de mirarme que me hace parar en seco.

—Disculpa. —Me aproximo a él con cuidado, arrugando la nariz ante el fuerte olor a alcohol y tabaco que desprende—. ¿Has visto a mi amiga? Lleva un vestido amarillo…

Escupe en el suelo justo delante de mí.

—Pírate, puta zorra.

Me quedo tan pasmada que retrocedo. Después, el enfado se apodera de mí, mezclado con adrenalina.

—¿Perdona? —Cierro los puños—. ¿Cómo me acabas de llamar? —La postura del chaval cambia, se pone agresivo—. Que cómo…

En ese momento lo oigo. El grito de una mujer tras la puerta, seguido por el sonido de algo que cae.

Mi adrenalina se dispara. Avanzo, sin pensarlo, y levanto el puño izquierdo como me enseñó Julian. El ímpetu de mi movimiento le añade fuerza al puñetazo y el chico se queda sin aliento cuando mi puño le golpea en el plexo solar. Se dobla, y en ese momento subo la rodilla, y le doy en todos los huevos.

Se agacha y suelta un chillido, agarrándose la entrepierna. Yo aprovecho para agarrarle por la nuca, ayudándome del impulso para tirar de él hacia delante y levantar el pie derecho. Me sale mejor que en los entrenamientos.

Él sale despedido hacia delante, agitando los brazos, y se golpea la cabeza en el muro opuesto del pasillo. Después cae el suelo, débil e inmóvil a mis pies.

Le miro, temblando y boquiabierta. No me creo que acabe de hacer esto.

No me creo que haya derrotado a un chico en una pelea, aunque sea a un adolescente borracho.

Otro grito tras la puerta me saca del aturdimiento. Ahora reconozco la voz y una nueva ola de adrenalina inunda mi corazón.

Moviéndome únicamente por instinto, salto por encima del cuerpo tirado del chico y empujo la puerta. La habitación que aparece tras ella es larga y estrecha, con una puerta al otro lado. Junto a ella hay un sofá sucio y en él está mi amiga, forcejeando y sollozando debajo de un hombre.

Por un momento, me quedo tan helada que no soy capaz de

reaccionar y, entonces, me doy cuenta de que el vestido amarillo clarito de Rosa está desgarrado y tiene unas manchas rojas.

Una ira caliente y profunda explota en mi pecho y disipa lo poco que me quedaba de precaución.

—¡Suéltala! —grito, irrumpiendo en la habitación. Sorprendido, el chico se aparta de Rosa y entonces, como recordando sus viles intenciones, la agarra por el pelo y la saca a rastras del sofá.

—¡Nora! — chilla Rosa, histérica, apuntando a algo con el dedo; algo detrás de mí.

Me giro, aterrada, pero ya es demasiado tarde.

Tengo a otro hombre encima y el dorso de su mano vuela hacia mi cara. El golpe hace que me choque contra la pared y el impacto sacude cada hueso de mi espalda.

Desconcertada, me hundo en el suelo y, por encima del pitido que tengo en los oídos, oigo a un hombre que dice:

—Puedes follarte a esa si quieres. Yo me voy con esta al coche.

Y mientras unas ásperas manos me arrancan la ropa, veo que el agresor de Rosa la arrastra hacia la puerta trasera.

24

Julian

ME ALEJO DE LA PARED Y ME PONGO A CURIOSEAR POR EL PASILLO, aburrido. Nora ya está al principio de la cola, así que vuelvo a apoyarme en la pared y me preparo para esperar un rato más. También apunto en mi cabeza que nunca volveré a este club. Estas colas deben de ser algo habitual por aquí y veo ridículo que no pongan un servicio más grande para las mujeres.

Cojo el teléfono y compruebo el email por tercera vez. Como era de esperar, no ha aparecido nada durante los últimos tres minutos, por lo que lo guardo de nuevo y me planteo acercarme a la barra y pedirme una copa. Me he abstenido de beber alcohol toda la noche para mantener los reflejos al máximo, por si hay algún peligro, pero una cerveza no debería afectarme nada.

Aun así, decido no pedirla. A pesar de que tengo a varios guardias repartidos por el club, me inquieta no tener a Nora a la vista durante este rato. Habría esperado con ella en la cola, pero el pasillo circular es tan estrecho que solo caben las mujeres y los hombres esporádicos que salen a empujones.

Así que espero, divirtiéndome al ver a los bailarines en la pista. Con tantos cuerpos retorciéndose, la atmosfera es profundamente sexual, pero el parpadeo de las luces y el palpitante ritmo no me hacen nada. Sin Nora entre mis brazos para excitarme, estoy igual que parado en medio de la calle mirando la hierba crecer.

El teléfono vibra en mi bolsillo y me distrae de mis pensamientos. Lo saco, veo un mensaje de Nora y frunzo el ceño.

«¿Has visto pasar a Rosa? ¿La ves por alguna parte?».

Vuelvo a alejarme de la pared y echo un vistazo al pasillo. No veo allí ni a Rosa ni a Nora, pero la chica que estaba detrás de Nora en la cola todavía espera su turno.

Me quedo tranquilo porque tiene que estar dentro del baño y me giro para inspeccionar el club, buscando un vestido amarillo entre la multitud. Es difícil ver, con toda esa gente y la luz tenue, pero el vestido de Rosa es tan brillante que debería localizarla sin problemas.

Sin embargo, no veo nada. Ni junto a la barra ni en la pista de baile.

Me empiezo a preocupar, por lo que me abro paso a codazos entre la gente para llegar al otro lado de la barra y volver a mirar.

Nada. No hay ningún vestido amarillo por ninguna parte.

Mi inquietud se trasforma en pura alarma. Vuelvo a coger el teléfono y compruebo la localización de Nora en su rastreador.

Todavía está en el baño o justo al lado.

Sintiéndome un poco más tranquilo, escribo a Lucas para que avise a los hombres y respondo a Nora antes de regresar a los baños. A lo mejor me estoy volviendo paranoico, pero necesito que Nora esté conmigo. Ahora mismo. Mi instinto me dice que algo va mal y no voy a relajarme hasta que esté segura junto a mí.

Cuando llego al pasillo, veo que la cola de chicas es más larga ahora y que hay incluso una para el baño de hombres. El estrecho pasillo está totalmente bloqueado, así que empujo a la gente a los lados, ignorando sus gritos de indignación.

Nora no está en la cola, aunque el localizador indica que está muy cerca. Me doy cuenta, al pasar por delante del baño, de que tampoco está allí. Según mi aplicación de seguimiento, está a unos nueve metros delante de mí, a la izquierda del pasillo circular. Ya no hay tanta gente a partir de aquí, así que acelero y mi preocupación aumenta.

Un segundo después, lo veo.

Hay un hombre tendido en el suelo junto a una puerta cerrada.

Se me hiela la sangre, siento el miedo, ácido y agrio, en la lengua. Si alguien se ha llevado a Nora, si la han dañado de alguna forma...

No, no me puedo permitir entrar ahí, no cuando ella me necesita.

Me envuelve una calma gélida que me aísla del miedo. Me agacho, cojo la navaja de la funda que tengo en el tobillo y la deslizo en la hebilla del cinturón para poder cogerla mejor. Después, poniéndome en pie, saco la pistola y esquivo el cuerpo, ignorando la sangre que gotea de la frente del hombre.

Según la aplicación, Nora está a tan solo unos pasos a mi izquierda, lo que significa que está tras esa puerta.

Respiro hondo, abro la puerta de un empujón y entro en la habitación. Inmediatamente, a mi derecha, un llanto ahogado capta mi atención. Me giro, veo a dos figuras forcejeando junto a la pared... y se esfuma la poca calma que me quedaba.

Nora, mi Nora, se está peleando con un hombre que le dobla en tamaño. Él está sobre ella; con una mano acalla sus gritos y con la otra le arranca la ropa. Ella tiene una mirada salvaje y furiosa y las manos como garras le arañan la cara y el cuello, dejando manchas de sangre por su piel.

Una niebla roja cae sobre mí, la ira más violenta que jamás he sentido.

De un brinco estoy encima de ellos, apartando al hombre de Nora con todas mis fuerzas. No disparo —sería demasiado arriesgado estando ella tan cerca—, pero ya tengo la navaja en la mano cuando le sujeto en el suelo, apretándole la garganta con el antebrazo. Se está ahogando y se le hinchan los ojos cuando alzo la navaja y se la hundo en un costado, una y otra vez. La sangre caliente sale a chorros que me rocían entero y huelo su terror al saber que va a morir. Me golpea con las manos, pero ni lo noto. Le miro a los ojos mientras lo apuñalo una y otra vez, disfrutando de su último aliento.

—¡Julian! —El llanto de Nora me quita la sed de sangre y me levanto de un salto, dejando el cuerpo sacudirse en el suelo. Nora está temblando. Por su cara corren ríos de rímel y lágrimas cuando intenta ponerse de pie con la ayuda de la pared.

Joder. Un miedo enfermizo llena mi pecho. Corro hacia ella y la tomo en mis brazos, palpando su cuerpo frenéticamente en busca de heridas. Parece que no hay nada roto, pero tiene los labios cortados e hinchados y lleva un pequeño desgarrón en la parte de arriba del vestido. Y el bebé… No, ahora no puedo ni pensarlo.

—Cielo, ¿estás herida? —Casi no me reconozco la voz—. ¿Te ha hecho daño?

Ella sacude la cabeza, su mirada aún salvaje.

—¡No! —Se retuerce entre mis brazos, empujándome con una fuerza inesperada—.

¡Déjame! ¡Tenemos que ir tras ella!

—¿Qué? ¿Quién? —Sorprendido, retrocedo agarrándola del brazo para que no se caiga.

—¡Rosa! ¡Se la ha llevado, Julian! La ha agarrado y la ha sacado a rastras por allí. —Nora apunta con la mano que tiene libre en dirección a la puerta trasera—. ¡Tenemos que ir a buscarla! —Está histérica.

—¿Se la ha llevado otro hombre?

—¡Sí! Dijo que… —A Nora se le traba la voz por el llanto—. Dijo que se la llevaba al coche. Había dos hombres aquí y uno se ha llevado a Rosa.

Me quedo mirándola y la furia se apodera de mí otra vez. Aunque no sea muy cercano a Rosa, la chica me cae bien y está bajo mi protección. La idea de que alguien se haya atrevido a hacer esto, a abusar de ella y de Nora de esta manera…

—¡Rápido! —implora Nora, tirando furiosamente del brazo que la sujeta para llevarme a la puerta—. ¡Vamos, Julian, hay que darse prisa! Acaba de sacarla por allí *ahora mismo;* todavía podemos alcanzarlos.

Joder. Aprieto los dientes, cada musculo de mi cuerpo vibra de la tensión. Nunca en la vida había estado tan indeciso. Nora está herida y todo dentro de mí me grita que ella es mi prioridad, que debería cogerla y llevarla a un lugar seguro lo más rápido posible. Pero, si lo que dice es cierto, la única forma de salvar a Rosa es actuando inmediatamente; y mis hombres tardarán por los menos unos minutos en llegar hasta aquí.

—¡Por favor, Julian! —suplica Nora, sollozando, y el pánico en sus ojos decide por mí.

—Quédate aquí. —Mi tono es frío y cortante cuando suelto su brazo y retrocedo—. No te muevas.

—Yo voy contigo…

—Y una mierda. —Saco la pistola y la tiro entre sus manos—. Espérame aquí y dispara a quien no reconozcas.

Y, antes de que pueda discutírmelo, voy corriendo hacia la puerta mientras aviso a Lucas de la situación.

25

 ora

EN CUANTO JULIAN DESAPARECE POR LA PUERTA, ME ENCOJO EN EL suelo agarrando la pistola que me ha dado. Me tiemblan las piernas y la cabeza me da vueltas; me invaden las náuseas por dentro. Siento que mi cordura pende de un hilo. Saber que Julian va al rescate de Rosa es lo único que me impide sumirme en la más absoluta histeria. Inspiro entre escalofríos, me seco las lágrimas de la cara con el dorso de la mano y, al bajar el brazo, una mancha roja llama mi atención.

Es sangre.

Estoy manchada de sangre.

Me quedo quieta mirándola, asqueada y fascinada al mismo tiempo. Tiene que ser del hombre al que Julian mató. Julian estaba cubierto de sangre cuando me tocó, y ahora tengo los brazos y el pecho manchados de rojo, lo que me recuerda a una de mis pinturas. Por extraño que parezca, la analogía me calma un poco. Cojo otro poco más de aire y levanto la mirada hacia el hombre que yace muerto a unos pocos metros.

Ahora que no me está atacando, observo con sorpresa que lo reconozco. Es uno de los dos jóvenes con los que Rosa estuvo bailando. ¿Significa esto que el segundo atacante es el otro hombre? Con el ceño fruncido, trato de recordar los rasgos del segundo hombre, pero no es más que un borrón en mi memoria. Tampoco recuerdo haber visto nunca al muchacho que guardaba la entrada a esta sala. ¿Estaba con los compañeros de baile de Rosa? Si así fuera, ¿por qué? Nada de esto tiene sentido. Aun si los tres fueran violadores reincidentes, ¿cómo pensaron que se saldrían con la suya tras una agresión tan brutal como esa en un club?

Lo que está claro es que el móvil del muerto ya no importa. Sé que está muerto porque su cuerpo ha dejado de retorcerse. Tiene los ojos abiertos, la mandíbula relajada y un hilo de sangre le recorre la mejilla. También me percato de que apesta a muerte... y a sangre, heces y miedo. A medida que el nauseabundo hedor se hace más presente, me alejo del cuerpo arrastrándome unos pocos metros para arrimarme más contra el sofá.

Han asesinado a otro hombre delante de mí. Aguardo a que el horror y el asco me atormenten, pero no sucede. En su lugar siento una especie de alegría cruel. Visualizo el cuchillo de Julian como en una película, alzándose para volver a hundirse en el costado del hombre una y otra vez, y lo único en lo que pienso es lo contenta que me siento de que esté muerto.

Estoy contenta de que Julian lo haya destripado.

Es extraño, pero esta vez no me molesta mi falta de empatía. Aún siento sus manos en mi cuerpo, con las uñas que me arañan la piel a medida que me desgarra la ropa. Pudo acorralarme aprovechando que me encontraba aturdida por el golpe que recibí, y aunque luché con todas mis fuerzas, supe que llevaba las de perder. Si Julian no hubiera llegado en aquel momento...

No. Corto de raíz ese pensamiento. Julian vino, así que no hay por qué obcecarse en lo peor que hubiera podido pasar. Después de todo, he salido del paso con daños menores. Me late el labio partido y noto la espalda como un enorme cardenal, pero nada que no pueda arreglarse. Mi cuerpo se curará. Ya me ha pasado otras veces y he sobrevivido.

La pregunta de verdad es si Rosa podrá.

Me llena de rabia imaginármela malherida, destrozada y violada. Quiero que Julian asesine al otro hombre de la misma forma salvaje con la que ha matado a este. En realidad, quiero hacerlo yo misma. Habría insistido en acompañarlo, pero discutir con Julian no habría hecho más que retrasar el rescate de Rosa.

Ahora solo me queda aguardar con la esperanza de que Julian la traiga de vuelta.

Veo mi bolsito en el suelo y me arrastro para recogerlo. Cada movimiento que hago me duele, pero necesito alcanzar esa cartera. Ahí está mi móvil, con el que puedo contactar con Julian. Y eso es importante, pues de repente caigo en la cuenta de que Rosa no es la única persona que corre peligro en este momento.

También mi marido.

No. También aparto ese pensamiento. Sé perfectamente lo que Julian es capaz de hacer. Si alguien está capacitado para lidiar con esto, es el hombre que me secuestró. La vida de Julian ha estado ligada a la violencia desde la infancia; matar escoria debe ser para él como quitar la mala hierba, ya sean una o dos.

A no ser que la escoria esté armada o tenga compañía.

No. Cierro los ojos con fuerza, negándome a contemplar esos pensamientos. Julian volverá con Rosa y todo estará bien. Así será. Seremos una familia y construiremos una vida juntos...

Una familia.

Abro los ojos de par en par y dejo escapar un grito ahogado al tiempo que me llevo la mano directamente al estómago. Por primera vez caigo en la cuenta de que, de no ser por Julian, Rosa y yo no habríamos sido las únicas víctimas de los violadores. Si la brutalidad con la que me agredieron no hubiera cesado, no me atrevo a imaginarme lo que le habría pasado al bebé.

Me falta el aire en cuanto ese terrorífico pensamiento me viene a la mente.

Empiezo a temblar de nuevo y se me inundan los ojos de lágrimas.

Ni siquiera sé por qué estoy llorando. Todo está bajo control. Tiene que estarlo.

Centro mi atención en la puerta de atrás agarrando el bolso con fuerza. En cualquier momento Julian aparecerá por esa puerta junto a Rosa y todo volverá a la normalidad.

En cualquier momento.

Los segundos pasan tan despacio que me cuesta no gritar. Me quedo mirando fijamente a la puerta hasta que las lágrimas finalmente cesan y los ojos me escuecen de la sequedad. Por más que lo intento, no puedo mantener a raya esas retorcidas imaginaciones, y siento que el miedo que llevo dentro me va a carcomer y engullir hasta no dejar nada.

Al fin, la puerta empieza a abrirse con un chirrido.

Pego un salto, olvidando el dolor y el sufrimiento, aunque enseguida recuerdo las últimas palabras de Julian.

Podría no ser él la única persona que entrara por esa puerta.

Alzo la pistola que me ha dado, apunto con mis temblorosas manos y espero.

ulian

Tras mandarle un mensaje a Lucas, abro la puerta y salgo al callejón situado detrás del club. El hedor de la basura me llena las fosas nasales de inmediato y se mezcla con el penetrante olor a orina. Debe de haber llovido mientras estábamos dentro, pues el asfalto repleto de socavones está mojado y en los aceitosos charcos se refleja la luz de una farola lejana.

Echo un meticuloso vistazo a mi alrededor tratando de controlar la ansiedad y la furia violenta. Ya tendré tiempo para pensar en el rostro cubierto de lágrimas de Nora y en cómo la he cagado, pero ahora debo centrarme en salvar a Rosa.

Se lo debo a las dos por igual.

No veo a nadie cerca, así que me dirijo hacia la calle principal abriéndome camino entre los contenedores de basura. Varias ratas se escabullen al verme pasar por su lado. Me pregunto si sienten el ritmo al que la violencia corre por mis venas: la sed de sangre que aumenta a cada paso que doy.

No basta con una sola muerte. No basta ni por asomo.

Doblo la esquina con el eco húmedo de mis pasos y doy con una bocacalle estrecha donde lo presencio todo: dos figuras están forcejeando junto a un todoterreno blanco a menos de treinta metros de distancia.

Distingo el vestido amarillo de Rosa, a quien el hombre está obligando a entrar en el coche, y es cuando una furia incontrolable se apodera de mí una vez más.

Saco el cuchillo y me precipito sobre ellos.

Me percato del instante en que el agresor de Rosa me ve. Se le abren los ojos como platos, muestra una mueca de terror y, antes de que yo pueda reaccionar, empuja a Rosa contra mí y se introduce en el coche a toda prisa.

Me apresuro a coger a Rosa antes de que caiga al suelo, y ella se aferra a mí llorando desconsoladamente. Trato de tranquilizarla al tiempo que intento liberarme de sus manos, pero ya es demasiado tarde.

El coche se pone en marcha con un rugido y las llantas chirrían, señal de que el agresor de Rosa está pisando a fondo para escaparse como el cobarde que es.

¡Joder! Entre jadeos clavo los ojos en el coche hasta que desaparece de mi vista. Soy consciente de que mis hombres están apostados en la intersección más cercana, pero un tiroteo llamaría demasiado la atención. Sin soltar a Rosa con un brazo, me saco el móvil y le digo a Lucas que siga al coche blanco.

Seguidamente me centro en la mujer que solloza entre mis brazos.

—Rosa. —Sin hacer caso a la adrenalina que late en mi interior, la aparto de mí con suavidad para comprobar la gravedad de sus heridas. Tiene la mitad del rostro hinchado y encostrado por la sangre, además de arañazos y moratones por todo el cuerpo, pero no veo, para mi alivio, ningún hueso roto. Aun así, se encuentra tan alterada que bajo el tono de mi voz como si fuera a hablar con un niño:

—¿Estás muy malherida, cielo?

—Él... ellos... —Sin lograr que sus palabras cobren sentido, se queda de pie temblando con el vestido completamente desgarrado. Aprieto los dientes conteniendo una oleada de furia. Tengo la certeza de que no le resultará fácil superar lo que sea que le haya sucedido.

—Ven, cariño, volvamos con Nora. —Mantengo mi voz en un tono suave y tranquilizador mientras me agacho para levantarla. Ella comienza a temblar con más intensidad en cuanto la sostengo en mis brazos, por lo que aprieto el mentón con más fuerza mientras vuelvo sobre mis pasos hacia el callejón tan rápido como puedo.

Cuando llegamos a la puerta del club, dejo que Rosa vuelva a caminar sobre sus pies. Acto seguido, la guío con cuidado a través de la entrada sosteniéndola por el codo a modo de apoyo.

Nora nos recibe apuntando con la pistola en nuestra dirección. En cuanto nos ve, sin embargo, baja el arma y se le ilumina el rostro.

—¡Rosa! —Tira la pistola y cruza la sala corriendo hacia nosotros —. ¡La has encontrado, Julian! ¡Ay, Dios, la has encontrado! —Cuando llega a nosotros, se pone de puntillas y me abraza con intensidad antes de envolver a Rosa en sus brazos y llevarla hasta el sofá. Puedo oír sus reiteradas fórmulas de consuelo mientras Rosa se aferra a ella entre sollozos y aprovecho para pedir que acerquen nuestro coche al callejón.

Al cabo de unos minutos, el coche está listo.

—Ven, cariño. Tenemos que marcharnos y llevaros a ambas al hospital —digo suavemente al acercarme al sofá y Nora asiente a modo de respuesta con una agitada Rosa aún envuelta en sus brazos. Mi esposa parece estar mucho más calmada; no hay rastro de la histeria que la ahogaba antes. Aun así, necesito contener las ganas de cogerla y asegurarme de que está tan bien como parece. Lo único que me detiene es el hecho de que Rosa se caería si Nora no la ayudara a mantenerse en pie.

Por suerte, mi gatita está dando la talla al cuidar de su traumatizada amiga. Ahora más que nunca, el corazón de acero que yo siempre he visto en ella está haciendo acto de presencia. Pese a que la rabia me bulle por dentro, me siento orgulloso al ver que Nora ayuda a Rosa a levantarse del sofá para después guiarla hasta la salida en dirección al callejón.

Lucas se encuentra apoyado en el coche esperándonos. Nada más fijarse en Rosa, veo cómo su imperturbable expresión se torna más oscura y aterradora.

—Qué hijos de puta —murmura con voz ronca al tiempo que rodea el coche para abrirnos la puerta—. Putos cabronazos. —No es capaz de apartar la vista de Rosa—. Me los voy a cepillar.

—Ya te digo —coincido mientras veo, no sin cierto grado de sorpresa, cómo aparta con cuidado a una llorosa Rosa de mi mujer y la introduce en el coche. Sus formas son tan inusitadamente solícitas que no puedo evitar preguntarme si hay algo entre ellos dos. Resultaría extraño teniendo en cuenta la obsesión que tiene por la intérprete rusa, pero cosas más marcianas han pasado.

Me encojo mentalmente de hombros y me dirijo a Nora, que está junto al coche con la mano izquierda apoyada en el borde superior del marco de la puerta. A juzgar por su mirada inusualmente distante, parece sumida en su propio mundo. De repente levanta la mano derecha y la coloca sobre su tripa.

—¿Nora? —Me acerco a ella con un temor súbito agarrándome del pecho y es entonces cuando veo que está pálida.

Nora

LOS CALAMBRES QUE HACE POCOS SEGUNDOS SENTÍ VUELVEN CON MAYOR intensidad y se convierten en un dolor agudo que me perfora el estómago; noto que me falta el aire justo cuando Julian se acerca a mí con una expresión preocupada. Me cuesta respirar, me doblo del dolor y al instante noto que sus fuertes manos me levantan del suelo.

—¡Al hospital, ya! —le grita a Lucas, y en un abrir y cerrar de ojos me encuentro acurrucada en el regazo de Julian mientras que el coche sale disparado del callejón.

—¿Nora? Nora, ¿te encuentras bien? —El pánico sigue instalado en la voz de Rosa, pero no puedo tranquilizarla ahora mismo entre calambrazos y retortijones intestinales. Lo único que puedo hacer es respirar entrecortadamente al tiempo que me aferro a los hombros de Julian, que me mece hacia delante y hacia atrás. Noto la tensión de su cuerpo bajo el mío.

—Julian. —Me resulta imposible contenerme al notar cómo un

fuerte calambrazo me desgarra el vientre y grito. Entre mis muslos noto una humedad cálida y resbaladiza. Sé que, si miro, habrá sangre

—. Julian, el bebé...

—Lo sé, cariño. —Me besa en la frente y me mece con más ahínco

—. Aguanta. Por favor, aguanta.

Atravesamos las oscuras calles a tal velocidad que las farolas y los semáforos no son más que borrones. Alcanzo a oír a Rosa hablándome mientras me acaricia el pelo con sus suaves manos y me embarga una cierta sensación de culpa al pensar que, después de lo que ha sufrido, ella también tiene que lidiar con esto.

El miedo me tiene atenazada.

El terrible miedo de que ya sea tarde y nada vuelva a estar bien.

—Lo siento mucho, señora Esguerra. —La joven doctora se detiene junto a mi cama y sus ojos color avellana me miran llenos de compasión—. Como habrá podido deducir, ha sufrido un aborto espontáneo. La buena noticia, si puede haber alguna en momentos como este, es que aún se encontraba en su primer trimestre y ya ha dejado de sangrar. Es probable que se produzcan secreciones vaginales y más sangrado durante los próximos días, pero su cuerpo debería recuperar la normalidad con notable rapidez. No habría por qué descartar la posibilidad de intentar ir a por otro bebé pronto... si usted lo desea, claro.

La miro tan fijamente que siento como si me hubieran raspado los ojos con papel de lija. Ya no puedo llorar más. No me quedan más lágrimas que derramar. Siento que Julian, que está sentado al borde de la cama, me coge de la mano. También noto el leve pero constante vaivén de retortijones en el vientre, pero solo puedo pensar en que he perdido al bebé.

Hemos perdido a nuestro bebé y yo tengo la culpa.

—¿Dónde está Rosa? —Tengo la garganta tan inflamada que apenas consigo soltar esas palabras—. ¿Se encuentra bien?

—Está en la habitación contigua —responde la doctora en voz baja. Es sorprendentemente hermosa: un rostro pálido en forma de corazón enmarcado por un cabello castaño y ondulado—. ¿Querría hablar con ella?

—¿Han terminado de examinarla? —La voz de Julian se endurece de un modo que yo nunca había oído antes. Tiene la cara y las manos limpias porque, antes de salir del coche, se ha encargado de quitar con agua casi toda la sangre que nos cubría; pero lleva la chaqueta tan manchada que se ha quedado marrón. Me pregunto qué pensarán los médicos de nuestra apariencia y si serán conscientes de que no toda la sangre es mía.

—Sí, han terminado —vacila durante un segundo la doctora—. Señora Esguerra, su amiga ha dicho que no desea presentar cargos ni hablar con la policía, pero en casos como este, es algo que les recomendamos encarecidamente. Lo mínimo que debería hacer es dejar que nuestra enfermera especializada en casos de agresión sexual recogiera muestras. Quizás usted pueda ayudarnos a convencer a la señorita Martínez...

—¿Necesita que la hospitalicen? —interrumpe Julian, cuya mano se cierra en torno a mis dedos—. ¿O puede volver a casa?

La doctora frunce el ceño.

—Puede irse a casa, pero...

—¿Y mi esposa? —Atraviesa con la mirada a la joven doctora—. ¿Está segura de que no tiene nada más aparte de los moratones?

—Así es, señor Esguerra: como le he explicado antes, todas las pruebas han dado resultados normales. —La doctora no se acobarda ante la mirada de Julian—. No presenta traumatismo ni lesión interna de ningún tipo, y tampoco necesita que se le practique un legrado, procedimiento al que recurrimos cuando el aborto se produce en las primeras etapas del embarazo. Le recomiendo a la señora Esguerra que tome reposo durante los próximos días, tras los que podrá volver a su ritmo de vida normal.

Julian baja la mirada y se vuelve hacia mí.

—¿Cariño? —El tono de su voz se vuelve un poquito más suave—.

¿Quieres quedarte aquí hasta por la mañana, por si acaso, o prefieres volver a casa?

—A casa —Trago saliva con dolor—. Quiero irme a casa.

—Señora Esguerra... —La doctora me pone la mano en el hombro y noto la calidez de sus finos dedos contra mi piel. Levanto la mirada hacia ella, que me dice con suavidad—: Sé que esto no la consolará, pero quiero que sepa que la mayoría de los abortos naturales no pueden evitarse. Es posible que lo que le sucediera a usted y a su amiga haya sido un factor en este desafortunado suceso, pero también podría haberse tratado de algún tipo de anomalía cromosómica. Según las estadísticas, en torno a un veinte por ciento de los embarazos termina en aborto espontáneo y más del setenta por ciento de los casos que se dan en el primer trimestre del embarazo ocurren a causa de estas anomalías; no por culpa de algo que la madre haya hecho o no.

Escucho sus palabras sin mucho interés, por lo que dejo de mirarla a la cara y me fijo en la etiqueta que lleva en el pecho: *doctora Cobakis*. Algo resuena en mi cabeza al leer ese nombre, pero me encuentro tan cansada que no logro averiguar de qué se trata.

Levanto de nuevo la mirada sin mucha energía.

—Gracias —murmuro, deseando que deje de hablar del tema. Aun así, entiendo sus intenciones. Seguro que no es la primera vez que ha tenido que lidiar con la tendencia de una mujer a culpabilizarse de lo que ha fallado en su embarazo. No se da cuenta de que soy yo quien tiene la culpa.

Fui yo la que insistió en ir a ese club. Solo yo tengo la culpa de lo que les ha pasado a Rosa y al bebé. Nadie más.

La doctora me da un ligero apretón en el hombro y se retira.

—Iré a darle el alta a su amiga mientras usted se viste —dice antes de marcharse de la habitación, dejándonos solos a Julian y a mí por primera vez desde que llegamos al hospital.

En cuanto la doctora se va, me suelta la mano y se inclina sobre mí.

—Nora... —Veo que sus ojos están inundados de la misma agonía que me consume por dentro—. Cariño, ¿sigues dolorida?

Sacudo la cabeza a modo de respuesta. Lo que menos me aflige es el malestar físico.

—Quiero irme a casa —suelto con voz ronca—. Por favor Julian, llévame a casa.

—Lo haré. —Me acaricia cálida y suavemente el lado intacto de la cara—. Te prometo que lo haré.

2 8

ulian

Nunca he conocido vacío tan frío como este, un sentimiento abrasador que late como un dolor punzante. Cuando perdí a Maria y a mis padres, sentí rabia y dolor, pero no esto. No esta horrible sensación que se mezcla con la más fuerte sed de sangre que jamás haya experimentado.

Nora continua inmóvil y callada mientras la subo por las escaleras hasta la habitación. Tiene los ojos cerrados y sus pestañas parecen oscuras medias lunas en sus pálidas mejillas. Lleva así desde que salimos del hospital, casi catatónica por la pérdida de sangre y el cansancio.

Mientras la tumbo en la cama, me doy cuenta de que tiene el pómulo amoratado y el labio partido, y tengo que darme la vuelta para recuperar el control. Siento la violencia que hierve en mi interior, tan tóxica, tan corrosiva, que no puedo tocar a Nora ahora mismo, no sin hacerle daño de alguna manera.

Tras un instante, me siento lo bastante tranquilo para volver a girarme hacia la cama. Nora no se ha movido, sigue acostada donde la he dejado. Veo que se ha quedado dormida. Mientras inspiro despacio, me inclino sobre ella y empiezo a desvestirla. Podría dejarla dormir toda la noche, pero quedan restos de sangre seca en su ropa y no quiero que se despierte así.

Por la mañana ya tendrá bastante que asumir.

Una vez desnuda, me quito la ropa y la levanto, meciendo su pequeño y débil cuerpo contra mi pecho mientras me dirijo al baño. Al entrar en la ducha, enciendo el agua mientras la sujeto fuerte.

Se despierta cuando el cálido chorro le rocía la piel. Abre los ojos sorprendida mientras se agarra, temblorosa, a mis bíceps.

—¿Julian? —Parece asustada.

—Shhh. —La tranquilizo—. Ya está. Estamos en casa. —Parece algo más calmada, así que la pongo de pie y pregunto con voz suave—: ¿Cariño, puedes sostenerte tú sola un momento?

Asiente, y en un instante la ducho y después lo hago yo. En el momento en que termino veo que se está tambaleando y que se esfuerza por tenerse en pie. La envuelvo rápidamente con una toalla grande y la llevo de vuelta a la cama.

Se desmaya antes de llegue a tocar la almohada con la cabeza. La tapo con una sábana y me siento a su lado durante un rato, mirando como su pecho se eleva y descendiente al respirar.

Entonces, me levanto y me visto para ir abajo.

AL ENTRAR AL SALÓN, VEO QUE LUCAS YA ME ESTÁ ESPERANDO.

—¿Dónde está Rosa? —pregunto, manteniendo el tono de voz. Ya pensaré después en Nora, acostada arriba tan herida y vulnerable, y en nuestro hijo; pero por ahora lo aparto todo de mi mente. No puedo permitirme sucumbir ante la ira y la pena, no cuando queda tanto por hacer.

—Está dormida —responde él al tiempo que se levanta del sofá—. Le he dado un sedante y me he asegurado de que se diera una ducha.

—Vale, gracias. —Recorro la habitación para ponerme a su lado—. Ahora cuéntamelo todo.

—El equipo de limpieza se ha encargado del cadáver y ha capturado al chico que Nora dejó sin sentido en el vestíbulo. Lo tienen escondido en un almacén que alquilé en el lado sur.

—Perfecto. —El pecho se me inunda de una expectación salvaje—. ¿Qué sabes del coche blanco?

—Los chicos pudieron seguirlo hasta uno de los rascacielos residenciales del centro. En ese momento, desapareció en un garaje y decidieron no seguirlo por allí. Ya he buscado el número de la matrícula.

Llegados a este punto, se detiene, provocando que pregunte impaciente.

—¿Y?

—Puede que tengamos un problema —responde triste—. ¿Te suena el nombre Patrick Sullivan?

Frunzo el ceño en un intento de recordar dónde lo había oído antes.

—Me suena, pero no sé de qué.

—Los Sullivan son dueños de la mitad de la ciudad. Prostitución, drogas, armas... Sea lo que sea, están metidos. Patrick Sullivan encabeza la familia y tiene comprados a casi todos los políticos y jefes de policía de la ciudad.

—Ah.

Ahora cobra sentido. No he tenido trato con los Sullivan, pero mi negocio se basa en buscar clientes potenciales de Estados Unidos y otros lugares. El nombre Sullivan debió aparecer mientras investigaba, lo que significa que puede que tengamos un problema de verdad.

—¿Que tiene que ver Patrick Sullivan en todo esto?

—Tiene dos hijos —dice Lucas—, o mejor dicho, tenía dos hijos: Brian y Sean. En estos momentos Brian se está marinando es sosa cáustica en el almacén alquilado y Sean es el propietario del coche blanco.

—Entiendo.

Entonces los cabrones que atacaron a Rosa y mi mujer están relacionados. De hecho, más que relacionados. Lo que explica su estúpida arrogancia intentado abusar de dos mujeres a la vez en un club. Como su papá es el pez gordo de la ciudad, deben de estar acostumbrados a ser los tiburones más grandes de la zona.

—Además —continua Lucas—, el chiquillo que tenemos atado en ese almacén es su primo de diecisiete años, el sobrino de Sullivan. Se llama Jimmy. Por lo visto, él y los dos hermanos son íntimos. O más bien, lo eran.

Una repentina sospecha me hace entrecerrar los ojos.

—¿Tienen alguna idea de quiénes somos? ¿Pueden haber escogido a Rosa para vengarse de mí?

—No, no lo creo. —A Lucas se le tensa el rostro—. Los hermanos Sullivan tienen un historial asqueroso con las mujeres. Drogas para violaciones, agresiones sexuales, *gangbangs* con chicas de hermandades femeninas... La lista sigue y sigue. Sí no fuera por su padre, se estarían pudriendo en la cárcel ahora mismo.

—Entiendo. —Hago una mueca—. Bueno, lo habrán deseado cuando hayamos acabado con ellos.

Lucas asiente con tristeza.

—¿Organizo un grupo de ataque?

—No —contesto—. Todavía no.

Me giro y me acerco a la ventana, mirando fijamente el patio oscuro y arbolado. Son las cuatro de la mañana, la única luz visible a través de los árboles viene de la media luna que cuelga en el cielo.

Este es un vecindario tranquilo y pacífico, pero no será así por mucho tiempo. Cuando Sullivan se entere de quién mató a sus hijos y su sobrino, estas limpias y paisajísticas calles se teñirán de rojo.

—Quiero a Nora y sus padres en la finca antes de que hagamos nada —digo, mirando de nuevo a Lucas—. Sean Sullivan tendrá que esperar. De momento, nos encargaremos de su sobrino.

—De acuerdo. —Lucas inclina la cabeza—. Comenzaré los preparativos.

Sale de la habitación y yo me giro para mirar por la ventana de nuevo.

A pesar de la media luna, lo único que veo afuera es oscuridad.

723

A pesar de la media luna, lo único que veo afuera es oscuridad.

Nora

—Nora, cariño...

Una suave caricia que me resulta familiar me despierta de un sueño inquieto. Me obligo a abrir los ojos y, desconcertada, veo a mi madre sentada al borde de la cama, acariciándome el pelo. Me duele tanto la cabeza que tardo un rato en procesar su presencia en la habitación y en darme cuenta de que tiene los ojos rojos e hinchados.

—¿Mamá? —Agarrada a la manta, me incorporo y contengo un gemido por el daño que me causa moverme. Tengo la espalda dolorida y agarrotada, y fuertes calambres en el abdomen—. ¿Qué haces aquí?

—Nos ha llamado Julian está mañana —contesta con voz temblorosa—. Nos ha contado que os atacaron a ti y a Rosa anoche en un club.

—Oh.

Una corriente de ira me despierta del todo. ¿Cómo se atreve Julian a preocupar a mis padres así? Me hubiera gustado inventar algo menos aterrador que contarles, alguna forma más suave de explicarles que he perdido al bebé.

He perdido al bebé.

Siento una angustia tan aguda que no puedo aguantar más y estallo en un llanto roto, acompañado de un mar de lágrimas abrasadoras. Temblorosa, me tapo la boca con las manos, pero es de demasiado tarde.

El dolor brota y se esparce, las lágrimas parecen ácido al contacto con la piel. Noto que los brazos de mi madre me rodean y la oigo llorar, sé que tengo que parar pero no puedo. La pena, saber que yo he hecho esto me supera.

De repente, no es mi madre quien me abraza. En su lugar, estoy envuelta en la sabana apoyada en el regazo de Julian. Sus fuertes brazos me rodean mientras me aprieta contra él, acunándome como a una niña. Oigo la voz de mi padre, baja y punzante, y sé que está consolando a mi madre, intentado calmar su dolor. En algún momento él y Julian han debido entrar en la habitación, pero no sé cuándo ni cómo ha pasado.

Finalmente, Julian me lleva a la ducha. Y allí, lejos de la mirada de mis padres, es cuando por fin recupero el control.

—Lo siento —susurro mientras Julian me seca y me pone un albornoz—. Lo siento mucho. ¿Dónde está Rosa? ¿Cómo está?

—Está bien —responde en voz baja. Por sus ojos, inyectados en sangre, sospecho que no ha dormido mucho esta noche—. Bueno, todo lo bien que cabe esperar. Sigue en su habitación, pero Lucas ha hablado con ella y dice que se está recuperando. Cielo, no tienes que pedir perdón. De verdad.

La culpa se vuelve a apoderar de mí, así que niego con la cabeza.

—Tengo que verla...

—Espera, Nora. —Me agarra del brazo antes de que pueda volver a la habitación—. Antes de que la veas, tenemos que hablar de una cosa con tus padres.

—¿Con mis padres?

Asiente mientras baja la vista mirándome.

—Sí. Por eso les he hecho venir. Tenemos que hablar.

~

—¿La familia de criminales Sullivan? —Mi padre alza la voz con tono incrédulo—. ¿Me estás diciendo que los hombres que atacaron a mi hija son parte de la mafia?

—Sí —contesta Julian con el rosto rígido y sin expresión. Está sentado a mi lado en el sofá con la mano izquierda apoyada en mi rodilla—. Lo descubrí anoche, después de volver del hospital.

—Tenemos que ir a la policía de inmediato. —Mi madre se inclina hacia delante, tiene las manos apretadas con fuerza sobre su regazo—. Esos monstruos tienen que pagar por esto. Si sabes quienes son...

—Y lo pagarán, Gabriela. —La mirada de Julian se vuelve fría como el acero—. No te preocupes por eso.

—¿Es por tu culpa, verdad? —replica mi padre de manera violenta levantándose con un movimiento brusco—. Vinieron a por ti...

—No —interrumpo. Sigo abrumada por todo de lo que me acabo de enterar, pero si estoy segura de una cosa es que, por una vez, los negocios de Julian no tienen la culpa—. Nos agredieron al azar, papá. No tenían ni idea que quiénes éramos Rosa y yo. Solo estaban... — Entonces lo recuerdo—... lo hicieron por diversión.

—¿Diversión? —Mi padre me mira fijamente, su rostro se tensa mientras se vuelve a sentar—. ¿Esos gilipollas pensaron que agredir a dos mujeres sería divertido?

—Bueno, técnicamente, solo querían a Rosa —contesto con tono apagado—. Yo solo me interpuse.

Julian me aprieta la rodilla mientras me mira. Por primera vez en toda la mañana, veo un destello de rabia tras su impasible rostro. No tengo la más mínima duda de que me culpa por esto, por usar mi cumpleaños para manipularlo e ir a ese club, por intentar rescatar a Rosa yo sola. Por perder al bebé. No sabía que quería hasta que fue demasiado tarde.

No sé cuál será mi castigo, pero sea el que sea, lo tengo más que merecido.

—Tenemos que ir a la policía —dice otra vez mamá—. Tenemos que denunciar...

—No. —Esta vez es Julian quien se levanta y comienza a caminar en frente del sofá—. Eso no sería prudente.

—¿Por qué? —pregunta mi padre al momento—. Es lo que la gente civilizada hace en este país. Acudir a las autoridades...

—Sullivan tiene a las autoridades en el bolsillo. —Julian se detiene y echa una mirada fría a mi padre—. Incluso si no las tuviera, deberíamos mandarle también un correo contándole quienes somos.

—A ver. —Me pongo de pie, ignorando el dolor de mis músculos. Por fin, mi ralentizado cerebro ata cabos y me doy cuenta de porqué Julian ha traído a mis padres aquí. Si el hombre al que Julian destripó anoche es de verdad el hijo del líder de la mafia, mi marido no es el único criminal peligroso en busca de venganza—. Mamá, no podemos hacer eso.

Me mira sorprendida.

—Pero, Nora...

—Sería mejor que los dos os quedarais en casa una temporada —dice Julian mientras se coloca a mi lado—. Solo hasta que pongamos en orden toda esta situación.

—¿Qué? —Mi madre nos mira boquiabierta—. ¿Qué quieres decir? ¿Por qué? Ah. —De repente, se queda callada—. ¿Le hiciste algo a uno de esos hombres ayer, verdad? —dice despacio mientas mira a Julian —. No quieres que sepan quiénes somos porque, porque...

—Sí. Porque uno de los hijos de Sullivan está muerto —dice Julian como quien da el parte del tiempo—. Nos estarán buscando y cuando sepan quiénes somos, irán a por ti y Tony.

Mi madre se queda pálida y mi padre se pone en pie.

—¿Estás diciendo que la mafia nos busca? —Su voz está llena de rabia y desconfianza—. ¿Que puede que nos ataquen por... porque tú...?

—Maté a uno de los hijos de Sullivan por intentar herir a Nora, sí. —Nunca antes había odio la voz de Julian tan fría—. Ya nos preocuparemos de quién tiene la culpa luego. De momento, no quiero que Nora llore la muerte de sus padres, así que sugiero que aviséis a vuestros jefes de que os tomáis unas de vacaciones y hagáis las maletas.

—¿Cuándo nos vamos? —pregunta mamá, que sigue pálida, mientras se levanta—. ¿Y cómo de largas serán estas vacaciones?

—Gabi, no estarás pensando en serio... —comienza a decir mi padre, pero mi madre le pone la mano en el brazo.

—Sí. —Ahora, la voz de mi madre suena firme y su mirada está llena de determinación—. A mí esto me gusta tan poco como a ti, pero ya has oído lo de los Sullivan. Son un problema y si Julian dice que estamos en peligro...

—¿Confías en este asesino? —Mi padre le echa una mirada fulminante—. ¿Crees que estaremos a salvo con él?

—¿Más que aquí con la mafia buscando venganza? Sí, eso creo —replica ella—. ¿Tampoco tenemos muchas más opciones, no?

—Podemos acudir a la policía o al FBI...

—No, Tony, no podemos. No sí lo que dice Julian es verdad.

—¿Cómo no va a estar él en contra de ir a la policía?

Mientras discuten, noto que el dolor de cabeza va a más y, al final, ya no puedo soportarlo.

—Mamá, papá, por favor. —Doy un paso al frente e ignoro el martilleo de mi cabeza—. Quedaos una temporada. No tiene que ser para siempre, ¿verdad, Julian? —Miro a mi marido en busca de confirmación.

Julian, calmado, asiente.

—Tal y como he dicho, hasta que arregle esta situación. Esperemos que no sea más que un mes o dos.

—¿Un mes o dos? ¿Cómo vas a arreglar esto en un mes o dos? —pregunta mi madre mientras mi padre sigue ahí quieto, tenso y temblando por la rabia.

—Gabriela, ¿de verdad quieres saberlo? —contesta él suavemente y mi madre se queda todavía más pálida.

—No, gracias —suena un tanto ronca, carraspea y pregunta—: Entonces ¿qué decimos en el trabajo? ¿Cómo explicamos unas vacaciones tan largas con tan poca antelación? Quiero decir, es más bien una excedencia...

—Podéis decir la verdad: que tu vuestra hija ha sufrido un aborto y que os necesita durante unas semanas.

Las duras palabras de Julian hacen que me encoja. Se da cuenta de mi reacción y se estira para cogerme, sus dedos se doblan sobre mi mano mientras le dice a mi madre en un tono más suave:

—O podéis inventaros otra historia. Eso es cosa vuestra.

—Bueno, haremos eso —dice mi madre en voz baja mientras nos mira.

Cuando miro a mi padre, veo que la ira ha desaparecido de su rostro. En su lugar, parece que se esté aguantando las lágrimas. Se da cuenta de que le miro y se acerca a mí.

—Cielo, lo siento —dice con voz baja y llena de pena—. No te lo pude decir antes, pero siento muchísimo tu pérdida.

—Gracias, papá —susurro y me doy la vuelta para no empezar a llorar otra vez.

En ese momento, Julian me rodea con sus brazos.

—Tony, Gabriela. —Le oigo decir con voz suave. Me quedo quieta mientras sus manos masajean mi espalda haciendo círculos e intento contener las lágrimas con la cara hundida en su pecho—. Por ahora, creo que lo mejor es que Nora descanse. ¿Por qué no habláis esto los dos y le damos otra vuelta más tarde? Lo ideal sería que Nora y vosotros volaseis mañana, antes de que los Sullivan descubran quiénes somos.

—Por supuesto —contesta mi madre en voz baja—. Vamos, Tony, tenemos mucho que hacer. —Y antes de que pueda darme la vuelta, oigo sus pasos saliendo de la habitación.

Una vez que se han ido, Julian me suelta y retrocede para poder mirarme.

—Nora, cariño…

—Estoy bien —le interrumpo, no quiero que sienta lastima por mí. La culpa que había conseguido apartar de mi mente la última hora ha vuelto, más fuerte que nunca—. Voy a ir a ver a Rosa.

Julian me estudia durante un minuto y después da un paso atrás; me deja ir.

—Vale, mi gatita —dice con voz suave—. Adelante.

30

Julian

SOY CONSCIENTE DE LA PESADA PRESIÓN QUE SIENTO EN EL PECHO cuando veo a Nora salir de la habitación. Intenta ser fuerte y esconder su dolor, pero estoy seguro de que lo que pasó anoche la está destrozando. La crisis de esta mañana ha sido solo la punta del iceberg y saber que soy culpable de esto —que soy culpable de todo— se suma a la violenta rabia que me revuelve el estómago.

Todo esto es por mi culpa. Si no hubiera estado tan ansioso por contentarla, por hacerla feliz concediéndole todos sus caprichos, nada de esto hubiera sucedido. Tendría que haber hecho caso a mis instintos y haberla dejado en la finca, donde nadie pudiera tocarla. Como mínimo, tenía que haberme negado a ir a ese dichoso club.

Pero no, me he vuelto blando. He permitido que mi obsesión por ella me nuble el juicio y ahora está pagando los platos rotos. Ojalá no la hubiera dejado ir sola a ese baño, ojalá hubiera escogido otro club...

Los remordimientos me reconcomen hasta que siento que me va a explotar la cabeza.

Tengo que encontrar una vía de escape para mi ira y la necesito ya.

Me giro y voy derecho hacía la puerta principal.

—He traído aquí al primo —dice Lucas en cuanto salgo a la entrada—. Supuse que hoy no querrías hacer el viaje hasta Chicago.

—Perfecto. —Lucas me conoce demasiado bien—. ¿Dónde está?

—En la furgoneta de ahí. —Señala una furgoneta negra aparcada estratégicamente tras los árboles más alejados de los vecinos.

Me dirijo hacía ella, con una sombría determinación mientras Lucas me acompaña.

—¿Nos ha dado algo de información ya? —pregunto.

—Nos ha dicho los códigos de acceso al garaje y a los ascensores del edificio de su primo —contesta él—. No fue difícil hacerle hablar. Supuse que sería mejor dejarte el resto del interrogatorio, por si querías hablar con él en persona.

—Bien pensado. Claro que quiero. —Me acerco a la furgoneta, abro las puertas traseras y miro en el oscuro interior.

Hay un chico delgado tumbado dentro, está amordazado. Tiene los tobillos atados a las muñecas por detrás de la espalda, retorcido de una manera muy poco natural, y la cara ensangrentada e hinchada. Me llega un fuerte olor a sudor, miedo y orina. Lucas y mis escoltas han hecho bien su trabajo: le han dado una buena paliza.

Ignoro el hedor, me subo a la furgoneta y me doy la vuelta.

—¿Está insonorizada? —pregunto a Lucas, que sigue fuera.

Asiente.

—En un noventa por ciento.

—Bien. Debería ser suficiente.

Cierro las puertas y me encierro con el chico. Enseguida empieza a retorcerse en el suelo y a hacer ruidos desesperados tras la mordaza.

Saco mi cuchillo y me agacho a su lado. Forcejea con fuerza, los ruidos de pánico se escuchan cada vez más alto. Hago caso omiso de la mirada de terror y lo cojo del cuello para inmovilizarlo. Introduzco el cuchillo entre la mordaza y su mejilla cortando el trozo de tela. Un hilo de sangre brota de su mejilla, por donde el cuchillo le ha cortado.

Lo veo y disfruto del espectáculo. Quiero más. Quiero ver la furgoneta llena de sangre.

Como si me leyera el pensamiento, el adolescente empieza a gimotear.

—Tío, por favor, no lo hagas —suplica lloriqueando—. ¡No hice nada! Lo juro, no hice nada...

—Cállate. —Lo miro fijamente, dejando que crezca la expectación —. ¿Sabes por qué estamos aquí?

Niega con la cabeza.

—¡No! Lo juro —balbucea—. No sé nada. Estaba en la discoteca, había una chica y no sé qué pasó. Me he despertado en un almacén y yo no he hecho nada...

—¿No le pusiste la mano encima a la chica del vestido amarillo? — Inclino la cabeza a un lado mientras juego con el cuchillo entre los dedos. Ya sé cómo se sienten los gatos cuando juegan con los ratones; estas cosas resultan divertidas.

El chico abre mucho los ojos.

—¿Qué? ¡No, joder, no! ¡Te juro que no tengo nada que ver con eso! Le dije a Sean que era mala idea...

—¿Entonces sabías lo que iban a hacer?

Al instante se da cuenta de lo que acaba de admitir, el chico empieza a balbucear otra vez. Tiene la cara magullada y llena de mocos y lágrimas.

—¡No! ¡Nunca me cuentan nada hasta que lo hacen, así que no lo sabía! Te lo juro, no lo supe hasta que estuvimos allí. Me dijeron que vigilase la puerta, les dije que no era justo y me repitieron que lo hiciera. Entonces la chica vino y le dije que se fuera...

—Cállate. —Aprieto el filo cortante del cuchillo contra su boca. Se calla de golpe y se le inundan los ojos de miedo—. Mira —digo suavemente—. Escúchame con atención. Me vas a contar dónde duerme, come, caga, folla y lo que sea que haga tu primo Sean. Quiero una lista con cada lugar al que pueda ir. ¿Entendido?

Asiente mínimamente y aparto el cuchillo. Al momento, el chico empieza a vomitar nombres de restaurantes, discotecas, clubs de lucha clandestina, hoteles y bares. Grabo todo con mi móvil y, cuando ha acabado, le sonrío.

—Buen trabajo.

Sus labios partidos tiemblan con un débil intento de contestar una sonrisa.

—¿Ahora vas a dejar que me vaya, no? Porque te juro que no tuve nada que ver con eso.

—¿Dejarte ir? —Miro el chuchillo, como si me pensase lo que ha dicho. Entonces lo miro y vuelvo a sonreír—. ¿Por qué? ¿Por traicionar a tu primo?

—Pero... ¡Te lo he contado todo! —Sus ojos se vuelen a poner blancos—. ¡No sé nada más!

—Lo sé. —Aprieto el cuchillo contra su estómago—. Y eso significa que ya no me eres útil.

—¡Lo soy! —empieza a gritar—. ¡Puedes pedir un rescate por mí! Soy Jimmy Sullivan, el sobrino de Patrick Sullivan, pagará por recuperarme. Te lo juro, lo hará...

—Sí, estoy seguro. —Dejo que la punta del cuchillo se clave, disfrutando al ver la sangre brotar al rededor del cuchillo. Al retirar la vista me encuentro con la mirada petrificada del chico—. Es una lástima que su dinero sea lo último que necesito.

Y mientras suelta un grito de pánico, lo abro por la mitad y veo cómo la sangre se derrama formando un precioso y oscuro río de sangre.

TRAS LIMPIARME LAS MANOS EN UNA TOALLA QUE ALGUIEN MUY considerado ha dejado en la furgoneta, abro la puerta y salgo de un salto. Lucas me está esperando, así que le digo que se ocupe del cadáver y vuelvo a casa.

Es extraño, pero no me siento mejor. El asesinato debería haber liberado algo de tensión, aliviado la necesidad ardiente de violencia; pero en su lugar, parece que solo ha añadido un vacío en mi interior que crece y se vuelve más oscuro a cada momento.

Quiero a Nora. La necesito más que nunca. Pero cuando entro a casa lo primero que hago es meterme a la ducha. Estoy cubierto de sangre y no quiero que me vea así.

Como el violento asesino que sus padres me acusan de ser.

Cuando acabo, compruebo la aplicación de rastreo de Nora. Para mi descontento, sigue en la habitación de Rosa. Me planteo ir a por ella, pero decido dejarla un rato más y ponerme al día con el trabajo mientras tanto.

Al encender el portátil veo que la bandeja de entrada está llena de los típicos correos. Rusos, ucranianos, el Estado Islámico, cambios de contrato con los proveedores, un fallo de seguridad en una de las fábricas de Indonesia… los miro por encima hasta que me encuentro un correo de Frank, mi contacto de la CIA.

Lo abro y al leerlo me quedo helado.

 ora

—HOLA.

Empujo la puerta de la habitación de Rosa y me acerco a su cama con una bandeja con infusiones y bocadillos.

La encuentro tumbada de lado, de espaldas a la puerta, envuelta en una gruesa manta. Dejo la bandeja sobre la mesita de noche, me siento en el lateral de la cama y le acaricio ligeramente el hombro.

—¿Rosa? ¿Te encuentras bien?

Se da la vuelta para mirarme y casi retrocedo al ver el moretón de su cara.

—¿Tan mal está? —dice al ver mi reacción.

Su voz suena algo áspera, pero se muestra increíblemente calmada. Tiene la cara hinchada, pero los ojos secos.

—Bueno, yo no diría que está bien —digo con tacto—, ¿cómo te encuentras?

—Posiblemente mejor que tú —dice tranquilamente—. Siento

mucho lo del bebé, Nora. No me puedo ni imaginar por lo que estaréis pasando Julian y tú.

Asiento, intentando ignorar la punzada de dolor que se me clava en el pecho.

—Gracias. —Me obligo a sonreír—. ¿Tienes hambre? Te he traído algo de comer.

Ella se incorpora con una mueca de dolor y mira desconfiada a la bandeja.

—¿Lo has preparado tú?

—Por supuesto. Ya sabías que era capaz de hervir agua y meter queso en pan, ¿no? Solía hacerlo constantemente antes de que Julian me secuestrara y me obligara a vivir entre todo este lujo.

Rosa esboza una sonrisa.

—Ah, sí. Aquellos tiempos oscuros cuando tenías que valerte por ti misma.

—Eso es. —Alcanzo la taza humeante y se la ofrezco a Rosa—. Aquí tienes. Manzanilla con miel. Según Ana, cura todos los males.

Rosa da un sorbo a la taza y me mira arqueando una ceja.

—Impresionante. Es casi tan bueno como el que hace Ana.

—Espera. —Frunzo el ceño exageradamente—. ¿Casi? Y yo aquí pensando que ya tenía controlado todo este asunto de preparar infusiones.

Esta vez su sonrisa es más evidente.

—Estás muy cerca, te lo aseguro. A ver, déjame probar uno de esos bocadillos. Lo cierto es que tienen una pinta buenísima.

Le acerco el plato y la observo comerse uno.

—¿No me acompañas? —dice cuando va por la mitad.

Niego con la cabeza.

—No, ya he comido algo antes en la cocina —le explico.

—Yo tampoco debería tener hambre —dice Rosa después de dar el último mordisco a su bocadillo—. Lucas me ha traído una tortilla esta mañana temprano.

—Ah, ¿sí? —Pestañeo ante la sorpresa—. No sabía que supiera cocinar.

—Ya, yo tampoco. —Toma los últimos bocados y me devuelve el plato—. Estaba muy bueno, Nora. Muchas gracias.

—De nada. —Me levanto ignorando el doloroso entumecimiento en la espalda—. ¿Puedo hacer algo más por ti? ¿Te traigo un libro para leer?

—No, estoy bien así. —Vuelve a hacer una mueca de dolor y aparta la manta dejando al descubierto la camiseta larga y mueve los pies suspendidos sobre el suelo—, voy a levantarme. No puedo estar en la cama todo el día.

Le frunzo el ceño.

—Por supuesto que puedes. Deberías descansar todo el día, tómatelo con calma.

—¿Descansar como lo estás haciendo tú? —Me lanza una mirada burlona y va hacia el armario cruzando la habitación—. Estoy harta de remolonear en la cama. Quiero hablar con Lucas y averiguar qué ha sido de los cabrones que nos atacaron.

La miro.

—Rosa...

Dudo, no sé si continuar.

—Quieres saber lo que pasó anoche con esos tipos, ¿verdad? —Se sube los vaqueros cuando de repente para y me mira con ojos brillantes—. Quieres saber lo que me hicieron antes de que llegarais.

—Solo si tú quieres contármelo —digo rápidamente—. Si te sientes incómoda...

Levanta la mano y me deja con la frase a medias. Entonces respira hondo y procede.

—Me siguieron hasta el lavabo. —Se intuye solo una pizca de fragilidad en su voz—. Cuando salí, allí estaban dos de ellos. El mayor, Sean, dijo que querían enseñarme una sala VIP que había en la parte de atrás. Ya sabes, como las que salen en las pelis.

Asiento; se me hace un nudo en la garganta.

—Así que, ilusa de mí, los creí.

Se vuelve hacia el armario. La observo en silencio mientras se quita la camiseta y se pone un sujetador, seguido de una camiseta de manga larga de color negro. Arañazos y moretones le surcan piel, algunos con forma de dedos. Me esfuerzo por ocultar mi reacción cuando se da la vuelta para mirarme.

—Como antes les había contado que esta era la primera vez que visitaba el país, pensé que solo querían que me lo pasara bien.

—Ay, Rosa…

Doy un paso hacia ella con el pecho dolorido, pero ella levanta la mano.

—No —traga saliva—, déjame terminar.

Me detengo a poco más de medio metro de ella y al poco tiempo prosigue.

—En cuanto pasamos los servicios, fuera de la vista de la gente que estaba en la cola, el más joven, Brian, me agarró y me empujó dentro de un cuarto. También había un chico joven, adolescente, que lo estuvo viendo todo hasta que Sean lo mando fuera al pasillo para vigilar que nadie entrara. Creo que iban a… —Se detiene un segundo hasta que logra recomponerse—… iban a dejarle participar cuando hubieran acabado.

Mientras habla, vuelvo a sentir toda la rabia que sentí en el club. La había enterrado bajo toda la presión del dolor y por la agonía de mi propia pérdida, pero ahora de nuevo soy consciente de ella. Fuerte y ardiente, la ira me llena hasta que casi me hace temblar. Aprieto los puños con fuerza.

—Creo que ya conoces el resto de la historia —continúa Rosa con la voz más quebradiza a cada segundo—, llegasteis justo cuando intentaba deshacerme de Sean. Si no hubiera sido por ti… —Se viene abajo y esta vez no soy capaz de contenerme.

Acorto la distancia entre nosotras y la abrazo; ella empieza a temblar. Debajo de toda mi ira, me siento impotente, completamente incapaz de hacer lo que tengo que hacer. Lo que le pasó a Rosa es la peor pesadilla de toda mujer y no tengo ni idea de cómo consolarla. Desde fuera, lo que Julian me hizo en la isla puede parecer lo mismo, pero incluso desde el primer momento traumático, él me dio cierta apariencia de ternura. Sí, me sentí violada, pero también me sentí amada, por muy contradictorio que pueda sonar.

En ningún momento me sentí como Rosa debe de estar sintiéndose ahora.

—Lo siento —susurro acariciándole el pelo—. Lo siento mucho. Esos cabrones pagarán por lo que te han hecho. Haré que lo paguen.

Se sorbe los mocos y se separa de mí. Le brillan los ojos, colmados de lágrimas.

—Sí. —Su voz suena ahogada a medida que se aparta—. Yo también quiero que lo paguen, Nora. Lo deseo más que nada en el mundo.

—Yo también —susurro mirándola.

Quiero que esos agresores mueran. Los quiero eliminados de la forma más brutal posible. Está mal pensar así, es enfermizo, pero no me importa. No dejo de ver las imágenes del hombre que Julian mató anoche, lo que trae una sensación peculiar de satisfacción. Y quiero que Sean pague de la misma manera. Quiero que Julian se desate contra él, quiero ver cómo mi marido emplea esa magia salvaje.

Un golpe en la puerta nos sobresalta a ambas.

—Adelante —exclama Rosa usando su manga para secarse las lágrimas.

Para mi sorpresa, entra Julian. Lleva un semblante tenso y extrañamente preocupado. Se ha cambiado de ropa y tiene el pelo mojado, como si acabara de darse una ducha.

—¿Qué ocurre? —pregunto de inmediato con el corazón desbocado—. ¿Ha pasado algo?

—No —dice Julian cruzando la habitación—. Aún no. Pero tendremos que adelantar la hora de salida. —Se para frente a mí—. Acabo de enterarme de que están circulando retratos robot de nosotros tres en la oficina local del FBI. El hermano que sobrevivió debe de tener muy buena memoria para recordar caras. Los Sullivan nos están buscando y si de verdad tienen tan buenos contactos como creemos, no disponemos de mucho tiempo.

El miedo se me clava en el pecho como un alambre de espino.

—¿Crees que ya saben quiénes son mis padres?

—No lo sé, pero yo no lo descartaría. Llámalos y diles que

empaqueten todo lo que puedan. Los recogeremos dentro de una hora y os llevaré a todos al aeropuerto.

—Espera un momento. ¿*Nos* llevarás? ¿Y qué pasa contigo?

—Yo tengo que ocuparme de la amenaza de los Sullivan. Lucas y yo nos quedaremos atrás con la mayoría de los hombres.

—¿Qué? —De repente me cuesta respirar—. ¿Qué quieres decir con que os quedaréis atrás?

—Tengo que limpiar todo este desastre —dice él, inquieto—. ¿Vamos a perder tiempo hablando de este asunto o vas a llamar a tus padres?

Me trago mis objeciones.

—Los llamo ahora mismo —digo, tajante, y cojo el móvil.

Julian tiene razón, ahora no es el momento de discutir sobre el tema. Pero si cree que voy a ceder a esto sumisamente, está completamente equivocado.

Pienso hacer todo lo que esté en mi mano para no perderlo de nuevo.

PASAMOS EL VIAJE DE CAMINO A CASA DE LOS PADRES DE NORA SUMIDOS en un intenso silencio. Yo estoy ocupado organizando la distribución de la seguridad con mi equipo, mientras Nora no deja de enviar mensajes a sus padres, que parecen estar bombardeándola a preguntas acerca del repentino cambio de planes. Rosa nos observa en silencio; la inflamación azulada del rostro le esconde la expresión.

Cuando llegamos, Nora se apresura a entrar en la casa y yo la sigo. No quiero dejarla sola ni siquiera media hora. Rosa no quiere estar en medio, así que se queda en el coche con Lucas. Cuando entro me doy cuenta de lo acertada que ha estado Rosa quedándose en el coche.

Dentro, la casa de los Leston parece una casa de locos. Gabriela va de un lado para otro, tratando de meter todo lo que puede en la maleta enorme, mientras que su marido se desgañita explicando por teléfono que tiene que dejar el país en ese momento y que no le ha sido posible avisar con más antelación.

—Me van a despedir —murmura afligido cuando cuelga.

Resisto la necesidad de decir que ningún trabajo merece jugarse la vida.

—Si te despiden, me encargaré de conseguirte otro puesto, Tony —digo mientras me siento en la mesa de la cocina.

El padre de Nora me dedica una mirada asesina a modo de respuesta, pero no le hago ni caso y me limito a concentrarme en las docenas de correos que se han amontonado las últimas horas en mi bandeja de entrada.

Cuarenta minutos más tarde, Nora consigue que sus padres dejen de meter cosas en las maletas.

—Mamá, tenemos que irnos —le insiste cuando a su madre se le olvida coger otra cosa—. Te prometo que tenemos insecticida en la casa. Y podemos pedir todo lo que necesites y nos lo traerán allí. No vivimos en la jungla en plan literal, ¿sabes?

Eso parece calmar a Gabriela. La ayudo a cerrar la enorme maleta y me la llevo hasta el coche. La maldita debe de pesar por lo menos ciento diez kilos y suelto un gruñido por el esfuerzo de subirla al maletero de la limosina.

Mientras tanto, el padre de Nora sale con otra maleta más pequeña.

—Yo la cojo —digo mientras trato de alcanzarla, pero él la aparta.

—Ya me encargo yo —dice en tono cortante.

Me retiro para dejar que lo haga. Si quiere continuar cabreado, es asunto suyo.

Una vez metido todo en el maletero, los padres de Nora se suben al coche y Rosa se cambia para sentarse delante, al lado de Lucas.

—Así tendréis más espacio —explica ella, como si en la parte trasera de la limusina no cupieran diez personas sin problema.

—¿De verdad hace falta que estén aquí todos estos coches? —pregunta la madre mientras me siento al lado de Nora—. Es decir, ¿realmente es tan peligroso?

—Probablemente no, pero no quiero arriesgarme —respondo mientras salimos del acceso para coches.

Además de los veintitrés escoltas divididos entre siete

todoterrenos, los cuales se encuentran ahora al ralentí en esta silenciosa manzana, también dispongo de unas cuantas armas escondidas bajo los asientos. Es un tanto excesivo para un viaje tranquilo a Chicago, pero ahora que hay problemas, me preocupa que no sea suficiente. Tendría que haber traído más hombres, más armas, pero no quería que Frank y los demás pensaran que estaba aquí para hacer negocios.

—Es de locos —murmura Tony mirando a través de la ventana tintada el desfile de coches siguiéndonos—. No me quiero ni imaginar lo que nuestros vecinos deben de estar pensando.

—Seguro que se pensarán que eres VIP, papá —dice Nora con una alegría forzada—. ¿Acaso nunca te has preguntado cómo se debe sentir el Presidente? Siempre viajando con el Servicio Secreto...

—No, lo cierto es que no.

El padre de Nora se vuelve para mirarnos y su expresión se endulza al mirar a su hija.

—¿Cómo te encuentras, cariño? —pregunta—. Deberías de estar descasando en lugar de vivir esta locura.

—Estoy bien. —Se pone algo tensa—. Pero si no te importa, preferiría no hablar de ello.

—Por supuesto, cariño —dice su madre parpadeando deprisa para contener las lágrimas, supongo—. Lo que necesites.

Nora trata de dedicarle una sonrisa a su madre pero falla estrepitosamente en el intento. Me dirijo hacia ella incapaz de contenerme y le cubro los hombros con el brazo atrayéndola hacia mí.

—Tranquila, cielo —murmuro contra su pelo mientras se acurruca a mi lado—. No tardaremos en llegar y podrás dormir en el avión, ¿vale?

Nora suelta un suspiro y se acerca a mi hombro.

—Suena bien— musita.

Parece cansada, así que le acaricio el pelo disfrutando de su suave tacto. Podría pasarme la vida así, notando el calor de su pequeño cuerpo y disfrutando de su delicado aroma. Parte del dolor acumulado en el pecho disminuye por primera vez desde el aborto, la pena se diluye un poco. La rabia aún me corroe por dentro, pero por ahora ese terrible vacío ha dejado de expandirse.

No sé cuánto tiempo llevamos así, pero cuando miro al otro lado de la limusina veo que los padres de Nora nos miran de una forma extraña. Sobre todo Gabriela, que parece fascinada. Me limito a fruncir el ceño y recoloco a Nora para que esté más cómoda. No me gusta que estén presenciando esto. No quiero que sepan cuánto dependo de mi gatita, cuánto la necesito.

Mi mirada hace que aparten la vista y continúo acariciando el pelo de Nora hasta que salimos de la carretera interestatal y entramos en una de doble carril.

—¿Falta mucho para llegar? —pregunta el padre de Nora al cabo de unos minutos—. Vamos a un aeropuerto privado, ¿no?

—Así es —afirmo—. Creo que no estamos muy lejos. Apenas hay tráfico, así que llegaremos allí en unos veinte minutos. Uno de mis hombres ha ido antes para ir preparando el avión por lo que podremos despegar nada más llegar.

—¿Y podemos irnos así? ¿Sin pasar por la aduana? —pregunta la madre de Nora.

Todavía parece extraordinariamente interesada en la forma en que estoy abrazando a Nora.

—¿Nadie nos impedirá volver a entrar al país o algo así?

—No —digo—. Tengo un arreglo especial con...

El coche acelera repentinamente antes de que pueda terminar de explicar. La aceleración es tan aguda y repentina que apenas logro mantenerme erguido y agarrarme a Nora, que se queda boquiabierta y se agarra a mi cintura. Sus padres no tienen tanta suerte. Caen de lado, casi volando por el largo asiento de la limusina.

El panel que nos separa del conductor rueda hacia abajo y aparece el rostro sombrío de Lucas en el espejo retrovisor.

—Tenemos compañía —dice lacónicamente—. Los tenemos encima y vienen pisando fuerte.

33

Nora

SSE ME PARA EL CORAZÓN UN INSTANTE Y LA ADRENALINA ME EXPLOTA EN las venas.

Antes de que pueda reaccionar, Julian ya ha entrado en acción. Me desata el cinturón de seguridad, me agarra del brazo y me tira al suelo de la limusina.

—Quédate ahí —grita.

Me quedo mirándolo atónita mientras levanta el asiento, que deja al descubierto un enorme alijo de armas.

—¿Pero qué...? —balbucea mi madre justo cuando la limusina pega un volantazo que me lanza contra el lateral del asiento de cuero acolchado.

Mis padres se ponen a gritar aferrándose el uno al otro y Julian se sujeta del borde del asiento levantado para evitar caerse.

Entonces lo oigo.

Es el *ta-ta-ta-ta-ta* de una metralleta.

Alguien nos está disparando.

745

—¡Gabriela! —Mi padre está blanco como el papel—. ¡Agárrate a mí!

La limusina pega otro volantazo y mi madre vuelve a gritar, asustada. Por alguna razón, Julian se mantiene firme y se encuentra inclinado sobre el alijo al tiempo que la limusina acelera cada vez más. Desde el suelo, lo único que alcanzo ver son las copas de los árboles que pasan a toda velocidad. Debemos de estar volando sobre el asfalto.

Vuelven a dispararnos. Los árboles pasan cada vez más rápido y los tonos verdes se difuminan ante mis ojos. El corazón me late tan fuerte que casi ahoga el sonido chirriante de los neumáticos de allá fuera.

—¡Ay, Dios!

Ante los gritos de mi madre, me agarro a un asiento y logro ponerme de rodillas para mirar por la ventana trasera.

El panorama que me encuentro parece sacado de una película de *A todo gas.*

Detrás de los siete todoterrenos de nuestros escoltas, hay toda una horda de coches. Alrededor de una docena son todoterrenos y furgonetas, pero también hay tres Hummers con metralletas enormes montadas sobre sus techos. Hay hombres con rifles de asalto asomándose por las ventanillas, abriendo fuego contra nuestros escoltas, que hacen lo mismo. Mientras los observo atónica, veo que uno de los coches de nuestros perseguidores ha logrado acercarse a uno de nuestros todoterrenos y lo ha embestido por el lateral en un aparente intento de sacarlo de la carretera. Ambos coches se salen del carril y saltan chispas allí donde ambos lados colisionan. Oigo más disparos y a continuación el coche de los perseguidores vuelca y empieza a dar vueltas de campana.

Uno menos, faltan quince.

Veo el cálculo clarísimo en mi mente. *Quince coches contra ocho, contando nuestra limusina.* Las probabilidades no están a nuestro favor. Mi corazón late desbocado mientras continúa esta batalla a alta velocidad en medio de una lluvia de disparos.

¡Buuum! Un sonido ensordecedor me hace vibrar y me sacude entera.

Anonadada, veo que uno de los todoterrenos de los escoltas vuela y explota en el aire. Le deben de haber alcanzado en el depósito de gasolina, me digo aturdida, y luego oigo a Julian gritar mi nombre.

Me pitan los oídos. Me vuelvo y veo que me lanza un objeto mullido.

—¡Ponte esto! —grita justo antes de lanzar otros dos objetos iguales a mis padres.

Incrédula, me doy cuenta de que son chalecos antibalas.

Pesa bastante, pero me las apaño para ponérmelo aunque la limusina derrape cada dos por tres. Oigo a mis padres ayudándose el uno al otro, me giro y veo que Julian ya lleva puesto su propio chaleco.

También lleva una AK-47, que me lanza y se vuelve para sacar una gran arma de aspecto inusual. Lo miro perpleja, pero luego reconozco lo que es: un lanzagranadas de mano. Julian ya me lo había enseñado antes en la finca.

Salgo de mi estado de conmoción y me incorporo en el asiento, cogiendo el rifle de asalto entre mis torpes manos. Debo poner de mi parte, por muy aterrador que pueda llegar a ser. Sin embargo, antes de que pueda bajar la ventanilla y comenzar a disparar, Julian me empuja de nuevo hacia el suelo.

—¡Abajo! —vocifera—. ¡Y no te muevas, joder!

Asiento, tratando de controlar mi respiración. La adrenalina hace que todo se acelere y se ralentice al mismo tiempo, se adueña de mi percepción, que se difumina y se perfila al mismo tiempo. Oigo a mi madre sollozar, y a Rosa y Lucas gritando algo en el asiento delantero. Entonces veo que a Julian le cambia la cara cuando se vuelve hacia la ventana delantera.

—¡Joder!

La palabra brota de su garganta y me aterroriza por su intensidad.

Incapaz de permanecer quieta, me pongo de rodillas otra vez... y, de repente, se me corta la respiración.

En la carretera que se extiende ante nosotros, a solo unos cientos de metros de distancia, la policía tiene bloqueados todos los carriles... y nosotros vamos hacia allí a una velocidad de vértigo.

34

LA PARTE FRÍA Y RACIONAL DE MI MENTE ADVIERTE AL INSTANTE DOS cosas: no tenemos escapatoria y los cuatro coches de policía que nos bloquean el paso están rodeados por hombres que llevan el uniforme de los GEO.

Nos estaban esperando, lo que significa que están en nómina de Sullivan y han venido a matarnos a todos.

Este pensamiento me enfurece y me aterra a la vez. No temo por mí, pero saber que Nora podría morir hoy, que nunca más la podría abrazar...

No, joder, no. Bruscamente, aparto ese pensamiento que me paraliza y analizo la situación. Llegaremos a la barrera de la policía dentro de menos de veinte segundos. Sé lo que Lucas pretende hacer: embestir entre los dos coches que están más separados entre sí. El hueco entre los coches es poco más de medio metro, pero vamos a doscientos kilómetros por hora y el coche está blindado, lo que significa que el impulso está de nuestra parte.

Solo tenemos que sobrevivir al impacto.

—¡Agarraos! —grito a los padres de Nora mientras sujeto el lanzagranadas con la mano derecha y me echo al suelo para cubrir a Nora con mi cuerpo.

Unos segundos después, nuestra limusina choca contra los coches patrulla con una fuerza brutal. Oigo a los padres de Nora gritar y noto la inercia del impacto que me arrastra hacia delante. Tenso cada músculo de mi cuerpo intentando dejar de deslizarme.

Funciona, pero va de un pelo. Mi hombro choca contra el asiento pero al menos mantengo a Nora a salvo debajo de mí. Sé que la estoy aplastando con mi peso, pero es la mejor opción. Escucho el sonido metálico de las balas golpeando el lateral y las ventanas del coche. Nos están disparando.

Si estuviéramos en un coche normal ya nos habrían acribillado a balazos.

En cuanto noto que la limusina acelera, me levanto y veo por el rabillo del ojo que los padres de Nora han sobrevivido al choque. Tony se toca el brazo con una mueca de dolor mientras que Gabriela parece solo aturdida.

No tengo tiempo de mirar más detenidamente. Si tenemos la suerte de sobrevivir a esto, debemos ocuparnos de los hombres de Sullivan y tenemos que hacerlo ahora.

Sigo teniendo el lanzagranadas en la mano, así que pulso un botón en el lateral de la puerta para abrir el techo corredizo. Me pongo de pie en medio del pasillo y saco la cabeza y los hombros del coche. Levanto el arma apuntando a los vehículos que nos persiguen, entre los que hay un coche de policía que encabeza a quince vehículos que pertenecen a Sullivan.

No, son *trece* vehículos, me corrijo después de contar deprisa. Mis hombres han conseguido cargarse a dos en los últimos minutos.

Ya es hora de igualar las cosas

Las balas vuelan a toda velocidad cerca de mi cabeza, pero no les hago caso; intento apuntar con cuidado. Solo me quedan seis disparos en el lanzagranadas, así que no puedo desperdiciarlos.

¡Buuum! El primer disparo sale con gran fuerza. El retroceso me golpea el hombro, pero la granada llega a su objetivo: el coche de policía que tenemos justo detrás. El coche sale volando, explota en el aire y cae de lado envuelto en llamas. Uno de los Hummer colisiona contra él y veo satisfecho cómo los dos coches estallan y sacan de la carretera a una de las furgonetas de Sullivan.

Solo quedan once vehículos enemigos.

Apunto otra vez. Ahora mi objetivo es más ambicioso: un Hummer que está más atrás. El todoterreno lleva un lanzagranadas de monotiro en el techo; es el que ha eliminado uno de nuestros coches antes. Estoy seguro de que usarán el arma contra nosotros en cuanto la recarguen.

¡Buuum! Otro fuerte retroceso; por desgracia, fallo el tiro. En el último segundo, el Hummer gira bruscamente y embiste violentamente uno de nuestros coches. La impotencia me consume al ver cómo el coche da vueltas de campana hasta que sale de la carretera.

Ahora solo nos quedan cinco todoterrenos y nuestra limusina.

Dejando de lado todas las emociones, intento disparar a una furgoneta cercana. *¡Buuum!* Ahora sí, le doy de lleno. El vehículo gira y explota haciendo que dos coches de Sullivan choquen por detrás a gran velocidad.

Quedan ocho vehículos enemigos.

Apunto con el arma otra vez haciendo todo lo que puedo para contrarrestar el zigzag de la limusina. Sé que Lucas está conduciendo así para que seamos un objetivo más difícil, pero a la vez, hace que ellos sean un objetivo más difícil para mí. *¡Buuum!,* disparo y otro coche explota llevándose al todoterreno que iba detrás.

Seis coches enemigos y me quedan dos granadas por disparar.

Respiro hondo y apunto otra vez... y en ese momento los dos Hummer prenden fuego. Dos de nuestros todoterrenos vuelan por el aire y salen de la carretera dando vueltas de campana.

Nos quedan tres coches.

Contengo la rabia, sujeto el arma con fuerza y apunto al Hummer que nos está alcanzando Uno, dos... *¡buuum!* La granada da en el objetivo. El enorme coche se sale de la carretera y empieza a salirle humo del capó.

Un Hummer y cuatro todoterrenos enemigos.

Y solo me queda una granada.

Cojo aire, apunto, pero, antes de apretar el gatillo, uno de los coches enemigos gira bruscamente chocándose con otro. Uno de los nuestros debe de haber disparado al conductor, lo que acaba de mejorar nuestra suerte. Las fuerzas de Sullivan se han reducido a un Hummer y dos todoterrenos.

Aliviado, lo intento otra vez... Y de repente lo oigo: el inconfundible ruido de las hélices de un helicóptero en la distancia.

Levanto la vista y veo un helicóptero de la policía que se acerca por el oeste.

Mierda.

O son más policías corruptos o este altercado ha llegado a oídos de las autoridades estadounidenses.

Sea como sea, ninguna de las dos es buena señal.

EN CUANTO OIGO ESE SONIDO DESCONOCIDO, SE ME DISPARAN LOS niveles de adrenalina. No sabía que alguien podía sentirse así, anestesiado e intensamente vivo al mismo tiempo. Tengo el corazón a mil y se me eriza la piel del miedo. Sin embargo, el pánico que me paralizaba antes ha desaparecido; se ha ido en algún momento entre la segunda y la tercera explosión.

Al parecer una se puede acostumbrar a todo, incluso a los coches que explotan por los aires.

Agarrando el arma que me dio Julian, me sujeto con la mano que me queda libre al asiento, incapaz de apartar la vista de la batalla que se libra fuera del coche. La carretera que dejamos atrás parece sacada de una zona de guerra, con coches destrozados y en llamas que se amontonan en un estrecho tramo de la autopista.

Como si estuviéramos en un videojuego, solo que las víctimas son reales.

¡Buuum! Solo con pulsar un botón del mando, el coche sale

volando. *¡Buuum!* otro más. *¡Buuum! ¡Buuum!* Me encuentro a mí misma dirigiendo mentalmente cada granada, como si pudiera guiar los disparos de Julian con mis pensamientos.

Un juego. Un juego de disparos muy realista con unos efectos de sonido increíbles. Lo pienso así para poder sobrellevarlo mejor. Puedo fingir que no hay docenas de cadáveres ardiendo detrás de nosotros, tanto de su bando, como del nuestro. Puedo decirme a mí misma que el hombre al que amo no está en medio de la limusina sujetando un lanzagranadas exponiendo su cabeza y su torso a la lluvia de balas de ahí fuera.

Sí, un juego que ahora también incluye un helicóptero. Lo oigo y, si trepo por el asiento y me acerco a la ventana, lo veo también.

Es un helicóptero de la policía que viene directamente hacia nosotros.

Debería ser un alivio que las autoridades estén intentando mediar en el asunto, pero el ataque que acabamos de sufrir no parecía un intento para restablecer el orden. Vi que el coche patrulla que nos perseguía iba junto al grupo de Sullivan. No pretendían arrestar a todos los criminales implicados en esta letal persecución.

Querían acabar con nosotros.

De nuevo, el terror se apodera de mí y se lleva toda mi falsa calma. Esto no es un juego. Hay hombres muriendo ahí fuera y, de no ser por la limusina blindada y por lo hábil que es Lucas conduciendo, ya estaríamos muertos también. Si fuera solo yo, no importaría mucho. Pero todas las personas a las que quiero están en este coche. Si les pasase algo...

No, no, para. Noto que empiezo a hiperventilar y me obligo a apartar ese pensamiento. No puedo entrar en pánico ahora. Miro hacia delante y veo a mis padres en el asiento agarrándose fuertemente el uno al otro y sujetándose al cinturón de seguridad. Están tan pálidos que su piel parece de color verde. Creo que están en *shock* porque mi madre ya no grita.

Lucas da un volantazo hacia la derecha y casi me tira del asiento.

—¡Voy al hangar! —grita desde delante y reparo en que acabamos de abandonar la autopista y ahora circulamos por una carretera estrecha. El pequeño aeropuerto se divisa a lo lejos; nos atrae con la promesa de la salvación. El ruido del helicóptero nos avisa de que lo tenemos justo encima de nosotros, pero si podemos llegar al avión y despegar...

¡Buuum! De repente solo veo negrura y el sonido se desvanece un segundo. Jadeando, me agarro al borde del asiento intentando sujetarme a algo desesperadamente mientras que la limusina da un bandazo y acelera aún más. Cuando recupero los sentidos, me doy cuenta de que un todoterreno de los nuestros que llevábamos detrás ha sido disparado y ahora en su techo hay un enorme agujero que echa humo. Lo observo horrorizada mientras choca con otro de nuestros coches con una fuerza devastadora. Las ruedas chirrían y los dos coches se convierten en una maraña de metal que rueda hasta salirse de la carretera.

Aterrada, caigo en la cuenta de que el helicóptero nos ha disparado y se ha cargado dos de nuestros coches; ahora solo nos protege uno.

Me giro y vuelvo a lanzar una mirada fugaz a la ventana delantera. El hangar, donde está nuestro avión, está cerca, muy cerca. Menos de cien metros y estaremos ahí. Seguro que podremos sobrevivir...

¡Buuum! Me pitan los oídos. Me doy la vuelta y veo que el Hummer de detrás empieza a arder. Julian debe de haber haberle disparado, reparo con alivio. Solo les quedan el helicóptero y dos todoterrenos y nosotros aún tenemos hombres en el último coche. Un par de tiros más y estaremos a salvo.

—¡Nora! —Unos brazos fuertes me rodean y me arrastran hacia el suelo. Julian, furioso, se agacha junto a mí—. Te he dicho que no te levantes, joder.

En una milésima de segundo advierto dos cosas: está herido y tiene las manos vacías. El lanzagranadas debe haberse quedado sin munición.

¡Buuum! Una explosión sacude la limusina y ambos saltamos por los aires. Noto ligeramente que Julian me abraza, protegiéndome con su cuerpo, pero aun así siento el impacto brutal cuando chocamos contra la pared. Me quedo sin aire y el interior del coche da vueltas. Se me nubla la vista cuando algo afilado me atraviesa la

piel. Noto un martilleo en la cabeza, como si el cerebro quisiera salirse.

—Nora. —La voz de Julian llega a mis oídos a pesar del zumbido. Mareada, intento enfocar la vista. En cuanto lo consigo, me percato de que estamos en el suelo otra vez y que está tumbado sobre mí. Tiene la cara cubierta de sangre que le gotea y cae encima de mí también. Dice algo que no consigo entender.

Lo único que veo es su sangre roja que se derrama vilmente.

—Estás herido —digo con una voz ronca que se parece muy poco a la mía—. Julian, estás herido.

Me agarra la barbilla con fuerza para hacerme callar.

—¡Escúchame! —me grita—. Dentro de exactamente un minuto, quiero que corras, ¿me entiendes? Corre directa al puto avión y no pares, pase lo que pase.

Le miro sin entender nada. *Glop, glop, glop.* Las gotas de sangre siguen cayendo y me mojan la cara. Tienen un sabor metálico y caliente. Sus ojos son azul intenso, en medio de tanto rojo, azul. Increíblemente bonitos...

—¡Nora! —ruge, sacudiéndome—. ¿Me escuchas?

La sacudida hace que disminuya el zumbido de mi cabeza y al fin le encuentro sentido a sus palabras.

Que corra. Quiere que corra.

—¿Y... tú? —quiero decir, pero me corta.

—Quiero que cojas a tus padres y os echéis a correr sin parar. —Su voz es cortante y su mirada me quema—. Te llevarás una pistola, pero no quiero que te hagas la valiente, ¿me entiendes, Nora?

Consigo asentir ligeramente.

—Sí.

A pesar del martilleo que me noto en la cabeza, me doy cuenta de que el coche sigue en marcha, que sigue avanzando a pesar de que nos acaban de dar. Todavía oigo el helicóptero encima de nosotros, pero de momento seguimos vivos.

—Sí, te entiendo.

—Bien.

Me aguanta la mirada unos segundos y entonces, como si no se pudiera resistir, inclina la cabeza y me besa apasionadamente. Noto la sal y el metal de su sangre y ese sabor tan único suyo y quiero que me siga besando para hacerme olvidar la pesadilla que estamos viviendo. De repente, sus labios bajan hacia mi cuello y noto la calidez de su aliento mientras me susurra al oído:

—Por favor, coge a tus padres e iros todos al avión, cariño. Thomas ya está allí y puede pilotar el avión si es necesario. Lucas cuidará de Rosa. Esta es nuestra única oportunidad de salir de esta con vida. Así que cuando te diga que corras, tú corres. Yo iré detrás de ti, ¿vale?

Y antes de que pueda decir nada, se levanta, tira de mí para ponerme de rodillas y me da la AK-47 que se me ha caído antes. Al levantarme tan deprisa, la cabeza me da vueltas, pero me sobrepongo al mareo y sujeto el arma con todas mis fuerzas. Me siento extraña, como si mi cuerpo no quisiera cooperar, pero puedo centrarme lo suficiente para ver que la ventana trasera ha desaparecido y que sale humo de la parte de detrás del coche. Para mi alivio, mis padres siguen atados a los asientos; sangrando y aturdidos, pero vivos.

La ventana trasera debe de haberse roto porque hay cristales por todo el coche. Eso explicaría la sangre de mis padres y de Julian.

La limusina empieza a reducir la velocidad y Julian me coge la cara para asegurarse de que le presto atención.

—Dentro de diez segundos —dice cortante— abriré esta puerta y saldré. En ese momento escapáis por la otra. ¿Entendido, Nora? Sales y corres como loca.

Asiento y cuando me suelta me giro hacia mis padres.

—Quitaos los cinturones —les digo con voz ronca—, vamos a correr hacia el avión en cuanto se detenga el coche.

Mi madre no reacciona, está aturdida, pero mi padre intenta desabrocharse con torpeza. Por el rabillo del ojo veo que nos aproximamos al hangar y corro a ayudarles, decidida a estar preparada antes de que el coche se detenga por completo.

Logro desabrochar el cinturón de mi madre, pero el de mi padre está atascado y los dos tiramos de él desesperadamente, mano a mano, mientras la limusina acelera al entrar por una gran puerta a un edificio con pinta de almacén.

—¡Date prisa! —grita Julian en cuanto la limusina da un frenazo hasta pararse. Casi salgo volando otra vez pero consigo agarrarme al cinturón—. ¡Ahora, Nora! —chilla abriendo su puerta—. ¡Salid ya!

La hebilla del cinturón por fin se desatasca y agarro la mano de mi padre, mientras él agarra la de mi madre. Empujamos la otra puerta y salimos del coche; caemos al suelo de bruces. Con el corazón a mil, giro la cabeza buscando nuestro avión y, de repente, lo veo.

Está cerca de la salida en el lado contrario del hangar; nos separan una decena de aviones.

—¡Por aquí! —Me incorporo y tiro de mi padre—. Vamos, vamos. ¡Tenemos que irnos!

Empezamos a correr. Detrás de nosotros oigo otro chirrido de frenos seguido de un tiroteo. Giro la cabeza, veo a Julian y a Lucas disparando a un todoterreno que justo acaba de entrar en el edificio después de nosotros. Rosa está corriendo también justo detrás. Se me va a salir el corazón por la boca. Freno un poco. Todo por dentro me dice que me gire, que ayude a Lucas y a Julian, pero entonces me acuerdo de sus palabras.

Nuestra única oportunidad de sobrevivir es que entremos todos en el avión. Pero a mis padres les cuesta moverse, a pesar de mi ayuda.

Reprimo la idea de volver a la limusina.

—¡Date prisa! —le grito a Rosa, que casi nos ha alcanzado.

Los cuatro empezamos a correr otra vez. Mi padre tira de mi madre; está pálido y tiene la mirada perdida, pero está avanzando y eso es lo único que me importa. Si sobrevivimos, me ocuparé de las secuelas psicológicas de mis padres y asumiré las consecuencias de todo esto.

Pero ahora solo debemos preocuparnos por sobrevivir.

Sin embargo, no puedo parar de mirar rápidamente hacia lo que está pasando detrás. El miedo por perder a Julian me forma un nudo enorme en la garganta. No puedo imaginarme perderlo otra vez. No creo que pueda sobrevivir a ello.

La primera vez que miro, veo a Julian y a Lucas refugiándose detrás de la limusina, intercambiando disparos con unos hombres escondidos tras el todoterreno. Hay dos muertos en el suelo y un inmenso agujero en el limpiaparabrisas del todoterreno.

Aun en mi estado de pánico, siento un atisbo de orgullo. Mi marido y su mano derecha saben lo que hacen cuando se trata de matar.

Cuando miro por segunda vez, la situación es incluso mejor. Cuatro enemigos muertos y Lucas rodeando la limusina para intentar acabar con el último tirador mientras Julian le cubre las espaldas.

La tercera vez, el último tirador ha sido ya abatido y los disparos cesan. El hangar se queda en un silencio extraño después de tanto estruendo. Lucas y Julian están de pie, aparentemente ilesos, y empiezo a llorar de alegría.

Lo hemos conseguido. Hemos sobrevivido.

Ya estamos cerca del avión y veo a Thomas, el conductor que me llevó a la peluquería, al lado de la puerta.

—Por favor, súbelos —le digo con voz temblorosa y asiente mientras dirige a mis padres y a Rosa por las escaleras.

—Ahora voy —le digo a mi padre cuando me mira para que me una a ellos—, necesito un momento.

Le suelto la mano y me giro hacia la limusina.

—Julian —le saludo levantando la AK-47 por encima de mi cabeza —. Por aquí, ¡vamos!

Me mira y esboza una gran sonrisa que le ilumina la cara.

Medio riendo, medio llorando, empiezo a correr hacia él, haciendo caso omiso a todo, solo soy consciente de mi alegría. De repente, el muro de al lado de la limusina explota y Lucas y él saltan por los aires.

Julian

DOLOR. OSCURIDAD.

Por un segundo, vuelvo a estar en aquella habitación sin ventanas en la que Majid me cortó la cara. Me dan arcadas solo de pensarlo y me sube la bilis por la garganta. Entonces, mi mente se despeja y percibo un leve zumbido en los oídos.

Eso no pasó en Tayikistán.

Tampoco sentía este calor allí.

Demasiado calor. Tanto calor que me quema.

¡Mierda! El subidón de adrenalina me saca del aturdimiento. Ruedo varias veces sobre mí mismo para apagar las llamas que consumían mi chaleco. Me entran nauseas, me martillea la cabeza del dolor, pero, cuando paro, el fuego se ha apagado.

Jadeando con fuerza, sigo tumbado intentando recobrar el sentido. ¿Qué cojones acaba de pasar?

El zumbido que noto en la cabeza cesa un instante y cuando abro los ojos solo veo escombros que arden a mi alrededor.

Una explosión. Tiene que haber sido una explosión.

En cuanto me doy cuenta, la oigo: una ráfaga de disparos seguidos de más tiros.

Se me para el corazón. *¡Nora!*

El pánico me sacude y reemplaza todo lo demás. Ya no siento dolor; me levanto tambaleándome y las rodillas ceden un segundo antes de que puedan soportar mi peso.

Miro a los lados buscando de dónde salen los disparos y entonces la veo.

Una pequeña figura que corre velozmente a cobijarse detrás de un enorme avión, después de otra ráfaga de disparos. Detrás de ella, hay un grupo de cuatro hombres armados vestidos con el uniforme de los GEO.

En una centésima de segundo, asimilo el resto de la escena. La pared del hangar más cercana a la limusina está destruida, está hecha pedazos, y por la apertura veo el helicóptero en tierra con las hélices mudas.

Mis hombres en el último todoterreno deben de haber perdido la batalla y nos han dejado a merced de los hombres de Sullivan que quedaban.

Antes de dar forma a todo ese razonamiento, ya estoy en marcha. La limusina está ardiendo a mi lado, pero el fuego está detrás, no delante, así que aún tengo un par de segundos. Me acerco al todoterreno rápidamente y de un tirón abro la puerta y me subo. Las armas aún están en la reserva, así que cojo dos ametralladoras y salgo del coche sabiendo que puede explotar de un momento a otro. Al salir, reparo en que Lucas está intentando levantarse a unos diez metros de donde me encuentro. Está vivo y me invade una lejana sensación de alivio.

Pero no tengo tiempo para pensar mucho más en eso. A menos de cien metros, Nora está corriendo entre los aviones, intercambiando disparos con sus perseguidores. Mi pequeña gatita contra cuatro hombres armados. Ese pensamiento me enfurece y a la vez me aterra.

Agarrando las dos ametralladoras, una en cada mano, comienzo a correr. En un momento tengo una perfecta visión de los hombres de Sullivan. Disparo.

¡Ra-ta-tá! La cabeza de un hombre explota *¡Ra-ta-tá!* Otro hombre cae.

Al darse cuenta de lo que está pasando, los dos hombres que quedan comienzan a dispararme. Ignorando las balas que vuelan a mi alrededor, continúo corriendo y disparando, haciéndolo lo mejor que puedo, moviéndome en zigzag entre los aviones. Incluso con el chaleco que me protege el pecho, no soy inmune a un tiroteo.

¡Ra-ta-tá! Algo me atraviesa el hombro izquierdo y deja un dolor abrasador a su paso. Maldigo y agarro las armas aún más fuerte y devuelvo los disparos; uno de los hombres se esconde detrás de un camión de servicio. El segundo continúa disparándome y, mientras sigo corriendo, Nora sale de detrás de uno de los aviones y le dispara; sus enormes ojos negros contrastan con la palidez de su rostro.

¡Pop! La cabeza del tirador explota en el aire por el tiro. Nora se gira y empieza a disparar al tirador que está detrás del camión.

Aprovechando la distracción, cambio de rumbo y me muevo sigilosamente alrededor del camión donde se resguarda el último hombre. Cuando aparezco detrás de él, lo veo apuntando a Nora y, con un rugido de rabia, aprieto el gatillo y lo acribillo a balazos.

Se desploma al lado del camión, hecho un montón de carne ensangrentada.

No hay más tiros y el silencio que sigue es ensordecedor.

Jadeando, bajo las armas y salgo de detrás del camión.

Nora

AL VER A JULIAN SALIR DE DETRÁS DEL CAMIÓN, ENSANGRENTADO PERO vivo, dejo caer la AK-47. Mis dedos ya no pueden sostener la pesada arma. La emoción que me embarga supera la felicidad y el alivio.

Es euforia. Una increíble y salvaje euforia por haber matado a nuestros enemigos y haber sobrevivido.

Cuando la pared explotó y los hombres armados entraron corriendo en el hangar, pensé que habían matado a Julian. Cegada por la furia, abrí fuego contra ellos y, cuando empezaron a dispararme, corrí sin pensar, actuando por puro instinto.

Sabía que no duraría más que un par de minutos y no me importaba. Solo quería vivir lo suficiente para matar a tantos como fuese capaz.

Pero ahora Julian está aquí, frente a mí, tan vivo y enérgico como siempre.

No sé si corro hacia él o es él el quien corre hacia mí, pero de alguna forma acabo en sus brazos. Me estrecha tanto que apenas puedo respirar, y me cubre de cálidos y apasionados besos el rostro y el cuello. Con las manos me recorre el cuerpo en busca de heridas; todo el horror del pasado desaparece y da paso a una alegría incontenible.

Hemos sobrevivido, estamos juntos y nada podrá separarnos nunca más.

~

—Estos dos estaban junto al helicóptero —dice Lucas cuando salimos del hangar para buscarlo.

Al igual que Julian, está ensangrentado y a duras penas se mantiene en pie, lo que no hace que sea menos mortífero, como demuestra el estado de los dos hombres tendidos en la hierba. Ambos gimen y gritan, uno agarrándose el brazo que sangra y el otro intentando contener la abundante hemorragia de la pierna.

—¿Es quien creo que es? —pregunta Julian con voz ronca, señalando con la cabeza al mayor. Lucas sonríe con crueldad.

—Sí. El mismísimo Patrick Sullivan, junto con Sean, el preferido de sus hijos y también el único que le queda.

Miro al hombre más joven y reconozco sus retorcidos rasgos. Es el que atacó a Rosa, el que huyó.

—Me imagino que habrán venido en el helicóptero para observar la situación y aterrizar en el momento adecuado —continúa Lucas, haciendo una mueca mientras se sujeta las costillas—. Pero el momento adecuado no ha llegado. Han debido enterarse de quién eras y llamado a todos los maderos que les debían favores.

—¿Los hombres que hemos matado eran polis? —pregunto, empezando a temblar a medida que empieza a desvanecerse el subidón de adrenalina—. ¿También los de los todoterrenos?

—A juzgar por su equipamiento, muchos de ellos lo eran —responde Julian, rodeándome la cintura con el brazo derecho. Agradezco el apoyo, ya que me noto las piernas como hechas puré —. Es probable que algunos fuesen corruptos, pero otros simplemente seguían a ciegas las órdenes de sus superiores. Seguro que les han dicho que éramos criminales peligrosos. Quizás incluso terroristas.

—Vaya.

El pensamiento me da dolor de cabeza y, de pronto, soy consciente de todas mis magulladuras. El dolor me azota como un tsunami, seguido por un agotamiento tan intenso que me inclino sobre Julian mientras se me nubla la vista.

—Mierda.

Al murmurar ese taco, mi mundo se inclina y se vuelve horizontal. Julian me levanta y me sujeta contra su pecho.

—Voy a llevarla al avión —lo oigo decir, y uso toda la fuerza que me queda para negar con la cabeza.

—No, estoy bien. Bájame, por favor —le pido empujándolo por los hombros.

Para mi sorpresa, Julian obedece y me pone en pie con cuidado. Todavía tiene la mano en mi espalda, pero deja que me sostenga por mí misma.

—¿Qué pasa, cielo? —pregunta mirándome.

Señalo a los dos hombres que sangran.

—¿Qué vas a hacer con ellos? ¿Los vas a matar?

—Así es —responde Julian. Sus ojos tienen un brillo helado—. Lo haré.

Inspiro profundamente y luego espiro. La chica que Julian trajo a la isla se habría opuesto, le habría dado algún motivo para perdonarles la vida, pero ya no soy esa chica. El sufrimiento de esos hombres no me afecta. He empatizado más con un escarabajo boca arriba de lo que empatizo con esta gente, y me alegro de que Julian vaya a ocuparse de la amenaza que suponen.

—Creo que Rosa debería estar presente cuando lo hagas —dice Lucas—. Querrá ver cómo se imparte justicia.

Julian me mira, y yo asiento. Puede que sea un error, pero, en este momento, parece justo que presencie el final del hombre que le hizo daño.

—Tráela —ordena Julian. Lucas se dirige al hangar y nos deja a solas con los Sullivan.

Vigilamos a nuestros prisioneros en un silencio absoluto; a ninguno de los dos nos apetece hablar. El mayor ya está inconsciente debido a la abundante pérdida de sangre, pero el que atacó a Rosa todavía tiene suficiente voz para suplicar clemencia. Sollozando y retorciéndose en el suelo nos ofrece dinero, favores políticos, acceso a todos los cárteles de los Estados Unidos... Todo lo que queramos si lo dejamos marchar. Jura que no volverá a tocar a ninguna mujer, dice que ha sido un error, que no sabía, que no se había dado cuenta de quién era Rosa... Al no obtener ningún tipo de reacción por nuestra parte, sus intentos de negociación se vuelven amenazas, y yo desconecto, segura de que nada de lo que diga nos hará cambiar de opinión. La ira que me invade es fría como el hielo y no deja lugar a la compasión.

Por lo que le ha hecho a Rosa y por el bebé que perdimos, Sean Sullivan no merece más que la muerte.

Un momento después, Lucas vuelve del hangar trayendo consigo a una Rosa temblorosa. Sin embargo, nada más ver a los dos hombres, su cara recobra el color y su mirada se endurece. Acercándose a su atacante, lo observa durante un par de segundos antes de levantar la vista hacia a nosotros.

—¿Puedo? —pregunta extendiendo la mano y Lucas sonríe fríamente, entregándole su rifle. Con las manos firmes, apunta hacia su agresor.

—Hazlo —dice Julian, y yo veo morir a un hombre más mientras su cara salta por los aires.

Antes de que el eco del disparo de Rosa deje de oírse, Julian se acerca al inconsciente Patrick Sullivan y le dispara varias veces en el pecho.

—Hemos acabado —dice, alejándose del cadáver, y los cuatro volvemos al avión.

De camino a casa, Thomas pilota el avión mientras Lucas descansa en la cabina principal con Julian, con Rosa y conmigo. Al ver que todos estamos vivos, mi madre estalla en llantos, así que Julian la acompaña a ella y a mi padre al dormitorio del avión, diciéndoles que se den una ducha y se relajen. Quiero ir a ver cómo están, pero la combinación de agotamiento y bajón postadrenalina me alcanza finalmente.

En cuanto estamos en el aire, me duermo en el asiento mientras Julian me coge la mano con fuerza.

No recuerdo el aterrizaje ni el camino hasta casa. Cuando vuelvo a abrir los ojos, ya estamos en casa, en nuestro dormitorio, y el doctor Goldberg me está limpiando y vendando los rasguños. Recuerdo vagamente a Julian limpiándome la sangre en el avión, pero del resto del viaje apenas recuerdo nada.

—¿Dónde están mis padres? —pregunto mientras el doctor me quita un trocito de cristal del brazo con unas pinzas—. ¿Cómo se encuentran? ¿Y Rosa y Lucas?

—Están todos durmiendo —responde Julian, observando el procedimiento. Su cara está gris del agotamiento y su voz suena más cansada que nunca—. No te preocupes, están bien.

—Los he atendido nada más llegar —dice el doctor Goldberg, mientras me venda la herida del brazo, que ahora sangra—. Tu padre se ha hecho mucho daño en el codo, pero no se ha roto nada. Tu madre estaba en *shock*, pero no tiene más que algunos arañazos del cristal roto y un ligero traumatismo cervical. La señorita Martínez también está bien. Lucas Kent tiene un par de costillas rotas y algunas quemaduras, pero se recuperará.

—¿Y Julian? —pregunto, mirando a mi marido. Ya está limpio y vendado. El doctor debe haberlo atendido mientras yo dormía.

—Una leve conmoción, al igual que tú, así como quemaduras de primer grado en la espalda, unos puntos en el brazo donde le rozó una bala y algunas magulladuras. Y, por supuesto, estas pequeñas heridas por los cristales voladores. —Mientras me quita otro trozo de cristal del brazo, hace una pausa y, mirándonos a ambos como buscando las palabras adecuadas, añade finalmente—: Me he enterado de lo del aborto. Lo siento mucho.

Asiento, luchando por contener las lágrimas que se me agolpan en los ojos. La mirada compasiva del doctor Goldberg duele más que cualquier esquirla de cristal, y me recuerda lo que hemos perdido. La profunda tristeza que había enterrado durante nuestra batalla por la supervivencia ha vuelto, más aguda y fuerte que nunca.

Puede que hayamos sobrevivido, pero no hemos salido ilesos.

—Gracias —dice Julian, con voz ronca, levantándose y caminando hasta la ventana. Sus movimientos son rígidos y erráticos, y su postura irradia tensión. Consciente de su error, el doctor termina de atenderme en silencio y se despide con un «buenas noches» entre dientes, dejándonos a solas con nuestro dolor.

Tan pronto se ha ido el doctor Goldberg, Julian vuelve a la cama. Nunca lo había visto tan hecho polvo. Prácticamente se tambalea al andar.

—¿Has dormido algo en el avión? —le pregunto, mientras lo veo quitarse la camiseta y el pantalón de chándal que debe de haberse puesto cuando llegamos a casa. Siento una punzada en el pecho al verle las heridas. «Algunas magulladuras» se queda muy corto. Tiene moratones por todo el cuerpo, y gran parte de su musculosa espalda y torso está cubierta de gasa blanca.

—No, quería estar pendiente de ti —responde cansado, metiéndose en la cama, a mi lado. Acostado boca abajo, me envuelve con un brazo y me acerca a él—. Pensé que podrías tener una conmoción por el golpe que te diste en el coche —murmura, con la cara a pocos centímetros de la mía.

—Entiendo. —No puedo apartar la mirada de sus ojos, azul intenso—. Pero tú también tienes una conmoción, por la explosión.

Asiente.

—Sí, ya me he dado cuenta. Razón de más para permanecer despierto antes.

Lo miro mientras mi caja torácica se estrecha alrededor de mis pulmones. Siento que me ahogo en sus ojos, inmersa cada vez más profundamente en esos hipnóticos estanques azules. Sin previo aviso, imágenes de la explosión se cuelan en mi mente y traen consigo todo el horror de lo que ha pasado. Julian saliendo despedido tras la explosión, la violación de Rosa, el aborto, los aterrados rostros de mis padres mientras nos alejábamos a toda velocidad por la autopista en medio de una lluvia de balas... Todas esas horribles escenas se mezclan en mi mente y me inundan con un dolor y una culpa asfixiantes.

En apenas dos días, perdí a mi bebé y casi pierdo a todas las personas que me importan. Todo porque yo nos arrastré a todos a aquel club.

Las lágrimas que brotan de mis ojos parecen sangre exprimida directamente de mi alma. Cada una de ellas me escuece a través de los conductos lagrimales, y de mi garganta salen sonidos feos y roncos. Mi nuevo mundo no es simplemente oscuro; es negro, sin atisbo de esperanza.

Cierro los ojos con fuerza e intento encogerme en un ovillo lo más pequeño posible, para evitar que el dolor estalle hacia afuera, pero Julian no me deja. Me envuelve en sus brazos mientras me desmorono y su ancho cuerpo me da calor mientras me acaricia la espalda y susurra entre mi pelo que hemos sobrevivido, que todo se arreglará y que pronto volveremos a la normalidad... Su voz grave me envuelve e invade mis oídos hasta que no puedo evitar escuchar y sus palabras me reconfortan a pesar de que sé que no son ciertas.

No sé cuánto tiempo me paso llorando así, pero finalmente el dolor más intenso se calma y me percato del tacto de Julian, de su enorme fuerza. Su abrazo, que una vez fue mi prisión, es ahora mi salvación, lo que evita que me hunda en la desesperación.

A medida que mis lágrimas cesan, me doy cuenta de que lo estoy abrazando tan fuerte como él a mí, y de que mi contacto también le proporciona consuelo. Nos consolamos mutuamente y, de alguna forma, eso alivia mi sufrimiento, disipando un poco la oscura niebla que pesa sobre mí.

Me ha abrazado mientras lloraba otras veces, pero nunca de esta manera. Directa o indirectamente, él siempre había sido la causa de mis lágrimas. Nunca antes habíamos estado unidos en el dolor, nunca habíamos sufrido conjuntamente. Lo más cerca que estuvimos de sufrir una pérdida compartida fue la espantosa muerte de Beth, y ni siquiera entonces tuvimos la oportunidad de llorarla juntos. Tras la explosión del almacén, lloré a Julian y a Beth yo sola, pero para cuando él volvió a por mí, yo sentía más ira que duelo.

Esta vez es distinto. Mi pérdida es la suya. Más suya que mía, de hecho, ya que él deseaba este bebé desde el principio. La diminuta vida que crecía dentro de mí, que él protegía con tanto empeño, se ha ido, y no puedo ni imaginarme cómo debe de sentirse Julian.

Cuánto debe de odiarme por lo que he hecho.

El pensamiento me hace pedazos de nuevo, pero esta vez consigo contener el dolor. No sé qué pasará mañana, pero de momento me está consolando y yo soy lo bastante egoísta para aceptarlo y confiar en que su fuerza me ayude a pasar por esto.

Dejando escapar un suspiro agitado, me acurruco más cerca de mi marido, escuchando su latido fuerte y acompasado.

Aunque ahora Julian me odie, lo necesito.

Lo necesito demasiado como para dejarlo marchar.

38

*J*ulian

A MEDIDA QUE LA RESPIRACIÓN DE NORA SE VUELVE MÁS LENTA Y regular, su cuerpo se relaja contra el mío. De vez en cuando aún la sacude un escalofrío, pero también estos cesan cuando se duerme más profundamente.

Yo también debería dormir. No he pegado ojo desde la noche antes del cumpleaños de Nora, lo que significa que llevo despierto más de cuarenta y ocho horas.

Cuarenta y ocho horas que han sido de las peores de mi vida.

Hemos sobrevivido. Todo se arreglará. Pronto volveremos a la normalidad. Mis frases de consuelo para Nora resuenan en mis oídos. Quiero creerme mis propias palabras, pero la pérdida es demasiado reciente y el dolor demasiado intenso.

Un niño. Un bebé que era mitad yo y mitad Nora. Probablemente todavía no era más que una bolita de células con potencial, pero, aun con diez semanas, esa diminuta criatura me había hecho rebosar de emoción, me tenía completamente a su merced.

Habría hecho cualquier cosa por él y ni siquiera había nacido.

Murió antes de tener la oportunidad de vivir.

Una furia amarga se me agolpa en la garganta, esta vez solamente hacia mí mismo. Hay tantas cosas que podría —y debería— haber hecho para evitarlo... Sé que obsesionarse con ello no vale de nada, pero mi exhausto cerebro se resiste a dejarlo pasar. Conjeturas inútiles me rondan la cabeza sin parar. Me siento como un hámster en una rueda, corriendo sin llegar a ninguna parte. ¿Qué habría pasado si hubiese dejado a Nora en la finca? ¿Y si hubiese llegado antes al baño? ¿Y si...? Mi mente va a mil por hora y el vacío se cierne sobre mí una vez más. Sé que, si no tuviese a Nora conmigo, caería en la locura. Me absorbería la nada.

Estrechando su cuerpo menudo y cálido, miro fijamente la oscuridad, deseando con desesperación algo inalcanzable: una absolución que ni merezco ni encontraré.

Nora suspira mientras duerme y frota su mejilla contra mi pecho, con sus suaves labios presionados contra mi piel. Cualquier otra noche, ese gesto me habría excitado, despertando esa lujuria que me atormenta siempre en su presencia. Esta noche, sin embargo, ese tierno contacto no hace más que aumentar la presión que se me forma en el pecho.

Mi niño ha muerto.

La cruda rotundidad de esta realidad me golpea, derribando los escudos que me tenían adormecido desde la infancia. No puedo hacer nada al respecto. Nadie puede. Podría exterminar a todo Chicago y aun así no cambiaría nada.

Mi niño ha muerto.

El dolor me desborda como un río desborda una presa. Trato de luchar contra él, de contenerlo, pero eso solo lo empeora. Los recuerdos me llegan como un tsunami. Los rostros de todas las personas que he perdido flotan en mi mente. El bebé, María, Beth, mi madre, mi padre tal y como era en esos escasos momentos en los que lo quería… El arrebato de dolor me abruma y solo queda espacio para esta nueva pérdida de la que ahora soy consciente.

Mi niño ha muerto.

La angustia me quema. Es insoportable, pero al mismo tiempo cauteriza.

Mi niño ha muerto.

Temblando, me abrazo todavía más a Nora, al tiempo que paro de luchar y dejo entrar al dolor.

III

LAS CONSECUENCIAS

3 9

ora

DOS SEMANAS DESPUÉS DE LLEGAR A CASA, JULIAN CONSIDERA QUE YA ES seguro que mis padres vuelvan a Oak Lawn.

—Les pondré más vigilancia durante unos meses —explica mientras nos dirigimos a la zona de entrenamiento—. Tendrán que aceptar algunas limitaciones en lo que se refiere a centros comerciales y lugares con mucha gente, pero podrán volver al trabajo y continuar con la mayoría de sus actividades cotidianas.

Asiento, no demasiado sorprendida. Julian me ha ido informando de sus logros en este campo y sé que los Sullivan ya no son una amenaza. Con las mismas tácticas implacables que utilizó con Al-Quadar, mi marido ha logrado lo que las autoridades no han conseguido en décadas: ha librado a Chicago de su familia de criminales más importante.

—¿Y qué pasa con Frank? —pregunto mientras pasamos junto a dos guardias que luchan en la hierba—. Creía que la CIA no quería que ninguno de nosotros volviese al país.

—Cedieron ayer. Me costó convencerlos, pero ahora nadie debería impedir que tus padres vuelvan.

—Ah.

Puedo imaginar cuáles fueron las técnicas de persuasión de Julian, a juzgar por la destrucción que dejamos a nuestro paso. Ni siquiera el equipo de encubrimiento enviado por la CIA había logrado que se mantuviese en secreto la historia de nuestra batalla a toda velocidad. Puede que la zona que rodea el aeropuerto privado no esté demasiado poblada, pero las explosiones y los disparos no habían pasado desapercibidos. Durante las dos últimas semanas, en las noticias solo se ha hablado de la operación clandestina en Chicago para «detener al mortífero traficante de armas».

Mientras Julian especulaba en el coche, los Sullivan se habían cobrado algunos importantes favores para organizar el ataque. El jefe de policía, antiguamente un topo de los Sullivan y ahora un amasijo sangriento flotando en sosa cáustica, tomó la información que los Sullivan habían recabado sobre nosotros, y utilizó el pretexto del «traficante de armas que intentaba introducir explosivos de contrabando en la ciudad» para reunir apresuradamente a los GEO. Justificaron que se les unieran los hombres de los Sullivan como «refuerzos de otra zona» y les ocultaron toda la acelerada operación a los demás organismos de seguridad, razón por la que nos habían cogido desprevenidos.

—No te preocupes —dice Julian, malinterpretando mi expresión tensa—. Aparte de Frank y algunos oficiales de alto rango, nadie sabe que tus padres estuvieron involucrados en lo sucedido. Lo de la seguridad extra es solamente por precaución.

—Ya lo sé —respondo—. No los dejarías regresar si no fuera seguro.

—No —dice Julian con voz suave, deteniéndose en la entrada del gimnasio de lucha—. No lo haría.

Su frente está perlada de sudor debido al calor húmedo, y su camiseta sin mangas se pega a sus músculos bien definidos. Todavía tiene un par de cicatrices a medio curar por la cara y el cuello, de las esquirlas de cristal, pero nada le restan a su potente atractivo.

A menos de un metro de mí, mirándome con sus penetrantes ojos azules, mi marido es la imagen de la masculinidad, vibrante y saludable.

Trago saliva y aparto la mirada. Se me eriza la piel, acalorada, al recordar cómo me desperté esta mañana. Puede que no hayamos tenido relaciones desde el aborto, pero eso no significa que Julian se haya abstenido del sexo conmigo. *De rodillas, con su polla en la boca, atada y con su lengua en el clítoris...* Las imágenes mentales me hacen arder, incluso con la omnipresente culpa oprimiéndome.

¿Por qué Julian está siendo tan bueno conmigo? Desde que hemos vuelto, he estado esperando a que me castigue, a que exprese de alguna manera la ira que debe de sentir, pero, hasta ahora, no ha hecho nada. Más bien al contrario: ha estado sorprendentemente tierno conmigo, más atento incluso que durante el embarazo, en algunos aspectos. Este cambio en su comportamiento es sutil: más besos y caricias a lo largo del día, masajes corporales cada noche, pedirle a Ana que me prepare mis comidas favoritas... No es nada que no haya hecho antes, simplemente ha aumentado la frecuencia de estos pequeños gestos desde que volvimos de Estados Unidos.

Desde que perdimos a nuestro hijo.

Me escuecen los ojos al llenarse de lágrimas repentinamente, y agacho la cabeza para ocultarlas mientras paso por al lado de Julian para entrar al gimnasio. No quiero que me vea llorar otra vez, ya ha tenido suficiente en las últimas semanas. Quizás por eso se resista a castigarme; cree que no soy lo suficientemente fuerte para soportarlo, teme que vuelva a ser el desastre afectado por un ataque de pánico que era después de lo de Tayikistán.

Pero no volveré a eso, ahora lo sé. Esta vez es diferente.

Yo soy distinta.

Camino hacia las colchonetas, me inclino y empiezo a estirar, aprovechando este tiempo para reponerme. Cuando me vuelvo hacia Julian, mi cara no refleja el dolor que me asalta en momentos aleatorios.

—Estoy lista —digo colocándome en la colchoneta—. Vamos allá.

Durante la siguiente hora, mientras Julian me entrena para

derribar a un hombre de noventa kilos en siete segundos, consigo mantener a raya todos los pensamientos de pérdida y culpa.

TRAS LA SESIÓN DE ENTRENAMIENTO, VUELVO A CASA A DUCHARME Y bajo a la piscina a darles la noticia a mis padres. Tengo los músculos agotados, pero rezumo endorfinas por el ejercicio tan intenso.

—Entonces, ¿podemos volver? —Mi padre se sienta en su sillón mientras su rostro se debate entre la desconfianza y el alivio—. ¿Y qué pasa con todos esos policías? ¿Y los contactos de los mafiosos?

—Seguro que está todo bien, Tony —dice mi madre antes de que me dé tiempo a responder—. Julian no dejaría que volviésemos si no estuviese todo resuelto.

Vestida con un traje de baño amarillo, está bronceada y parece descansada, como si hubiese pasado las dos últimas semanas en un resort, lo que, en cierto modo, no está tan lejos de la realidad. Julian se ha desvivido para asegurarse de que mis padres estuviesen cómodos, para que sintiesen que realmente estaban de vacaciones. Libros, películas, deliciosos manjares e incluso bebidas de frutas en la piscina: todas estas cosas se les había proporcionado, obligando a mi padre a admitir que mi vida en el complejo de un traficante de armas no era tan horrible como se había imaginado.

—Exacto, no lo haría —confirmo, sentándome en un sillón junto al de mi madre—. Julian dice que podéis iros cuando queráis. El avión puede estar listo mañana mismo, aunque, evidentemente, nos encantaría que os quedaseis más tiempo.

Como era de esperar, mi madre niega con la cabeza.

—Gracias, cariño, pero creo que deberíamos volver a casa. Tu padre está preocupado por el trabajo, y mis jefes me preguntan cada día cuándo voy a volver...

Su voz se va apagando y me sonríe a modo de disculpa.

—Por supuesto —le sonrío a mi vez, haciendo caso omiso de la ligera presión que me oprime el pecho.

Sé qué hay tras esa voluntad de marcharse, y no son ni sus trabajos ni sus amigos. A pesar de todas las comodidades de las que disfrutan aquí, se sienten encerrados, confinados por las torres de vigilancia y los drones que sobrevuelan la selva. Lo veo en la forma en la que miran a los guardias armados, en el miedo que se refleja en sus caras cada vez que pasamos junto al área de entrenamiento y oyen disparos. Para ellos, vivir aquí es como estar en una cárcel de lujo atestada de criminales peligrosos.

Y uno de esos criminales es su propia hija.

—Deberíamos ir a hacer las maletas —dice mi padre, levantándose —. Creo que lo mejor será que nos vayamos mañana a primera hora.

—De acuerdo.

Intento no dejar que sus palabras me hagan daño. Es una tontería sentirse rechazada porque mis padres quieran volver a casa. Este no es su sitio, lo sé tan bien como ellos. Puede que las heridas físicas de la persecución en coche se hayan curado, pero las heridas emocionales son otro asunto.

Harán falta más que unas pocas horas de terapia con la doctora Wessex para que mis padres se recuperen tras haber visto coches explotar y gente morir.

—¿Queréis que os ayude a hacer las maletas? —pregunto, mientras mi padre cubre los hombros de mi madre con una toalla—. Julian está hablando con su contable y yo no tengo nada que hacer antes de cenar.

—No te preocupes, cielo —dice mi madre con delicadeza—. Ya nos las arreglamos solos. ¿Por qué no te das un baño antes de cenar? El agua está muy buena.

Y, dejándome junto a la piscina, se dirigen apresuradamente hacia la comodidad del aire acondicionado dentro de la casa.

～

—¿Se van mañana por la mañana? —Rosa parece sorprendida cuando la informo de la inminente partida de mis padres—. Es una pena. Ni siquiera he podido enseñarle a tu madre el lago del que les habías hablado.

—No pasa nada —digo, recogiendo un cesto de la colada para ayudarla a cargar la lavadora—. Esperemos que vengan a visitarnos en otra ocasión.

—Esperemos, sí —repite Rosa, y frunce el ceño al ver lo que estoy haciendo—. Nora, deja eso. No deberías… —y se calla de repente.

—¿No debería coger peso? —termino, sonriéndole sarcásticamente—. Ana y tú os olvidáis constantemente de que ya no soy una inválida. Ya puedo volver a levantar pesos, luchar y disparar cuanto quiera.

—Por supuesto —Rosa parece arrepentida—. Lo siento —dice echándole la mano a mi cesta—, pero no deberías hacer mi trabajo.

Suspiro y cedo ante sus órdenes, consciente de que insistiendo solo conseguiré que se enfade. Ha estado especialmente sensible con eso desde que llegamos; no quiere que nadie la trate de manera diferente.

—Me han violado, no amputado los brazos —le soltó a Ana cuando trató de asignarle tareas más ligeras de limpieza—. No me va a pasar nada por pasar la aspiradora o la mopa.

Como era de esperar, Ana rompió a llorar, y Rosa tuvo que pasarse veinte minutos intentando calmarla. La pobre señora ha estado muy sensible desde nuestro regreso, llorando abiertamente mi aborto y la violación de Rosa.

—Se lo está tomando peor que mi propia madre —me dijo Rosa la semana pasada, y yo asentí, nada sorprendida. Aunque solo había visto a la señora Martínez un par de veces, la rechoncha y severa mujer me parecía una versión más madura de Beth, con el mismo caparazón duro y la misma actitud cínica ante la vida. Cómo conseguía Rosa estar siempre tan alegre con una madre así, para mí será siempre un misterio. Incluso ahora, después de todo por lo que ha pasado, la sonrisa de mi amiga es solamente un poco más frágil, y la chispa de sus ojos solo un poco menos brillante. Con las heridas prácticamente curadas, nadie diría que Rosa ha sobrevivido a una experiencia tan traumática, sobre todo teniendo en cuenta su férrea insistencia en que todo el mundo la trate con normalidad.

Suspiro de nuevo y miro mientras carga la lavadora rápida y

eficientemente, separando la ropa de color y colocándola en una ordenada pila en el suelo. Cuando termina, se vuelve hacia mí.

—¿Sabías que Lucas ha localizado a la intérprete? —me dice—. Creo que irá a por ella después de llevar a tus padres a casa.

—¿Te lo ha dicho él?

Asiente.

—Me lo encontré esta mañana y le pregunté cómo iba el asunto. Así que sí, me lo ha dicho él.

—Entiendo.

No lo entiendo para nada, pero decido no entrometerme. Rosa ha estado cada vez más reservada con respecto a su no-relación con Lucas, y no quiero presionarla. Me imagino que me lo contará cuando esté preparada. Si es que hay algo que contar, claro.

Se gira para poner la lavadora, y me pregunto si debería contarle lo que descubrí ayer... lo que todavía no le he contado a Julian. Al final me decido, puesto que ella ya conoce parte de la historia.

—¿Te acuerdas de aquella doctora joven y guapa que me atendió en el hospital? —pregunto, apoyándome en la secadora.

Rosa se gira hacia mí, desconcertada por el cambio de tema.

—Sí, creo que sí. ¿Por qué?

—Se apellida Cobakis. Recuerdo haberlo leído en su etiqueta y pensar que me sonaba de algo, como si ya lo hubiese oído antes.

Ahora Rosa parece intrigada.

—¿Y es así? Quiero decir, ¿lo habías oído?

Asiento.

—Sí, pero no me acordaba de dónde y ayer por fin caí en la cuenta. Había un hombre llamado George Cobakis en la lista que le di a Peter.

Rosa abre mucho los ojos.

—¿La lista de culpables de lo que le pasó a su familia?

—Sí —digo respirando profundamente—. No estaba segura, así que anoche consulté mi correo electrónico y ahí estaba. George Cobakis, de Homer Glen, Illinois. En un primer momento me fijé en el nombre por el lugar.

—Hala —Rosa me mira con la boca abierta—. ¿Crees que aquella doctora tan amable está relacionada con ese tal George?

—Estoy segura. Busqué el nombre de George Cobakis en internet y ella aparecía en los resultados. Es su mujer. Un periódico local escribió sobre una recaudación de fondos para los veteranos y sus familias, y pusieron una foto de los dos como pareja que había hecho mucho por la organización. Al parecer él es periodista, un corresponsal en el extranjero. No tengo ni idea de por qué habrá acabado su nombre en esa lista.

—Mierda. —Rosa parece tan horrorizada como fascinada—. ¿Y qué vas a hacer?

—¿Qué opciones tengo?

Esa pregunta ha estado atormentándome desde que descubrí la relación. Antes de eso, los nombres de la lista eran tan solo eso: nombres. Pero ahora uno de esos nombres tiene cara. Una foto de un hombre sonriente de pelo oscuro junto a su inteligente y bella esposa.

Una esposa a la que yo había conocido.

Una mujer que se quedará viuda si el antiguo asesor de seguridad de Julian lleva a cabo su venganza.

—¿Has hablado de esto con tu marido? —pregunta Rosa—. ¿Lo sabe?

—No, todavía no.

Y tampoco estoy segura de querer que lo sepa. Hace unas semanas le hablé a Rosa de la lista que le había mandado a Peter, pero no le dije que se la había enviado contra la voluntad de Julian. Esa parte y lo que pasó después de que nos enterásemos de mi embarazo es algo demasiado privado.

—Me imagino que Julian dirá que, ahora que la lista está en manos de Peter, ya no hay nada que hacer —digo tratando de imaginar la reacción de mi marido.

—Y probablemente tenga razón —Rosa me mira fijamente—. Es una faena que hayamos conocido a la mujer y todo eso, pero si su marido está involucrado de alguna manera en lo que le pasó a la familia de Peter, no sé cómo podemos interferir.

—Tienes razón. —Respiro hondo una vez más, intentando hacer desaparecer la ansiedad que me acompaña desde ayer—. Ni podemos ni deberíamos.

A pesar de que yo le haya dado esa lista a Peter.

A pesar de que pase lo que pase será otra vez culpa mía.

—Esto no es problema tuyo, Nora —dice Rosa, intuyendo mi preocupación—. Peter habría averiguado esos nombres de un modo u otro. Estaba demasiado decidido como para que no sucediese. No eres responsable de lo que vaya a hacerle a esa gente; el responsable es él.

—Desde luego —murmuro, tratando de sonreír—. Por supuesto, ya lo sé.

Y mientras Rosa continúa clasificando la colada, cambio de tema para hablar de los nuevos fichajes en la guardia.

4 0

J*ulian*

Cuando termino de hablar con el contable, me levanto, me estiro y siento cómo se libera la tensión muscular. De inmediato, pienso en Nora y compruebo su ubicación en el móvil. Ahora lo hago como mínimo cinco veces al día; una costumbre tan arraigada como cepillarme los dientes por la mañana.

Está en casa, justo donde yo esperaba que estuviese. Satisfecho, dejo el móvil a un lado y cierro el ordenador, convencido de haber hecho suficiente ya por hoy. Entre todo el papeleo para una sociedad fantasma y las entrevistas que he hecho para las posibles incorporaciones de la guardia, he estado trabajando más de doce horas al día. Hace tiempo no me habría importado —los negocios eran lo único por lo que vivía—, pero ahora el trabajo es una distracción molesta.

Me impide pasar tiempo con mi hermosa esposa, extrañamente distante.

784

No sé cuándo empecé a percatarme de ello, de la manera en la que los ojos de Nora huyen de los míos. De la manera en la que se guarda algo para sí misma incluso durante el sexo. Al principio achaqué su actitud retraída a la pena y a las secuelas del trauma, pero conforme pasaron los días observé que había algo más.

La distancia entre nosotros es sutil, apenas perceptible, pero está ahí. Habla y actúa como si todo fuera normal, pero puedo asegurar que no lo es. Sea cual sea el secreto que me está escondiendo, le está afligiendo y está levantando un muro entre nosotros. Lo he notado durante el entrenamiento de hoy y eso me ha convencido para llegar al fondo del asunto.

Según los médicos, al fin se ha recuperado por completo del aborto; y de una forma u otra, esta noche va a contármelo todo.

A LA HORA DE CENAR, CONTEMPLO A NORA MIENTRAS HABLA CON SUS padres, asimilo con ansia cada mínimo movimiento de sus manos, cada parpadeo de sus largas pestañas. No me lo hubiera imaginado, pero mi obsesión por ella ha llegado a otro nivel desde nuestro regreso. Es como si todo el dolor, la ira y el sufrimiento dentro de mí se fusionaran y sintiera cómo me arrancan el corazón, una impresión tan intensa que me desgarra por dentro.

Un deseo centrado en ella por completo.

Cuando terminamos el plato principal me doy cuenta de que apenas he abierto la boca y he pasado casi toda la comida absorto en su sus padres. Aunque su padre ya no me trata de forma hostil abiertamente, sé que los Leston todavía desearían liberar a su hija de mis garras. Por supuesto, no permitiría que me la quitaran, pero no tengo ningún problema con que los tres pasen algún tiempo solos.

Por esto mismo, en cuanto Ana saca el postre pongo la excusa de que estoy lleno y me voy a la biblioteca para dejar que terminen sin mí.

Una vez allí, me siento en un diván al lado de la ventana y me entretengo respondiendo correos con el móvil. Entonces se vuelve a deslizar en mi mente el desconcierto por la distancia inusual de Nora. La manera en la que ha estado estas dos últimas semanas me recuerda a cuando empecé a rastrearla a la fuerza. Es como si estuviera molesta conmigo, excepto que esta vez no tengo ni idea del porqué.

Cuando miro el reloj de la pared me fijo en que ya ha pasado media hora desde que me levanté de la mesa. Con suerte, Nora ya habrá subido las escaleras. No obstante, cuando miro su ubicación veo que sigue en el comedor.

Un poco irritado, me planteo coger un libro y leer mientras espero, pero entonces tengo una idea mejor.

Selecciono otra aplicación del móvil, activo la señal de audio escondida en el comedor, me pongo los auriculares por *Bluetooth* y me acuesto en el diván para escuchar.

Al instante, la voz frustrada de Gabriela retumba en mis oídos.

—…Murió gente —dice enfadada—. ¿Cómo puede no importarte? Había policías entre esos criminales, hombres buenos que solo seguían órdenes.

—Y si hubieran seguido esas órdenes nos habrían matado. —Nora tiene un tono extrañamente cortante. Me incorporo y escucho con más atención—. ¿Acaso es mejor morir por la bala de un hombre bueno que defenderse y vivir? Siento no mostrar el remordimiento que esperas, mamá, pero no lamento que todos estemos sanos y salvos. No es culpa de Julian que pasara todo eso. Si algo…

—Él fue quien mató al hijo de ese mafioso —interrumpe Tony—. Si hubiera actuado de forma civilizada, llamado a emergencias en vez de recurrir al asesinato…

—Si hubiera actuado de forma civilizada, me hubieran violado y Rosa habría sufrido mucho más antes de que la policía llegara —dice Nora con un tono fuerte y crispado—. Tú no estabas allí, papá. No lo entiendes.

—Tu padre te entiende perfectamente, cariño. —La voz de Gabriela está mucho más calmada ahora, vencida por el cansancio—. Y sí, quizás tu marido no pudo quedarse parado y esperar a que llegara la policía, pero sabes tan bien como yo que podría haberse abstenido de matar a aquel hombre.

¿Abstenerme de matar al hombre que atacó y casi violó a Nora? Me hierve la sangre con una furia repentina. Aquel maldito cabrón tuvo suerte de que no lo castrara y le metiera las pelotas por las entrañas. La única razón por la que murió con tanta facilidad fue porque Nora estaba allí y me preocupaba más ella que mi furia.

—Quizás hubiera podido —dice Nora con el mismo tono de su madre—. Pero todo apuntaba a que no hubieran arrestado a los Sullivan, dados sus contactos. ¿Es eso lo que quieres, mamá, que hombres como aquellos sigan haciendo esto a otras mujeres?

—No, claro que no —dice Tony—, pero eso no le da el derecho a Julian para actuar como juez, jurado y verdugo. Cuando mató a ese hombre, no sabía quién era, así que no puedes poner esa excusa. Tu marido lo mató porque él quería y no por ninguna otra razón.

Por unos instantes se hace el silencio en mis auriculares. Aumenta la furia en mi interior y la indignación se refuerza mientras espero a ver qué tiene que decir Nora. Me importa una mierda lo que sus padres piensen de mí, pero me importa mucho que estén tratando de poner a su hija en mi contra.

Por fin, Nora habla.

—Sí, papá, tienes razón, lo hizo. —Su voz suena serena y estable—. Mató a ese hombre por haberme atacado sin pensarlo dos veces. ¿Quieres que lo condene por eso? Pues no puedo. No lo haré. Porque si yo hubiera podido, habría hecho lo mismo.

Otro silencio prolongado y entonces dice:

—Cariño, cuando saliste del avión y sonaban todos esos disparos, ¿eras tú? —pregunta Gabriela en voz baja—. ¿Disparaste a alguien? —Una pausa corta, después todavía más bajo—: ¿Mataste a alguien?

—Sí. —El tono de Nora no cambia. Me la imagino sentada allí, frente a sus padres, sin vacilar—. Sí, mamá.

Una inhalación brusca, después otros latidos de silencio.

—Te lo dije, Gabs. —Ahora habla Tony, su voz está apagada por la tristeza—. Te dije que seguro que lo había hecho. Nuestra hija ha cambiado; él la ha cambiado.

Se oye un ruido como el de una silla arrastrándose por el suelo y después, con voz temblorosa:

—Oh, cariño. —Le sigue un llanto ahogado.

—No llores, mamá. Por favor, no llores. Siento haberte decepcionado. Lo siento mucho… —susurra Nora.

No soporto escuchar ni una palabra más. De un salto, me levanto del diván y salgo de la biblioteca, decidido a ir a por Nora y llevarla arriba. El sentimiento de culpa es lo último que necesita y, si tengo que protegerla de sus propios padres, que así sea.

De camino por el pasillo, los oigo hablar de nuevo y disminuyo el paso sin ser consciente.

—No nos has decepcionado, cariño —dice el padre de Nora con voz ronca—. No es eso, en absoluto. Es solo que creemos que ya no eres la misma… que aunque regresaras con nosotros, no sería lo mismo.

—No, papá —responde Nora en voz baja—. No lo sería.

Pasan unos segundo más, después su madre habla de nuevo:

—Te queremos, cariño —dice con una voz apagada y cansada—. Por favor, no olvides que te queremos.

—Lo sé, mamá. Y yo también os quiero a los dos. —La voz de Nora se quiebra por primera vez—. Siento que las cosas hayan ocurrido de esta manera, pero ahora este es mi sitio.

—Con él. —Curiosamente, la voz de Gabriela no suena resentida, solo resignada—. Sí, ahora nos damos cuenta. Él te quiere. Nunca pensé que diría esto, pero es cierto. La manera en la que estáis juntos, la manera en la que te mira… —Suelta una risa débil—. Ay, cariño, daríamos lo que fuera para que fuese otra persona. Un buen hombre, un hombre atento, alguien que tuviera un empleo normal y te comprara una casa cerca de nosotros…

—Julian me compró una casa cerca de vosotros —interrumpe Nora, y su madre se ríe otra vez, con un tono un poco histérico.

—Es verdad —dice cuando se calma un poco—. La compró.

Ahora las dos mujeres se ríen juntas y respiro aliviado. Puede que Nora no necesite que interfiera después de todo.

Otro ruido de una silla arrastrándose por el suelo, después dice Tony con brusquedad:

—Estamos aquí para ti, cariño. Pase lo que pase, siempre

estaremos aquí para ti. Si algo cambia alguna vez, si alguna vez quieres dejarlo y volver a casa...

—No lo haré, papá. —La confianza que inspira su voz me anima y ahuyenta el resto de mi enfado. Me siento tan satisfecho que casi no me percato cuando añade con suavidad:

—A no ser que él quiera.

—Oh, no lo hará —dice el padre de Nora con un toque resentido—. Es evidente. Si fuera por él, nunca estarías a más de tres metros.

No presto atención a todas sus palabras. Reflexiono en cambio en la extraña intervención de Nora. «A no ser que él quiera». Lo había dicho casi como si temiera que fuera así. ¿O ella quería que fuese así? Me recorre por el cuerpo una sospecha. ¿Es por eso por lo que ha estado tan distante estos últimos días? ¿Porque quiere que la deje marchar? ¿Porque ya no quiere seguir conmigo y espera que la deje marcharse como una forma de expiar lo que pasó?

Noto una opresión en el pecho con un dolor repentino, como si un nuevo enfado se encendiera en mis adentros. ¿Es eso lo que mi gatita espera? ¿Algún tipo de gesto señorial en el que le doy la libertad? ¿En el que le suplico que me perdone y finjo arrepentirme por haberla raptado desde el principio?

Y una mierda.

Me arranco los auriculares de las orejas, una furia profunda me atraviesa mientras subo los peldaños de la escalera de dos en dos.

Si Nora piensa que voy a llegar hasta ahí, no podría estar más equivocada.

Es mía y lo seguirá siendo hasta el resto de nuestras vidas.

41

Cansada, pero también alterada después de hablar con mis padres, subo las escaleras hacia nuestra habitación. Aunque una parte de mí todavía desea haber podido proteger a mi familia de mi nueva vida, me alivia que ahora sepan la verdad.

Que conozcan la mujer en la que me he convertido y aun así me quieran.

Llego a la habitación, abro la puerta y entro. No hay ninguna luz encendida y mientras cierro la puerta a mis espaldas me pregunto dónde estará Julian. Aunque me alegro de haber tenido la oportunidad de enfriar los ánimos con mis padres, que se levantara de la mesa sin una buena excusa me preocupa. ¿Había pasado algo o solo se había cansado de nosotros?

¿Se había cansado de *mí*?

Justo cuando se me pasa por la cabeza ese pensamiento tan desgarrador, vislumbro la sombra de una persona junto a la ventana.

El pulso se me dispara y me recorre por la piel un hormigueo con un terror primitivo mientras busco a tientas el interruptor de la luz.

—Déjala así —dice Julian en la oscuridad y mis rodillas casi se doblan de alivio.

—Gracias a Dios. Por un momento no sabía quién eras —comienzo a decir, entonces me percato del duro tono de su voz—. Tú... —termino con duda.

—¿Quién sería, si no? —Se da la vuelta y atraviesa la habitación mientras se acerca con el sigilo de un depredador—. Es nuestra habitación. ¿O se te ha olvidado? —continúa.

Coloca sus manos en ambos lados de la pared detrás de mí y me deja enjaulada. Inhalo, sorprendida, y aprieto las palmas de las manos contra la pared fría. Es evidente que Julian no está de humor y no tengo ni idea de qué lo ha provocado.

—No, claro que no —digo despacio mientras contemplo sus facciones ensombrecidas. Hay tan poca luz que lo único que puedo ver es el brillo borroso de sus ojos—. ¿Qué...?

Se acerca un poco más y junta la mitad inferior de su cuerpo al mío. Me quedo sin aliento al sentir su polla dura contra mi vientre. Está desnudo y empalmado; su olor a macho me envuelve mientras me mantiene atrapada. Aunque la única capa que nos separa es mi vestido, siento el deseo que palpita dentro de él; deseo y algo mucho más oscuro.

Mi cuerpo se despierta de una sacudida y se me acelera el pulso con un arrebato de miedo. Esto tiene que ser el castigo que estaba esperando. Como los médicos me habían dicho que estaba en buen estado hace unas horas, se me ha acabado el indulto.

—¿Julian? —digo con voz ahogada mientras me agarra de la nuca y casi rodea mi cuello con sus largos dedos. Su enorme cuerpo se muestra fuerte, firme e intransigente entorno al mío. Un poco más de fuerza y me romperá el cuello. Este pensamiento me tranquiliza, aunque siento un dolor vacío en el corazón, mis pezones se endurecen de la excitación. La furia que desprende puede palparse y hace que algo salvaje despierte en mi interior, avivando el fuego oscuro de mis adentros.

Si por fin decide castigarme, me aseguraré de recibir el puto castigo que me merezco.

Se inclina hacia mí, su aliento caliente en mi rostro, y en ese momento doy el primer paso. Cierro el puño derecho, me muevo hacia arriba con todas mis fuerzas y le golpeo la parte inferior de la mandíbula. Al mismo tiempo giro a la derecha mientras rompo la sujeción de mi cuello, esquivo su brazo extendido y doy la vuelta para golpearle la espalda.

Pero él ya no está ahí.

Durante el medio segundo que he tardado en dar la vuelta, Julian se ha movido tan rápido y tan letal como un asesino. En lugar de darle en la espalda, el canto de mi mano se estrella contra su codo y grito porque el impacto me produce una sacudida de dolor por el brazo.

—¡Joder! —Su bufido enfadado va acompañado de un movimiento borroso rápido.

Antes de que pueda reaccionar, me tiene rodeada en sus brazos, mis muñecas cruzadas delante del pecho y su pierna izquierda enrollada en mis rodillas para que no pueda dar patadas. Como me tiene agarrada por detrás, no puedo morderlo y por desgracia mis intentos de darle un cabezazo en el mentón cesan pronto porque mantiene la cabeza lejos de mi alcance.

Todo ese entrenamiento y me ha reducido en solo tres segundos.

La frustración se mezcla con la adrenalina y la furia que se cuece en mi interior. Furia hacia él por burlarse de mí con ternura estas dos últimas semanas y, sobre todo, furia hacia mí misma.

Mi culpa, mi culpa, todo es mi culpa. Estas palabras son como un redoble violento en mi mente. La culpa, cortante y sofocante, asciende en mi garganta y me ahoga al juntarse con una pena que duele.

Rosa. Nuestro bebé. Decenas de hombres muertos.

El sonido que sale de mi garganta es una mezcla entre un gruñido y un gemido. Aunque sea inútil, empiezo a pelear, dando sacudidas y retorciéndome contra el dominio inquebrantable de Julian. No llevo mucha ventaja, pero con una de sus piernas enrollada en las mías, mis movimientos frenéticos y erráticos bastan para que le haga perder el equilibrio.

Con una palabrota, cae hacia atrás, mientras todavía me coge con fuerza. Su espalda recibe todo el impacto de la caída. Yo apenas siento el golpe cuando gruñe y se da la vuelta de inmediato; me inmoviliza contra el duro suelo de madera. Hago caso omiso de su gran peso sobre mí y sigo peleando, luchando con todas mis fuerzas. La madera fría me aprieta la cara, pero apenas siento el malestar.

Mi culpa, mi culpa, todo es mi culpa.

Jadeando y gimiendo a medias, intento darle patadas, arañarle, hacerle sentir aunque sea una pequeña parte del dolor que me consume por dentro. Se me resienten los músculos por el esfuerzo, pero no me detengo; no cuando Julian me tuerce hacia atrás las muñecas y las ata en la parte baja de mi espalda con su cinturón, y tampoco cuando me levanta por el codo y me tira a la cama.

Peleo mientras me arranca el vestido y la ropa interior, me agarra el pelo y me obliga a ponerme de rodillas. Peleo como si me fuera la vida en ello, como si el hombre que me agarra fuese mi peor enemigo en vez de mi gran amor. Peleo porque es lo suficientemente fuerte para soportar la furia que llevo dentro.

Porque es lo suficientemente fuerte para apartarla de mí.

Mientras me retuerzo de su dominio brutal, su rodilla abre a la fuerza mis piernas y empuja su polla por mi sexo. Con un ímpetu salvaje, me penetra por detrás y grito de dolor, de alivio indescriptible por su posesión. Estoy mojada, pero no lo suficiente, y cada impulso severo me desgarra en carne viva, me lastima, me sana. Mis pensamientos se dispersan, el cántico en mi mente desaparece y todo lo que queda es la sensación de su cuerpo dentro del mío, del dolor y de la satisfacción atroz de nuestra necesidad.

Estoy llegando al orgasmo cuando Julian empieza a hablarme, me dice que siempre seré suya, que nunca perteneceré a nadie que no sea él. Hay una amenaza oscura implícita en sus palabras, una promesa de que no se detendrá ante nada. Su crueldad debería aterrorizarme, pero mi cuerpo estalla de liberación, el miedo es lo último que tengo en la mente.

Todo de lo que soy consciente es dicha plena y completa.

Me da la vuelta sobre mi espalda y me doy cuenta de que en algún momento, he dejado de pelear. La furia se ha esfumado y en su lugar hay agotamiento profundo y alivio.

Alivio de que Julian me siga queriendo. De que me castigará, pero no me echará.

Así que cuando me agarra los tobillos y los apoya en sus hombros, no me resisto. No lucho cuando se inclina hacia delante, casi doblándome por la mitad, y no forcejeo cuando recoge parte del abundante flujo de mi sexo y me lo frota entre las nalgas. Solo cuando noto la viscosidad en la otra entrada, emito un sonido de protesta; contraigo el esfínter mientras le empujo el pecho con ambas manos. Es un gesto débil, sobre todo simbólico —no tengo ninguna posibilidad de sacarme de encima a Julian de esta manera—, pero incluso ese leve indicio de resistencia parece enfurecerlo.

—No, no puedes —gruñe, y en la luz tenue de la ventana veo el brillo oscuro de sus ojos—. No puedes negarme esto, negarme nada. Yo te poseo... cada centímetro de ti. —Empuja hacia delante y su enorme polla me obliga a abrirme mientras susurra con dureza—: Si no relajas ese culo, mi gatita, te arrepentirás.

Me estremezco de excitación perversa, mis uñas atacan su pecho a la vez que el apretado músculo se da por vencido ante el despiadado placer. La invasión ardiente es atroz y mis adentros se agitan mientras él empuja cada vez más. Hace meses que no me trataba de esta manera y mi cuerpo ha olvidado cómo soportarlo, cómo relajarse ante esa sensación excesiva. Cierro los ojos con fuerza e intento respirar durante el proceso, ser fuerte; pero las lágrimas, esas lágrimas estúpidas y traicioneras, brotan de todos modos.

Sin embargo, no es el dolor lo que me hace llorar, ni la retorcida reacción de mi cuerpo ante esto. Es el hecho de saber que mi castigo no ha terminado, que Julian todavía no me ha perdonado.

De que nunca me perdonará.

—¿Me odias? —La pregunta se me escapa antes de que pueda contenerme. No quiero saberlo, pero al mismo tiempo, no soporto quedarme callada. Abro los ojos, miro a la figura oscura encima de mí —. Julian, ¿me odias?

Permanece en silencio, su polla muy dentro de mí.

—¿Odiarte? —Su gran cuerpo se pone tenso, su voz áspera de deseo se llena de incredulidad—. ¿Qué cojones, Nora? ¿Por qué iba a odiarte?

—Por el aborto. —Me tiembla la voz—. Porque nuestro bebé murió por mi culpa.

Por unos segundos no responde y después, con una palabrota en voz baja, la saca y me deja sin aliento del dolor.

—¡Joder! —Me libera y regresa a la cama. La ausencia repentina de su calor y su gran peso sobre mí me sobresalta, igual que cuando enciende la luz de la mesita de golpe. Mis ojos tardan un instante en acostumbrarse al resplandor y distinguir la expresión de su cara.

—¿Crees que te culpo por lo que pasó? —pregunta con voz ronca y se sienta sobre sus piernas. Sus ojos arden con intensidad mientras me mira fijamente, su polla está todavía erecta—. ¿Crees que fue tu culpa?

—Claro que sí. —Me incorporo y siento en mi interior una honda dolencia punzante, donde él estaba clavado—. Fui yo quien quiso ir a Chicago e ir a ese club. De no ser por mí, nada de esto habría…

—Para. —Su orden severa vibra a través de mí al tiempo que contrae el rostro en un gesto parecido al dolor—. Para, nena, por favor.

Me quedo callada y lo observo con desconcierto. ¿No iba de eso toda esta escena? ¿Mi castigo por decepcionarlo? ¿Por ponerme en peligro a mí misma y a nuestro bebé?

Todavía sosteniéndome la mirada, respira hondo y se me acerca.

—Nora, mi gatita… —Me coge la cara con sus manos grandes—. ¿Cómo se te ha ocurrido pensar que te odio?

Trago saliva.

—Espero que no me odies, pero sé que estás enfadado…

—¿Crees que estoy enfadado porque querías ver a tus padres? ¿Porque querías bailar y pasártelo bien? —Sus orificios nasales se ensanchan—. Joder, Nora, si alguien tiene la culpa de ese aborto, soy yo. No debería haberte dejado ir sola a ese baño.

—Pero no podías saberlo…

—Ni tú tampoco —interrumpe. Respira hondo, baja las manos a mi regazo y me coge de las mías en un apretón cariñoso—. No fue culpa tuya —dice con un tono brusco—. Nada de esto fue culpa tuya.

Me humedezco los labios secos.

—¿Entonces por qué...?

—¿Que por qué estaba enfadado? —Su preciosa boca se tuerce—. Porque pensaba que querías dejarme. Porque he malinterpretado algo que has dicho a tus padres esta noche.

—¿Qué? —digo frunciendo el ceño—. ¿Qué he...? Ah. —Me acuerdo del comentario improvisado por el miedo y la inseguridad—. No, Julian, eso no es lo que quería decir —empiezo a excusarme, pero me aprieta las manos antes de que pueda explicarme más.

—Lo sé —dice con suavidad—, créeme, nena, ahora ya lo sé.

Nos miramos en silencio; el ambiente está impregnado de ecos de sexo violento y de sentimientos oscuros, con las secuelas de deseo, dolor y pérdida. Resulta extraño, pero en este momento lo he entendido mejor que nunca. Veo al hombre detrás del monstruo, al hombre que me necesita tanto que haría cualquier cosa para conservarme junto a él.

Al hombre que necesito tanto que haría cualquier cosa para permanecer junto a él.

—¿Me quieres, Julian? —No sé qué me da la valentía para hacer esa pregunta, pero tengo que saberlo, de una vez por todas—. ¿Me quieres? —repito sin dejar de mirarlo a los ojos.

Por un instante, no se mueve, no dice nada. Me sujeta las manos tan fuerte que duele. Siento la lucha en su interior, el conflicto del deseo con el miedo. Espero, aguantando el aliento y sé que puede que nunca se abra se esta manera, que nunca admita la verdad ni siquiera para sí mismo. Así que cuando habla, casi me pilla por sorpresa.

—Sí, Nora —dice con voz ronca —. Sí, te quiero. Joder, te quiero tanto que duele. No lo sabía, o quizás no quería saberlo, pero siempre ha estado ahí. He pasado casi toda mi vida tratando de no sentir, de no dejar que la gente se me acercara, pero me enamoré de ti desde el principio. Me ha costado dos años darme cuenta de ello.

—¿Qué te hizo darte cuenta? —susurro, el corazón me duele con un placer aliviado. «Me quiere». Hasta este momento, no sabía hasta qué punto ansiaba esas palabras, hasta qué punto me había pesado su ausencia—. ¿Cuándo lo supiste?

—Fue la noche en la que volvimos a casa. —Se le mueve la nuez al tragar saliva—. Cuando estaba aquí tendido contigo. Me permití sentir en ese momento: el dolor de perder a nuestro bebé, el dolor de perder a todas las demás personas en mi vida, y me di cuenta de que trataba de protegerme de la agonía de perderte. De que evitaba amarte para así no destruirme. Pero ya era demasiado tarde. Ya estaba enamorado de ti. Desde hacía tiempo. Obsesión, adicción, amor; todo es lo mismo. No puedo vivir sin ti, Nora. Perderte me destrozaría. Puedo resistir cualquier cosa menos eso.

—Ay, Julian... —No puedo ni imaginarme lo que le había costado a este hombre fuerte y despiadado reconocer esto—. No me vas a perder. Estoy aquí. No me voy a ninguna parte.

—Ya sé que no te irás. —Entrecierra los ojos y todo rastro de vulnerabilidad desaparece de sus rasgos—. Que te quiera no significa que quiera dejarte marchar.

Suelto una risa débil.

—Claro. Lo sé.

—Nunca. —Parece sentir la necesidad resaltar esto.

—También lo sé.

Entonces me mira fijamente, sus manos sostienen las mías y siento el impulso de la orden que no pronuncia. Quiere que yo también confiese lo que siento, que le desnude mi alma como él acababa de desnudar la suya ante mí. Así que le doy lo que exige.

—Te quiero, Julian —digo, y dejo que vea la verdad en mi mirada—. Siempre te querré, y no quiero que me dejes marchar.

No sé si él se mueve hacia mí o si yo doy el primer paso, pero de alguna manera su boca está sobre la mía, sus labios y lengua me devoran a la vez que me agarra en su abrazo ineludible. Nos unimos de dolor y placer, de violencia y pasión.

Estamos unidos en nuestra forma de amar.

～

A LA MAÑANA SIGUIENTE, ESTOY JUNTO A LA PISTA DE ATERRIZAJE Y VEO cómo despega el avión que devuelve a casa a mis padres. Cuando no es más que un puntito en el cielo, me giro hacia Julian, que está a mi lado cogiéndome de la mano.

—Dímelo otra vez —digo con suavidad mientras lo miro.

—Te quiero. —Sus ojos resplandecen cuando coinciden con mi mirada—. Te quiero, Nora, más que a la vida misma.

Sonrío, mi corazón está más ligero de lo que ha estado en semanas. La sombra del dolor todavía me acompaña, así como el persistente sentimiento de culpa, pero la oscuridad ya no lo nubla todo. Puedo imaginarme el día en el que el dolor desaparecerá, cuando todo lo que sienta sea alegría y júbilo.

Nuestros problemas no se han acabado; es imposible porque somos lo que somos, pero el futuro ya no me asusta. Dentro de poco tendré que poner sobre la mesa el plan de venganza de esa doctora atractiva y de Peter, y en algún momento del futuro tendremos que plantearnos la posibilidad de tener otro hijo y cómo lidiar con el peligro constante de nuestras vidas.

Pero, de momento, no tenemos que hacer nada más salvo disfrutar el uno del otro.

Disfrutar de estar vivos y enamorados.

EPÍLOGO

TRES AÑOS MÁS TARDE

Julian

—¡Nora Esguerra!

Cuando el rector de la Universidad de Stanford anuncia su nombre, veo a mi mujer cruzar el escenario ataviada con la misma toga y birrete negros que el resto de los graduados. El traje ondea alrededor de su pequeña figura escondiendo el bulto pequeño, pero ya visible, de su vientre: el bebé que esta vez ambos esperamos con impaciencia.

Cuando se detiene frente al funcionario de la universidad, Nora le estrecha la mano al son de los aplausos y se gira para sonreír a cámara; su delicado rostro brilla a la luz del sol de la mañana.

El flash se dispara y me sobresalta aunque ya lo estuviera esperando.

Me doy cuenta de que tengo agarrada la pistola en la cintura y me obligo a soltarla y a retirar la mano del arma. Un centenar de nuestros mejores guardias aseguran la zona y no me hace falta. Aun así, me siento mejor si la llevo conmigo, igual que sé que Nora se alegra de llevar su semiautomática en el bolso. Aunque la inauguración de su segunda exposición de arte en París salió a pedir de boca, ambos estamos un poco paranoicos hoy… y dispuestos a hacer lo que sea para garantizar la seguridad de la niña que está en camino.

Otro flash se dispara a mi lado. Miro hacia los asientos de la derecha y veo a los padres de Nora haciendo fotos con su cámara nueva. Parecen tan orgullosos como yo. Al notar mi mirada en ellos, la madre de Nora me mira y me regala una cálida sonrisa antes de volver a prestar atención al escenario.

El siguiente graduado ya está arriba, pero no presto atención a quién es. Solo veo a mi gatita bajando por el lado izquierdo del escenario. Sostiene la carpeta de cuero con el diploma y la borla del birrete cuelga al otro lado de su cara, lo que representa su nueva posición como graduada.

Está preciosa, todavía más que en su graduación del instituto hace cinco años.

Mientras abre paso entre las filas de graduados y sus familias, nuestros ojos se encuentran y siento cómo mi corazón se expande y se llena con la mezcla de posesión oscura y amor tierno que siempre me ha hecho sentir.

Mi cautiva. Mi mujer. Mi mundo entero.

La querré hasta el fin de los tiempos y nunca, jamás, la dejaré marchar.

AGRADECIMIENTO

¡Gracias por leer! Si quieres dejar tu valoración, te lo agradeceré muchísimo.

Aunque *Siempre tuya* finaliza con la trama de Nora y Julian, existe una secuela con Lucas y Yulia. Se llama *Atrápame* y vendrá pronto.

Si quieres que te avise cuando se publique el próximo libro, no dudes en apuntarte a mi newsletter en www.annazaires.com/book-series/espanol.

Y ahora pasa la página para saborear una pequeña muestra de *Contactos Peligrosos*.

EXTRACTO DE CONTACTOS
PELIGROSOS

Nota de la autora: Contactos peligrosos es el primer volumen de mi trilogía erótica de ciencia ficción, las Crónicas de Krinar.
No es tan oscuro como *Secuestrada*, pero contiene algunos elementos que harán disfrutar a las lectoras y lectores de erotismo oscuro.

En un futuro cercano, la Tierra está bajo el dominio de los Krinar, una avanzada raza de otra galaxia que es todavía un misterio para nosotros…y estamos completamente a su merced.

Tímida e inocente, Mia Stalis es una estudiante universitaria de la ciudad de Nueva York que hasta ahora había llevado una vida normal. Como la mayoría de la gente, ella nunca había interaccionado con los invasores, hasta que un fatídico día en el parque lo cambia todo. Después de llamar la atención de Korum, ahora debe lidiar con un krinar poderoso y peligrosamente seductor que quiere poseerla y que no se detendrá ante nada para hacerla suya.

¿Hasta dónde llegarías para recuperar tu libertad? ¿Cuánto te sacrificarías para ayudar a los tuyos? ¿Cuál será tu elección cuando empieces a enamorarte de tu enemigo?

~

Respira, Mia, respira. Algo en el fondo de su mente, una pequeña voz racional, repetía sin cesar esas palabras. Esa misma parte extrañamente objetiva de ella notó la simetría de su rostro, la piel dorada que cubría tersamente sus pómulos altos y su firme mandíbula. Las fotos y vídeos de los K que ella había visto no les hacían justicia en absoluto. Vista a unos diez metros de distancia, la criatura era simplemente impresionante.

Mientras seguía mirándolo fijamente, todavía paralizada en el sitio, él dejó de apoyarse y empezó a andar hacia ella. O mejor dicho, a rondar con movimientos acechantes en su dirección, pensó ella estúpidamente, porque cada uno de sus pasos le recordaba a los de un felino selvático aproximándose con andares sinuosos a una gacela. Sus ojos no dejaban de sostenerle la mirada. Según él se iba acercando, ella podía distinguir unas motas amarillas tachonando sus ojos de un dorado claro, y unas tupidas y largas pestañas que los rodeaban.

Ella lo miró entre incrédula y horrorizada cuando se sentó en su banco, a menos de medio metro de ella, y le sonrió, mostrando unos dientes blancos y perfectos. "No tiene colmillos", advirtió alguna parte de su cerebro que aún funcionaba, "ni rastro de ellos". Ese era otro mito sobre ellos, igual que el que supuestamente odiaran la luz del sol.

—¿Cómo te llamas? —Fue como si la criatura prácticamente hubiese ronroneado la pregunta. Su voz era grave y sosegada, sin ningún acento. Le vibraron ligeramente las fosas nasales, como si estuviera captando su aroma.

—Eh... —Ella tragó saliva con nerviosismo—. M-Mia.

—Mia —repitió él lentamente, como saboreando su nombre—. ¿Mia qué?

—Mia Stalis. —Oh, mierda, ¿para qué querría saber su nombre? ¿Por qué estaba aquí, hablando con ella? En suma: ¿qué estaba haciendo en Central Park, tan lejos de cualquiera de los Centros K? *Respira, Mia, respira.*

—Relájate, Mia Stalis. —Su sonrisa se hizo más amplia, haciendo aparecer un hoyuelo en su mejilla izquierda. ¿Un hoyuelo? ¿Tenían hoyuelos los K?

—¿No te habías topado antes con ninguno de nosotros?

—No, nunca. —Mia soltó aire de golpe, al darse cuenta de que estaba aguantando la respiración. Estaba orgullosa de que su voz no sonara tan temblorosa como ella se sentía. ¿Debería preguntarle? ¿Quería saber? Reunió el valor—: ¿Qué, eh... —y tragó de nuevo— ¿qué quieres de mí?

—Por ahora, conversación. —Parecía como si estuviera a punto de reírse de ella, con esos ojos dorados haciendo arruguitas en las sienes.

De algún modo extraño, eso la enfadó lo suficiente para que su miedo pasara a un segundo plano. Si había algo que Mia odiaba era que se rieran de ella. Siendo bajita y delgada, y con una falta general de habilidades sociales causada por una fase difícil de la adolescencia que contuvo todas las pesadillas posibles para una chica, incluyendo aparatos en los dientes, gafas y un pelo crespo descontrolado, Mia ya había tenido más que suficiente experiencia en ser el blanco de las bromas de los demás.

Levantó la barbilla, desafiante:

—Vale, entonces, ¿Cómo te llamas *tú?*

—Korum.

—¿Solo Korum?

—No tenemos apellidos, al menos no tal como vosotros los tenéis. Mi nombre es mucho más largo, pero no serías capaz de pronunciarlo si te lo dijera.

Vale, eso era interesante. Ahora recordaba haber leído algo así en el *New York Times.* Por ahora, todo iba bien. Ya casi habían dejado de temblarle las piernas, y su respiración estaba volviendo a la normalidad. Quizás, solo quizás, saldría de esta con vida. Eso de darle conversación parecía bastante seguro, aunque la manera en la que él seguía mirándola fijamente con esos ojos que no parpadeaban era inquietante. Decidió hacer que siguiera hablando.

—¿Qué haces aquí, Korum?

—Te lo acabo de decir: mantener una conversación contigo, Mia. —En su voz se percibía de nuevo un toque de hilaridad.

Frustrada, Mia resopló.

—Quiero decir, ¿qué estás haciendo aquí, en Central Park? ¿Y en Nueva York en general?

Él sonrió de nuevo, inclinando ligeramente la cabeza hacia un lado.

—Quizá tuviera la esperanza de encontrarme con una bonita joven de pelo rizado.

Vale, ya era suficiente. Estaba claro, él estaba jugando con ella. Ahora que podía volver a pensar un poquito, se dio cuenta de que estaban en medio de Central Park, a plena vista de más o menos un millón de espectadores. Miró con disimulo a su alrededor para confirmarlo. Sí, efectivamente, aunque la gente se apartara de forma evidente del banco y de su ocupante de otro planeta, había algunos valientes mirándoles desde un poco más arriba del sendero. Un par de ellos incluso estaban filmándoles con las cámaras de sus relojes de pulsera. Si el K intentara hacerle algo, estaría colgado en YouTube en un abrir y cerrar de ojos, y seguro que él lo sabía. Por supuesto, eso podía o no importarle.

Pero teniendo en cuenta que nunca había visto videos de ningún K abusando de estudiantes universitarias en medio de Central Park, Mia se creyó relativamente a salvo, alcanzó cautelosa su portátil y lo levantó para volver a ponerlo en la mochila.

—Déjame ayudarte con eso, Mia.

Y antes de que pudiera mover un pelo, sintió como le quitaba el pesado portátil de unos dedos que repentinamente parecían sin fuerza, y como al hacerlo rozaba suavemente sus nudillos. Cuando se tocaron, una sensación parecida a una débil descarga eléctrica atravesó a Mia y dejó un hormigueo residual en sus terminaciones nerviosas.

Él alcanzó su mochila y guardó cuidadosamente el portátil con un movimiento suave y sinuoso.

—Ya está, todo listo.

Oh Dios, la había tocado. Tal vez su teoría sobre la seguridad de las ubicaciones públicas fuera falsa. Sintió como su respiración volvía a acelerarse, y cómo su ritmo cardíaco alcanzaba probablemente su umbral anaeróbico.

—Ahora tengo que irme... ¡Adiós!

Después no pudo explicarse como había conseguido soltar esas palabras sin hiperventilar. Agarrando la correa de la mochila que él acababa de soltar, se puso de pie de golpe, notando en lo profundo de su mente que su parálisis anterior parecía haberse desvanecido.

—Adiós, Mia. Nos vemos. —Su voz ligeramente burlona atravesó el limpio aire primaveral hasta ella mientras se marchaba casi a la carrera en sus prisas por alejarse de allí.

~

¡Pide tu ejemplar de *Contactos Peligrosos* hoy mismo!

SOBRE LA AUTORA

Anna Zaires es una autora de novelas eróticas contemporáneas y de romance fantástico, cuyos libros han sido éxitos de ventas en el New York Times y el USA Today, y han llegado al primer puesto en las listas internacionales. Se enamoró de los libros a los cinco años, cuando su abuela la enseñó a leer. Poco después escribiría su primera historia. Desde entonces, vive parcialmente en un mundo de fantasía donde los únicos límites son los de su imaginación. Actualmente vive en Florida y está felizmente casada con Dima Zales —escritor de novelas fantásticas y de ciencia ficción—, con quien trabaja estrechamente en todas sus novelas.

Si quieres saber más, pásate por www.annazaires.com/book-series/espanol.